Le pacte de sang

Gena Showalter

Le pacte de sang

DARKISS

Collection : DARKISS

Titre original :
TWISTED

Traduction de l'américain par EMMANUEL PLISSON

Réalisation graphique couverture : C. GRASSET

83-85 boulevard Vincent-Auriol, 75646 PARIS CEDEX 13.
Tél : 01 42 16 63 63
Service Lectrices — Tél. : 01 45 82 47 47

www.harlequin.fr

ISBN 978-2-2802-3431-3 — ISSN 2109-7631

Loi n° 49-956 du 16 juillet 1949 sur les publications destinées à la jeunesse.

Aux suspects habituels : Haden, Seth, Chloe, Riley, Victoria, Nathan, Meg, Parks, Lauren, Stephanie, Brittany et Brianna. Que puis-je dire, les amis ? Dans un monde où je suis reine et décide de tout, les canines s'allongent, les griffes poussent, l'obscurité tombe. Bienvenue.

A « la » formidable éditrice Natashya Wilson, pour ses brillantes analyses et son dévouement sans bornes. Jamais elle n'a perdu son sang-froid quand je disais : « Je n'en sais rien, je l'inventerai plus tard » — phrase qui résume tout à fait ma manière d'écrire.

Aux gens merveilleux qui travaillent pour Harlequin. Ils m'ont prise par la main et m'ont accueillie comme l'une des leurs.

A P.C. Cast, Rachel Caine, Marley Gibson, Rosemary Clement-Moore, Linda Gerber et Tina Ferraro, qui m'ont aidée à gagner le concours du puzzle Les fiancés de l'ombre, l'an passé. On s'est vraiment amusées ! Je vous dois tout, les filles !

A Penny Edwards, la meilleure belle-mère qu'une fille puisse avoir. Grâce à elle, l'écriture ne m'a pas rendue folle (si c'est possible, dans mon cas).

A mon Love Bunny. Quand je m'enfermais dans ma caverne pour écrire, il s'assurait que la bête se nourrissait convenablement. Quitte à glisser la nourriture par l'entrebâillement de la porte avant de prendre ses jambes à son cou.

A Jill Monroe et Kresley Cole. Si je n'étais pas déjà mariée, et s'ils n'étaient déjà mariés eux-mêmes, je les épouserais. Sans blague.

LISTE DES PERSONNAGES

Esclaves de sang : Humains dépendants au sang de vampire.

Marie la sanglante/Bloody Mary : reine d'un clan de vampires opposé à celui de Vlad.

Brian : pensionnaire du ranch D & M.

Brianna Buchannan : amie de Mary Ann, sœur de Brittany.

Brittany Buchannan : amie de Mary Ann, sœur de Brianna.

Caleb : l'une des âmes prisonnières dans Aden. A le pouvoir de posséder d'autres corps.

Ranch D & M : ferme d'accueil pour adolescents en difficulté.

Dan Reeves : propriétaire du ranch D & M.

Dmitri : ancien fiancé de Victoria, tué par Aden.

Dr Hennessy : psychiatre d'Aden.

Draven Morris Gray : père de Mary Ann.

Draineur : humain qui se nourrit du pouvoir des créatures surnaturelles et finit par les détruire.

Draven : une des vampires choisies pour être présentées à Aden.

Edina : mère de Victoria.

Elijah : l'une des âmes prisonnières dans Aden. A le pouvoir de prédire le futur.

Eve : l'une des âmes prisonnières dans Aden, la seule

à en avoir été libérée. A le pouvoir de voyager dans le temps.

Fées/Faé : protecteurs de l'humanité, ennemis des vampires.

Gobelins : petites créatures affamées de chair humaine.

Haden Stone : plus connu sous le nom d'Aden. Humain qui attire les créatures surnaturelles et dans la tête duquel sont captifs trois esprits.

Je-la-nune : poison qui peut être fatal aux vampires.

Jennifer : une sorcière.

Julian : l'une des âmes prisonnières dans Aden. A le pouvoir de ressusciter les morts.

Lauren : princesse vampire, sœur de Victoria.

Maddie : vampire, sœur de Draven.

Marie : une sorcière.

Mary Ann Gray : humaine qui repousse ou neutralise les pouvoir surnaturels.

Maxwell : Changeforme. Loup-garou et frère de Riley, il est sous le coup d'une malédiction.

Meg Reeves : Femme de Dan.

Mlle Brendal : Princesse Faé, sœur de M. Thomas.

M. Hayward : professeur d'anatomie au lycée de Crossroads.

M. Klien : professeur de chimie au lycée de Crossroads.

M. Thomas : prince Faé devenu fantôme.

Nathan : Changeforme. Loup-garou et frère de Riley, il est sous le coup d'une malédiction.

Ozzie : ancien pensionnaire du ranch D & M, décédé.

Penny Parks : meilleure amie de Mary Ann.

Riley : Changeforme. Loup-garou, il est le garde du corps de Victoria.

RJ : pensionnaire du ranch D & M.

Ryder : pensionnaire du ranch D & M.

Seth : pensionnaire du ranch D & M.

Shane Weston : humain, adolescent ami de Tucker.

Shannon Ross : compagnon de chambre d'Aden.

Sorcières : lanceuses de sort. Elles vivent de magie.

Sorin : prince vampire, frère aîné de Victoria.

Stephanie : princesse vampire, sœur de Victoria.

Terry : pensionnaire du ranch D & M.

Tucker Harbor : ancien petit ami de Mary Ann. Possède du sang de démon et peut créer des illusions.

Vampires : créatures qui se nourrissent de sang humain. Chacun d'eux abrite une bête, prisonnière dans son corps.

Victoria : princesse vampire.

Vlad l'Empaleur : ancien roi du clan des vampires roumains.

1

Aden Stone était tapi dans l'ombre de la grotte. Il ne pouvait détacher les yeux de Victoria, allongée près de lui à même le sol rocheux. Victoria. Sa longue chevelure tombait en cascade sur ses épaules fines, pareille à une nuit d'hiver, sombre, avec des reflets éclatants comme ceux de la lune sur la neige. Ses longs cils noirs posaient des ombres délicates sur ses pommettes hautes — ce qu'elle pouvait être belle — et sa bouche sensuelle brillait d'un éclat humide.

Elle se passa plusieurs fois la langue sur ses lèvres roses. Aussitôt, il comprit. Même plongée dans un profond sommeil, elle venait de détecter une odeur envoûtante dont elle rêvait de trouver la source.

Et d'y boire.

Sa peau diaphane se colorait par endroits d'un incarnat profond. Elle avait un visage parfait, sans la moindre flétrissure, alors qu'elle avait plus de quatre-vingts ans.

Ce qui, pour ceux de son espèce, était jeune.

Une robe chiffonnée l'enveloppait de la poitrine jusqu'à la pointe des pieds, sauf qu'en repliant l'une de ses jambes longues et galbées, elle l'avait relevée jusqu'à mi-cuisse. Cette peau mise à nue, si tentante, comme une invitation à s'abreuver à l'une des veines qui courait sous la peau à cet endroit…

Il devait résister.

Et il en était incapable.

C'était tout simplement la plus belle fille qu'il ait jamais vue. Son apparence fragile et délicate lui rappelait une œuvre d'art, l'une de ces miniatures qu'il avait tant admirées lors de son unique visite dans un musée. Ce jour-là, il avait voulu toucher un de ces objets, et le guide lui avait tapé sur la main.

Cette sculpture-là n'a pas besoin de gardien, songea-t-il avec un petit sourire. Victoria était capable de briser la nuque d'un homme d'une seule main.

C'était une vampire. *Sa* vampire. Sa douleur et son apaisement.

Posant un genou sur la couchette improvisée, il se rapprocha d'elle. En guise de matelas, un simple T-shirt était disposé à même le sol. Délicatement, il la fit basculer vers lui. Elle ne poussa pas le moindre soupir, comme l'aurait fait un être humain. Elle resta étrangement impassible, conservant une expression sereine, innocente et pleine de confiance.

Tu ne devrais pas faire ça.

Tant pis. Il allait le faire quand même.

Aden portait un jean déchiré et taché de sang — le même que celui qu'il avait mis lors de leur première rencontre, cette fameuse nuit qui avait bouleversé sa vie. Victoria, quant à elle, n'avait que sa robe sur elle. Bien souvent, leurs vêtements étaient la seule barrière qui les retenait de faire davantage que boire réciproquement leur sang.

Boire le sang de l'autre. S'en nourrir. Les mots étaient bien loin de refléter la réalité. Pour rien au monde il n'aurait voulu la blesser, mais quand il était emporté par la rage — ou quand *elle* l'était — il n'était plus question de sentiments ou d'affection. Ils devenaient tous deux des animaux.

Tu ne devrais pas faire ça, lui répétait sa conscience — ou du moins ce qu'il en restait.

Juste une gorgée. Une toute petite gorgée, et je la laisse tranquille.

C'est ce que tu as dit la dernière fois. Et la fois précédente. Et celle d'avant, aussi.

D'accord, mais cette fois, je tiendrai parole.

En tout cas, il l'espérait.

Quelque temps plus tôt, il aurait sans doute mené cette conversation avec les trois âmes emprisonnées dans sa tête. Mais elles ne s'y trouvaient plus : à présent, elles s'étaient réfugiées dans l'esprit de Victoria, et Aden en était réduit à parler tout seul. En tout cas, tant que le monstre dormait.

La bête tapie tout au fond de lui, toujours prête à s'éveiller… Et ce n'était pas qu'une façon de parler. A la lisière de sa conscience rôdait une créature féroce, assoiffée de sang, un fauve que Victoria lui avait transmis sans le savoir, et qui était à l'origine de sa nouvelle activité favorite — le pompage de jugulaire. Quand la bête sortait de l'ombre, Aden devenait incapable de réfléchir.

Tout doucement, il se pencha jusqu'à ce que son torse touche la poitrine de Victoria. Entre leurs deux visages, il n'y avait plus que l'espace d'un soupir. Pourtant, il voulait être encore plus proche. Toujours plus proche.

Il saisit entre ses mains le doux visage à la chevelure de jais, et fit basculer la tête de sa petite amie pour exposer la courbe élégante de son cou. Là, juste en bas, une veine palpitait.

Contrairement à ce qu'affirmaient les légendes, elle n'était pas une morte-vivante, mais un être de chair et de sang qui bougeait et respirait. Elle n'avait pas été transformée en vampire, elle n'avait subi aucune métamorphose : elle était bel et bien née comme ça. C'était sa façon de vivre.

Du moins, tant qu'il ne la tuait pas accidentellement en suçant son sang.

Ça n'arrivera pas.

Et pourtant, c'est un risque. Ne fais pas ça.

Juste une gorgée.

Sa bouche s'emplit de salive. Il prit une profonde inspiration. C'était comme s'il respirait pour la première fois. Tout, pour lui, était si neuf, si magnifique… Se délectant par avance, il retint son souffle le plus longtemps possible.

Quand il expira, pourtant, il ne ressentit pas l'apaisement espéré, mais seulement une sensation accrue de faim ardente, ou plutôt de soif que rien ne pourrait éteindre. Il promena sa langue sur ses lèvres. Ses mâchoires crispées lui faisaient mal. Bien qu'il n'ait pas de crocs, il était taraudé par l'envie de la mordre. Oui, planter ses dents en elle et savourer le goût de son sang, le boire encore et encore !

Oh oui, il en était capable. Si elle avait été humaine, il aurait même pu la vider de son sang. Mais Victoria était une vampire, et elle avait une peau aussi dure que l'ivoire. Avec ses dents, Aden ne pouvait atteindre ses veines. Il lui fallait utiliser le *je-la-nune,* la seule substance capable de brûler et traverser son épiderme si particulier. L'ennui, c'est que leurs réserves étaient à sec. A présent, il n'avait plus qu'une seule façon d'obtenir ce qu'il voulait.

— Victoria, supplia-il d'une voix rauque.

Elle n'avait pas dû récupérer ses forces depuis la dernière fois qu'il s'était nourri d'elle, car elle ne broncha même pas. Une pointe de remords détourna un instant son esprit de la faim qui le tenaillait. Il devait se relever et la laisser tranquille. Il fallait qu'elle se repose, qu'elle se régénère. Cela faisait des jours — ou bien étaient-ce des mois ? Des années peut-être ? — qu'il buvait son sang, et il ne lui en restait sans doute plus beaucoup.

— Victoria.

Il ne pouvait s'empêcher de répéter son nom, encore et encore. Pour dire les choses clairement, la faim ne le quittait jamais. Elle ne faisait que croître, s'insinuant de plus en plus profondément en lui, enserrant son âme dans un étau de fer. Et pourtant… Il ne boirait qu'une goutte, une toute petite gorgée — il rêvait de sentir ce goût sur sa langue — puis, promis, il la laisserait tranquille. Victoria pourrait se rendormir.

Jusqu'à ce qu'il ait faim de nouveau.

C'est la dernière fois, d'accord ? Ensuite, tu ne recommenceras pas.

— Réveille-toi, mon amour. C'est moi.

Il posa ses lèvres sur les siennes, presque avec violence. Mais pourquoi se montrait-il si brusque tout à coup ? Non, pas ça. Il l'aimait. C'était le baiser du prince à sa Belle au bois dormant.

Et comme dans le conte, Victoria ouvrit les paupières, battant à plusieurs reprises de ses longs cils. Deux yeux limpides comme le cristal et profonds comme des gouffres le fixèrent. Ils brûlaient de la même faim ardente.

— Aden ?

Levant les bras bien haut au-dessus de sa tête, elle étira son dos comme un petit chaton. On aurait dit qu'elle allait se mettre à ronronner.

— Tu te sens mal, de nouveau ?

La robe bâillait légèrement au niveau du buste — à peine, mais suffisamment pour dévoiler le motif à l'encre noire qui ornait sa poitrine, juste au-dessus du cœur. Déjà presque effacé, il ne tarderait pas à disparaître comme les précédents tatouages. Il représentait un tourbillon de cercles entrelacés. Loin de n'être qu'un ornement, il constituait une protection magique, un sort inscrit à l'encre indélébile pour la défendre contre la mort. Victoria n'était en vie que grâce à ce tatouage, qui lui avait permis quelque temps plus tôt de donner à Aden la plus grande partie de son propre sang — en le lui versant directement dans la gorge.

Si seulement il pouvait être plus précis sur la durée qui s'était écoulée depuis cet épisode… Mais le temps avait cessé d'exister pour lui. Il n'y avait plus, dans sa tête, qu'un ici et un maintenant. Et elle. Elle, encore et toujours. Sans compter cette faim, ce besoin impérieux et terrible qui lui brûlait le ventre.

Victoria bougea les jambes, ramenant son genou contre la hanche d'Aden. Celui-ci se raidit. La position était des plus intimes, mais il n'avait pas le temps de l'apprécier. Il ne leur restait qu'une minute, peut-être deux, avant que les voix ne viennent la perturber et la déconcentrer, et que les hurlements de la bête n'en fassent de même pour lui.

Un moment trop court avant d'être obligés de retourner à la noirceur de leur nature. Il ne parvint qu'à murmurer :

— Je t'en prie…

C'était comme si des toiles d'araignées noirâtres venaient envahir son champ de vision, de plus en plus épaisses, de plus en plus proches, jusqu'à ce qu'il ne voie plus que le cou de Victoria. La douleur dans ses mâchoires était devenue insupportable. Aden réprima une grimace de dégoût. Il était en train de baver.

— Vas-y.

Elle n'avait pas hésité. Elle l'enlaça et passa les mains dans ses cheveux. Les ongles plantés dans son cuir chevelu, elle attira son visage vers elle pour l'embrasser à pleine bouche.

Leurs langues se cherchèrent, se rencontrèrent, et pendant un instant il se perdit complètement dans sa douceur. Le baiser de Victoria évoquait le parfum d'un chocolat riche et crémeux mêlé de senteurs épicées.

Si seulement il avait été un garçon comme les autres, et qu'elle avait été une fille comme les autres… Il aurait prolongé cet instant, oui, et il aurait même tenté d'aller un peu plus loin, qui sait ? Peut-être l'en aurait-elle empêché, ou peut-être, au contraire, l'aurait-elle encouragé. Quoi qu'il en soit, tout ce qui se serait passé serait resté entre eux, rien qu'entre eux. Rien d'autre n'aurait compté. Mais dans les circonstances présentes, une seule chose importait à Aden : le sang de Victoria.

— Tu es prêt ? demanda-t-elle.

Elle était son dealer, et il était accro. Sa drogue, c'était elle. Tout se mélangeait, et c'était si bon. Il aurait voulu pouvoir la détester pour cela. Et une part de lui-même

— cette part nouvelle et inquiétante — la haïssait vraiment. Mais tout le reste de sa personne l'aimait au-delà des mots.

Un jour ou l'autre, c'était inévitable, les deux aspects de sa personnalité entreraient en guerre. Mais quel côté l'emporterait ?

— Tu es prêt ? s'assura-t-elle de nouveau.

— Vas-y, lança-t-il dans un grognement qui n'avait presque plus rien d'humain.

D'ailleurs, était-il encore humain ? L'avait-il seulement jamais été ? C'était vrai, après tout. Toute sa vie, il avait attiré le paranormal comme un aimant. Mais cette question, à ce moment précis, n'avait plus d'importance. Il voulait du sang...

Leur baiser se fit encore plus avide. Sans se dérober, elle passa sa langue sur ses incisives acérées, entaillant sa propre chair. Le nectar divin se mit à couler et, dans la bouche d'Aden, les saveurs de chocolat et d'épices furent aussitôt remplacées par un goût de champagne et de miel. Un vertige le prit, la température de son corps augmenta d'un seul coup.

Le plus rapidement possible, avant que la blessure ne se referme, il avala ce sang, jusqu'à la dernière goutte, poussant un grognement de plaisir à chaque gorgée. Au plus profond de lui la chaleur ne cessait de monter, comme un feu ardent qui le consumait et le réduisait en cendres.

Il connaissait cette sensation. Le pouvoir qu'il avait de posséder un corps comme le ferait un démon lui ouvrait les portes de la conscience de toute personne passant à sa portée. Il n'y avait pas si longtemps, il s'était retrouvé dans la tête d'un vampire. Un vampire allongé sur un bûcher funéraire. A présent, Aden avait l'impression d'avoir lui-même été jeté dans les flammes.

Peu après, il avait connu un moment semblable en entrant dans l'esprit d'une fée à qui on venait de planter un couteau dans le cœur. Avec elle, Aden avait connu les tourments de l'agonie.

Ces deux expériences lui en avaient beaucoup appris sur la douleur, mais elles n'étaient rien en comparaison de ce qu'il avait ressenti quand il avait été lui-même poignardé en plein cœur, quand son corps *à lui* avait été victime de la violence. Sans Victoria, qu'il serrait à présent entre ses bras, il serait mort.

Ils venaient juste de remporter un combat qui les avait opposés à une assemblée de sorcières et à un bataillon de fées. Ils avaient alors décidé de célébrer leur victoire ensemble, en privé. Mais, sorti des ténèbres, un démon à l'apparence humaine — Tucker — s'était précipité sur lui et lui avait enfoncé un couteau dans le cœur sans qu'il puisse réagir.

Victoria aurait dû le laisser mourir ce soir-là. Sa fin avait été prédite par l'une des âmes qui vivaient dans sa tête, et Aden s'y était préparé. Il refusait de se résigner, mais en même temps il savait depuis toujours que son existence s'achèverait ainsi.

Il fallait voir les choses en face. Il ne faisait aucun doute que Victoria s'en serait bien mieux tirée en le laissant mourir. Elle aurait été libérée de son fardeau — et lui du sien. On ne joue pas impunément avec le destin. Ça c'était en théorie. Mais la panique avait pris le dessus.

Il se souvenait des hurlements suraigus qu'elle avait poussés, et aussi de la façon dont ses mains l'agrippaient, cherchant à le retenir alors même que la vie s'échappait de lui à gros bouillons. Pire encore, il se rappelait nettement des larmes qu'elle avait versées sur son visage, brûlantes comme de l'acide.

A présent, elle payait pour lui avoir sauvé la vie, et elle allait continuer d'en subir les conséquences jusqu'à ce qu'Aden la tue par accident, ou jusqu'à ce qu'elle le tue, lui. Une vie pour une vie. N'était-ce pas ainsi que fonctionnait l'univers ?

Dans son corps, le sang de Victoria produisait des effets terrifiants : son ventre s'était transformé en une fournaise infernale. Peut-être allait-il en mourir — enfin ?

Pourtant, peu à peu, la douleur s'apaisa. Comment dire ? Aden se sentait plus calme, et même… oui, en pleine forme. Ses mouvements devenaient plus décidés, ses jambes plus fermes, et ses muscles semblaient emplis d'une énergie nouvelle, vibrante.

C'était la première fois qu'un tel phénomène se produisait. Quand ils buvaient mutuellement leur sang, ils se nourrissaient, et finissaient souvent par se battre avant de s'écrouler au sol, épuisés. Jamais encore Aden n'avait ressenti cette impression de s'être rechargé comme une batterie.

Sur la langue de Victoria, le sang se tarissait déjà — la plaie se refermait vite, bien trop vite — lui rappelant cruellement ce dont il avait maintenant besoin pour survivre, et éclipsant toute autre pensée.

— S'il te plaît, fit-il d'une voix enrouée.

— Encore ? demanda-t-elle doucement.

Les ongles de sa princesse vampire avaient laissé des traces rouges le long de la nuque et des épaules d'Aden. La faim commençait sans doute à la tenailler elle aussi.

Même débarrassée du monstre qui constituait le cœur de sa nature de vampire — et qui guidait à présent les nouveaux choix alimentaires d'Aden — Victoria continuait de vouloir boire du sang. Etait-ce parce que cela avait été, jusque-là, son seul régime, ou parce qu'elle était aussi accro que lui ?

— Oui, encore, confirma-t-il.

Elle s'entailla de nouveau la langue au moyen de ses crocs. Le sang se mit à couler en filet de la nouvelle blessure, plus lentement cette fois. Peu importe, il en avala tant qu'il put.

Pas assez. Pas assez. Il n'y en a jamais assez.

L'hémorragie se tarit en quelques minutes. Il ne voulait pas lui faire de mal, c'était hors de question. Et pourtant il était bien en train de lui mordre la langue, en ce moment même ? Contrairement à sa peau, cette partie de sa chair était molle et malléable. Victoria poussa un gémissement. De douleur ? Non. Aden lui-même s'était coupé la langue au contact des crocs de sa petite amie, et à présent son propre sang coulait dans la bouche de celle-ci. Et il n'avait pas mal, bien au contraire.

— Encore, intima-t-elle.

Cette fois, ce n'était plus une question.

Il empoigna à pleines mains sa chevelure soyeuse et la tordit pour l'obliger à incliner davantage la tête, afin que leurs langues aillent plus loin. *Délicieux !*

Un jour, elle lui avait confié que les humains mouraient lorsqu'un vampire tentait de les transformer. Elle avait ajouté que celui de son espèce qui cherchait à accomplir cette transformation périssait en même temps. A l'époque, Aden n'avait pas compris pourquoi.

A présent, il le savait — et il en payait le prix.

Victoria avait bu tout le sang restant dans le corps d'Aden avant de le remplacer par le sien propre, en le lui versant directement dans la bouche. Ce faisant, ils n'avaient pas seulement échangé leurs ADN ainsi que les âmes et le monstre qui les habitaient — non, ils avaient *tout* partagé. Souvenirs, goûts et dégoûts, inclinations et envies, tout était passé de l'un à l'autre, et cet échange se répétait à chaque morsure, dans un va-et-vient incessant, au point qu'Aden finissait par avoir du mal à savoir qui il était.

Etait-ce lui ou elle, encore enfant, qu'on avait fouetté avec un martinet ? Lui qui avait vidé un être humain de tout son sang ? Etait-ce lui ou elle qui, dans une forêt, avait rencontré une troupe de changeformes capables de se transformer en ours et sauvé un clan décimé par la maladie ?

Au fond de son esprit, un son étouffé, semblable à un bâillement, attira son attention. La bête. Encore que le mot *démon* aurait été plus juste pour décrire Gobeur. Celui-ci, en effet, avait le pouvoir de s'emparer complètement d'Aden. Pour avoir vécu toute sa vie avec des âmes prisonnières de son esprit, il était familier avec la sensation de possession, mais Gobeur n'avait pas la douceur de Julian, l'humour dépravé de Caleb ni les attentions permanentes d'Elijah. Gobeur ne pensait qu'au sang et à la souffrance. Le sang qu'il pouvait prendre et la souffrance qu'il pouvait infliger.

Quand la bête prenait le dessus, Aden devenait un véritable prédateur qui n'avait plus grand-chose d'humain. Il se détestait lui-même, et haïssait tout autant Victoria. Ce qui n'avait aucun sens, car Gobeur, en réalité, adorait Aden. Il lui était beaucoup plus agréable de se trouver dans son esprit que d'être prisonnier de celui de Victoria, dont il avait toujours cherché à s'échapper. Depuis qu'il vivait à l'intérieur de lui, Gobeur ne luttait plus pour s'enfuir. Néanmoins, il était d'un tempérament violent, un tempérament qu'il ne pouvait refréner et qui finissait toujours par réclamer son dû.

Il arrivait qu'Aden et Victoria inversent de nouveau les rôles : les âmes revenaient dans sa tête à lui, et le monstre retournait à l'intérieur d'elle. Dans tous les cas, cela ne durait jamais très longtemps. Il y avait chaque fois un nouveau changement, puis un autre, et ainsi de suite. Chacune de ces permutations les menait un peu plus près de la folie. Trop de souvenirs mélangés, trop de besoins qui s'opposaient... Tôt ou tard, ils finiraient par sombrer tous deux dans le gouffre de la démence.

— A... Aden, articula Victoria, le souffle court, il faut que je...

Il savait très bien ce qui allait suivre.

Comme Aden l'avait fait avec elle un instant plus tôt, Victoria le força à son tour à incliner la tête, rompant leur baiser à contrecœur, avant de planter ses crocs dans sa jugulaire. Il poussa un véritable feulement de douleur et de frustration. Pendant longtemps, la morsure de Victoria lui avait été agréable, voire délicieuse. Mais à présent, la faim privait sa petite amie de toute délicatesse, au point que ses dents faillirent lui sectionner un tendon. Pourtant, Aden ne chercha pas à l'arrêter. Elle avait besoin autant que lui de se nourrir.

Soudain, des pas résonnèrent dans la grotte. Quelqu'un venait !

Aden ne paniqua pas. Victoria avait le pouvoir de les téléporter en un clin d'œil vers n'importe quelle destination, à condition qu'elle l'ait visitée auparavant. Le soir de l'agression, elle les avait emmenés ici, dans ces cavernes. Aden ignorait où elles se situaient exactement, et à quelle occasion elle s'y était rendue. Tout ce qu'il savait, c'est que des randonneurs étaient déjà entrés une ou deux fois depuis qu'ils étaient là. Aucun, pourtant, ne s'était aventuré bien loin. Inutile de s'affoler. Le nouvel arrivant ne se montrerait pas plus téméraire que les autres.

A deux, ils auraient probablement pu trouver un lieu encore plus à l'écart. Plus ils se trouvaient loin de la civilisation, plus ils étaient en sécurité. Aden, après tout, était une véritable cible vivante depuis que le père de Victoria était revenu d'entre les morts pour réclamer son trône. Ou ce qu'il *considérait* comme son trône.

Aden avait beau être humain — en tout cas, pour l'instant, il se considérait encore comme tel — il n'en était pas moins le roi des vampires. Il avait gagné ce titre en tuant un ennemi en combat singulier. C'était donc à lui que revenait le trône, et à présent, il fallait le reconquérir. Dès qu'il serait parvenu à se sevrer du sang de Victoria.

Un instant. Etaient-ce là ses propres pensées, ou bien celles du monstre ?

Les siennes, décida-t-il. Il fallait que ce soit les siennes. Son désir de redevenir roi n'avait d'égal que son envie de sang.

Ce n'était pas le cas, avant. En fait, ce trône ne l'intéressait pas, et il avait passé beaucoup de temps à se chercher un remplaçant.

Avant, c'était avant. Et puis, à la fin, je m'étais mis à avoir des projets pour mon peuple.

Son peuple ?

C'est l'adrénaline qui parle.

Ah oui ? Eh bien, maintenant, c'est moi qui décide, et tu ferais mieux de la fermer.

Les pas, cependant, continuaient de se rapprocher. Extirpant ses crocs du cou d'Aden, Victoria pivota vers l'entrée de la grotte avec un grondement menaçant.

En temps normal, elle n'aurait pas pris cette peine : il lui aurait suffi de suggérer au visiteur de faire volte-face. Rien qu'en utilisant sa voix, elle avait le pouvoir de se faire obéir par n'importe quel humain — à l'exception d'Aden. Il était sans doute parvenu à s'immuniser d'une façon ou d'une autre contre cet envoûtement, car il ne fonctionnait plus sur lui. Ici, dans la caverne, elle avait tenté d'y recourir chaque fois que la folie s'était emparée d'elle. *Penche la tête, offre-moi ton cou…* Pourtant, ses conjurations étaient restées sans effet.

— Si cet humain s'approche encore, je lui dévore le foie et je lui arrache le cœur, lança-t-elle avec une expression féroce.

Une menace sans fondement, pensa Aden. Depuis des jours — mais tout paraissait si flou — elle n'avait plus d'appétit que pour son sang à lui, et réciproquement. Chaque fois qu'un visiteur s'aventurait dans le dédale rocheux qui menait à leur caverne, tous deux le sentaient venir à des kilomètres. Mais à la simple idée de se nourrir de son sang, l'estomac d'Aden se remplissait de bile. D'un autre côté, la présence occasionnelle de ces randonneurs justifiait leur séjour dans cette grotte : qu'ils le veuillent ou non, s'ils finissaient par avoir besoin d'une source de nourriture supplémentaire, les intrus leur seraient bien utiles…

Les pas étaient tout proches, à présent, rapides et déterminés. Une voix d'homme, teintée d'un léger accent — peut-être espagnol ? — s'éleva :

— Il y a quelqu'un, ici ? Je ne vous veux aucun mal. J'ai entendu des voix, et je me suis dit que vous aviez peut-être besoin d'aide.

Vive comme l'éclair, Victoria quitta leur couchette improvisée et Aden retomba lourdement sur le T-shirt qu'ils avaient étalé sur le sol en guise de matelas. Un homme d'une quarantaine d'années, grand et mince avec une chevelure sombre, venait de pénétrer dans leur retraite. Avant qu'Aden ne l'ait vue bouger, Victoria fut sur lui et le saisit au collet. La gourde de métal accrochée au sac à dos du randonneur heurta la paroi rocheuse. D'un simple mouvement du poignet, Victoria le propulsa au milieu de la caverne.

L'homme atterrit durement sur ses pieds. Perdant l'équilibre, il recula en titubant jusqu'à percuter le mur. Instinctivement, il se laissa tomber sur le sol et resta assis, immobile. Sur son visage, la peur le disputait à la surprise.

— Mais que…, commença-t-il en levant les mains pour se protéger.

Il y eut un nouveau tourbillon. L'instant d'après, Victoria se trouvait penchée sur l'homme, emprisonnant son menton dans sa main. Le sang d'Aden dégoulinait encore au coin de sa bouche, et ses crocs s'allongèrent au point de chevaucher sa lèvre inférieure. Sa chevelure sombre en bataille encadrait son visage comme la crinière d'un animal féroce. Elle était à la fois superbe et terrifiante, une vision de rêve et de cauchemar.

Les yeux écarquillés, l'homme s'était mis à transpirer abondamment. A présent, la peur l'avait emporté sur la surprise, et son regard était devenu presque absent. Il avait le souffle court et sa poitrine se soulevait par saccades, trahissant sa terreur.

— Je... Je suis désolé. Je ne voulais pas... Je vais vous laisser. Je ne dirai rien à personne, je le jure. Laissez-moi partir, je vous en prie. Je vous en prie !

Victoria n'avait pas cessé de scruter son visage, comme si elle avait face à elle un vulgaire animal de laboratoire.

— Dis-lui de partir, lança Aden. Dis-lui de tout oublier.

Plus tard, elle s'en voudrait à mort d'avoir blessé un humain innocent. Pas aujourd'hui, et peut-être pas demain non plus, mais cela arriverait tôt ou tard, dès qu'ils auraient retrouvé la raison.

S'ils la retrouvaient.

Il y eut un silence. Les doigts de Victoria se crispèrent sur le visage de l'inconnu, au point qu'il grimaça de douleur. Des bleus se formaient déjà le long de sa mâchoire.

Aden ouvrit la bouche pour lancer une nouvelle mise en garde mais du fond de son esprit un nouveau grondement s'éleva — beaucoup plus fort que le précédent. Tous les muscles de son corps se contractèrent par anticipation.

Gobeur s'était réveillé.

Un sentiment de panique envahit Aden.

— Victoria ! Laisse-le partir maintenant, ou je te jure que je ne te laisserai plus jamais boire mon sang.

Il y eut un instant de silence. Puis la voix de celle qu'il aimait retentit, enfin, pleine d'une puissance contenue, irradiant comme un sortilège.

— Va-t'en, lança-t-elle à l'homme. Tu n'as vu personne, tu n'as parlé à personne.

Etrangement, il fallut plusieurs secondes pour qu'il réagisse à ses ordres. Après un moment de flottement, ses pupilles se contractèrent et son regard se vida de toute expression.

— Pas de problème, fit-il d'une voix monocorde. Partir. Personne.

— C'est bien. Va-t'en avant qu'il ne soit trop tard, conclut-elle d'une voix où perçait la colère.

Puis elle lâcha le visage du randonneur. Celui-ci se leva péniblement et se dirigea tant bien que mal vers l'entrée de la grotte. Il sortit sans se retourner.

Il ne saurait jamais qu'il avait frôlé la mort de très près.

Dans le crâne d'Aden, le tumulte s'intensifia. D'une seconde à l'autre, le grondement allait devenir…

Un cri.

Un cri monstrueux, qui le transperça jusqu'aux tréfonds de son âme. Comme pour se protéger du bruit, même s'il savait très bien que c'était inutile, Aden plaqua ses mains sur ses oreilles. Le cri enfla, devint un hurlement strident, suraigu, semblable à la lame d'un rasoir qui tranchait à vif dans son cerveau, éparpillant ses pensées en tous sens jusqu'à ce qu'il ne reste plus dans sa tête que ces deux mots :

Manger.

Détruire.

Non ! Non et non ! Je n'ai plus faim, tenta-t-il de dire à Gobeur. Il ne faut pas…

MANGER. DETRUIRE.

De nouveau, sa vision fut envahie de toiles d'araignées ponctuées de lueurs écarlates, jusqu'à ce qu'il ne distingue plus que le cou de Victoria. Et elle restait là, accroupie, immobile, soutenant son regard. Elle savait ce qui allait se produire.

MANGER. DETRUIRE.

Oui. Se relevant péniblement, Aden avança sur ses jambes chancelantes. Poings serrés, souple et musclée comme une liane, Victoria se redressa à son tour de toute sa hauteur, indomptable et belle à se damner.

Certes, il venait juste de se nourrir, mais il lui en fallait plus. Absolument.

— *Manger*, s'entendit-il dire, et sa voix n'était plus la même.

Il s'y était mêlé une sonorité dure et rauque.

Il devait à tout prix lutter contre cette faim irraisonnée, et empêcher Gobeur de se servir de lui comme d'un pantin.

Soudain, se plaquant les mains sur les oreilles, Victoria poussa un gémissement. De toute évidence, les âmes venaient de s'éveiller, et elles faisaient autant de bruit que Gobeur.

— Protège-moi, supplia-t-elle.

La couleur de ses pupilles… Ses yeux étaient devenus un tourbillon de vert, de bleu et d'or. Oui, les âmes étaient bien là, et elles s'étaient mises à parler.

La protéger. Il devait la protéger, comme elle le lui demandait. Mais quand il ouvrit la bouche, ce fut pour crier :

— Détruire !

Malgré tous ses efforts pour ancrer ses pieds dans le sol et s'immobiliser, il se retrouva à avancer vers elle d'un pas menaçant, l'écume aux lèvres.

Détruiredétruiredétruire. DETRUIREDETRUIREDETRUIRE.

Gobeur s'était toujours montré pressant. A présent, il devenait incontrôlable, brutal et sauvage.

D'une seconde à l'autre, sa relation avec Victoria allait s'achever. Du fond de son cœur miraculé, Aden avait compris. Un seul d'entre eux sortirait vivant de cette grotte.

2

Victoria Tepes, fille de Vlad l'Empaleur et princesse de Valachie, se prépara à l'impact. Bien lui en prit : une fraction de seconde plus tard, Aden la percutait de plein fouet, la projetant contre la paroi rocheuse où, un peu plus tôt, elle avait plaqué le randonneur. Elle en eut la respiration coupée.

Pas le temps de retrouver son souffle : la main d'Aden venait de se refermer sur sa gorge et commençait à serrer. Pas suffisamment pour la blesser vraiment, mais assez pour l'empêcher de bouger. Il devait être en train de combattre de toutes ses forces les pulsions du monstre qui l'habitait — sans quoi il lui aurait déjà brisé la nuque.

Mais il ne tiendrait pas longtemps. C'était une bataille perdue d'avance.

Sous l'effet de la colère, elle serait sans doute parvenue à le repousser. Mais pour tout dire, elle ne parvenait pas à lui en vouloir. C'était sa faute s'il en était arrivé là. Les remords rongeaient Victoria comme un cancer. Aden l'avait suppliée de ne pas tenter de le sauver, il lui avait prédit qu'il n'en découlerait que des conséquences désastreuses. Mais quand elle l'avait vu agonisant, lui, son premier amour, le seul garçon qui l'ait jamais aimée pour ce qu'elle était vraiment, sans rien attendre en retour, elle avait craqué. Le laisser mourir sans rien faire ? Ça jamais ! Une seule pensée lui avait traversé l'esprit : *il est à moi, j'ai besoin de lui.*

Alors elle avait agi avant que la mort ne prenne son dû. Même à présent, elle ne regrettait pas son geste — comment l'aurait-elle pu ? Il était toujours vivant, toujours avec elle ! Et c'était précisément à cause de cela que les remords la tenaillaient. Aden, son Aden à elle, celui qu'elle aimait, devait haïr ce qu'il était en train de devenir : une créature violente et agressive, un guerrier sans âme.

En temps normal, il se montrait d'une grande douceur avec elle. Il la traitait comme un objet précieux, la protégeait comme si sa vie en dépendait, et ce, bien qu'elle soit capable de lui arracher la tête d'un revers de la main. Dans le passé, en tout cas. En effet, Aden n'avait pas changé que dans sa tête : physiquement, il était devenu en quelques jours plus grand, plus fort et plus rapide.

La couleur de ses yeux avait changé, elle aussi. A la place du tournoiement de couleurs qui trahissaient auparavant la présence des âmes dans son esprit, ses pupilles arboraient à présent une teinte violette uniforme d'aspect effrayant.

— Boire ! grinça-t-il, et elle sentit, comme si elle émanait réellement de son corps, la brûlure de la soif dans sa gorge.

C'est trop cool, non ? lança soudain une voix dans sa tête. *On est de nouveau dans la vampire.* C'était Julian, l'homme qui murmurait à l'oreille des zombies. Il avait le pouvoir de réveiller les morts — même si, jusqu'à présent, il n'avait réveillé que les instincts sanguinaires de Victoria.

Génial ! Dis voir, Vic, renchérit immédiatement une autre voix, *tu devrais prendre une douche. Tu sais, pour nettoyer tout ce sang sur toi. Ce serait bien que tu te savonnes très fort. Et partout. La propreté du corps est le reflet de celle de l'âme, tu sais.* C'était Caleb, qui avait le pouvoir de posséder les corps — et développait une étrange obsession pour certaines parties de ces mêmes corps, en particulier nues.

— Aidez-moi à prendre le contrôle d'Aden, répliqua Victoria.

A plusieurs reprises, elle l'avait vu se fondre dans d'autres personnes, disparaissant à l'intérieur d'elles et prenant les commandes de leur corps. C'était un processus instantané, grâce auquel il parvenait à imposer sa volonté aux autres.

Aden n'avait d'ailleurs plus besoin de Caleb pour accomplir ce tour de passe-passe. Il maîtrisait à présent ce pouvoir, mais ce n'était certainement pas le cas de Victoria, qui s'y était essayée à plusieurs reprises, toutes soldées par des échecs cuisants. Etait-ce parce que les âmes n'appartenaient pas à son être depuis toujours ? Y avait-il une façon particulière de les traiter ? Quoi qu'il en soit, elles semblaient toujours en lutte contre elle, et elle avait besoin de leur permission pour utiliser leurs pouvoirs. Ce qu'elle détestait franchement.

Pour toute réponse à sa demande, elle eut droit au chœur habituel des *non, non et non !*

— Je ferai attention, insista-t-elle. Je l'obligerai juste à rester assis jusqu'à ce que son accès de rage se calme.

En tout cas, elle essaierait. Parfois, la folie la gagnait elle aussi, et elle oubliait ses intentions premières.

Pas moyen, désolé. Moi et les gars, on préfère… attends,

on dit « les gars et moi », c'est ça ? Je ne sais plus ce qui est correct…

— C'est vraiment important ? rétorqua-t-elle d'une manière abrupte.

Peu importe, reprit Caleb sans faire cas de sa réponse, *on en a parlé ensemble, et nous n'allons pas t'aider à utiliser nos pouvoirs. Ça pourrait créer une connexion permanente, tu comprends ? Un genre d'esclavage. Note bien que c'est le genre de lien que j'adorerais entretenir avec toi, et d'ailleurs j'ai voté pour, mais la majorité l'a emporté et nous allons nous débrouiller pour ne pas rester ici trop longtemps. Sinon, en ce qui concerne cette douche…*

— Vous avez parlé entre vous, hein ? Félicitations, alors. Si Aden est blessé, vous saurez à qui vous en prendre.

Oui, nous saurons à qui nous en prendre. Parce que tu as raison : tout cela va se terminer très mal.

C'était Elijah, le médium qui ne prédisait que des catastrophes — et quand cela concernait Victoria il semblait même y prendre un certain plaisir.

Caleb émit un reniflement méprisant. *Tu ferais mieux de te taire, Eli. Une douche, ça se termine toujours bien, si tu t'y connais un peu.*

Resserrant son étreinte, Aden se mit à secouer Victoria.

— Soif ! lança-t-il de nouveau.

Manifestement, il attendait d'elle qu'elle l'aide à résoudre ce problème.

— Je sais.

D'accord. Elle était seule. Saleté d'âmes. Non seulement elles lui refusaient leur aide, mais elles l'empêchaient de se concentrer et de trouver un moyen de se sortir de ce mauvais pas.

— Tu as soif, mais tu ne peux pas boire mon sang. Je n'ai pas encore récupéré de la dernière fois.

Sans compter que la dernière fois remontait à seulement cinq minutes… Aden n'aurait pas dû se trouver si rapidement en état de manque.

— Boire !

— Aden, écoute-moi, martela-t-elle d'un ton ferme. Ce n'est pas toi qui parles, c'est Gobeur (*mais quel nom stupide pour une créature aussi féroce !*). Tu dois lutter contre lui. De toutes tes forces.

Tu n'arriveras pas à l'atteindre, intervint Elijah, aussi rabat-joie qu'à son habitude. *J'ai déjà vu comment se termine ce genre de lutte. Aden ne sait plus où il en est.*

— Oh, ferme-la, d'accord ? répliqua-t-elle sèchement. Je n'ai pas besoin de tes commentaires. Et tu sais quoi ? A toi aussi ça t'arrive de te tromper : Aden n'est pas mort quand on l'a poignardé. Aucune des deux fois.

Pas faux. Mais regarde où ça vous a menés, tous les deux…

Un point pour lui. Et un vrai coup bas en prime.

— Je t'ai dit de la fermer. Maintenant, ordonna-t-elle.

Elle crut distinguer une lueur de compassion dans les yeux d'Aden avant qu'ils ne retrouvent leur étrange couleur violette et cette expression de faim glacée et terrifiante.

— Soif. Boire. Maintenant.

Découvrant ses dents, il plongea vers son cou. A un certain niveau de sa conscience, il devait se souvenir qu'il ne pouvait atteindre les veines d'une vampire, mais maintenant cela ne suffisait plus à l'arrêter.

Victoria parvint à le repousser en le saisissant par les cheveux. *Doucement. Doucement.* Ouch ! Elle n'avait pas réussi à maîtriser sa force : Aden vola à travers la caverne et alla percuter le mur du fond dans un nuage de débris et de poussière qui se mit à flotter autour d'eux. Mais au moins, elle put enfin inspirer l'air dont elle avait tant besoin — avant de le recracher aussi sec en une quinte de toux irritée.

Dis donc, tu pourrais faire un peu attention à notre petit gars ! se plaignit Julian. *J'ai bien l'intention de retourner dans son esprit dès que possible.*

« Mais je n'arrête pas de faire attention ! » aurait voulu crier Victoria. Comment Aden pouvait-il vivre avec ces âmes dans sa tête ? Elles bavardaient sans arrêt, commentant tout ce qui se passait. Julian lui reprochait la moindre de ses actions, Caleb était incapable de sérieux, et Elijah était un pessimiste de la pire espèce.

En vérité, Victoria aurait préféré avaler une boîte de sédatifs plutôt que d'avoir une conversation avec lui, mais impossible de trouver une pharmacie dans le coin…

Aden se remit debout, les yeux rivés sur elle.

Il faut que je trouve un moyen de l'arrêter sans lui faire de mal. Mais comment ? C'était au moins la centième fois qu'elle se posait la question, sans trouver de solution. Il devait pourtant exister une façon de…

Oh, je sens un truc bizarre, s'exclama soudain Caleb d'une voix tonitruante, comme s'il venait de faire la découverte du siècle.

Fiche-nous la paix, d'accord ? On sait tous ce que tu vas dire : le truc bizarre en question se situe en dessous de la ceinture que tu n'as même pas, et tu dis ça uniquement pour que Victoria se déshabille, comme d'habitude. Tu nous répètes ça en permanence. Si tu voulais vraiment aider notre Aden, tu arrêterais de proposer des rendez-vous sous la douche à sa petite copine...

De nouveau, Victoria plaqua ses mains sur ses oreilles. Elle aurait voulu pouvoir les plonger à l'intérieur de son crâne, saisir les âmes et les faire taire une bonne fois pour toutes. Elles étaient bien trop présentes, comme des ombres envahissantes et bruyantes, qui fuyaient dès qu'elle tentait de les atteindre.

Non, ce n'est pas ça. Je ne suis pas en rut, poursuivit Caleb, avant de se taire de nouveau comme s'il avait du mal à rassembler ses idées. *Enfin, si, mais là, ce n'est pas de ça que je parle. Je me sens... j'ai la tête qui tourne.*

Il disait la vérité : Victoria, à présent, sentait le malaise de Caleb la gagner. Elle vacilla.

Eh, mais moi aussi ! renchérit Julian une seconde plus tard. *Qu'est-ce que tu nous as fait, princesse ?*

Bien entendu, il s'en prenait à elle, même si elle n'y était pour rien. Les âmes étaient toujours sujettes à des vertiges quelques instants avant de retourner dans l'esprit d'Aden. Pourtant, elles se laissaient surprendre chaque fois.

Aden arrive, la prévint Elijah. *J'espère que tu t'es préparée au changement qui s'annonce. Moi, je n'arriverai jamais à m'y faire.*

Eh là ! grogna Julian. *Tu ne vas pas aider l'ennemi, non ?*

— Je ne suis pas votre...

Elle n'eut pas le temps de terminer sa phrase : l'odeur du sang d'Aden venait de la frapper de plein fouet, puissante, enivrante. L'eau lui monta à la bouche. Son corps, lui aussi, avait des besoins ! L'instant d'après, des mains la repoussèrent brutalement, et elle tomba en arrière en se cognant à la paroi de pierre.

— Manger !

Elle était allongée sur le sol, le souffle coupé. Aden la maintenait de tout son poids et tentait de plus bel de la mordre dans le cou. De nouveau, elle le saisit par les cheveux, mais elle fut incapable de le retenir et il plongea ses dents dans une veine qui palpitait. A la grande surprise de Victoria, sa peau céda.

C'était la première fois que pareille chose arrivait. Elle poussa un hurlement de douleur, qui s'étouffa dans sa gorge, comme si celle-ci était soudain bloquée. Une vague de vertiges la submergea soudain, accompagnée d'une fatigue accablante qui la laissa secouée de frissons. Un gémissement se fit entendre.

C'était Caleb. Peut-être qu'il pouvait... D'une voix épuisée, elle tenta de l'appeler à l'aide.

— Laisse-moi posséder...

Il gémit de nouveau, lui coupant la parole. *Qu'est-ce qui m'arrive ?*

— Concentre-toi, s'il te plaît. Il faut que je...

Est-ce que je suis en train de mourir ? Je ne veux pas mourir. Je suis trop jeune pour...

Non, il ne l'aiderait pas. Il était incapable de cesser son babillage. Et les autres ne feraient rien pour elle non plus. Julian et Elijah, eux aussi, gémissaient à qui mieux mieux. Pourtant, ils ne semblaient pas sur le point de quitter sa tête pour celle d'Aden. Leurs plaintes prirent de l'ampleur et se muèrent en cris, en hurlements qui l'empêchaient de se concentrer et de réfléchir.

Une série d'images apparurent soudain dans sa tête, comme des flashes. Riley, son garde du corps, grand et brun, avec son petit sourire. Ses sœurs, Lauren et Stephanie, toutes deux blondes et magnifiques, qui aimaient tant se moquer d'elle. Sa mère, Edina, ses cheveux noirs de jais tourbillonnant autour d'elle pendant qu'elle dansait. Son frère Sorin, parti il y a bien longtemps — un guerrier impitoyable qu'on lui avait ordonné d'oublier, et dont elle s'était efforcée d'effacer le souvenir, en vain, depuis qu'il avait quitté le clan sans se retourner.

D'autres images, encore, comme les clichés en noir et blanc d'un vieil appareil photo. Shannon, son compagnon de chambre, un garçon doux et attentionné. Non ! Pas son compagnon de chambre, celui d'Aden ! Puis Ryder, le garçon avec qui Shannon aurait voulu sortir, et qui l'avait repoussé. Et enfin Dan, ce bon vieux Dan, propriétaire du ranch D & M qui était depuis quelques mois son unique foyer.

Non. Pas le sien. Celui d'Aden.

Ses pensées et ses souvenirs se mélangeaient aux siens en un nuage tourbillonnant. Puis les images disparurent. Elle se sentait si faible… Il lui fallait se battre, lutter contre cette fatigue intense…

Allez, Princesse ! Tu es de sang royal, oui ou non ? Alors bats-toi !

Elle s'exhorta à sortir de sa torpeur. Se battre, il fallait se battre !

Avec un regain de détermination, elle resserra sa prise sur les cheveux d'Aden et parvint à lui faire relever la tête. Cette fois, malheureusement, elle ne trouva pas la force de le projeter contre le mur de la caverne. Tous deux se retrouvèrent face à face, se défiant du regard. Les yeux d'Aden étaient devenus rouges et brillants, purement démoniaques. Du sang — celui de Victoria !

— dégoulinait de sa bouche, les maculant tous deux de traînées écarlates. Tout ce précieux liquide perdu !

Victoria aurait dû avoir peur. Elle avait sous les yeux le démon qu'elle avait elle-même créé, et qui incarnait une mort certaine. Aucun doute à cela : Elijah avait annoncé qu'Aden perdrait son combat contre le monstre en lui, et l'esprit médium ne se trompait jamais. Pourtant…

Du sang. La faim qui revenait, qui s'emparait d'elle au point de lui faire tout oublier. Au point de lui rendre ses forces. Oh non, elle n'allait pas se laisser faire. Pas sans s'être délectée de son sang à lui.

A mesure que la soif de mordre prenait le dessus, les canines de Victoria s'allongèrent. Néanmoins, quand elle pressa ses crocs contre la peau d'Aden, elle sentit une résistance. Elle ne parvenait pas à l'entamer. Quelque chose l'en empêchait, mais quoi ? Reculant la tête, elle chercha des yeux un obstacle, en vain. Elle ne voyait que la peau bronzée d'Aden, sous laquelle battaient des veines palpitantes.

Il faut que je goûte, il le faut. Cette phrase, répétée en boucle comme un mantra, ne provenait pas des âmes.

Poussant un rugissement, Victoria lâcha les cheveux d'Aden et le griffa de sa main libérée. Elle n'avait besoin que d'une petite coupure, à peine d'une égratignure, pour pouvoir goûter son sang. Pourtant, ses ongles n'entamèrent même pas la peau, pas plus que ne l'avaient fait ses dents.

— Manger !

Il la repoussa au sol, et fondit aussitôt sur sa jugulaire — de toute évidence son objectif favori.

Goûter son sang ! Elle lutta pour se redresser tout en cherchant à le mordre.

— Goûter ! dit à son tour la bête qu'était devenu Aden comme si elle avait lu dans ses pensées.

Ils roulèrent au sol, chacun cherchant à prendre le dessus. Plusieurs fois, elle parvint à le repousser, mais il revenait sans cesse à la charge et se retrouvait sur elle en un clin d'œil. Ils se cognaient aux murs, tombaient, se relevaient, se roulaient à même les flaques d'eau sur le sol de la caverne.

Seul le vainqueur se nourrirait. Le perdant, lui, était voué à une mort certaine — il finirait vidé de son sang. La loi du plus fort était à l'œuvre. C'était manger ou être mangé. Jusqu'à sa rencontre avec Aden, c'était le principe qui gouvernait Victoria. Mais il l'avait transformée, et elle s'était alors mise à protéger les plus faibles qu'elle, résistant à ses instincts de prédatrice. Et voilà qu'à présent, malgré toute sa volonté, elle ne parvenait plus à se battre. Quelle ironie.

Pour finir, Aden parvint à l'immobiliser et la cloua au sol de nouveau. Victoria lutta de toutes ses forces pour se libérer, tentant de le frapper des bras et des jambes, se tordant en tous les sens sous son corps, mais peine perdue, elle ne parvint pas à se libérer de son étreinte. Il lui saisit les poignets et les maintint au sol, au-dessus de sa tête.

Fin de la partie. Elle avait perdu.

Elle tenta de faire le point, de retrouver son souffle et ses esprits, mais une seule pensée l'occupait — *goûter, goûter, goûter…*

Oh oui.

— Lâche-moi, gronda-t-elle.

Aden s'immobilisa. Comme elle, il transpirait et tremblait de tous ses membres. La lueur pourpre brillait encore dans ses yeux, mais à présent elle y distinguait des zones plus claires, des taches couleur ambre — la couleur naturelle de ses pupilles. Elijah, pour une fois, s'était trompé : Aden se trouvait bel et bien *là-dedans*, et il luttait pour contrôler le monstre.

Elle pouvait en faire autant. Elle le devait.

Victoria s'accrocha à cette pensée comme à une bouée de sauvetage et se concentra sur sa respiration. Inspirer, expirer, lentement, à fond. Peu à peu, elle se mit à entendre d'autres voix que la sienne.

... ne vais pas mieux, disait Caleb.

Jamais la sensation de vertige n'avait été aussi forte. Le changement aurait dû avoir lieu et pourtant, les âmes étaient encore en elle. Comment était-ce possible ?

Nous devons rester calmes, tous autant que nous sommes, dit Elijah. *Vous m'entendez ? On va s'en sortir, je le sais.*

Tu mens. C'était la voix de Julian, hésitante et brouillée. *Je souffre tellement... Ça va mal se passer.*

Oui, tu mens, renchérit Caleb d'une voix paniquée. *C'est horrible. Je vais mourir, et toi aussi. Nous allons tous mourir, j'en suis sûr.*

Arrête de répéter ce mot et calme-toi, lui intima Elijah. *Immédiatement. Tes crises d'angoisse centrées sur ta petite personne mettent Aden et Victoria en danger.*

Tout de même, il avait fini par s'en rendre compte, et par s'inquiéter un peu de son sort à elle ! Mais c'était trop tard : les problèmes, ils étaient en plein dedans.

Mais il faut que... j'ai besoin de...

Caleb ! C'est à nous tous que tu fais courir des risques, maintenant. Calme-toi. S'il te plaît.

— Soif, reprit Aden.

Sa voix caverneuse rappela Victoria à la dure réalité.

Dans les yeux d'Aden, les reflets ambrés disparaissaient peu à peu, laissant place aux lueurs écarlates. Il était en train de perdre le combat qui l'opposait au monstre. D'une seconde à l'autre, il attaquerait : son regard, déjà, était fixé sur le cou de Victoria, où la blessure saignait toujours. Il se lécha les lèvres, flairant l'odeur qui en émanait, fermant les yeux, se délectant à l'avance du goût de son sang.

C'était le moment idéal pour frapper, pensa-t-elle en retrouvant ses instincts de prédateur : il fallait qu'elle profite de la distraction de son assaillant.

— Goûter, bafouilla-t-elle.

Victoria. Tu l'aimes. Tu t'es battue pour lui sauver la vie. Ne réduis pas tes efforts à néant en cédant à la faim. Tu peux résister.

La voix de la raison se faisait entendre à travers les brumes qui avaient envahi son esprit. Elijah, bien entendu. L'esprit-médium connaissait ses cordes sensibles, et savait en jouer.

D'accord ? Tu me comprends ? Je ne peux pas m'occuper de vous deux et de Caleb en même temps tout en luttant contre le vertige. Il faut que l'un de vous se comporte en adulte. Et vu que tu as plus de quatre-vingts ans, c'est sur toi que je compte.

Aden rouvrit les paupières. Ses iris étaient rouge vif. Toute nuance ambrée avait disparu.

Se contrôler, pensa-t-elle. Oui, elle pouvait le faire. Elle le voulait, absolument.

— Aden, je t'en prie.

Elle parviendrait à le sauver. Peut-être. Il était tout pour elle.

— Aden, je sais que tu m'entends. Je sais que tu ne veux pas me faire de mal.

Il y eut un silence chargé de tension. Soudain, comme par miracle, une nouvelle étincelle couleur ambre apparut dans les yeux qu'elle aimait tant.

— Pas faire de mal…, dit-il. Je ne veux pas te faire de mal.

Des larmes de soulagement coulèrent le long des joues de Victoria.

— Lâche mes mains, Aden. S'il te plaît.

Un nouveau silence, qui parut durer une éternité. Puis, lentement, très lentement, il desserra les doigts sur son poignet et libéra ses bras. Il se redressa, à cheval au-dessus d'elle, ses genoux emprisonnant encore ses hanches.

— Victoria… Je suis désolé, vraiment désolé. Ton cou, ton pauvre cou !

Penché sur elle, il parlait sur un ton étrange où se mêlaient sa voix habituelle, pleine de douceur, et les accents rauques du monstre.

Elle se força à esquisser un sourire.

— Tu n'as pas à t'excuser.

Je t'ai fait la même chose…

J'ai besoin… Il faut que… Caleb, comme hors d'haleine, ne parvenait pas à trouver ses mots, et soudain, ce fut Victoria qui sentit le souffle lui manquer.

Il se passe quelque chose… Je n'arrive pas à…

Ecoute-moi bien, Caleb, intervint Elijah précipitamment. *Nous ne pouvons pas retourner à l'intérieur d'Aden pour le moment. Nous serions tués si nous tentions de le faire.*

Tués ? murmura Caleb d'une voix stupéfaite. *Je le savais. On va tous mourir !*

Mais que veux-tu dire par « tués » ? grogna Julian.

Je veux dire que nous allons nous en tirer si vous arrêtez un peu, tous les deux ! Si vous continuez à paniquer, nous allons sortir de Victoria, et ce n'est vraiment pas le moment. Alors vous allez vous calmer, maintenant. Compris ? Nous pourrons réintégrer l'esprit d'Aden un peu plus tard, quand… un peu plus tard, c'est tout. Caleb, Julian, vous m'écoutez ou bien vous…

Mais soudain, sa tirade fut interrompue par un hurlement strident. C'était Caleb, aussitôt imité par Julian. Dans la tête de Victoria, ces cris se mêlèrent au soupir dépité d'Elijah. Non, les deux esprits ne l'avaient pas écouté.

Que pouvait-elle bien faire face à ça ? Soudain, ce fut à son tour de se mettre à hurler, si fort qu'elle crut que ses propres tympans allaient exploser. La douleur s'éleva, insoutenable — puis elle ne sentit plus rien, et son cri s'acheva en un grognement ravi.

Le pouvoir. La puissance absolue. Sans qu'elle sache comment ni pourquoi, elle la sentait à l'intérieur d'elle, qui l'envahissait, qui devenait une partie d'elle. Et c'était bon, si bon !

Au cours de sa longue vie, elle avait eu plusieurs fois l'occasion de boire le sang d'une sorcière, ce qui n'était pas une bonne chose pour les vampires. Pour eux, le sang des « robes rouges » constituait en effet une drogue dure : une fois qu'ils y avaient goûté, il leur devenait très difficile de penser à autre chose. Victoria en savait quelque chose. Cela faisait des années qu'elle n'y avait pas touché, mais il lui arrivait encore, certains jours, de sentir le manque la tarauder. Alors, elle se précipitait dans les bois, à la recherche de l'une d'entre elles, n'importe laquelle, ce qui expliquait que vampires et magiciennes fassent en sorte de s'éviter le plus possible.

Mais ce soudain afflux de pouvoir… oui, c'était bien ça : âpre et chaud comme le soleil et pourtant froid comme le blizzard — un tourbillon gigantesque, un avant-goût du néant. Victoria n'était plus dans la grotte : elle flottait sur un nuage, reposait sur une plage, l'océan à ses pieds ; elle dansait sous la pluie, insouciante comme l'enfant qu'elle n'avait jamais eu le droit d'être.

Une éternité magnifique s'ouvrait devant elle. Elle ne la quitterait jamais.

Dans un recoin de sa tête, il lui sembla entendre les âmes pleurer doucement. Ressentaient-elles la même chose qu'elle ?

C'est alors qu'un rugissement vint troubler son euphorie — un cri bestial qui parut se déployer autour d'elle comme un animal aux tentacules monstrueux, la saisissant et la tirant vers eux avec une force surhumaine. Sourcils froncés, elle planta ses talons dans le sol. *Je ne bougerai pas d'ici !*

Un second rugissement, dans sa tête, plus fort, menaçant. La terreur la gagna d'un seul coup. Une sueur glacée lui coula le long du dos…

Immédiatement, elle revint à la réalité. Le sentiment de paix se volatilisa. Oh non. Non…

Mais si. Les âmes ne parlaient plus. Elles avaient arrêté de crier ou de pleurer. Elles ne faisaient plus un bruit. La paix intérieure avait volé en éclats en même temps que le sentiment de puissance. Gobeur était revenu en elle, et il ne la laisserait pas s'en prendre à Aden.

Les fois précédentes, quand le monstre était revenu à

l'intérieur d'elle, elle avait ressenti sa présence, rien de plus. Puis il l'avait quittée avant de revenir à plusieurs reprises, passant d'un corps à l'autre chaque fois qu'Aden et elle échangeaient leur sang. Mais ce qu'elle venait de vivre était complètement différent. Et bien plus fort. On aurait dit une transmission d'énergie — à moins qu'il ne s'agisse d'une véritable rupture dans le cycle des échanges ?

La soif de sang de Gobeur se mêla à la sienne. C'était un sentiment familier, mais il n'était pas le bienvenu pour autant, car la bête ne la laisserait pas l'assouvir. Pas avec Aden : chaque fois, elle empêchait Victoria de s'en prendre à lui.

Elle ouvrit les yeux avec difficulté, pour les écarquiller aussitôt de surprise. Tout le temps de sa vision — de son rêve ? — elle n'avait pas quitté la caverne. Mais que faisait-elle dans cette position ? Elle était à présent debout, bras tendus devant elle. Ses mains rayonnaient d'une lueur éblouissante, d'un halo doré qui s'évanouit en quelques secondes. Aden, lui, se trouvait à l'autre bout de la grotte, effondré contre le mur. Il était inconscient, ne bougeait pas. Se pouvait-il qu'il soit… non ! Non, par pitié !

Pieds nus sur le roc, elle se précipita vers lui et s'agenouilla à ses côtés, à la recherche de son pouls. *Non, par pitié, non !* Enfin, après une angoisse horrible, elle perçut une légère palpitation dans son poignet : son cœur battait, faiblement, mais Aden était en vie.

Une vague de soulagement la saisit, vite remplacée par le remords. Que lui avait-elle fait ? L'avait-elle frappé ? Vidé de son sang ? Non, c'était impossible. Gobeur ne l'aurait pas laissée faire, non ?

— Oh, Aden…

Elle écarta une mèche de son front. Son visage ne portait pourtant pas de marques, pas plus que son cou. Mais alors, que lui était-il arrivé ?

Un son lui parvint. Il semblait sortir de sa gorge. Elle se pencha vers lui. Etait-il en train de… fredonner ? Abasourdie, elle tendit l'oreille. Mais oui. C'était bien cela, il chantait. Et s'il chantait, c'est qu'il n'avait pas mal, ça paraissait logique, non ? Il devait se trouver lui aussi dans un état d'euphorie, peut-être le même que celui dont elle avait fait l'expérience quelques instants plus tôt.

Oh, faites que ce soit ça.

Victoria étudia plus attentivement le visage d'Aden, qui affichait pour le moment une expression de sérénité. Relevés, les coins de sa bouche lui donnaient un air enfantin, innocent, presque angélique. Oui, il devait être en pleine euphorie.

Plus détendue, elle se mit à lui caresser les cheveux. Il les teignait en noir, mais on distinguait très clairement ses racines blondes. Avec ses sourcils fins, ses yeux en amande, son nez droit, ses lèvres douces et son menton volontaire, Aden était vraiment d'une beauté affolante. L'image même de la perfection — un visage que toute fille normalement constituée aurait passé sa vie à contempler. Il faut dire que chaque regard offrait un nouveau détail, une nouvelle nuance. Victoria s'attarda sur ses cils, longs et fins, qui semblaient lancer des reflets dorés dans la pénombre.

— Aden, je t'en prie, réveille-toi. Fais-le pour moi.

Pas de réponse.

Peut-être refusait-il de revenir à la réalité, comme

elle un peu plus tôt. Eh bien, tant pis : ils avaient trop de choses à se dire.

— Aden ? Aden, réveille-toi.

Toujours rien. Ah, si… Il fronçait les sourcils. Puis il se mit carrément à grimacer.

Le cœur de Victoria battait la chamade, et de nouvelles questions vinrent la tarauder. Et si, après tout, il n'était pas en train de nager en pleine euphorie ? Si, au contraire, il avait mal, s'il agonisait ? Cette grimace…

Il semblait avoir des problèmes pour respirer. Avec difficulté, il poussa un long soupir, puis un autre. Une sorte de râle sortit de sa poitrine, le même qu'elle avait entendu chaque fois qu'elle avait vidé un humain de son sang.

Il ne va pas mourir. C'est impossible. Cela faisait une semaine qu'ils se trouvaient ici. Sept jours, trois heures et dix-huit minutes. Et tout ce temps, ils s'étaient battus, embrassés et nourris l'un de l'autre. Aden avait survécu à tout cela, et il allait survivre à ce qui venait de se produire. Il n'était pas question qu'il en soit autrement.

Un sentiment de honte, bien plus fort que la culpabilité qui l'habitait en permanence, s'était répandu dans le cœur de Victoria. Et ce trouble était peut-être la seule barrière qui retenait le monstre en elle et qui empêchait ce dernier de hurler comme à son habitude.

Une minute. Gobeur ne bronchait pas. Etonnant… D'instinct, Victoria baissa les yeux sur sa poitrine. Son cœur manqua un battement. Tous les tatouages qui la protégeaient s'étaient à présent effacés. Le monstre, néanmoins, demeurait silencieux. C'était la première fois qu'une telle chose arrivait.

Qu'est-ce qui avait changé ? Son regard se porta sur

le cou d'Aden, où une veine battait avec irrégularité. L'eau lui monta à la bouche, mais le besoin, le désir pressant, électrique de le mordre ne la submergea pas.

Pas tout à fait en tout cas. Il était présent, mais bien moins fort qu'avant. Elle pouvait le contrôler. Et pourtant elle avait soif, terriblement soif, il fallait qu'elle boive le sang de *quelqu'un*. Et si elle était à présent de nouveau capable d'absorber le sang d'une autre personne, peut-être en allait-il de même pour Aden ? Dans ce cas...

On pouvait le sauver, vraiment. En tout cas, elle l'espérait. Il n'y avait qu'une façon de le savoir. Malgré la faiblesse qui ne la quittait pas, elle saisit la main d'Aden et ferma les yeux. Elle se mit à imaginer sa chambre, au manoir des vampires, près de Crossroads, en Oklahoma. La moquette blanche, les murs blancs, les couvertures immaculées.

Faites que ça marche, pensa-t-elle. *Par pitié.*

Une brise froide s'éleva soudain, soulevant ses cheveux et les faisant tourbillonner. Ça fonctionnait ! Elle serra plus fort les doigts d'Aden, et un sourire naquit sur ses lèvres. Le sol disparut, les laissant flotter dans le vide. D'un instant à l'autre, à présent, ils allaient...

Elle sentit sous son pied le contact doux d'un tapis épais.

Voilà. Ils étaient de retour.

3

Trois jours plus tard.

La porte de la chambre s'ouvrit en grand, claquant contre le mur, et une voix masculine lança sans ménagement :

— On m'a dit que tu menaçais d'étriper le premier qui mettrait le pied dans ta chambre ? Eh bien, je suis là, alors vas-y, étripe-moi. Mais avant, tu as franchement intérêt à me dire ce qui se passe !

Victoria, qui faisait les cent pas dans la chambre, se retourna d'un bloc pour faire face à l'intrus. Riley. Son garde du corps. Son meilleur ami. Aussi grand et musclé qu'Aden, mais qui avait le visage marqué par la vie et les combats.

Son cœur se serra. Au contraire d'Aden, Riley n'avait pas la beauté d'un prince charmant, mais plutôt le charme viril et brutal d'un mauvais garçon. Et c'était exactement ce dont elle avait besoin en ce moment : quelqu'un qui puisse agir sans se poser de questions.

Il était peut-être son seul recours.

D'accord, il était manifestement hors de lui, il la fusillait du regard, mais rien que de le voir elle se sentit mieux, pour la première fois depuis des jours. Il avait des cheveux noirs et épais, des yeux verts éclatants ourlés de longs cils noirs. Une bosse sur son nez rappelait que celui-ci avait été cassé un nombre incalculable de fois. A force, certaines blessures ne pouvaient pas guérir totalement.

Il portait un jean et un T-shirt vert arborant un message humoristique. Dans la chambre immaculée de Victoria, celui-ci constituait la seule tache de couleur.

— Joli T-shirt, lança-t-elle.

Un petit compliment pour détendre l'atmosphère. Elle mourait d'envie de partager ses secrets avec Riley. Et puis, c'est vrai qu'il était marrant, ce T-shirt. Elle aussi, elle avait le sens de l'humour — depuis le temps qu'elle s'efforçait de le prouver à son amie Mary Ann, elle qui lui avait reproché son sérieux exagéré.

— C'est tout ce que j'ai trouvé à me mettre, Victoria. Dis-moi tout, maintenant, avant que je commence à croire que le pire s'est produit et qu'il ne me reste plus qu'à achever tous ceux qui vivent ici.

Plus question d'humour, donc. Les yeux de Victoria se remplirent de larmes, ces stupides larmes humaines qu'elle n'avait jamais connues avant son arrivée aux Etats-Unis. Elle se précipita vers Riley pour se blottir entre ses bras musclés et réconfortants.

— Je suis tellement heureuse que tu sois là !

— Ça ne va pas durer si je dois te forcer à me parler…

Malgré son ton menaçant, il la serra contre lui, avec cette douceur qu'il lui montrait depuis toujours. Quand ils étaient plus jeunes, il la réconfortait chaque fois que les autres vampires refusaient de jouer avec elle.

Voilà ce que c'est que d'être la fille de Vlad l'Empaleur : ses camarades avaient bien trop peur d'être punis si elle venait à être blessée. Mais pas Riley. Jamais. Il était comme le grand frère dont elle avait toujours rêvé, protecteur et rassurant.

Oh, bien sûr, elle avait un vrai frère, Sorin. Mais leur père avait interdit le moindre contact avec lui — le simple fait de mentionner son existence était proscrit. Ce cher Papa refusait que son fils unique se ramollisse au contact des filles... C'est pour ça que, lors de sa première rencontre avec Aden, quand il lui avait demandé si elle avait des frères et sœurs, elle n'avait cité que Lauren et Stephanie. La dernière fois qu'elle avait entendu parler de son frère — et encore, c'était par hasard —, il se trouvait en Europe, à la tête d'une armée vampire qui cherchait à tenir en échec les troupes écossaises de Mary la Sanguinaire. Donc, avec tout ça, on ne pouvait pas dire que Sorin comptait vraiment.

De toute façon, cela faisait tellement longtemps que leur père avait confié à Riley la protection de Victoria. Le changeforme prenait cette responsabilité très au sérieux, non seulement parce qu'il avait le sens du devoir — en plus du fait qu'il risquait la torture et la mort en cas d'échec — mais surtout parce qu'il l'aimait bien. Ils étaient amis, avant tout. Le reste était secondaire.

— Mais toi, qu'est-ce que tu fais là ? lui demanda-t-elle, ignorant une nouvelle fois sa demande pressante.

— Mes frères sont venus me chercher. Quand ils m'ont dit que tu étais de retour dans ce pays de fou, j'ai cru mourir de frayeur. Tu m'as fait perdre au moins deux cents ans de vie ! Mais assez parlé de moi, fit-il en reculant d'un pas et en lui saisissant le menton pour mieux la regarder. Est-ce que tu t'es bien occupée de toi ? Tu as l'air affamé, et tu as une tête affreuse.

Ce mélange de tendresse et d'ironie était tout ce dont

elle avait besoin en ce moment, le meilleur réconfort qu'on puisse lui offrir. Et comme elle connaissait Riley, elle répondit sur le même ton :

— Oui, papa. J'ai bien mangé.

Et c'était vrai. Cinq minutes après son arrivée ici, une fois Aden installé dans son lit, elle avait bu tout son soûl, grâce à l'un des esclaves de sang qui vivaient en permanence au manoir.

Victoria était tellement assoiffée qu'elle avait failli le saigner à mort. Heureusement, sa sœur Lauren avait réussi à l'écarter de sa victime avant que le pire ne se produise. Stephanie, son autre sœur, était allée chercher un deuxième humain — puis un troisième, et un quatrième, jusqu'à ce qu'elle ne puisse plus rien avaler.

— Petite maligne, rétorqua Riley avec un sourire en coin. Depuis quand manies-tu si bien le sarcasme ?

— Je ne sais plus exactement…

Et ça aussi c'était vrai. Une chose était claire, c'est qu'elle avait eu le choix : ou bien apprendre l'humour, ou se laisser submerger par l'horreur de sa situation. Elle poursuivit en réprimant un soupir :

— Ça fait deux semaines, à peu près.

Le sourire de Riley s'effaça aussitôt pour être remplacé par une expression de colère.

Il n'y avait qu'une seule personne qui le fasse réagir de la sorte. Mary Ann Gray. Elle s'était enfuie, seule, le soir même où Aden avait été poignardé, et Riley, le loup-garou amoureux, avait abandonné son rôle de garde du corps princier pour la suivre et la pister, pour la protéger, quoi qu'il lui en coûte.

— Où est ton humaine préférée, Riley ?

Même si, à vrai dire, Mary Ann n'était plus vraiment

une humaine. Sans que Victoria puisse le prévoir, la jeune fille était devenue un Draineur, une créature capable d'aspirer la magie des sorcières, d'invoquer les démons à l'intérieur des vampires, de voler le pouvoir des fées et d'empêcher les loups-garous de changer de forme.

En fait, c'était même à se demander si Mary Ann avait jamais été humaine. Les fées, par exemple, avaient elles-mêmes des pouvoirs de Draineurs. La seule différence, c'est qu'elles étaient en mesure de les contrôler, de maîtriser leur faim de magie. Et Mary Ann en était incapable. N'empêche, la question se posait : se pouvait-il qu'elle soit un hybride d'humain et de fée ?

Victoria n'avait jamais entendu parler d'un tel croisement, mais depuis quelque temps il était devenu clair que, dans le monde des créatures fantastiques, tout était possible. Si tel était le cas, néanmoins, si Mary Ann était bien issue de l'union d'un humain et d'une fée, tous ceux qui vivaient au manoir des vampires voudraient sa mort — à l'exception, bien entendu, de Riley. Disons, pour être plus exacte : voudraient *encore plus* sa mort. Pour les vampires, les fées étaient l'ennemi numéro un, leurs adversaires les plus dangereux. Et Mary Ann menaçait jusqu'à l'existence de l'Outremonde.

— Alors, où est-elle ? insista Victoria devant le silence de son ami.

— Je l'ai perdue, répondit-il avec une expression furieuse.

— Une seconde. Tu es un chasseur hors pair, et tu prétends qu'une gamine qui serait incapable de se cacher même si elle était invisible arrive à te semer ?

Encore une preuve que Mary Ann était bien plus que ce qu'elle paraissait.

La mâchoire de Riley se mit à trembler.

— C'est ça, oui.

— Tu devrais avoir honte.

Le ton de Victoria était sans appel.

— Je ne veux pas discuter de ça, répondit-il. Je suis ici pour parler de toi. Sérieusement, comment vas-tu ?

— Très bien.

— D'accord. Je vais faire comme si je te croyais. Tu as eu des nouvelles de ton père ?

— Non.

Dans l'ombre, Vlad avait orchestré la tentative d'assassinat contre Aden. Il ne s'était pas montré au grand jour depuis.

Pour une fois, le caractère orgueilleux du père de Victoria l'arrangeait bien. Il voulait à tout prix qu'on le considère comme invincible. Pour lui, le moment n'était pas encore venu. Et donc, au manoir, personne ne savait qu'il était toujours en vie, et si cela ne tenait qu'à elle, personne ne le saurait jamais. Tant qu'Aden n'était pas couronné roi, les vampires risquaient de se rebeller contre lui. Dans l'état où il se trouvait actuellement, il serait incapable de mater leur révolte. Tout ce qu'il avait enduré jusqu'ici n'aurait donc servi à rien.

Même complètement rétabli, il aurait besoin, pour accéder au trône — et tout simplement pour rester en vie — de toute l'aide qu'il pourrait trouver.

Pour le moment, rien ne pressait. Victoria connaissait bien son père : il ne ferait pas son retour tant qu'il n'aurait pas retrouvé toutes ses facultés. Ensuite... Ensuite, ce serait la guerre. Il chercherait à punir ceux qui s'étaient ralliés à Aden, et elle en faisait partie, ainsi que Riley. Après, il ferait un exemple avec son petit ami — sachant que, pour lui, « faire un exemple » signifiait planter une tête au bout d'une pique, et cette même pique devant la porte du manoir.

Aden pourrait-il s'opposer à lui ? Et comment ?

— Comment va-t-il ? demanda Riley.

Un loup-garou pouvait lire les auras, et il avait sans doute perçu les pensées de Victoria.

— Est-ce qu'Aden a… survécu ? précisa-t-il après une brève hésitation.

Oui et non. L'estomac de Victoria se contracta douloureusement. S'écartant de l'étreinte de Riley, elle se tourna vers le lit avec un grand geste du bras.

— Riley, je te présente notre roi.

Sourcils froncés, il suivit son geste du regard. Sur le lit reposait une forme indistincte. Il se rapprocha aussitôt, suivi par Victoria.

Aden était étendu sur le dos, raide comme un cadavre. Sa peau, d'ordinaire bronzée, était livide, et laissait voir le tracé bleu de ses veines. Ses joues étaient creusées, ses lèvres desséchées et craquelées. Ses cheveux, trempés de sueur, lui collaient au front.

— Qu'est-ce qu'il lui arrive ? demanda Riley avec un calme inquiétant. Il est malade ?

— Je ne sais pas.

— Tu ne sais pas *vraiment* pas ?

Elle avala sa salive avec difficulté.

— Je… Je crois t'avoir dit que Tucker l'avait poignardé.

— Oui. Et Tucker va mourir pour cela.

Ce n'était pas une menace — juste un constat, froid et clair. Riley parlait de mort, cela n'avait rien d'étonnant : la vengeance était son leitmotiv. Œil pour œil, dent pour dent, quelle que soit la situation. C'était la meilleure façon de s'assurer que l'ennemi ne frapperait pas une deuxième fois.

— J'ai voulu le sauver… Aden, je veux dire. J'ai tenté de…

Dis-le, bon sang !

— J'ai tenté de le transformer. Ça aussi, je te l'avais dit.

— Je croyais que tu changerais d'avis. Que tu serais assez raisonnable pour renoncer.

— Eh bien non. J'aurais dû, sans doute, mais je n'en ai pas trouvé la force. Je ne pouvais pas… Je ne *voulais* pas. J'ai fait ce qu'il fallait pour qu'il vive.

— Aden t'avait pourtant mise en garde : on ne peut pas aller à l'encontre des prédictions d'Elijah sans s'attirer de sérieux ennuis. Les quelques fois où il a tenté de le faire, les personnes concernées ont souffert encore plus qu'elles n'auraient dû.

Elle redressa fièrement la tête :

— Oui, il m'avait prévenue. Et ça n'a rien changé à ma décision. Je lui ai donné mon sang, tant que j'ai pu, puis j'ai bu le sien. Nous nous sommes nourris l'un de l'autre pendant des jours.

— Et ensuite ?

Evidemment, Riley avait compris que l'histoire ne s'arrêtait pas là. Victoria s'effondra.

— Et… ne me demande pas comment c'est arrivé, mais ses âmes sont entrées dans ma tête, et ma bête est passée dans la sienne.

Riley la contempla, bouche bée.

— Les âmes sont avec toi ?

— Plus maintenant. Elles n'ont pas cessé de changer

de place, chaque fois que nous nous nourrissions l'un de l'autre. Nous ne pouvions pas nous arrêter, même quand il ne nous restait presque plus de sang. J'ai cru que nous allions nous entretuer. Nous étions... à deux doigts de le faire.

Son menton tremblait tellement qu'elle avait du mal à prononcer ces mots.

— Ce n'est pas tout. Dis-moi ce qui s'est passé ensuite.

Quand il voulait quelque chose, Riley pouvait se montrer sans pitié. A présent, il exigeait des informations, et elle avait tout intérêt à ne rien lui cacher. Mieux valait prendre son ton impératif au sérieux. Victoria s'exécuta.

— Le dernier jour, dans la grotte, je lui ai fait quelque chose. Je ne sais pas quoi exactement, et ça me tue ! Je me suis évanouie, et quand je suis revenue à moi, il était dans l'état où tu le vois maintenant.

— Tu t'es évanouie ? Pendant combien de temps ?

— Je ne sais pas.

— Est-ce qu'il saignait ?

— Non.

C'était la vérité. Ce qui ne voulait pas dire pour autant qu'elle ne lui avait pas infligé d'autres blessures, internes celles-là.

Mais pourquoi ne parvenait-elle pas à se souvenir de ce qui s'était passé ?

— Pourquoi l'as-tu amené ici alors ? s'emporta Riley. Il est faible et vulnérable. C'est le meilleur moment pour s'en prendre à lui. Ses sujets pourraient en profiter pour se rebeller et se débarrasser de ce roi humain qu'ils n'ont jamais vraiment accepté.

De nouveau, elle se raidit.

— Je le protège depuis que nous sommes ici, et personne n'a tenté d'entrer dans ma chambre. Je crois que tous les vampires se souviennent que leurs bêtes adorent Aden.

Chaque vampire gardait un « monstre » en lui, un peu comme un genre de démon qui, sans les tatouages de protection tracés sur leur peau, menaçait de s'échapper, de se matérialiser et de les attaquer. Lorsque cela se produisait, personne n'était à l'abri, en particulier leur « maître » vampire.

Néanmoins, en présence d'Aden, ces monstres se comportaient comme de gentils toutous bien dressés. Ils lui obéissaient et le protégeaient de toutes les attaques.

— Ou alors, reprit-elle, c'est que personne ne s'est encore rendu compte de sa présence ici.

— Oh, que si ! Tous ceux que j'ai rencontrés sont sur les nerfs. Leurs bêtes réclament de sortir pour venir voir Aden.

Victoria voulait bien le croire. Si, pendant les dernières minutes qu'ils avaient passées dans la grotte, elle avait enfin joui d'un silence bienvenu, il s'était achevé dès leur arrivée au manoir. Depuis lors, Gobeur, qui ne rêvait que de la quitter pour vivre à l'intérieur d'Aden, lui avait manifesté son mécontentement. A grands coups de hurlements.

Après l'avoir nourri, elle avait dû doubler le nombre de ses tatouages pour le calmer.

— Est-ce qu'Aden est devenu un vampire ? demanda Riley de but en blanc.

— Non. Si. Enfin… Je ne sais pas. Avant de tomber dans le coma, il ne se nourrissait que de sang. De *mon* sang.

Jusqu'à me vider. Elle préféra garder pour elle cette information : la réaction de son garde du corps était imprévisible.

Celui-ci tendit le bras pour retrousser la lèvre supérieure d'Aden.

— Il n'a pas de crocs.

— Non, mais sa peau…

— Elle est comme la tienne ?

L'air encore plus concentré, Riley ouvrit la main, doigts levés. Ses griffes jaillirent, longues et acérées. Avant que Victoria n'ait eu le temps de l'en empêcher, il en laboura la joue d'Aden.

— Ne fais pas…

Rien. Pas la moindre marque.

— Intéressant, murmura Riley.

Un liquide translucide — le *je-la-nune* — perlait à présent à l'extrémité des griffes, et il répéta son geste. Cette fois, la peau s'ouvrit avec un crépitement.

— Arrête ! hurla Victoria en se jetant sur le lit, s'interposant entre Aden et Riley avant qu'il ne recommence.

Ce qu'il n'avait manifestement pas l'intention de faire, pourtant.

— Tu as raison. Il a une peau de vampire, se contenta-t-il d'ajouter.

— C'est exactement ce que j'essayais de te dire !

Ce qu'elle ne lui révélerait pas — du moins, pas encore, parce qu'elle-même ne parvenait pas à y croire — c'était qu'elle, en revanche, était à présent dotée d'une peau d'humaine. Fragile. Vulnérable. Elle avait cru que se nourrir permettrait un retour à la normale, mais rien n'avait changé. Et si cette transformation était définitive ?

— Tu n'avais pas besoin de le blesser ! Le *je-la-nune* brûle aussi les humains, je te rappelle !

Riley ignora sa remarque.

— Et il est dans cet état depuis combien de temps ?

— Trois jours.

Sans s'éloigner d'Aden, elle se redressa sur le lit et lança un regard de défi à son garde du corps. Oserait-il lui reprocher quoi que ce soit ?

— Trois jours ? Laisse-moi calculer... Ah oui, enchaîna-t-il, ça fait exactement trois jours *de trop*. Est-ce qu'il s'est nourri récemment ?

— Oui.

En tant que princesse, elle avait convoqué plusieurs esclaves et, après les avoir goûtés elle-même, avait laissé Aden boire une petite quantité de leur sang pour voir comment il réagirait. Aucune réaction, ni bonne ni mauvaise. Victoria avait alors augmenté les doses jusqu'à ce que le sang menace de lui sortir par les pores. Et toujours rien.

Il y avait une autre solution, bien sûr, mais... Etait-ce raisonnable de le laisser boire son sang à elle ? Et s'il redevenait dépendant ? Pendant des heures, elle avait tourné la question dans tous les sens. D'un autre côté, il n'avait peut-être jamais cessé d'être accro, et dans ce cas seul son sang pouvait l'aider...

Victoria avait essayé. Il fallait bien tenter quelque chose. S'entaillant le poignet — la douleur était horrible — elle avait laissé couler son sang dans la gorge d'Aden. La blessure s'était refermée rapidement (pour une peau d'humaine, en tout cas), mais il avait eu le temps d'absorber plusieurs gorgées. La couleur était soudain revenue sur ses joues, et Victoria s'était prise à espérer — pour elle comme pour lui. Mais quelques minutes plus tard, le visage d'Aden avait repris une teinte livide, et il avait sombré dans un sommeil agité. Très vite, il s'était mis à gémir et avait fini par vomir.

Autant ne rien cacher à Riley.

— C'est peut-être ça, le problème, conclut celui-ci. Peut-être qu'il n'a pas les mêmes besoins qu'un vampire.

— J'ai arrêté de le nourrir pendant vingt-quatre heures, et son état a empiré. La seule chose qui ait paru le sortir un peu de son coma, c'est quand je lui ai redonné du sang.

Riley soupira.

— D'accord. Alors voilà ce que nous allons faire.

Comme à son habitude, il prenait les choses en main.

— Je vais poster des gardes devant ta porte. Personne d'autre que toi et moi ne pourra entrer dans ta chambre. Compris ?

— Non. Je suis trop bête, tu n'es pas au courant ? D'après toi, pourquoi est-ce que j'ai menacé d'étriper le premier qui mettait les pieds ici ?

Aïe. Entre le stress et le manque de sommeil, elle devenait susceptible…

Riley poursuivit, imperturbable :

— Tu vas le nourrir avec ton propre sang, comme tu as commencé à le faire, et tu me préviendras s'il y a le moindre changement. Moi, je vais passer au ranch D & M et prendre ses médicaments.

Le ranch. Le foyer d'Aden. Enfin, son ancien foyer, du moins. C'était un endroit qui accueillait des adolescents à problèmes et constituait le dernier passage avant leur retour dans la société. Ou en prison. A la moindre infraction au règlement intérieur, ils étaient mis à la porte. Disparaître sans prévenir Dan, le maître des lieux, était sans conteste la pire erreur à commettre.

— Tu m'écoutes, Victoria ?

— Pardon ? Euh, oui, désolée.

Elle avait encore beaucoup de mal à se concentrer.

— Mais tu sais qu'Aden déteste ses médicaments…

Quoi qu'il en soit, s'il souhaitait réintégrer le ranch, Victoria pouvait l'y aider. Quelques ordres donnés de sa voix magique obligeraient les humains qui vivaient là-bas à penser et agir comme elle le souhaitait.

Si, toutefois, elle possédait encore ce don, pensa-t-elle avec un frisson d'inquiétude. Elle n'avait plus sa peau indestructible de vampire, il était tout aussi possible qu'elle ait perdu ses autres pouvoirs. C'était même très probable : depuis leur retour au manoir, elle l'avait testé à plusieurs reprises sur des esclaves humains. Ils lui avaient souri et avaient passé leur chemin. Sans obéir à ses ordres.

C'est juste que tu n'as plus l'entraînement. Et que tu n'as pas encore recouvré toutes tes forces.

Mais les paroles de réconfort qu'elle s'adressait intérieurement ne parvenaient pas à dissiper son inquiétude.

— Tu es pire que lui, murmura Riley. Je me fiche complètement qu'il aime ses médicaments ou non. Nous l'avons déjà vu dans cet état — sauf en ce qui concerne le besoin de sang — et il s'en est tiré grâce à son traitement. Une bonne dose endort les âmes dans sa tête pendant quelque temps et, la dernière fois, c'étaient elles qui le mettaient dans cet état.

— Mais maintenant qu'il est devenu un buveur de sang, est-ce que ses médicaments ne risquent pas de lui faire du mal ?

— Ça m'étonnerait. Les substances chimiques qu'utilisent les humains n'ont pas tant d'effet que ça. De toute façon, il n'y a qu'une façon de le savoir, non ?

Il n'avait pas tort. Et pourtant... La plupart des gens qui connaissaient Aden le considéraient comme un schizophrène. Ses parents, pour commencer, l'avaient abandonné dès son plus jeune âge. Depuis lors, il avait été ballotté de foyer d'accueil en structure psychiatrique spécialisée. On l'avait forcé à ingurgiter plusieurs « traitements », qu'il avait tous détestés.

En fait, il avait fini par les aimer réellement, ces âmes, aussi bruyantes et pénibles qu'elles puissent être, mais les derniers médicaments qu'on lui avait prescrits les faisaient taire. Riley, néanmoins, avait raison : Aden, dans son état, était en danger. Il fallait tenter tout ce qui était possible.

— D'accord. On va essayer.

Quelle idiote ! Pourquoi n'avait-elle pas pensé plus tôt à cette solution ? Si cela marchait, cela signifiait qu'elle aurait pu épargner à Aden trois jours de... Comment appeler ça ? De l'angoisse ? De la souffrance ? De la torture psychologique ? Sans doute un mélange des trois.

— Parfait. Je reviens.

Son garde du corps tourna les talons et se dirigea vers la porte.

— Riley ?

Il s'immobilisa sans se retourner.

— Fais attention à toi. Thomas rôde encore là-bas.

Le prince Faé que Riley et Aden avaient tué pour la sauver. Et maintenant, son fantôme assoiffé de vengeance hantait le ranch.

— C'est promis.

— Tu sais, enfin… merci.

Se trouver ici devait lui coûter. Mary Ann, son grand amour, avait disparu, ce qui devait le plonger dans des abîmes d'inquiétude et de rage. Sa seule envie, en ce moment, devait être de se mettre à sa recherche. Pourtant, il était revenu, parce que Victoria avait besoin de lui.

Quand l'état de santé d'Aden s'améliorerait, elle aiderait Riley à retrouver Mary Ann, malgré le danger que représentait celle-ci.

Avec un bref signe de tête, il sortit. La porte se referma sur lui avec un claquement sec. Victoria se retourna vers Aden et poussa un soupir. Enfin seuls. Aden, son Aden. Que se passait-il dans sa tête, derrière son beau visage ? Etait-il conscient de ce qui l'entourait ? Et s'il souffrait, comme elle le craignait ?

Savait-il, lui, ce qu'elle lui avait fait, au cours de ces derniers instants dans la grotte ?

Repoussant une mèche sur son front et découvrant les racines blondes, elle lui passa la main dans les cheveux. Ils ondulaient légèrement. Des boucles se formaient autour des doigts de Victoria. Mais Aden ne bougea pas, n'enfouit pas son visage dans ses mains comme il aimait tant le faire, avant. Son cœur se serra de nouveau.

Jusqu'à quel point un homme pouvait-il résister avant de s'effondrer définitivement ? Depuis que Victoria était entrée dans sa vie, Aden s'était retrouvé plongé dans une véritable guerre. C'était sa faute à elle s'il avait été empoisonné par du venin de gobelin, elle était tout aussi responsable si ses amis s'étaient trouvés sous le coup d'un sortilège de mort émanant des sorcières, et c'était bien à cause d'elle que les fées avaient tenté d'envahir le ranch D & M.

Bon, d'accord. Sans doute n'était-elle pas la seule et unique fautive de toutes ces tragédies, mais elle ne s'en sentait pas moins coupable. Victoria laissa échapper un rire sans joie. En prenant sur ses épaules tout le poids du remords, elle se comportait vraiment comme une humaine ! Aden aurait été fier d'elle…

— Tu t'es tiré de plus mauvaises situations, murmura-t-elle. Et tu vas t'en sortir cette fois aussi.

Je t'en prie.

Incapable de penser à autre chose, elle resta près de lui jusqu'au retour de Riley, une demi-heure plus tard. Celui-ci était torse nu et portait un nouveau pantalon, dont il achevait de boucler la ceinture. Signe, à coup sûr, qu'il s'était changé en toute hâte après avoir mis en pièces ses autres vêtements pendant sa transformation en animal.

Les loups-garous préféraient en général porter des vêtements qui se déchiraient facilement. Dans le cas contraire, ils se retrouvaient, une fois la mutation achevée, coincés dans les lambeaux d'habits qui n'étaient pas tombés. Et peu d'entre eux appréciaient de se promener sous l'apparence d'un loup en sous-vêtements d'homme…

Riley portait un petit panier d'osier où s'entrechoquaient des tubes de médicaments. Victoria sauta sur ses pieds, et il déposa le tout sur le lit, à l'endroit où elle se tenait la seconde d'avant.

— Désolé, ça m'a pris un peu temps.

— Des problèmes avec Thomas ?

— Absolument pas. Je ne l'ai même pas aperçu. Cela

dit, je ne suis pas comme Aden : je n'ai jamais pu voir ni entendre les morts. Non, ce qui m'a pris du temps, ce sont les médicaments. Je ne voulais pas administrer une combinaison mortelle à ce bon vieil Aden, alors j'ai pris tous les tubes qui portaient son nom, et en rentrant j'ai fait un détour par ma chambre pour faire une recherche sur Google.

Riley ne précisa pas que c'était Mary Ann, la reine de l'informatique, qui lui avait appris à surfer sur le net. Les nouvelles technologies n'étaient pas le fort des créatures surnaturelles, et quand on lui parlait de « moteur de recherche », Victoria pensait en premier à de la mécanique...

— Et au ranch, comment ça s'est passé ? demanda-t-elle.

— Tiens, regarde.

Riley lui tendit sa main libre, et elle la serra dans la sienne. Ils se connaissaient depuis si longtemps qu'un lien mental très fort s'était construit entre eux, un lien qui leur permettait de « partager » leurs expériences.

Pour Victoria, ce fut comme si on allumait soudain dans sa tête un écran de télévision où s'affichait ce que Riley avait vu durant son passage au ranch. Tout d'abord la silhouette imposante de Dan, une ancienne star de football américain, avec ses cheveux blonds et son visage marqué. Il se tenait debout dans la cuisine tandis que son épouse Meg, jolie et menue, s'affairait pour préparer le repas. Elle était en train de parler, et Victoria décrypta la fin de sa phrase :

— ... Très inquiète.

— Moi aussi, lui répondit Dan. Mais Aden n'est pas le premier qui nous fait faux bond, et il ne sera sans doute pas le dernier.

La phrase se voulait apaisante, mais la voix de l'homme trahissait une véritable inquiétude.

— Mais c'est la première fois qu'Aden te fait une aussi mauvaise surprise. C'est très étonnant.

— Oui. C'est un garçon bien. Il a un cœur d'or.

Meg lui sourit avec douceur.

— Et le fait qu'il soit parti sans que tu saches pourquoi t'inquiète énormément. Je le sais bien, et je comprends, mon chéri.

— J'espère qu'il va bien. Peut-être que si je lui avais consacré un peu plus de temps, si j'étais resté plus souvent avec lui…

— Ne dis pas ça. Tu te fais du mal, et ça je ne l'accepterai pas. On ne peut pas contrôler les actions des autres. Tout ce qu'on peut faire, c'est leur offrir notre aide et espérer que cela suffira.

Puis Riley s'était déplacé, et Victoria perdit le fil de la conversation. En silence, le loup-garou avait quitté les abords du bâtiment principal pour se diriger vers le dortoir qui le jouxtait. Les amis d'Aden s'y trouvaient. Seth, Ryder et Shannon étaient assis sur le canapé devant la télévision. Terry, RJ et Brian jouaient à l'ordinateur. C'était un moment de détente, mais tout dans leur attitude indiquait que les garçons restaient préoccupés. Eux aussi devaient s'inquiéter pour Aden.

Il faut que j'arrange ça, pensa Victoria.

Puis Shannon se leva. Sa peau noire avait pris une teinte crayeuse, comme s'il était alarmé. Il examina la pièce autour de lui, et son regard vint se planter dans celui de Riley.

Debout dans la chambre de Victoria, le loup-garou

lui lâcha la main et les images disparurent petit à petit. De retour à la réalité, elle écarquilla les yeux.

— Shannon t'a vu, lança-t-elle.

— Oui, mais il n'a rien fait, et j'ai pu prendre ce dont nous avions besoin sans anicroche, répondit Riley en choisissant plusieurs tubes dans le panier en osier. Je n'ai pas trouvé beaucoup d'informations sur internet. Je sais seulement qu'il doit prendre ses antipsychotiques. C'est-à-dire ce médicament-ci, celui-ci, et celui-là encore.

Tout en parlant, il avait mis trois pilules dans la main de Victoria.

Elle les considéra un instant. L'une était jaune et ronde, l'autre bleue et oblongue, et la troisième était blanche avec un logo imprimé au centre. Et ces petites choses étaient censées aider Aden alors qu'elle-même ne le pouvait pas ?

— Va me chercher un verre d'eau, intima-t-elle à Riley.

En général, il n'acceptait pas ses ordres, mais cette fois il n'hésita pas un instant. Il se rendit dans la salle de bains et revint avec un verre qu'il lui tendit. De toute évidence, il tenait autant qu'elle à Aden.

— Soulève-lui la tête et maintiens-la penchée, continua-t-elle, et Riley s'exécuta de nouveau.

Ouvrant d'une main la bouche d'Aden, elle y introduisit les pilules avant de placer le verre contre ses lèvres pour faire couler l'eau — à peine un filet, mais cela suffit. Sans regarder ce qu'elle faisait, elle tendit le bras pour reposer le verre sur sa table de chevet. Ou presque : le verre, en équilibre instable, tomba sur le sol où il roula, répandant son contenu sur la moquette. Mais Victoria n'y accorda pas la moindre attention. Elle referma la bouche d'Aden et, de l'autre main, se mit à lui masser la gorge jusqu'à ce qu'il ait avalé toutes les pilules.

Cela fait, elle se redressa et regarda son amour inanimé.

— Et maintenant ? murmura-t-elle en guettant en vain le moindre signe sur son visage.

— Maintenant, répondit Riley d'un air sombre, on attend.

4

Assise devant un bureau au fond de la bibliothèque, Mary Ann Gray parcourait une longue série de microfiches. C'était sa seule activité depuis une semaine, et elle avait l'impression que les jours se mélangeaient les uns aux autres. Sa tête bourdonnait, son dos était noué, et elle était prête à parier que ses cuisses garderaient jusqu'à la fin de ses jours la marque de la chaise horriblement inconfortable qu'elle s'était accaparée.

Tout le monde savait ça, la règle d'or lorsqu'on voulait disparaître était d'éviter à tout prix de se laisser aller à des comportements routiniers, le meilleur moyen de se faire prendre — autant arborer un panneau avec « en cavale » marqué dessus. Pourtant, cette routine-ci était indispensable.

— Ils ferment à la demie, tu sais.

Elle lança un regard irrité à son compagnon. Ou plutôt au boulet dont elle n'arrivait pas à se débarrasser. Elle avait tout essayé, vraiment tout : le planter au restaurant juste avant l'addition, le coup du « attends-moi ici, je reviens », et même le « oh, désolée, j'ai une copine qui m'attend ». Elle avait fini par lui dire clairement : « Tire-toi, je ne peux pas t'encadrer et je ne veux plus jamais te voir. »

Tout cela en vain.

— Eh bien, je partirai à la demie, répliqua-t-elle. Dégage, maintenant.

— On ne va pas recommencer à se disputer là-dessus, non ? Je te l'ai déjà dit, je reste avec toi.

Tucker Harbor restait assis sur l'angle du bureau de Mary Ann. Il s'amusait à empiler les livres et les journaux et à en corner ostensiblement les pages, ce qui était bien entendu interdit. Il faisait ça juste pour l'énerver, elle le savait.

— Tu peux arrêter, s'il te plaît ? C'est important, ce que je fais.

— Justement, puisque tu le demandes, je n'ai pas très envie de t'obéir, répondit-il sans cesser son manège.

Mary Ann le fixa droit dans les yeux. Ses cheveux blond foncé tombaient en boucles autour de son visage, lui donnant un air de chérubin. Ce qui était pour le moins une apparence trompeuse quand on savait que Tucker était né d'un démon. Si ce n'était du diable lui-même…

— Vas-tu finir par me dire ce que tu cherches ? l'interrogea-t-il.

— Oui, bien sûr, dès que je n'aurai plus envie de te trancher la gorge. C'est-à-dire jamais.

Il secoua la tête, tentant d'afficher une expression accablée — ce que démentait sa bouche tordue en un sourire moqueur.

— Ce que tu peux être cruelle, Mary Ann…

Il était parfaitement insupportable. Elle était sortie avec lui pendant plusieurs mois avant de le laisser tomber comme une vieille chaussette. Ou plutôt comme un vieux préservatif. Parce qu'il ne valait pas mieux : il l'avait trompée avec Penny, sa meilleure amie. Penny, qui était à présent enceinte de lui.

Elle lui avait pardonné, depuis, et elle l'appelait le plus souvent possible. Elle lui avait parlé le jour même au téléphone, entre deux nausées matinales. Malgré son état, Penny avait réussi à s'extirper de son lit pour aller vérifier comment se portait le père de Mary Ann.

Ses paroles raisonnaient encore dans sa tête :

— *Oh, Mary Ann, je ne sais pas comment te le dire*! s'était-elle exclamée, *si tu le voyais... On dirait un zombie. Il ne va même plus au travail. Il reste chez lui toute la journée. Hier soir, je l'ai espionné par la fenêtre. Il restait là, sans bouger, à regarder une photo de toi. Tu sais que je ne suis pas du genre sentimental, mais ça m'a fendu le cœur.*

Et moi donc, pensa Mary Ann. *Mais je ne peux rien y faire. En restant à l'écart, je lui sauve la vie.*

Mieux valait qu'il soit désespéré plutôt que de finir assassiné par sa faute.

Ne pas penser à ça et changer de sujet. Elle était en train de réfléchir à quelque chose, un instant plus tôt, mais à quoi ? Ah oui, à Tucker, qui lui reprochait d'être cruelle.

Elle se mordait les doigts d'avoir insisté pour qu'Aden, Riley et Victoria sauvent la vie de son ex quand il avait été choisi comme hors-d'œuvre par un groupe de vampires. Elle aurait dû l'abandonner à son sort, il n'aurait pas planté un couteau dans le cœur d'Aden.

Etrangement, Tucker lui avait confessé ce crime de but en blanc. En pleurant, qui plus est. Ce n'est pas pour autant qu'elle allait lui pardonner ses actes. Cela viendrait peut-être, une fois le choc passé. Ou jamais.

— Cruelle ? reprit-elle d'une voix douce. Non, Tucker. Ce que *toi* tu as fait à Aden était cruel.

Il blêmit, mais ne bougea pas.

— Je t'ai dit que c'est Vlad qui m'y a forcé.

— Ah oui ? Et moi, comment puis-je savoir qu'en ce moment même tu n'es pas sous son influence ? Que tu ne m'espionnes pas pour son compte ?

— Parce que je te l'ai juré.

— Oh, alors je suis tranquille. Tu es célèbre pour ton honnêteté et la valeur de ta parole.

— Pas la peine d'être cynique, Mary Ann. Ecoute, j'ai fait ce qu'il m'a obligé à faire, et je me suis enfui. Je ne l'ai pas revu depuis. Je n'ai plus eu aucun contact avec lui.

Aucun contact. Une drôle de façon de parler, pensa Mary Ann. Vlad, où qu'il soit, avait le pouvoir de s'adresser à Tucker comme s'il se trouvait à l'intérieur de sa tête. Il se pouvait donc que ce dernier dise la vérité, mais rien ne le prouvait.

L'Empaleur pouvait par la simple pensée reprendre le contrôle de Tucker à tout moment, et s'il lui ordonnait de s'en prendre à elle et de la ramener à Crossroads — ou même de la tuer et de l'enterrer sur place —, son ex obéirait sans hésitation. C'était un risque qu'elle refusait de prendre.

Mieux valait couper court :

— Je me fiche complètement de ce qui t'a poussé à agir. Je me fiche que tu veuilles le fuir. Tout ce que je sais, c'est que tu as fait du mal à Penny, à Aden, et que tu es un vrai boulet. Je serais idiote de te faire confiance.

— Je ne te demande pas de me faire confiance. En

revanche, je peux t'être utile. Et pour ma défense, je te répète qu'Aden est encore en vie. Je sens son appel.

Tout comme lui, Mary Ann pouvait ressentir la présence d'Aden, un signal qui attirait vers lui toutes les énergies magiques. C'était la seule raison qui l'avait empêchée de mettre à exécution sa menace d'étrangler Tucker. Enfin, l'une des deux raisons — l'autre étant que, par nature, elle détestait la violence.

Ou qu'elle croyait la détester.

Aden était comme elle, elle le savait, mais la vie s'était chargée de les modeler différemment. Elle avait grandi dans un foyer stable, entourée de l'amour de ses proches, tandis que lui s'était retrouvé enfermé entre les murs froids de plusieurs asiles, gavé par des médecins de médicaments qu'il détestait et qu'il refusait de prendre.

Les spécialistes le prenaient pour un fou. Ils n'avaient pas cherché d'autres explications. Et surtout pas la vérité, l'insupportable vérité : Aden était un aimant pour tout ce qui concernait le paranormal. Toutes les créatures animées de pouvoirs surnaturels étaient inexorablement attirées vers lui, et leurs pouvoirs, quels qu'ils soient, se trouvaient décuplés en sa présence.

Mary Ann était son exact opposé : elle repoussait les créatures fantastiques et neutralisait leur énergie.

Pour cette raison, Tucker ne la quittait pas d'une semelle. Quand il se trouvait à ses côtés, les pulsions malignes dues à sa nature démoniaque devenaient moins fortes, voire disparaissaient. Il adorait ça. Au fond, c'était même à cause de cela qu'il était sorti avec elle — pas parce qu'elle l'attirait, mais parce qu'il aimait le sentiment de normalité qu'il éprouvait à ses côtés.

Ce qui pour une fille était tout sauf flatteur…

— Ecoute, reprit-il. Je t'ai aidée, oui ou non ?

Même si elle avait beaucoup de mal à l'admettre, il s'était montré très utile, ces derniers jours. Mais ce n'est pas pour autant qu'elle allait cesser de le détester.

— Riley allait te rattraper, insista-t-il, et grâce à l'illusion que j'ai projetée, tu as pu te cacher et lui échapper.

Ne mords pas à l'hameçon. Et ne pense pas à Riley ! Car Riley, en ce moment, devait... Zut ! Elle se mordit la lèvre pour ne pas répondre.

Tucker soupira :

— Tu es vraiment têtue, comme fille...

Malgré tous ses efforts, elle ne put s'empêcher de penser au loup-garou. Les images défilaient devant ses yeux : Riley qui l'empoignait et l'emmenait à sa voiture. Riley qui l'embrassait. Qui la réconfortait. Car, même maintenant, il aurait pris soin d'elle — si elle l'avait laissé faire. Mais c'était impossible, malgré tout le désir qu'elle avait de le retrouver. Elle lui aurait fait du mal. Elle risquait de le tuer.

Le revoir, cette fameuse fois où il était passé tout près d'elle et de Tucker cachés sous une illusion, lui avait fait l'effet d'un coup de poignard. Elle était amoureuse, vraiment — elle l'aimait si fort qu'à deux occasions elle avait failli lui offrir sa virginité. Les deux fois, c'était lui qui les avait arrêtés, car il voulait être certain qu'elle y était vraiment prête, qu'elle ne regretterait rien par la suite. S'ils le faisaient, ce serait parce qu'elle le désirerait vraiment.

Aujourd'hui, le seul regret de Mary Ann était de ne pas avoir sauté le pas.

Elle avait été obligée de le quitter, et cette rupture — ou plus exactement, cette fuite effrénée — lui avait brisé le cœur. Sa souffrance ne s'était pas apaisée, pire, elle semblait même s'accroître. Il aurait été si simple de l'appeler, de lui demander de venir la chercher... Riley serait venu. Il aurait accouru à son aide, l'aurait emportée avec lui et mise à l'abri. Parce qu'il était comme ça.

Mais, comme lui, elle devait faire passer la sécurité avant tout — même si cela impliquait d'être séparés l'un de l'autre pour toujours.

— Ça n'a pas été facile de te cacher, reprit Tucker, apparemment imperméable à la tempête de sentiments qui agitaient Mary Ann. Il fallait que je ne sois pas trop près de toi, sans quoi tu pouvais perturber mon *mojo*. Tu sais, le parasiter.

— Non, je ne sais pas. Je suis trop bête. Je ne sais même pas ce qu'est un *mojo*.

— Je te l'ai déjà dit, tu es trop mignonne pour être cynique. Bref, il fallait que je ne sois pas trop près de toi, et en même temps pas trop loin pour pouvoir te dissimuler aux yeux de Riley. Je te le répète, ce n'était pas facile.

Mary Ann en avait plus que marre d'entendre Tucker frimer. Elle fit mine de se plonger dans la lecture de l'écran devant elle. En réalité, elle avait du mal à distinguer les mots qui y étaient affichés. Le manque de sommeil commençait à se faire sentir. Depuis quelques jours, elle se sentait constamment fatiguée. Elle avait l'impression de ne pas avoir dormi depuis des années.

Chaque nuit, au moment où elle s'allongeait — sur le lit d'un motel miteux ou bien, faute de mieux, à même le sol d'un bâtiment abandonné — elle se tournait et se retournait, harcelée par les images de ce qu'elle venait de vivre, et qui lui semblaient remonter à une éternité.

En réalité, cela faisait deux semaines à peine. Elle ne cessait de revoir l'horrible scène : des corps qui se tordaient de douleur autour d'elle — *à cause* d'elle. Des cris, des appels à la pitié qui lui étaient adressés, parce qu'elle avait absorbé les pouvoirs, la chaleur et l'énergie de ces créatures, parce qu'elle les avait entièrement drainées pour les laisser pareilles à des enveloppes vides.

— En fait, tu aurais aimé voir le loup-garou, non ? demanda Tucker en inclinant la tête comme pour mieux jauger sa réaction.

— Oui.

La réponse lui avait échappé sans qu'elle y prenne garde. Riley… il était passé devant elle dans la forêt, si grand, si fort, si décidé, et en même temps frustré, paniqué, effrayé — il avait peur pour elle.

Tucker leva les bras au ciel, exaspéré :

— Alors pourquoi est-ce que tu cherches à lui échapper ?

Mais parce qu'elle était dangereuse ! Et même si cela se produirait contre sa volonté, un jour ou l'autre elle finirait par drainer Riley de toute son énergie. Sans même le toucher. En réalité, elle n'avait pas besoin d'un contact physique avec les gens pour les tuer — c'était plus facile ainsi, mais pas nécessaire : il lui suffisait de se tenir près d'eux pour que, comme par mégarde, elle commence à absorber leur force vitale.

Une force qui était devenue sa seule nourriture.

Elle n'avait pas encore drainé celle de Tucker. Elle avait essayé, pourtant, mais il semblait posséder une barrière qui l'en empêchait. A moins qu'elle n'ose pas — pas encore ! — s'en nourrir à cause de leur relation passée.

Tout de même, elle aurait peut-être dû se sentir coupable d'avoir tenté de le faire. Si elle y était parvenue, il ne s'en serait pas remis. Pas plus que les sorcières et les fées. Seules celles qui avaient déserté avaient survécu au combat.

Mary Ann soupira. Même s'il ne se passait rien avec Tucker, elle craignait que sa faim resurgisse. Ce n'était qu'une question de temps. Plusieurs fois par jour, elle ressentait déjà de petits élancements. D'expérience, elle savait qu'ils allaient s'accroître pour finir par devenir incontrôlable — comme si elle abritait dans son ventre un monstre pourvu de tentacules qui s'empareraient de la première créature surnaturelle venue.

Avec un peu de chance, ce serait Tucker.

Mais quel goût pouvaient bien avoir les démons ? Mary Ann sursauta. Mais qu'est-ce qui lui passait par la tête ? Elle ne parvenait pas à contrôler ce nouvel aspect d'elle-même. Un reflux de bile lui emplit la bouche. Il fallait absolument qu'elle pense à autre chose.

Se laissant aller en arrière sur sa chaise, elle posa les mains sur ses genoux puis regarda son ex-petit ami par en dessous.

— Tucker, tu n'as rien à gagner en restant avec moi, au contraire. Tu devrais t'en aller tant que c'est encore possible.

Voilà, elle l'avait prévenu. Il n'aurait pas d'autre avertissement.

Il fronça les sourcils, perplexe :

— Qu'est-ce que tu veux dire ?

— Tu as vu ce que j'ai fait, cette nuit-là.

C'était un constat, pas une question. Et il était inutile de préciser de quelle nuit elle parlait.

— Oui, répondit-il, et son expression perplexe fut remplacée par un sourire éclatant. C'était carrément impressionnant.

Impressionnant ? C'était tout ce qu'il trouvait à dire ? Les joues de Mary Ann s'empourprèrent sous l'effet de la colère.

— Si tu restes avec moi, c'est ce qui va t'arriver. Même si je ne le fais pas exprès — enfin, c'est ce que je dirai si on me pose la question — je finirai par te faire la même chose.

Une étudiante qui était assise au bureau le plus proche lui adressa un regard de reproche.

— Un peu moins fort, s'il vous plaît ! Il y en a qui essaient de travailler, ici.

— Et il y en a qui essaient d'avoir une discussion ! lui rétorqua Tucker avec un regard noir. Si tu n'es pas contente, dégage !

La jeune fille ne se le fit pas dire deux fois et, secouant la tête d'un air offusqué, elle se leva et s'éloigna.

Mary Ann tenta de réprimer un élan de jalousie. Elle avait toujours rêvé de se montrer aussi autoritaire et décidée, et elle faisait beaucoup d'efforts dans ce sens. Chez Tucker, c'était une disposition naturelle.

Il la regardait d'un air amusé.

— Tu as aimé ça, hein ?

Au prix d'un effort surhumain, elle parvint à conserver une expression neutre.

— Non.

— Menteuse, lança-t-il en roulant des yeux avant

de poser son menton entre ses mains. Revenons-en à notre discussion. On va dire que j'aime vivre dangereusement, et l'idée que tu puisses t'en prendre à moi et me blesser a tendance à m'exciter plus qu'autre chose. Mais ce n'est pas le problème, parce que tu sais quoi ? Tu as besoin de moi. Je vais te faire une confidence : Riley n'était pas ton seul poursuivant.

— Quoi ?

Voilà qui était nouveau !

— Tu as bien entendu. Il y avait aussi deux filles. Blondes. Tu t'es déjà battue contre elles. Et d'ailleurs, elles étaient trooooop canon ! acheva-t-il en mimant le loup de Tex Avery.

De nouveau ce goût de bile dans la bouche de Mary Ann…

— Est-ce qu'elles portaient de longues robes ? Des robes rouges ?

— Oui. Tu les as vues, toi aussi ?

— Non.

Des jeunes femmes en robe rouge, avec qui elle s'était battue… Non, elle ne les avait pas vues, mais elle savait exactement de qui parlait Tucker. Des sorcières. Le goût de bile s'accentua encore, presque jusqu'à la nausée.

— C'est dommage, reprit Tucker. Sinon, tu aurais pu leur parler de moi. Parce que je me les taperais bien.

— Leur parler de toi ?

Elle émit un rire forcé, mais intérieurement elle bouillait.

— Tu plaisantes ? poursuivit-elle. De toute façon, tu sauterais sur n'importe qui.

Ces deux blondes ne pouvaient être que des sorcières qui avaient échappé à la destruction et qui devaient la haïr d'avoir tué leurs sœurs. Des créatures dotées de pouvoirs défiant l'imagination.

Oh oui, des pouvoirs…

La peur la quitta, supplantée par une sensation de gourmandise. Les « robes rouges » avaient une saveur délicieuse…

Elle sursauta. Oh, mon Dieu, mais qu'est-ce qui lui passait par la tête ? De colère, elle faillit s'administrer une claque, comme à une gamine. *Méchante Mary Ann ! C'est mal !*

Remarquant son trouble, Tucker lui lança :

— Qu'est-ce qui t'arrive ?

Elle l'ignora pour se concentrer sur le problème qui venait de lui tomber dessus : il lui fallait de nouveaux tatouages. Si les sorcières étaient sur ses talons, elle devait se préparer au combat, car elles attaqueraient sous peu, c'était certain. Or, seules de nouvelles protections magiques lui permettraient de se défendre contre leurs sorts — en particulier ceux de mort, de destruction et de manipulation mentale dont ces harpies en robes rouges étaient capables.

— Dis donc, tu es devenue toute pâle, ma grande. Mais tu n'as aucune raison de t'inquiéter : je les ai semées, tout comme j'ai semé le loup, ainsi que l'autre groupe qui était à ta poursuite, d'ailleurs — il y avait des hommes et des femmes, avec une peau scintillante…

Oh, non. Non, par pitié.

— Des fées, poursuivit Tucker, confirmant sa crainte. Oui, ça ne peut être que ça.

Voilà qui n'arrangeait pas son cas. Vu le nombre de Faés qu'elle avait drainés, ceux-ci devaient lui en vouloir au moins autant que les sorcières. Et Tucker avait beau les avoir leurrés avec ses illusions, ils reviendraient à la charge, les uns après les autres.

— Au fait, qu'est-ce que tu cherches exactement dans toutes ces fiches ? demanda Tucker.

Changeait-il de sujet pour lui laisser le temps de se calmer, ou pour la distraire ?

— Dis-le-moi. On ne sait jamais, je pourrais peut-être t'aider. Enfin, t'aider encore plus que maintenant, je veux dire.

Quelle subtilité...

— C'est en rapport avec Aden et les secrets qu'il m'a confiés, rétorqua-t-elle, et il est hors de question que je les partage avec toi.

Tucker se tut un instant avant de lancer :

— Des secrets... Laisse-moi réfléchir... J'en ai tellement en tête que je ne sais pas par où commencer.

— Qu'est-ce que tu veux dire ?

— Vlad m'avait demandé de me renseigner sur Aden avant de m'obliger à le poignarder. Et tu sais quoi ? Tu n'es pas la seule à pouvoir faire des recherches.

Mary Ann se redressa vivement, le cœur battant à tout rompre.

— Qu'est-ce que tu as appris ?

Aden n'aimait pas que l'on en sache trop sur son passé. Non seulement parce qu'il le trouvait gênant, mais aussi parce qu'il était prudent. Si une personne malintentionnée apprenait qui il était réellement, il risquait d'être manipulé, enfermé, testé comme un cobaye, ou même tué.

Tucker avait levé une main pour faire mine de cocher des cases sur une liste imaginaire.

— Il a trois âmes prisonnières dans sa tête. Avant, il

en avait quatre, et l'une d'elles, Eve, était ta mère — ta mère biologique, pas la tante qui t'a élevée — mais elle est partie. Quoi d'autre ? Ah oui. Il est devenu roi des vampires. En tout cas, jusqu'à ce que Vlad n'en décide autrement et revienne chercher ce qui lui appartient.

Rigoureusement exact. D'un seul coup, la bouche de Mary Ann devint toute sèche, et elle dut faire un effort pour articuler sa question :

— Comment as-tu appris tout ça ?

— Mon chou, je peux écouter toutes les conversations que je veux, quand je veux, sans que personne ne sache que je suis dans les parages. Et j'aime tout particulièrement écouter ce que tu racontes avec tes amis.

— Tu m'as espionnée.

— C'est bien ce que je voulais dire.

Combien de fois était-ce arrivé ? Qu'avait-il vu et entendu, au juste ? Elle le dévisagea, bouche bée. Après tout, si elle ne parvenait pas à le drainer de son énergie, elle pourrait toujours lui planter un couteau dans le cœur, ce serait un juste retour des choses, non ?

— Et qu'est-ce qui te fait penser que l'Empaleur réussira à reprendre sa couronne ?

Tucker lui lança un regard dédaigneux.

— Voyons, Mary Ann, comme s'il pouvait y avoir une autre issue ! Je me suis aussi renseigné sur Vlad, tu sais ? C'est un véritable guerrier qui a gagné un nombre incalculable de combats à travers les siècles. Il est féroce, vicieux, et il n'a aucun sens de l'honneur. Pour lui, un type comme Aden n'est qu'un morceau de viande ambulant, et il n'a pas l'ombre d'une chance face à lui. Tu sais pourquoi ? Parce qu'Aden voudra un combat propre, et qu'il veillera à ce qu'il n'y ait pas de dommages collatéraux. Ce qui constitue deux handicaps face à Vlad.

Dit comme ça… C'était la vérité, pure et simple. Du coup, elle aurait besoin de toute l'aide qu'elle pourrait trouver pour accomplir sa mission. Même si cette aide devait venir de Tucker.

Mary Ann se laissa retomber contre le dossier de sa chaise. Fermant les yeux, elle se força à respirer posément, inspirant et expirant avec force pour se détendre, afin d'analyser froidement la situation et de prendre une décision. Si Tucker la trahissait, cela rejaillirait sur ses amis à elle : en fuyant, elle leur aurait alors fait plus de mal que de bien. Mais s'il était réellement à ses côtés, elle pourrait aider Aden à rester en vie.

Très bien. Elle n'avait pas le choix.

— D'accord, lâcha-t-elle en le fixant sans ciller. Alors voilà la vérité.

Avec un air de jubilation, Tucker se frotta les mains, ce qui n'était pas très rassurant en soi. Tant pis. Elle se lança :

— Il y a quelques semaines, Victoria et Riley nous ont donné une liste, à Aden et à moi. Parce que le douze décembre, il y a dix-sept ans…

— Une seconde. Le douze décembre, c'est bien ton anniversaire ?

Surprise, elle le regarda, bouche bée. Il s'en souvenait ? Incroyable !

— C'est ça, oui. Bref, ce jour-là, cinquante-trois personnes sont mortes à St Mary, l'hôpital où Aden et moi nous sommes nés.

Comme il l'observait avec une expression perplexe, elle ajouta :

— Je ne t'ai pas dit qu'Aden et moi étions nés le même jour ?

— Non. Mais je le savais.

— D'accord. Je continue. La plupart de ces gens sont morts des suites d'un accident de bus. Ma mère, elle, est morte en me mettant au monde.

Comme Aden, sa mère avait été quelqu'un d'exceptionnel, capable de prodiges dont les gens « normaux » n'avaient pas idée, mais enfanter Mary Ann l'avait vidée de son pouvoir et lui avait coûté la vie. *Ne pense pas à ça maintenant, parce que sinon, tu vas...*

Pleurer.

— Et sur la liste de ces morts doit se trouver le nom des trois autres âmes qu'Aden a laissés entrer dans sa tête.

C'est en tout cas ce qu'ils espéraient.

— Tu en es certaine ? C'étaient peut-être des gens qui sont morts ailleurs, et dont le nom ne figure pas sur la liste.

— C'est en effet une possibilité.

Une option à laquelle elle préférait ne pas songer en ce moment.

— Grâce à mes recherches, j'ai pu éliminer plus de la moitié des noms sur cette liste.

— Ça me paraît beaucoup, non ?

— Ça correspond au nombre de femmes décédées ce jour-là. Les âmes qui vivent dans l'esprit d'Aden sont des hommes, donc...

Tucker leva un sourcil, dubitatif.

— A moins que ce ne soient des trans. Non, mais je suis sérieux. Je trouve qu'Aden est typiquement le genre de type à se balader en sous-vêtements roses et...

— Tucker, s'il te plaît !

— Et alors quoi ? Je n'ai pas raison ? Et son copain Shannon, il n'est pas homo, peut-être ?

— Tais-toi, maintenant ! Bien. Ces âmes *mâles*, donc, possédaient les mêmes pouvoirs quand elles étaient vivantes. Je le sais, parce que c'était le cas de ma mère. Donc, avec la liste des noms, j'ai essayé de trouver des mentions de personnes capables de ressusciter les morts, de posséder les corps ou de prédire l'avenir. J'ai cherché le moindre détail qui allait dans ce sens.

Il resta silencieux un moment, pensif.

— Attends une seconde. En premier lieu, pourquoi est-ce que tu cherches à savoir qui sont ces âmes ?

— Parce qu'il leur faut se souvenir de ce qui a constitué leur ultime volonté et accomplir celle-ci. Alors, elles quitteront l'esprit d'Aden et il deviendra plus fort, parce qu'il pourra se concentrer et se défendre contre Vlad.

— Tu crois vraiment que ça suffira à l'aider ?

— C'est pas un peu fini, toutes ces questions ? Oui, c'est ce que je pense. J'en mettrais ma main au feu.

Ne serait-ce que parce que, sans cela, les chances de survie de son ami étaient nulles.

Tucker grimaça.

— Ne dis pas ce genre de choses, s'il te plaît.

— Quoi donc, mettre ma main au feu ? Et pourquoi ?

— Ça ne me plaît pas.

— Parce que tu as peur de brûler en enfer pour l'éternité, c'est ça ? répliqua-t-elle d'un ton acerbe.

Le sourire de Tucker s'effaça.

— Quelque chose comme ça, oui.

Il avait l'air tellement abattu qu'elle s'en voulut presque de sa remarque.

— Tu sais quoi ? Vu ce que j'ai fait, quand tout cela sera terminé, j'y aurai peut-être une place juste à côté de la tienne. On pourra se tenir compagnie, sur le grill…

Il laissa échapper un éclat de rire. C'était l'effet recherché, mais cela leur valut un nouveau regard irrité de l'étudiante qu'ils avaient dérangée et qui s'était installée un peu plus loin. Tucker leva un majeur dans sa direction avant de reprendre :

— Tu aimerais bien, hein, rester pour l'éternité avec moi ? Et sinon, tu as déjà des pistes ?

— Avant que tu ne viennes m'interrompre, j'étais en train de lire un article au sujet d'un médecin, le Dr Daniel Smart, qui travaillait au service médico-légal de l'hôpital. Apparemment, c'est là qu'il a été assassiné. On a retrouvé des traces de lutte sur ses bras et ses jambes, comme s'il avait tenté de se protéger contre quelqu'un — ou « quelque chose », comme c'est écrit dans l'article — qui l'a frappé et mordu.

— Chouette histoire. Mais quel rapport avec les âmes d'Aden ?

— L'une d'entre elles est capable de ressusciter les morts. Et si c'était ce qui était arrivé au Dr Smart ? S'il avait réveillé un cadavre à la morgue, et que celui-ci l'avait tué ?

— Et ça lui serait arrivé pour la première fois ? Parce que, dans le cas contraire, pourquoi aurait-il continué à travailler à côté de zombies potentiels ? Il aurait été constamment en danger, et on aurait très vite découvert son secret. Tu n'as rien trouvé là-dessus, non ? Ce qui signifie que ça ne peut pas être lui.

— Peut-être savait-il contrôler son pouvoir ?

— Peut-être. Ou peut-être pas.

— Ton avis ne m'intéresse pas, grommela-t-elle. C'est la meilleure piste que j'aie trouvée pour l'instant.

Mary Ann était furieuse : une fois de plus, il avait sans doute raison.

— Ça dépend de ce qu'on entend par le mot « meilleure », répondit Tucker d'un ton léger. Mais je suis d'accord : il y a quelque chose à creuser.

— Je sais.

Ce qu'il pouvait être agaçant ! Comme si elle avait besoin de sa permission...

— C'est le prochain objectif que je me suis fixé, reprit-elle.

— Et ses parents ?

— Les parents de qui ? Du Dr Smart ?

Tucker leva les yeux au ciel.

— Mais non, idiote ! Les parents d'Aden.

— Eh bien quoi ?

Elle avait leur adresse en poche, et elle redoutait de s'en servir. Les retrouver avait constitué sa première mission — une tâche qui s'était révélée étonnamment facile. Il lui avait suffi d'un moteur de recherche, d'une carte de crédit volée que lui avait fournie Tucker, et hop ! Elle avait obtenu son résultat.

Les parents d'Aden habitaient toujours dans la région. Visiblement, la honte d'avoir abandonné un enfant alors qu'ils étaient sans doute les seuls à pouvoir l'aider ne les avait pas fait fuir. Que pensaient-ils aujourd'hui de leur décision ? La regrettaient-ils ? L'assumaient-ils pleinement ?

Elle hésitait entre deux options : appeler Aden pour tout lui dire, et garder cette information pour elle. Elle avait fini par opter pour la deuxième solution. Pour l'instant il avait fort à faire, et si elle pouvait rencontrer le couple au préalable — d'accord, pas vraiment les rencontrer, les *espionner* plutôt — il lui serait plus facile de prendre une décision.

— Tu devrais laisser tomber pour aujourd'hui, fit Tucker, interrompant sa réflexion. Il faut qu'on se trouve un endroit où dormir. Après quoi nous mettrons le cap sur…

Il laissa la fin de sa phrase en suspens, attendant qu'elle la termine pour lui.

— La femme du Dr Smart vit toujours ici, à Tulsa. Près de St Mary, l'hôpital où travaillait son époux.

Tulsa, en Oklahoma. A deux heures de route de Crossroads, là où vivait Riley — et oui, cela faisait au moins cent fois qu'elle rêvait qu'il franchisse cette distance pour venir la retrouver.

— Parfait, approuva Tucker. Est-ce que tu as lu l'avis de décès du type ?

— Oui.

— Vérifié s'il avait de la famille dans le coin ?

— J'ai fait de mon mieux.

Daniel Smart laissait une veuve, mais Mary Ann n'avait trouvé mention d'aucun autre parent.

— Et tu as une adresse exacte ?

— Non. Je me suis dit qu'on allait se promener en voiture dans le quartier et attendre qu'un rayon de lumière divine nous indique quelle était la bonne maison.

— Encore du cynisme. Tu devrais arrêter, ça t'enlaidit.

— Alors toi, arrête de poser des questions stupides.

Il poussa un soupir résigné, comme s'il était le seul être raisonnable dans toute la bibliothèque.

— Si ça cadre avec ton emploi du temps, on y va demain matin.

Sans lui laisser le temps de répondre, il lui fit signe de se lever.

— Allez, on y va.

Ce fut au tour de Mary Ann de pousser un soupir. Elle lui tendit la main, et il l'aida à se relever de son siège. Avec une galanterie exagérée, il lui présenta ensuite son manteau pour qu'elle l'enfile et l'entraîna loin du rayon des microfiches. Au moment même où ils pénétraient dans le couloir central de la bibliothèque, un cri strident s'éleva derrière eux. Un hurlement féminin. L'étudiante de tout à l'heure ? Une attaque de fées, de sorcières ? Craignant le pire, Mary Ann tenta de se retourner pour voir de quoi il s'agissait, mais Tucker la saisit par les épaules pour l'en empêcher.

— Crois-moi, tu n'as pas envie de voir ce qui se passe.

Le cri ne signifiait donc pas que des ennemis se ruaient sur eux.

— Qu'est-ce que tu as fait ? siffla-t-elle entre ses dents.

Car elle savait que ce chacal de Tucker y était pour quelque chose.

— Pour te la faire courte, il y a sous le bureau de Mlle Bouche Cousue un serpent qui a des choses à lui dire, répondit-il avec un sourire torve. Petit cadeau de ma part.

Quel crétin, pensa-t-elle.

Ils débouchèrent à l'air libre. La nuit était tombée et il faisait froid. Mary Ann resserra les pans de son manteau, avant de lancer un coup d'œil curieux à son compagnon.

— Je croyais que, quand tu étais à côté de moi, tu ne pouvais pas lancer tes illusions ?

Le sourire de Tucker s'élargit, au point que ses dents étincelèrent dans l'obscurité. Elle dut détourner le regard avant que l'envie de le gifler à toute volée devienne trop forte. Des voitures passaient dans la rue, bourdonnant comme de gros insectes. Ils étaient seuls sur le trottoir, et aucune ombre suspecte ne se cachait dans les recoins. Depuis peu, Mary Ann avait pris l'habitude d'inspecter systématiquement les alentours.

— Eh bien ? insista-t-elle.

Tucker se pencha vers elle, comme pour partager un secret ou une blague salace.

— On dirait bien que mes pouvoirs deviennent de plus en plus forts !

A moins que ce ne soit la capacité de Mary Ann de neutraliser la magie qui diminuait ? Cette pensée alluma en elle un espoir nouveau. Oh oui ! Faites que ce soit cela ! Car si c'était le cas, son pouvoir de Draineur pouvait disparaître lui aussi, ce qui signifierait que plus rien ne l'empêcherait de revoir Riley. Qu'elle pourrait l'embrasser de nouveau, et même — enfin ! — aller plus loin avec lui, sans se soucier de le blesser.

— Attends un peu. Qu'est-ce qui te rend si joyeuse, d'un seul coup ? l'interrogea Tucker avec un air suspicieux.

Et en quoi cela le regardait-il ?

— Rien du tout.

— Menteuse.

— Démon.

Il se racla la gorge, comme pour étouffer un éclat de rire.

— Tu sais que, pour moi, ce n'est pas vraiment une insulte ?

— Oui, je le sais.

Mary Ann avança sur le trottoir, avec l'impression de danser bien plus que de marcher. La seule pensée de retrouver Riley la mettait en joie.

— Et si on se contentait de profiter de cet instant ? lança-t-elle.

Tucker dut hâter le pas pour rester à sa hauteur.

— De quoi tu parles ?

— De ce moment. Ici et maintenant.

— Et pourquoi ? Il n'a rien de particulier, ce moment.

— Il pourrait l'être. Si tu la fermais.

Cette fois, il se mit à rire ouvertement.

— Tu veux bien me rappeler les raisons pour lesquelles je suis sorti avec toi ?

— Non. Ça me donne envie de vomir rien que d'y penser.

— Sympa, Mary Ann, répondit-il sans se départir de son sourire narquois.

— Je fais de mon mieux.

5

Pendant une éternité, une éternité de douleur, l'esprit d'Aden fut peuplé de hurlements. Puis ceux-ci cessèrent, et il ne connut plus que le silence. Mais ce calme était pire car, débarrassé de toute distraction, il prit alors conscience du brouillard épais et terrifiant qui l'enserrait et le broyait comme une créature maléfique.

Fuir. Il lui fallait fuir. S'il restait ici, il mourrait, car cette brume poisseuse finirait par le tuer — il étouffait déjà. Alors, plein d'une détermination nouvelle, il se mit à grimper et grimper encore... Son corps entier vibrait au rythme de la souffrance, mais il s'accrochait de toutes ses forces pour s'élever, de plus en plus haut, jusqu'à ce que...

Il ouvrit grand les yeux.

Le brouillard s'était dissipé. Ce fut sa première impression. Pourtant, le monde autour de lui restait flou, comme s'il était d'une consistance gélatineuse. Il inspira profondément pour reprendre ses esprits, puis poussa un grognement. Une délicieuse odeur flottait dans l'air, une odeur sucrée qui lui mettait l'eau à la bouche. Son cœur se mit à battre plus vite.

Ce goût sur sa langue...

Quelqu'un l'appelait. Une voix féminine où se mêlaient l'inquiétude et le soulagement. Battant des paupières à plusieurs reprises pour dissiper le voile flou qui brouillait sa vue, et malgré les élancements douloureux, Aden se redressa et observa la pièce autour de lui… une chambre, oui. Une chambre qui évoquait une tempête de neige : tout y était blanc, des murs aux tapis en passant par les meubles. Ce fut la première image qui lui vint à l'esprit, et puis… ce lieu lui était étrangement familier.

Une fille s'approchait de lui, entortillant nerveusement ses doigts dans le tissu de sa robe noire. Noire. Enfin une nouvelle couleur. Sa longue chevelure sombre tombait en cascade sur ses épaules minces. Elle avait le teint pâle, une peau sans défaut, et les plus beaux yeux bleus qu'il ait jamais vus.

Lentement, très lentement, elle tendit la main vers son front. L'odeur sucrée devint plus entêtante, et la faim grandit en lui. Il aurait voulu la mordre. Alors pourquoi recula-t-il comme par réflexe pour échapper à son contact ?

Son joli visage paraissait si triste à présent. Toutefois, elle se reprit vite et parvint à dissimuler son trouble. D'une voix tendue, elle lança :

— Je suis heureuse que tu sois réveillé.

De toute évidence, elle faisait son possible pour rester calme.

De longues incisives lui soulevaient légèrement la lèvre supérieure. Comme une vampire. Oui, c'était ça. Une princesse vampire, plus exactement. Elle s'appelait Victoria, et c'était sa fiancée. Un à un, des détails de plus en plus nets lui revenaient, comme des balles de tennis lancées par une machine. Et pourtant, tout cela le laissait froid.

— Comment te sens-tu ? demanda-t-elle.

Il se contenta de la regarder. Comment il se sentait ? Ses terminaisons nerveuses avaient enfin cessé de le faire souffrir et… il ne sentait rien du tout, en fait.

Nerveuse, Victoria avala sa salive avant d'expliquer :

— Tu as dormi pendant presque quatre jours. Nous t'avons donné tes médicaments, ceux qui calment les âmes, au cas où elles auraient été responsables de ton état.

Avec un coup d'œil inquiet par-dessus son épaule, elle poursuivit :

— Nous avons pensé que nous n'avions pas d'autre choix.

Nous. Elle avait dit *nous.* Ce qui signifiait que quelqu'un l'avait aidée.

— Est-ce que tu as envie de quelque chose ? Nous pouvons t'apporter ce qui te fait plaisir.

Nous, de nouveau. Pour la deuxième fois, Aden parcourut la pièce du regard. Sa vision s'était accommodée, et il distingua cette fois la silhouette d'un garçon dans le coin de la chambre. Grand, musclé, cheveux noirs, yeux verts. Riley. Un changeforme, un loup-garou. Un casse-pieds de premier ordre, mais un brave type au fond.

A côté de lui se tenait une autre fille. Une humaine, pensa Aden — mais comment pouvait-il le sentir rien qu'à la regarder ? Il ne l'avait jamais vue auparavant. Elle semblait nerveuse, elle dansait d'un pied sur l'autre, passant sans cesse les doigts dans ses cheveux blonds coupés court. Ses yeux marron semblaient vouloir l'éviter à tout prix, et sa peau couverte de taches de rousseur avait une teinte crayeuse.

Une fois de plus, l'odeur sucrée qui flottait dans

l'air le frappa, encore plus forte et accompagnée d'une touche épicée qu'il n'avait pas perçue jusqu'alors. Tout son corps se mit à trembler, anticipant le plaisir.

Le plaisir. C'était son premier ressenti depuis son réveil, et il explosait en lui.

— Soif ! lança-t-il d'une voix rauque.

Victoria tendit la main, non pour le toucher mais pour lui présenter son poignet. Il avait déjà bu à même ses veines. Tout ça était encore flou dans sa tête. Oui, c'était ça, et il s'était aussi nourri à ce cou élégant, pensa-t-il en levant les yeux. A cette bouche. Comme une drogue, le besoin de sang l'avait emporté sur tout le reste. Et il s'était haï. Cela aussi, il s'en souvenait.

Il l'avait haïe elle aussi. En tout cas, *une partie de lui* avait détesté Victoria.

Cette part de lui-même avait dû grandir et prendre le contrôle car, tandis qu'il la regardait, là, devant lui, il ressentait l'envie de l'attraper par le bras et de la secouer de toutes ses forces. De lui faire mal, de la blesser autant qu'elle l'avait meurtri. Et de la punir pour les actes qu'elle avait commis.

Aden tenta de se reprendre. Mais pourquoi cette bouffée de violence ? Au fond, que lui avait-elle fait ? Rien. Rien, à part le transformer en vampire, l'abreuver de son sang et se nourrir du sien. Elle s'était même battue contre lui, pour survivre. Mais il comprenait tout cela, et il l'acceptait. Ses souvenirs lui revenaient à présent.

— Aden ? insista Victoria en approchant encore son poignet.

Une sensation brûlante, un besoin impérieux envahit la bouche d'Aden : il voulait… du sang. Oui, c'était cela, il reconnaissait cette envie à présent. Sans même s'en rendre compte, il s'était déjà penché vers elle. Il stoppa net, juste à temps. Qu'était-il en train de faire ? Il n'allait pas planter les dents dans ses veines. Il lui fallait du sang, oui, mais pas celui de Victoria. Trop dangereux. Il y était accro.

D'une main tremblante, il repoussa le bras de sa fiancée — malgré les hurlements de dépit de la partie de lui-même qui la désirait encore. La chaleur de sa peau l'affolait, et quand ils s'étaient touchés une étincelle l'avait parcouru. Ce contact, il en avait besoin, encore et encore.

Concentre-toi sur l'humaine.

— Toi, appela-t-il avec un signe de la tête.

Hors de question de tomber de nouveau sous le charme d'une fille. Si cela arrivait, il risquait de sombrer définitivement. Bien sûr, il n'y avait aucun risque pour que cette jeune fille ait sur lui le même effet dévastateur que Victoria. En tout cas, il l'espérait.

— Est-ce que tu acceptes de me servir de nourriture ?

A contrecœur, l'humaine le regarda de ses yeux sombres.

— Ou… oui.

Vraiment ?

— Tu es nerveuse ?

Elle secoua la tête avec force, mais quand elle répondit, ce fut d'une voix tremblante.

— N… non.

Donc, elle avait peur. Pas de lui, il le sentait, mais de quoi alors ? Tant pis. Cela n'allait pas l'arrêter.

— Très bien. Alors viens ici.

Riley et Victoria échangèrent un regard sombre. Et

pas que ça, sans doute. Le loup-garou pouvait communiquer par la pensée avec elle. Qu'importe. Il se fichait bien de leur opinion, rien ne l'empêcherait de faire ce qu'il avait décidé.

Après un instant de réflexion, Victoria hocha la tête et se releva. Riley poussa doucement l'humaine en direction d'Aden. Elle se hâta de le rejoindre, évitant ostensiblement Victoria. Les choses devenaient un peu plus claires : c'était d'*elle* qu'elle avait peur…

Et elle avait bien raison, car cette dernière la considérait d'un air méfiant, comme prête à l'attaquer d'une seconde à l'autre. Etaient-elles ennemies ? Non, c'était impossible. Riley se montrait toujours extrêmement protecteur envers Victoria, et s'il y avait eu un problème entre les deux filles, il n'aurait jamais permis qu'elles se trouvent ensemble dans la même pièce. Mais alors, pourquoi cette tension ?

La jeune humaine ne parut se détendre qu'une fois arrivée aux côtés d'Aden. Avec un sourire, elle lui fit une révérence.

— Que puis-je pour vous, mon roi ?

Aden préféra ne pas vérifier comment Victoria réagissait à ça.

— Donne-moi ton bras.

La fille lui obéit immédiatement. Il saisit son poignet — un peu moins fin que celui de Victoria, comme s'il y avait plus de chair sous la peau. Aden brûlait de l'intérieur. Par comparaison, la jeune humaine semblait glaciale.

Il respira longuement son odeur. Elle était moins sucrée, plus épicée que celle dont il rêvait, mais elle ferait l'affaire. Déjà, son estomac se tordait d'impatience. Il l'attira plus près, ouvrit la bouche et…

— Attends. Tu vas la blesser, intervint Victoria qui venait de réapparaître à côté d'eux.

Elle tira la fille en arrière, et Aden fut contraint de la lâcher.

La jeune humaine resta là, tremblante.

Il poussa un grognement sourd. L'odeur d'une vampire éveillait en lui des sentiments féroces, animaux. On aurait dit qu'elle s'adressait directement à une bête intérieure, une bête incapable d'émotion, tout entière constituée d'instincts sauvages et guerriers.

Elle est à moi ! disait la chose.

C'est faux, se rebellait une autre partie de lui-même.

— Tu n'as pas de crocs, reprit Victoria avec détermination, et si tu la mords, tu vas lui faire du mal. Je vais m'en charger, moi, et…

— C'est *moi* qui la mordrai !

Crocs ou non, il savait se nourrir. Ne l'avait-il pas prouvé à maintes reprises à Victoria ?

Rien que de se rappeler ces moments, il leva d'instinct les yeux vers le cou de celle-ci. Cette veine, juste là, qui palpitait… La sensation de douleur dans ses mâchoires refit surface. *Elle est à moi*, songea-t-il de nouveau. *A moi. Je veux la mordre, boire son sang et l'embrasser.*

Tu ne l'aimes plus vraiment. Plus maintenant.

— Je vais la mordre, siffla Victoria entre ses dents, et tu pourras boire son sang.

Elle ne lui laissa pas le temps de répliquer : elle prit le bras de la jeune humaine et y planta ses crocs.

La jeune fille ferma les yeux et poussa un gémissement de plaisir. Aden connaissait bien cette sensation.

Il rêvait toujours de la revivre, même s'il s'était juré le contraire.

Les crocs des vampires produisaient une substance qui anesthésiait la peau et remontait dans le sang en créant une délicieuse sensation de douceur et de chaleur. C'était la raison pour laquelle tant d'humains devenaient dépendants aux morsures des buveurs de sang.

Mais pas lui. Plus jamais lui.

Une seconde s'écoula, puis une autre. Victoria releva la tête. Ses lèvres étaient bordées d'écarlate. Aden les dévora du regard. Il fallait qu'il les lèche, tout de suite. Non, il devait à tout prix écarter cette pensée pour se concentrer sur le poignet de la jeune humaine, qui était à présent marqué de deux piqûres sanglantes. Oui, du sang, encore. Il poussa un grognement. Victoria méritait bien d'être châtiée pour lui avoir désobéi. Il luttait contre lui-même. *Mais de quel droit la punirais-je ?* Il se reprit et saisit le bras qu'on lui tendait pour l'approcher de sa bouche.

Une fois, deux fois, il passa sa langue sur la blessure, léchant le nectar qui en coulait. Avec un nouveau grognement, il la porta à ses lèvres et se mit à boire. C'était divin. Le liquide lui emplit la bouche, et il ferma les yeux, emporté par un plaisir identique à celui qu'avait ressenti l'humaine un peu plus tôt. Et pourtant, tout au fond de son esprit, une voix lui répétait sans cesse que, aussi délicieux que soit ce moment, l'expérience aurait pu être encore plus forte. Il aurait pu, non, il aurait *dû* boire un sang plus doux encore, plus sucré, moins épicé. Celui de Victoria.

— ... il n'a pas de crocs, mais il a pourtant besoin de

sang, entendit-il Riley dire quand il revint à la réalité. Je n'ai jamais entendu une chose pareille.

— On dirait pourtant que c'est ce qui est en train de se passer, rétorqua Victoria. Regarde-le : il est aux anges depuis qu'il a commencé.

— Aux anges ? Tu plaisantes ? Depuis qu'il s'est réveillé, ses yeux n'ont aucune expression. Quelque chose ne va pas, crois-moi.

Ils en étaient encore à parler de lui, mais il s'en moquait éperdument.

— Eh bien, elle au moins en profite, ajouta Victoria d'une voix où perçait la jalousie. Si je ne la retenais pas, elle se jetterait sur lui.

— Comment veux-tu que je te dise le contraire ? Je le vois aussi bien que toi.

— Comme ami, tu es lamentable, commenta Victoria d'un ton mi-autoritaire, mi-amusé.

— Si tu veux. Quoi qu'il en soit, ne la tue pas quand il aura terminé. Je l'ai empruntée à Lauren, et j'ai dû lui promettre que je ferai son repassage pendant une semaine. Et pendant toute sa vie si on lui fait du mal.

— Merci beaucoup, alors. Cela dit, tu n'aurais pas pu lui emprunter un mâle, plutôt ?

Un frisson parcourut l'esclave humaine. Etait-ce déjà de la peur ou bien encore du plaisir ?

— J'en suis au stade des suppositions sur le sujet, mais j'ai l'impression que, contrairement à nous, les humains — ou au moins ceux qui *ont été* humains — ne peuvent pas séparer la nourriture du sexe. En d'autres termes, j'ai pensé qu'Aden voudrait une femelle.

— Pour la vouloir, on peut dire qu'il la veut… un peu trop, même !

Riley lança un regard moqueur en direction de Victoria.

— Es-tu jalouse, princesse ?

— Non. Enfin, si. Il est à moi.

Elle se tut un instant, avant de reprendre :

— Il *était* à moi, en tout cas… Mais il m'a repoussée. Deux fois. Tu l'as vu, non ?

— Oui, c'est vrai. Mais il t'aime, Vic, et tu le sais.

— Tu crois ? demanda-t-elle dans un souffle.

Aden se posait la même question. L'aimait-il encore ? A ce moment précis, il avait l'impression de la détester. Mais il le savait, on pouvait adorer une personne et la haïr en même temps. Et ça, il l'avait appris dès son enfance, quand ses parents l'avaient fait enfermer dans un hôpital et l'avaient abandonné sans un regret.

Oui, il les avait détestés, de toutes ses forces, même. Et pourtant, il les aimait. Ou plutôt, il les avait aimés — un certain temps en tout cas. Puis les jours étaient passés. A force de médicaments et de mauvais traitements de la part des autres pensionnaires, cet amour s'était effacé, ne laissant que la haine. Mais même ce sentiment avait disparu à son tour pour laisser place à l'indifférence. A présent, Aden avait les âmes avec lui. A l'intérieur de lui.

Les âmes. Où étaient-elles en ce moment, au fait ? Pas en train de discuter au fond de son esprit. Se trouvaient-elles dans celui de Victoria ?

Celle-ci ne le regardait plus. Ses yeux se perdaient dans le vague, tournés vers la fenêtre. A présent, son regard était d'un bleu pur, sans trace de vert, de marron ni de gris. Non, aucun esprit ne l'habitait.

Dans ce cas, c'est qu'ils se trouvaient dans sa tête

à lui. Les médicaments avaient dû les endormir. Une autre raison de détester Victoria. Les âmes étaient ses meilleurs compagnons. Plus d'une fois au cours de sa vie, elles avaient constitué sa seule raison de vivre. Elles détestaient les médicaments, et seraient furieuses à leur réveil. Victoria savait tout cela, et pourtant elle n'avait pas hésité à le forcer à avaler ces fichues pilules.

— Oui, répondit enfin Victoria. Il m'aime, je le sais.

Ah oui ? Alors elle en savait plus que lui. D'accord, il l'avait aimée, *avant*. Comment faire autrement ? Elle était parfaite, un rêve devenu réalité. Mais au fond, que savait-il d'elle ?

Argument contre : les humains, pour elle, n'étaient rien d'autre que de la nourriture. Contre, également : elle pouvait vous transformer en esclave d'une simple morsure. Argument pour : elle avait le sens de la famille. Contre : son père voulait le tuer. Pour : elle savait qu'il n'était pas comme les autres, et elle l'aimait quand même. Contre : elle se fichait des humains et de leurs besoins. Pour : elle essayait tout de même de ne pas s'en fiche.

La seule fois où ils étaient sortis ensemble, la seule fois où ils avaient eu un vrai rendez-vous, elle s'était montrée charmante. Elle avait dansé autour de lui comme une petite fille, elle n'arrêtait pas de plaisanter. Ses blagues étaient nulles, mais elle avait fait de son mieux pour lui faire plaisir. Elle cherchait à être ce qu'il voulait, ce dont il avait besoin. Du coup, il l'avait aimée, évidemment. Mais maintenant ? Il ne parvenait pas à trouver pour elle le moindre élan d'affection, pas même une petite étincelle de tendresse.

D'accord, elle l'attirait toujours, et il rêvait de se

débarrasser de l'humain en lui, de devenir entièrement vampire. Il voulait planter ses dents dans son cou, sentir son corps sous ses mains — et il mourait d'envie qu'elle le touche, que leurs bouches se rencontrent, qu'elle gémisse son nom…

Dans sa tête, ses pensées et ses désirs se transformèrent en images tellement précises, tellement vraies. Il n'en pouvait plus. De sa gorge s'échappa soudain un râle, un son guttural qui alla s'amplifiant et résonna dans toute la chambre.

Victoria s'imagina sans doute que ce son animal lui était arraché par le plaisir qu'il tirait de la jeune humaine. Elle se mit à irradier de colère et d'inquiétude. Oui, il pouvait sentir ces émotions dans l'air, si fort qu'il se mit à boire le sang de la fille avec une ferveur renouvelée.

Celle-ci poussa un gémissement extatique.

Dans le corps d'Aden, le sang de l'humaine semblait irriguer chaque cellule. C'était comme si ses muscles grandissaient, que ses os se mettaient à vibrer. Pas croyable ! Si c'était l'effet que produisait cette fille sur lui, que se passerait-il quand il boirait de nouveau le sang de Victoria ?

— Bon, ça suffit, lança Riley.

En quelques pas, il fut près du lit. Il saisit la jeune fille et l'attira à l'écart d'Aden avant de lui ordonner de quitter la pièce.

En titubant, elle s'exécuta. La porte se referma et ses pas s'éloignèrent dans le couloir.

— Victoria ? appela Riley.

Mais lorsqu'il tendit la main dans sa direction, Aden sauta sur ses pieds et s'interposa entre eux, les empêchant de se toucher, un peu comme s'il ressentait soudain le besoin de protéger ce qui lui appartenait.

— Tu veux te battre contre moi, ou contre elle ? demanda Riley sur un ton nonchalant.

— Aucun des deux, articula Aden.

Ou les deux à la fois, au contraire. D'accord, il n'aimait plus Victoria, mais il la désirait encore. Il refusait que quiconque la touche. L'instinct… Le désir… Tout se mélangeait, entrait en conflit… Mais que se passait-il ? Aden avait l'impression que deux êtres en lui se menaient une lutte sans merci.

— Dans ce cas, reprit Riley, pourquoi as-tu sorti tes griffes ?

Des griffes ? Aden regarda ses mains. Mais oui, c'était vrai : ses ongles s'étaient allongés et effilés — ils ressemblaient à présent à de fins poignards pointant à l'extrémité de ses doigts. Il aurait dû être effrayé de ce changement, et pourtant non. Au lieu de cela, il se contenta d'écarter les doigts pour étudier cette nouvelle transformation à la lumière.

— Comment est-ce possible ?

Riley émit un son dubitatif avant de lancer :

— Soit tu as été complètement transformé, soit tu es le premier hybride de vampire et d'humain dont j'aie entendu parler. En attendant, tu vas te calmer ou il faut que je m'en occupe ?

Aden émit un rire amusé — discret, mais amusé tout de même.

— Tu peux toujours tenter le coup…

Apparemment, le loup ne s'était pas attendu à cette réponse. Il cilla avant de secouer la tête.

— Je vois. Bon, si tu veux bien, on reprendra plus

tard le concours de celui qui fait pipi le plus loin. Tu as un problème, et j'ignore à quel point il est grave. Il va falloir qu'on discute un peu pour le découvrir.

Derrière lui, Victoria se balançait d'un pied sur l'autre, hésitant sur la conduite à tenir. Le fin duvet sur la nuque d'Aden se hérissa et un picotement parcourut sa peau. Il fit une grimace. Etait-il devenu à ce point sensible à la présence de sa compagne vampire ?

— Je n'ai aucun problème, martela-t-il. Fin de la discussion. Et maintenant, rassemble mon peuple dans la grande salle !

Il avait prononcé ces mots sur un ton menaçant, qui le surprit lui-même autant qu'il décontenança Riley. Il se considérait comme le roi des vampires à présent — tout ça était tellement neuf pour lui — et c'était bien la première fois qu'il utilisait le terme « mon peuple ». Et pourtant, c'était le mot juste, et il avait beaucoup à leur dire.

— Je crois que tu as vraiment un problème, Aden, insista Riley. Tu n'as même pas demandé de nouvelles de Mary Ann. Elle est quelque part, toute seule, peut-être en danger. Ça t'est devenu égal ?

Dans sa poitrine, Aden perçut comme un frisson, une émotion qui disparut si vite qu'il ne put la comprendre.

— Elle s'en sortira, répondit-il laconiquement.

— Tu en es certain ? Elijah te l'a dit ?

— Oui, j'en suis certain, et non, Elijah ne m'a rien dit.

Dans les yeux de Riley, l'espoir disparut aussi vite qu'il était né.

— Alors comment peux-tu en être aussi sûr ?

Parce qu'il en avait décidé ainsi, et que les choses se

passaient comme il l'avait prévu. Toujours. Et quand ce n'était pas le cas, il faisait le nécessaire.

Une minute. Mais qu'est-ce qu'il racontait ? Aucun exemple précis ne lui venait en tête, et pourtant… il *savait*, un point c'est tout. Il haussa les épaules. Il le sentait, et cela suffisait.

— Tu ne m'as pas entendu ? Je t'ai demandé de rassembler mon peuple.

— Fais-le toi-même, *Majesté*, rétorqua Riley d'un ton sec.

Il n'était pas du genre à plier. Il se raidit, comme prêt à se battre. Un sourire se dessina sur les lèvres d'Aden, mais pourquoi au juste ?

— Moi, poursuivit le loup-garou, je pars à la recherche de Mary Ann. Victoria, tu viens ?

— Elle ne bouge pas d'ici, ordonna Aden.

Il avait prononcé cette phrase comme malgré lui. En dépit de tout ce qui s'était passé, ou peut-être à cause de cela, il voulait qu'elle reste à ses côtés.

— Victoria ? lança de nouveau Riley.

— C'est moi qui lui ai fait ça, répondit-elle d'une voix basse. Je dois rester avec lui et m'assurer que, enfin… tu comprends.

Aden, lui, ne comprenait pas, mais il s'en fichait pas mal. Il avait obtenu ce qu'il voulait : Victoria restait avec lui. Et cela suffisait. Pour le moment.

La mâchoire de Riley se contracta.

— Très bien. Alors garde ton portable à portée de main en permanence, et appelle-moi si tu as besoin de quelque chose. De n'importe quoi. Je t'appelle dès que j'ai du nouveau. Et fais attention à toi.

— Promis.

Riley salua Aden, le visage fermé, avant de tourner les talons et disparaître.

Ce dernier ne jeta pas un regard à Victoria, ne pensa même pas à la remercier. Ce n'était pas son genre, non ? Pourtant, au fond de son cœur — à l'endroit même où était née cette étrange sensation quand Riley avait parlé de Mary Ann — quelque chose s'alluma, pour s'éteindre aussitôt. Alors il se contenta de se diriger vers la fenêtre de la chambre. Elle donnait sur un balcon, depuis lequel il avait bien l'intention de convoquer lui-même son peuple.

6

Immobile, Victoria observait Aden tandis qu'il se dirigeait vers le balcon. Arrivé là, il demeura les bras ballants, comme s'il attendait quelque chose. Mais quoi ? Elle l'ignorait. De toute évidence, il n'était pas en train de s'adresser à « son peuple », comme il venait de le clamer haut et fort… Il restait là, pieds nus, l'air de se moquer éperdument de ce qui se passait autour de lui — et même à l'intérieur de lui, quand on pensait au sang qui coulait maintenant dans ses veines… Aden était vivant, il était éveillé, mais au lieu de l'enchanter, cette pensée la mettait presque en rage.

Oui, en rage. Car en dépit de tout, elle aurait voulu que ce soit son sang à elle qui coule dans ses veines et le rende plus fort.

Prépare-toi. L'air frais du matin entrait par la fenêtre ouverte, et elle frissonna. Pour la première fois de sa vie, elle aurait aimé avoir un manteau. Un vêtement, n'importe lequel, qui aurait protégé sa peau contre cet air glacé qui la mordait.

Aden, lui, ne frissonnait même pas. Comment était-ce possible ? Il était sorti torse nu — joli spectacle, d'ailleurs : malgré ce qu'il avait traversé, les muscles de son ventre et de son dos se dessinaient magnifiquement sous sa peau. Manque de chance, il portait un jean… Au moins, il était propre : elle l'avait lavé et changé elle-même pendant qu'il dormait. Et elle avait pris soin de ne pas laisser ses yeux traîner aux mauvais endroits…

A part une fois ou deux. Ou quatre, d'accord. Riley, heureusement, ne lui avait rien demandé au sujet des gants de toilette qu'elle utilisait…

Se montrer curieuse, pleine de désirs : c'était tellement humain de sa part ! Aden l'en aurait félicitée, il n'y a pas si longtemps encore. Mais maintenant… maintenant, elle n'avait plus la moindre idée de ce qui se passait dans sa tête, ni de la façon dont il pouvait réagir. Tout ce qu'elle savait, c'est que Riley avait raison : Aden avait un problème, et un gros. Il n'était plus lui-même, il était devenu quelqu'un de froid, de dur.

D'agressif.

Pour les vampires, l'agressivité était naturelle. Ils passaient leur temps à se lancer des défis entre eux. Les plus forts s'en prenaient aux plus faibles et ceux-ci n'avaient d'autre choix que de relever ces défis, sous peine de finir esclaves à vie. Et s'ils perdaient le combat… ils finissaient également esclaves à vie, à la seule différence qu'ils s'évitaient au moins en partie l'humiliation et les tourments.

C'était bien entendu son père, Vlad, qui avait édicté ces règles. Il détestait la faiblesse et la lâcheté, et ces combats permanents constituaient selon lui un bon moyen d'éliminer « la mauvaise herbe ».

Aden avait-il l'intention de défier tous les vampires ?

Quelque chose dans le ciel attira l'attention de Victoria : un oiseau noir, qui passa en silence au-dessus du balcon. Le soleil se cachait derrière d'épais nuages gris et compacts qui annonçaient le givre. Sa mère aurait dit que, là-haut, les anges faisaient du patin à glace.

Sa mère. Elle lui manquait tellement... Pendant sept ans, elle avait été emprisonnée en Roumanie pour avoir révélé des secrets de vampires à des humains. Vlad avait interdit jusqu'à la mention de son nom : Edina le Cygne.

A l'évocation de ce souvenir, Victoria ne put retenir un frisson. Se rebeller contre les ordres de l'Empaleur restait nouveau pour elle.

Quand Aden avait pris le pouvoir, il avait exigé que le châtiment qui pesait sur Edina soit levé. Enfin ! Et Victoria avait cru que sa mère les rejoindrait en se téléportant à Crossroads, qu'elles se retrouveraient toutes les deux, mais cette dernière avait préféré rester dans son pays d'origine.

Comme si revoir sa fille n'était pas sa plus grande priorité. Victoria serra les lèvres.

Elle ne comptait donc pas ? Elle aussi, pourtant, elle espérait qu'un jour elle aurait de l'importance aux yeux de quelqu'un. Elle voulait qu'on l'aime. Et son rêve s'était réalisé, pour un temps — Aden l'avait aimée, vraiment. Dès que leurs yeux s'étaient rencontrés, il l'avait fait se sentir unique. Et maintenant...

L'estomac noué, elle s'approcha de lui. Imperturbable, il fixait la forêt qui s'étendait autour du manoir. Les chênes aux troncs noueux tendaient leurs branches vers le ciel gris, comme des lames de poignards où les dernières feuilles reflétaient la lumière — ou comme des mains nouées entre elles pour se protéger de l'arrivée de l'hiver.

Victoria mourait d'envie de prendre la main d'Aden, elle hésita un moment, mais elle n'osa pas : comment savoir quelle serait sa réaction ?

— Je crois que tu devrais repartir dans le passé, finit-elle par dire, rompant le silence.

Elle avait beaucoup réfléchi. S'il remontait le temps jusqu'à la nuit où Tucker lui avait planté un poignard dans le cœur, il pourrait empêcher tout ce qui s'était produit depuis. Pas seulement les blessures, mais aussi sa transformation en vampire, la semaine qu'ils avaient passée à boire le sang l'un de l'autre presque jusqu'à s'en vider, et à se battre… rien de tout cela n'existerait.

— Non.

Pardon ? Elle avait pesé le pour et le contre pendant des heures, et c'était tout ce qu'il trouvait à lui répondre ?

— Non ? Tu ne veux même pas y réfléchir ?

— Exactement.

— Mais enfin, Aden, tu pourrais empêcher Tucker de te poignarder !

— Trop de choses pourraient mal se passer. Nous ne pouvons pas savoir à quoi ressemblerait la nouvelle réalité. Elle serait peut-être bien pire que celle-ci.

Ça, Victoria en doutait fortement.

— Il n'y a qu'une seule façon de le savoir.

Mais combien de fois avait-elle répété ça depuis le début de cette fichue journée ?

Aden ne se retourna même pas.

— Non.

Sa voix était inflexible. Se pouvait-il vraiment qu'il apprécie la réalité actuelle ?

— C'est moi qui décide, ajouta-t-il comme s'il énonçait une évidence.

Il lui rappelait de plus en plus son père. Mais que répondre à ça ?

— D'accord, acquiesça-t-elle en haussant les épaules.

Aden baissa les yeux sur le jardin qui s'étendait au-dessous d'eux, et le regard de Victoria suivit le sien. La végétation désolée faisait de son mieux pour survivre. Pas la moindre fleur. Les seules taches de couleurs provenaient des buissons jaunes et roux. Le lierre s'accrochait encore aux murs de toute sa force, mais ses feuilles paraissaient frêles et desséchées.

Au milieu du jardin, juste en dessous d'eux, se trouvait une grande sculpture de métal enchâssée à même le sol dans un socle de béton. Apparemment, elle représentait des cercles concentriques sans signification particulière. Mais la structure pouvait s'ouvrir pour devenir un élévateur donnant accès à la crypte où l'on avait enterré Vlad l'Empaleur.

Sans un mot, Aden se hissa soudain sur la rambarde du balcon, où il se tint debout, en équilibre instable.

— Mais qu'est-ce que tu fais ? Descends, c'est trop haut ! Tu vas…

Il sauta.

Le cœur de Victoria s'arrêta. Avec un cri d'effroi, elle se précipita en avant. Aden ne s'écrasa pas au sol comme elle l'avait craint. Les yeux écarquillés, elle le suivit du regard, soulagée. Il se reçut avec souplesse, puis se releva et traversa le jardin d'un pas gracieux et déterminé.

Elle avait fait la même chose des centaines de fois. C'est sans doute pour cela qu'elle n'hésita pas à le suivre.

— Attends-moi, Aden ! lança-t-elle tandis qu'elle plongeait dans le froid glacial qui soulevait sa robe et ses cheveux.

Mais alors qu'elle descendait en piqué vers la surface métallique, une pensé la frappa. Sa peau. Sa nouvelle peau humaine. Elle battit l'air de ses mains, tentant de se raccrocher à quelque chose pour freiner sa chute. Et puis ce fut trop tard.

Le choc.

Ses genoux parurent exploser sous l'impact. En s'effondrant, elle alla cogner contre une barre de métal qui dépassait de la sculpture. Tout l'air fut brutalement chassé de sa poitrine. Et ce n'était pas le pire. Son épaule. Elle se l'était déboîtée, c'était sûr. La souffrance fut si terrible qu'elle faillit s'évanouir. Pendant quelques minutes, qui lui parurent des heures, elle resta là, le souffle court, secouée de frissons provoqués aussi bien par le froid que par la douleur, les larmes coulant sur ses joues.

— Quelle idiote ! murmura-t-elle en claquant des dents.

Le soleil était toujours caché derrière les nuages et l'air était saturé de givre. Pourtant, un picotement terrible tiraillait sa peau, comme si d'une minute à l'autre, à l'instar des vampires adultes, elle allait s'enflammer à la lumière du jour.

Que se passait-il encore ? N'avait-elle pas subi assez d'épreuves ces derniers jours ?

Des pas approchaient. Soudain, l'odeur d'Aden lui parvint, toute proche, cette senteur envoûtante qui… Elle fronça les sourcils. Son odeur avait changé. Elle était toujours aussi délicieuse, mais différente. Familière. Semblable à un mélange de santal et de résine. Un parfum qui évoquait un passé lointain, mystique, mais aussi une vitalité froide, à laquelle se mêlaient les notes épicées de la jeune humaine dont il s'était nourri.

Je ne vais pas me laisser envahir par la jalousie !

Presque malgré elle, Victoria ouvrit les paupières. Aden s'était approché, et il se penchait sur elle. Sa silhouette était auréolée d'un rayon de lumière échappé des nuages. Son expression était toujours aussi impassible. Ses cheveux noirs cachaient presque ses yeux, ses yeux d'un violet surprenant.

Depuis qu'ils se connaissaient, elle avait vu ses pupilles passer du doré au vert, du marron au bleu puis au noir, mais cette teinte violette n'était apparue que depuis leur séjour dans la grotte.

Il tendit le bras. Enfin il lui portait un peu d'attention. Il l'aidait à se relever. C'était trop beau. Elle eut un sourire forcé :

— Merci.

— Si j'étais toi, j'attendrais un peu pour les remerciements.

Victoria écarquilla les yeux mais n'eut pas le temps de prononcer un seul mot.

D'un geste vif, Aden saisit son épaule meurtrie avec fermeté. Une douleur horrible la transperça de part en part.

— Qu'est-ce que tu…

D'un geste précis et brutal, il replaça l'os démis dans sa cavité. Alors, Victoria connut la véritable souffrance. Elle poussa un hurlement déchirant qui fit s'envoler une nuée d'oiseaux.

— De rien, termina Aden en se redressant.

Sans doute voulait-il, en réalité, lui dire : « *Je suis vraiment désolé de t'avoir fait mal, mon amour* ».

Meurtrie, elle esquissa un sourire amer.

— La prochaine fois…, commença-t-elle.

— Il n'y aura pas de prochaine fois. Tu ne sauteras plus jamais du balcon. Promets-le-moi.

— Non, je…

— Promets, insista-t-il.

— Arrête de m'interrompre.

— Eh bien, vas-y, je t'écoute, répliqua-t-il d'un ton froid.

Exaspérée, elle lui lança :

— Pourquoi est-ce que tu as sauté ? Tu aurais pu prendre l'escalier…

Ce qui lui aurait épargné une crise de panique. Et une épaule démise.

— C'était plus rapide comme ça.

Une fois de plus, Aden fit volte-face et s'éloigna sans ajouter un mot.

— Attends-moi.

Il l'ignora.

Etouffant un juron, Victoria rassembla ce qui lui restait de forces pour se relever. Elle tenait à peine sur ses jambes et sur le moment elle crut qu'elle allait retomber, mais elle parvint à trouver assez de volonté pour se maintenir debout. Péniblement, elle se lança à la poursuite d'Aden avec l'impression désagréable d'être un chiot récalcitrant tiré par une laisse.

Il ne se retourna pas une seule fois pour voir si elle le suivait ou même si elle allait bien. Visiblement, il s'en moquait — et ce constat fut bien plus douloureux pour elle que sa blessure à l'épaule. C'était comme si une lame glacée lui transperçait le ventre. Pour lui, qu'elle le suive ou non était sans importance.

— Pourquoi veux-tu t'adresser aux vampires ? lui lança-t-elle.

— Il y a un certain nombre de choses que je veux régler.

Aden gravit le perron de la maison et s'arrêta devant le battant de l'immense porte voûtée. Même avec cette faible luminosité, peu de vampires se promenaient à l'extérieur à cette heure du jour, mais ceux qui s'y trouvaient, quand ils l'aperçurent, affichèrent des expressions stupéfaites avant de se prosterner devant lui en signe de respect.

Une minute passa, puis une autre, sans qu'Aden fasse mine de bouger.

— Euh… Aden ? Tu sais que pour entrer dans une maison, il vaut mieux ouvrir la porte ? Ça ne va pas t'avancer beaucoup de rester là à la regarder.

— Ça viendra. Pour l'instant, je contemple ce qui m'appartient.

Une fois de plus, le ton de sa voix évoquait celui de son père, Vlad, ou même celui de Dmitri, avec qui Victoria avait été fiancée. Elle se mordit la lèvre : elle n'avait aimé aucun des deux. *Par pitié, faites qu'Aden retrouve son état normal quand l'effet des pilules se dissipera.*

Et si ce n'était pas le cas, que lui resterait-il à faire ?

Mieux valait ne pas penser à cela maintenant. Il lui fallait d'abord prendre les choses comme elles venaient, aider Aden à tenir son assemblée, le protéger le cas échéant. Ensuite, seulement, elle prendrait le temps de s'inquiéter.

— Et ça te plaît ? demanda-t-elle en s'efforçant de garder un ton léger.

Victoria se souvenait de la première fois qu'elle l'avait amené ici. Au premier coup d'œil sur le manoir de style gothique — les tours asymétriques, les pierres de taille, les vitraux, les fenêtres étroites avec leurs avant-toits pointus, le tout en teintes sombres — une grimace s'était peinte sur son visage.

— Oui.

Ses réponses monosyllabiques commençaient sérieusement à agacer Victoria.

Aden finit par pousser la porte à double battant pour pénétrer à l'intérieur. Balayant d'un regard le vaste hall d'entrée, avec ses murs noirs, ses tapis écarlates et ses meubles anciens astiqués à en briller, il fronça les sourcils, perplexe.

— Je connais l'agencement de cet endroit. Il y a trente chambres, la plupart à l'étage. Il y a vingt cheminées ouvragées. La plupart des pièces ont du parquet au sol, d'autres ont des dalles en grès rouge. Il y a une salle de réunion, une salle du trône et deux salles à manger. Pourtant, je n'ai jamais vu que ce hall, la salle du conseil, ta chambre et le jardin. Comment puis-je en savoir autant ?

Très bonne question.

— Je me demande si… Tu te souviens, quand nos personnalités s'échangeaient, dans la caverne ? suggéra-t-elle. Peut-être que certains de mes souvenirs sont restés en toi.

— C'est possible, approuva-t-il avec un regard inexpressif. Et toi, tu as gardé des souvenirs à moi ?

Oh oui. Tout particulièrement des fois où on l'avait battu, dans les institutions où il avait été placé. Victoria aurait aimé punir ceux qui lui avaient fait ça. Elle se souvenait aussi de la solitude dont Aden avait souffert dans plusieurs foyers d'accueil, des parents d'adoption qui avaient peur de ses pouvoirs et ne faisaient mine de s'occuper de lui qu'afin de toucher des aides financières. Sans parler des garçons de son âge qui l'avaient systématiquement rejeté parce qu'il était trop « bizarre », trop différent.

Pour toutes ces raisons, elle ne pouvait l'abandonner maintenant, malgré la froideur terrible et la dureté dont il faisait preuve. Elle ne le rejetterait pas à son tour.

— Alors ? insista-t-il.

— Oui, j'ai gardé certains de tes souvenirs.

Elle s'abstint toutefois de lui préciser lesquels.

— Et toi, de quoi te souviens-tu, mis à part ce manoir ? Des choses personnelles ?

— Non.

— Ah.

Quel dommage. Une émotion, un sentiment aurait pu ranimer sa compassion. Et cette étincelle aurait pu en réveiller à son tour des dizaines d'autres différentes — parmi lesquelles, avec un peu de chance, une au moins lui aurait rappelé à quel point il l'aimait, à quel point il était fou d'elle ! Mais après tout, c'était peut-être mieux ainsi. Il y avait des choses qu'un garçon ne doit pas savoir sur sa petite amie...

— Attends, fit-il en clignant des yeux comme si quelque chose lui revenait soudain. Je me souviens...

Dans le cœur de Victoria, la peur le disputait à l'espoir.

— Je me souviens de la première fois que tu es venue à Crossroads. A cause de l'appel surnaturel que Mary Ann et moi avons créé sans le savoir. Tu m'as vu, de loin. Et tu as pensé : « *Je devrais le tuer* ».

Aïe. C'était exactement le genre de choses qu'un petit ami doit ignorer.

— D'une, je t'ai déjà parlé de cette pensée. De deux,

sorti du contexte, ça paraît beaucoup plus méchant que ça ne l'était.

— Oh, tu veux dire que si on se replace dans la situation, l'idée de me tuer était *gentille* ?

Elle serra les dents. Elle se serait bien passée de ses sarcasmes…

— Non, évidemment. Mais souviens-toi que ton pouvoir nous paraissait très étrange. Nous avions senti ton appel, mais nous ignorions ce qu'il signifiait. Nous ignorions ce que tu nous voulais ou même si tu nous attendais. Pour ce que nous en savions, tu pouvais aussi bien être notre ennemi.

— Un de vos ennemis, tu veux dire ?

— Pardon ?

— Ce ne sont pas les adversaires qui vous manquent. En fait, la seule race contre laquelle vous ne soyez pas en guerre, ce sont les loups-garous. Et encore, c'est parce qu'ils sont bien trop loyaux pour se retourner contre vous.

Tiens, tiens. Une émotion, ou alors ça y ressemblait fortement. Malheureusement, ce n'était pas celle qu'elle attendait : la voix d'Aden était teintée de déception, mais pourquoi ?

— Tu ignores ce qui s'est passé entre nos races au cours de l'Histoire. Et d'ailleurs, comment pourrais-tu en avoir la moindre idée ? Tu as vécu tout ce temps dans ta petite bulle d'humain, inconscient des créatures de la nuit.

— Mais je sais tout de même que des alliances sont possibles.

— Avec qui ? Les sorcières ? Elles savent que leur sang nous attire et que nous ne pouvons pas nous contrôler en leur présence. Si nous leur proposions une trêve, elles nous riraient au nez. Ce qui nous laisse quoi, les fées ? Nous nous nourrissons des humains, qu'elles considèrent comme leurs protégés. Si elles en avaient l'occasion, elles nous extermineraient sans hésitation. D'ailleurs, tu as toi-même tué un de leurs princes, et une autre fée a tenté d'en finir avec toi pour le venger. Je ne parle même pas des gobelins. Ce sont des animaux, qui ne se préoccupent que de leur prochain repas — repas qui, entre parenthèses, est à base de chair, et si possible de chair de vampire. Cela te suffit, ou je continue ?

— Continue, répondit Aden en esquissant un sourire. Explique-moi comment il se peut que les vampires se fassent la guerre entre eux, entre factions rivales ?

— Et toi, explique-moi pourquoi les humains se font la guerre ?

Il hésita un instant avant de répondre :

— La plupart des hommes rêvent de paix.

— Ce qui ne veut pas dire qu'ils aient trouvé un moyen pour y parvenir.

— Pas plus que les vampires.

Tous deux se turent, les yeux dans les yeux. Victoria tremblait de nouveau : son épaule lui faisait mal, et la douleur la rendait plus susceptible. Cette conversation l'agaçait, alors qu'Aden, lui, semblait garder tout son calme.

— Crois-moi, reprit-elle d'une voix qu'elle voulait plus neutre, la paix est une belle idée. Mais ce n'est rien d'autre qu'une idée, et elle n'est pas toujours bonne. Si mon père réclamait son trône, est-ce que tu le lui céderais au nom de la paix, ou est-ce que tu te battrais ?

— Je me battrais, affirma-t-il sans l'ombre d'une hésitation. Je ferais la guerre jusqu'à ce que les autres clans vampires se soumettent à moi. Et ceux qui se rebelleraient, je les détruirais. Pour l'exemple. Alors, nous aurions la paix.

La guerre comme vecteur de paix... C'était le leitmotiv de Vlad l'Empaleur, une idéologie qu'Aden n'avait jamais partagée. Et pourtant, cela faisait deux fois en quelques minutes — trois depuis ce matin — qu'il s'exprimait exactement comme le père de Victoria.

Une idée lui vint, terrifiante.

Et si, d'une façon ou d'une autre, une part de Vlad avait pris possession de l'esprit d'Aden ? Mais comment ? Il avait échangé ses souvenirs avec elle, pas avec son père. A moins que ces idées aient simplement été celles de Victoria, et qu'elles soient passées dans la tête de son fiancé ?

Bien qu'il en ait été un lui-même, Vlad avait toujours considéré les humains comme de la simple nourriture. Il avait inculqué ce principe à ses enfants. Le pouvoir, supposait Victoria, l'avait rendu fou — les avait tous rendus fous, par ricochet. Car son père se considérait non seulement comme supérieur aux humains, mais à toutes les autres races. Il se voyait comme le roi des rois, l'empereur suprême. La paix, pour lui, n'avait été qu'un prétexte. Il aimait se repaître de violence et de massacres.

Mieux valait écraser dans l'œuf toute rébellion, toute contestation possible. Voilà ce qu'il leur avait répété jour après jour.

Lorsque Victoria avait rencontré Aden, lorsqu'elle avait vu tout ce qu'il était prêt à endurer pour le bien de ceux qu'il aimait, elle avait ouvert les yeux. Vlad détruisait. Aden réparait. Le premier jouissait de la défaite de ses ennemis. Le second évitait la violence gratuite. Vlad n'était jamais satisfait, Aden savait profiter des plus petits bonheurs.

Pour tout cela, elle l'enviait et l'admirait. Pour autant, elle n'était pas totalement opposée à la guerre : un jour ou l'autre, il faudrait qu'elle affronte son propre père — et qu'elle en finisse, car il ne laisserait jamais le pouvoir à Aden. Au contraire, il se battrait jusqu'au bout, avec cette férocité qui le caractérisait. Ce moment venu, il deviendrait donc nécessaire que quelqu'un l'élimine. Et ce quelqu'un, ce serait elle.

Pour s'être trouvée dans l'esprit d'Aden, elle savait à quel point le passé de celui-ci le tourmentait. Il avait blessé des gens, avait possédé leurs corps pour les faire agir à l'encontre de leur volonté. Tout cela pour se protéger ou protéger ceux qu'il aimait, certes, mais les remords ne le quittaient jamais.

Je connais bien ce sentiment. Elle ne savait toujours pas, au juste, ce qu'elle lui avait fait au cours de ces dernières minutes dans la grotte, mais la culpabilité la rongeait comme un venin.

— Tu as la tête ailleurs ?

Elle fixa de nouveau son regard sur Aden. Etait-ce l'amorce d'un sourire qu'elle lisait sur ses lèvres ? Il fallait presque espérer que non : à coup sûr, ça n'aurait été que pour se moquer d'elle.

— Oui, pardon.

— Tu devrais..., commença-t-il, mais il s'interrompit immédiatement, aux aguets. Quelqu'un vient !

Elle leva les yeux. En effet, deux vampires femelles

descendaient l'escalier, vêtues de longues robes qui leur tombaient jusqu'aux chevilles. Victoria aurait aimé demander à Aden comment il avait pu savoir qu'on venait alors qu'elle-même n'avait rien entendu, mais elle se tut. Hors de question d'admettre que ses sens étaient à présent moins affûtés que les siens.

— Votre Majesté, salua l'une des deux nouvelles arrivantes en le voyant.

S'immobilisant sur l'avant-dernière marche, elle exécuta une révérence impeccable, ses cheveux clairs glissant sur ses épaules.

— Votre… Aden, fit l'autre en s'immobilisant à son tour.

Sa révérence fut moins réussie. Sans doute parce qu'elle ne quitta pas Aden des yeux, comme s'il avait été une friandise particulièrement appétissante.

Mais Victoria savait bien que ce n'était pas le désir qui suscitait son intérêt pour lui. Non, cette vampire-là n'aimait que le pouvoir. C'était la raison pour laquelle elle avait lancé un défi à Victoria. Un défi dont l'enjeu était Aden lui-même.

Selon la loi de Vlad, chaque vampire pouvait en défier un autre pour contester la propriété d'un esclave de sang. Aden avait beau faire fonction de roi, il restait humain — du moins, au moment où le défi avait été lancé — et Draven avait utilisé cette ambiguïté à son avantage. Si elle gagnait le duel, elle deviendrait « propriétaire » d'Aden, c'est-à-dire reine des vampires.

Le duel. Il aurait lieu bientôt, maintenant. Dès qu'Aden en aurait fixé le lieu et la date.

Victoria ne rêvait que d'une chose : remettre Draven

à sa place. Dans la crypte, plus précisément. Protéger ceux qu'on aimait était un devoir, certes, mais cela pouvait dans certains cas être aussi un plaisir. En ce qui concernait Draven, ce serait même une vraie fête que de la tuer.

Peut-être n'était-elle pas si différente de son père, au fond.

— Je n'en reviens pas. C'est mon anniversaire, ou quoi ? demanda Draven en montrant Victoria du doigt. Regardez qui a décidé de ne plus se cacher dans sa chambre ! Quel courage !

— Tu aurais pu venir frapper, tu sais. Mais tu n'as pas osé, je me demande pourquoi.

Draven découvrit ses crocs.

Vas-y, je t'attends.

— Bonjour, Maddie, bonjour, Draven, salua Aden avec un signe de tête.

Son intervention mit un terme à la « conversation ». De but en blanc, il ajouta :

— Allez m'attendre dans la salle du trône. Je veux parler à tous les habitants du manoir.

Victoria serra les poings. Ainsi, Aden connaissait le nom des deux vampires, et pourtant, à ce qu'elle savait, il n'avait jamais rencontré la première, celle qu'on nommait Maddie la Douce. En revanche, il connaissait déjà sa sœur, Draven la Rusée. Que Victoria venait à l'instant même de renommer, en son for intérieur, Draven-qui-allait-mourir-dans-d'atroces-souffrances.

Le conseil des vampires avait choisi ces deux pimbêches comme prétendantes potentielles à Aden et au trône. Elles et deux autres vampires — dont Stephanie, la sœur de Victoria — avaient été désignées pour rencontrer le futur roi afin qu'il choisisse une épouse. La perspective de s'allier à la lignée royale avait calmé la rébellion des familles nobles, même si, à l'époque, Aden clamait haut et fort n'aimer que Victoria.

Cela avait-il aussi changé, comme tout le reste ?

— Pourquoi cette assemblée, Aden ? demanda Draven en minaudant.

— Tu le sauras en même temps que les autres.

Tiens, prends ça dans les dents, se réjouit Victoria intérieurement. Draven, elle, dut lutter pour masquer sa colère. Pour se donner une contenance, elle prit une pose aguicheuse, une main sur la hanche et l'autre jouant avec ses cheveux :

— Dis, je peux m'asseoir près de toi sur l'estrade ?

Espèce de grosse vache hypocrite !

La force de cette pensée — son caractère typiquement *humain* — surprit Victoria. Bon. Au moins Aden ne semblait-il pas se préoccuper davantage des tentatives de séduction de Draven que de tout ce qui se déroulait autour de lui.

— Non, tu ne peux pas, répondit-il. En revanche, ajouta-t-il d'un ton neutre, tu peux t'asseoir sur les marches. Je veux que tu sois près de moi.

Draven lança un regard triomphant en direction de Victoria avant de minauder :

— Parce que je suis si belle que tu ne peux pas te passer de me voir ?

Maddie fit mine de pincer sa sœur, de toute évidence pour la forcer à se taire, mais Draven écarta les bras. Elle savait se donner en spectacle.

Aden secoua la tête, l'air grave :

— Non. En fait, je ne te fais pas confiance, je ne

t'apprécie pas et je veux être certain de voir tes mains. Si jamais je te prends avec une arme, je te considérerai comme une traîtresse et je te ferai jeter en prison.

Le visage de Draven pâlit d'un seul coup.

— P... pardon ?

Victoria jubilait. Après tout, dans des moments comme ça, elle aimait bien ce nouvel Aden.

— Avons-nous le temps de nous changer avant de rejoindre la salle du trône, Majesté ? demanda Maddie d'une voix douce.

Aden acquiesça et elle sortit, entraînant sa sœur avant qu'elle ait pu ajouter quoi que ce soit.

Victoria resta là, bouche bée. Elle aurait voulu dire quelque chose, mais les mots lui manquaient. La scène à laquelle elle venait d'assister était tout simplement grandiose.

Mais Aden était déjà passé à autre chose. Se dirigeant à grandes enjambées vers le mur du fond, il en décrocha la trompe qui servait à convoquer l'assemblée. C'était un instrument en or massif d'une grande beauté, gravé de motifs complexes qui représentaient un dragon dont la tête constituait le pavillon et la queue l'embouchure. Il la porta à ses lèvres.

— Attends ! Qu'est-ce que tu fais ? Ne...

Victoria se précipita vers lui pour l'empêcher de souffler, mais c'était trop tard. Un son clair et puissant se répercuta sur les murs du manoir, le faisant vibrer du sol jusqu'aux fondations.

— ... fais pas ça, termina-t-elle piteusement.

Sans doute confondait-il « Ne fais pas ça » avec « Fais-le encore » — c'était une erreur courante, *quand on n'écoutait pas* ! La preuve : il souffla une seconde fois dans le cor, faisant de nouveau résonner l'unique note.

Une bouffée d'angoisse envahit Victoria. Pour se calmer, elle se boucha aussitôt les oreilles, attendant que le vacarme s'éteigne et qu'un silence assourdissant lui succède.

— Tu n'aurais pas dû faire ça, répéta-t-elle.

— Pourquoi ?

Elle laissa retomber ses bras, désarmée.

— Parce que je te l'avais demandé, par exemple ?

— Pourquoi est-ce que je n'utiliserais pas ce cor, insista Aden, alors qu'il est là pour ça ?

— Il est là en cas d'urgence seulement.

— *C'est* une urgence.

Non, je ne vais pas lui crier dessus.

— Tu peux m'expliquer en quoi ?

Elle n'avait pas crié. Pas vraiment, en tout cas. Un bon point pour elle.

— C'est une urgence, parce que je n'ai pas envie de monter les escaliers, d'appeler, d'envoyer un sms ou un mail, pas plus que d'attendre que tout le monde se soit passé le mot. Je veux cette réunion maintenant.

Je ne vais pas le gifler. Il n'en est pas question.

— Ah oui ? Et tu sais ce que va nous coûter ton impatience ?

— Oui. Ça va nous coûter la réunion que je voulais. Maintenant. Ce n'est pas de l'impatience. C'est de l'efficacité.

Une toute petite gifle, alors ?

— C'est ça. Tu as convoqué tes alliés, et dans le même temps tu as aussi informé tes ennemis que tu étais en difficulté. Attends. Je reformule : tu as convoqué les alliés de mon père, (elle baissa la voix au cas où on les aurait épiés) et je te rappelle, si par hardard tu l'avais oublié, que mon père veut ta mort. Et maintenant, il n'est plus le seul. Parce que quand il va arriver — ce qui ne va pas tarder, crois-moi — tous ces vampires l'aideront lui, et pas toi !

Tous ces vampires, pensa-t-elle soudain… dont son propre frère ! Sorin allait revenir, et il se rangerait aux côtés de Vlad.

S'il s'en prenait à son fiancé, que pourrait-elle bien faire face à une telle situation ?

Que savait-elle de lui finalement ? S'il n'y avait pas eu ce fichu décret paternel qui la tenait à l'écart de son frère… Longtemps, elle avait attendu que celui-ci vienne la chercher, mais en vain. Pas plus qu'elle, il n'avait osé encourir le courroux de leur père. Pourtant, plus d'une fois, elle l'avait espionné. Elle l'avait vu flirter avec des dames de la cour, mais aussi se battre férocement et blesser ses compagnons d'armes.

Ce comportement avait fini par la convaincre que Sorin était un gamin arrogant doublé d'un dangereux maniaque avec des tendances homicides. Et lui de son côté, que pouvait-il bien penser d'elle, si tant est qu'il pense quoi que ce soit à son sujet ? Il avait toujours été le partisan le plus fervent de Vlad.

Il y avait peu de chances qu'Aden l'emporte contre son père. Qu'il l'emporte contre son père *et* son frère était parfaitement impossible. Il finirait en chair à pâté.

Elle devait parler à Sorin — pour la première fois, et à cette seule idée la tête lui tournait — afin de le convaincre de ne pas se battre contre Aden.

Comment il réagirait à sa demande, ça elle l'ignorait complètement.

— Si ce que tu dis est vrai, répliqua Aden, dis-moi pourquoi ton père n'est pas venu ici lui-même pour souffler dans ce cor ? Il aurait pu réunir ses alliés. Or, il ne l'a pas fait, ce qui veut dire qu'il ne voulait pas de ce rassemblement.

— Parce que…

Parce que je ne sais pas. Aden avait raison. N'empêche…

Il haussa les épaules avec détachement.

— Eh bien, qu'il vienne. Qu'ils viennent tous.

Mais que faudrait-il pour le tirer de son indifférence ?

— Certains d'entre eux vont se téléporter dans les forêts autour du manoir, d'autres vont utiliser des moyens plus humains, mais tous vont débarquer ici. Pour s'en prendre à toi.

— Je sais. Et c'est très bien comme ça. Je veux me débarrasser de tous mes ennemis en une seule fois.

Voilà qu'il en référait de nouveau à la philosophie de Vlad…

— Mon frère fait partie de ceux qui vont venir.

— Je sais.

Il le savait ? Et il s'en fichait ?

— Il mourra, comme les autres.

Non, il ne s'en fichait pas. C'était pire.

Elle le regarda en silence pendant un long moment.

— Mais qui es-tu ?

Aden, le Aden qu'elle connaissait et qu'elle aimait, n'aurait jamais tramé un plan aussi cruel.

— Je suis ton roi.

Il pencha la tête, comme pour l'étudier avec davantage d'attention.

— A moins que tu ne décides de te rallier à ton père ?

— Pourquoi ? Tu me tuerais aussi ?

Le visage d'Aden prit une expression pensive, comme s'il pesait sa réponse.

— Oh, et puis, je ne veux pas le savoir, siffla-t-elle, exaspérée par le tour que prenait leur discussion. Mais mon frère…

— … n'est pas d'actualité pour l'instant. Tant que Vlad n'a pas le courage de se montrer, notre petite guerre ne peut pas commencer. Et j'ai besoin qu'elle commence, qu'elle commence vraiment, à découvert, pour pouvoir mettre un point final à tout ça. L'un n'ira pas sans l'autre.

Voilà qu'il lui ressortait maintenant une de ses citations favorites : c'était bien elle, non, qui répétait toujours, et à Riley en particulier, qu'*il ne peut pas y avoir de fin s'il n'y a pas de début.* D'accord, elle utilisait plutôt cette phrase pour convaincre son garde du corps changeforme de la laisser faire ce qui lui chantait, et non pour déclencher une guerre. Cela dit, la question se posait : avait-elle été tout ce temps aussi agaçante qu'Aden en ce moment ?

— Tu es parfaitement insupportable.

Aden haussa les épaules, mais sous son détachement elle crut distinguer l'ébauche d'un malaise. Il avait d'abord paru songeur, et à présent il semblait gêné. Il ne devait donc pas apprécier qu'elle le taxe d'insupportable. En tout cas, elle l'espérait… jusqu'à ce qu'il reprenne :

— Ça suffit. Nous avons du travail.

A grands pas, il se dirigea vers le trône afin de

débuter sa fameuse réunion. Une fois de plus, Victoria se retrouva en train de le suivre comme un petit chien. Et elle n'avait pas besoin d'Elijah pour lui apprendre que ce qui se préparait n'avait rien de réjouissant.

7

Aden pénétra dans la salle du trône. Pieds nus, il avança en silence sur le luxueux tapis rouge qui menait à l'estrade. Des symboles de protection y étaient tissés, et pour la première fois il ressentit la puissance qui en émanait, comme si elle entourait chacun de ses pas. Plus il avançait, plus la magie se lovait, tel un serpent, autour de ses jambes, de ses hanches, puis de ses épaules et de ses bras.

Il inspira profondément. Le tumulte permanent qui s'était installé dans sa tête s'apaisa enfin. La magie devint un halo qui l'enveloppa complètement, faisant se dresser les cheveux sur sa tête comme s'il avait mis les doigts dans une prise de courant.

Soudain, ses pensées devinrent claires et précises. D'un seul coup, il se mit à éprouver… des *émotions*. Il était de nouveau Aden, enfin, et non plus ce monstre au sang-froid, ce roi vampire qu'il était devenu sans le vouloir. Il *ressentait* des choses — culpabilité, joie, remords, excitation, chagrin… et amour.

Il tendit le bras en arrière, main ouverte. Il avait besoin de toucher Victoria, même du bout des doigts. Elle se trouvait derrière lui, il le savait. Chacune de ses cellules était consciente des mouvements de sa compagne vampire, de son souffle, de chaque battement de son cœur.

Il y eut une pause. Elle poussa comme un petit hoquet de surprise. Leurs doigts se rejoignirent, dans un contact chaud et familier. L'émotion était si forte.

— Aden ?

— Oui ?

Elle vacilla, et elle faillit tomber sur lui. Il se retourna en un éclair et lui ouvrit les bras pour la retenir — la serrer contre lui, comme avant. Il retrouva cette délicieuse sensation, celle d'être deux moitiés enfin réunies.

— Tes yeux… ils sont redevenus normaux !

La voix de Victoria vibrait d'espoir.

Normaux ?

— Je suppose que c'est plutôt une bonne chose, hasarda-t-il, sans trop bien saisir de quoi elle parlait…

— Absolument ! s'exclama-t-elle.

Il regarda autour de lui. En alternance avec les colonnes de marbre, des candélabres noirs se dressaient devant les rangées de gradins de part et d'autre de la salle.

— Je n'en reviens pas, murmura-t-il en prenant conscience de l'endroit où il se trouvait. Je n'ai pas tenu compte du danger que j'encourais en soufflant dans le cor. J'ai convoqué tout le monde ici pour prouver quelque chose, alors que ça pourrait me coûter la vie.

— Que voulais-tu prouver ?

— J'ai trop honte pour te le dire. J'ai… j'ai besoin de m'asseoir un moment.

S'avançant jusqu'au trône, il s'y laissa tomber. Autour de lui, les flammes des chandelles vacillaient, produisant une fumée âcre.

Un vrombissement s'éleva de nouveau dans sa tête. Aussitôt après, il entendit un grondement — un cri étouffé mais clairement menaçant. A cet instant précis, le voile des émotions se déchira, et il se retrouva partagé entre un froid glacial et une colère brûlante. Aucune de ces deux sensations, néanmoins, ne surpassait sa volonté de mener les vampires à la victoire dans son combat contre Vlad.

— Je suis tellement heureuse que j'ai envie de pleurer…

Victoria esquissa un sourire avant de poursuivre :

— Très humain de ma part, non ? En fait, j'ai l'impression de devenir plus humaine à chaque seconde qui passe. Et c'est une bonne chose, tu ne penses pas ?

Elle s'était agenouillée devant lui et lui parlait, les mains posées sur ses cuisses.

— Et si nous retournions dans ma chambre ? poursuivit-elle. Nous avons encore beaucoup à nous dire et…

Mais son sourire s'effaça sur-le-champ et sa voix perdit son accent joyeux.

— Tes yeux.

— Qu'est-ce qu'ils ont ?

— Ils sont de nouveau violets. On dirait qu'ils sont morts.

Il haussa les épaules, indifférent.

— Est-ce que Gobeur se trouve dans ma tête, en ce moment ? demanda-t-il sans émotion.

Le grondement qu'il avait entendu avait cessé immédiatement, mais il savait que quelque chose était là, aux confins de sa conscience — quelque chose qui attendait, qui écoutait… et le contrôlait ?

Si ce n'était pas Gobeur, qui était-ce alors ? Ou plutôt : qu'était-ce ?

Avec une expression inquiète, Victoria se redressa.

— Non. Gobeur est avec moi.

Aden la passa en revue de la tête aux pieds. Elle portait

une longue robe noire à fines bretelles. Il suffisait de tirer dessus pour qu'elles se défassent et que Victoria se retrouve nue devant lui. Alors, il pourrait lui mordre le cou, la poitrine, ou même les cuisses. Qu'est-ce qui l'en aurait empêché ? Il pouvait faire ce qu'il voulait.

Il dut agripper les accoudoirs en or massif du trône pour contrôler ses mains. D'où lui venaient ces pensées ? Il n'y a pas si longtemps, il se demandait s'il appréciait seulement la compagnie de Victoria, et voilà qu'il s'imaginait en train de la dévêtir et de boire son sang ?

— Pour Gobeur, tu es sûre ? lança-t-il d'une voix rauque.

— Absolument. Je me suis fait tatouer de la nuque aux chevilles pour être certaine de le contrôler, mais je l'entends tout de même.

De la nuque aux chevilles, vraiment ? In extremis, il se retint de vérifier par lui-même.

— On en parlera demain, quand tes médicaments auront cessé de faire leur effet, d'accord ? proposa-t-elle avec un soupir inquiet.

Il ne pouvait cesser de la dévisager. Ses lèvres étaient vermeilles, pleines — il aurait voulu la mordre là aussi.

Peut-être n'avait-il pas suffisamment bu le sang de la jeune humaine, un peu plus tôt. A la réflexion, c'était évident — sans quoi, il n'aurait pas eu l'eau à la bouche en ce moment même. Il n'aurait pas senti les muscles de ses mâchoires se contracter aussi violemment.

— Aden ?

Il faillit bondir et se jeter sur Victoria. Il regarda précipitamment ailleurs, tentant de réprimer son envie.

— Mets-toi derrière moi, commanda-t-il.

Je t'en prie.

Sa voix était plus dure qu'il ne l'avait souhaité, mais il ne s'excusa pas.

Elle parut peinée plus qu'en colère. Elle plissa les yeux, piquée au vif, avant de se placer à côté de lui — et non derrière comme il venait de l'ordonner.

Dans cette position, Aden percevait toujours la chaleur de son cœur, son souffle tiède sur sa peau. D'accord. La simple proximité constituait donc, elle aussi, un problème. Mais avant qu'il ait eu le temps de lui demander de s'écarter, un gémissement de femme se fit entendre, suivi d'un grognement plus masculin. Instinctivement, il se pencha pour saisir les poignards qu'il portait attachés aux chevilles.

... Poignards qui ne s'y trouvaient pas.

Aucune importance. Il se leva, aux aguets, examinant toute l'étendue de la salle du trône. Ses sujets n'étaient pas encore entrés — au-dehors le brouhaha s'amplifiait, ils se rassemblaient devant les portes, curieux de savoir ce qu'il voulait leur dire. Combien de temps allaient-ils tenir avant que...

Tout au fond, à gauche, un couple enlacé en un fougueux baiser pénétra soudain dans la pièce. Le garçon tournait le dos à Aden, et cherchait tout en reculant à s'appuyer à une colonne. Il entraînait la fille avec lui en la serrant dans ses bras. Elle avait les cheveux en désordre, et son T-shirt relevé dévoilait en partie son ventre. Le jeune homme portait un jean baggy que retenaient à peine ses hanches minces — ou plutôt, celles de la fille, collée contre lui.

En voilà deux qui ne devaient pas avoir entendu parler de la réunion...

Bien qu'il ne l'ait jamais vue, Aden reconnut la

jeune femme. Ses cheveux étaient blonds, et ses yeux — même si ses paupières étaient fermées en ce moment — noisette. Ses crocs dépassaient, encore rouges de sang. De toute évidence, elle s'était nourrie juste avant.

Juste avant *ça.* Dans la salle du trône. *Sa* salle du trône. Et sans permission.

Une bouffée de colère saisit Aden. Mais, tout au fond, cela l'amusait aussi. Voire même lui faisait envie.

Victoria venait sans doute de les apercevoir à son tour, car elle poussa une exclamation étouffée. Sans même se retourner, il savait qu'elle avait rougi : comme si un lien invisible les avait reliés, il avait perçu la chaleur de son sang qui montait.

Il attendit que le couple interrompe son étreinte. Le garçon remonta son pantalon, la fille remit de l'ordre dans sa tenue. Elle portait une tenue très facile à enlever. *Ne pense pas à ça.* Les deux avaient de la chance : les autres vampires étaient restés à l'extérieur, poursuivant leurs discussions.

Aden se racla la gorge.

Le jeune homme se retourna d'un bloc. La première chose que remarqua Aden, ce fut les deux marques dans son cou, deux petits points qui se fondaient parfaitement dans les yeux du serpent qu'il portait tatoué à cet endroit. Deux trous minuscules où perlait encore le nectar écarlate.

De nouveau, l'eau lui monta à la bouche. Il n'allait tout de même pas se mettre à baver ?

En le voyant, la jeune fille poussa un hoquet horrifié. Elle tomba à genoux, la tête baissée.

— Votre Majesté. Je suis désolée. Je raserai mes cheveux, je me grifferai le visage. Je me jetterai du haut d'une falaise si tel est votre souhait. Je ne voulais pas vous offenser, je vous le jure.

— Silence !

Ah ce goût… Celui du sang.

Sans doute s'était-il raidi ou avait-il fait mine de se lever, car la main de Victoria se posa sur son épaule et le força à se rasseoir. Il aurait pu la repousser, mais il n'en fit rien. Aussi léger que soit ce contact, il aimait sentir ce poids. Il aimait savoir qu'il lui suffirait de saisir ce poignet et de tirer pour qu'elle se retrouve sur lui, cou offert. Pour qu'il puisse boire son sang.

Inspirer à fond. Expirer. Et recommencer, encore et encore. L'envie de sang s'atténua. Un tout petit peu, mais suffisamment.

— Salut, Aden ! lança le garçon.

Malgré sa situation, il se montrait bien familier ! Dans la pénombre du fond de la salle, difficile de distinguer clairement son visage. Aden dévisagea le nouveau venu. Son visage se décrispa d'un seul coup. Ces traits marqués, ces cicatrices, il les connaissait bien, et pour cause.

— Bonjour, Seth. Mais qu'est-ce que tu fais ici ?

Son ami, qui tout comme lui avait été pensionnaire du ranch D & M, lui renvoya un sourire dénué de toute culpabilité.

— Je suis venu te chercher. Dan se fait du souci. Tout le monde est inquiet, en fait.

Une vague d'émotion où dominait le remords submergea de nouveau Aden — mais ce fut pour disparaître aussitôt.

— Comment m'as-tu trouvé ?

— Par Shannon. Il a suivi ton copain Riley, qui

s'était glissé dans votre chambre pour récupérer des affaires à toi.

Shannon, son ex-colocataire du centre. C'était quelqu'un de bien. Visiblement, il avait aussi des dons de pisteur qu'il ne lui connaissait pas.

— Mais bon, je dois dire que je ne m'attendais pas à ça, poursuivit Seth avec un geste de la main en direction de la salle au décor gothique. Je veux dire, des *vampires* ? Carrément incroyable, non ?

Aden reporta son attention sur la fille, qui était restée agenouillée et ne cessait de pleurer, parcourue de frissons de terreur.

— Cela suffit. Tu avais la permission d'être ici, puisque j'avais convoqué tout le monde à une assemblée. A présent, relève-toi et prends place.

— Merci. Merci infiniment, Votre Majesté.

Elle se redressa sans trouver le courage de soutenir son regard, et s'exécuta.

Une partie d'Aden se délectait de cette soumission, même si une autre part de lui-même en était profondément affectée.

— Est-ce que quelqu'un a voulu te prendre comme esclave de sang ? demanda-t-il à Seth.

— Tu rigoles ? Je ne suis l'esclave de personne, fanfaronna ce dernier en balayant de son épaule des poussières imaginaires. Mais il y a bien un type qui a essayé. Jusqu'à ce que je lui raconte que toi et moi on était très copains. Ça l'a calmé d'un coup. En revanche, ça a l'effet inverse sur les filles : c'est journée portes ouvertes pour moi, elles en veulent toutes à mon corps !

Quoi ? Seth avait dit qu'ils étaient *copains* ? Alors

que quelques semaines plus tôt, il ne rêvait que de lui faire la peau ?

— Ça ne m'étonne pas que tu n'aies rien dit à propos de cet endroit, continua Seth avec un sourire moqueur. Tu as tout le gibier qu'il te faut, ici. Et même plus.

— Depuis combien de temps es-tu ici ? l'interrompit Victoria d'une voix glaciale. Combien de fois as-tu été mordu ?

Les yeux sombres de Seth se reportèrent sur elle. Et y restèrent, la contemplant de bas en haut. Aden se raidit. Garder son sang-froid. Il devait à tout prix se maîtriser. Il s'agrippa aux accoudoirs du trône pour ne pas commettre un geste qu'il pourrait regretter. Comme arracher les yeux de Seth à mains nues.

Avec un grincement de gonds, les portes s'ouvrirent. Des bruits de pas, très nombreux, se firent entendre. En revanche, toutes les conversations s'étaient tues. Les vampires et les esclaves de sang apparurent ensemble, prenant place sur les gradins comme il le leur avait été ordonné.

Seth leur jeta un coup d'œil et salua quelques têtes connues avec enthousiasme avant de reporter son attention sur Aden.

— Ça ne fait pas très longtemps que je suis ici, répondit-il enfin. Et on m'a mordu souvent.

— Aucun symptôme de perte de sang trop importante ? demanda Aden au moment même où Victoria interrogeait :

— Est-ce que tu deviens accro aux morsures ?

— Qu'est-ce que c'est, un interrogatoire ? s'amusa Seth. Non, aucun symptôme, et oui, je deviens un peu accro. Je n'aurais jamais cru qu'une paire d'incisives puisse donner autant de plaisir.

Derrière Aden, Victoria inspira bruyamment. Elle était inquiète, et perplexe aussi.

— Pourtant, objecta-t-elle, tes yeux ne sont pas vitreux !

— Je sais, répondit Seth. Je me sens en pleine forme.

— Mais comment est-ce possible ? s'étonna-t-elle en enroulant une mèche de ses cheveux entre ses doigts. Comment se fait-il que tu ne sois pas devenu un esclave de sang ?

Seth leva un sourcil, aguicheur.

— Peut-être que je n'ai pas été mordu par la bonne vampire ? Ça te dirait d'essayer ?

Victoria leva les yeux au ciel, et Aden grinça des dents. Flirter avec la princesse était strictement interdit.

— Est-ce que Dan sait que tu es ici ?

Seth se tortilla, visiblement mal à l'aise — enfin !

— Pas vraiment.

— Ce qui veut dire que tu as *disparu,* comme moi ? Qu'il se fait du souci à ton sujet en ce moment ?

— Eh bien… Je ne vais pas pouvoir lui dire ce que j'ai trouvé, non ?

De plus en plus nombreux, les vampires se pressaient dans la salle. Leurs regards pleins de curiosité pesaient sur Aden. Plus encore, le désir des bêtes en eux était palpable. Celles-ci voulaient être avec lui, le toucher. Il leur avait manqué.

— Et les autres garçons, comment vont-ils ? reprit-il en s'adressant à Seth.

Continuer la conversation était peut-être impoli, mais il faisait ce qu'il voulait : après tout, il était roi !

— Terry et RJ s'en vont, comme prévu. La semaine prochaine, en fait. Oh, et Dan a surpris Shannon et Ryder ensemble.

— Pardon ?

Aden n'ignorait pas que Shannon était gay, et il savait que celui-ci pensait — espérait — que Ryder l'était aussi. Mais sa première tentative lui avait valu une sacrée veste et depuis lors, Ryder fuyait Shannon comme la peste.

— Que s'est-il passé ? Comment Dan a-t-il réagi ?

— Plutôt bien. Il leur a juste rappelé que, vu que les autres pensionnaires du ranch n'avaient pas le droit d'amener leurs petites copines, il ne devait rien se passer entre eux là-bas. En fait, il leur a simplement demandé de ne plus rester seuls ensemble.

Dan comprenait. C'était quelqu'un d'intelligent. L'espace d'un court instant, Aden eut un pincement au cœur. Il n'aurait pas voulu décevoir son moniteur — pour une fois que quelqu'un ne l'avait pas traité comme un chien — mais il avait été forcé de fuir sans explications.

— D'accord. Maintenant, il faut que tu y retournes.

— Non. Pas moyen. C'est trop cool, ici. Les filles me sautent dessus comme des abeilles sur du miel. Ou plutôt, corrigea-t-il avec un petit sourire satisfait, comme des ours sur du miel…

Aden préféra ne pas demander combien d'abeilles exactement avaient fait leur miel de Seth.

— Est-ce que certaines se sont battues à cause de toi ?

Seth bomba le torse, très fier de lui.

— Je ne voudrais pas me vanter, mais… ce n'est pas

pour frimer, je ne fais que dire la vérité, hein ? Alors oui, il y a eu un duel. Il y a quelques heures à peine.

Ce qui voulait dire que la perdante était devenue une esclave.

— Tu retournes au ranch, et c'est mon dernier mot, ordonna Aden.

En prononçant ces paroles, une sensation de chaleur étrange l'envahit, comme si elle s'échappait de sa bouche.

Seth se redressa d'un seul coup, aussi raide qu'une planche, les yeux vitreux.

— Oui. Retourner au ranch.

Sans un mot de plus, il tourna les talons et s'éloigna.

Incroyable !

— Attends ! lança Victoria avec un accent de panique.

Seth ne s'arrêta pas.

— Je t'ai dit de t'arrêter ! cria-t-elle.

Il continua de marcher le long du tapis rouge.

— Aden, fais-le obéir, supplia-t-elle.

Au plus profond de lui, il sentit son désespoir, et il réagit immédiatement.

— Arrête, Seth ! ordonna-t-il.

La chaleur enveloppait de nouveau ses mots.

Seth s'immobilisa sans se retourner.

— Dis-lui d'oublier ce qu'il a vu ici, dit Victoria. Dis-lui que les vampires n'existent pas.

Sa main, qui n'avait pas quitté l'épaule d'Aden, la serrait à présent de toutes ses forces, ses doigts s'enfonçaient dans ses muscles.

— Tu penses qu'il va me croire ?

— Oui.

Peu probable, mais bon... Aden réfléchit un moment :

à cet instant, il avait envie de faire plaisir à Victoria. Mais pour quelle raison au juste ?

— Seth, retourne au ranch, finit-il par ordonner. Dis à Dan que tu m'as retrouvé. Que je vais bien, que je vis ailleurs. Mais ne parle pas des vampires.

— Retourner au ranch. Dan. Retrouvé. Va bien. Pas de vampires.

C'est alors qu'Aden comprit. Son cœur faillit s'arrêter. La *Voix Vaudou* — c'était ainsi que Mary Ann appelait la capacité de Victoria à manipuler l'esprit des gens par la simple parole. Et à présent c'était lui qui utilisait ce pouvoir. Sans savoir comment cela fonctionnait, ni si cela durerait — mais qu'est-ce que c'était bon !

Tu détestais que Victoria utilise sa Voix Vaudou !

Oui. Avant.

Avant de devenir un salaud ? Le pouvoir te monte à la tête, et si tu ne luttes pas, tu vas rester comme ça toute ta vie.

Parfait. Il continuait à se parler tout seul. Intéressant, non ? La moitié de son être détestait l'autre moitié. A ce rythme, il n'allait pas tarder à se donner des coups de poing à lui-même…

— Dis-lui de nous oublier, demanda Victoria. Je t'en prie.

— Non.

— Pourquoi ?

Parce qu'il pouvait avoir besoin d'un allié chez les humains. Parce que avoir des yeux et des oreilles à l'extérieur du manoir était une bonne chose. Parce qu'il l'avait décrété.

— Seth ? Pars, maintenant.

Et il disparut, laissant Aden face aux vampires. Les gradins étaient à présent remplis d'hommes et de femmes, comme une mer de visages blafards qui lui faisait face. Il scruta la foule. Draven était assise au premier rang, un sourire froid plaqué sur le visage. Lauren et Stephanie, les deux sœurs de Victoria, se trouvaient non loin d'elle et lui décochaient des grimaces qui n'affectaient en rien la beauté de leurs traits. Toutes deux étaient blondes — l'une avec des yeux bleus, l'autre avec des yeux verts. La première était une guerrière et l'autre rêvait de devenir une humaine.

Plus loin, il aperçut les cheveux gris des conseillers. Leur teint était encore plus pâle que celui des autres vampires, dans la mesure où ils étaient plus âgés et ne pouvaient plus supporter la lumière du soleil.

Tous portaient des robes noires. Les esclaves de sang, quant à eux, arboraient des tenues blanches. Cette alternance de couleurs produisait un effet hypnotique.

A l'extrémité des rangées étaient alignés les loups-garous sous leur aspect animal. Ils se tenaient près de leurs chers vampires, comme pour les protéger, et fixaient Aden d'un air méfiant. Si les premiers semblaient prêts à suivre aveuglément leur souverain, ce n'était pas le cas des changeformes. Bien sûr, ils obéiraient à leur roi, mais leur amitié ne lui était pas acquise, loin de là.

Dans la mesure où les loups-garous produisaient le *je-la-nune,* cette substance corrosive qui pouvait venir à bout des sujets d'Aden, il s'agirait de trouver un moyen de s'assurer de cette amitié…

— Je vous ai convoqués ici pour deux raisons, entama Aden sans même daigner se lever.

Ses paroles résonnèrent dans un silence attentif.

— En premier lieu, pour vous informer que je suis en vie et en excellente santé.

Quelques murmures s'élevèrent. D'approbation ? De déception ? En fait, cela lui était égal.

— En second lieu, pour vous rappeler de quoi je suis capable. Bêtes, lança-t-il aussitôt pour appuyer ses dires, venez à moi !

Dans la foule, les visages se mirent à afficher des expressions horrifiées. Quelqu'un gémit. Derrière Aden, un hurlement se fit entendre. Puis des volutes de fumée sombres s'élevèrent au-dessus de l'assemblée — quelques-unes tout d'abord, puis de plus en plus. L'air s'emplit de battements d'ailes gigantesques.

Peu à peu, les ombres prirent consistance pour devenir des monstres d'aspect cauchemardesque — mufles écumants, yeux étincelants, abdomens semblables à ceux de dragons, pattes terminées par des sabots... Les créatures se matérialisèrent totalement et se mirent à descendre le long des gradins.

Avec des hurlements de terreur, les vampires tentèrent de s'écarter. Les bêtes leur appartenaient, et elles restaient en général à l'intérieur d'eux, mais lorsqu'elles étaient libérées, même leur propriétaire ne pouvait les maîtriser. Presque chaque fois, il était d'ailleurs la première victime de leur fureur : elles se ruaient sur eux et, à coups de griffes et de dents, réduisaient en bouillie les organes sous la peau censée être indestructible. Cette fois, pourtant, les créatures se contentèrent de se précipiter vers Aden.

Se relevant, celui-ci jeta un coup d'œil par-dessus son épaule pour s'assurer que Victoria allait bien. Les yeux écarquillés d'horreur, elle s'était réfugiée contre le mur du fond, acculée par Gobeur dont les pattes griffaient avec impatience le tapis rouge. De toute évidence, il se retenait à grand-peine de l'agresser. Il avait retroussé ses naseaux et découvert ses crocs dégoulinant de bave.

— Ici, j'ai dit, lui rappela Aden.

Le monstre tourna la tête dans sa direction. Quand leurs yeux se rencontrèrent, il réagit exactement comme un animal de compagnie quand il voit une récompense : il perdit son air agressif et se précipita vers Aden d'un pas maladroit, agitant la queue et sortant la langue comme un bon gros toutou. En un instant, Aden se retrouva cerné de créatures qui le léchaient et le poussaient du museau.

Gobeur se fraya un chemin jusqu'à lui. Il s'ébroua une première fois, puis une autre, il se mit à… froncer le museau.

— Il y a un problème ? lui demanda Aden.

La bête le renifla à plusieurs reprises. Oui, elle avait l'air surprise, perplexe.

— Qu'est-ce qui se passe, mon gros ? Je ne sens pas comme d'habitude ? J'ai l'odeur d'un vampire ?

Gobeur hocha la tête.

La partie froide et inflexible d'Aden s'offusqua de cette réponse, mais l'autre moitié, celle tout au fond de lui qui restait sensible, ressentit le besoin d'arranger la situation.

— Allez, viens, dit-il en grattant l'oreille de Gobeur. On va tous aller jouer dehors. Ça nous changera les idées.

Chez les vampires, aucune protestation ne s'éleva tandis qu'Aden guidait les créatures à l'extérieur de la salle du trône à travers le hall. Le sol et les meubles tremblaient, et des bibelots — sans doute des vases et autres antiquités d'une valeur inestimable — tombèrent et volèrent en éclats.

Aden ne s'arrêta pas, pas plus qu'il ne demanda aux bêtes de faire attention. Enfin, il déboucha à l'extérieur, dans le matin gris, suivi de son armée de monstres qui, dans leur empressement à le rejoindre, faillirent arracher les gigantesques portes de leurs gonds.

Une fois dans le jardin, il ramassa quelques bâtons et les leur lança. Les bêtes se mirent à courir dans tous les sens pour les lui rapporter. Les voir jouer ainsi avait quelque chose de surréaliste.

Pendant un instant de pur bonheur, il put enfin oublier tous ses soucis. Pourtant, tout au fond de lui, il craignait que, dès qu'il quitterait la clairière, sa vie soit de nouveau bouleversée — pour le pire, comme d'habitude.

8

Riley-aux-mille-noms courait. Il courait à travers les forêts, sur les chemins de terre, les routes et les pistes. Il courait à travers les villages, les allées des centres commerciaux et les zones pavillonnaires, sans jamais ralentir. Le soleil avait beau darder sur lui ses rayons quand il sortait d'entre les nuages, l'air glacial avait beau geler ses poumons quand l'astre disparaissait de nouveau, quand il était remplacé par le croissant doré de la lune — vers laquelle il aurait voulu hurler — il ne déviait jamais, courait heure après heure, avalant les kilomètres.

Pour se distraire, il énumérait dans sa tête tous les noms qu'on lui avait donnés au cours de sa vie. Ses frères l'avaient surnommé « Riley le Cavaleur ». Ou bien « Riley Tais-toi-nom-d'un-chien » (sans mauvais jeu de mot). Victoria, depuis quelque temps, avait tendance à l'appeler « Riley-qui-ne-me-laisse-jamais-rien-faire ». Et accompagnait en général cette appellation d'un trépignement aussi rageur que peu princier.

Pour s'inscrire dans le même lycée qu'Aden, il avait pris le patronyme de Connall, qui signifiait « loup puissant » ou « chef de meute » dans la langue ancienne. Victoria lui avait suggéré Ulrich, qui désignait dans le même langage une femme soldat. Il s'agissait plus ou moins de la première plaisanterie de sa part, et il était tellement content qu'elle se déride enfin qu'il avait failli adopter sa proposition. Mais Riley Ulrich sonnait un peu trop exotique pour un lycée américain, alors que son but était de se fondre dans la masse.

Peut-être aurait-il mieux fait de choisir Riley Smith. Ou Riley Jones.

Quelques-unes de ses anciennes conquêtes lui avaient attribué le surnom de « Riley le Salaud » — et même, pour l'une d'entre elles, « Riley J'espère-que-tu-vas-attraper-une-MST-abruti ».

Pour une raison ou pour une autre, il semblait que ses relations finissaient toutes mal. Et c'était toujours sa faute, il le savait bien. Pour son bien comme le leur, il tenait par-dessus tout à garder ses distances. Il faut dire qu'au fond de lui-même se cachait un caractère très possessif et que, le jour où il déciderait qu'une fille était à lui, il ferait tout pour la garder. Pour toujours.

Bien sûr, il se pourrait que la demoiselle souhaite la même chose. Pendant un moment, en tout cas — quelques semaines, quelques mois. Mais ensuite, elle changerait d'avis. C'était humain.

Riley, lui, ne changeait jamais d'avis.

On ne peut pas apprendre de nouveaux tours à un vieux chien, parce qu'il s'en fiche. Il avait plus de cent ans. Pour les humains, il était âgé. Et il n'avait plus rien à apprendre d'eux.

Par rapport à son peuple, il était encore un enfant, mais dans sa vie amoureuse cela ne changeait rien à l'équation.

De plus, une petite amie qui l'aurait connu un peu mieux aurait pu ne pas comprendre son mode de vie, ne pas l'apprécier, et décider en conséquence de rompre.

Mais si Riley, lui, s'était à ce moment-là davantage investi dans la relation, ce serait trop tard. Car tous ceux qui entraient dans le manoir de l'Empaleur y restaient définitivement.

Certes, ce n'était plus Vlad qui décidait, maintenant, mais Riley comprenait les raisons qui l'avaient poussé à édicter cette loi : le secret. La protection de l'espèce. Qui plus est, en ramenant quelqu'un au bercail, on s'exposait à être défié par les autres vampires et loups-garous.

C'est d'ailleurs ce qui se passait entre Vic et Draven.

Riley détestait les défis. Ce qui était à lui était à lui. Il refusait de partager. Peut-être ressentait-il cela parce qu'il avait grandi au sein d'une meute où chaque repas, chaque vêtement, chaque chambre, chaque lit et chaque femelle célibataire — sans même parler des mâles dans le même cas ! — était considéré comme propriété commune. Il en avait vite eu assez, et avait donc décidé de garder ses distances avec ses petites amies en ne se permettant jamais d'en considérer une comme réellement « son officielle ».

Jusqu'à Mary Ann.

Elle avait réussi à percer ses défenses. A moins qu'elle ne les ait neutralisées, comme elle annihilait tous les pouvoirs magiques ? Peut-être bien. Après tout, elle l'avait fasciné dès le début. Et pas qu'intellectuellement. Au premier coup d'œil sur ses cheveux noirs, il avait voulu y passer la main. Au premier regard, il avait rêvé de se perdre pour toujours dans ses yeux aux reflets d'automne, de passer sa langue (après tout, il était chien en partie !) sur cette peau au teint clair…

Elle était grande et mince, d'une beauté subtile, d'une grâce plus discrète encore. Il lui arrivait, par exemple, de trébucher alors qu'elle marchait perdue dans ses pensées, mais quand elle se redressait, quand elle passait la main dans sa chevelure pour y remettre de l'ordre, ses gestes étaient fluides, touchants, parfaits — d'une sensualité unique.

Dès le début, Riley avait compris qu'elle ne se rendait pas compte de son charme. Il lui arrivait parfois de baisser les yeux, fixant le bout de ses chaussures avec une expression de gêne. Elle ne cherchait jamais à attirer l'attention. Parfois même, elle se mettait à rougir. Réservée et nerveuse, Mary Ann montrait pourtant une détermination à toute épreuve quand il s'agissait de surmonter les obstacles sur son chemin.

Tout d'abord, il ne s'était pas rendu compte de son intelligence. Il avait simplement pensé : « *Dis donc, elle est mignonne. Et sympa. Et plus préoccupée des autres que d'elle-même.* » Mais, très vite, il avait compris. Le cerveau de Mary Ann travaillait à toute vitesse. Elle ne tenait rien pour acquis, analysait tout ce qui lui arrivait et ce qu'on lui disait et, malgré sa timidité naturelle, n'hésitait jamais à dire avec force ce qu'elle pensait, en tout cas lorsqu'elle se trouvait en compagnie de gens qu'elle appréciait.

Qui plus est, elle disait la vérité en toutes circonstances. Même lorsque celle-ci était déplaisante. Riley admirait cette facette de sa personnalité, car c'était ainsi que lui-même fonctionnait.

Elle savait aussi montrer ses émotions, ce qui, en revanche, n'était pas son cas à lui. Avant de la rencontrer, il n'avait jamais pris conscience qu'il aimait aussi ce trait de caractère. Elle n'avait pas peur de pleurer devant lui, de se blottir dans ses bras — pas plus que de rire et de sauter de joie. Pour tout dire, elle ne se retenait jamais. Exactement à l'inverse de Riley, mais aussi de toutes celles avec qui il était sorti.

Elle était vulnérable, mais ne s'en inquiétait pas. Elle se contentait... de vivre.

Elle ne l'avait pas quitté pour se protéger. Cela, il le savait. Elle l'avait quitté pour le protéger *lui*. Elle ne voulait pas le mettre en danger, et il comprenait son point de vue, vraiment. Lui non plus ne voulait pas la blesser. Pourtant, il ne parvenait pas à accepter cette séparation. Cela ne pouvait pas être la bonne solution.

Mary Ann était un Draineur. Et alors ? Ils s'en sortiraient. Tous les couples ont leurs problèmes, non ? D'accord, celui-là en particulier pouvait le tuer, mais ils allaient trouver une solution avant que ça n'arrive. Il ferait tout pour ça.

Un caillou roula sous ses griffes, mais il ne trébucha pas. Il continua de courir, la sueur ruisselant le long de ses yeux. Contrairement aux véritables chiens, les changeformes transpiraient — un trait emprunté aux humains. Et Riley transpirait beaucoup, il était même en nage, si bien que son pelage était trempé quand il arriva aux portes de la grande ville menaçante.

C'est dans cet état qu'il traversa les larges avenues, entre les hurlements de freins, les aboiements des chiens en laisse, les sifflements des chats de gouttière et les cris des passants effrayés de passer voir cet imposant — cet énorme ! — animal.

Il pouvait voir leurs auras, toutes ces couleurs entremêlées autour d'eux. Chaque couche représentait un aspect différent de la personne : l'une le corps physique, une autre les émotions, une troisième les sentiments à l'égard des autres, sans oublier une pour l'esprit logique et pratique, et une supplémentaire pour la créativité. Ces lumières chatoyantes révélaient tout : la vérité et le mensonge, l'amour et la haine, la passion, et enfin même, la paix ou le chaos.

Les gens portaient ces cercles de couleurs comme des superpositions de vêtements lumineux qui indiquaient leurs états d'esprit. L'interprétation aurait été simple si chaque couche avait eu une seule couleur, identique pour tout le monde. Mais ce n'était pas le cas. Riley percevait des teintes différentes pour chacune, des tons qui se juxtaposaient, se mélangeaient — des couleurs, encore et encore, dans tous les sens.

Encore une chose qu'il aimait chez Mary Ann. Son aura. Il pouvait au premier coup d'œil comprendre ce qu'elle ressentait sans avoir à interpréter les couleurs qui l'entouraient : celles-ci étaient pures, fortes, nettement délimitées. Rien de caché dans les recoins de son âme.

Où es-tu, mon amour ?

La dernière fois qu'il l'avait vue — il y avait bien trop longtemps —, c'était en Oklahoma, à Tulsa. Il ne savait toujours pas comment elle avait pu lui échapper. Il était sur ses talons, il la voyait droit devant lui, puis elle avait tourné à l'angle d'une rue, et soudain elle avait disparu. Il sentait encore son odeur, pourtant, ce mélange délicat de miel et de fleurs sauvages. Mais celle-ci avait disparu à son tour, et il avait perdu sa trace.

Riley aurait néanmoins continué sa traque si, lorsqu'il avait appelé son frère pour connaître la situation au manoir et l'état de santé de Vic et d'Aden, les nouvelles ne l'avaient fait changer d'avis. La princesse, qui était sous sa responsabilité directe, « pleurait beaucoup » et restait « enfermée dans sa chambre » en exigeant « des litres et des litres de sang » tout en menaçant de s'en prendre à ceux qui oseraient franchir sa porte. Alors, il avait paniqué. Il avait volé une voiture et fait demi-tour, enfreignant au passage toutes les limitations de vitesse possibles et imaginables.

Pour revenir ici, il aurait pu utiliser le même moyen de transport — ce qui ne lui aurait pris que trois heures, mais il avait préféré courir sous sa forme animale, afin de repérer grâce à son flair la piste de Mary Ann et éventuellement de celui ou ceux qu'elle avait rencontrés.

Riley atteignit enfin la rue où il avait vu sa petite amie pour la dernière fois, en plein cœur d'un quartier commercial. Alors seulement il ralentit le pas. Ce fut un nouveau concert de hurlements de klaxon et de crissements des pneus des voitures qui cherchaient à l'éviter. Il se réfugia dans un recoin, à l'écart, à l'ombre des grands murs. Il ne tenait pas à se retrouver aux prises avec les services de la fourrière et leurs fusils hypodermiques.

Un flot d'adrénaline le frappa soudain de plein fouet, un torrent d'énergie et de force qui allumait un brasier dans ses veines. Il transpirait à grosses gouttes, au point qu'il avait laissé derrière lui des traces de pattes sur le sol. Il devait sentir mauvais. Tant mieux. Du coup, les curieux se tiendraient à l'écart.

Riley renifla l'air autour de lui. Tant et tant d'odeurs mélangées… Il les examina une à une. Là ! Un soupçon de magie ! Malgré la transpiration qui collait sa fourrure, ses poils se hérissèrent sur son encolure. Qui disait magie disait sorcières, et ces dernières vouaient à Mary Ann une haine meurtrière.

Il se pouvait qu'un groupe d'entre elles vive ici, sans avoir conscience de la présence d'un Draineur dans les environs. Mais il y avait également un risque pour qu'elles soient déjà sur les traces de Mary Ann.

Il continua à renifler. Oui, voilà ! Son cœur se mit à battre férocement dans sa poitrine. L'odeur de Mary Ann — pas seulement une trace, un reste de la dernière fois : non, elle était bien passée par ici plusieurs fois, et récemment. Pourquoi ? Etait-elle tombée par hasard sur les « robes rouges » ? Si c'était le cas, avait-elle absorbé leur magie, ou bien celles-ci l'avaient-elles faite prisonnière… ou pire ?

D'un coup d'œil circulaire, il examina les alentours. Des boutiques de vêtements, une épicerie, plusieurs bars et un salon de thé. Devant lui, au bout d'une avenue, une petite colline aux rues décorées de guirlandes lumineuses. Au fond, un grand parc où trônait un immeuble imposant, un bâtiment ancien en briques, avec des toits de tuile et un grand escalier de ciment. Une bibliothèque.

Bingo. Autant dire un refuge pour Mary Ann.

Se précipitant dans cette direction, il gravit les marches en quelques bonds. L'heure de la fermeture était passée, ce qui voulait dire que l'endroit était vide pour la nuit. Sans cesser de renifler, il pivota sur lui-même. Oui, c'était ça. L'odeur, la douce odeur de Mary Ann saturait l'air du soir. Elle était venue ici, et souvent. Sans doute pour y faire des recherches, c'était sa façon d'agir naturelle.

Mais sur quel sujet au juste voulait-elle se documenter ? Les Draineurs ? A cette seule idée, son estomac se remplit d'une bile acide. Laisser derrière soi des traces écrites, surtout dans un bâtiment public, était toujours très dangereux. Les sorcières, comme tout le monde, pouvaient s'en servir, et ne s'en privaient pas. Elles seraient donc capables de retrouver Mary Ann en un rien de temps — si ce n'était déjà fait.

Les narines palpitantes, il se figea, perplexe. Il venait de capter une autre odeur. Une odeur vaguement familière — épaisse, légèrement citronnée. Familière, oui, mais pas assez pour évoquer immédiatement un nom.

Soudain, il perdit trace des deux à la fois. Un nuage de fumée de cigarette l'entoura, masquant tout le reste. Riley poussa un grognement sourd et menaçant. Il détestait cette cochonnerie, et dès qu'il en aurait trouvé l'origine, il...

Un type aux vêtements sales, une bouteille de whisky à la main, était assis par terre, appuyé contre un mur.

— Bon chien-chien, lança-t-il d'une voix pâteuse.

Tu plaisantes ? Riley poussa un nouveau grognement, dans sa direction cette fois — avec pour seul résultat celui de lui attirer un rire d'ivrogne.

— T'es un sale cabot, c'est ça ? Un petit dur ?

Petit ? Euh, pas vraiment. *Mon gars, tu as de la chance que je ne marque pas mon territoire directement sur toi !* Riley se contenta de découvrir ses crocs acérés avant de faire demi-tour pour contempler la zone commerciale qu'il venait de quitter. Derrière celle-ci, il devinait les abords d'un quartier mal famé, avec des rues entières d'appartements à l'abandon qui servaient sans doute de squat à des drogués, comme semblaient l'indiquer les multiples gyrophares de voitures de police stationnées çà et là. Plus loin encore commençait le centre-ville de

Tulsa : des néons à profusion, des immeubles immenses de verre et d'acier.

Mary Ann ne se serait sans doute pas aventurée si loin de la bibliothèque, même dans le but de se fondre dans la foule. D'une part, elle n'en avait pas les moyens, et d'autre part, sa drogue à elle était le savoir : comme une junkie incapable de s'éloigner de son dealer, elle serait restée à proximité de la source d'informations au cas où elle aurait eu besoin de vérifier une nouvelle idée.

Et donc… *En avant pour une tournée des motels miteux !* Riley s'éloigna du bâtiment en trottinant, reniflant à droite et à gauche jusqu'à ce qu'il ait retrouvé la bonne piste. Voilà ! Un frisson d'excitation le parcourut, et il accéléra le pas.

La première chose qu'il ferait en la retrouvant serait de lui crier dessus. La deuxième ? L'embrasser. La troisième, lui crier dessus. La quatrième… l'embrasser.

Oui, il y avait comme un schéma récurrent.

Mary Ann lui avait sans doute déjà coûté plusieurs dizaines d'années d'espérance de vie, et il lui en voulait. Les changeformes avaient beau avoir une longue, très longue existence, il voulait profiter de chaque moment de la sienne.

Ses parents à lui étaient morts bien trop tôt. Le chagrin avait été terrible. Il ne voulait pas connaître le même sort. Même si eux ils avaient été tués dans un combat contre des Faés et non à cause d'une petite humaine qui les faisait tourner en bourrique.

Les fées… Elles avaient, toutes, un vrai complexe de supériorité. Elles ne pouvaient s'empêcher de massacrer les représentants des autres races surnaturelles sous prétexte de protéger les humains — alors que leur véritable objectif était de montrer l'étendue de leurs pouvoirs.

Un peu comme Vlad, qui avait élevé Riley. Lequel l'avait servi fidèlement en retour. Jusqu'à ce qu'Aden lui ravisse la couronne. La loyauté de Riley était alors revenue à ce dernier, même lorsqu'il avait découvert que l'Empaleur était toujours en vie. Hors de question de trahir Aden — leur lien, bien que récent, était déjà beaucoup trop fort.

Mais ce nouvel Aden... Il avait quelque chose de différent, quelque chose que Riley n'aimait pas. Il ne savait pas au juste de quoi il s'agissait. Pourtant, il ne trahirait pas son nouveau souverain. Une fois qu'il aurait récupéré Mary Ann et qu'il l'aurait mise en lieu sûr, il l'aiderait à retrouver sa vraie personnalité. D'une manière ou d'une autre.

Le parfum de magie devint plus fort, et Riley ralentit. Son regard se fit plus pénétrant, perçant les couleurs et les ombres de la nuit. De l'autre côté de la rue, il repéra deux lueurs qui ne trompaient pas : l'une dorée, l'autre plus sombre. De la magie.

Un maître et son apprenti.

Il dressa les oreilles. En les orientant, il parvenait à entendre toutes les conversations à des centaines de mètres de distance, même derrière des murs. Il était même capable de se concentrer sur un bruit particulier au beau milieu d'un brouhaha.

— ... devons attaquer maintenant, tant qu'elle est sans protection.

Il connaissait cette voix. Marie. Une sorcière. Le chef de l'assemblée qui s'était réunie à Crossroads.

— Je sais. Mais ses tatouages nous posent problème.

Cette voix aussi lui était familière. Jennifer, du même clan — l'apprentie.

— Notre plan devra en tenir compte. Quand nous frapperons, nous ne lui laisserons aucune chance.

Mary Ann portait actuellement des protections contre les blessures physiques mortelles et le contrôle de l'esprit. Pour les vaincre, les sorcières devraient… devraient faire quoi ? Trouver un moyen de lui infliger un coup fatal au niveau mental ? Riley ignorait si elles seraient capables d'un tel subterfuge et comment elles pourraient s'y prendre.

Combien d'autres sorcières se trouvaient dans les environs ? Avaient-elles déjà repéré Mary Ann ? De toute évidence, elles ne l'avaient pas encore attaquée. Déterminé à en savoir plus, il se rapprocha d'elles en silence.

— Il nous faudra nous occuper du garçon aussi, soupira Marie.

Quel garçon ? Lui-même, ou quelqu'un d'autre ? Une étincelle de jalousie jaillit dans sa poitrine.

— Il n'a rien fait de mal, argua Jennifer.

— Aucune importance. Il est puissant. Il pourrait nous poser des problèmes, répliqua Marie.

Puissant. Cela pouvait s'appliquer à Aden, mais aussi à lui. En revanche, le « il n'a rien fait de mal » les éliminait tous les deux. Dans le cœur de Riley, la jalousie prit son envol, tel un oiseau aux ailes plus tranchantes que des rasoirs, qui lui déchiraient les viscères…

Marie poursuivit :

— Nous ne pouvons pas prendre le risque de l'avoir à nos trousses. Il pourrait nous faire trop de mal. En particulier si nous décidons d'aider Aden, le nouveau roi. Et comme Tyson est coincé à l'intérieur de lui…

— Je sais, approuva Jennifer d'une voix blanche.

Elle était terrifiée.

Tyson ? S'agissait-il d'une des trois âmes — ou plutôt des « aam », *âmes ante mortem* ?

Il devait garder ce nom à la mémoire. Il en parlerait à Aden, au cas où cela éveillerait un écho dans sa mémoire.

A pas furtifs, le loup-garou s'était rapproché d'un immeuble, un grand bâtiment abandonné et en mauvais état. Il s'arrêta en arrivant devant la porte d'entrée. Les sorcières étaient là, à l'intérieur. Il pouvait pratiquement voir leurs auras à travers les murs de brique, tant celles-ci étaient puissantes. Il éprouvait d'ailleurs une envie irrépressible de foncer dans le tas et de déchirer à coups de crocs et de griffes tous ces pouvoirs magiques. Quiconque s'en prendrait à Mary Ann périrait dans les pires souffrances : c'était une leçon qu'elles devaient apprendre… Mais sous sa forme animale, il ne portait aucune protection : la peau des loups-garous ne les conservait pas. Les sorcières pouvaient donc lui jeter des centaines de sorts — dont ceux de mort, de destruction, d'agonie — face auxquels il était démuni.

C'était pour cette raison que les loups-garous ne défiaient jamais de sorcière sans avoir au moins un vampire à leurs côtés.

Il laissa échapper un grognement sourd. Il détestait abandonner sans combattre, et pourtant, il y était contraint. A contrecœur, il se fondit de nouveau dans l'obscurité.

De l'autre côté de la rue se trouvait un motel — où brillaient quatre auras révélatrices. Des auras étincelantes, aux couleurs de l'arc-en-ciel.

Des fées.

Elles étaient là aussi. Riley se crispa. Une vague de panique monta en lui. Il dressa de nouveau l'oreille pour mieux écouter ce qu'elles disaient.

— … s'emparer d'elle avant les sorcières, disait une voix, une voix féminine.

Il s'agissait sans doute de Brendal, la fée qui avait tenté de prendre le contrôle de l'esprit d'Aden pour l'obliger à faire ce qu'elle voulait. C'était une princesse, la sœur de feu le prince Thomas — ou plutôt de Thomas le fantôme — et elle était bien déterminée à venger son frère.

— Elle est à moi ! conclut celle qui parlait.

— Oui, princesse, répondirent d'autres voix.

C'était donc bien Brendal.

Riley se dirigea dans cette direction. Très vite, il retrouva l'odeur de Mary Ann. Il s'approcha du bâtiment. Une pancarte annonçait « Mo*r*tel Charleston » — un plaisantin avait ajouté un « r » à *Motel*.

Hilarant…

Mary Ann se serait-elle réfugiée dans un lieu aussi délabré ? C'était très surprenant de la part de quelqu'un qu'on qualifiait parfois de petite fille sage, de béni-oui-oui. (Quelle expression débile ! Et d'abord, qu'est-ce que Oui-Oui avait à faire là-dedans ?) En revanche, c'était très malin pour semer ses éventuels poursuivants.

Oui, elle devait se trouver là. D'ailleurs, les fées et les sorcières l'avaient vue, non ? Sans quoi elles ne seraient pas en train de parler d'elle…

De nouveau, l'inquiétude le ravagea. Il fallait agir, maintenant. Retraversant la rue à la hâte — faisceau de phares, coups de klaxon, hurlements de pneus : il aurait peut-être dû regarder des deux côtés — il s'approcha du motel. Celui-ci était constitué de chambres indépendantes qui donnaient sur la rue. Pas de hall d'entrée, pas de couloir. Très bien. Riley renifla l'air autour de lui, triant les odeurs à la recherche de celle de Mary Ann.

Lorsqu'il la retrouva enfin, un mélange d'euphorie et de plaisir le submergea. *Minute.* Ça ne faisait pas un peu trop fille, d'être tout émoustillé comme ça ?

Elle était ici ! Dans cette chambre !

Dans sa gueule, Riley saisit la poignée de la porte et tenta de la faire tourner, mais en vain. Mary Ann ne s'était pas contentée de fermer à clé, mais elle avait carrément bloqué la porte, d'une manière ou d'une autre. Parfait. Néanmoins, ce n'est pas ça qui arrêterait les fées ou les sorcières. Pas plus que lui, d'ailleurs.

Il aurait pu reprendre sa forme humaine pour tenter d'ouvrir, mais cela risquait de laisser à Mary Ann le temps de fuir, de se cacher ou d'appeler à sa rescousse ce fameux « garçon » dont avaient parlé les deux harpies. Aussi Riley préféra-t-il se jeter de tout son poids de loup-garou contre la porte, dont les gonds cédèrent dans un déluge de morceaux de bois et de fer.

Il resta un instant dans l'entrée, le temps d'évaluer la situation. La première chose qui lui sauta aux yeux, ce fut un garçon assis en tailleur à même le sol, et qui le regardait droit dans les yeux. Tucker Harbor. Et juste derrière lui, assise sur le lit, une expression de surprise sur le visage, Mary Ann. Mary Ann et ses cheveux noirs, Mary Ann et son aura composée du rouge sombre de la peur et du bleu de l'espoir.

Il comprit en un clin d'œil. Tucker était donc le fameux « garçon puissant » qui était censé n'avoir rien fait de mal.

Soudain, la scène changea sous ses yeux. Plus de Tucker assis sur le sol, plus de Mary Ann terrifiée.

A présent, il y avait un couple sur le lit. En train de faire l'amour.

Riley poussa un grognement sauvage. Il avait depuis longtemps décidé de tuer cette ordure de demi-démon. Mieux que ça : il prendrait tout son temps pour le faire, savourant chaque seconde.

Il reprit son apparence humaine, se retrouvant nu et frissonnant dans l'air du soir — et alors ? — pour refermer la porte tant bien que mal. Les gonds étant arrachés, il ne put que remettre le panneau de faux bois en place dans son encadrement. Ensuite, il se retourna calmement et croisa les bras sur sa poitrine.

— Je sais très bien ce que tu es en train de faire, espèce d'enfoiré. Arrête tout de suite.

Tout était faux. C'était une illusion lancée par Tucker, et il n'allait pas se laisser prendre si facilement : aucun des deux corps, éperdu de plaisir sur le lit, ne projetait la moindre aura.

— Riley, souffla Mary Ann d'une voix rauque.

Oh, son nom sur ses lèvres. Son sang se mit à bouillir — et ce n'était pas de colère.

— Tucker, reprit-elle d'un ton irrité, cette fois, arrête ça ou je te tue.

Venant d'elle, c'était une menace plutôt surprenante, mais elle produisit son effet. Il cessa de projeter son leurre, et tous deux réapparurent, lui sur le sol et Mary Ann sur le lit.

Le rouge aux joues, elle détourna son regard de Riley et lança un drap dans sa direction.

— Riley, *merde*, couvre-toi ! Tucker te voit…

Elle avait dit *merde ?* Incroyable… Et s'il n'obéissait pas, que ferait-elle ? Il faillit le lui demander, mais se retint au dernier moment. Il attrapa le drap au vol et le noua solidement autour de sa taille avant de recroiser les bras sur sa poitrine.

— Je suis certain que Tucker s'est familiarisé avec le fait que tous les garçons qu'il croise sont mieux outillés que lui, alors je ne crains pas qu'il se suicide pour échapper à la honte. Mais dis-moi tout, je t'écoute : qu'est-ce qui se passe ?

Et réponds-moi tant que j'ai la force de me retenir de l'étriper.

— Tu n'as pas compris ? demanda Tucker avec un air d'autosatisfaction tellement insupportable que Riley faillit céder à ses pulsions. On sort de nouveau ensemble. C'est pour ça qu'elle se tient à l'écart de toi.

Le loup-garou se passa la langue sur les lèvres.

— Plus un mot, démon. Mary Ann ?

Ainsi, elle l'avait quitté pour s'enfuir avec son menteur et tricheur d'ex-petit copain ? Riley n'avait jamais été aussi surpris. Ni aussi furieux.

— Il y a des sorcières de l'autre côté de la rue et des fées ici même, et elles ont toutes l'intention de te tuer. Tu peux me dire ce qui se passe tout de suite, ou on attend que j'aie tué Tucker ?

Elle déglutit avec difficulté.

— On va plutôt dire tout de suite.

— Bon choix.

Comme elle était belle ! Pas simplement jolie, réalisa Riley : elle était belle à tomber. D'accord, elle lui avait tellement manqué qu'il la regardait peut-être autrement, mais en cet instant précis, elle était tout simplement parfaite. Sauf que son ex était dans les parages. C'était un accessoire qui ne s'accordait avec aucune de ses tenues.

Tucker se leva. Il portait un T-shirt et un caleçon qui, selon Riley, auraient été encore plus seyants s'ils avaient été en lambeaux. Et couverts de sang.

— Tu veux te battre, loup ? Je t'attends. Allez, approche. Ta petite copine a été moins timide, tout à l'heure.

Mary Ann poussa un hoquet, choquée.

— Espèce de sale menteur !

Puis, d'un ton narquois, elle ajouta :

— Au fait, Riley, j'ai changé d'avis. On parlera quand tu l'auras tué.

Il lui lança un sourire ravi, mais au même moment, il perçut au loin une voix qui disait :

— … le loup est de retour ! Qu'est-ce que nous devons faire ?

C'était Jennifer. Grâce à la magie, les sorcières pouvaient épier qui elles voulaient, même à travers les murs. Comment avait-il pu oublier un détail aussi important ?

— Le massacre attendra, décréta-t-il. Prends tes affaires, on doit partir tout de suite. Les sorcières te surveillent.

Et il devait se débrouiller pour les arrêter.

— D'accord. Très bien.

Elle quitta le lit. Son visage était pâle et ses mains tremblaient, mais son sac était déjà fait. C'était le sac à dos qu'elle avait quand elle avait quitté sa maison. Elle n'eut qu'à enfiler ses tennis pour être prête.

L'instant d'après, Riley et elle fonçaient dans la nuit.

Ce pourri de Tucker les suivait.

— Vous aurez besoin de moi, lança-t-il avec son sourire prétentieux. Si vous voulez vous en tirer, évidemment.

— Faut dire que jusqu'ici, tu t'es montré super-efficace, hein ? rétorqua Riley.

— Elle est vivante, oui ou non ?

Rien à répondre à ça...

— Fermez-la, vous deux, leur intima Mary Ann, exaspérée. On pourra se disputer et se taper dessus quand on sera en sécurité, d'accord ?

Riley décrypta la question qu'elle n'osait pas formuler : parviendraient-ils, oui ou non, à se mettre en sécurité, réellement ? Il faillit lui répondre, mais préféra se taire comme elle l'avait ordonné. Il reprit sa forme animale, et le drap glissa sur le sol.

Il parviendrait à la sauver. Quoi qu'il arrive, il y parviendrait.

9

Quand Aden eut fini de jouer avec les bêtes, il leur ordonna de retourner à l'intérieur de leurs hôtes respectifs. Tout d'abord, elles grognèrent et firent mine de refuser, mais en définitive elles lui obéirent, car elles tenaient avant tout à lui faire plaisir. Ensuite, il commanda à ses sujets de vaquer à leurs occupations. Personne ne devait le déranger, sous aucun prétexte.

Les heures suivantes, il les passa à se promener dans les jardins (impeccablement tenus) et le manoir (étincelant), à écouter les ragots (assommants) et à éviter les conseillers — qui faisaient mine de suivre son ordre ne pas lui adresser la parole mais qui, chaque fois qu'ils se trouvaient à proximité, haussaient la voix pour évoquer son mariage (hors de question).

Apparemment, leur autre sujet de conversation favori était sa cérémonie de couronnement. Celle-ci avait été annulée à cause de sa disparition. On devait donc trouver une nouvelle date. Heureusement, tout pouvait être prêt pour la semaine suivante — ce qui correspondait d'ailleurs plus ou moins à la date choisie en premier lieu, mais qu'importe ?

Il était le roi, et il n'avait besoin d'aucune cérémonie pour officialiser cette fonction, ni pour pousser son peuple à le suivre. Plus depuis qu'ils avaient vu ce qu'il pouvait faire avec leurs bêtes.

Et à présent… à présent, il était las. Il passa la soirée et la nuit dans la salle du trône. Le pouvoir magique qui émanait des signes cabalistiques tissés sur les tapis rouges l'apaisait, calmait le tumulte dans sa tête, le réconfortait — sans toutefois le rassurer. Au moins, personne ne tenta-t-il d'entrer. On le laissa en paix avec ses pensées.

Où était Victoria, que faisait-elle en ce moment? Au fond, peu lui importait. La seule chose qu'il aurait voulu savoir, c'était *avec qui* elle le faisait — et le tuer si c'était un homme.

Elle était sa fiancée, oui ou non ? Il avait donc parfaitement le droit de s'en prendre avec violence aux autres mâles. Pour leur montrer. *C'était normal.*

Il se massa la nuque. *Tu as un problème,* avait prétendu Riley. Victoria avait approuvé, et Aden lui-même devait bien l'admettre. Il était détaché, froid et agressif. Ses émotions étaient étouffées, et ses pensées suivaient des méandres obscurs qu'il ne reconnaissait pas.

Pire encore, il était au courant de choses qu'il n'aurait pas dû savoir. Comme le nom, les défauts et les qualités de vampires qu'il n'avait jamais croisés auparavant. Comme le fait que sonner dans la trompe d'or était un signal de rassemblement pour ses alliés. Ou ceux de Vlad. Il savait se retrouver dans tous les recoins du manoir, en connaissait les passages secrets et les escaliers dérobés. Et cette envie de faire la guerre à quiconque osait s'opposer à sa loi… C'était vraiment étrange.

Il était devenu quelqu'un d'autre.

Mais comment pouvait-il lutter contre cela alors qu'une partie de lui-même *aimait* ces changements?

Au lever du soleil, Aden n'avait toujours pas trouvé de réponse satisfaisante à ses questions. Il était fatigué, mais trop agité pour seulement penser à dormir. Ce qui n'était pas un mal : le manoir des vampires constituait un véritable nid de vipères où mieux valait ne pas se montrer vulnérable. Pour couronner le tout, l'effet de ses médicaments était en train de se dissiper et les âmes avaient recommencé à murmurer dans sa tête. Rien de compréhensible encore, mais assez pour savoir qu'elles étaient toujours là.

Un vrai soulagement — du moins, il le supposait.

Surtout, Aden avait faim. Pas de biscuits ou de céréales, pas même de beignets : non, il lui fallait du sang, le sang d'un être vivant. Cela aussi aurait dû l'inquiéter, mais il s'en moquait. Il voulait se nourrir, point final, si possible avant que les âmes ne se réveillent complètement et ne discutent de son nouveau régime alimentaire. Encore que, vu ce dont elles avaient été témoins dans la grotte, elles comprendraient peut-être.

Il se leva, ses vertèbres craquèrent comme pour protester contre les longues heures d'inaction, et il sortit à grandes enjambées de la salle du trône. Il craignait un peu qu'un nouvel étourdissement le saisisse, mais ce ne fut pas le cas.

Devant la porte à doubles battants, deux loups montaient la garde, l'un au pelage plus blanc que la neige, l'autre paré de reflets dorés. Quand il passa près d'eux, ils lui emboîtèrent ostensiblement le pas.

C'étaient Nathan et Maxwell, les deux frères de Riley. Ses nouveaux gardes du corps, apparemment. Il les avait déjà rencontrés et les connaissait bien. De braves types, même s'ils se montraient parfois un peu irrespectueux.

Ses idées s'embrouillaient. Encore ! Ces pensées-là ne lui appartenaient pas. Nathan et Maxwell étaient des garçons bien, point final, et c'était la première fois que le mot « irrespectueux » lui venait à l'esprit.

Autour de lui dans le jardin, les plus jeunes vampires vaquaient à leurs occupations, suivis de près par leurs esclaves de sang qui les contemplaient d'un air d'adoration. *J'aurais pu être comme eux.* Dans la grotte, le désir d'être mordu par Victoria était devenu son obsession. Presque autant que le désir de la mordre, elle.

A cette idée, une contraction involontaire saisit ses mâchoires, comme si ses dents lui faisaient mal. Dans sa tête, un chœur de voix se mit à clamer *oh oui ! mordre Victoria, maintenant !* L'envie ne l'avait pas quitté. Il désirait son sang — le sien, et celui de personne d'autre. Et il allait l'obtenir. Il était son roi, elle ferait ce qu'il demandait. Il lui suffisait de la trouver.

Peut-être la seule façon de lutter contre cette nouvelle facette de lui-même était-elle d'agir exactement à l'opposé de ses désirs. Oui, c'était logique. La première difficulté résidait dans sa soif d'elle. Il voulait à toute force boire son sang, ce qui signifiait qu'il devait s'en abstenir pour commencer à se retrouver. Le deuxième problème allait être de lui dire qu'ils ne devaient plus se voir.

Or, pour l'en informer, il faudrait qu'ils se voient, justement. Cette pensée fit naître en lui un frisson d'excitation anticipée. Tout au fond de lui, il y avait encore une partie — celle qu'il connaissait et comprenait — qui se serait coupé un bras plutôt que de renoncer à elle.

— Emmenez-moi auprès de Victoria, ordonna-t-il aux loups.

Les oreilles de Nathan se dressèrent, et Maxwell dévoila ses crocs dans sa direction. Puis le duo passa devant lui et ouvrit la marche, l'invitant silencieusement à les suivre. Il leur emboîta le pas, et quelques instants plus tard ils se trouvaient au fond du parc. Le soleil sortit soudain de derrière les nuages. Malgré le froid qui régnait, la brûlure de ses rayons frappa la peau d'Aden comme une multitude de piqûres d'insectes. Ce n'était pas douloureux au point d'être insupportable, mais ça n'était pas très rassurant pour autant.

Aden ? C'est bien toi ? demanda une voix d'homme dans sa tête. C'était Julian, enfin réveillé.

Il aurait dû s'en réjouir — l'âme avait son ton habituel : contrairement à lui, elle n'avait pas changé. Oui, il aurait dû être content, mais…

— C'est moi, répondit-il froidement.

Les loups s'arrêtèrent et le fixèrent d'un air curieux. Il leur fit signe de continuer à avancer.

Un éclair de compréhension passa dans leurs yeux et ils obéirent. Aden aurait préféré pouvoir répondre aux âmes directement dans sa tête, mais le tumulte là-dedans était tel que sa voix intérieure se perdait chaque fois.

Génial ! claironna Julian d'une voix rassurée, *on est de nouveau avec Aden ! Dis voir, Eli, ça va durer, cette fois ? Ô grand oracle du chaos, révèle-moi ce que je veux savoir ! Vas-y, quoi, rassure-moi…*

Seul le silence lui répondit.

Elijah devait être encore endormi. Tout comme Caleb. Bande de fainéants.

Les loups se figèrent brusquement, le pelage hérissé sur l'échine, les yeux fixés sur… sur quoi, au fait ? Aden suivit leur regard en direction de la forêt mais ne put rien distinguer. Sentaient-ils une menace invisible ? Il attendit un moment, mais aucune créature ne surgit d'entre les arbres. Tout, jusqu'aux feuilles des branches, restait totalement immobile. Certains de ses alliés, ou plutôt ceux de Vlad, étaient-ils déjà arrivés ? Viendraient-ils seulement ?

La trompe d'or avait des pouvoirs magiques. Son existence remontait à plus d'un siècle, quand plusieurs factions de vampires avaient passé un accord d'entraide. Pourtant, aucune d'elles n'avait jamais utilisé le cor comme signal de ralliement. Se souvenaient-elles seulement de sa signification ? Et dans ce cas, lui accordaient-elles encore la moindre importance ?

Les loups s'étaient mis à grogner. Soudain, devant eux, une femme apparut. En dansant, elle se dirigea vers les cercles de métal qui marquaient l'emplacement de la crypte. Cette vision eut sur Aden un effet hypnotique : sitôt qu'il l'eut vue, il ne parvint plus à détacher son regard d'elle. Comme tous les vampires du manoir, elle portait une longue robe noire, mais la sienne avait un capuchon qui lui masquait entièrement le visage. Il parvint toutefois à distinguer une longue chevelure sombre répandue en cascade sur ses épaules.

Les loups n'avaient pas cessé de grogner, mais ils ne firent pas mine de l'attaquer. Sans doute étaient-ils aussi fascinés que lui par le spectacle.

L'inconnue tournait sur elle-même de façon envoûtante, comme un derviche.

Il y avait en elle quelque chose de familier, et qui

touchait Aden au plus profond de lui, l'illuminant et le mortifiant à la fois. Cette étrange créature produisait sur lui les mêmes effets que Mary Ann : l'envie de la serrer dans ses bras le disputait à celle de prendre ses jambes à son cou.

— Maxwell, Nathan, appela-t-il.

Les deux loups se calmèrent un peu et tournèrent la tête dans sa direction.

— Allez me chercher Victoria, ordonna Aden d'une voix absente.

Nous ferions mieux de rester avec toi, fit la voix de Nathan dans sa tête. *Ici, tu es en danger, Majesté.*

Les loups-garous avaient le pouvoir de s'adresser par télépathie à ceux qui se trouvaient près d'eux. Riley lui avait déjà fait le coup, aussi Aden ne fut-il pas surpris. Pas plus que Julian, qui pouvait sans doute entendre cette nouvelle voix.

— En danger à cause de cette femme ? Non. Alors allez chercher Victoria. Immédiatement.

Les deux loups échangèrent un regard perplexe avant de s'éloigner à grandes enjambées.

Aden s'assit à même le sol, juste devant le cercle, et continua d'observer la femme. Elle ne cessait de tournoyer avec grâce, comme une patineuse sur la glace, les bras tendus, une jambe repliée, enchaînant figure sur figure.

Qui était-elle ?

Dans sa tête, il entendit un toussotement.

Salut, Aden. Elijah était enfin réveillé. Il bâilla avant d'ajouter : *Comment te sens-tu ?*

— Bien.

C'était plus ou moins vrai.

Alors, répéta Julian, surexcité, *on va rester ici, oui ou non ?*

C'est-à-dire que… je n'en sais rien, répondit l'esprit médium.

Elijah ne savait pas ? C'était une première !

Explique-toi, lança Julian, aussi interdit qu'Aden par cette réponse.

Ecoute, dit Elijah avec un soupir, *je viens juste de me réveiller. Est-ce qu'on est obligés de commencer tout de suite avec les grandes questions ?*

Explique, explique, explique !

Tu es vraiment un gamin… Mais d'accord. Le destin d'Aden a été tellement bouleversé ces derniers temps que je ne peux plus voir son avenir. Il était censé mourir, et nous tous avec lui. Mais cela n'a été le cas pour aucun d'entre nous. Et maintenant, j'ignore complètement ce qui nous attend.

Ce qui, tout compte fait, n'était pas forcément une mauvaise chose.

J'espère que ça ne veut pas dire que nous allons tous mourir bientôt. Mourir vraiment, je veux dire, répliqua Julian.

Il paraissait exaspéré. S'il avait eu un corps, il aurait probablement fait les cent pas en poursuivant sa diatribe.

Et j'espère aussi que nous n'allons pas nous retrouver à l'intérieur de la vampire. Ce n'est pas que je ne l'aime pas, et quand elle ne s'en prend pas à ta jugulaire, elle est même plutôt sympa, mais tout de même. On est des mecs, on a besoin d'un mec, non ?

Moi, j'aime bien la vampire, intervint Caleb qui s'éveillait enfin. Comme Elijah, il bâilla avant de poursuivre : *ne le prends pas mal, Aden, mais elle est quand même plus sexy que toi.*

Faut dire que pour trouver moins sexy qu'Aden, il faut se lever tôt, ricana Julian.

— Ça fait plaisir de voir que tout le monde est là, fit Aden.

On dirait que ça ne te fait pas plaisir, remarqua Julian d'une voix boudeuse. *Tu n'as même pas ri à ma super-blague…*

Et pourquoi est-ce qu'il fait si froid ici ? demanda Caleb. *Je veux dire… à l'intérieur ? Sans rire, on se croirait dans un congélateur !*

Il plaisantait ? La peau d'Aden lui semblait en fusion !

— Je n'en sais rien, mais je vous assure que tout va bien.

Moi, je sais peut-être quelque chose, fit Elijah. *Tu te souviens de la dernière heure que tu as passée avec Victoria dans la grotte ? Essaie d'y repenser. Juste une minute. Ensuite tu pourras reprendre tes activités en cours. Concentre-toi, s'il te plaît.*

— En quoi ça te regarde, ce qui s'est passé ?

Je t'en prie. Fais ce que je te dis.

Ce n'était pas une réponse, mais qu'importe ?

— D'accord.

Parlementer avec Elijah demandait trop d'énergie. Aden se replongea dans ses souvenirs et les passa mentalement en revue. Il avait commencé par mordre Victoria. Par boire son sang. Et elle avait fait de même. Mais cela ne leur avait pas suffi, ni à l'un ni à l'autre. Animés d'une faim insatiable, ils s'étaient battus, se propulsant comme des poupées de chiffon contre les parois de la caverne.

Soudain, le rire de la danseuse retentit, et Aden eut envie de la regarder, de voir son visage transfiguré par la joie. Non, ne pas se laisser distraire. Il devait prendre sur lui pour rester concentré sur la tâche que lui avait assignée Elijah. Il fixa ses pensées sur la grotte, puis sur Victoria. Le combat avait cessé un instant, et ils s'étaient retrouvés face à face. Alors, elle s'était mise à… briller. Oui, cela lui revenait à présent. Une lueur dorée, une véritable auréole, était apparue autour d'elle, comme émanant de sa peau — une lueur si forte qu'il avait dû détourner les yeux. En la voyant, Gobeur, dans la tête d'Aden, était devenu enragé. Il s'était démené pour le protéger, comme s'il sentait la menace d'un prédateur mille fois plus dangereux que lui.

Une fois matérialisé sous sa forme de dragon à l'extérieur du corps de son hôte, Gobeur était immédiatement passé à l'attaque. Avec un cri désespéré, Aden s'était précipité en avant, horrifié à l'idée que Victoria puisse être blessée. Il avait tenté de s'interposer entre elle et les crocs de la bête. Mais elle s'était contentée de lever une main, et la lumière en avait jailli — un rayon qui avait frappé Gobeur de plein fouet et l'avait renversé avant de le clouer au sol.

Elle s'était ensuite tournée vers Aden. La lumière avait de nouveau jailli de sa main, et elle l'avait atteint en pleine poitrine. Il s'était retrouvé projeté contre le mur opposé à celui où se trouvait Gobeur. Victoria avait alors avancé jusqu'à se trouver entre eux.

Ses yeux, d'ordinaire bleu clair, s'étaient teintés d'étranges reflets glacés couleur lavande. Le visage dénué de toute émotion, elle l'avait détaillé des pieds à la tête, comme pour le jauger.

Aden avait tenté de retrouver sa respiration. En vain. L'énergie qu'elle avait utilisée contre lui agissait encore.

Elle enserrait ses côtes et sa poitrine, de plus en plus fort, si fort qu'il avait cru que ses poumons allaient éclater sous la pression. La douleur était devenue insupportable.

— Victoria, était-il parvenu à articuler dans un souffle.

Elle l'avait regardé en battant des paupières, comme si elle l'avait entendu sans comprendre ce qu'il disait.

— Victoria…

Elle avait ouvert la bouche pour parler. Les mots qu'elle avait prononcés, il avait bien dû les entendre. Peut-être. Les sons qu'elle avait produits étaient tellement…

Stop ! hurla Elijah dans sa tête, et sa voix domina tout le reste.

Le souffle court, Aden revint à la réalité. D'un seul coup, le passé s'effaça de sa mémoire.

Ça suffit, répéta Elijah, plus calmement.

— Tu voulais que je fouille dans mes souvenirs, dit Aden, un peu perdu. C'est ce que j'ai fait. Tu aurais dû me laisser voir la scène, non ?

Il voulait savoir ce que Victoria avait dit — ou plutôt, qui avait parlé à travers elle. Parce qu'il ne s'agissait pas de sa voix. Elle était trop rauque, trop gutturale. Trop animale.

De quoi tu parles ? Quelle scène ? Je n'ai rien vu du tout, râla Julian.

Moi non plus, le rejoignit Caleb. *Qu'est-ce qui s'est passé ?*

Rien du tout, mentit Elijah. *Laisse tomber, Aden. Tu as vu tout ce que tu avais besoin de voir. Franchement, je ne m'attendais pas à ce que tes souvenirs aillent si loin.*

Un mensonge, encore ? Elijah n'avait jamais menti — enfin, jusqu'à présent. Que se passait-il donc ?

— Mais alors, pourquoi est-ce que tu as insisté pour que je me souvienne ?

Je voulais juste que tu saches que Victoria n'avait pas fait exprès de te blesser.

Etait-ce pour cette raison qu'il s'était demandé s'il l'aimait encore ? A cause de quelque chose qui s'était passé dans la grotte, quelque chose qu'elle lui avait fait et dont il ne parvenait pas — *pas encore* — à se souvenir ?

Aden se mordit la lèvre, pensif. Son passé était là, dans sa tête. Il pouvait retrouver tous ses souvenirs, mais pour cela, il allait devoir fournir un véritable effort avant de nettement visualiser la scène.

Vous n'avez pas échangé que votre sang, dans la caverne. Victoria a laissé des traces d'elle dans ton esprit. Son passé, ses pensées, ses désirs, sont devenus les tiens.

— C'est impossible. Hier encore, je me demandais si je l'aimais.

Parce qu'il y a longtemps de ça, Victoria ne s'aimait pas elle-même.

— Je veux tuer son père. Ce n'est pas son cas, ou je me trompe ?

Oh, que si. Pendant des années, elle a eu envie de lui faire du mal. Il n'a pas vraiment été un père aimant, tu sais ? Et autre chose, Aden : tu es encore là. Tes propres pensées, tes propres désirs t'appartiennent. C'est sans doute le véritable Aden, au fond de toi, qui souhaite la mort de Vlad.

Des parties de la psyché de Victoria. Dans sa tête. Qui le guidaient dans ses choix et ses actions. Qui le faisaient changer. Etait-ce possible ? Ça paraissait si délirant…

— Comment sais-tu tout cela ?

Je suis omniscient, tu te souviens ?

C'était dit sur le ton de la dérision, mais les mots sonnaient étrangement vrais — et emplis de crainte.

— Tu ne l'es plus, *tu te souviens ?*

Mais Aden n'eut pas le temps d'étayer sa remarque. Face à lui, la danseuse s'était immobilisée. De nouveau, elle éclata d'un rire cristallin. Un son harmonieux, envoûtant et, paradoxalement, profondément détestable. Repoussant sa capuche en arrière, elle plongea ses yeux dans ceux d'Aden. Son visage était adorable, d'une délicatesse bouleversante.

— Te voilà, mon joli, lança-t-elle. Pourquoi restes-tu si loin de moi ? Approche, viens danser avec moi…

Mon joli ? Se connaissaient-ils ? Oui, ils devaient se connaître, c'était évident. Mais d'où ? Dans sa tête tourbillonnaient les mots *mère* et *exaspérante.* Mais elle n'était pas sa mère, non ? Et pourquoi l'aurait-elle mis hors de lui ?

— Je ne sais pas danser, rétorqua-t-il, sur ses gardes.

— On dira que c'est ma faute si nous n'y arrivons pas.

Quelle étrange façon de formuler les choses ! Ainsi, elle voulait prendre la responsabilité de sa maladresse ?

Je te préviens : si tu te lèves maintenant et que tu te mets à danser, je ne te pardonnerai jamais, l'avertit Caleb. *Parce que tu auras l'air d'un idiot, et que nous aurons tous l'air de débiles avec toi.*

Ça m'étonne de ta part, gloussa Julian. *Alors quoi, mon Caleb, ça ne te dit pas, un peu d'action ? Tu n'as pas le sens du rythme ? Regarde, ça ne doit pas être si compliqué… On s'agite d'avant en arrière, comme ça — tu penses à quoi, là ? A un rituel d'accouplement, non ? A mon avis, ça doit attirer les filles…*

Ces paroles eurent sur Caleb l'effet escompté : *Aden, mon vieux,* lança-t-il avec enthousiasme, *si tu as envie de danser, surtout ne te prive pas !* Son revirement était si brutal qu'il en devenait presque comique.

Mais avec un nouveau rire enchanteur, la mystérieuse femme remit son capuchon en place.

— Très bien, mon joli, qu'il en soit fait selon ta volonté. Je danserai seule puisque tu le souhaites. Mais je t'assure que tu manques quelque chose, acheva-t-elle en reprenant ses mouvements aériens.

Soudain, une autre voix résonna derrière lui, pure et mélodieuse :

— Aden ? Tu m'as demandée ?

C'était Victoria. Il dut se forcer à quitter la danseuse des yeux pour regarder dans sa direction. La princesse vampire se tenait immobile, encadrée des deux loups-garous. Sa silhouette gracile se détachait dans la lumière du soleil, qui dessinait autour d'elle un halo semblable à celui d'un ange. Elle avait tiré ses cheveux sombres en une queue-de-cheval sévère et était vêtue, comme à son habitude, d'une longue robe noire. Celle-ci, contrairement à celles qu'elle portait habituellement, avait des manches longues et était taillée dans un tissu plus épais, d'aspect plus rêche. Ainsi apprêtée, Victoria avait l'air… humaine, magnifiquement humaine. Ses joues et son nez avaient pris des teintes rose vif et ses yeux brillaient de larmes provoquées par le froid.

— Est-ce que tu connais cette femme ? demanda Aden en désignant d'un geste la belle inconnue.

Mais quand il se retourna, celle-ci avait disparu, comme si, tout en dansant, elle s'était évaporée.

— De qui parles-tu ? répondit Victoria.

— Aucune importance.

Son parfum l'enveloppait, un parfum aussi doux qu'elle était belle. De nouveau, ses mâchoires se contractèrent, ses dents se mirent à grincer, et l'eau lui monta à la bouche.

Comme la nuit précédente, un bourdonnement s'éleva alors dans son crâne, mais très vite il fut interrompu par un cri étouffé, exactement semblable à celui qu'il avait entendu la veille. C'était un son étrange, un genre de gémissement, de plainte. Un peu comme le vagissement d'un nouveau-né qui aurait appelé à l'aide.

Qu'est-ce que c'était ? s'enquit Julian.

— Sans doute un écho de ce qui s'est passé dans la grotte, répondit Aden.

Mais en prononçant ces mots, il s'aperçut qu'il bredouillait. Sa langue lui semblait avoir triplé de volume, et sa bouche n'était plus assez grande pour la contenir. Malgré lui, ses yeux se rivèrent sur le cou de Victoria, où palpitait une veine.

— Qu'est-ce que tu dis ? l'interrogea-t-elle, la mine perplexe.

Attention, danger ! l'avertit Elijah. *Ne la regarde pas. Tu n'as pas le droit de boire son sang. Tu ne dois pas redevenir accro à elle, tu m'entends ?*

Ça pourrait même être pire, renchérit Julian d'une voix où perçait l'inquiétude. *Nous pourrions nous retrouver à l'intérieur de sa tête à elle !*

Allez, quoi, intervint Caleb. *Je suis le seul à avoir l'esprit d'aventure, ici ? Vas-y, Aden ! Bois si tu en as envie !*

Ne l'écoute pas. Trouve quelqu'un d'autre pour te nourrir, lui intima Elijah.

Mais Aden, lui, ne voulait pas d'un autre sang. Il

devait renvoyer Victoria, l'éloigner de lui le plus vite possible. Il le fallait absolument, avant que sa faim l'emporte sur sa détermination.

Avec un profond soupir, il se releva et tendit la main dans sa direction. Il s'apprêtait à lui parler lorsque le cri plaintif résonna de nouveau dans sa tête.

Sérieusement, qu'est-ce que c'est que ce truc ? Dans la voix de Julian, l'inquiétude avait fait place à l'irritation. *Caleb, c'est encore toi qui fais le bébé ?*

Tu sais très bien que je ne fais jamais le bébé. Quand je suis contrarié, je retiens ma respiration, c'est tout. Je ne geins pas.

Désolé de devoir te le dire, mais tu es incapable de retenir ta respiration, vu que tu n'en as pas, lui fit remarquer Elijah.

Et pourtant, ça marche, argumenta Caleb. *Je ne vois pas pourquoi je changerais de méthode.*

Aden fit de son mieux pour les ignorer. S'adressant à Victoria, il lui proposa :

— Tu m'accompagnes ? J'ai envie de marcher un moment.

Elle n'avait pas encore saisi la main qu'il lui tendait. Elle se contentait de la regarder d'un air circonspect. Toutefois, quand elle perçut la douceur dans la voix d'Aden, son visage s'illumina et ses yeux bleus étincelèrent :

— Je peux ? Vraiment ?

Comme je te l'ai déjà rappelé, lança Elijah en dépit des barrières mentales qu'il venait d'instaurer, *tu aimes Victoria. Ne l'oublie pas. Si tu ressens envers elle des sentiments négatifs, ce ne sont pas les tiens, d'accord ? Tu m'entends ?*

Mais pourquoi insistait-il à ce point ?

Elle saisit enfin sa main. Ignorer le verbiage des

âmes devint alors un jeu d'enfants : elle était devenue l'unique centre de son attention.

Son parfum l'enveloppa de nouveau, plus envoûtant que jamais Il se mit à saliver de plus belle. Comme il l'aimait, à ce moment précis ! Comme il aimait sa douceur, sa chaleur — ou plutôt sa tiédeur, sa... tout. Il l'aimait tout entière.

— Partez en éclaireur et veillez à ce que nous ne soyons pas dérangés, ordonna-t-il aux loups avant d'entraîner Victoria en direction de la forêt.

Les deux changeformes filèrent et disparurent bientôt dans les sous-bois. Aden attendit un instant puis, comme aucun avertissement ne venait, il reprit son chemin, tenant toujours Victoria par la main.

Qu'allait-il faire d'elle ? Il l'ignorait, mais ils n'allaient pas tarder à l'apprendre tous les deux. Pour le meilleur ou pour le pire.

10

S'agissait-il d'une promenade d'agrément, ou avait-il quelque chose à lui dire ?

Pendant un long moment, Victoria se contenta de cheminer en silence — si l'on exceptait le grondement constant qui résonnait au fond de son crâne — aux côtés d'Aden, main dans la main. Une promenade en amoureux, juste comme avant l'Incident — c'était ainsi qu'elle nommait ce qui s'était produit à la fin de leur séjour dans la grotte. Peu à peu, ils s'éloignèrent du manoir et de la sécurité qu'il représentait…

Victoria n'avait jamais eu peur d'Aden, et même maintenant, elle lui faisait confiance. Mais que lui réservait-il ? Il était tellement différent, en ce moment, indéchiffrable… Au moins, songea-t-elle en resserrant son col, elle avait eu la présence d'esprit de choisir une tenue d'hiver qui la protégeait un peu du froid. C'était bien la première fois qu'elle avait ce genre de préoccupation. De fait, elle avait été obligée d'emprunter cette robe raide et sans grâce à une esclave de sang humaine.

La météo avait toujours été le cadet de ses soucis, mais à présent, elle avait froid. Elle avait froid *tout le temps.* Elle avait passé la nuit à frissonner et à claquer des dents, tournant et retournant entre les draps trop fins à la recherche d'un peu de chaleur.

— J'aime bien cet endroit, finit par dire Aden d'un ton léger.

— Vraiment ? C'est surprenant.

Ils se trouvaient au milieu de bouquets d'arbres épars, aux branches tordues, offrant peu d'ombre. Cela faisait bien son affaire, car elle s'était mise à adorer la caresse du soleil sur sa peau. Elle en profitait autant que possible, même si cela ne suffisait pas encore à la réchauffer.

— Oui, reprit Aden. Nous sommes tranquilles, à l'écart, sans personne pour nous espionner… Qui pourrait se cacher, ici ?

Sa réflexion la prit de court :

— Aden ? Est-ce que je dois avoir peur ?

— Je n'en sais rien.

Son honnêteté la soulagea un peu. Elle parvint à se détendre et à sourire.

— D'accord. Si tu as envie de m'agresser, tu me préviendras, alors ?

— Pas de problème, répondit-il laconiquement.

Puis, après une pause :

— Je te préviens. J'ai faim.

Le répit avait été de courte durée. Victoria se raidit, s'attendant plus ou moins à ce qu'il se jette sur elle. Quand elle vit qu'il n'en faisait rien, elle l'interrogea, anxieuse :

— Tu as faim… de nourriture humaine ou de sang ?

— De sang.

La voix d'Aden était redevenue pâteuse, comme lorsqu'il avait fixé son cou, quelques instants plus tôt dans le jardin.

Etait-ce la raison pour laquelle il l'avait attirée ici ?

Dans ce cas, il ne lui restait plus qu'à… qu'à faire quoi, au juste ?

S'efforçant de garder son calme, elle prit quelques profondes inspirations et tâcha de se concentrer sur le chant des oiseaux et le souffle du vent dans les arbres.

— Avant que tu ne boives le sang de qui que ce soit, il faut que je te montre comment on fait, dit-elle enfin d'une voix calme.

— Je sais très bien comment m'y prendre, répliqua sèchement Aden.

— Tu crois vraiment ? Tu crois que tu sais boire correctement ?

Ce qui s'était passé dans la grotte était loin de le prouver.

— Que sous-entends-tu ?

— Il y a des choses que tu ignores. Par exemple, le sang n'a pas le même goût dans les veines que dans les artères. Le sang artériel est meilleur, mais les artères sont profondes et cicatrisent difficilement. Tu ne dois les choisir que si tu as l'intention de tuer. Et chaque veine a un goût particulier. Celles du cou transportent davantage d'oxygène, ce qui donne au sang ce délicieux goût pétillant. Mais encore une fois, si tu ne sais pas ce que tu fais, tu risques de tuer, tu comprends ?

— Je le savais, acquiesça-t-il.

Il se tut un instant, comme pour réfléchir à ce qu'il venait de dire, puis il répéta : *je le savais.*

Cette connaissance lui venait-elle des souvenirs de Victoria, ou bien l'avait-il acquise par lui-même — cette nuit, par exemple, quand ils avaient été séparés ? Elle ignorait ce qu'il avait fait tout ce temps. Toutefois, elle préféra ne pas lui poser la question. Toute vérité n'est pas bonne à savoir.

— Très bien. Mais de toute façon, tu ne boiras pas mon sang.

Voilà, c'était dit !

Aden la dévisagea longuement, cherchant de toute évidence à l'intimider.

— Je sais qu'il est préférable que je ne le fasse pas, mais explique-moi pourquoi tu y es tellement opposée ?

Parce que dans ce cas, il se rendrait compte à quel point elle était devenue vulnérable. Parce que ses dents, même si elles étaient toujours humaines, transperceraient sans peine la peau de Victoria et lui occasionneraient certainement de graves blessures. En outre, il se pourrait qu'elle y prenne autant de plaisir que lui, sinon plus.

Oui, à présent, c'était elle qui risquait de devenir accro à sa morsure ! Quand, la veille, il s'était nourri de l'esclave de sang, la réaction de plaisir de celle-ci n'avait pas laissé place au moindre doute : même sans crocs, Aden produisait bel et bien le fluide que les vampires injectaient dans leur victime et provoquait leur dépendance.

— Victoria ?

La voix d'Aden la tira de ses pensées.

— Je n'ai pas envie que tu boives mon sang, c'est tout, mentit-elle pour changer définitivement de sujet. Alors, dis-moi, ajouta-t-elle sur un ton plus abrupt qu'elle ne l'aurait souhaité, est-ce que tu t'es nourri, ce matin ou la nuit dernière ?

Mais pourquoi poser une telle question. Elle comprenait enfin toute la jalousie qu'il avait dû endurer auparavant, toute la souffrance qu'il avait dû connaître à l'idée des lèvres de Victoria sur un autre cou que le sien. Oui, il avait dû détester qu'elle se nourrisse d'un autre, et néanmoins il l'avait accepté sans rien dire : il savait que c'était pour elle la seule façon de survivre.

Pourtant, l'imaginer, lui, en train boire le sang d'une autre fille lui était tout simplement insupportable. Y penser suffisait à faire naître en elle des idées de meurtre. Elle tuerait l'idiote qui se laisserait faire.

Il faudrait vraiment être débile pour la défier. Parce qu'une fille qui n'était pas assez maligne pour se tenir à l'écart de *son* petit ami à elle ne méritait que la mort.

Qui parle ? Qui pense cela ?

Dans sa tête, tout s'embrouillait.

Et Aden était-il encore son petit ami ?

— Non, je n'ai pas bu. Pas encore. Mais je trouverai quelqu'un, quand le moment sera venu, répondit-il, inconscient de la tempête qui se levait dans le cœur de Victoria.

Il lui jeta un regard en coin, un regard de prédateur — car c'était bien ce qu'il était devenu — qui se posa directement sur les veines de son cou.

Etait-elle stupide, elle-même ? En tout cas, elle écarta ses cheveux et les rejeta derrière son épaule, comme pour le provoquer.

Qu'est-ce que tu fais, Vic ? Tu essaies de le tenter ?

Bien sûr que non.

Ah, vraiment ?

Oh, d'accord, j'ai envie de le tenter. Parce qu'il est à moi !

Voilà qu'elle parlait toute seule, maintenant. Décidément, les choses ne s'arrangeaient pas…

— Et toi, tu as mangé, aujourd'hui ? reprit-il d'un ton détaché.

Il n'avait rien remarqué ? Quelle déception ! Elle l'avait aguiché pour rien.

— Oui, bien sûr.

Aden riva sur elle un regard plein de méfiance. Ses yeux plissés et ses iris violets lui évoquaient irrésistiblement un rayon laser.

Des iris violets ? De nouveau ?

— Et tu as mangé *qui* ?

Pour une fois, la question *quoi* aurait été plus appropriée. En effet, pour la première fois de sa vie, Victoria avait pris un repas. Un vrai repas, avec des aliments aux consistances et aux goûts surprenants pour elle qui ne les avait goûtés jusque-là qu'à travers le sang de ses victimes. La nuit dernière, son envie de sang avait décliné. Bien sûr, elle en ressentait toujours le besoin, mais elle avait également envie de nourriture solide.

Ainsi, elle avait été contrainte de se glisser dans les quartiers des esclaves de sang pour faire une descente en règle dans leur garde-manger. Les appartements des loups-garous auraient tout aussi bien pu faire l'affaire, mais ceux-ci auraient détecté son odeur, et elle préférait ne pas avoir à s'expliquer sur ses nouvelles habitudes alimentaires...

Que choisir, dans ce placard ? Elle s'était emparée au hasard de deux brioches qu'elle avait dissimulées dans le décolleté de sa robe — ce qui, avait-elle remarqué au passage, lui donnait une silhouette plutôt avantageuse — avant de retourner dans sa chambre en catimini. Là, elle avait goûté le produit de son larcin, méfiante au début, puis surprise par ce goût sucré et doux, qu'elle avait très vite adoré.

Et si son manque d'intérêt pour le sang était l'explication des hurlements permanents de Gobeur ? Après tout, c'était à cause de *lui* qu'elle avait toujours besoin de sa dose d'hémoglobine, et comme elle avait sauté son petit déjeuner, il était sans doute affamé, le pauvre…

Le pauvre ?

Quoi qu'il en soit, elle avait tous ses tatouages, et son monstre ne posait donc pas de problème pour l'instant. Jusque récemment, ses symboles, sur sa peau de vampire, n'avaient jamais tenu plus de quelques semaines, et il fallait les rafraîchir presque quotidiennement. Mais il y avait quatre jours que ses protections actuelles étaient en place, et elles n'avaient pas l'air de s'effacer le moins du monde.

— Victoria ? Je t'ai posé une question.

Elle sursauta. Il fallait qu'elle cesse de s'absorber ainsi dans ses pensées ! Il lui avait demandé quel sang elle avait bu… Mais que pouvait-elle bien lui répondre ?

— Eh bien… tu ne le connais pas.

Elle ne mentait pas. Les brioches étaient faites dans des boulangeries, et il était peu probable qu'Aden connaisse un boulanger.

— Dis-moi quand même son nom.

— Pour que tu le tues ? demanda-t-elle, pleine d'un espoir un peu déplacé.

Pour être honnête, elle ne tenait pas tant que ça à ce qu'il perpètre un massacre pour ses beaux yeux, mais s'il montrait un peu de jalousie, c'est qu'il tenait à elle, non ?

— Laisse tomber, répondit-il avec un geste dédaigneux de la main. Ça n'a pas d'importance.

Et tant pis pour ses belles espérances.

Une étrange vibration lui parcourut soudain le flanc,

et elle poussa un petit cri. Aden tourna vivement la tête vers elle. Il semblait intrigué et — peut-être, oui — inquiet. Retour en force des grands espoirs.

Emotionnellement, elle avait l'impression d'être assise sur un yo-yo géant.

— Tu vas bien, Victoria ? lui demanda-t-il.

— Je crois que…

Une nouvelle vibration la fit sursauter. Mais qu'est-ce que… Mais ce qu'elle pouvait être bête : c'était son portable qui vibrait ! Elle n'était pas encore vraiment habituée à ce genre de moyen de communication humain. Elle poussa un soupir de soulagement et, avec un petit rire, répondit à Aden :

— Oui, tout va bien.

Plongeant la main dans l'unique poche de sa robe, elle en extirpa la petite coque de plastique. Depuis qu'elle avait rencontré Aden, elle utilisait un portable pour qu'il puisse la joindre en toutes circonstances… même s'il ne l'avait jamais fait. Riley, en revanche, ne se privait pas de l'appeler, ou plus précisément de lui envoyer des sms. Son numéro d'envoi changeait chaque fois — ce truand de loup-garou n'utilisait que des portables volés — mais les messages, jusqu'à présent, commençaient toujours de la même façon : *c'est carrément la panique.*

Elle ouvrit le clapet et lut le nom de l'expéditeur. Bingo.

— C'est un message de Riley, lança-t-elle à Aden. Tu m'excuses une seconde ? Je dois lui répondre.

C Kréman la panik. MA en sécurité, mais T risk 2 tt gâcher.

T. ? Oh, oui. Tucker. Victoria l'avait toujours détesté. Et elle avait bien eu raison. A regret, elle lâcha la main d'Aden pour répondre : *Tue. Lentman.* Elle eut un pincement au cœur à l'idée du nombre de règles d'orthographe qu'elle venait d'enfreindre, mais elle était vraiment pressée.

— Riley ? Comment va-t-il ?

Aden la serra contre lui et guida ses pas, car c'est vrai que, plongée comme elle l'était dans sa correspondance, elle risquait d'entrer en collision avec un arbre.

Génial ! D'abord, il lui avait pris la main, et maintenant il la tenait dans ses bras ! C'était comme de voir un arc-en-ciel, et trouver ensuite le trésor au bout de celui-ci. Le corps d'Aden était chaud, et c'était comme si cette douce chaleur se communiquait à chacune de ses cellules.

— Il va bien.

Au même moment, une nouvelle vibration agita le portable.

Lentman ? ☺ O.K. Bientôt. Très envie en tt k. Ct va NGS ?

NGS — notre gentil souverain. C'était le surnom que Riley donnait à Aden depuis qu'il avait commencé à envoyer des textos à Victoria, et il ne s'en lassait pas. Dommage, car c'était idiot comme nom.

Mieux.

Avant même qu'elle ait eu le temps de refermer le portable, une nouvelle question arriva :

Sk le nom de Tyson lui dit qc ?

Elle transmit la demande à Aden.

— Tyson ? demanda-t-il, pensif. Non, pas vraiment. Pourquoi, Riley pense que c'est important ?

— Je ne sais pas. Je le lui demande.

Nouveau texto au loup-garou. Nouveau bip, nouvelle réponse.

On en parle + tard. Appelle si besoin. Biz.

Un petit sourire aux lèvres, elle tapa sa réponse :

Dès que tu as tué T.

Puis elle rangea le téléphone dans sa poche.

Aden ne posa aucune question sur leur discussion. Au lieu de cela, il changea de sujet.

— Elijah prétend que, maintenant, je suis comme toi. Au niveau de la personnalité, je veux dire.

— Et je suppose qu'il m'en veut pour ça ? Qu'il me considère comme responsable ? Il ne m'aime pas, tu sais. Aucune de tes âmes ne m'apprécie beaucoup, en fait.

Mais comme elle disait ces mots, la portée de ce que venait de lui confier Aden lui apparut pleinement, et elle émit un hoquet de surprise :

— Attends un instant. Tu peux répéter ?

Elle s'arrêta net, décidée à obtenir des éclaircissements. Mais, lâchant sa taille, il continua de marcher comme si de rien n'était. Victoria resta plantée là, droite comme un I, furieuse à l'idée que la soudaine froideur d'Aden pouvait provenir d'elle-même. Oh, bien sûr, elle y avait déjà pensé, mais au final elle avait considéré que ce nouveau trait de caractère provenait de son père, non d'elle-même !

— Aden, appela-t-elle, très énervée.

Il se retourna, fronçant les sourcils avec un air surpris, comme s'il venait à peine de découvrir la distance qui s'était instaurée entre eux. En quelques pas, il la rejoignit. De nouveau, la douce chaleur de son corps irradia en elle et elle retint à grand-peine un frisson de plaisir. Elle se sentait si bien près de lui !

Partageait-il ce sentiment délicieux ? Elle tenta de sonder son regard, à la recherche d'une réponse, mais Aden détournait obstinément les yeux et gardait une expression impénétrable.

— Elijah dit que des traces de ta personnalité sont restées gravées en moi. En particulier quand les âmes sont passées dans ton esprit et que tu m'as donné Gobeur.

Inclinant la tête, il se tut un instant, le regard perdu dans le vague comme s'il écoutait une voix intérieure. Ce qui était sans doute le cas, d'ailleurs.

— Il dit que c'est arrivé quand nous avons bu le sang l'un de l'autre.

Mal à l'aise, Victoria se passa la langue sur les lèvres, effleurant au passage ses dents acérées qui ne lui servaient plus à rien.

— Tu es en train de me dire que si tu te conduis comme tu le fais en ce moment, si tu te montres parfaitement détestable, c'est à cause de *moi ?*

Mais tu pensais exactement la même chose ! se reprocha-t-elle intérieurement. *Tu ne vas quand même pas te mettre en colère contre lui alors qu'il a probablement raison ?*

Et pourtant, oui, elle était furieuse.

— Absolument, confirma Aden sans la moindre hésitation.

Mais alors... elle était comme *ça* ? Les gens la voyaient ainsi, froide, distante, hautaine ? D'accord, elle était plutôt du genre sérieuse, en général, mais à ce point...

— Mais si tu te comportes comme je le ferais, pourquoi n'en va-t-il pas de même de mon côté ?

— Peut-être est-ce le cas...

— Qu'est-ce que tu veux dire ?

— A ton avis ?

Elle releva le menton, piquée au vif.

— Tu veux parler du fait que je me comporte comme si je ne savais jamais quelle attitude adopter ? Que je me perds dans mes pensées même en plein milieu d'une conversation ? Que je suis distraite et que je pique des crises de jalousie pour un oui ou pour un non ?

Mais c'était vrai ! Elle agissait exactement ainsi ! Et dire qu'il lui avait fallu tout ce temps pour s'en rendre compte…

— C'est comme ça que tu me voyais ? demanda Aden en écho à ses préoccupations.

Son visage était devenu menaçant et il s'approcha encore d'elle. Victoria recula d'un pas, puis d'un autre, tentant de masquer de son mieux la crainte qu'il lui inspirait soudain. Elle se retrouvait partagée entre le désir de fuir et celui de sentir le contact de son corps. Le tremblement de ses mains devint un frisson qui la parcourut tout entière. Au fond, elle voulait qu'il la touche. Elle le voulait si fort qu'elle en avait mal.

Aden, pourtant, ne cessait d'avancer vers elle. Victoria recula jusqu'à ce que son dos heurte le tronc d'un arbre qui lui coupa toute retraite.

Oui, elle avait envie de lui, mais qui était cet Aden devant elle ? Comment allait-il réagir à ses paroles et ses gestes ?

Pour autant qu'Elijah ait raison, et qu'Aden agisse maintenant comme elle l'aurait fait à sa place, il tentait sans doute de combattre le désir qu'il ressentait… mais en vain. Car elle n'avait jamais pu résister à l'attirance d'Aden. Il essaierait aussi de se convaincre qu'il la détestait, pour pouvoir se détacher d'elle. Là aussi, échec assuré.

Un bien pour un mal, donc…

Elle avait rencontré Aden au cours de la mission que lui avait confiée son père, et qui tenait en trois mots : débusquer, interroger, tuer.

Pour le trouver, elle n'avait rencontré aucun problème. Et elle l'avait également interrogé… si l'on peut dire. Vlad avait certainement en tête un interrogatoire à l'ancienne, avec instruments de torture et cris de douleur à la clé. A la place, la session de questions/réponses s'était déroulée dans un étang paisible, où elle avait nagé aux côtés d'Aden. Oh, et elle l'avait embrassé, aussi.

Cette fois-là, Victoria se l'était juré : hors de question qu'elle tombe amoureuse de lui. Il lui suffisait de prendre du recul et de faire ce qu'elle avait à faire. Sans le savoir, Aden avait appelé son clan en Oklahoma, au moyen de cette étrange vibration magique qu'il émettait en permanence. Personne ne savait de quoi il s'agissait, mais de toute évidence les bêtes qui vivaient à l'intérieur des vampires étaient très attirées par cet appel, au point qu'elles auraient fait n'importe quoi pour le rejoindre. Ce qui mettait les siens en danger. Tuer Aden aurait donc été un service à leur rendre.

Pourtant, dès le début, Victoria s'était rendu compte qu'elle en serait incapable. Sa personnalité l'avait intriguée, elle s'était identifiée à lui. Comme elle, c'était un étranger au sein de son propre peuple, un paria, un incompris. Elle-même, sans être rejetée aussi violemment, était mise à part par les autres vampires, car elle était une princesse de sang. Et comme si cela ne suffisait pas, elle n'avait jamais été à la hauteur des attentes de son père.

Elle n'était pas une guerrière comme sa sœur Lauren, et n'avait pas le caractère bien trempé de Stephanie.

Elle était juste… elle-même.

Lui saisissant le visage entre ses mains, Aden s'appuya contre elle, bassin en avant, lui arrachant un cri de surprise et de plaisir. Il la tenait prisonnière, occupant tout son champ de vision. Et elle adorait ça.

— Victoria, est-ce que tu te rends compte que tu te perds dans tes pensées en plein milieu de nos conversations ? reprit-il.

Sa voix était froide, mais elle crut y lire un soupçon de… oui, c'était ça, de l'amusement.

— Ça ne prouve rien, rétorqua-t-elle pour le simple plaisir de le provoquer. Ce n'est pas parce que je pense à autre chose que je deviens comme toi.

— Ah non ? Alors, testons ma théorie.

— De quelle façon ?

Aden approcha encore son visage de celui de Victoria. Leurs nez se touchaient presque et son souffle mentholé caressait ses joues et son cou.

— Comment aimerais-tu la tester, toi ? demanda-t-il.

Allait-il l'embrasser ? Son cœur se mit à battre à tout rompre et son corps se tendit, dans l'expectative. Se mordant les lèvres, elle soutint son regard.

— Je… Je ne sais pas.

— Moi, je sais, fit-il d'une voix rauque et sombre. Mais d'abord, je veux être certain que j'ai *toute* ton attention.

— D'accord. Quand tu veux.

— Très bien. C'était la première étape. Maintenant, passons à la deuxième.

Et sans un mot de plus, il posa ses lèvres sur les siennes, dans un baiser doux et fougueux à la fois. Le goût de sa bouche la fit frémir. Encouragé, il ouvrit les lèvres, et sa langue vint chercher la sienne, la goûter, se mêler à elle. Victoria fondit littéralement de plaisir. Elle fit remonter ses mains le long du torse et de la nuque d'Aden avant d'empoigner ses cheveux et de le tirer doucement en arrière.

— J'aime bien la deuxième étape, murmura-t-elle d'une voix troublée. N'empêche que, scientifiquement, ça ne prouve rien du tout.

Il l'embrassa de nouveau.

— Tant pis. On verra plus tard.

Un baiser, encore. Rendu moins facile par le fait qu'elle pouffait de rire. Il y avait longtemps qu'il ne l'avait pas taquinée ainsi, et cela lui avait manqué. Terriblement.

Pendant de longues minutes, ils restèrent ainsi enlacés, s'embrassant à pleine bouche et se caressant. Une douce chaleur envahit son corps. Elle adorait leurs baisers. Et, oui, elle en voulait davantage. Elle voulait que les mains d'Aden, si douces et si téméraires, entrent en action. Il était tellement doué pour les caresses…

Et son vœu fut exaucé. Malgré la robe qui empêchait le contact de leurs deux peaux, Aden promenait ses doigts le long du buste de Victoria, soulignant et explorant ses formes, parcourant son corps avec une lenteur délicieuse. Elle l'embrassa plus fort, le serrant contre elle en étouffant de petits gémissements. C'était si bon qu'elle le mordit.

Aden, fort heureusement, ne l'imita pas, mais ses caresses se firent plus précises, plus brusques aussi. Encore plus délicieuses.

— Aden, murmura-t-elle sans même savoir pourquoi elle disait son nom.

Et elle se sentit tomber, tomber doucement... jusqu'à ce que les feuilles mortes et la mousse deviennent un lit pour elle, avec le corps d'Aden pour toute couverture. Pas une seconde ils n'interrompirent leur baiser, ni ne cessèrent leurs caresses. Le corps de Victoria était comme une fusée en route vers... vers quelque chose, quelque chose qui approchait à chaque mouvement.

Enfin, Aden écarta sa tête et saisit le menton de Victoria entre ses mains. Il avait le souffle court lui aussi, et de la sueur perlait à son front.

— Est-ce que tu as déjà... été avec quelqu'un ? demanda-t-il d'une voix un peu rauque.

Comme elle aimait ce ton !

— Tu veux dire, est-ce que j'ai déjà fait l'amour avec un garçon ?

Il acquiesça, les yeux fixés sur la base de son cou, puis, posant les lèvres à cet endroit précis, il se mit à l'embrasser et à la lécher — sans toutefois la mordre. Oh ! La sensation était si intense ! Des fourmillements lui parcouraient le buste, réminiscences de toutes les fois où Aden avait bu son sang. Son corps semblait sur le point de prendre feu.

Victoria préféra lui retourner sa question plutôt que lui répondre.

— Et toi ? demanda-t-elle d'une voix tremblante.

— Non.

Comment était-ce possible ? Il était tellement... beau. D'accord, les filles humaines l'avaient peut-être cru fou, mais ça ne les avait certainement pas retenues. Les mauvais garçons, après tout, sont encore plus attirants, non ? On se dit toujours qu'on peut les dompter...

Son ex-fiancé, Dmitri, avait souvent joué le rôle du

vrai dur chez les vampires, et toutes les filles s'étaient jetées à ses pieds.

— Comment ça se fait ?

A son tour, elle se servit de ses mains, qui partirent en exploration le long du torse d'Aden et se glissèrent sous sa chemise. Sous le tissu, la peau était brûlante.

— Je n'ai jamais suffisamment eu confiance en quelqu'un pour ça, lui avoua-t-il finalement.

Lui faisait-il suffisamment confiance à *elle* ? Lui faisait-il confiance tout court, d'ailleurs ? Elle ne pouvait que l'espérer. Tout ce qu'elle savait, c'est qu'elle ne l'aurait jamais, au grand jamais, trahi.

— Et toi ? demanda-t-il de nouveau en l'embrassant dans la nuque.

Elle prit tout son temps pour répondre, le caressant du bout des ongles. Il y avait encore des choses qu'elle n'osait pas lui révéler.

— C'est-à-dire…

Il releva la tête, et elle poussa un gémissement frustré. Les yeux d'Aden, à présent, étaient tout d'or et d'ambre, avec des étincelles de vert et de violet. Des yeux superbes, fascinants, hypnotiques.

— Oui, finit-elle par admettre. J'ai déjà fait l'amour.

Qu'allait-il penser d'elle ? Elle ne voulait pas qu'il la juge mal, aussi elle s'empressa de poursuivre.

— J'étais curieuse. Tu sais que j'étais fiancée à Dmitri. Et tu sais aussi que je le détestais de tout mon cœur. Du coup…

— Dmitri ? Tu as couché avec Dmitri ? Alors que tu le haïssais ? demanda-t-il d'une voix scandalisée.

Ce ton suffit à éveiller la colère de Victoria. Brutalement, les élans de sa passion retombèrent.

— Non. Ce n'était pas Dmitri. Et quand bien même… Si ça avait été avec lui, qu'est-ce que tu aurais eu à dire ?

— Rien, je suppose, répondit-il avec une honnêteté qui ne parvint pas à la calmer.

— N'importe. Je ne voulais pas que ma première fois soit avec lui. Parce que, je te l'ai dit, je le détestais.

Elle avait longtemps envisagé de rester pure jusqu'au mariage, non à cause de la tradition (qui n'existait pas chez les vampires), mais à cause de la jalousie de Dmitri, qui était du genre à s'en prendre à celui qu'elle aurait choisi comme premier partenaire.

Pourtant, quelques mois avant de déménager en Oklahoma, elle avait décidé de franchir le pas. D'en finir, en quelque sorte. Elle avait choisi quelqu'un que son fiancé ne risquait pas d'attaquer.

Ça avait été une lamentable erreur mais elle n'y pouvait plus rien, à présent.

— Et si tu veux tout savoir, poursuivit-elle, pour nous les vampires, ça n'a pas du tout la même importance que pour vous les humains. Mon père a eu plus d'une centaine d'épouses, tu sais.

Il la considéra d'un œil glacé.

— Alors, c'était avec qui ?

Comme si elle allait le lui révéler…

— Ça n'a pas d'importance.

— Ce qui veut dire qu'il est encore en vie et sans doute dans les parages. Et donc que je peux le…

Mais il s'interrompit soudain, se raidissant, aux aguets.

— Quelqu'un vient, lança-t-il à voix basse avant de renifler l'air autour de lui. Une femme. Une amie.

Victoria tendit l'oreille, mais n'entendit rien.

Aden se redressa sur les coudes, la libérant de son

poids avant de se mettre debout. D'accord, la conversation s'était terminée de façon plutôt désagréable, mais cette séparation était pire encore…

Sans un mot, il tendit la main pour l'aider à se relever. Encore vacillante sur ses jambes, Victoria entreprit d'épousseter les brindilles sur sa robe. Elle ne parvenait pas à détacher ses yeux d'Aden, dont le visage s'était empourpré. Il semblait émaner de lui une tension palpable. Malgré son absence de crocs, ses dents étaient découvertes dans un rictus menaçant. Il avait les lèvres gonflées (l'avait-elle mordu trop fort ?) et les cheveux en bataille.

C'est alors qu'elle perçut le craquement des feuilles et des branches.

Oui, quelqu'un venait. Comment Aden avait-il pu l'entendre avant elle ? *Encore une fois.* Faisant volte-face, elle se retrouva pratiquement nez à nez avec Maddie la Douce qui arrivait vers eux en courant, ses longs cheveux blonds flottant derrière elle.

Dès qu'elle les vit, elle s'immobilisa pour lancer :

— Majesté !

Victoria constata qu'Aden se plaçait entre Maddie et elle. Voulait-il la défendre contre une possible menace ? Oh oui, faites que oui ! Aden, le Aden qu'elle aimait, pas celui qui agissait comme elle, était peut-être de retour. Enfin !

— Qu'y a-t-il ? demanda-t-il.

— Tu as des visiteurs, répondit Maddie, l'air inquiet. Les conseillers te suggèrent de te hâter.

Dans le cœur de Victoria, l'inquiétude se fraya un chemin comme un serpent venimeux. Des visiteurs ? Alliés ou ennemis ?

Dans un cas comme dans l'autre, ils constituaient un danger. Aden, en effet, était affamé : il n'avait rien mangé depuis la veille. Tant qu'il ne serait pas rassasié, personne au manoir ne serait en sécurité. Et plus il attendrait, plus sa volonté faiblirait. Rendu fou par la faim, il finirait par attaquer n'importe qui, au hasard.

— Il faut d'abord que tu boives un peu de sang, lui indiqua-t-elle.

Et bien que les mots lui semblèrent terriblement durs à prononcer, elle ajouta :

— Celui de Maddie…

En effet, un vampire pouvait bel et bien se nourrir du sang d'un autre vampire. Bien sûr, cela n'allait pas sans quelques problèmes. Le premier était la question de la peau, difficile à transpercer. Le second était que celui qui avait bu le sang voyait pendant un certain temps le monde à travers les yeux de l'autre.

Un tel échange pouvait se révéler une faiblesse, et Aden risquait de mettre sa vie en danger. Néanmoins, il aurait quelques heures avant que son point de vue ne se mêle à celui de Maddie, ce qui lui laisserait suffisamment de temps pour s'occuper des visiteurs. Ensuite, Victoria pourrait toujours le mettre à l'abri dans sa chambre.

Mais Aden secoua la tête en signe de dénégation.

— Non, lança-t-il. Je ne toucherai pas à mes sujets. Victoria, téléporte-moi au manoir, et amène-moi un esclave de sang.

Ainsi, il ne la contredisait pas, ne contestait pas le fait qu'il ait besoin de sang… Mais devait-elle en éprouver de la joie ou de la peine ? De la colère, pourquoi pas ?

Quoi qu'il en soit, ce fut d'une voix calme qu'elle lui répondit :

— Je ne peux pas.

Un peu plus tôt, lorsque les frères de Riley l'avaient informée qu'Aden la demandait, elle avait tenté de se téléporter jusqu'à lui. En vain.

C'était déprimant ! Elle n'était plus normale — en tout cas, pour une vampire. Elle était devenue un genre de monstre, un cas à part dans son espèce. Et franchement, il n'y avait rien de plus nul que de devoir marcher d'un point à un autre, sans la possibilité d'apparaître et disparaître à volonté.

Nul. Encore un mot qu'elle n'avait jamais utilisé avant de fréquenter les humains. C'était fou, tout de même !

— Tu ne peux pas te téléporter ? Mais pourquoi ? demanda Aden.

— Je ne sais pas. Je n'y arrive pas, c'est tout.

Il resta silencieux un instant, comme pour absorber le choc de la révélation. Que pensait-il d'elle, de ce qui lui arrivait et de ce que cela signifiait ? Elle-même n'en était pas certaine. Pour finir, il se contenta d'acquiescer.

— D'accord. Alors on va rentrer ensemble au manoir, à pied.

— Mais il faut que tu te...

— Maddie, l'interrompit-il, passe devant.

Hochant la tête, celle-ci obéit et, sans le moindre regard pour Victoria, il lui emboîta le pas. Elle resta là, immobile, interdite : que devait-elle faire ? Comment empêcher Aden de rejoindre le manoir et ses nouveaux visiteurs ? Elle devait à tout prix le protéger, mais comment ?

A mesure qu'Aden s'éloignait, le hurlement dans

la tête de Victoria s'amplifiait. A la fin, le bruit devint insupportable.

— Silence, Gobeur !

Pour toute réponse, elle obtint un nouveau rugissement.

— D'accord…

Mince ! Voilà qu'elle se mettait à parler à la créature dans sa tête… exactement comme Aden.

Ulcérée, elle se mit en route à son tour.

11

Excédée, Mary Ann secoua la tête. Hurler un bon coup, c'est ça qui lui aurait fait du bien ! Au final, elle se contenta juste de lancer d'une voix sèche :

— Ça suffit, vous deux !

Mais Riley et Tucker ne firent pas mine de lui obéir. A quelques centimètres l'un de l'autre, ils étaient de nouveau prêts à se sauter dessus.

Depuis que Riley l'avait retrouvée, tout s'était enchaîné à une vitesse hallucinante. D'abord, ils avaient couru dans la nuit. Ensuite, ils avaient volé une voiture, puis de la teinture pour cheveux — dont elle n'avait aucune intention de se servir — ainsi que de l'encre pour tatouages. Et enfin, ils avaient pénétré par effraction dans une chambre de motel et s'y étaient installés. Très bientôt, ils allaient devoir en repartir, après avoir volé une nouvelle voiture. Bref, tout était allé si vite qu'elle avait absolument besoin d'un moment de calme. Cependant, les deux garçons semblaient bien décidés à ne lui laisser aucun répit.

— Sérieusement, tu tiens à ce qu'on laisse cette ordure en vie ? demanda Riley.

— Moi, je dirais qu'elle aime bien les ordures, rétorqua Tucker. Rien qu'à voir son petit copain…

— Vous ne pouvez pas vous taire ! explosa-t-elle enfin.

Mais ce n'était pas croyable ! On aurait dit des gosses. Des gamins enragés, et qu'il aurait fallu abattre sur place.

— Et mets-toi ça en tête : Riley n'est pas mon petit copain. Plus maintenant, en tout cas.

Malheureusement.

Du fond de sa gorge, ce dernier laissa échapper un grondement sourd, un son menaçant et guttural. Son regard passait de l'un à l'autre, indécis, comme s'il se demandait contre lequel des deux il était le plus en colère. Il n'avait pas intérêt à gronder ainsi contre elle, ou elle le lui ferait payer.

— Tucker, tu vas la fermer, ordonna-t-elle. Parce que si Riley perd patience, il cessera de m'écouter et il t'arrachera la tête avant de déguster ta cervelle.

S'adressant ensuite à son ex, elle ajouta :

— Riley, je crois que nous avons une ou deux choses à faire avant de partir d'ici.

Il la regarda, et son air menaçant s'effaça peu à peu.

— Enlève ton chemisier, demanda-t-il avec un effort manifeste pour se montrer aimable, et allonge-toi sur le lit. Tucker, si tu jettes un seul coup d'œil dans sa direction, je te jure que je te désosse.

— Rassure-toi, je ne compte pas en jeter qu'un seul. Quant à mes os, compte-les bien, tu en trouveras un gros dans mon pantalon auquel tu ne t'attendais pas.

Ce type était vraiment lourd.

Avec un grognement sourd, Riley s'approcha de lui jusqu'à ce que leurs visages ne soient plus qu'à quelques centimètres l'un de l'autre.

Bras tendus, Mary Ann se précipita pour s'interposer. D'accord, elle ne faisait pas le poids face aux deux garçons, mais son intervention obtint l'effet escompté :

ils eurent l'obligeance de faire mine de reculer et de s'en tenir là.

Sans pour autant interrompre leurs échanges fleuris.

— Crétin.

— Gros tas.

— Pervers.

— Fils de chienne.

Enfin, le flot d'insultes se tarit pour faire place à un silence que seule la respiration de Riley troublait.

— Vous êtes vraiment d'une grande finesse ! soupira Mary Ann, affligée.

— Bon, finalement, c'est quoi cette histoire de tatouages ? demanda Tucker comme si de rien n'était.

Il semblait avoir oublié qu'il se comportait depuis des heures comme un gosse de quatre ans risquant, entre autres, d'être égorgé d'un moment à l'autre par un loup-garou.

— Ça ne t'inquiète pas plus que ça de défier un changeforme enragé qui pourrait te défigurer d'un seul coup de patte ? demanda-t-elle à mi-voix.

Elle le considéra, sourcils froncés, avant de daigner répondre à sa question :

— Les tatouages représentent des sorts de protection. Grâce à eux, les sorcières auront moins de pouvoir sur nous. Et maintenant, reculez. Tous les deux.

— Personne n'a de pouvoir sur *moi*, fanfaronna Tucker sans esquisser le moindre mouvement.

— Tu aurais tort de les sous-estimer, répondit-elle. Il n'y a pas longtemps, elles ont lancé un sortilège de mort sur Victoria, Riley et moi. Et nous avons bien failli y passer.

— Et n'oublions pas que les sorcières nous surveillent

grâce à la magie, intervint Riley. Allez, il faut qu'on en finisse.

Mary Ann fixa Tucker qui, pour se donner une contenance, se passa la main dans les cheveux.

— J'ai toujours su qu'il y avait d'autres créatures, lança-t-il, faussement détaché. Je veux dire, des créatures surnaturelles, comme moi. Mais je n'ai jamais pensé qu'elles seraient aussi minables que des sorcières ou des loups-garous.

Mary Ann leva un sourcil interrogateur. De ses bras tendus, elle continuait de tenir les deux assaillants à distance, mais ils tremblaient un peu quand même (*note pour plus tard : se mettre à la muscu*).

— Comment ça, minable ? Parce que, selon toi, les démons, c'est cool ?

— A fond, oui !

L'assurance dans la voix de Tucker était feinte. Manifestement, il mentait. Il se détestait lui-même. Au moins autant qu'il haïssait son propre père, d'après ce qu'elle savait.

— Quoi qu'il en soit, reprit-elle, une fois qu'un sort est lancé, même les sorcières ne peuvent l'annuler tant que les conditions qu'elles ont fixées ne sont pas remplies. La fois où elles nous ont lancé un sortilège, Aden devait se présenter pour nous à une assemblée. Et heureusement il y est parvenu à temps, sinon le sort se serait déclenché, et il n'y aurait rien eu à faire. C'était cuit.

— Si Vlad l'avait su, il se serait contenté d'enfermer Aden quelque part, au lieu de me lancer à ses trousses. Je n'aurais pas eu à le poignarder. Du coup, tout ce qui est arrivé est votre faute. Si vous m'aviez dit que…

— Aden n'aurait pas été le seul à mourir. Riley, Victoria et moi serions morts en même temps.

Tucker haussa les épaules :

— Ça, ce n'est pas mon problème ! Ça ne l'aurait pas été à ce moment-là, en tout cas…

— Et maintenant ? demanda Riley. Est-ce que tu aides toujours Vlad, oui ou non ?

— Il a cessé de faire appel à moi depuis que j'ai poignardé Aden. Du coup, je me suis enfui. Tu sais, ça ne me plaisait pas de le servir. Et je te rappelle que je me suis excusé auprès d'Aden. Avant et après lui avoir transpercé le cœur, d'accord ? Alors lâche-moi un peu, tu veux ?

Dans les yeux de Riley, des flammèches vertes se mirent à danser dangereusement.

— Tu t'es excusé, vraiment ? lança-t-il d'une voix où perçait la colère. Tout est pour le mieux, dans ce cas…

— Merci ! fit Tucker avec soulagement. Enfin quelqu'un qui me comprend…

Riley se libéra du bras de Mary Ann et poussa Tucker. Violemment.

— Je suis désolé, dit-il.

Puis il recommença.

— Pardon, vraiment. Toutes mes excuses. Tout va bien, d'accord ? Je m'excuse.

Il le poussa de nouveau.

Tucker ne réagit pas. Il se laissait faire sans un mot. *Surprenant.*

Il était temps que Mary Ann remette le holà.

— Bon, calmez-vous, et revenons-en à nos préparatifs. Pour commencer, il est hors de question que j'enlève mon chemisier. Riley, tu peux très bien ne tracer les protections que sur mes bras, non ? Ça marchera aussi bien que si tu me tatoues le dos et la poitrine.

— D'accord.

Parfait. Au moins, il avait cessé de s'en prendre à Tucker.

Elle avait déjà dans le dos des tatouages qui la protégeaient de la manipulation mentale et des blessures mortelles. A présent, Riley voulait s'assurer qu'elle serait à l'abri d'un nouveau sortilège de mort, mais aussi des illusions magiques — dans ce domaine, fréquenter Tucker lui en avait beaucoup appris sur le sujet — ainsi que des sortilèges de souffrance, de panique et de surveillance.

— Attends un peu, reprit Riley en se tournant vers elle. Ton père va voir tes bras, ça ne va pas poser un problème ?

Il avait raison. Ça aurait été le cas, en effet, si elle avait dû revoir son père un jour.

Papa. Une vague de tristesse la frappa de plein fouet, et les larmes lui montèrent aux yeux. Comme sa maison lui manquait ! Elle ne l'avait quitté que depuis deux semaines, mais quand elle pensait à son père, son cœur se déchirait. Pourtant, elle devait rester loin de lui, sous peine de l'impliquer dans la guerre des créatures surnaturelles.

Au lieu de répondre à Riley, elle s'assit sur le lit et entreprit de remonter ses manches.

— Nous n'avons pas de temps à perdre. Mets-toi au travail tout de suite.

— Tu n'as pas l'intention de retourner chez toi, c'est ça ? demanda Tucker.

Pour une fois, il n'entrait dans sa voix ni ironie, ni méchanceté.

— Non, répondit-elle simplement. Tu entends, Riley ?

Tendant le bras, elle s'étendit de tout son long sur le lit, priant pour qu'il ne soit pas infesté de puces. Ou pire.

— Allez, vas-y.

Elle fit une courte prière. Pourvu qu'elle ne se dégonfle pas au dernier moment !

Le loup la contempla un instant avant de s'approcher d'elle. S'agenouillant au pied du lit, il lui saisit le bras et le posa sur ses genoux.

Oh, le contact de ces mains… Un frisson l'envahit. L'expérience était tout à la fois délicieuse et atroce. Mais il le fallait. Elle parvint à conserver une expression d'indifférence sur le visage.

— Tu as changé, commenta Riley.

— En deux semaines ?

Elle aurait voulu donner à ses mots un ton sarcastique, mais elle n'y parvint pas. De toute façon, il avait raison.

— En deux semaines, oui.

Entre-temps, il avait déjà disposé le matériel de tatouage sur la table de nuit, l'encre à sa portée. S'emparant du petit pistolet métallique, il enfonça l'aiguille dans sa peau. Une série de piqûres vives et une brûlure lancinante la martelèrent, accompagnées par le ronronnement d'un petit moteur. Ces semaines de cavale l'avaient-elles endurcie ? Elle ne cilla même pas.

— J'ai changé en bien, tu ne trouves pas ?

Arrête. Ne pose pas ce genre de questions. Tu risques de ne pas aimer les réponses.

— Je te trouvais très bien comme tu étais.

Etait-ce de l'amertume dans sa voix ? Il *fallait* qu'elle pousse plus loin, il fallait qu'elle le sache.

— Tu veux dire faible, et dépendante de toi ?

— Tu n'étais pas faible.

— Je n'étais pas précisément forte, tout de même.

— Parce que tu l'es devenue ?

Aïe !

— Je suis plus forte, en tout cas. Donc, tu veux dire que tu m'apprécies moins, maintenant ?

— Pas du tout. Je t'apprécie énormément. Ce que je n'aime pas, ce sont les gens avec qui tu traînes, répondit-il d'une voix forte.

— Je m'ennuie, lança Tucker qui faisait les cent pas à l'autre bout de la chambre. Personne n'a rien d'intéressant à dire ?

Faisant mine de ne pas l'avoir entendu, ils poursuivirent leur conversation comme si de rien n'était.

— Et Tucker, comment tu l'as trouvé ? reprit Riley, avant d'ajouter : Je ne parle pas de son physique, évidemment. Parce que je sais très bien ce que tu en penses. A moins qu'il n'y ait eu aussi du changement là-dessus ? Si c'est le cas, je te jure que je vais le…

— Rien n'a changé, se hâta-t-elle de l'interrompre. Je le déteste toujours.

D'accord, elle n'était plus avec Riley, mais elle tenait à le rassurer. Hors de question qu'il se mette à imaginer qu'il puisse y avoir quoi que ce soit entre Tucker et elle.

— Après avoir poignardé Aden — et rassure-toi, je ne lui ai rien pardonné non plus, compris, Tucker ? — il s'est mis à ma recherche. Il m'a vue au moment où je partais de chez mon père avec un sac sur l'épaule, et il a suivi ma trace.

— Tu parles, c'est plutôt moi, qui t'ai suivie ! Tu as tout fait pour me semer. Alors que lui, tu l'as laissé t'accompagner.

Dans la voix de Riley, le dégoût était tel qu'on pouvait se demander s'il parlait de Tucker ou d'un cas particulièrement virulent de dysenterie.

Dans sa tête, cela ne devait pas faire grande différence.

— Tu as raison, admit-elle un peu moins durement, mais c'est parce que toi, j'essayais d'éviter de te blesser.

— Super, Mary Ann, intervint sèchement Tucker. Ça fait vraiment plaisir à entendre.

Une nouvelle fois, ils l'ignorèrent.

Quand Riley eut tatoué l'un de ses bras, il posa l'encre et tendit la main pour lui toucher le visage. Du bout des doigts, il lui caressa la joue. Comme malgré elle, elle se laissa aller à ce contact à la fois doux et rugueux. Les yeux fermés, elle inclina la tête. A ce moment précis, ils étaient seuls au monde.

Respirant l'odeur de sa peau, elle essaya d'imaginer qu'ils étaient deux êtres humains parfaitement normaux.

Riley exhalait un parfum à la fois minéral et épicé, un parfum d'aventure, de grands espaces. Comme elle aurait voulu le sentir encore, plus fort et plus longtemps ! Mais l'image de ce qui était arrivé aux créatures surnaturelles pendant cette fameuse nuit lui revint en un éclair. Il lui était impossible de faire semblant.

Leurs convulsions, leur peau qui perdait en un éclair toute sa couleur, prenant cette teinte crayeuse qui évoquait les masques d'Halloween. Leurs yeux exorbités, leurs lèvres convulsées par des cris d'épouvante sans fin dont le seul souvenir la pétrifiait encore d'horreur — toutes ces images l'assaillirent d'un coup.

— Mary Ann ?

Sans doute s'était-elle raidie tout à coup, car la voix de Riley semblait inquiète. Elle se hâta d'ouvrir les yeux. Etait-ce seulement de l'inquiétude, ou percevait-elle aussi de la douleur ?

— Je t'ai fait mal, Riley ?

L'avait-elle, sans le vouloir, drainé de ses pouvoirs magiques, de sa force vitale, rien qu'un peu ?

— Tout va bien. Je n'ai rien, rassure-toi.

C'était donc pour elle qu'il se faisait du souci. Elle se détendit légèrement. Mais aussi, quel besoin avait-il d'être si prévenant ?

— Tu me le dirais, si je te blessais ?

— Evidemment. Je ne suis pas du genre à souffrir en silence.

C'était vrai. Elle avait d'ailleurs toujours adoré sa franchise.

— Mais *toi*, comment te sens-tu ? l'interrogea-t-il à son tour. Est-ce que tu te… nourris comme il faut ?

— Pas vraiment. Depuis la fois où je… me suis laissée aller avec les fées et les sorcières, je n'ai rien pris. Mais le sentiment de satiété est en train de disparaître, et je crois que j'aurai faim bientôt.

— Bientôt, ça veut dire pas tout de suite. Cela nous laisse un peu de temps.

Il voulait dire un peu de temps pour eux. Ensemble. Un petit moment avant qu'elle commence à s'inquiéter de ce qu'elle pourrait lui faire.

Quand allait-il enfin comprendre qu'elle s'angoissait pour lui en permanence ?

— Et si tu passais à l'autre bras ? proposa-t-elle avec un soupir résigné.

— Comme tu veux. Mais je te préviens : cette conversation n'est pas terminée.

Pour Mary Ann, elle l'était bel et bien pourtant, mais elle préféra ne pas le lui dire. Deux heures plus tard, elle était l'heureuse propriétaire de six nouveaux tatouages de protection.

— C'est plutôt sexy, commenta Tucker en haussant un sourcil approbateur.

— Dis, ça te dirait que je t'arrache les yeux avec mes griffes ? aboya Riley sans cesser de ranger le matériel dans un sac.

— Je n'ai rien dit, répondit Tucker en levant les mains en signe de soumission. Elle est vraiment affreuse comme ça, tu as raison.

Affreuse ?

— Je te remercie, sale traître, lui décocha Mary Ann.

Il haussa les épaules sans paraître désolé le moins du monde et rétorqua :

— Comment ça, traître ? C'est quand même toi qui as rompu, non ? Depuis, j'ai compris que je devais me tenir à carreau avec toi. Même si tu te traînais à mes genoux, je ne te toucherais pas. Je n'ouvrirais même pas ma braguette.

Un instant, elle se demanda si elle avait bien entendu. Quel pervers, ce type. Etrangement, Riley affichait un large sourire. Etait-ce à cause de l'aveu de Tucker, ou du sous-entendu graveleux ?

— Ne rêve pas, Riley, lui lança-t-elle sèchement. Ce n'est pas demain la veille que je me traînerai aux pieds de qui que ce soit.

A son tour, il haussa les épaules.

— On verra ça.

— Tout ce que je te demande, c'est de garder tes pattes et tes lèvres pour toi !

Parce que s'il l'embrassait, elle céderait, c'était certain. Comme chaque fois. Sa bouche la rendait folle, c'était aussi simple que ça.

Il lui renvoya un petit sourire aguicheur qui signifiait *quand tout ceci sera fini, on se retrouvera tous les deux seul à seul, et on verra bien ce que je ferai de mes pattes...* Seule avec lui ? Comme elle aimerait ça... Elle frissonna. *Non, pas de tête-à-tête. Trop dangereux.*

— Mes lèvres ? Qu'est-ce qu'elles ont, mes lèvres ? demanda Riley, enjôleur.

— Beurk ! lança Tucker en simulant une nausée. C'est pas un peu fini, de flirter devant des témoins innocents ?

— Tu n'as pas vraiment une tête d'innocent, lui fit sèchement remarquer Mary Ann.

— Et tu n'as pas mieux à faire ? reprit Riley. Tu ne préférerais pas suivre la grossesse de ta petite amie, par exemple ?

Penny. Mary Ann ne l'avait pas encore appelée aujourd'hui. Son amie passait-elle toujours autant de temps à être malade dans les toilettes de la maison de ses parents ?

Pour la première fois depuis qu'il était apparu devant elle pour lui avouer l'agression contre Aden, implorer son pardon et lui proposer son aide en guise de pénitence — le soir où il lui avait révélé qu'il ne pourrait être quelqu'un de bien que si elle restait à ses côtés, qu'elle seule avait le pouvoir d'apaiser ses penchants les plus noirs — pour la première fois, donc, Mary

Ann lut un véritable regret dans les yeux de Tucker. La phrase de Riley avait fait mouche.

— Penny sera… plus heureuse sans moi, répondit-il d'une voix blanche.

— Ah oui ? Eh bien, ce ne sera pas le cas de son bébé. De *ton* bébé, d'ailleurs. Je te rappelle qu'il sera en partie démon. Penny aura besoin de ton aide pour l'élever.

A ces mots, le visage de Tucker, qui avait pâli au cours de leur échange pas très aimable, s'illumina d'un coup.

Sa réaction déconcerta Mary Ann. Se pouvait-il qu'il aime Penny et désire réellement leur enfant ? Peut-être. Une partie de lui, en tout cas. Mais sans doute savait-il aussi que sa présence à leurs côtés n'était pas sans danger. En effet, sa nature démoniaque risquait à tout moment de reprendre le dessus et de le pousser à commettre des actes irréparables, qu'il regretterait ensuite toute sa vie.

C'était un sentiment qu'elle connaissait bien. Car en restant auprès de Riley, elle aussi risquait de le tuer. Bien sûr, en tant que petit ami, il lui manquait terriblement — loin de se refermer, la blessure semblait au contraire s'ouvrir chaque jour un peu plus — mais elle aurait fait absolument n'importe quoi pour qu'il soit en sécurité.

— Alors, tu en as terminé avec Mary Ann ? Dis-moi que oui. Parce que si c'est mon tour, je suis prêt, lança Tucker en se frottant les mains.

Riley eut un ricanement de mépris.

— Tu peux toujours courir…

— Dis donc, moi non plus je ne veux pas qu'on me lance une malédiction ! Sans compter que je suis un membre indispensable de cette équipe…

— On ne doit pas avoir la même définition du mot « indispensable », alors…

Tucker se redressa, l'air belliqueux.

— C'est ça, oui. Et du mot « loup-garou » non plus. Pour toi, ça désigne peut-être un type qui peut se transformer en animal, mais pour moi, c'est juste un synonyme de *salaud*.

— Pas de problème, répliqua Riley en pointant dans sa direction le pistolet à tatouer. Viens ici, que je te fasse un joli tatouage. Un sort d'impuissance, ça te dirait ?

— Tu es vraiment méchant, mon loup, tu me fais de la peine, fit Tucker en feignant d'essuyer des larmes au coin de ses yeux. Tu sais que les fées et les sorcières sont plutôt canon. Si elles me capturent, je tiens à être en état de marche. Tu vois ce que je veux dire, Mary Ann ? *Prêt pour le service.*

Il n'y avait pas de mot pour qualifier la conduite de ce type.

— Pas du tout, Tucker, répliqua-t-elle. Parce que nous n'avons jamais couché ensemble, et tu le sais très bien.

— Tu étais bien trop occupé à aller voir ailleurs, le railla Riley. A coucher avec tout le monde…

— C'est vrai. Avec ta mère, en particulier.

— Ma mère est morte.

Il y eut un court silence. Puis Tucker enchaîna, sans la moindre gêne apparente :

— C'était donc ton père, alors ?

A vrai dire, le père de Riley était décédé lui aussi. Néanmoins, il était inutile de le préciser à Tucker, qui se serait contenté de trouver un autre nom à salir.

— Les garçons, vous êtes vraiment insupportables ! explosa Mary Ann en se relevant.

— Il n'y a qu'un garçon ici, répliqua Riley avec un haussement d'épaules. Et ce n'est pas lui.

Piqué au vif, Tucker plissa les yeux :

— Je rêve, ou tu viens de me traiter de fille ?

— Attends un peu, protesta Riley en feignant la surprise. Ce n'est pas moi qui viens d'admettre que je couchais avec des hommes, pas vrai ?

— Je plaisantais, Médor. C'était une insulte pour tes parents. Mais visiblement, tu es trop crétin pour comprendre ça.

— Dites, les attardés, on peut y aller ? lança Mary Ann.

Elle voulait éviter qu'ils n'en viennent aux mains. Une fois de plus.

— D'accord, lancèrent Riley et Tucker en chœur.

Par miracle, il n'y eut pas d'autre incident durant le trajet jusqu'à l'ancien domicile du Dr Daniel Smart. Pas un seul mot tout au long des vingt kilomètres de voiture. Pour être honnête, Mary Ann aurait préféré s'y rendre seule, mais on ne pouvait pas tout avoir — elle avait appris cela vers cinq ans, à peu près à l'époque où elle avait compris que les poneys ne pouvaient pas vivre dans une chambre de petite fille.

Une fois sur place, Riley se mit à tambouriner sur la porte, mais il n'y eut aucune réponse. Quand il cessa, Tucker prit le relais. Il frappa la porte du pied, sans plus de résultats mais avec autant de violence que Riley juste avant, comme si même cela constituait une compétition. Ils formaient vraiment un duo parfait... Le petit groupe ne s'avoua pas pour autant vaincu. Tous trois prirent place sous le porche, devant la porte d'entrée, résolus à attendre. Assise entre les deux garçons, Mary

Ann se faisait l'effet d'être coincée dans un sandwich à la testostérone.

La maison, elle avait vérifié au cadastre, appartenait à une certaine Tonya Smart, sans doute la veuve du médecin. Elle avait conservé le nom du défunt, ce qui signifiait sans doute qu'elle ne s'était pas remariée.

Cela ne signifiait pas pour autant qu'elle y vivait. Peut-être l'avait-elle mise en location ou encore, si elle habitait bien ici, elle pouvait travailler le week-end et ne pas se trouver chez elle. Peut-être se contenterait-elle de jeter un coup d'œil à Mary Ann avant de lui ordonner de disparaître. Dans tous les cas, il y avait très peu de chances pour qu'elle accepte de répondre à une question du genre : « Est-ce que votre mari était un type bizarre qui avait le pouvoir de réveiller les morts ? » Quoi qu'il en soit, elle n'avait rien à perdre en essayant.

Dans le ciel, le soleil brillait d'un éclat doré, à peine masqué de temps à autre par de légers nuages. L'air, pourtant, restait vif, et le souffle de Mary Ann formait de la vapeur devant elle. Elle entreprit de dérouler ses manches pour se protéger du froid.

— Et comment va Aden ? demanda-t-elle soudain.

Elle s'en voulait de n'avoir pas posé la question plus tôt. D'un autre côté, elle avait des excuses, et puis, c'était bien pour lui qu'elle était ici, non ?

— Il se remet, répondit Riley, laconique. Et ce n'est pas grâce à Tucker.

— Tu ne veux pas un peu laisser tomber ? rétorqua celui-ci. J'ai déjà dit que j'étais dé-so-lé.

— Oh, mais je vais laisser tomber, rassure-toi. Dès que tu seras mort, en fait.

Mary Ann saisit l'arête de son nez entre ses doigts. Sa tête allait exploser avant la fin de la journée, elle en était certaine. Ils la forçaient à prendre le rôle de l'arbitre, et elle détestait ça ! Elle avait toujours refusé de le faire, même pour des sports qu'elle aimait. Si au moins ils la payaient pour ça…

Deux heures plus tard, elle en était à se dire que, comparées à ce va-et-vient permanent d'insultes et de provocations, les fées et les sorcières étaient des adversaires insignifiants. En tout cas, elles ne pourraient pas lui infliger de douleur plus terrible que la migraine qui la ravageait. D'une seconde à l'autre, elle allait renoncer à attendre le retour de Tonya Smart.

Au moment précis où cette idée lui venait, un moteur de voiture se fit entendre, suivi par le crissement des pneus sur le gravier de l'allée.

Bondissant sur ses pieds, elle grimaça. Il y avait des heures qu'elle était assise, et ses jambes engourdies se rappelèrent méchamment à son bon souvenir.

— C'est moi qui parle, avertit-elle ses compagnons.

— Et qu'est-ce que tu vas dire ? demanda Tucker.

— Tais-toi et admire, démon, fit Riley. Elle dira exactement ce qu'il faut, comme d'habitude.

Tucker eut une moue désabusée.

— Tu lui as révélé ton plan, et pas à moi ?

— Non, répondit Mary Ann. C'est juste qu'il me fait confiance, lui. Et maintenant, boucle-la.

En réalité, elle n'avait annoncé ses intentions à aucun des deux garçons pour la simple raison qu'elle n'avait pas encore la moindre idée de ce qu'elle allait faire ou dire. Sauf qu'à présent, c'était l'instant de vérité, et qu'elle devait trouver quelque chose. *Tout de suite.*

Mme Smart sortit de son véhicule. C'était une femme d'une cinquantaine d'années, aux cheveux châtain clair coupés au carré. Elle portait une tenue stricte et élégante. Elle était assez jolie, comme on aurait pu le dire d'une mère. Sans doute avait-elle été très belle dans sa jeunesse.

Elle portait à la main un sac de provisions. En apercevant les trois jeunes gens qui l'attendaient sous le porche, elle sourit avec chaleur. Mary Ann aurait aimé distinguer l'expression de ses yeux, mais elle portait des lunettes de soleil.

— Est-ce que je peux vous aider ?

Une humaine. *Humaine ?* Oui, c'est ainsi que fonctionnait l'esprit de Mary Ann à présent : en repérant à quelle catégorie appartenait son interlocuteur.

— Son aura est noire, l'avertit Riley à mi-voix.

Cela avait l'air de le surprendre, mais qu'est-ce que cela signifiait au juste ? Tant pis. Elle n'avait pas le temps de réclamer d'explications.

— Oui, vous pouvez m'aider, madame. Je m'appelle Mary Ann. Vous êtes bien Tonya Smart ?

— C'est exact, répondit celle-ci après un temps d'hésitation.

Enfin une piste qui aboutissait quelque part !

— Je suis... Je veux dire, ma mère est morte de la même façon que votre mari.

Evoquer ce sujet de but en blanc était-il vraiment la meilleure des entrées en matière ?

— Dans le même hôpital, ajouta-t-elle carrément. Elle m'a mise au monde, et puis... elle est morte. Voilà, c'est tout.

Elle devait avoir l'air complètement débile, non ?

Sur le visage de Mme Smart, le sourire s'effaça, laissant place à une expression peinée.

— Je suis désolée pour vous.

— Merci. Je suis désolée pour vous aussi.

Mme Smart acquiesça d'un hochement de tête et transféra son sac de commissions sur l'autre bras. Elle avait dû observer les garçons, car à présent son visage reflétait une certaine crainte.

— Mais pourquoi me dites-vous tout ça, jeune fille ? Pourquoi êtes-vous ici ?

— Nous ne voulons pas causer de problèmes, tenta de la rassurer Mary Ann. La présence de mes deux amis vous dérange ? Ils peuvent partir, vous savez. D'ailleurs, regardez, ils s'en vont.

Et elle leur fit signe de s'éloigner.

Riley grimaça. De toute évidence, il n'aimait pas trop cette idée. Néanmoins, il saisit Tucker par le col de son blouson et l'entraîna à l'écart. Ils s'arrêtèrent un peu plus loin, sous le large chêne qui dominait le jardin depuis la rue.

— Lequel des deux est votre petit ami ? demanda Mme Smart.

— Aucun des deux. Le brun. Non. Aucun des deux, bafouilla Mary Ann.

Mme Smart se mit à rire, et les traits de son visage se détendirent de nouveau.

— C'est si beau, la jeunesse…

Mary Ann, à son tour, jeta un coup d'œil dans la direction de ses deux compagnons. Riley, avec ses cheveux noirs, son visage anguleux et marqué, ressemblait à un mauvais garçon, tandis que Tucker, avec ses cheveux clairs et ses traits fins, évoquait un petit ange. Quelle ironie ! *Mais ce n'est pas ce qui compte, pour le moment.*

Elle revint à la dame qui se tenait devant elle et s'éclaircit la gorge.

— Un de mes amis est né le même jour dans cet hôpital. La clinique St Mary, précisa-t-elle pour convaincre son interlocutrice qu'elle disait la vérité. Et cet ami est à la recherche de ses parents.

La femme afficha une expression confuse :

— Vous pensez que mon Daniel aurait pu être son père ?

— Non, madame, pas du tout. C'est simplement que mon ami et moi pouvons… faire des choses. Des choses étranges.

Du coin de l'œil, Mary Ann aperçut Riley qui avançait d'un pas dans sa direction. De toute évidence, il entendait ce qu'elle disait et se retenait à grand-peine de se ruer sur elle pour l'empêcher de poursuivre ses révélations. Elle n'aurait jamais dû avouer ce qu'elle venait de dire, en particulier à une inconnue qui pourrait le répéter à des oreilles ennemies, mettant ainsi en danger la vie d'Aden et la sienne. Mais quel autre moyen y avait-il ?

Et puis, après toutes les recherches qu'elle avait effectuées, tout concordait : Daniel Smart *devait* être Julian.

— Je me demandais si…

Elle hésita.

— Si quoi ? reprit Mme Smart.

— Je me demandais si M. Smart était lui aussi capable de… faire des choses étranges.

Il y eut un silence pesant, puis la veuve du médecin demanda :

— Des choses étranges… comme quoi, par exemple ?

Comment le dire ? Elle ne trouvait pas les mots.

— En fait, peu importe, reprit Mme Smart d'une voix dure avant qu'elle ait pu se décider. Je vais vous demander de partir immédiatement. Et ce n'est pas la peine de revenir.

— Je vous en prie, madame Smart. C'est une question de vie ou de mort.

La femme avait commencé à monter les marches, apparemment bien décidée à planter là Mary Ann et ses questions, mais au mot de *mort,* elle s'arrêta, la main sur la poignée de la porte. Sans se retourner, elle murmura :

— Est-ce que vous tentez de… faire revenir quelqu'un ?

Comme dans *faire revenir quelqu'un d'entre les morts ?* Elle était au courant ! Oui, elle savait. Elle n'aurait pas posé la question si elle ignorait qu'il existait des capacités comme celles de Julian. Mary Ann faillit pousser un cri de joie.

— Non, non, je vous le jure. Rien de tel.

Avec un énorme effort de volonté, elle parvint à rester calme et à garder une voix posée.

— Non, j'essaie seulement de savoir qui était la personne capable de… faire revenir les gens. Une personne qui est sans doute morte le jour même de ma naissance. Parce qu'il se pourrait qu'elle ait… transmis ce pouvoir.

Si Daniel Smart était bel et bien Julian, son dernier vœu avait sans doute été de parler à la femme qui se tenait en face d'elle. A force de demi-mensonges, Mary Ann prenait le risque qu'elle se braque contre elle, mais elle ne pouvait tout de même pas avouer toute la vérité de but en blanc ! Pas encore, en tout cas.

Un nouveau silence, pesant, terrible.

— Mon Daniel n'avait pas le pouvoir dont vous parlez, dit enfin la femme.

— Oh…

Pourtant, elle y avait cru si fort ! Se pouvait-il que Mme Smart soit en train de mentir ?

— Mais son frère, lui, possédait un tel don, acheva-t-elle.

D'accord. Il y avait donc une autre explication.

— Il a disparu la même nuit, et personne n'a entendu parler de lui depuis lors. A présent, je vous prie de partir. Et souvenez-vous de ce que je vous ai dit. Ne revenez pas. Vous n'êtes pas la bienvenue ici.

12

Une heure plus tard, Mary Ann se reposait, confortablement assise au MidiNet Café. Ce nom ridicule mis à part, elle aimait bien l'endroit : avec ses canapés rassemblés autour de petites tables basses, c'était un endroit sympa et tranquille, mais aussi pratique car il mettait à disposition de sa clientèle une série de cabines équipées d'ordinateurs dernier cri disposant tous de connexions internet très haut débit.

Elle buvait un latte-moka, ou du moins, faisait mine d'y tremper les lèvres de temps à autre. Son goût pour la nourriture des humains avait disparu. La seule chose qui la mettait en appétit, maintenant, c'était la magie et les pouvoirs des autres. Etait-elle frustrée pour autant ? Eh bien... oui. Terriblement frustrée.

Tant pis. C'était Tucker qui avait « payé » son café.

Il avait une façon bien à lui de régler la note : royal, il lançait, un « c'est pour moi ! » retentissant, puis tendait à la serveuse — dans le cas présent, une jeune fille souriante qui avait une manière prodigieusement agaçante de flirter avec Riley et lui — une pleine poignée de... rien du tout. Grâce à ses pouvoirs d'illusionniste, la personne en question était persuadée d'avoir en main le montant de l'addition, qu'elle s'empressait d'encaisser.

Riley avait failli protester, mais Tucker l'avait arrêté d'un seul regard :

— Sérieux, Médor, tu as quelque chose à dire ? Tu viens de voler un ordinateur portable pour Mary Ann et tu te permets de me critiquer ?

— Absolument. Ça n'a rien à voir.

— Au moins, ma victime à moi ne va pas passer la nuit à pleurer sur ses dix pages de rapport perdues.

— Ah, pardon. Toutes mes excuses, monsieur le bon Samaritain.

Quelque temps auparavant — à peine une heure, en fait — leur dispute l'aurait horripilée. Maintenant, à vrai dire, elle s'en fichait. Elle avait du travail.

Bon, c'est vrai, leur dernier accrochage remontait à leur entrée dans le cybercafé. Ils s'étaient sentis obligés de se disputer la place à côté d'elle, ce qui aurait pu être flatteur si, au fond, ça n'avait pas été comme d'habitude un concours de celui-qui-fait-pipi-le-plus-loin. Cette fois-là, Riley avait gagné. D'une courte tête. Et uniquement parce qu'il avait fait un croche-patte en traître à Tucker, qui s'était vautré tête la première sur le carrelage.

Son loup-garou, à présent, était assis à ses côtés sur le canapé, étendant ses bras le plus loin possible — derrière elle, comme par hasard ! — tandis que, face à eux, Tucker boudait. Tant pis pour les deux. Mary Ann continuait à faire semblant de siroter, humant l'odeur du café tout en tapant sur le clavier. Elle devait pouvoir retrouver la trace du frère de Daniel Smart.

— Tu sais quoi, Fido ? reprit Tucker. Quand tu n'es pas là, quand il n'y a que Mary Ann et moi, je suis plutôt gentil, comme type. C'est ta présence qui me pousse à bout.

— Pas possible ?

— Il a raison, intervint Mary Ann sans même lever la tête de sur son écran. C'est comme pour Aden : quand je suis à côté de Tucker, je neutralise ses pouvoirs. Son côté démoniaque en particulier.

— Démoniaque ? Tu y vas fort ! protesta Tucker.

— Et toi, Riley, poursuivit-elle sans tenir compte de son intervention, tu neutralises mes pouvoirs neutralisants.

— Pauvre Tucker ! ricana Riley. Obligé d'assumer son mauvais côté...

— Ça ne me gêne pas. Pas plus que toi quand je t'appelle par des noms de chien. Pas vrai, Max ?

— Max n'est pas un nom de chien quand même ! Mon frère s'appelle comme ça, s'indigna Riley.

— Attends un peu, répliqua Tucker. Ton frère est un loup-garou, et il s'appelle Max ?

Un large sourire fendit son visage.

— Oui. Je ne vois pas le problème, répliqua Riley.

— Il ne serait pas né l'année des « M », par hasard ? Parce que, franchement, il doit y avoir 80 % des clébards nés cette année-là qui s'appellent Max.

— Tu es vraiment trop fort en statistiques, toi.

Le sourire disparut du visage de Tucker. A la place, il se pencha en avant, l'air suspicieux.

— Explique-moi un truc. Comment ça se fait que tu réagisses si bizarrement à mes insultes ? Je t'appelle Médor, et tu ne réponds rien, mais quand je t'appelle Max, tu me parles de ton frère. Tu sais quoi ? Tu es un gros nul. Ça ne vaut même pas la peine que je me fatigue.

Il se redressa et s'extirpa de la banquette.

— Si vous me cherchez, je suis dehors. Avec une cigarette, et peut-être une bière.

— On ne te retient pas. Essaie de ne pas poignarder quelqu'un, l'avertit Riley.

Tucker haussa les épaules :

— Mary Ann, tu as quelque chose à ajouter ?

— Non, non, c'est super, lança-t-elle distraitement. Elle avait débranché de leur conversation un moment plus tôt. Avec un soupir, Tucker tourna les talons.

— Venez me chercher quand vous aurez fini, lança-t-il par-dessus son épaule.

— Mais bien sûr, répondit Riley d'un ton détaché. Avec un bruit de carillon, la porte du café se referma sur Tucker.

— Quel abruti, murmura Riley. Je crois que je vais le tuer avant que tout ça soit fini, tu sais ?

— C'est super.

— Tu serais d'accord, Mary Ann ?

— C'est super.

— Tu n'écoutes absolument pas ce que je te raconte, c'est ça ?

— C'est super.

Dix-sept ans plus tôt, les gens n'avaient pas l'habitude de confier leurs moindres faits et gestes sur Facebook ou Twitter. Trouver la trace de Robert Smart n'était pas vraiment une partie de plaisir — son nom, c'était bien tout ce qu'elle avait réussi à glaner jusqu'à présent. Néanmoins, elle tenait une piste.

Elle avait trouvé un article de presse qui parlait peut-être de lui, article qui avait mené à un autre. Tous deux évoquaient la capacité d'un certain Robert Smart à retrouver les corps de personnes disparues, voire à communiquer avec l'au-delà. Toutefois, il n'était fait mention nulle part du pouvoir de réveiller les morts — pas plus que du décès de ce fameux Robert Smart. La piste, donc, semblait ne pas mener bien loin. A moins que…

Bingo ! Elle venait de trouver un article au sujet de sa disparition, le même soir que celle de son frère. Impatiente d'en savoir plus, elle parcourut les premières lignes à la hâte. Quelle ne fut pas sa déception de constater que, là encore, ses recherches ne débouchaient sur rien.

— On n'a jamais retrouvé son corps, annonça-t-elle à voix haute. Il n'avait ni femme ni enfants, Daniel et Tonya constituaient sa seule famille.

Ce qui signifiait qu'il ne restait aucun parent à qui parler. Tonya, si elle revoyait Mary Ann et les garçons, n'hésiterait sans doute pas à appeler la police.

— C'est super, l'imita Riley. Tu sais qu'en ce moment même, il est peut-être en train de parler aux fées ou aux sorcières ? ajouta-t-il d'un air inquiet.

Même si Robert Smart était bien Julian, quel avait pu être son dernier vœu dans la mesure où il n'avait aucune famille ? Certainement pas de prendre congé de ses proches, comme ça avait été le cas pour la mère de Mary Ann. Alors, en quoi pouvaient bien consister ses dernières volontés ?

Il fallait qu'elle l'apprenne à tout prix. Pour quitter le corps d'Aden, Julian devait se libérer de ce que son esprit humain regrettait de ne pas avoir accompli. Malheureusement, les âmes n'avaient gardé aucun souvenir de qui elles étaient avant leur mort, et il fallait le leur rappeler. A cet instant précis, elle seule pouvait les aider.

— Mary Ann, appela Riley.

Devait-elle noter tout ce qui concernait sa vie passée et lui lire à haute voix — enfin, le lire à Aden plutôt ? Cela suffirait-il à le faire se souvenir de tout ? A moins qu'il ne soit préférable de passer à autre chose et de se mettre à la recherche des parents d'Aden d'abord… Oui, c'était peut-être la meilleure solution. Elle avait trouvé à la bibliothèque le certificat de propriété d'une maison établi au nom de Joe Stone. Le nom de Paula, la mère, n'était mentionné nulle part. Vivaient-ils toujours ensemble, ou bien avaient-ils divorcé ?

— Mary Ann ? répéta Riley.

— Quoi ?

Ah oui. Riley venait de dire quelque chose. Au sujet de Robert. Qui parlait aux fées et aux sorcières.

— Mais non, voyons, ça n'a aucun sens. Il ne peut pas discuter avec nos ennemies, puisqu'il est mort !

Il poussa un long soupir résigné, parfumé au menthol.

— Je parlais de Tucker, Mary Ann.

— Ah, d'accord. Eh bien, suis-le, alors. Tue-le, si tu préfères. Ça m'est égal. Tout ce dont j'ai besoin, c'est de cinq minutes de calme. Je veux réfléchir.

Un silence buté lui répondit, puis :

— Tu cherches à te débarrasser de moi, c'est ça ?

— Exactement. Sauf que ça ne marche pas, on dirait.

La main à la peau délicieusement rêche de Riley se referma alors sur son menton, l'obligeant doucement à le regarder dans les yeux. Des yeux qui brillaient d'amusement.

— Mary Ann ?

— Quoi ?

— Tu sais que tu es très sexy quand tu es concentrée ?

Sans plus de commentaires, il se pencha vers elle et l'embrassa. Comme ça. Devant tout le monde. Il enfonça sa langue dans sa bouche — une sensation chaude et douce qu'elle n'avait jamais oubliée. Les démonstrations d'affection en public n'étaient pas du tout son genre, pourtant elle ne put s'empêcher de se pencher à son tour et de plonger sa main dans les cheveux de Riley.

Il savait très bien jouer de sa langue — caressant la sienne avec précision, jouant avec elle, avec leur souffle. Une douce chaleur envahit le ventre de Mary Ann. Elle se pressa contre lui, encore plus fort, encore plus près — si près qu'elle pouvait sentir les flux d'énergie qui passaient du corps de Riley au sien.

Cette sensation, elle la connaissait.

Non ! Une vague de panique glacée la frappa de plein fouet, et elle s'arracha brutalement à son étreinte. Tous deux avaient le souffle court. Les joues de Riley étaient en feu, et dans sa poitrine son cœur battait à tout rompre.

— J'ai failli me nourrir de toi.

— Je sais.

A sa grande surprise, aucune trace de colère n'était perceptible dans sa voix.

— Et tu ne t'es pas arrêté ? Tu es idiot, ou quoi ?

Un petit sourire naquit sur ses lèvres.

— C'est que… je trouvais cela plutôt agréable.

Non, mais elle rêvait ! Il ne plaisantait tout de même pas avec ça ? Auquel cas, le qualifier d'idiot était un euphémisme. C'était exactement pour cela qu'elle avait voulu s'éloigner de lui : il ne prenait pas sa propre sécurité au sérieux.

Avec une grimace, Mary Ann ramena ses jambes

entre eux et le repoussa de toutes ses forces. Il tomba du canapé, atterrit sur le sol carrelé en envoyant promener la chaise derrière lui.

— Va-t'en. Va-t'en tout de suite avant que je te mette mon genou… où je pense.

Le sourire de Riley s'élargit. Comme pour mieux souligner le peu d'importance qu'il accordait à cette menace, il prit tout son temps pour se relever.

— Je vais te trouver une sorcière. Ainsi, si tu as faim, tu pourras te…

La colère de Mary Ann retomba comme un soufflé. Il essayait de prendre soin d'elle. Comment lui en vouloir, dans ces conditions ?

— Je n'ai pas faim.

C'était vrai. Ou presque. Pour le moment.

— Tu sais ce qui se passe quand tu te prives de… manger. Laisse-moi juste…

— Non, le coupa-t-elle. Tout ira bien.

Mais, bien entendu, elle savait de quoi il parlait. La sensation qu'elle éprouvait n'avait rien de commun avec une faim humaine. C'était une souffrance, une souffrance terrible. Néanmoins, elle refusait qu'il s'approche des sorcières. Il risquait qu'on lui lance un sort (même si, en l'occurrence, le sortilège d'impuissance dont il avait menacé Tucker aurait pu leur être utile à tous deux) et par-dessus tout, elle ne voulait pas être responsable d'une mort supplémentaire.

— Tu sais que les sorcières veulent s'en prendre à toi. Ce ne serait que justice si tu frappais la première.

D'une certaine façon, il avait raison. Elle avait maintenant le pouvoir de leur nuire. Quand la faim deviendrait trop forte, elle drainerait leur énergie, sans regrets, sans se poser de questions. D'abord les sorcières, ensuite les fées. Sauf qu'un jour ou l'autre, cela ne lui suffirait plus. Elle finirait immanquablement par avoir envie du pouvoir des autres races. Des vampires, des loups-garous. Puis des humains. Au stade où elle en était, pour drainer les pouvoirs d'une sorcière, elle avait besoin de la toucher, or elle ne tenait pas à les approcher d'aussi près, à moins d'y être obligée. Et puis, il y avait certaines « robes rouges » qu'elle aimait bien.

Deux d'entre elles, Jennifer et Marie, auraient eu l'occasion de la tuer une dizaine de fois et ne l'avaient pas fait. Elles s'étaient contentées de la mettre en garde et de disparaître. Ne leur était-elle pas redevable ?

— Va chercher Tucker avant que je décide de faire de toi mon déjeuner, lança-t-elle à Riley.

Puis, se ravisant :

— Non, attends un peu. Explique-moi d'abord ce que tu voulais dire quand tu m'as signalé que l'aura de Tonya était noire.

Reprenant son sérieux, Riley se rassit à ses côtés.

— En général, une aura noire signifie que la personne va bientôt mourir. Sauf que la sienne était d'un noir passé, qui tirait sur le gris. J'ai déjà vu des auras semblables, mais seulement autour de personnes qui avaient réussi à échapper à la mort par la ruse. Et aussi sur des gens qui étaient ensorcelés depuis très longtemps.

Etait-ce ce qui se produirait sur l'aura d'Aden ? Allait-elle devenir de plus en plus sombre, comme si elle pourrissait ?

— Je ne suis sûr de rien, continua Riley en secouant la tête. Je n'ai senti aucune vibration magique autour d'elle. Mais cela peut vouloir dire que la malédiction se situe au plus profond d'elle, un peu comme un organe dont elle ne peut se passer. Dans ce cas, on ne peut pas sentir la magie. Ou alors, c'est que le sortilège ne s'est pas encore réellement déclenché…

— Tu es en train de me dire qu'en fait, tu n'en sais rien ?

— Exactement. Et toi, tu étais en train de me dire que tu voulais que je te laisse ? Parce que je crois avoir entendu une remarque sur le fait de te servir de déjeuner, et il me semble que je ne suis pas du tout opposé à…

— Fiche le camp, obsédé !

Hilare, il se leva et, lui lançant un petit baiser du bout des doigts, il sortit sur une pirouette.

Bien. Elle reporta son attention sur l'ordinateur portable. Elle avait du mal à se concentrer : ses mains tremblaient quand elle tapait sur les touches, et elle avait la tête ailleurs. Elle dut faire un effort pour lancer une recherche sur les parents d'Aden, comme si son subconscient tentait de lui envoyer un message.

Tout en regardant défiler sur l'écran le résultat de ses recherches, elle pensa à son prochain tatouage. Ce serait une protection contre les garçons. Contre ceux qui gâchaient sa concentration et lui embrouillaient la tête.

Cela dit, ça ne suffirait sans doute pas à la protéger du sex-appeal de Riley.

Le comportement d'Aden ne cessait de surprendre Victoria. S'était-il rendu directement à la salle du trône, où l'attendaient ses « invités », pour s'enquérir de ce qu'ils voulaient ? Non. Avait-il préféré se nourrir du sang d'une esclave ? Pas davantage. Au lieu de cela, il avait passé de longues, d'exaspérantes heures — toute la matinée, en fait — à se préparer à l'éventualité d'un combat.

Pour commencer, elle avait assisté à la moitié de la conversation qu'il avait eue avec Elijah, et en avait conclu qu'Aden était furieux que celui-ci ne l'ait pas averti de ce qui se passait, ce qui lui aurait permis de gagner un peu de temps. Ensuite, elle avait assisté à la réunion du Conseil, puis à la discussion avec Maddie, auprès de qui Aden avait glané toutes les informations possibles au sujet des neuf guerriers qui l'attendaient. Quand elle l'avait vu placer des gardes dans toutes les pièces du manoir et dans ses alentours, elle avait poussé un soupir de soulagement. Elle était restée près de lui quand il avait revêtu son équipement de combat (juré, elle avait détourné les yeux au moment où il enfilait son jean et son T-shirt préféré !) et qu'il s'était installé pour attendre le retour des loups qui patrouillaient depuis des heures dans la forêt.

Leur baiser, leur dispute à propos de la virginité de Victoria ? Ce n'était plus le moment d'y penser. Aden — celui de maintenant ou le Aden « normal » — n'était pas du genre à juger les autres, et cette bouderie ne lui ressemblait pas. A moins qu'il ne se doute de l'identité de son premier amant ? Et quand ses soupçons seraient confirmés, est-ce qu'il la détesterait ?

Mais ce n'était pas le moment d'y penser. Non que le temps lui manque — à force d'attendre, elle finissait même par s'ennuyer — mais elle ne pouvait se permettre de s'abandonner à ses sentiments. Elle devait se concentrer, être au meilleur de sa forme physiquement et moralement. Au cas où Aden flanche. En effet, il ne s'était toujours pas restauré, et refusait de s'expliquer sur ce point.

Et pourquoi, au nom du ciel, avait-il stoppé net à deux reprises pour clamer haut et fort que, non, il ne danserait pas ?

A présent, ses pieds foulaient le tapis rouge, et elle le suivait de près, escortée par les loups-garous et une poignée de gardes recrutés parmi les meilleurs guerriers vampires. Le long des murs, les autres attendaient, immobiles, formant une sorte de haie d'honneur menant à la salle du trône.

La foule bruissait de murmures, et Victoria saisit au vol les mots « viennent juste d'apparaître », « conflit » et « guerre ». Plus elle avançait, plus la crainte gagnait son cœur.

Quels que soient les guerriers qui les attendaient, ils possédaient de toute évidence le don de télétransportation, puisqu'ils n'avaient pas pris le manoir d'assaut mais « venaient juste d'apparaître » dans la salle du trône. Or, en intérieur, on ne pouvait se matérialiser qu'à un endroit où l'on s'était déjà rendu. En d'autres termes, les nouveaux arrivants avaient déjà été reçus à la cour de Vlad.

Lorsque Aden arriva devant les portes à doubles battants, deux sentinelles les ouvrirent en grand. Sans même ralentir son pas, le nouveau roi des vampires fit son entrée dans la vaste pièce. Victoria s'était attendue à ce que son arrivée soit saluée par des exclamations étouffées, mais il n'en fut rien : le seul bruit qui résonnait sous le plafond voûté était produit par les bottes des guerriers et les griffes des loups-garous. Puis Aden s'arrêta, et il ne resta que le silence.

Face à lui, les nouveaux arrivants l'attendaient, encore plus grands et plus forts qu'elle ne l'avait imaginé — et pourtant, son imagination avait beaucoup travaillé à ce sujet ! Ils avaient adopté une formation en V renversé. Combien de fois avait-elle vu son père prendre position de la sorte, entouré de sa garde rapprochée ? Le but était d'impressionner l'adversaire en montrant l'unité de la troupe. Le message subliminal était : « Si tu t'en prends à l'un de nous, tu t'en prends à tous ».

L'homme qui se tenait à l'avant inclina la tête, non pas en signe de salut, mais plutôt comme l'aurait fait un scientifique pour examiner un rat de laboratoire particulièrement dégoûtant.

— Te voilà. Enfin.

Son visage resta impassible, mais le mépris transpirait dans ses paroles. Là encore, le sous-entendu était évident : Aden était un lâche de les avoir fait attendre.

Le Aden d'avant aurait sans doute choisi d'ignorer la remarque, mais le nouvel Aden releva le menton et, d'un ton hautain, lança :

— Je vous fais enfin *l'honneur* de ma présence.

Cette fois, l'homme ne put retenir un reniflement de mépris.

— Nous ne sommes pas tes sujets ! Ta présence n'est pas un honneur pour nous !

— Bien sûr que si !

— Non.

— Oh que si, je te l'assure.

— Espèce de petit…

Mais le guerrier qui se tenait juste derrière l'homme de tête plaça sur l'épaule de celui-ci une main conciliante. Toute son expression indiquait qu'il l'appelait au calme.

— Aden, dompteur des bêtes, annonça ce deuxième guerrier, nous ne sommes pas ceux qui souhaitent te parler.

Ainsi, ils reconnaissaient son pouvoir ? Chez les vampires, les noms étaient très importants. Ils définissaient leur personnalité, consacraient leurs capacités et leurs victoires. Comme Vlad l'Empaleur, Lauren la Sanguinaire (ce qui n'était pas une mince reconnaissance, au milieu d'un peuple assoiffé de sang), Stephanie l'Exubérante. Et Victoria la Médiatrice.

— Vraiment ? répondit Aden. Alors, qui souhaite s'adresser à moi ?

Il y eut un silence, suivi d'une sorte de tourbillon éblouissant. Soudain, un autre vampire se matérialisa à l'avant de la formation. La salle entière fut parcourue d'un cri de surprise. Seuls les nouveaux venus et Aden ne bougèrent pas.

— C'est moi.

— Sorin, murmura Victoria.

Elle avait toujours su qu'il viendrait. Pourtant, le voir en chair et en os lui coupait le souffle. *Son frère ! Son frère était là !*

Au plus profond de son cœur, il y avait une petite fille, une petite fille qui, à cet instant précis, aurait rêvé de courir se jeter dans les bras d'un grand frère adoré. A la vérité, ils ne s'étaient jamais touchés, jamais adressé la parole, et leurs regards n'avaient pas dû se croiser plus d'une demi-douzaine de fois. Pourtant, une partie oubliée d'elle-même brûlait de compenser toutes ces années d'éloignement.

— Tu le connais ? l'interrogea Aden.

Sans lui laisser le temps de répondre, il poursuivit, comme pour lui-même :

— Je crois que je le connais, moi.

Ses yeux s'assombrirent un instant, puis s'illuminèrent, passant du noir au violet et du violet au noir. Son regard se stabilisa enfin, plus perçant qu'un laser.

— Existe-t-il un moyen de l'arrêter ?

— D'arrêter… Sorin ?

Mais Aden, déjà, secouait la tête, comme s'il ne l'écoutait plus.

— Je ne te crois pas, Elijah.

Les âmes, évidemment. Les âmes qui lui parlaient sans cesse et l'importunaient, incapables de lui donner un bon conseil.

Victoria prit la main d'Aden dans la sienne. Peut-être, en le touchant, parviendrait-elle à le rassurer et à le ramener à la réalité. A son contact, il parut se réveiller. Ses pupilles reprirent une teinte noire, pour de bon cette fois. A son tour, il étreignit la main de Victoria — ce qui la rassura, *elle.*

Sorin eut une moue de dédain.

— On m'avait dit que tu étais fou à lier, humain. Je suis heureux de constater que, pour une fois, la rumeur était exacte.

Les doigts d'Aden se contractèrent, serrant plus fort encore la main de Victoria, mais il ne répondit rien.

— Est-ce qu'Elijah a prédit… des événements funestes ? lui demanda-t-elle dans un murmure.

Aden plissa les yeux, comme par réflexe, mais il resta silencieux, le regard vague. Etait-il en cet instant même à l'écoute d'une prédiction du médium ?

Tremblante, elle se retourna vers son frère.

— Il n'est pas fou, lança-t-elle. Et tu ne devrais pas le sous-estimer. Pas si tu tiens à rester en vie.

On l'avait surnommée Victoria la Médiatrice : parviendrait-elle à éviter que les deux hommes qu'elle aimait le plus au monde n'en viennent à s'affronter ?

Sorin planta ses yeux dans les siens. *Pour la septième fois,* se dit-elle. Comme avant, comme quand elle était enfant, elle comptait les fois où il la regardait. Et lui, se souvenait-il seulement d'elle ? Il était absent depuis si longtemps...

Le temps n'avait pas la même emprise sur les vampires que sur les humains. Les premiers ne vieillissaient pas aussi vite, loin de là. Victoria avait quatre-vingt-un ans et, pour une humaine, en paraissait dix-huit. Sorin, lui, avait un peu plus de quatre cents ans et semblait âgé de vingt-cinq ans tout au plus. Il avait les cheveux clairs, mais ses yeux étaient aussi bleus que les siens. Il dépassait Aden de presque une tête, et sa musculature était impressionnante.

— Ma sœur, lança-t-il en la saluant de la tête. On m'avait dit également que tu fréquentais le souverain fou. Mais avant de le voir de mes yeux, je refusais de le croire. Crois-tu vraiment que cet humain pourrait me faire quoi que ce soit ?

Sa première pensée — *Il se souvient de moi !* — fut aussitôt suivie d'un sentiment de bonheur et d'excitation. Elle n'avait jamais été plus heureuse ! Oui, mais... Tout de suite après, elle comprit pourtant que la situation allait se révéler complexe.

Au moins il se souvient de moi !

— Ne provoque pas sa colère, l'avertit-elle.

Sa voix ne tremblait pas. Mieux, elle semblait parfaitement calme. *Génial ! Continue ! Contrôle tes sentiments !* S'il y avait une chose qu'elle avait apprise durant ses leçons d'autodéfense auprès de Riley, c'était qu'il fallait à tout prix se garder de ses émotions, car elles mettaient en péril le jugement et le sens des réalités.

— Si tu le mets en colère, ta bête t'en voudra, et s'en prendra à toi. Violemment.

Le visage de Sorin se crispa, très distinctement — oui, exactement comme celui d'Aden, un peu plus tôt. Intéressant ! Ainsi, son frère avait déjà expérimenté la colère de son monstre intérieur...

Néanmoins, il reporta son regard sur Aden et le détailla de la tête aux pieds.

— Tu ne ressembles pas à un roi des vampires, remarqua-t-il.

— Je te remercie du compliment, rétorqua Aden avec un petit mouvement du menton.

Parfait : il était de nouveau parmi eux.

— Ce n'en était pas un !

Aden ne releva pas. Il se contenta de pousser un soupir résigné avant de poursuivre :

— Il faut que je te prévienne : ce que tu prévois de faire va mal se terminer.

De quoi parlait-il ? Un nœud douloureux serra le ventre de Victoria.

— Et qu'est-ce que je prévois, s'il te plaît ?

— Tu veux vraiment que je gâche la surprise devant tout le monde ? Ce serait dommage...

— Comme tu veux. Tant pis, nous verrons bien. Commençons, alors !

Et sur ces mots, Sorin s'avança. Portant les mains à

ses épaules, il saisit la garde des deux épées entrecroisées dans son dos et les extirpa de leur fourreau dans un bruit de métal et de cuir. Les deux lames lancèrent des éclats argentés dans la lumière des chandeliers.

Aden demeura aussi impassible qu'une statue. Autour de lui, les loups se mirent à grogner de concert, menaçants. Il leva une main pour réclamer le silence. Ils obéirent, mais restèrent sur leurs gardes, le poil hérissé, prêts à bondir. Au même moment, bien qu'il n'ait donné aucun ordre en ce sens, les vampires de sa garde se précipitèrent sur Sorin.

Victoria savait ce qui les faisait agir ainsi. Leur bête. A l'intérieur de sa tête, Gobeur hurlait et se démenait. On aurait dit qu'il cognait directement contre les parois de son crâne, réclamant qu'elle le libère pour qu'il puisse protéger Aden. Elle devait lutter de toutes ses forces pour le retenir. Tout son corps se crispait dans cet effort comme si, faute de pouvoir en sortir, Gobeur menaçait d'en prendre le contrôle.

Pétrifiée, elle vit Sorin bondir de côté — et sa lame transperça un premier corps. Un autre bond, et une tête roula au sol. Un nouveau coup d'épée, et une jambe tomba à terre, coupée net sous le genou. La scène était effroyable, certes… mais ce sang, ce sang chaud et délicieux qui coulait à flots ! Oui, le sang lui faisait envie — à elle, et pas seulement à Gobeur, qui, à la vue de la délicieuse substance, avait cessé son raffut. Et si elle avait envie de sang, cela voulait dire que…

Elle jeta un coup d'œil à Aden. Avec une expression indéchiffrable, il passait et repassait sa langue sur ses lèvres. Ses yeux lançaient des étincelles. Le sang le rendait-il fou, lui aussi ? Dans ce cas, il était perdu…

J'aurais dû l'obliger à se nourrir avant de venir ici ! D'une seconde à l'autre, il risquait de se jeter avec avidité sur l'une de ces mares poisseuses, pour y boire jusqu'à plus soif — laissant du même coup son corps exposé à toutes les attaques.

— Emmenez leurs dépouilles loin d'ici ! cria Aden.

Le don de réveiller les morts ! Voilà ce qu'il devait penser : d'une seconde à l'autre, son pouvoir ramènerait ces cadavres à la vie, et ils attaqueraient sur-le-champ.

Les gardes se précipitèrent pour obéir à son ordre.

— N'as-tu pas peur ? demanda Sorin à Aden.

Les extrémités de ses deux épées étaient à présent pointées vers le sol. De longs filets de sang en dégoulinaient, plus appétissants que jamais. Il aurait suffi à Victoria de s'agenouiller et de tirer la langue pour goûter à la délicieuse saveur.

Mais qu'est-ce que tu fais ? Tremblante, elle s'obligea à reporter son attention sur les garçons. A quelques centimètres l'un de l'autre, ils se défiaient du regard. Elle avait dû étreindre la main d'Aden avec une force excessive, car tous les muscles de son bras lui faisaient mal, et ses doigts étaient terriblement crispés. *Détends-toi. Respire.*

Aden se racla la gorge et parut s'extirper de l'espèce de transe dans laquelle l'avait plongé la vue du sang — un véritable tour de force, digne d'un vampire expérimenté ! Il se redressa de toute sa hauteur pour répondre à Sorin.

— Peur ? De quoi, de toi ?

Un sourire carnassier fendit le visage du vampire.

— Peur de mourir.

— Pourquoi donc ? Je suis déjà mort.

Ce constat tranquille effaça le sourire des traits de Sorin.

— Qu'importe. Quoi qu'il en soit, on ne t'a pas prédit la vérité, n'est-ce pas ? Ce que j'avais prévu se déroule plutôt bien, tu ne trouves pas ?

Aden répondit sans broncher.

— Je n'ai jamais dit que tout cela se terminerait mal *pour toi.*

— Tu parlais de toi, alors ? interrogea le vampire, perplexe.

— Non plus.

— Alors, de quoi est-ce que… Ah, et puis cela n'a pas d'importance.

Il se tourna de nouveau vers Victoria. *Huitième regard !* compta-t-elle.

— Est-ce qu'il s'exprime toujours de manière aussi énigmatique ?

Il lui parlait ! Il s'adressait à elle directement ! De nouveau, son cœur se mit à battre comme celui d'une petite fille. Elle était tellement excitée qu'aucune réponse intelligente ne lui venait en tête. Elle se contenta donc de le regarder, bouche ouverte, comme si les mots se bloquaient dans sa gorge. Elle devait avoir l'air tellement stupide…

— Dis ce que tu as à dire, lança Aden à Sorin, qu'on en finisse maintenant.

Qu'on en finisse ? Que voulait-il dire ? Le ravissement de Victoria disparut pour laisser place à la crainte.

Son frère prit une longue inspiration et leur fit face.

— Très bien, si tu y tiens. Je suis venu t'annoncer que tous tes alliés étaient morts. Je les ai tués moi-même, de mes mains.

Face au choc de cette révélation, Victoria retrouva enfin sa voix :

— Tu les as tous tués ? Mais Aden vient juste de monter sur le trône ! Comment as-tu trouvé le temps de…

Sorin balaya son objection d'un haussement d'épaules.

— Cela fait dix ans que je suis à leur poursuite. Dix ans que j'abats un à un les alliés de Vlad, dès que j'en ai l'occasion.

Mais… Père n'avait jamais dit que Sorin s'était retourné contre son propre clan ! *Et ça te surprend ?* pensa-t-elle avec une ironie amère. En réalité, il ne l'informait jamais de rien.

— Je ne comprends pas, finit-elle par avouer. Pourquoi as-tu agi ainsi ?

Au lieu de daigner lui répondre, Sorin s'adressa à Aden :

— Je connais ton secret.

— Je sais, répliqua Aden, imperturbable.

Mais quel secret, à la fin ?

— Sa force croît un peu plus chaque jour, tu sais. Il va revenir. Très bientôt. Il va t'attaquer.

Il… Ainsi, Sorin savait que Vlad était encore en vie. Aucun autre vampire, au manoir, n'était au courant, mais s'ils découvraient la vérité… Non. Impossible. Ils ne pourraient pas faire le rapprochement — en tout cas, c'était ce qu'elle voulait croire, pour ne pas céder à la panique. Pour la cour des vampires qui assistaient à la scène, Aden et Sorin devaient être en train de parler de Dmitri, ou de n'importe qui d'autre. Oui, c'était évident. *S'il vous plaît, faites qu'ils croient cela !*

— Cela aussi, je le sais, répondit Aden. Tout comme

je sais que tu veux être roi. Tu veux être celui qui le détruira quand il refera surface. Et tu veux me défier pour obtenir tout cela, même si notre combat doit nuire au clan.

— Tu es fou, mais tu n'es pas stupide. Tu as raison sur tous les points, Aden Dompteur de bêtes !

— Non ! intervint Victoria, s'interposant avec violence. Nous pouvons parlementer. Nous devons trouver un compromis !

Entre vampires, les défis — surtout entre des combattants de cette trempe — étaient de véritables bains de sang, et l'idée que l'un ou l'autre soit blessé, ou pire, tué, lui était proprement insupportable. En outre, connaissaient l'étendue des pouvoirs de Sorin, elle n'était pas certaine qu'Aden puisse y résister.

Lui-même en était conscient : n'avait-il pas dès le départ annoncé que leur entrevue finirait mal ? Et pourtant, ce fut sans l'ombre d'une hésitation qu'il répondit :

— J'accepte ton défi, Sorin le Cruel. Demain, à l'aube, nous nous affronterons pour la couronne.

13

— Pourquoi lui as-tu laissé autant de temps ? Demain, il sera encore mieux préparé !

Aden était assis sur la cuvette des toilettes, dans la salle de bains attenante à la chambre de Victoria. Il avait faim, terriblement faim, il était épuisé et il doutait de lui-même. Avait-il pris la bonne décision ?

De toute façon, il n'allait pas tarder à le savoir…

D'une main, il tenait une tondeuse, de l'autre une corbeille à papier. Il tendit la première à Victoria et posa la poubelle par terre, entre ses pieds, avant de répondre :

— En fait, je *me* suis laissé le temps de me préparer, moi.

— Oh…

Il la regarda avec attention. Elle était plus pâle que d'habitude. Elle qui, en général, se montrait calme et réservée, paraissait à présent inquiète, voire agitée. Et pour cause : il s'en était pris à son grand frère — tous deux allaient s'affronter en un combat à mort. Rien d'étonnant à ce qu'elle soit troublée et triste. Elle ne devait plus trop savoir quoi penser…

Une heure plus tôt, il n'aurait même pas prêté attention à ses sentiments. Oui, mais voilà : dans la salle du trône, au moment où il en avait besoin, au moment où le danger le cernait de toute part, elle avait été à ses côtés. Elle avait pris sa main pour le soutenir, le réconforter. Pour une raison qu'il ignorait, c'était ce contact qui l'avait tiré de la forteresse d'indifférence dans laquelle il était jusque-là retranché. A présent, il *sentait* de nouveau les choses — l'espoir, l'admiration, l'affection, qui se posaient sur lui comme les flocons d'une neige trop longtemps attendue.

Il se pencha en avant et posa ses coudes sur ses genoux.

— Victoria, je voudrais te demander quelque chose. C'est juste une question, d'accord ? Ne le prends pas mal, je suis seulement curieux.

Elle se raidit. De toute évidence, elle se préparait au pire.

— Je t'écoute.

— Tu es venue à mon aide, mais je vois bien que tu adores ton grand frère.

Oui, il avait senti à quel point elle aurait aimé se jeter sur Sorin, ce dangereux psychopathe — non pour l'attaquer, mais pour se blottir dans ses bras. Et lui, comment aurait-il réagi ? Il l'aurait tuée, sans doute…

Il posa enfin la question qui lui brûlait les lèvres :

— Pourquoi est-ce que tu m'aides, moi ?

Elle parut soulagée.

— Tu quêtes les compliments, ou quoi ? Tu veux m'entendre dire que je t'aime, c'est ça ?

Sans lui laisser le temps de répondre, elle enchaîna :

— Je ne veux pas que vous vous entretuiez, c'est tout.

Croyait-elle vraiment qu'il allait reculer, maintenant ?

— Nous allons nous battre, je peux te le jurer.

Peut-être se montrait-il trop abrupt, mais il ne voulait pas lui laisser de faux espoirs.

Les épaules de Victoria s'affaissèrent aussitôt.

— Je le sais bien. Crois-moi, si j'avais ne serait-ce qu'un espoir de pouvoir vous ramener à la raison…

Il l'observa plus attentivement. Il voulait voir comment elle réagirait à ce qu'il s'apprêtait à dire et, en même temps, il n'avait pas envie que son regard pèse sur elle.

— Tu voudrais que je m'enfuie ? Que je refuse le combat ?

Il y eut un silence. Puis Victoria poussa un profond soupir.

— Non. Tu ne peux pas. Ce serait inutile, Sorin se mettrait à ta poursuite. Et pas seulement lui, d'autres vampires aussi. Le défi a été lancé et accepté. Si tu partais maintenant, ce serait un signe de faiblesse, et beaucoup penseraient qu'ils peuvent tout te prendre. Tu n'aurais plus jamais la paix. Mais tout ce que je veux, c'est…

Qu'ils s'en tirent bien tous les deux. Bien entendu. C'était tout à fait compréhensible.

— Et, avant que tu me le demandes, je veux que ce soit toi le vainqueur.

S'il s'attendait à *ça* !

— Pourquoi ?

— Parce que, si tu gagnes, il est possible que tu décides d'épargner sa vie, alors que le contraire n'est pas envisageable. Est-ce que… est-ce que tu sais déjà comment tout va se terminer ?

— Non. Je ne connais pas l'issue du combat.

C'était vrai. Elijah avait bien vu la scène, mais de tant de façons différentes — et avec des fins si contradictoires ! — qu'on ne pouvait rien en conclure.

— Ce que je sais, en revanche, c'est que ton frère

ne nous causera aucun problème pendant le temps de notre préparation. Il ne va pas s'en prendre à moi, et personne ne nous attaquera, ni toi ni moi. Elijah me l'a assuré. Mais je ne sais pas si ça nous aide vraiment…

Victoria haussa les épaules.

— Je ne crois pas, non. Et… je pense que nous devrions cesser de parler de ça. Chaque mot que tu prononces me rend malade, vraiment. C'est physique, tu sais ? J'ai le cœur au bord des lèvres. Et je préférerais ne pas te vomir sur les pieds.

Vraiment ? Super ! Dire qu'il voulait la rassurer, et tout ce qu'il avait réussi à faire, c'était de l'inquiéter encore plus.

— A ce point ? Et ces nausées, c'est le seul symptôme ?

— Pas vraiment. J'ai l'impression que mon sang circule mal, j'étouffe et mon cœur bat trop fort.

Ouf ! Il avait craint le pire — elle avait été tellement affaiblie physiquement depuis l'épisode de la grotte — mais elle ne décrivait que les signes d'une attaque de panique d'intensité moyenne.

— Tu n'as jamais ressenti ce genre de choses auparavant, c'est ça ?

— Pas aussi fort, non.

Ils se turent un instant. Puis Victoria, regardant la tondeuse qu'elle tenait toujours à la main, lui demanda :

— Au fait, que veux-tu que je fasse avec ça ?

Elle voulait changer de sujet ? Qu'à cela ne tienne, il en serait fait selon son désir. C'était sans doute la meilleure façon de la calmer.

— Je veux que tu me rases le crâne.

— Que je te… pardon ?

— Que tu me rases le crâne, oui.

Une expression horrifiée se peignit sur les traits de Victoria.

— Mais tu seras chauve !

Il sourit, amusé :

— Tu sais, il y a des choses pires dans la vie.

Tu plaisantes ? Avec les filles, ça va être une catastrophe, intervint Caleb, qui boudait depuis qu'Aden avait décidé de renoncer à sa séduisante chevelure.

— Je ne parle pas de me mettre la boule à zéro. Je veux juste redevenir blond. Il y a un sabot spécial pour laisser quelques millimètres de cheveux.

L'air perplexe, elle acquiesça et entreprit avec maladresse d'assembler le sabot sur la tondeuse puis de mettre celle-ci en marche. Enfin, le petit moteur se mit à ronronner.

— Tu es sûr de toi ? C'est vraiment ce que tu veux ? Tu sais qu'il n'y aura pas moyen de revenir en arrière si tu n'aimes pas le résultat ?

— Je suis sûr de moi, oui.

— Alors dis-moi pourquoi tu veux que je le fasse.

C'est vrai, ça, lança Julian. *Pour quelle raison as-tu décidé d'avoir l'air idiot ?*

Elijah, lui, s'abstint de tout commentaire.

Après tout ce qui s'était passé ces dernières semaines, Aden se sentait différent, il avait l'impression d'être une nouvelle personne. Réflexion faite, il *était* une nouvelle personne. Cependant, chaque fois qu'il passait devant un miroir — et, comme le manoir des vampires en regorgeait, cela arrivait beaucoup trop souvent — il y revoyait sans cesse la même vieille image du passé. Et il voulait que cela change.

— Pourquoi je veux être rasé ? Parce que.

Il refusait d'en dire plus.

— Très bien. Dans ce cas j'y vais, répondit Victoria avec un air résigné.

Alors, non sans quelque hésitation, elle se mit à l'ouvrage. La tondeuse entra en action. Tête baissée, Aden regarda les mèches noires tomber au sol l'une après l'autre.

Arrête-la ! criait Caleb, des larmes dans la voix. *Attrape-lui les mains et empêche-la de continuer.*

Aden sentit clairement l'impulsion dans son corps, comme si une ficelle reliée à son bras cherchait à soulever son poignet, sa main, pour la forcer à les refermer sur celles de Victoria. Il dut faire un véritable effort de concentration pour ne pas céder à cette pulsion électrique et garder ses paumes sur ses cuisses.

Que se passait-il ?

Allez, quoi, Aden, continuait Caleb. *Tu n'as qu'à lever la main et lui attraper le poignet.*

Lever la main. Attraper le poignet. Oui, bien sûr !

— Caleb, tu es en train d'essayer de prendre le contrôle de mon corps, c'est ça ?

Ça se peut, répondit la voix avec mauvaise humeur.

Durant toutes ces années, aucune des âmes n'avait osé faire cela. Sans doute parce qu'elles préféraient avoir son autorisation avant de s'y essayer, ou qu'elles en étaient incapables sans son assentiment. Mais cette fois, l'impulsion était forte, plus forte que tout ce qu'il avait ressenti jusque-là. Que signifiait tout cela ?

— Ne recommence jamais ça, prévint-il.

D'accord.

Victoria se tenait debout devant lui. Il ne voyait

que ses jambes, mais il la sentit se raidir et relever la tondeuse.

— Mais je… c'est toi qui m'as demandé de…

Zut ! Elle l'avait pris pour elle !

— Je te demande pardon, s'empressa-t-il de la rassurer. Ce n'est pas à toi que je parlais.

— Merci ! Tu m'as fait peur.

Et, se penchant de nouveau vers lui, elle se remit au travail.

Son odeur le frappa de plein fouet, un véritable direct au cœur. Oubliées, les âmes ! Pour Aden seul comptait son estomac qui se tordait. L'eau lui était montée à la bouche. Depuis que Sorin avait, sous ses yeux, tué et mutilé les gardes vampires, l'envie de sang s'était emparée de lui. Sa faim était telle qu'il avait failli s'évanouir, et il lui avait fallu un effort surhumain, dans la salle du trône, pour ne pas tomber à genoux et laper à même le sol les appétissantes flaques écarlates.

Deux choses seulement lui avaient donné la force de se retenir : d'une part, il avait envie du sang de Victoria, et seulement de celui-ci — et ce désir enflait de minute en minute ; d'autre part, il savait que tout signe de faiblesse se retournerait contre lui au cours du combat contre Sorin. Parce que, comme il l'avait promis, ce duel aurait lieu quoi qu'il arrive.

Elijah y avait vu différentes issues, mais dans aucune de ses visions la bataille n'était évitée.

Aden, à travers les yeux du médium, avait lui-même perçu quelques images des futurs possibles. Dans l'une d'elles, il s'était vu mourir, la tête tranchée net par une lame imprégnée de *je-la-nune*. Et même Victoria n'avait pas le pouvoir de le sauver d'une telle mort… Mais il lui avait suffi de penser *Ne pas se baisser, esquiver sur le côté !* pour que la vision change. Dans la nouvelle scène, il avait vu Sorin perdre l'équilibre et son épée ne rencontrer que l'air, juste avant qu'Aden ne lance sa riposte.

C'est ainsi qu'il avait compris que son avenir était incertain, qu'il pouvait le modifier, qu'il pouvait — peut-être ! — remporter le combat, mais qu'il y aurait de toute façon un prix à payer. Car sa victoire marquerait, il en était certain, le terme de son idylle avec Victoria. Si elle le voyait triomphant sous les acclamations de la foule, penché sur le corps sans vie de son frère, tout serait fini. Sur le moment, elle ne pourrait que pleurer, et puis, très vite, elle se mettrait à le haïr.

Non, il refusait que cela arrive. Il ne voulait pas la voir triste ou en colère, il ne voulait pas qu'elle le déteste. Il devait donc trouver une solution.

— Tu savais qu'il y avait de petits points noirs sur ton cuir chevelu ? demanda Victoria.

— Comme des grains de beauté, tu veux dire ?

— On dirait, oui. C'est mignon.

Mignon ? Comme commentaire, c'était à peine mieux qu'*affreux*, non ?

— Merci.

— De rien.

Elle acheva son œuvre avec un petit chantonnement satisfait.

— Voilà, annonça-t-elle enfin. C'est fait.

Saisissant le visage d'Aden entre ses mains presque froides pour le forcer à lever la tête, elle l'inspecta d'un œil critique.

— Tu es…, commença-t-elle, mais elle s'interrompit immédiatement et demeura bouche bée.

— Je suis quoi ?

Le résultat était-il vraiment si terrible ?

Je ne voudrais pas avoir l'air mesquin, fit Caleb, *mais JE TE L'AVAIS DIT, non ?*

Les yeux écarquillés de surprise, Victoria restait muette. Aden se leva donc de son siège pour aller regarder son reflet dans le miroir de la salle de bains. Il s'attendait un peu à découvrir l'image d'un véritable idiot du village. Au final, ce n'était pas si horrible que ça. Il lui restait presque un centimètre de cheveux, qui se dressaient en brosse, révélant sa couleur naturelle — blond cendré — et faisant ressortir le hâle de sa peau. Ses yeux, noirs à l'origine mais qui, récemment, avaient viré au violet, avaient acquis une teinte sombre et dorée.

Dis donc, souffla Caleb, *quelle surprise ! On dirait que ça a encore changé…*

— Tu n'aimes pas ? demanda-t-il à Victoria.

— Si j'aime ? s'exclama-t-elle en tendant une main un peu tremblante pour caresser son crâne tondu. J'adore, tu veux dire ! Ça te donne un air de mauvais garçon… et je crois que je commence à comprendre pourquoi on dit que les voyous sont sexy !

Parlait-elle vraiment de lui ? Il se laissa aller à la caresse de sa main. Si seulement elle pouvait aller plus loin…

Embrasse-la ! lui intima Caleb. *Maintenant ! C'est le moment ou jamais ! Dépêche-toi avant qu'elle change d'avis…*

Pour une fois, ajouta Julian, *je suis d'accord avec l'obsédé. Roule-lui la pelle de sa vie !*

Pas très classe, comme formulation, mais… bonne idée, non ?

Sans même réaliser ce qu'il faisait, Aden saisit Victoria par la taille et l'attira contre lui. Immédiatement, son regard se porta sur le cou de la jeune fille où battait toujours cette veine tant désirée. Un cri aigu, semblable à celui qu'il avait déjà entendu à deux reprises, résonna à l'intérieur de son crâne — bien qu'un peu plus fort, cette fois.

Victoria comprit.

— Aden, il faut que tu te nourrisses, ou tu seras trop faible pour avoir la moindre chance de survivre au combat de demain.

J'espère que je ferai mieux que survivre !

— Et tu te proposes, c'est ça ?

— N… non.

Mais sa voix était indécise. Elle avala sa salive, et tout son corps frissonna contre le sien.

— Aden, arrête. Maintenant, s'il te plaît.

— Arrêter quoi ? De te tenir dans mes bras ?

Nooon ! s'écria Caleb, et comme mus par cet ordre silencieux, les doigts d'Aden se resserrèrent autour de la taille de Victoria. *Elle me manque, je la veux !* continuait la voix.

— Ça suffit, lui ordonna Aden. Bas les pattes, et laisse-moi tranquille une minute.

— Les âmes ? demanda Victoria, une lueur de compréhension dans les yeux.

Il hocha la tête avec raideur. Caleb ruminait sa colère et semblait encore vouloir contrôler son corps. Enfin, la tension se relâcha, et Aden parvint à ouvrir les mains comme il le souhaitait. Caleb comptait-il refaire souvent ce petit numéro ? Si c'était le cas, il faudrait faire quelque chose pour l'en empêcher. Mais quoi, à part libérer l'âme et la laisser sortir de son esprit ?

Reprenant leur conversation où elle s'était arrêtée, Victoria poursuivit :

— Et non, je ne veux pas que tu me lâches. Ou alors si ? Une minute tu me veux, la minute d'après tu me repousses. Et dix secondes plus tard tu me veux de nouveau. Comment je pourrais m'y retrouver ? Je veux juste — *mais que… !*

Victoria s'était interrompue brusquement, l'air paniqué. Que se passait-il ? En un éclair il regarda autour de lui. Personne n'était entré dans la salle de bains. Rien qui puisse constituer une menace.

— Qu'est-ce qui t'arrive ?

Elle se dégagea de son étreinte pour saisir son téléphone portable. Ses mains tremblaient encore, et sa respiration était précipitée.

— C'est Riley. Il vient de m'envoyer un texto, et les vibrations de ce machin me collent chaque fois une frousse de tous les diables.

Ce n'était que cela ? Alors qu'il brûlait de la tenir dans ses bras ?

— Tu n'as qu'à éteindre le mode vibreur.

— Evidemment. Dès que j'aurais trouvé comment on fait. Mais…

Au fur et à mesure qu'elle lisait les mots sur l'écran, son visage pâlissait.

— Tu… tu m'excuses un moment ? demanda-t-elle.

Sans attendre sa réponse, elle sortit en hâte de la salle de bains, lui lançant par-dessus son épaule :

— Je vais t'envoyer une esclave de sang pour que tu puisses te nourrir. Peut-être la même que la dernière fois.

Puis elle sortit, claquant la porte derrière elle.

— Reviens ! lança-t-il.

Mais il était trop tard. L'avait-elle seulement entendu ? Pas moyen de le savoir. Pourtant, il la désirait, il voulait être tout près d'elle. Il se précipita sur ses talons, mais elle avait déjà quitté la chambre

Elle nous plante là comme ça, sans même un baiser d'adieu ? Franchement, elle me déçoit ! geignit Caleb.

Elijah émit un son qui tenait à la fois du soupir et du toussotement.

D'abord, les cheveux, et maintenant le baiser ? Tu ne veux pas arrêter un peu, Caleb ? Tu me rends dingue, à force.

Non, je n'arrêterai pas ! C'est vraiment important !

Caleb, je t'ai déjà calmé. Ne m'oblige pas à recommencer.

Calmé ? De quoi tu parles ? Tu veux dire que tu m'as fait disparaître ? Comment ? Quand ça ? Parce que, de nous trois, c'est moi le plus puissant, tu n'as qu'à demander à Aden ! Et s'il y en a un qui peut « calmer » les deux autres, c'est moi, et pas toi !

Le ton de voix d'Elijah changea, comme si son ennui avait fait place à de la gêne.

Aucune importance. Tout ce que je veux…

Attends un peu ! Tu crois que je vais laisser tomber aussi facilement ? Je sais de quoi tu parles. Tu parles de la grotte, c'est ça ? Des derniers moments ? Parce que je ne me souviens de rien, là-bas. C'est le trou noir. Je me souviens que je me suis senti disparaître, exactement comme quand Aden est à proximité de Mary Ann. C'est toi qui nous as fait ça, Eli ? Réponds !

Euh… un trou noir, tu dis ?

Eli, qu'est-ce que tu nous as fait ? intervint Julian.

Mais ils ne pouvaient pas faire une pause cinq minutes !

— Ecoutez, les gars, je sais que j'ai besoin d'Elijah pour me battre contre Sorin, mais je vous avertis : si vous ne la fermez pas un peu, je vous jure que je vais reprendre mes pilules, et ce coup-là c'est moi qui vous envoie dans un trou noir !

Pardon, Aden, s'excusa Julian.

Fais comme tu veux, grogna Caleb.

Merci ! fit Elijah.

— Parfait.

Cette fois, il s'était bien fait comprendre.

Soudain, du coin de l'œil, Aden aperçut une silhouette. Il se retourna d'un bloc, et là, quelle ne fut pas sa surprise : devant lui, la mystérieuse danseuse de ce matin s'avançait avec grâce vers le lit sur lequel gisait une petite fille aux longs cheveux noirs. Comment était-ce possible ? Aucune des deux n'était dans la chambre l'instant d'avant.

— Hé, vous deux ! fit-il en s'approchant d'elles.

La femme ne réagit pas. A vrai dire, elle ne parut pas le remarquer. Au lieu de cela, elle s'adressa à la fillette — dont le visage, pensa-t-il, lui était étrangement familier.

— Il faut partir, mon trésor.

La danseuse se retourna et jeta par-dessus son épaule un coup d'œil paniqué qui traversa Aden comme s'il était devenu invisible.

— Il faut s'en aller avant qu'il ne revienne !

La petite fille bâilla et s'étira.

— Mais je veux pas partir, moi, fit-elle d'une voix aussi douce qu'une caresse.

— Il le faut. Tout de suite.

— Laissez-la, ordonna Aden. Si elle ne veut pas venir avec vous, elle restera ici.

Joignant le geste à la parole, il s'avança pour prendre la femme par l'épaule, mais sa main ne rencontra que l'air, et passa au travers de la silhouette immatérielle.

14

Après s'être occupée de faire envoyer une esclave de sang à Aden, comme elle l'avait promis, Victoria s'enferma dans la chambre de Riley. Elle savait que personne n'oserait y pénétrer sans autorisation. Ici, au moins, elle serait tranquille aussi longtemps qu'elle le jugerait nécessaire.

Elle n'avait pas menti à Aden : Riley lui avait bel et bien envoyé un sms.

On pense avoir ID 2 J. SRS/F ns suivent. Sauf la teigne, tt ok. NGS ?

Restait à décrypter le message… ID 2 J : l'identité de Julian. SRS/F : Sorcières et Fées. Quant à la teigne, il devait s'agir de Tucker. Il ne l'avait donc pas encore tué ? Tant pis. Ou tant mieux ? Mary Ann, avec son cœur de midinette, était sans doute intervenue et Riley, amoureux fou comme il l'était, lui avait obéi au doigt et à l'œil.

Comme Aden le faisait avec elle. Avant. Peut-être cela reviendrait-il, un jour ou l'autre. N'était-ce pas ce que disaient ses yeux, tout à l'heure, dans la salle de bains ?

Pour finir, Riley demandait des nouvelles d'Aden, Notre Gentil Souverain.

NGS O.K., tapa-t-elle sur son téléphone portable. *Prds soin 2 toi.*

Elle ne mentait pas : effectivement, Sa Majesté allait

bien. Il semblait que, peu à peu, il retrouve son état normal. Même si, évidemment, les choses s'apprêtaient à changer de nouveau pour lui, et d'une façon qui le blesserait profondément. Car si Riley et Mary Ann ne se trompaient pas, s'ils avaient découvert la véritable identité de Julian, ce n'était qu'une question de temps avant qu'Aden doive faire ses adieux à l'âme.

Elle n'allait pas lui en parler. Pas encore. Il avait déjà bien trop à faire, bien trop à penser.

Elle ne lui dirait rien non plus au sujet de *l'autre* texto qu'elle avait reçu.

Suis dans la forêt. Rejoins-moi. Sorin.

Elle ignorait comment il avait eu son numéro, mais qu'importe. Son frère — oui, son grand frère *voulait lui parler* ! Cherchait-il à nouer une relation avec elle, ou voulait-il simplement lui parler d'Aden ? Quoi qu'il en soit, et quelle que soit la réponse, en acceptant de le rencontrer, elle prenait un risque énorme.

Sauf si elle parvenait à le faire changer d'avis, et à renoncer au duel… C'était peu probable, mais après tout, qu'avait-elle à perdre ?… A moins que Sorin ne cherche à se servir d'elle pour forcer Aden à se retirer ? Pour l'avoir vu utiliser une épée — elle frissonna en repensant à la férocité dont il avait témoigné à cette occasion — cette deuxième hypothèse était la plus envisageable.

Malgré cela, elle désirait le voir, plus que tout au monde.

A présent, elle était bien décidée à aller à ce rendez-vous. Elle se rendrait dans la forêt en prenant toutes les précautions possibles : jamais elle ne resterait seule, et elle ne s'attarderait pas. *Ce ne sont pas vraiment des précautions, grosse maligne!* Tant pis. Il était peut-être stupide d'espérer, mais elle ne pouvait s'en empêcher.

Victoria fit alors appeler ses deux sœurs qui acceptèrent de lui servir de renforts. Quelques minutes plus tard, toutes trois se retrouvèrent dans le jardin. Pour ne pas inquiéter Lauren et Stephanie, Victoria fit de son mieux pour ne pas frissonner malgré la morsure du froid sur sa peau.

— Je t'avertis, commença Lauren, je n'ai absolument pas envie de le voir. Je ne viens avec toi que pour te protéger au cas où il te voudrait du mal. Et dans ce cas, je n'hésiterai pas à le tuer.

Grande, mince et aussi blonde que Sorin, Lauren portait un bustier de cuir noir et un pantalon moulant assorti; ses poignets s'ornaient de bracelets confectionnés en fil barbelé. Toute sa vie, elle s'était entraînée pour devenir — et rester! — une guerrière hors pair, et elle avait tué plus de Faés et de sorcières que n'importe quel autre membre de l'armée de Vlad. Seul le fait qu'elle soit une femme l'avait empêchée d'en prendre le commandement.

— Sorin a eu des années pour convaincre Vlad de nous laisser le voir. Il aurait pu nous rendre visite des centaines de fois, mais il ne l'a pas fait. Je lui en voudrai toujours pour ça!

— Tu ne pourrais pas te taire, un peu? lança Stephanie en faisant éclater une bulle de chewing-gum.

Plus petite que Lauren et Victoria, elle avait des cheveux blonds et des yeux vert sombre. Elle avait abandonné la tenue traditionnelle des vampires au profit d'un T-shirt bleu sans manche et d'une mini-minijupe noire. Elle avait rassemblé ses cheveux en nattes qu'elle avait ensuite arrangées en une multitude de petits chignons sur sa tête.

— Tu sais quoi, Lauren ? reprit-elle. Tu devrais éviter de trop parler, ça fait ressortir ton côté gourde.

— Tu me traites de gourde ?

— Mais non, ma grande, je n'oserais pas. Je respecte trop les gourdes pour ça.

— Continue comme ça, et je t'arrache les yeux, ma chérie.

Les deux sœurs s'adoraient — autant qu'elles adoraient se chamailler pour un oui ou pour un non.

Victoria les enviait. Toutes deux, depuis toujours, avaient eu le courage de se comporter comme elles en avaient envie, de se montrer elles-mêmes en toutes circonstances. Evidemment, c'était plus simple pour elles : Lauren était la préférée de Vlad, et Stephanie avait pour mère l'épouse favorite du roi vampire qui, par conséquent, s'était toujours montré compréhensif envers elles. Ce n'était pas le cas de Victoria, dont la mère avait été répudiée et qui avait, pendant toute son enfance, payé le prix de ce désaveu.

Le ressentiment de son père avait toujours pesé sur elle. Pourtant, elle avait tout fait pour se conformer à ses désirs, sans cesser dans le même temps de vouloir faire plaisir à sa mère. Au final, aucun des deux n'avait été satisfait, ni son père qui rêvait d'une guerrière impitoyable, ni sa mère qui voulait une fille douce et légère. Elle n'était rien de tout cela.

Les trois sœurs se mirent en marche. Victoria inspira l'air du soir, froid et piquant, qui portait des odeurs d'orage. De gros nuages noirs assombrissaient le ciel, à présent. En Oklahoma, elle avait eu l'occasion de s'en rendre compte, le temps pouvait changer en un clin d'œil.

Entrant sous le couvert des arbres, elles avancèrent vers le cœur de la forêt. Bientôt, des bruits de pas firent crisser les feuilles. Elles s'arrêtèrent. En un éclair Sorin et ses hommes surgirent autour d'elles. Leurs tenues de camouflage se confondaient si bien avec les sous-bois qu'elles mirent un moment avant de discerner leurs silhouettes.

Rompant le cercle formé par ses soldats, leur frère s'avança vers elles.

— Salut, lança-t-il sans manière.

Avec un petit cri de joie, Stephanie se précipita vers lui et se jeta dans ses bras. Il l'attrapa au vol et la fit tournoyer au-dessus de lui comme une enfant.

Le cœur de Victoria se serra. Elle était terriblement jalouse. De toute évidence, Sorin et Stephanie avaient passé beaucoup de temps ensemble. Ils se connaissaient, s'appréciaient et... oui, ils s'aimaient.

Elle en était malade. Pourquoi Sorin n'avait-il pas passé autant de temps avec elle ?

— Mais qu'est-ce que tu fais, pauvre cloche ? gronda Lauren à l'adresse de sa jeune sœur. Reviens ici tout de suite. Tu ne vois pas qu'il n'attend qu'une occasion pour nous trahir ? Tu tiens tant que ça à voir ta propre tête rouler au sol ? Cet homme est devenu un étranger, grosse idiote !

Stephanie eut un petit rire joyeux. Toujours blottie dans les bras de Sorin, elle lança :

— Un étranger ? Pas pour moi. Je me suis toujours débrouillée pour le voir en secret, contrairement à toi.

C'était donc ainsi qu'il avait obtenu le numéro de Victoria… Stephanie reprit :

— Et ne me traite pas de grosse — tu t'es vue, dans ton jean ? On dirait un baleineau ! ajouta-t-elle avec un rire satisfait.

— Un baleineau qui pourrait bien t'arracher les tripes et décorer les arbres avec !

Peut-être Victoria avait-elle commis une erreur en demandant à ses sœurs de l'accompagner. Elles étaient capables d'en venir aux mains — elles l'avaient déjà fait, d'ailleurs, à la grande consternation des témoins de la scène.

— Lauren, ton jean te va très bien, intervint Victoria. Et toi, Stephanie, tu es très jolie. Et maintenant, est-ce que vous voulez bien me laisser parler avec notre frère ? S'il vous plaît ?

Sorin posa un baiser sur le front de Stephanie et la reposa au sol. Puis il se retourna vers Victoria.

— Veuillez vous asseoir, je vous prie, fit-il sur un ton formel, presque guindé.

— Nous… nous asseoir ? Mais où ?

Sans répondre, il indiqua de la main quelque chose derrière elle. Victoria se retourna, s'attendant à ne rien trouver d'autre que les fourrés et les arbres qu'elle avait remarqués en arrivant. Mais, oh surprise ! Coupés à la bonne hauteur, quatre troncs formaient à présent deux paires de sièges disposées face-à-face. Comment avait-elle pu les manquer ?

Ils prirent place, Lauren près d'elle, Stephanie s'asseyant d'autorité en face, aux côtés de Sorin.

A l'exception d'une sentinelle, les hommes de ce dernier avaient disparu mais, supposa Victoria, ils devaient se trouver à portée de vue et d'oreille, pour les protéger — les surveiller ? Elle ne se trompait pas : à peine s'étaient-ils assis qu'un autre garde apparut, portant un plateau chargé de verres remplis de sang qu'il lui tendit.

Victoria en saisit un et but une gorgée. Le liquide était chaud, onctueux et parfumé. Pas autant que celui d'Aden, bien sûr, mais Gobeur en poussa tout de même un gémissement soulagé.

— Ainsi, tu es venue, commença Sorin en soutenant son regard. Je suis surpris.

Que répondre ? Elle avait tant de choses à lui dire, tant de questions à lui poser !

— Pourquoi n'as-tu jamais pris la peine de nous rendre visite ?

Les mots lui avaient échappé, et elle les regretta immédiatement. Elle rougit. Pour masquer sa gêne, elle plongea le nez dans son verre, avalant une autre gorgée de liquide. Quelle belle entrée en matière ! Lui reprocher de les avoir négligées, abandonnées... C'était la meilleure façon de le mettre sur la défensive.

Pourtant, il ne parut pas s'en formaliser. Au contraire, ce fut sur un ton amusé qu'il répondit :

— Je pensais que tu préférais ne pas encourir la colère de Père. Je me trompais ?

Se débarrassant de ses deux épées pour les poser au sol près de lui, il put s'asseoir de façon plus détendue.

Victoria fit de même en reposant son verre de sang sur le plateau. La tension de cette rencontre commençait à se dissiper.

— Pour toi, j'aurais couru ce risque. Je suppose que

de ton côté, tu as dû hésiter aussi, non ? Disons que les torts sont partagés, alors.

Lauren leva les yeux au ciel.

— Toi alors ! Toujours prête à tout pardonner, hein ? Ce n'est pas mon cas, poursuivit-elle à l'intention de Sorin. Moi, j'aurais tout tenté pour te voir, espèce de dégénéré. Mais tu n'as rien fait, rien tenté pour nous retrouver. Si tu avais détesté notre père autant que tu le prétends, tu aurais essayé. Tu n'es qu'un vantard, voilà ce que tu es ! Je ne te ferai jamais confiance, et je te déteste pour toujours. Je ne sais pas ce qui me retient de te trancher la gorge et… Attends un peu ? Tes épées… elles ont des lames recourbées ? Incroyable !

Sans attendre de réponse, elle se précipita en avant, envoyant au passage valser son gobelet de sang qui se répandit sur le sol. L'instant d'après, elle était à genoux, examinant les armes de Sorin comme un enfant l'aurait fait d'un jouet extraordinaire, passant ses doigts sur le fil de la lame avec des exclamations de surprise et de joie.

— Tu m'en donnes une, dis, tu m'en donnes une ? Ou les deux ? Allez, s'il te plaît ?

Sorin ne parut pas surpris du brusque revirement de sa sœur.

— Les deux seront à toi. Dès que j'en aurai fini avec le roi humain.

La nausée qui l'avait prise dans la salle de bains submergea de nouveau Victoria, plus violente encore.

— C'est super ! Merci ! s'exclama Lauren avant de retourner vers son siège, emportant avec elle une des épées pour continuer à l'étudier.

Sorin reporta son attention sur Victoria. Leurs yeux

étaient tellement semblables qu'elle avait l'impression de contempler son propre reflet.

— Et toi, qu'est-ce que tu veux de moi ? Que je retire mon défi et que je m'incline devant l'humain ?

Il n'est plus humain. Plus maintenant.

Stephanie leva la main :

— Moi, moi ! Je sais ce que je veux, moi ! Demande-le-moi !

— C'est toi qui m'as invitée à te rencontrer, reprit Victoria sans prendre garde à son intervention. Pourquoi me poses-tu cette question ? Est-ce que tu cherches une excuse pour t'incliner devant Aden ?

Face à ce sarcasme, elle s'attendait à ce qu'il explose. C'est ce qui se serait passé avec leur père. Au lieu de cela, Sorin sourit.

— Ainsi donc, Père n'a pas étouffé la flamme en toi, comme je l'avais craint.

Ce n'était pas faute d'avoir essayé.

— Tu ne réponds pas à ma question, constata-t-elle.

Sorin haussa les épaules.

— J'ai entendu les appels de ton Aden, et je suis venu pour lui reprendre le trône. Car j'étais au courant qu'il se prétendait roi. Tu sais que nous sommes la risée des autres races ? D'un jour à l'autre, elles pourraient s'unir et s'en prendre à nous. Elles pourraient même finir par détruire les vampires.

— La risée des autres races ? Tu plaisantes ! Il a anéanti l'armée des sorcières et du Faé Thomas — en une seule nuit ! Aurais-tu été capable d'un tel exploit ? Non, ajouta-t-elle avant qu'il ait pu dire un mot, pas plus que Père ! Tu cherches simplement une excuse pour t'emparer de la couronne.

Avec un nouveau haussement d'épaules, il répondit sans se démonter :

— D'accord, je l'admets sans fausse honte. Je veux la couronne. J'y ai droit, de par ma naissance. Je n'ai rien contre l'humain. Tant qu'il nous sert de nourriture. Parce que c'est tout ce qu'il est, Victoria.

Faux ! Aden était bien plus que ça. Il était courageux, loyal et, en sa présence, elle se sentait (presque) toujours au meilleur d'elle-même. Il ne l'avait jamais blessée volontairement et il ne le ferait jamais, même dans ses pires moments. Autant de choses qu'elle ne pouvait pas dire de Sorin.

Non, pas question qu'elle recule sur ce sujet.

— Tu aurais pu réclamer la couronne à Vlad, et tu ne l'as pas fait. Tu t'en prends à Aden au moment où il est affaibli, par-derrière, comme un lâche.

Les yeux de son frère lancèrent des éclairs. De la colère, enfin ! C'était exactement ce qu'elle recherchait.

— Parce que tu crois que ton humain s'en est pris à notre père ? Oh que non ! C'est ton fiancé qui lui a pris sa couronne. Aden s'est contenté de la voler à Dmitri.

Vrai. *Pourtant…*

— Dmitri a vaincu Père parce qu'il était plus fort que lui. Aden a vaincu Dmitri, ce qui veut dire qu'il était plus fort qu'eux deux.

— Logique, mais faux. Ton Aden n'aurait pas pu battre Vlad l'Empaleur. Il est bien trop gentil. Et Père était au plus mal quand Dmitri s'en est pris à lui. Cela n'arrivera plus. Père ne se laissera pas piéger une seconde fois. Il utilisera tous les moyens, même les pires — *surtout* les pires ! — pour parvenir à ses fins, et tu le sais très bien. Je suis le seul à pouvoir le vaincre, et je le ferai : voilà des années que je me prépare à ce combat.

— Attendez un peu, intervint Lauren. Vous dites que tout ça revient à affronter notre père, Vlad ? Mais il est mort !

La nausée, encore. Plus violente que jamais.

— En fait, non, parvint-elle à dire. Il est toujours vivant.

Lauren la fixa d'un air sceptique, mais les hochements de tête de Sorin, puis de Stephanie, achevèrent de la convaincre.

— Comment se fait-il que vous soyez au courant, et pas moi ? s'écria-t-elle, indignée. Vous vous rendez compte des répercussions que cette information a sur nous et sur notre peuple ?

— C'est Sorin qui me l'a dit, l'informa Stephanie. Et pour les répercussions, je ne suis pas d'accord. Père était un tyran. Nous ne devons pas le laisser remonter sur le trône.

— Mais… mais…

— Tu sais que j'ai raison. Tu le détestes, toi aussi. Mais tu ne supportes pas l'idée qu'un humain nous dirige. Quant à toi, continua-t-elle en prenant la main de Sorin, tu dois m'écouter. Ne crois pas qu'Aden est un gentil garçon. Je veux dire, il est gentil, mais pas inoffensif. Il a passé toute sa vie dans des foyers et des centres pour délinquants, et il s'en est sorti à la dure. Ce ne sera pas un adversaire facile.

Sorin eut une moue de mépris.

— Il a grandi avec des délinquants, et alors ? Comparés aux guerriers vampires, les pires des humains ne sont pas bien méchants.

— Je suis d'accord avec Steph, appuya Lauren. Il ne faut pas que tu sous-estimes Aden.

De toute évidence, elle avait déjà digéré la nouvelle de la non-mort de Vlad — ainsi que la colère de n'avoir pas été mise dans la confidence. Passant un doigt sur le fil acéré d'une épée, elle poursuivit :

— Tu n'étais pas là quand il a dompté nos bêtes, et…

— Tais-toi ! s'exclama Victoria en frappant son poing de sa main. Donner des informations sur Aden, c'est aider Sorin. Et aider Sorin, c'est trahir notre roi !

Leur frère leva une main apaisante.

— Rassure-toi, Victoria, elle ne m'a rien dit que je ne sache déjà. Et tu peux dire à ton humain que je viendrai sans ma bête. Je la laisserai à l'écart pour qu'il ne l'utilise pas contre moi.

Avait-elle bien entendu ?

— Tu sais faire ça ? demanda-t-elle, stupéfaite. Te séparer de ta bête, par ta propre volonté ? Sans en mourir ?

Il acquiesça avec fierté.

— Au contraire de Père, je n'ai jamais eu peur de mon propre monstre. C'est une partie de moi que j'accepte et que j'utilise à mon avantage. Ma bête part et revient comme je le désire.

— Elle n'essaie pas de te tuer ? demanda Lauren, aussi ébahie que Victoria.

— Au début, si. Mais maintenant, elle accepte, et elle m'obéit.

Le menton posé au creux de la main, Sorin prit une expression songeuse.

— Peut-être qu'un jour, je pourrais vous apprendre à le faire. Vous savez, quand vous relâchez votre bête, elle peut se battre à vos côtés. Et croyez-moi, elle surpasse tous les alliés, en force et en vigilance !

— J'adorerais ça ! s'écria Lauren.

Victoria n'avait jamais entendu autant d'excitation dans la voix de sa guerrière de sœur. Mais surtout, songea-t-elle avec crainte, cela signifiait qu'Aden venait de perdre son meilleur avantage : il ne pourrait pas contrôler la bête de son frère et l'utiliser contre lui.

— Beaucoup de choses vont changer sous mon règne, conclut Sorin. Pour le mieux, vous verrez, conclut-il avec un sourire sinistre.

15

Il plut toute la nuit, le lendemain matin, et toute la journée qui suivit. Le ciel était d'un noir d'encre, les nuages si bas et si menaçants qu'on aurait cru qu'ils ne se dissiperaient jamais.

Quand il fut l'heure, Aden retourna dans les jardins du manoir. Il était ici chez lui, à présent, c'était un nouveau foyer qu'il refusait de quitter aussi facilement. Arrivé devant la sculpture de métal, il s'arrêta. Tout son corps vibrait d'énergie. Vêtu seulement de son jean et de ses bottes, il se tint debout, torse nu sous la pluie battante.

A son doigt, il portait la bague de Vlad, remplie de *je-la-nune*. A ses chevilles, les étuis contenant ses poignards étaient solidement attachés. Tous les vampires qui vivaient au manoir l'avaient accompagné. Ils se tenaient sous un vaste auvent. Quelques-uns tenaient à la main des torches enflammées. Il regarda Victoria, entourée de ses sœurs, son beau visage déformé par l'inquiétude dans la lueur des flambeaux.

Ils ne s'étaient pas parlé depuis la veille. Pourtant, elle avait tenté de saisir toutes les occasions possibles. Mais il avait préféré l'éviter, parce qu'il avait bien trop envie d'elle, de son sang. Pire encore, il l'aurait poussée à trahir son frère, à lui parler de ses faiblesses secrètes.

C'était trop lui demander. Plus tard, quand tout serait fini, il ne pourrait pas se pardonner de lui avoir extorqué les informations qui lui avaient permis de gagner le combat.

Si, bien entendu, il l'emportait.

Victoria lui faisait signe pour attirer son attention. De loin, sa bouche forma les mots :

— As-tu mangé ?

Aden secoua la tête. Non, il n'avait bu le sang de personne. Ce n'était pas faute d'en avoir eu envie. Mais il avait tout d'abord renvoyé sans la toucher l'esclave humaine que Victoria lui avait adressée. Quelques heures plus tard, la faim l'avait saisi de nouveau — une faim pressante, impérieuse, qui l'avait obligé à descendre lui-même dans les quartiers des esclaves de sang. Les humains y déambulaient librement et auraient pu s'enfuir s'ils l'avaient souhaité. Ce qui n'était pas le cas.

L'odeur de leur sang était omniprésente, et tout autour de lui il entendait battre leur cœur. Tout cela l'avait tenté. Mais à mesure qu'il les regardait passer, qu'il écoutait leurs conversations, sa faim avait diminué. Pour finir, il avait quitté les lieux sans même chercher à se nourrir.

Il ne lui restait plus qu'à retourner dans la salle du trône, à s'asseoir et à attendre. Pourtant, en chemin, il avait croisé quelques résidents du manoir, et sa faim était revenue, plus forte et plus sournoise encore. Oui, le sang de vampire l'attirait plus que tout autre... Cela dit, tenait-il vraiment à voir, dans les prochaines heures, le monde à travers les yeux d'un autre ? Il avait préféré s'abstenir. Il ne se rappelait que trop bien ce qui était arrivé avec...

Victoria. Le sang de Victoria. Voilà ce qu'il désirait plus que tout. Il avait même failli se mettre à sa recherche, la supplier de le laisser boire à ses veines. Mais il avait choisi de rester à l'écart — pour cette même raison, et pour bien d'autres aussi. Elle ne voulait plus qu'il se nourrisse d'elle, elle avait été claire sur ce point, et cette idée lui tordait le ventre, car il était seul responsable de cette situation. Comment avait-il pu la traiter ainsi ?

Un cri animal s'éleva au fond de son crâne. Un cri qu'il avait déjà entendu. Et qu'il choisit d'ignorer.

A cause de tout ça, il n'avait pu parler à Victoria de sa rencontre avec la mère de celle-ci. Le visage familier de la fillette... L'évidence l'avait frappé d'un seul coup. La danseuse qu'il avait rencontrée la veille à deux reprises n'était autre qu'Edina — ou plutôt un souvenir de celle-ci, qui s'était matérialisé sous ses yeux. Il avait vu et revu la scène — Edina qui cherchait à s'enfuir avec sa fille, Vlad qui les rattrapait... Vlad, encore, qui punissait Victoria sous les yeux de sa mère avec un martinet, un fouet à neuf lanières trempées dans le *je-la-nune*, ce poison dont la bague d'Aden était remplie.

A la fin du châtiment, la peau du dos de la petite fille était en charpie. Pour cela aussi, Vlad paierait.

Il le tuerait de ses mains. Pour de bon cette fois. Et très bientôt. Avant cela, cependant, il lui fallait s'occuper de Sorin.

Aden ? fit Elijah nerveusement.

— Plus un mot, murmura Aden à son intention. Vous me l'avez promis.

Je sais, mais je viens juste de comprendre quelque chose. De le voir. Il faut que tu prennes tes médicaments. Tu m'écoutes ? S'il te plaît.

Pardon ? s'écrièrent Caleb et Julian à l'unisson.

— Qu'est-ce que tu as vu ?

Prends tes médicaments. Je te l'ai dit, j'ai vu plusieurs

issues différentes à ce duel, chacune plus horrible que la précédente, mais je viens d'avoir une nouvelle vision. Les images étaient déformées et incohérentes, et je ne suis même pas certain qu'elles aient un sens, mais je crois que tu peux sortir vivant du combat si tu prends tes médicaments.

Impossible ! Qu'est-ce que cela signifiait ?

— Je ne les ai pas ici.

Que se passerait-il s'il ne les prenait pas ? Une vision du passé de Victoria le distrairait-elle en plein milieu du duel ? Les âmes le déconcentreraient-elles, au lieu de l'aider ?

— Et j'ai besoin de ton don ! ajouta-t-il.

S'il pouvait à l'avance savoir ce que Sorin allait faire, les gestes qu'il préparait, il avait une chance... Même si, au fond, il pouvait deviner lui-même ce qui allait se passer : le vampire ferait tout pour lui couper la tête, point final.

S'il te plaît. Fais ce que je te dis. Envoie Victoria les chercher.

— Mais pourquoi ?

Je te l'ai dit. Sans tes médicaments, il est très probable que tu ne t'en sortes pas.

Très probable ? Aïe. Voilà qui était peu encourageant.

— Ça ne suffit pas. Je veux en savoir davantage.

D'accord. Je vais essayer de te l'expliquer autrement. Tu te souviens à quel point tu t'es montré froid, ces derniers jours ?

— Oui.

Comment aurait-il pu oublier ?

Eh bien, cette distance t'a sauvé la vie. Elle t'a permis de ne pas perdre la tête face à tout ce qui t'arrivait. Et aujourd'hui, ton pire ennemi, ce sont tes émotions. Les pilules t'aideront à t'en débarrasser.

— Je ne te comprends pas.

Moi non plus, lança Caleb. *Je comprends que dalle.*

Contente-toi de prendre tes médicaments, Aden. Fais-moi confiance : sans tes émotions, tu as plus de chances de t'en tirer.

Parce qu'il lui restait des chances d'en réchapper ? Première nouvelle.

— Bon, d'accord.

Elijah ne se trompait jamais. Ou plutôt, ne s'était jamais trompé jusque récemment. Tant pis ! S'il fallait en passer par les médicaments, il allait le faire.

— Je vais…

Mais à cet instant précis, Sorin se matérialisa à la lisière du bois. D'un pas décidé, il s'avança vers le centre du jardin, suivi de ses hommes. Deux d'entre eux portaient un étendard, les autres tenaient à la main des torches dont les flammes s'élevaient haut et droit malgré la pluie battante. Ombre et lumière. Les lueurs qui tranchaient sur le ciel noir étaient menaçantes et comme annonciatrices de quelque tragédie. Ne représentaient-elles pas la destruction et la rédemption ?

Soudain, le vent se leva, et une rafale glaciale accompagna l'approche des vampires.

— C'est trop tard. Impossible de demander à Victoria d'aller me chercher les médicaments maintenant.

Non, il ne le pouvait pas. Pas sans paraître faible. Vulnérable. Or, pour les vampires, tout était dans les apparences. Quelle que soit l'issue du combat, s'il montrait de la faiblesse, il serait considéré comme le perdant.

— Il va falloir trouver une autre façon de gagner ce combat…

Elijah gémit. *C'est bien ce que je craignais. Ecoute-moi,*

Aden. L'important est que tu gardes ton calme, quoi qu'il arrive. D'accord ?

— D'accord.

Facile à dire, évidemment. Et sans doute impossible à faire.

Sorin et ses hommes entrèrent à l'intérieur des cercles de métal composant la structure, juste devant Aden, et il put enfin voir leurs visages. Leurs visages, ainsi que celui de Seth, Shannon et Ryder, ses trois amis du ranch D & M, ligotés et tenus par des cordes. Ces traîtres de vampires les avaient pris en otages…

Etrangement, ils ne semblaient pas effrayés. Les cheveux teints en rouge et noir de Seth lui tombaient en travers de la figure, accentuant son expression furieuse. Dans la pénombre, le visage sombre de Shannon était plus difficile à déchiffrer, mais ses yeux verts étincelaient de colère. On aurait dit des poignards lancés dans le dos de Sorin. Quant à Ryder, il semblait beaucoup plus calme, à vrai dire, il paraissait ne pas se rendre compte de ce qui se passait, sans doute parce qu'il était en état de choc.

L'heure du duel avait sonné. Mais avant cela, il devait faire libérer ses amis.

— Relâche-les, ordonna Aden. Immédiatement.

La pluie s'était arrêtée, laissant place à une bruine glacée. Sorin acquiesça, comme s'il acceptait obligeamment la requête d'Aden.

— Aucun problème. Abandonne la couronne, et je les laisse partir. Un simple échange, sans violence. Tout le monde est content, et tu restes en vie.

Il aurait pu accepter. Un trône n'était rien en regard de la vie de ses amis. Mais une fois roi, Sorin pouvait décider de tuer les otages en dépit de ses promesses, et Aden ne pourrait plus rien faire pour l'en empêcher. Il était donc hors de question qu'il accepte cette offre.

— Seul un lâche accepterait ce marché. Et seul un lâche oserait le proposer.

— Ah, je vois. C'est le moment où je suis censé devenir fou de rage et me jeter sur toi ? Désolé, mais ça ne va pas marcher. Tes insultes ne me font ni chaud ni froid. Dans quelques minutes, tout le monde m'appellera Majesté.

— Là tu t'avances un peu vite !

— Moi ? Pas du tout. Je suis juste confiant. Si j'ai bien compris, la vie de tes amis t'importe peu. Ce n'est guère sympathique de ta part, je trouve. Mais voyons si tu es prêt à céder la couronne pour sauver ta petite amie…

Pendant qu'il parlait, un de ses hommes s'était glissé à travers la foule jusqu'à l'endroit où se tenait Victoria. La saisissant soudain par la nuque, il l'obligea à s'agenouiller. Elle se débattit, mais elle n'était pas de taille à lutter contre un tel guerrier.

— Et ne t'imagine pas qu'elle va pouvoir s'en sortir en se téléportant, lança Sorin. Elle est venue me voir hier soir, et j'ai glissé dans son verre une drogue qui l'en empêche.

Ecumant de colère, Victoria lança à son frère un regard blessé. Il avait osé lui faire ça ! Aden, lui aussi, ravala son amertume. Elle l'avait laissé, lui, pour aller retrouver son frère, à qui elle avait peut-être avoué des secrets le concernant…

Après tout ce que tu lui as fait, tu lui en voudrais pour ça ? demanda Elijah.

C'est tout à fait ce qu'il faut me dire pour que je reste calme, songea Aden. Les âmes ne pouvaient pas sans doute pas l'entendre, mais qu'importe ?

— Comment oses-tu faire ça à ta propre sœur ? demanda-il à Sorin.

— S'il y a une chose que j'ai apprise au cours des siècles, répondit celui-ci avec un haussement d'épaules, c'est que personne n'est indispensable.

Le menton de Victoria tremblait, et Aden sut qu'elle retenait des larmes de rage et de tristesse. Quoi qu'elle ait pu lui faire, et malgré tout ce qui s'était passé entre eux dans la grotte, l'idée qu'on puisse lui faire du mal lui était insupportable. Alors comme ça, il devait prendre garde aux émotions fortes ? Manque de chance, tout ce qui touchait à Victoria l'atteignait au plus profond de lui-même.

A cet instant précis, toutes les questions qu'il avait pu se poser sur les sentiments qu'il nourrissait à son égard trouvèrent leur réponse : oui, il l'aimait, passionnément. Il aurait tout donné pour elle, pour la protéger. Plus encore, il avait confiance en elle. Et si elle était allée retrouver son frère en cachette, c'était forcément pour tenter de le sauver de ce duel contre Sorin — tout comme lui, dans la situation inverse, l'aurait protégée par tous les moyens.

Aden, lança Elijah avec la même nervosité dans la voix.

— Non. Pas maintenant, répondit-il.

Plus rien ne devait le distraire à présent.

— Aden ! cria Victoria, il est venu sans sa bête !

Son avertissement se termina sur une note aiguë qui se transforma en gémissement de douleur. L'homme qui la retenait avait dû augmenter la pression sur sa nuque pour la faire taire.

Elijah poussa un juron. Aden eut l'impression que la fureur allait faire exploser sa poitrine. Au fond de son crâne, un vagissement semblable à celui d'un nourrisson se fit entendre. Encore ce cri ! Il était plus fort, cette fois, et plein de colère, tout comme lui. Dans une autre partie de sa tête, les âmes se mirent à se disputer. Caleb et Julian exigeaient des explications, et Elijah refusait de leur en donner.

Aden fit de son mieux pour les écarter de ses pensées et se concentrer sur Sorin. Sorin qui allait payer de son sang le fait de s'en être pris à Victoria.

— L'épée ? demanda-t-il.

Dans toutes les visions qu'il avait eues du combat, c'était l'arme de choix de son adversaire.

Il fallut un moment à celui-ci pour saisir ce qu'impliquait la question : non, Aden ne se rendait pas. Le combat aurait lieu. Dans les yeux du vampire, la surprise fit place à une expression de plaisir anticipé et sauvage.

— Ce serait trop facile. Pour moi. Nous nous battrons à mains nues.

Aden acquiesça, mais c'était à son tour d'être surpris. Rien n'arrivait comme il l'avait vu. Qu'est-ce que cela signifiait ? Etait-ce le fait qu'il n'avait pas pris ses médicaments qui avait changé le cours des choses ?

— S'il arrive quoi que ce soit à Victoria ou à mes amis, je te préviens, Sorin : je tuerai tes hommes un à un quand j'en aurai fini avec toi. Et sans un remords.

— Là, c'est toi qui t'avances un peu vite.

— Je veux que tu jures qu'il ne leur sera fait aucun mal, ni maintenant, ni pendant le duel, ni après, et ce quelle que soit l'issue du combat.

Sorin hocha la tête.

— Tu as ma parole.

Si facilement ? Aden le comprit alors : le frère de Victoria n'avait jamais eu l'intention de s'en prendre à eux. Cela ne lui sauverait pas la vie, plus maintenant, mais cela suffit à faire descendre d'un cran la rage dans son cœur.

D'un mouvement d'épaules, Sorin se débarrassa du manteau noir qui l'enveloppait et se retrouva torse nu, tout comme Aden. A cette différence près que son corps était recouvert de protections fraîchement tatouées. C'est à peine si, sous les tourbillons d'encre noire, on distinguait encore sa peau claire. Pourquoi donc avait-il jugé bon de se protéger à ce point ? Mais c'était sans importance. A présent, il fallait se concentrer sur le combat.

Les deux adversaires s'avancèrent jusqu'au centre des cercles de métal, presque jusqu'à se toucher. L'assistance retint son souffle.

Des combats au poing, Aden en avait connu un sacré paquet, mais c'étaient toujours des rixes dans lesquelles il se trouvait pris sur le moment, sans préparation particulière. Il n'avait jamais rien calculé, simplement réagi avec ses tripes à une situation donnée, en général une agression ou des insultes. En revanche, c'était la première fois qu'il avait à se battre de façon froide et planifiée.

— Tu sais quoi ? lança Sorin. Je crois qu'en d'autres circonstances, on aurait pu être amis.

La seconde d'après, son poing lancé à pleine vitesse s'abattait sur l'œil d'Aden.

Celui-ci ne vit rien venir — à peine un mouvement flou, à la périphérie de sa vision. Et soudain, la douleur explosa dans son crâne. L'impact le projeta en arrière. Il bascula, mais parvint à rester sur ses pieds. Pendant un instant, le monde devint noir et silencieux. Plus de pluie, plus de foule, plus d'âmes. Plus rien. Même le temps s'était arrêté. Il était sourd et aveugle, le cerveau en quarantaine.

Il resta là, comme suspendu, perdu, respirant à peine, et soudain, un éclair blanc. Et un noir de nouveau. Un flash — aveuglant, à peine plus long que le précédent. Noir. Blanc. La lumière ne cessait d'aller et venir, comme si quelqu'un, dans sa tête, avait joué avec un interrupteur.

Puis il y eut un petit bruit, une sorte de sifflement — seul signe annonciateur du monde qui, tout à coup, réapparut autour de lui — la lumière des flammes, la foule qui hurlait. Réagir ! Lutter ! Mais déjà, Sorin était sur Aden et faisait pleuvoir sur lui une grêle de coups. Ses poings étaient de véritables marteaux-piqueurs, des engins de démolition qui s'abattaient sans relâche.

Allez ! A ton tour ! Jette-toi dans l'arène ! De toutes ses forces, Aden lança son genou en avant.

Gagné ! Sous la ceinture ! D'accord, ce n'était très régulier, mais il y allait de sa vie. Ce coup bas lui avait permis de reprendre ses esprits.

Si Sorin avait encore eu sa bête en lui, elle se serait sans doute échappée à ce moment même car le vampire, avec un cri de rage et de souffrance, se retrouva plié en deux. Guidé par ses réflexes, Aden leva son autre genou, qui vint percuter durement le menton de son adversaire. Avec un gémissement, Sorin partit en arrière et s'effondra comme une masse. Aden se précipita avec la ferme intention de le clouer au sol pour en finir avec lui, mais le vampire replia ses jambes et les lui expédia en pleine poitrine, le projetant par-dessus lui. Ce fut au tour d'Aden de se retrouver à plat sur le dos. En un clin d'œil, Sorin était sur lui.

Les coups pleuvaient — les siens, et ceux de son adversaire, œil pour œil, sans que l'un ou l'autre puisse s'écarter. Et ils s'invectivaient sans cesse :

— Dis que tu me laisses la couronne. Dis que tu abandonnes, prosterne-toi devant moi, et tu auras peut-être une chance d'en sortir vivant.

— Va te faire foutre.

— Très original !

— C'est approprié.

Coups de poings, de coude, de tête : tout était bon dans le corps à corps. Chaque impact ébranlait son crâne, comme si ses os allaient se briser. Son nez était sans doute cassé, car il avait senti le cartilage céder. Mais la douleur avait un bon côté : l'adrénaline courait dans ses veines comme un bolide en furie, décuplant ses forces, sa rage, sa volonté de vaincre.

Cela suffirait-il ?

Calme-toi, Aden. Tu dois rester maître de toi.

La voix d'Elijah.

Qu'il choisit d'ignorer.

Frapper. Lancer son poing. Maintenant ! Il poussa un cri — un cri qui se répercuta dans son crâne, comme si quelque chose lui répondait — et porta un coup, puis un autre. Et encore un autre, et un nouveau, chacun rencontrant sa cible, la bouche, l'arête du nez, les arcades sourcilières, jusqu'à ce que Sorin se voie contraint de se protéger le visage, incapable de riposter. C'était une occasion en or : Aden le saisit par les épaules et, s'arc-boutant de tout son poids, parvint à le renverser. A présent, c'était lui qui l'écrasait au sol !

Pendant qu'il tâchait de retrouver sa respiration, il le maintint à bout de bras. Il cracha un peu de sang, et ce qui ressemblait à un petit caillou — une dent ! Puis, saisissant le visage de Sorin d'une main, il entreprit de le marteler de son poing libre. Bam, bam, bam — il frappait si vite qu'il ne voyait même plus bouger son bras (mais c'était peut-être à cause de son œil qui à présent était totalement fermé, enflé et douloureux).

Et chacun des coups qu'il donnait le calmait davantage — c'est Elijah qui allait être content.

Pourtant, Sorin ne s'avoua pas vaincu. D'une puissante ruade, il finit par désarçonner Aden et le projeter dans la foule qui se pressait autour d'eux. Certains vampires tombèrent avec lui, d'autres tentèrent de le repousser vers le centre du ring improvisé. Au passage, il sentit leurs bêtes, avides de sortir et de leur échapper. Pour venir à son secours.

— Non ! hurla-t-il. Restez où vous êtes !

Les monstres obéirent, aucun n'osa sortir de son hôte et prendre forme. D'accord, mais pour combien de temps ? D'ici peu, ils auraient oublié son ordre et n'en feraient plus qu'à leur tête. Il fallait qu'il en finisse, et vite ! Galvanisé par cette idée, il bondit en avant.

Sorin avait sans doute pensé la même chose, car il s'élança en même temps que lui. Ils roulèrent de nouveau au sol, inextricablement liés, dans un tourbillon de coups de coudes et de genoux qui visaient les zones sensibles — nez, gorge, entrejambe... Chaque attaque que portait Aden lui procurait un peu de sérénité — aussitôt détruite par la riposte qu'il encaissait.

Soudain, le sang coula abondamment. Sorin était blessé à la tête, l'un des coups reçus avait occasionné une entaille profonde, béante, par où s'écoulait un sang rouge vif — un sang de vampire, qui avait — ô merveille ! — la même odeur musquée que celui de Victoria.

Boire… Il voulait boire…

Sorin mit à profit son instant de distraction pour le frapper une nouvelle fois et le renvoyer dans la foule des vampires. Cette fois, en plus de les sentir, il entendit les bêtes, prisonnières de leur cage de chair, qui rugissaient férocement. Elles n'allaient plus tarder à sortir.

Il ne fallait pas que cela arrive. Même s'il s'était moqué d'Aden et de ses dons pour les dompter, Sorin ne devait pas être vaincu par les monstres des autres vampires, sans quoi il considérerait le combat comme inachevé. Il reviendrait tôt ou tard à la charge, réclamerait un duel sans spectateurs ou tout simplement attendrait le moment opportun pour le prendre en traître. Il fallait en finir, oui, mais ici et maintenant, à la loyale, avec les armes dont il disposait — ses poings, sa force et son courage. Pour que Sorin comprenne la leçon. Une bonne fois pour toutes.

Une seconde. Tu veux dire que tu as l'intention de le laisser en vie ?

Peut-être. Peut-être pas. Il ne savait plus.

Boire, boire, boire !

S'extirpant de la foule, il se jeta sur son adversaire. Tous deux roulèrent de nouveau au sol, enragés. Cette fois, ce fut le vampire qui prit le dessus. Il parvint à clouer Aden contre terre, le visage à quelques centimètres du sien.

— Je ne pensais pas que ça se terminerait de cette façon, lança-t-il hors d'haleine, mais puisqu'il en est ainsi…

Et il sortit ses crocs et plongea vers la jugulaire d'Aden.

Ses longues canines rebondirent sur la peau sans la percer. Une brève surprise traversa le visage de Sorin. Mais il réagit en guerrier, entraîné à ne pas laisser à son adversaire le temps de se reprendre. A son doigt, Sorin portait une bague semblable à celle d'Aden. Il ouvrit le chaton et arrosa le cou de ce dernier de *je-la-nune.* La brûlure fut intense, immédiate, se propageant à travers tout son corps comme un feu de paille — ou plus exactement, comme si lui-même était la paille qui prenait feu.

Sa gorge se contracta. Il ne pouvait plus respirer. A la rage du combat s'ajoutèrent soudain la douleur et un sentiment de panique indicible.

Avec un ricanement, Sorin se jeta de nouveau sur son cou, plantant cette fois ses deux crocs aiguisés dans la chair ouverte par le poison. Alors, Aden sentit la succion, puissante, terrible, comme si le feu dans ses veines était soudain remplacé par de la glace. Il avait beau se démener et se tordre dans tous les sens, il ne pouvait se libérer de ces monstrueux crocs.

Ses mouvements de défense ralentirent, puis cessèrent complètement. C'est alors qu'il comprit. Il allait mourir.

Le rugissement à l'intérieur de sa tête devint si puissant qu'il n'entendait plus rien d'autre. Fort, fort, encore plus fort… et soudain, il parut décroître. Comme s'il se calmait.

Mais non. Non, ce n'était pas ça, réalisa-t-il au milieu du brouillard cotonneux de ses pensées. Le bruit ne faiblissait pas, il s'éloignait — il *sortait* de lui, déchirant ses entrailles, ouvrant son crâne, son ventre, son dos. Alors, une ombre noire apparut autour de lui, flottant comme une brume avant de prendre forme sans cesser de rugir. Des ailes, des griffes, un mufle monstrueux, et ces hurlements, qui ne cessaient pas…

Une bête s'était échappée de son hôte.

Soudain, quelque chose arracha Sorin de son étreinte mortelle. Un instant, Aden crut que les crocs du vampire, dans le mouvement, allaient achever de lui ouvrir la jugulaire. Il resta allongé un moment, haletant, couvert d'une transpiration glacée. Il pouvait encore gagner ce combat, après tout. Il n'avait pas demandé grâce, et il n'était pas mort. De cela, il était certain, tant chacun de ses muscles et de ses os lui rappelait douloureusement leur existence… Mais avant tout, il voulait s'assurer que Victoria se trouve en sécurité.

Péniblement, il se redressa. La blessure dans son cou l'élançait vivement. La pluie ruisselait sur lui, emportant le sang de ses coupures. La tête lui tournait, et il lui fallut un bon moment pour retrouver ses esprits. Enfin, il parvint à faire le point. Face à lui se tenait Victoria, le visage pâle, les traits tirés par l'inquiétude. De l'eau — ou bien des larmes ? — lui coulait le long des joues. Le garde de son frère l'avait laissée se remettre debout, mais il se tenait toujours derrière elle, l'attitude menaçante.

Mais elle allait bien, c'était l'essentiel.

— Aden, fit-elle, d'une voix où se mêlaient l'admiration et la crainte. Ta bête !

Quelque chose s'interposa entre eux, bloquant sa vision. Il émit un hoquet de surprise. La créature était bien…

comme une bête, mais en plus petit. Un *bébé* monstre, alors ? Quoi que ce soit, c'était en train de pourchasser Sorin à coups de dents — des dents pointues comme des sabres — autour des cercles de métal.

Ta bête, c'était ce que venait de dire Victoria. Ainsi, quelque chose était bel et bien sorti de lui, et toutes les sensations de déchirement, de douleur, s'expliquaient désormais…

La créature était plus petite que toutes celles qu'il avait vues jusqu'alors, mais elle ne se montrait pas moins féroce. Elle avait étiré ses ailes dont les bords semblaient tranchants comme des lames de rasoir. Ses écailles étaient d'un gris luisant, comme du verre fumé et poli. Ses pattes se terminaient par des sabots griffus qui arrachaient le sol et grinçaient contre le métal des sculptures.

Elle est à moi, pensa Aden, et cette pensée lui coupa le souffle. *Ce monstre est sorti de moi, vraiment.*

Exactement, soupira Elijah. *Et c'était ce que je voulais éviter. Ce que j'aurais préféré vous cacher. Il grandissait en toi depuis le dernier jour dans la grotte. C'est la chose qui t'a regardé à travers les yeux de Victoria, juste avant que tu perdes connaissance. Juste avant de se précipiter à l'intérieur de toi.*

— Comment est-ce possible ? parvint-il à articuler en dépit de sa blessure à la gorge.

Il est né à l'intérieur de toi après le premier échange de sang. Ensuite, il nous a accompagnés dans l'esprit de Victoria, où il a grandi. Nous avons fait tous les allers-retours ensemble jusqu'au moment où nous sommes revenus définitivement dans ta tête.

— Pourquoi ne pas me l'avoir dit ? Pourquoi avoir gardé le secret ?

La blessure de son cou se refermait déjà, et il avait de moins en moins de mal à parler.

Je ne voulais pas que vous paniquiez, toi ou l'autre duo de comiques. Les émotions fortes risquaient de l'expulser de toi. De provoquer un accouchement avant l'heure. Parce que c'est bien de ça qu'il s'agit, Aden. Et c'est d'ailleurs ce qui est arrivé. Tel que tu le vois… c'est un prématuré.

Cela signifiait-il qu'il était fragile, vulnérable ? Il n'en avait pas l'air, pourtant…

Il a faim. Il est affamé, et bien décidé à se nourrir. Il ne sera pas toujours facilement contrôlable. Je ne voulais pas t'en parler, mais tous ces changements dans ta personnalité… Tu combattais sa nature, son caractère sauvage, qui était en conflit avec le tien en même temps que celui de Victoria. Et tu sais quoi ? Tu t'en sortais très bien. Jusqu'à maintenant.

Et nous ? demanda Caleb. *Qu'est-ce qu'on devient, dans l'histoire ?*

Elijah laissa échapper un nouveau soupir.

Je ne sais pas. Le petit bonhomme a goûté à la liberté, et il ne sera jamais heureux en cage.

Au moins, Aden a survécu au combat, fit remarquer Julian. *Tu avais dit que sans les médicaments, il mourrait !*

Non, j'ai dit qu'il risquait *de mourir. Ce n'est pas pareil. Ça peut arriver que des mères meurent en accouchant. C'est ça que j'avais vu.*

Malgré les circonstances plutôt dramatiques, Caleb ne put retenir un ricanement.

Félicitations, Aden. Te voilà maman. Tu comptes l'allaiter ?

Julian gloussa.

Pendant ce temps, le « petit bonhomme » avait fini

par jeter Sorin sur le sol, avant de se jucher sur son estomac avec une expression déterminée. De façon ironique, une seule chose aurait pu sauver à cet instant le prince vampire — sa propre bête, qu'il avait laissée à l'écart !

Et maintenant, décréta Elijah, *va finir ce combat. Tu as une occasion en or, sers-t'en.*

Aden se remit debout et, à peine sur ses pieds, faillit retomber, mais il parvint à conserver tant bien que mal son équilibre. Les mâchoires serrées, le regard noir, il fit coulisser le chaton de sa bague. Il allait rendre à Sorin la monnaie de sa pièce. Aussitôt, le *je-la-nune* crépita contre la peau du vampire et il poussa un hurlement : le sang se mit à couler le long de son cou.

Aden avait pris soin de viser loin du monstre nouveau-né, qui le regardait avec des yeux affamés et étincelants. Il tendit la main vers lui — son bébé ! — pour le caresser. Comment allait-il l'appeler ? Gobeur junior ? Junior, pour faire court…

Mais au lieu de se mettre à ronronner, comme le faisaient Gobeur et les autres bêtes, Junior retroussa ses babines, découvrant ses crocs, et poussa un grognement menaçant.

— Hé là ! Tout doux !

Que se passait-il ? C'était la première fois qu'Aden obtenait une telle réaction de la part d'une bête. Mais peu importait pour le moment : le bébé monstre ne l'avait pas mordu, et Sorin était toujours hors d'état de nuire… Aden reporta son attention sur le vampire. S'agenouillant près de son cou, il se mit à boire le liquide rouge vif qui coulait de la blessure, avec avidité. Quel délice ! Comme il s'y était attendu, le sang de Sorin avait le même goût que celui de Victoria. Il l'avalait à pleines lampées, sans la moindre intention de s'arrêter. Pendant ce temps, à sa grande surprise, Junior s'était mis à pousser de petits grognements satisfaits, comme si c'était *lui* qui se régalait de tout ce sang.

Ce qui ne tarda pas à être le cas. La jeune bête avança la tête à côté de celle d'Aden et se mit à boire à son tour. Sorin eut un tressaillement, puis un autre, avant de s'immobiliser complètement.

Il faut que nous nous arrêtions, prévint Elijah — encore lui ! *Si nous continuons, Sorin mourra. Ce n'est pas nécessaire. Nous avons gagné !*

Maudit Elijah. Pourquoi l'écouter ?

Le sang, la soif du sang, emportait tout sur son passage. Aden se laissa aller, de plus en plus bestial, de plus en plus assoiffé. Pourtant, les mots se mirent à cogner dans sa tête.

Arrêter. Maintenant. Important. Combat. Duel. Victoria. Aimer. Détester. Arrêter !

Il parvint à relever la tête, à s'agenouiller de nouveau. Il avait des bulles plein le crâne, comme si tout son être s'était mis à bouillonner. Déjà, ses blessures s'étaient refermées et toute douleur s'évanouissait. Il tendit la main vers Junior, mais celui-ci ne se laissa pas faire. Avec un grognement, il s'écarta, tenant toujours entre ses dents le cou de Sorin comme un chiot jouant avec un os.

Il faut que tu l'obliges à le lâcher et à revenir en toi.

Un nouveau combat ? Génial !

Empoignant le bébé monstre à bras-le-corps, Aden parvint à lui faire lâcher prise et à l'écarter du corps de Sorin. La bête se mit à battre des ailes frénétiquement, et exhiba ses crocs à quelques centimètres à peine du visage d'Aden, qui dut saisir à pleines mains le mufle menaçant pour ne pas être mordu.

Les gardes du frère de Victoria s'avancèrent, visiblement dans l'intention de venir en aide à leur maître qui restait allongé sur le sol, inanimé.

— Ne faites pas ça ! leur cria Aden tout en tentant de maîtriser la créature.

Les gardes se figèrent.

— Partez ! Partez tous !

La dernière chose dont il avait besoin, c'était que Junior blesse quelqu'un dans l'assistance. Ou l'inverse.

— Retournez à l'intérieur, et attendez-moi. Tous. Et pas de dispute, ou je vous jure que je lâche ce monstre sur vous !

Il fallut quelques instants avant que ses paroles n'aient un effet sur la foule. Mais, peu à peu, malgré les murmures réticents, vampires et loups-garous quittèrent les lieux. Il était même surprenant qu'ils obéissent aussi vite…

Alors, il ne resta plus qu'Aden, Junior et Sorin — les deux premiers engagés dans un corps à corps qui s'annonçait compliqué.

Leur lutte dura de longues minutes pendant lesquelles Aden tentait de maintenir sa bête à bras-le-corps tandis que celle-ci se débattait de toutes ses forces.

Soudain, Sorin ouvrit les yeux et se rassit. Ses blessures s'étaient refermées.

Le vampire secoua la tête comme pour s'éclaircir les idées. Puis ses yeux se fixèrent sur Aden. Il aurait pu se relever et l'attaquer, mais il n'en fit rien. Il avait perdu le combat, il le savait. Tout le monde le savait.

— Tu n'es pas humain, lança le vampire avec un air accusateur.

— Plus maintenant. Enfin, si je l'ai jamais vraiment été !

Des vampires, il avait à présent la bête, la peau et la Voix Vaudou. D'autres choses avaient-elles changé ? Quels nouveaux pouvoirs avait-il dont il ne connaissait pas encore l'existence ?

Comme par miracle, Junior cessa de lutter et s'immobilisa, le souffle court. Ses naseaux noirs palpitaient bruyamment. Aden le maintint entre ses bras et commença à le caresser, doucement, doucement… Le nouveau-né ferma les yeux, et pour la première fois, on put voir ses longs sourcils dorés. Oui, c'était vrai : il avait les yeux de son père ! Au repos, il ressemblait à une peluche géante.

Son corps de jeune monstre se détendit, et le halètement se transforma en un souffle régulier. Il dormait ! Mais Aden ne bougea pas. A vrai dire, il ignorait quelle conduite tenir. S'il s'arrêtait, la créature risquait de se réveiller et chercherait de nouveau à tuer.

Pourtant, au bout de quelques instants, la silhouette de Junior devint peu à peu transparente, et il se changea en une brume opaque, cette même brume qui était sortie d'Aden pendant le combat. Elle l'enveloppa tout entier avant de rentrer en lui par chacun de ses pores. Quand il se releva, il put sentir au fond de lui la présence de la bête, comme un brasier.

C'était hallucinant. Non, pire. Il n'avait pas de mot pour expliquer ce qui venait d'arriver.

Sorin, en revanche, semblait beaucoup moins impressionné :

— Tu sais quoi ? lança-t-il. J'ai une plus grosse bête que toi.

— Pas pour longtemps, rétorqua Aden. Tu as vu la taille des pieds de la mienne ?

Le frère de Victoria croisa ses bras énormes sur son torse impressionnant.

— Oublions les bêtes. J'ai deux ou trois choses à te dire, Aden Stone.

— Laisse-moi deviner : tu veux un autre combat ? Alors d'accord. Maintenant. Qu'on en finisse tout de suite. Je refuse de t'accorder le moindre délai. Soit tu me fais allégeance, soit tu meurs. Choisis.

— Je ne pensais pas à un autre combat, répondit le guerrier tout en se relevant tant bien que mal.

Visiblement, la tête lui tournait. Pourtant, au bout d'un moment, il parvint à se tenir debout et, s'avançant vers Aden, il lui tendit la main pour l'aider à se relever.

— Même si nous nous battions de nouveau, personne n'oublierait que tu m'as vaincu cette fois-ci. Peut-être que j'aurais dû choisir le combat à l'épée... Qu'importe ? Je me disais que... je veux t'aider. Majesté.

Qu'avait-il dit ? Aden n'en croyait pas ses oreilles. Rien ne l'avait préparé à un tel revirement. Rien, ni personne, *n'est-ce pas, Elijah* ? Et c'était bien dommage, car dans le cas contraire, cela lui aurait épargné bien des angoisses... Quoi qu'il en soit, il était trop épuisé pour entamer une dispute à ce sujet avec l'esprit médium.

— Merci, dit-il simplement.

Il ne faisait pas confiance à Sorin, mais qu'importe ? Il accepta la main que le vampire lui tendait puis, en signe de paix, fit claquer sa paume contre la sienne.

16

Avant même que les deux combattants soient de retour à l'intérieur du manoir, la fête battait son plein. On célébrait la victoire d'Aden. Chaque vampire tenait à présent son verre de sang, tandis que les loups-garous et les humains sirotaient du vin dans une atmosphère chaleureuse et détendue. On riait, on plaisantait. Le roi avait prouvé sa force et son intelligence, confirmant les attentes de ses partisans.

On murmurait beaucoup, aussi, et chacun d'y aller de son hypothèse au sujet de la transmutation d'Aden. Comment un humain avait-il pu se changer en vampire ? Et si c'était possible, allait-on transformer d'autres humains ?

Il y a si longtemps que nous n'avons plus essayé une telle conversion… peut-être que ce qui nous en empêchait a disparu ?

Mais nous ne savons toujours pas ce qui nous en empêchait.

Leur sang, peut-être. Ou le nôtre.

J'aimerais bien reprendre nos expériences !

Moi aussi, mais le nouveau roi le permettra-t-il ?

Pour être restés sous la pluie tout le temps que durait le combat, les vampires étaient trempés. Leurs cheveux et leur robe dégoulinaient. Mais ils s'en fichaient pas mal, à l'exception de Victoria qui était secouée de frissons. Ses dents claquaient si fort qu'on devait les entendre d'un bout à l'autre de cette immense salle de bal, où résonnaient les accords aériens d'une harpe.

Saleté de peau humaine !

Sur un plateau, elle saisit au passage un gobelet rempli de sang. Certes, à ce moment, l'idée de boire le liquide visqueux la révulsait, mais il le fallait : Gobeur était de plus en plus faible et elle devait le nourrir. Le verre à la main, elle observa les alentours. Le sol était de marbre, les murs recouverts de miroir. De hautes colonnes s'élevaient vers le plafond, où elles se perdaient dans un entrelacs de vitraux.

Au milieu de la vaste voûte, un gigantesque chandelier étendait ses branches qui traversaient la pièce de part en part, comme une araignée qui aurait tenu l'espace entre ses pattes. Un endroit charmant… si on aimait les atmosphères gothiques. Victoria, elle, préférait les couleurs depuis toujours. Du rose, du jaune, du bleu, et pourquoi pas du blanc ? Malgré les diktats de son père en matière de décoration, elle aimait les atmosphères multicolores. Car, pour Vlad l'Empaleur, le choix était simple : du noir, du noir, et encore du noir.

Il faut perpétuer les mythes, disait-il. Exagérer le côté macabre. Ainsi, les quelques humains qui avaient vent de l'existence des vampires ne les prenaient pas au sérieux. Ils étaient convaincus que c'était juste des gothiques en mal d'excentricités. Ce qui était le but recherché…

Depuis toute petite, son père l'avait à la fois fascinée et horrifiée. Par contre, elle avait toujours cru que Sorin lui vouait une adoration inconditionnelle. Or, ce n'était pas le cas. Mais pourquoi ?

Sorin… Elle ne comprenait pas ses motivations, sa

personnalité. C'était un personnage bien trop complexe, comme un puzzle dont elle aurait perdu les pièces. Parviendrait-elle jamais à déchiffrer l'énigme que constituait son frère ? Elle savait au moins une chose : c'était un guerrier accompli — et Aden l'avait vaincu.

Encore plus surprenant, personne dans l'assistance n'avait fait mine d'aider Sorin d'une façon ou d'une autre — même Stephanie et Lauren, qui depuis la veille s'étaient ralliées à lui, n'avaient pas bougé, restant aux portes du manoir sans intervenir.

Et pour couronner le tout, Aden avait à présent toutes les caractéristiques d'un vampire — la peau, d'abord, mais aussi une bête qui vivait à l'intérieur de lui.

C'était comme s'il avait pris sa peau à *elle*. Et qu'avaient-ils échangé d'autre ? Elle avait perdu le pouvoir de faire obéir les humains par la voix et celui de se téléporter. Aden avait récupéré l'un, alors pourquoi pas l'autre ? Sans parler de sa rapidité de mouvements : pendant le combat, il avait bougé plus vite que jamais, avec une précision surnaturelle. Et justement, qu'était devenue sa propre force ? Quelques semaines auparavant, elle était encore capable de déraciner un arbre en le frappant du plat de la main. A l'heure actuelle, elle n'était même pas certaine d'avoir assez d'énergie pour écarter une mèche de cheveux de son visage.

Si, dans la grotte, elle avait su ce qui allait se produire, aurait-elle sauvé Aden comme elle l'avait fait ?

La réponse lui vint, immédiate : oui. Oui, et mille fois oui. Elle lui aurait tout donné, même sa vie.

Ce qui risque d'arriver un jour ou l'autre, remarqua une petite voix dans sa tête. *En attendant, il faut survivre. Et nourrir Gobeur.*

D'une main tremblante, elle porta le gobelet à ses lèvres et but une gorgée du liquide épais, presque froid à présent. Un goût âcre, métallique, se répandit dans sa gorge et elle grimaça. Beurk ! Que n'aurait-elle pas donné pour un… sandwich. Oui, c'était ainsi que s'appelaient ces choses, ces fines tranches de viande que l'on glissait entre des morceaux de pain, en les garnissant en général d'une sorte de crème blanche. Miam ! Rien que d'y penser, elle se mit à saliver et son estomac gronda.

Bientôt, très bientôt, il lui faudrait retourner dans les quartiers des esclaves et voler de la nourriture humaine, comme la dernière fois.

— V… V… Victoria ! lança une voix masculine par-dessus le vacarme.

Elle fit volte-face et aperçut de l'autre côté de la salle Shannon, accompagné de Seth et de Ryder. Autour d'eux veillaient deux gardes de son frère, l'air impénétrable.

Comment avait-elle pu oublier que Sorin les avait pris en otage ? Elle reposa son gobelet sur le plateau qu'un serviteur lui tendait et se dirigea vers le petit groupe.

— V… Victoria, fit Shannon, dont le bégaiement semblait empirer dans ces circonstances, f… fais quelque chose. S… s'il te plaît.

Elle croisa son regard un instant. Ses yeux verts étincelaient comme des émeraudes. L'anxiété le rendait un peu pâle, mais avec sa peau d'un noir profond, il était plutôt beau garçon. Sa silhouette élancée se détachait même de la masse des vampires. Dans de meilleures circonstances, Shannon affichait en général un sourire éclatant, radieux. Elle l'avait toujours beaucoup apprécié.

Il se tenait au centre du petit groupe, droit comme

un *I.* N'empêche que, par le petit doigt, il tenait la main de Ryder, comme pour se réconforter. Lequel des deux était le soutien de l'autre ? C'était difficile à dire, car Ryder était lui aussi grand et musclé, mais en ce moment précis son visage arborait une expression terrifiée.

Seth, lui, souriait, saluant de la main quelqu'un qui se trouvait derrière Victoria avec un signe qui disait *appelle-moi.*

Elle jaugea les deux gardes. Ils avaient abandonné leur expression menaçante, et ils lui adressèrent un sourire — ou plus exactement dévoilèrent leurs crocs dans un semblant de sourire.

Tous deux avaient le crâne rasé et le visage couturé de cicatrices. Comment diable les avaient-ils reçues ? Comme Riley, à force de blessures répétées ? Et Victoria elle-même, avec sa nouvelle peau si fragile, ne serait-elle pas bientôt couverte de marques identiques ? Peut-être qu'alors, Aden cesserait de la trouver belle…

Ce n'est pas le moment de penser à ça. L'idée la déprimait… *Concentre-toi.*

Elle regarda de nouveau les gardes. Malgré le « sourire » qu'ils affichaient, celui de droite faisait peur à voir. Ce type devait dévorer des éclats de verre et des chatons vivants pour le déjeuner. Le garde de gauche était un peu moins terrifiant — lui il devait se contenter de manger des morceaux de verre… Elle décida de tenter sa chance avec ce dernier.

— Vous avez l'air plutôt de bonne humeur, pour quelqu'un dont le seigneur vient de perdre toute chance d'accéder au trône, lança-t-elle.

L'autre la regarda d'un air glacé et surpris.

— Qui a dit ça ?

Surprenant, comme réponse…

— Moi. Aden, évidemment. Et tous ceux qui ont assisté au combat. Vous avez remarqué qu'il y a foule autour de nous, non ? Alors voilà. Tout ce monde sait que Sorin a perdu.

L'autre secoua la tête, à peine déstabilisé par le sarcasme.

— Peut-être. Ou peut-être qu'il a simplement voulu tester ce que valait votre Aden.

Carrément nul, comme explication…

— Belle façon de se cacher la réalité, commenta-t-elle.

Mais l'autre se contenta de hausser ses épaules massives (exactement comme l'aurait fait Sorin, pensa-t-elle. Depuis combien de temps lui et son frère se connaissaient-ils ?).

— Vous pouvez croire ce que vous voulez, répondit le garde. La réalité est différente.

Mais que voulait-il dire ?

— D'après vous, Sorin a volontairement perdu le combat pour devenir le vassal d'Aden ?

— Votre frère ne truquerait jamais un combat. C'est un homme bon, princesse Victoria. Son but a toujours été de libérer ceux de notre race, et rien ne pourra le changer.

A présent, tout le monde autour d'eux les regardait sans se cacher. Très bien. Fin de la plaisanterie. Hors de question qu'ils aient cette discussion ici en public. Elle avait mieux à faire.

— Relâchez immédiatement ces garçons, sinon je…

— A vos ordres. Remarquez que nous vous les

remettons en parfaite santé. Nous n'avons pas touché à un cheveu de leur tête.

Elle croisa les bras sur la poitrine, bien décidée à ne pas s'en laisser conter.

— Vous plaisantez ? Et ces marques sur leur poignet ? Ce ne sont pas à cause de leurs liens, peut-être ?

— Je peux vous affirmer qu'ils les avaient avant que nous les capturions, répondit l'autre garde.

Et, sans ajouter un mot, les deux hommes reculèrent d'un pas, libérant les trois amis d'Aden.

Facile. *Trop* facile, pensa Victoria. Elle resta interdite, ne sachant pas quoi répondre.

Mais Shannon et Ryder, eux, réagirent au quart de tour. La saisissant par la main, ils l'entraînèrent à l'écart. D'une bourrade, Shannon fit avancer Seth. Oui, mais où pouvait-elle bien les mettre en sécurité dans ce manoir ? Victoria fronça les sourcils. Déjà, il fallait les faire sortir d'ici. Elle passa devant le petit groupe pour se diriger vers l'extrémité de la salle.

Soudain, une vampire leur coupa le chemin. Plus âgée que Victoria, elle n'en était pas moins magnifique. Sa peau était lisse et ses traits parfaits. De ses grands yeux gris, elle regardait les garçons de façon appuyée, comme s'ils avaient été d'appétissantes friandises.

— Juste un mot, princesse, dit-elle en passant une langue rose sur ses crocs étincelants. Combien pour celui avec les tatouages ?

— Il n'est pas à vendre, répliqua Victoria.

Mais dans le même temps, Seth lança :

— Vous avez un prix en tête ?

Victoria se retourna vers lui et lui décocha une bourrade.

— Plus un mot. Je suis sérieuse.

— Aïe ! Ça fait mal ! Qu'est-ce que j'ai dit ? glapit Seth, furieux.

Sans lui répondre, Victoria revint à la vampire :

— Il n'est pas à vendre, répéta-t-elle. A aucun prix.

L'autre fit la moue :

— Vous en êtes sûre ?

— Oui.

A regret, les yeux gris quittèrent Seth pour se poser sur Shannon.

— Alors, combien pour le…

— Aucun des trois n'est à vendre.

Chez les vampires, on troquait facilement les esclaves de sang. Contre de l'argent, mais aussi contre des vêtements, et parfois simplement pour le plaisir de la nouveauté. Ces pratiques n'avaient jusque-là jamais gêné Victoria, mais à présent, l'idée que des humains, en particulier des amis d'Aden, puissent être échangés comme de vulgaires paquets de chips lui posait un vrai problème.

— Quel dommage, vraiment ! s'exclama la vampire.

Puis, elle s'en fut, rejetant ses cheveux blonds en arrière d'un mouvement dédaigneux.

A la tête du petit groupe, Victoria dut s'arrêter à trois reprises pour répondre à des demandes du même genre avant d'atteindre le passage secret (même s'il était connu de tous les habitants des lieux) qui se trouvait au fond de la salle de bal. D'un geste de la main, elle invita les garçons à y pénétrer.

Ils se retrouvèrent dans une pièce juste derrière, et dont une des cloisons était constituée de miroirs sans tain grâce auxquels on pouvait espionner ce qui se passait dans la grande salle. Un système acoustique permettait également d'entendre les conversations. Néanmoins — comme on pouvait s'y attendre dans une fête — un couple de jeunes vampires se trouvait déjà dans ces lieux, enlacés sur un canapé. Quand Victoria toussota pour attirer leur attention, ils bondirent sur leurs pieds, le feu aux joues, se hâtant d'arranger leurs tenues.

— Euh, bonjour, princesse, qu'est-ce que…, commença le garçon.

— Dehors ! ordonna Victoria sans attendre.

Le couple obtempéra précipitamment. Elle referma la porte sur eux puis, rassemblant tout son courage, elle se prépara à faire face au feu nourri des récriminations et des questions de ses trois amis humains.

— Je vous écoute…

Tous les trois se mirent à parler en même temps.

— Je d… dormais, d'accord ? Et v… voilà qu'un vampire géant…

— … ne demandais rien à personne, et là, je vois une paire de crocs. Des crocs, je te jure ! J'ai failli me faire pipi dessus. Ensuite, ils m'ont forcé à…

— … n'aurait pas un petit coin tranquille, une petite chambre où je pourrais m'installer ? Parce que j'en ai assez de faire les allers-retours, et je ne sais pas si tu as remarqué la rousse canon avec des énormes…

— … le t… le truc qui est sorti d'Aden, c'était quoi ? Un d… dragon ? C'est sorti comme ça, d'un c… coup, et…

— … les poignets avec leurs liens. Si j'ai des cicatrices, je leur fais un procès. D'ailleurs, je vais peut-être les mettre devant un tribunal de toute façon. Dan va me tuer — si tes amis buveurs de sang ne s'en occupent pas avant ! Il m'a juré qu'à la prochaine incartade, il me virait du ranch. Et dire que ce n'est même pas ma faute !

— … ou même la petite brune. Sérieusement, tu me dois un service, non ? Tu n'as pas arrêté de me casser le coup avec les autres…

Elle attendit patiemment que le silence revienne. Quand ce fut fait, elle prit une grande inspiration. Par où commencer ? Peut-être par le plus simple…

— Je suis une vampire.

C'était étrange de révéler ça à des humains. A vrai dire, il s'agissait d'une faute qui pouvait être punie de mort, ou au moins d'emprisonnement à vie, dans un cachot très sombre et complètement à l'écart du monde.

Le châtiment qu'avait subi la mère de Victoria, jusqu'à ce qu'Aden obtienne sa libération. *Et est-ce qu'elle vient me rendre visite pour me témoigner de sa gratitude ? Même pas.* Elle en concevait une amertume chaque jour plus vive, sans doute parce qu'elle ne pouvait pas s'empêcher de penser que, si sa mère ne la rejoignait pas, c'était parce qu'elle n'en valait pas la peine. Parce qu'elle ne l'aimait pas — qu'elle ne l'aimait *plus.* Parce qu'elle l'avait déçue.

Etait-ce ainsi qu'Aden se sentait quand il pensait à ses propres parents ? Abandonné, oublié, mal-aimé ? Sans doute. Encore une chose qu'ils avaient en commun.

— Vous avez pu vous en rendre compte, cette maison est pleine de vampires, poursuivit-elle. Ce que vous ne savez sans doute pas, c'est qu'Aden est notre roi. Il a affronté mon frère en duel pour conserver sa couronne. Et il a gagné.

— Trop fort, Aden ! s'exclama Seth, et il leva le poing

bien haut, s'attendant sans doute à ce que tout le monde suive son exemple.

Les autres le regardèrent sans un mot.

— Oh, c'est bon ! fit-il, dépité.

Victoria poursuivit ses explications. Qui s'annonçaient de plus en plus compliquées.

— Le monstre que vous avez vu est… quelque chose que tous les vampires portent en eux.

— Attends une minute… Tu ne veux pas dire qu'Aden est un vampire ? fit Ryder, les yeux écarquillés de surprise.

— Si. C'est exactement ça. Enfin je crois.

Avec un sourire de triomphe, Shannon tendit la main en direction de Ryder.

— Je t… te l'avais dit. Tu me d… dois cinq dollars.

— Vous voulez dire que vous avez parié sur la race d'Aden ? s'étrangla Victoria.

— Pas sur la sienne. J… je me doutais que tu étais d… différente. Ta façon de m… marcher, de parler… Trop facile, je l'avais d… deviné. En p… particulier, poursuivit-il en lui décochant un sourire éclatant, quand tu t'es g… glissée dans notre chambre au ranch.

Rien de plus déprimant à entendre. Franchement, elle avait tout fait pour ne pas se faire remarquer, pour se comporter comme une humaine. De toute évidence, elle s'était bel et bien plantée.

— Qu'est-ce qu'elles ont, mes façons de marcher et de parler ?

— Tu ne marches pas, tu flottes, expliqua Seth avec une mimique d'appréciation. Et ton accent est… différent.

Différent ? Etait-ce une façon polie de dire « bizarre » ? Victoria préféra changer de sujet :

— Et Dan, comment va-t-il ?

Le propriétaire du ranch se reprochait-il encore le départ d'Aden ?

— Il est triste, dit Seth.

— Préoccupé, ajouta Ryder.

Shannon secoua la tête :

— On dirait qu'il se sent c... coupable de quelque chose.

Elle s'en était doutée.

— Vous savez quoi ? Peut-être qu'Aden retournera au ranch. Je crois que Dan serait soulagé s'il pouvait parler avec lui.

Comme elle le savait, Aden avait beaucoup de respect pour Dan. C'était pour lui qu'il voulait terminer le lycée coûte que coûte et décrocher son bac. Telle avait été son intention, en tout cas, jusqu'à ce que Victoria, en lui sauvant la vie après qu'il eut été poignardé, transforme radicalement sa personnalité.

Aden regretterait-il un jour ce qu'il avait accompli au cours de ces derniers jours ? Regarderait-il en arrière avec un sentiment de remords ? Elle espérait que non. Elle ne voulait que son bonheur, maintenant et pour toujours. Un « toujours » qui, si elle ne se trompait pas, serait à prendre au sens premier du terme. Pour le meilleur et pour le pire.

Perdue dans ses pensées, elle sursauta. Seth venait de se précipiter contre la cloison sans tain. Il s'exclama :

— Dites donc, qu'est-ce qui se passe là-dedans ?

Elle se retourna vers lui, surprise. Derrière le miroir, tous les occupants de la salle de bal étaient tombés à genoux et s'inclinaient avec respect. Le brouhaha avait considérablement décru. Victoria comprit sur-le-champ.

— Aden est arrivé, expliqua-t-elle avec un pincement au cœur.

Effectivement, à l'autre bout de la pièce, par les imposantes portes à doubles battants, Aden fit son entrée accompagné de Sorin.

Comme il n'avait plus de frange pour lui cacher la figure, elle put distinctement voir son œil poché et les marques sur sa peau. Pas très beau à voir, d'accord, mais les dégâts auraient pu être pires, bien pires si l'on songeait à tous les coups que lui avait portés son frère. Au moins Aden tenait-il sur ses jambes. Après un tel combat, bien peu auraient pu en dire autant.

Il parcourut la salle du regard, ne s'arrêtant ni aux vampires, ni aux loups, ni aux humains. Se pouvait-il qu'il la cherche ? Ces derniers temps, il s'était montré si différent, tour à tour distant et passionné... Au fond, que voulait-il ? Mieux valait penser à des choses moins inquiétantes — enfin, façon de parler. Par exemple à son frère. A son crétin de frère !

La plupart des blessures de celui-ci s'étaient déjà refermées, mais tout comme Aden, les marques en étaient encore visibles sur son visage et son cou, en particulier à l'endroit où le *je-la-nune* avait brûlé la peau et les chairs. Et au fond, à cet instant précis, une partie de Victoria aurait bien aimé plonger ses doigts dans la plaie et tirer de toutes ses forces. Son propre frère s'était servi d'elle ! Quelle ironie... Comme il ignorait qu'elle avait perdu sa faculté de téléportation, il l'avait droguée avant de l'utiliser comme otage, comme monnaie d'échange ! Certes, si elle avait bien compris ce qu'avait voulu dire le garde dans la salle de bal, Sorin n'avait agi de la sorte que pour tenter d'éviter un combat à mort

— pour éviter, en fait, de tuer Aden. Mais quoi qu'il en soit, son plan n'avait pas fonctionné. Aden s'était battu, et à la loyale, sans tricheries ni otages. Voilà pourquoi il était roi !

Ryder, qui avait suivi le regard de Victoria, fixait lui aussi Aden qui, malgré ses blessures, se tenait fièrement au milieu de la foule.

— Dire que je lui ai cherché des crosses au ranch ! murmura-t-il, pensif. Il aurait pu me réduire en bouillie, et d'une seule main, encore !

— Faut dire que tu es quand même un peu débile, lâcha Seth en s'esclaffant.

— Débile ? Je ne suis pas débile !

— Tu rigoles ? Le seul truc où tu as la moyenne, c'est au réfectoire.

— Et dans la c... cour, qu... quand on est tous les deux, lança Shannon avec un grand sourire.

Ryder lui décocha une bourrade amicale. Seth leur jeta un coup d'œil et fit mine de s'étrangler de dégoût :

— Voilà qu'ils recommencent ! Les mecs, c'est pas bientôt fini de vous tripoter en public ? Vous êtes dégoûtants !

La plaisanterie ne fut pas du goût de Ryder, qui s'approcha de lui, poings fermés, mais Victoria s'interposa :

— Ça suffit, vous deux !

Oh, vraiment ? Si jamais les deux garçons décidaient d'en venir aux mains, que pouvait-elle bien faire pour les en empêcher ? Rien. Absolument rien — à part peut-être recevoir des coups et blessures qui pourraient ne pas guérir.

C'était bien la première fois qu'elle avait à se préoccuper de ça...

Soudain, l'attention d'Aden se porta dans leur direction. Il se mit à regarder fixement le miroir, comme s'il pouvait voir à travers. Sans même s'en rendre compte, elle plongea ses yeux dans les siens.

Comme ce regard lui avait manqué ! Il était si intense… Minute. La voyait-il réellement ? Cela paraissait impossible, mais…

— Vous pouvez vous relever, lança Aden à la foule.

Avec des froissements d'étoffe, les invités se remirent debout. Victoria perdit Aden de vue. Des murmures, puis des railleries à l'intention de Sorin s'élevèrent. Le vampire allait devenir la risée de la cour, et le resterait peut-être pendant une centaine d'années. Ou davantage.

Puis la foule se fendit comme une mer, et Victoria put de nouveau contempler Aden. Qui se dirigeait vers elle d'un pas décidé.

Il l'avait vue. Il *devait* l'avoir vue.

Sorin lui emboîtait le pas, la tête haute, ignorant les piques qui lui étaient adressées.

Mais, surgissant de la foule, deux mains délicates saisirent Aden au passage, agrippant son bras, le caressant presque, et le contraignant à s'arrêter. Hors d'elle, Victoria reconnut Draven. Draven, qui n'allait pas tarder à mériter le surnom qu'elle lui réservait depuis un moment : Celle-qui-va-mourir-dans-d'atroces-souffrances.

De nouveau, la foule fit silence — personne ne voulait manquer les paroles qui allaient s'échanger.

— Félicitations pour ta victoire, *mon* roi, fit Draven d'une voix suave.

— Je te remercie. Maintenant, si tu veux bien m'excuser…

Il tenta de la contourner pour continuer son chemin, mais elle s'interposa de nouveau avec aplomb.

— J'aimerais un peu de ton temps, s'il te plaît.

Il hésita quelques instants avant de répondre :

— Un tout petit peu, alors. Je t'écoute, mais fais vite.

Devant la rudesse de cette remarque, les yeux de Draven étincelèrent. Sous ses dehors doucereux, elle restait agressive et impatiente.

— Je vais aller droit au but, alors. Je ne sais pas si Riley le changeforme ou Victoria t'en ont parlé, mais il y a trois semaines, j'ai défié Victoria en duel. La gagnante devait remporter tous les droits sur toi.

Même de l'endroit où elle était, Victoria devina que tous les muscles d'Aden se tendaient. Il lança un regard très rapide en direction du miroir avant de revenir à son interlocutrice.

— Continue, Draven.

Cette garce ! Etait-elle trop stupide pour entendre la menace dans la voix de son souverain ? Oui, sans le moindre doute, car elle poursuivit :

— Eh bien, tu comprends, tu es un humain, et…

— J'*étais* un humain, la reprit-il d'une voix tranchante.

— Je viens de le réaliser, répondit-elle.

Sans blague, elle venait juste de comprendre ? Non, le mot *stupide* n'était pas assez fort. Elle avait le QI d'une huître, voilà la vérité.

— Néanmoins, poursuivit-elle, j'ai lancé ce défi il y a trois semaines, et Victoria l'a accepté. A ce moment-là, tu étais bel et bien humain. Notre loi est formelle : le défi est toujours valable. Victoria doit m'affronter, tout comme tu as affronté Sorin. C'est la tradition des vampires.

Les murmures reprirent de plus belle, s'amplifiant peu à peu. Ainsi, Aden avait bel et bien muté ? Plusieurs, dans l'assistance, osèrent poser la question à haute voix, avec ce que ça impliquait : allait-on transformer d'autres humains en vampires ?

— Il n'y aura aucun autre essai de transformation ! lança Aden à la cantonade.

Son visage avait pâli. De toute évidence, la question le perturbait.

Comment était-elle… ou plutôt étaient-ils parvenus, lui et elle, dans la grotte, à faire d'Aden un vampire ? Cela, Victoria elle-même l'ignorait. Tout ce qu'elle savait, c'est que les dernières transformations réussies remontaient au tout début du XVe siècle. Bloody Mary, *Mary la Sanguinaire* — la vampire qui portait ce nom, pas la reine d'Ecosse — était apparue dans ces années-là.

D'après les rumeurs, Bloody Mary était une humaine qui avait entretenu avec Vlad l'Empaleur une liaison tumultueuse. Celui-ci avait choisi de la transformer elle, plutôt que son épouse légitime. Plus tard, lorsqu'il l'avait quittée pour une autre maîtresse, Mary avait pris la tête d'une faction rivale de vampires installés en Ecosse, en jurant qu'elle se vengerait.

Il y avait eu bien des batailles, bien des morts, sans qu'aucun des deux camps ne se déclare vaincu. Il s'était trouvé en revanche des vampires des deux côtés pour se lasser de ce conflit permanent. Ceux-là avaient quitté leur terre natale pour fonder, un peu partout dans le monde, de nouveaux clans dirigés par un roi ou une reine — voire les deux, quand un roi et une reine parvenaient à s'accommoder sans se déchirer. Au sens propre du terme.

C'est ainsi que les clans vampires avaient essaimé autour du monde, formant, au fil du temps, des trêves et des alliances. Pourtant, Sorin n'avait-il pas prétendu avoir liquidé tous les alliés de Vlad ? Et Victoria était bien tentée de le croire, car aucun de ces fameux alliés n'avait répondu à l'appel d'Aden.

Ce qui était plutôt inquiétant. Elle imaginait la rumeur : *Hé, vous savez quoi ? Le nouveau roi des vampires n'a aucune armée pour le soutenir !* Si cette nouvelle se répandait, Aden serait encore plus en danger que maintenant.

— En tant que premier conseiller du roi, intervint Sorin en s'adressant à Draven, j'ai beaucoup à redire sur tout ceci.

Une expression de stupéfaction se peignit sur les traits d'Aden. Victoria ne put réprimer un sourire. Premier conseiller, vraiment ? Sorin ne manquait pas d'air.

— Et mon avis est le suivant : le combat aura lieu aujourd'hui même. Après la correction que je viens de recevoir, j'ai très envie à mon tour de voir quelqu'un mordre la poussière. Et ce sera toi, jeune arrogante. Car j'ai vu ma sœur se battre : elle est très forte.

Incroyable ! Il l'avait réellement vue ? Mais où ? Quand ?

Draven releva le menton, l'air bravache.

— La date me convient. Et à toi, Majesté ?

Victoria passa une main sur sa gorge. Sa gorge si fragile, si vulnérable à présent… Un frisson de terreur insidieuse lui parcourut l'échine.

— Tu trembles ? Mais pourquoi ? Elle est à ta portée, lança Seth. Elle a l'air coriace, mais je suis sûr que toi, tu es une vraie méchante — quand tu veux, ajouta-t-il en ponctuant sa remarque d'une petite tape sur les fesses.

— Merci. Enfin, je suppose que tu as raison, soupira Victoria.

Une vraie méchante ? Avant, peut-être. A présent, elle était surtout une vraie *humaine*. Draven ne ferait qu'une bouchée d'elle. Alors devait-elle se précipiter dans la salle de bal et tomber à genoux en implorant sa clémence ? De toute façon, il était trop tard : le défi avait été accepté, et il n'y avait plus moyen de l'éviter.

Aden le savait comme elle : le perdant d'un duel abandonnait tout au vainqueur : pas seulement tous ses biens, mais sa propre existence. C'était la raison pour laquelle ce type de combats restait rare. Sorin, par exemple, appartenait désormais corps et âme à Aden, pour le restant de sa très longue vie.

Et elle-même… Allait-elle appartenir pendant une éternité à Draven ? Non, elle ne le supporterait pas.

— Je refuse, fit Aden en réponse à la vampire. Aujourd'hui n'est pas un bon jour. Je veux d'abord fixer mes priorités avant de décider d'une date. Dès que ma décision sera prise, tu en seras informée. D'ici là, tiens-toi à l'écart de Victoria.

Puis, ignorant le regard assassin qu'elle lui lançait, il écarta Draven et se remit en marche, accompagné de Sorin. Arrivé devant le mur aux miroirs, il s'arrêta, cherchant des yeux la poignée secrète.

— Victoria, ordonna-t-il pour finir, laisse-moi entrer.

Il savait donc. Il savait qu'elle était là. Il avait le pouvoir de voir à travers les murs — un pouvoir qu'elle-même n'avait jamais possédé. Muette de stupeur, elle lui ouvrit la porte.

En le voyant, les garçons se jetèrent sur lui avec des exclamations de joie pour le congratuler. Aden, lui, ne dit rien, et resta stoïque, le rouge aux joues, les yeux rivés sur Victoria.

Malgré le chaos autour d'eux, elle lui sourit et il lui retourna son sourire comme s'ils étaient seuls au monde. Ce fut un instant de plaisir et de bonheur sans nuages, un de ces instants qu'on garde pour toujours dans sa mémoire.

— Alors, mon gars, tu as compris qui est le plus fort, hein ? lança Seth à Sorin qui se tenait dans l'encadrement de la porte.

Pour toute réponse, le vampire se contenta de lui envoyer un baiser accompagné d'un sourire narquois. Ryder gratifia alors Seth d'un coup de poing amical dans l'épaule :

— Tu vois, toi aussi tu as du succès avec les garçons !

Aden n'avait toujours pas bougé. Sans se retourner, il lança d'une voix puissante :

— Stephanie ? Viens ici. J'ai besoin de toi.

Pardon ?

Mâchonnant son éternel chewing-gum et jouant avec une mèche de cheveux, la sœur de Victoria fendit la foule dans leur direction.

— Présente.

— Je voudrais que tu ramènes les garçons au ranch, s'il te plaît.

— Moi ? demanda-t-elle, visiblement surprise.

— Oui, toi.

— Vraiment ? Super ! s'exclama-t-elle en sautant de joie et en battant des mains. Et je peux boire leur sang, aussi ? Oh allez, s'il te plaît s'il te plaît s'il te plaît, laisse-moi boire leur sang !

Une expression horrifiée se peignit sur le visage d'Aden.

— Non ! Certainement pas ! Je veux qu'ils rentrent chez eux en parfaite santé, comme ils sont maintenant.

Stephanie s'immobilisa et fit une bulle avec son chewing-gum.

— C'est tout ? Tu veux juste que je les ramène ? Ça craint. Ça craint à mort, franchement.

Aden lança un coup d'œil en direction de Victoria, comme pour l'appeler à la rescousse, mais elle haussa les épaules : sa sœur était comme ça, que pouvait-elle y faire ?

— C'est bien ça, tu les ramènes, point final, finit-il par répondre, visiblement lassé de ces discussions inutiles.

Bien entendu, il eut droit en guise de réponse à la fameuse Moue Spéciale de Princesse Stephanie.

— Bon, d'accord, soupira-t-elle de mauvaise grâce. Mais la prochaine fois, je veux une vraie mission. Si tu voyais ce que je sais faire avec des nunchakus…

— Elle a raison. C'est moi qui l'ai entraînée, confirma Sorin, et elle est très douée.

— C'est rassurant, répondit Aden sans se compromettre.

A ce moment-là, Stephanie s'approcha de lui. Se haussant sur la pointe des pieds et s'accrochant à ses épaules, elle déposa un baiser sur sa joue.

— Et au fait, Aden, merci de ne pas avoir tué mon grand frère…

Aden se tourna vers Sorin et sourit. Un poids s'envola de la poitrine de Victoria. Ce sourire indiquait qu'il accordait sa confiance à son frère.

— Je ne sais pas si j'ai pris une bonne décision en

l'épargnant, répondit Aden à Stephanie, mais qu'est-ce que tu veux, j'ai bon cœur... Et on dirait qu'il s'est attaché à moi. Il me rappelle une maladie de peau que j'ai beaucoup aimée, d'ailleurs.

Stephanie se mit à rire aux éclats.

— Ce que tu peux être drôle ! Mais je vois bien que tu commences à l'apprécier vraiment.

Puis, se tournant vers les trois garçons, elle lança :

— Allez, les Pieds Nickelés, je vous ramène chez vous.

— Et vivants, hein ? plaisanta Aden.

— On verra, oui, lança Stephanie sans se retourner.

Avant de partir, Shannon posa une main sur l'épaule d'Aden. Ils se regardèrent quelques instants. Ils n'avaient pas besoin de parler pour se comprendre. Bientôt, dès que possible, ils auraient une grande discussion.

Puis le groupe quitta la pièce et fendit la foule fascinée sans cesser de discuter.

— On se fait une pizza, avant de rentrer ? proposa Seth.

— Et il faudra que tu convainques Dan que nous n'avons pas bougé du ranch, dit Ryder. Seth nous a raconté que vous autres les vampires, vous aviez un pouvoir trop génial avec votre voix.

— C'est vrai, répondit Stephanie, et ça ne pose pas de problème. Mais si vous préférez, je peux aussi lui exploser la tête au nunchaku et...

— La Voix seulement ! lança Aden par-dessus la foule.

On entendit un grognement frustré.

— Quel rabat-joie ! Plus moyen de s'amuser, alors ?

Aden se mit à rire, avant de reporter son attention sur Victoria.

— Une bonne chose de faite, commenta-t-il. Et maintenant…

Sans un mot de plus, il la saisit par la main et l'entraîna hors de la pièce, puis hors de la salle de bal. Ensemble, seuls, enfin.

17

Au cours de sa vie, Riley avait connu bien des postes de guet, mais celui-ci était de loin le plus confortable. Pourtant, ils ne l'avaient trouvé qu'*in extremis* et suite à un changement de plan.

Cela avait commencé quand Mary Ann et lui avaient croisé les parents d'Aden au volant d'un fourgon, à quelques centaines de mètres de la maison où ils vivaient. En tout cas, ils avaient supposé qu'il s'agissait d'eux : l'homme qui conduisait était âgé d'une quarantaine d'années, avec des cheveux châtains et des yeux gris métal que Riley avait pu discerner grâce à sa vision de loup.

Sur le siège passager se tenait une femme un peu plus jeune, aux cheveux blonds et aux yeux apparemment noisette. Tous deux avaient des auras d'un vert glauque. Etait-ce de la culpabilité ? La couleur était si trouble que, même avec ses yeux magiques, il ne pouvait pas bien la distinguer.

Joe et Paula Stone vivaient peut-être dans le remords de ce qu'ils avaient fait à leur fils — ou bien étaient-ils tout simplement en train d'abandonner leur maison pour éviter d'avoir à payer leurs factures d'électricité ? Les deux étaient possibles…

A présent, Riley et Mary Ann attendaient, installés dans une villa confortable juste en face de la petite maison décrépite que les Stone venaient de quitter. Ils n'avaient plus qu'à espérer que le couple revienne bientôt et qu'ils puissent mieux les distinguer, voire espionner leurs conversations.

En temps normaux, Riley aurait profité de leur absence pour visiter les lieux, mais il avait repéré sur la façade des caméras de surveillance dernier cri, avec un système de détection de mouvement. Des modèles bien chers pour une maison dans cet état. Quiconque dépensait autant d'argent pour de l'électronique garnirait sans le moindre doute les portes et les fenêtres en plus de détecteurs infrarouges. Sans compter que lesdites portes et fenêtres étaient probablement blindées et qu'une alarme générale silencieuse accompagnait presque toujours ce genre de dispositif. Donc, à moins d'y être contraint par les circonstances, il éviterait toute tentative d'effraction.

En tout cas, pendant un certain temps.

De toute façon, Riley n'était pas fâché d'être coincé ici pour attendre le retour des parents d'Aden. Au contraire, il adorait cette planque. Tucker, ce crétin prétentieux, avait disparu au moment de leur pause dans le cybercafé. Où était-il passé ? Oh, et après tout, peu importait. Riley s'en fichait royalement. Tout ce qui comptait, c'était qu'il avait maintenant Mary Ann pour lui seul.

Pour l'heure, il était assis dans le salon, regardant à travers les volets entrouverts. Contrairement à la maison des parents d'Aden, la villa où ils se trouvaient ne présentait aucune difficulté sérieuse en matière de sécurité. En fait, il avait simplement eu besoin de soulever une fenêtre à abattant pour atteindre la poignée de la porte de derrière. Ils étaient entrés sans la moindre difficulté.

Franchement, les gens ne faisaient attention à rien. Laisser une fenêtre ouverte près d'une porte, c'était comme inviter tous les cambrioleurs de passage à entrer !

Il était donc assis sur le canapé, Mary Ann à ses côtés. Ils ne se touchaient pas. Pas encore. Mais cela viendrait, bientôt. Grâce aux protections qu'il avait tatouées sur le corps de Mary Ann au motel, les fées et les sorcières ne constituaient plus un danger pour eux. Elles ne pouvaient plus les localiser par leurs pouvoirs magiques, et il leur faudrait recourir pour les retrouver à des moyens humains. Moyens dont Riley doutait qu'ils soient fort développés, dans la mesure où les deux races n'en avaient pratiquement jamais besoin. Ce qui, au final, signifiait que tout danger était provisoirement écarté.

Et donc… il était seul à seule avec Mary Ann, tranquille. Génial. Et encore plus génial : il allait passer à l'attaque.

Fini de jouer les gentils toutous. Riley avait pas mal d'expérience avec les filles. Il savait les charmer — il l'avait déjà fait, et souvent. Il savait exactement quoi dire pour les intriguer, leur plaire et accroître leur désir… Et c'est ainsi qu'il allait procéder avec Mary Ann.

Un peu plus tôt, elle avait failli le drainer de son énergie. Elle s'était retenue au dernier moment. Depuis, elle était calme, distante. Elle devait avoir peur de le blesser. Il fallait qu'il trouve un moyen de la convaincre que c'était impossible. Qu'il ne la laisserait pas faire.

Et il y avait la question de l'origine de ses pouvoirs. Victoria et Riley partageaient un lien très fort. Il pouvait non seulement déchiffrer d'un seul coup d'œil l'aura de son amie vampire, mais aussi partager ses pensées, surtout celles qui le touchaient de près. Lors de leur dernière rencontre, il avait ainsi pu lire dans l'esprit de Victoria, presque par inadvertance, et il y avait trouvé ce doute : *et si Mary Ann était liée aux fées ?* A sa grande honte, il n'avait même pas envisagé cette solution.

Elles aussi elles avaient le pouvoir d'aspirer la magie, mais contrairement aux Draineurs — ces éléments incontrôlables que les créatures surnaturelles s'efforçaient d'éliminer depuis des millénaires — les Faés étaient capables de s'arrêter quand bon leur semblait. Ainsi, si Mary Ann était liée à elles d'une façon ou d'une autre, il y avait un espoir pour que ses facultés soient canalisables !

Comment n'y avait-il pas pensé plus tôt ? A sa décharge, tout s'était précipité autour d'eux ces dernières semaines, et c'était presque la première fois qu'il avait le temps d'y songer clairement.

Il parlerait bientôt de cette possibilité à Mary Ann. Pour l'instant, c'était inutile : elle ne pensait qu'à Aden et à comment le sauver.

Demain. Il lui parlerait demain, et ils se pencheraient ensemble sur son passé.

En attendant, il devait la rassurer. Lui prouver qu'elle ne pouvait pas lui faire de mal, sans quoi elle continuerait de résister à toutes ses suggestions, aussi bien en ce qui concernait leur mission que leur relation.

Bien que plongé dans ses réflexions, Riley ne quittait pas la fenêtre des yeux. Devant lui, la rue s'étendait, déserte et silencieuse. La maison des parents d'Aden (si c'étaient bien eux) restait plongée dans l'obscurité.

Par la fenêtre entrouverte entrait un courant d'air froid qui jouait avec les mèches des cheveux noirs de Mary Ann. Comme elle était belle ! Il fallait qu'il lui parle, maintenant.

— Victoria m'a envoyé un texto, commença-t-il avec détachement. Son frère est de retour au manoir. Il a défié Aden en duel. Et il a perdu, devant tout le monde.

Elle releva la tête, surprise.

— Une bonne chose pour Aden, alors ! Il doit être content.

— Je suppose. En tout cas, il faut que nous lui disions ce que tu as trouvé sur lui.

Elle lui jeta un regard furieux, comme s'il avait proféré une énormité.

— Ce que j'ai trouvé ? Mais je n'ai rien trouvé de concret. Je refuse de lui donner de faux espoirs.

— Mais enfin, Mary Ann ! Tu ne crois pas qu'on devrait le mettre au courant au sujet de Julian ?

Si Victoria ne lui en avait pas déjà touché un mot après son sms…

— Et je suis sûr qu'il aimerait savoir que nous avons retrouvé ses parents.

— Et si ce ne sont pas ses vrais parents ? Tu imagines à quel point il va être déçu ?

— Tu crois que tu te trompes ? Que ce ne sont pas eux ?

— Non, je ne pense pas. Mais ça reste une possibilité.

— Bien sûr. Comme ça reste une possibilité qu'il s'agisse bien d'eux.

— Ou pas, répondit-elle, obstinée.

— Tu n'es pas fatiguée de jouer l'avocat du diable ?

L'aura de Mary Ann était à présent d'un bleu sombre,

une couleur qui indiquait une intense tristesse, et à laquelle se mêlaient des taches brunes — taches qui vireraient bientôt au noir. Le noir ne représentait pas forcément la mort. Dans son cas à elle, il signifiait la faim, le besoin de se nourrir en drainant l'énergie d'une autre créature.

Les zones brunes dans son aura s'étaient accrues au cours des dernières heures. Pourtant, Riley ne s'en inquiétait pas vraiment. Peut-être parce qu'il y discernait aussi des étincelles rouges — la colère, ou la passion — et roses — l'espoir. Deux sentiments qui, il espérait, le concernaient de près…

Mais elle lui lança un nouveau regard noir, où se mêlait cette fois une certaine stupéfaction :

— Je ne joue pas l'avocat du diable !

Dans son aura, le rouge se fit plus vif.

— Tu plaisantes ? Tu n'imagines que le pire. Un vrai oiseau de malheur.

— Mais, euh… non ! protesta-elle.

Se levant et se dirigeant vers la fenêtre, elle poursuivit :

— Bon, tu as peut-être raison. Mais mieux vaut prévenir que guérir, non ?

— Franchement, je n'en sais rien. Cela dit, si tu tiens à placer le plus de clichés possibles dans la conversation, je te conseille celui-ci : qui ne tente rien n'a rien.

— Mais je tente des choses, non ? Je ne me contente pas de ne rien faire !

— Tu attends, c'est tout. Tu es en roue libre. Tu ne crois pas que tu devrais te réveiller un peu ?

Pour la charmer, tu la charmes, pauvre idiot ! Pour l'instant, il la mettait surtout en colère. Devait-il s'excuser de s'être montré aussi rude ? Il choisit de ne pas le faire.

Après tout, il ne disait que la vérité. Néanmoins, il se leva à son tour et la rejoignit près de la fenêtre. Avec un sourire, il lui toucha l'épaule.

— Laisse-moi t'aider.

Elle se retourna d'un bloc, le regard chargé de suspicion.

— Comment ça ?

Tiens donc. Ainsi, ils avaient changé de rôle ? Au début de leur relation, c'était elle qui se montrait tout feu tout flamme, et lui qui freinait des quatre fers. A présent, c'était lui qui voulait aller plus loin… Dans la situation inverse, quelques semaines plus tôt, qu'aurait-elle fait ?

— Je ne sais pas… tiens, si tu me disais un secret ? Quelque chose que tu n'as jamais dit à personne ? hasarda-t-il.

Voilà. C'était exactement ce que l'ancienne Mary Ann aurait proposé. Elle aurait adoré ça.

La nouvelle Mary Ann, elle, le considéra d'un air hésitant.

— C'est-à-dire qu'on est en pleine opération espionnage/cambriolage/recherche d'informations, là… Tu crois que c'est vraiment le moment ?

Pas de doute, ils avaient complètement échangé leur rôle.

— Je crois que c'est le moment idéal. Tu es contre le multitâche ?

— Je ne sais pas…

Cette réponse, ça ressemblait davantage à l'ancienne Mary Ann !

— Allez, quoi. Lâche-toi un peu, ajoute un petit travail en plus sur notre planning surbooké…

Etait-ce vraiment malin de présenter le fait de partager

des confidences comme un « travail » ? Sans doute pas vraiment…

Elle sembla hésiter un instant, puis elle lâcha :

— Alors, c'est toi qui commences.

Voilà. Il la tenait. Il essaya de ne pas sourire.

— D'accord. Eh bien, par exemple, j'ai regretté de ne pas avoir couché avec toi.

Droit au but, non ?

Il vit son aura se teinter d'un embrasement rouge — oui, c'était bien celui de la passion. Son corps à lui réagit en retour : une vague de chaleur délicieuse le parcourut.

— Tu crois vraiment que c'est un secret ? fit-elle d'une voix douce. Mais… moi aussi, j'ai regretté que nous n'ayons pas fait l'amour.

Il s'écarta un instant, décontenancé. La charmer ? La convaincre ? Ce n'était pas du tout la question. Et ce qui se passait était beaucoup mieux. Elle lui avouait, honnêtement et sans fausse honte, ce qu'elle ressentait. Son désir.

— Mary Ann…, murmura-t-il. Je… je…

Que lui dire ? Il fallait qu'elle sache, qu'elle comprenne ce qu'il voulait. L'embrasser. La tenir dans ses bras. Etre avec elle, enfin.

Elle se détourna de la fenêtre et le considéra de ses grands yeux pleins de questions. Même dans la pénombre, il y distinguait des paillettes vertes étincelantes qui se mêlaient à leur teinte noisette.

— Non, il ne faut pas, dit-elle — mais sa voix était hésitante. Pas ici.

— Pourquoi pas ?

Il ne voulait plus attendre, plus regretter. Demain ne

viendrait peut-être jamais — leurs dernières aventures le prouvaient suffisamment.

Elle porta la main à son chemisier et se mit à jouer avec les boutons. Avait-elle conscience de l'effet de ce geste sur lui ? Savait-elle à quel point elle le tentait ?

— Et si les propriétaires de cette maison reviennent à l'improviste ? Et si les parents d'Aden arrivent ?

Elle hésitait, oui. Prête à s'abandonner.

Abandonne-toi, mon amour. Je serai là pour toi.

— Alors, nous remettrons nos vêtements. En vitesse.

— Tu as vraiment prévu le moindre détail, constata-t-elle sèchement. Je suis peut-être un oiseau de malheur, mais tu es un Monsieur Je-sais-tout. Et c'est très agaçant, tu t'en rends compte ?

— J'ai la très nette impression qu'il faut qu'on parle un peu de tes ressentis, Mary Ann, parce que, en toute objectivité, je ne suis pas le moins du monde agaçant.

Elle laissa échapper un rire joyeux.

— Ou alors c'est que j'ai touché juste !

— Aucune chance.

Oh, comme il aimait son rire ! Il coulait, riche et clair comme un vin de bonheur. Et pour couronner le tout, c'était lui qui la faisait rire...

— Je suis le type le moins agaçant du monde. Je suis la perfection faite homme, et tu le sais.

— Vraiment ? D'accord. Je le sais.

Avec un sourire, il s'approcha d'elle, cherchant le contact de son corps. De sa peau. De ses hanches. Ils retenaient leur souffle, tous les deux, comme si le silence de cet instant était trop précieux pour qu'ils le gâchent.

Mais au moment même où il allait pencher la tête pour cueillir un baiser sur ses lèvres, un moteur se fit entendre à l'autre bout de la rue. D'instinct, ils se tournèrent vers la fenêtre. Un véhicule approchait à vive allure de la maison où ils se cachaient. Mary Ann se raidit. Riley plissa les yeux, concentrant sa vision de loup sur le conducteur. Un homme. Jeune, très jeune. Pas Joe Stone. La voiture passa devant eux sans s'arrêter, et ils se détendirent.

— Je me demande où est Tucker en ce moment, fit Mary Ann.

Elle tremblait un peu.

— Sérieusement, tu as envie de parler de lui *maintenant* ?

— Il le faut, tu ne crois pas ?

Non. Mais alors, pas du tout.

— Eh bien, Tucker… Tucker est probablement en train de tuer quelqu'un, en ce moment. C'est son jeu favori, non ?

— Il n'est pas mauvais à ce point, tu sais.

— Non. Il est pire.

Mary Ann fit mine de lui décocher une bourrade sur l'épaule, mais termina son geste par une caresse, et elle laissa glisser sa main le long des muscles de Riley. Ce même flamboiement rouge dans son aura… Il y avait de quoi fondre.

Elle se mordit la lèvre.

— D'accord. Pas besoin de parler de Tucker maintenant. On verra plus tard.

Elle prononça ces derniers mots d'une voix basse, comme brisée par l'émotion et l'envie. Une chaleur monta le long du ventre de Riley.

— Tu veux qu'on parle de quoi, alors ?

Sa propre voix avait plongé d'une octave.

— De notre secret.

C'était tout l'encouragement dont il avait besoin. La saisissant par la taille, il l'attira à lui et la fit rouler sur le canapé du salon, la forçant à s'asseoir à califourchon sur lui.

— Reste ici.

Elle ne se déroba pas. Il l'attira plus près encore — presque jusqu'à la toucher. Elle posa les mains sur sa nuque.

— Et les voitures qui passent ?

— D'où je suis, je peux surveiller la fenêtre.

C'était vrai. A condition qu'il regarde dans cette direction. Pour le moment, il n'avait d'yeux que pour elle.

— Embrasse-moi. Maintenant. J'en ai tellement envie.

— Moi aussi, dit-elle, et elle inclina la tête.

Leur baiser fut profond et fougueux. Glissant les mains sous sa chemise, il lui caressa le dos des épaules jusqu'au creux de ses reins, avant de faire courir son doigt sur la bordure de son string.

— Est-ce que tu me préviendras si…, souffla-t-elle, avant de s'interrompre.

Il la comprit pourtant : il devait l'arrêter si elle drainait ses pouvoirs.

— Oui, je te le dirai.

Cette fois, il ne l'oublierait pas. Il ne voulait plus qu'elle doute de lui, jamais.

— Mais je voudrais qu'on essaie quelque chose, tu sais, continua-t-il.

— Quoi ? l'interrogea-t-elle, hésitant de nouveau.

— Si tu ressens le besoin de te nourrir, ou si tu sens que tu me draines, ne t'en va pas. Reste avec moi.

— C'est hors de…

Il l'interrompit, saisissant son menton avec délicatesse.

— Ecoute-moi. Si ça arrive, n'arrête pas ce que tu fais. Reste calme, concentre-toi. Essaie simplement d'arrêter le drainage.

— Rester calme ? Alors que je mets ta vie en danger ? Tu plaisantes ?

— Je suis sûr que tu peux t'arrêter. Sincèrement. Je crois que c'est une question de contrôle. Mais la seule façon d'en être certain, c'est d'essayer vraiment.

Elle secoua la tête.

— Si je dois essayer ça, je ne veux pas que ce soit sur toi.

— On ne t'a jamais dit que Riley avait toujours raison ?

Elle eut un petit rire.

— On parle à la troisième personne, maintenant ? Parce que Mary Ann n'aime pas ça.

— Et si on s'occupait plutôt de notre secret ?

Ils reprirent leur baiser là où ils l'avaient laissé. Même s'ils étaient déjà allés plus loin auparavant, Riley choisit de prolonger ce moment, l'embrassant jusqu'à ce qu'elle se mette à respirer de plus en plus fort et à bouger contre lui en un mouvement irrépressible.

Alors, il enleva son T-shirt avant de déboutonner le chemisier de Mary Ann. Puis, l'attirant près de lui, sa poitrine contre son torse, il laissa ses mains parcourir son corps. Elle l'imita, et sous ses doigts la peau de Riley semblait devenir électrique. Chaque caresse lui arrachait un gémissement.

Bien sûr, des voitures passaient dans la rue. Chaque fois, Riley se contenta d'interrompre leur étreinte pendant quelques secondes, le temps de s'assurer que ce n'était rien d'important, avant de se remettre à l'embrasser.

A deux reprises, Mary Ann se figea, et tous ses muscles se tendirent. Aucune voiture ne passait à ce moment. Elle réagissait donc à quelque chose d'autre. Sentait-elle s'éveiller son pouvoir de mort ? Cherchait-elle à s'arrêter à temps ? Sans doute. Lui-même ne ressentait pas le froid créé par les effets d'un Draineur, ce froid intense qui vous glaçait jusqu'à l'âme, et contre lequel il n'existait aucune protection.

Elle murmura son nom, et il comprit. Elle voulait davantage.

Il jeta un coup d'œil autour de lui. A l'exception du canapé où ils se trouvaient, la pièce était vide. Le sofa lui-même était quelconque, et taché en plus. Hors de question qu'ils fassent l'amour ici. Pas pour leur première fois. Mais il en avait tellement envie…

C'est alors qu'il capta un mouvement au-dehors. Quelque chose se déplaçait, de l'autre côté de la rue, dans des buissons. Son ouïe surnaturelle capta un bruit de feuilles, et il perçut une lueur orange — la couleur de la confiance et de la détermination. Immédiatement, il se dégagea de l'étreinte de Mary Ann et scruta les ténèbres de sa vue perçante. La lueur était faible, comme masquée par une brume éthérée, mais elle n'en était pas moins présente.

— Riley ? Que se passe-t-il ?

— Attends une seconde.

Une silhouette se dressa dans les buissons. Une femme, blonde, familière. *Une sorcière !* Et elle pointait une arbalète en direction de Mary Ann. Riley bondit sur ses pieds, l'entraînant avec lui dans sa tentative de sortir de la ligne de mire.

Mais il était trop tard. La tireuse avait anticipé son mouvement.

Elle bougea en même temps que lui, ajustant sa visée avec fluidité, et appuya sur la détente. Le trait partit, mortellement rapide. Il y eut un bruit de verre quand il transperça la fenêtre et vint se planter dans le dos de Mary Ann.

Celle-ci poussa un hurlement suraigu, tout à la fois de douleur et de surprise. Ses yeux se révulsèrent et son corps s'arc-bouta. Elle était si proche de lui qu'il sentit la pointe du carreau entamer sa propre poitrine. Dans un effort désespéré, il fit rouler Mary Ann au sol au moment même où un autre trait fendait l'air et se fichait dans le mur opposé.

— Qu'est-ce qui… m'arrive ?

Elle tremblait de tout son corps, et sa voix était un murmure à peine audible. Des ruisseaux de sang pourpre s'écoulaient le long de son dos et de sa poitrine. Son aura était devenue entièrement bleue, toutes les autres couleurs disparues. Elle se vidait de son énergie vitale !

— Les sorcières nous ont retrouvés !

Comment avait-il pu sous-estimer leurs capacités à les pister ? Comment avait-il pu abaisser sa vigilance et se laisser aller ainsi ? Tout au fond de lui-même, il savait à quels dangers il les exposait, mais il avait préféré laisser parler son désir pour elle.

Tout était sa faute.

Impossible de changer de forme et de poursuivre leur agresseur : il ne pouvait pas laisser Mary Ann ici, dans cet état. Mais comment était-ce possible ! Elle était protégée contre les blessures mortelles, non ?

Elle aurait dû guérir quasi instantanément ! Pourquoi n'était-ce pas le cas ?

Il lui avait lui-même dessiné le tatouage adéquat plusieurs semaines auparavant — la protection contre les poignards, les armes à feu ou les flèches. Elle aurait dû guérir. ELLE AURAIT DÛ GUERIR ! Sauf si…

Il se pencha sur le corps de son amie. Oui. C'était bien ça. La sorcière avait vu son dos dénudé, et donc la protection. Elle avait visé pour que le trait s'enfonce dans la seule surface de peau que le tatouage ne protégeait pas de sa magie : le centre même du motif.

En cet endroit précis, Mary Ann était aussi vulnérable que tous les humains. A moins que…

— Prends mon énergie, lui ordonna-t-il.

Au même moment, son cerveau fonctionnait à pleine allure, à la recherche d'un plan de retraite. En sentinelle accomplie, il avait noté toutes les sorties de la maison, mais il ignorait si les sorcières entouraient actuellement les lieux. Si c'était le cas, lui et Mary Ann seraient criblés de flèches dès qu'ils se risqueraient dehors. Surtout s'il devait la porter.

— Non, souffla-t-elle.

— Si, ordonna-t-il. Il le faut. C'est le seul moyen.

Drainer une partie des pouvoirs de Riley pouvait redonner des forces à Mary Ann. Face aux sorcières, celle-ci avait davantage de chances que lui, car elle pouvait les combattre toutes à la fois. C'était d'ailleurs bien la raison pour laquelle on l'avait prise pour cible.

— Prends mon énergie, martela-t-il de nouveau, puis draine la leur.

— Non, répéta-t-elle.

Etait-ce vraiment les meilleures circonstances pour se montrer aussi têtue ?

— Si tu ne le fais pas, tu vas mourir.

— Non.

Conversation sans issue. Arrachant ce qu'il lui restait de vêtements, Riley se transforma en loup. Ses os s'allongèrent, et la fourrure jaillit à travers les pores même de sa peau. Il était si habitué à cette métamorphose qu'elle n'avait pas plus d'effet sur lui que s'il s'étirait en se réveillant d'une sieste.

Plantant ses crocs dans l'avant-bras de Mary Ann avec toute la douceur dont il était capable (très peu, à vrai dire), il la força à se jucher sur son dos.

Une autre flèche traversa l'air en vibrant, la manquant de peu.

Accroche-toi bien, lui lança-t-il par télépathie en bondissant à travers le salon.

— D'a… d'accord, gémit-elle.

Ses dents claquaient et elle semblait dans un état second. Quel idiot il était ! Il aurait fallu lui remettre ses vêtements pour la réchauffer autant que possible, mais sous cette forme, il était incapable de lui enfiler sa chemise. Il ne pouvait pas non plus emporter celle-ci dans sa gueule, car il risquait de trébucher dessus.

Difficile à admettre, mais à ce moment précis, il aurait bien eu besoin de Tucker : dans cette situation, sa capacité à créer des illusions aurait été précieuse.

Il n'avait plus le choix. Prenant son élan, il bondit à travers le couloir et se jeta contre la mince porte de derrière. Celle-ci vola en éclats sous l'impact, et Riley se retrouva dans le jardin. Sans marquer le moindre temps d'arrêt, il prit sa course, zigzaguant dans tous les sens pour ne pas être une cible trop facile. Bien lui en prit : autour de lui, les flèches pleuvaient.

Combien y avait-il de sorcières ? La seule chose certaine, c'était que Jennifer et Marie n'étaient pas seules.

— J'ai si mal…, gémit Mary Ann.

Je le sais, mon amour. Il envoyait les mots directement dans son esprit, espérant qu'ils portaient toute son affection, tout son désespoir. *Je prendrais ta douleur dans mon corps si je le pouvais.*

Un carreau d'arbalète se planta dans sa patte arrière gauche. Il poussa un glapissement de douleur, mais ne ralentit pas sa course, et ne trébucha pas. Il ne pouvait pas se le permettre : Mary Ann ne devait pas tomber. A aucun prix.

Ses pattes rencontrèrent le goudron, une surface où il était mal à l'aise. Le danger le guettait de toute part. Scrutant les alentours, il compta onze auras, toutes oranges et peu visibles. Bien sûr. Les sorcières s'étaient protégées par magie, espérant échapper à son regard. Heureusement, elles n'avaient pas entièrement réussi.

Il concentra son attention sur la silhouette la plus à l'écart du groupe avant de bondir dans sa direction. Déboulant sur elle en trombe, il saisit son bras dans sa gueule et l'entraîna dans son sillage. La sorcière tenta de se débattre, mais en vain. Décuplée par la peur et l'inquiétude, la force de Riley était herculéenne, et aucune des deux femmes accrochées à lui ne pouvait le ralentir.

Draine-la, ordonna-t-il à Mary Ann. *Maintenant !*

Et cette fois elle lui obéit. Il le sut quand la sorcière commença à faiblir, puis cessa de lutter. Son bras, enfin, n'eut pas plus de consistance dans sa gueule qu'une boule de chiffons. Il desserra alors les dents et la laissa tomber, toujours sans cesser de courir.

Ça va mieux ?

— Un petit peu, parvint-elle à gémir.

Il allait lui trouver un abri. Et il la soignerait lui-même. Ensuite, ils se mettraient en chasse. Plus question de fuir, les Faés et les sorcières à leur trousse. Cela avait été une erreur, une erreur qu'il ne referait pas.

A présent, les chasseurs allaient devenir les proies.

18

Perché sur la plus haute branche d'un chêne, Tucker regarda Riley disparaître avec Mary Ann. Ils laissaient derrière eux une trace sanglante que même un aveugle aurait pu suivre. Le loup boitait et zigzaguait et, sur son dos, Mary Ann semblait de plus en plus inerte. Elle ne tiendrait pas longtemps.

Peut-être qu'un changeforme pouvait lire les auras, mais Tucker, lui, savait reconnaître les doigts de la mort. Il n'y avait pas le moindre doute : Mary Ann ne tarderait plus à rencontrer la Faucheuse. Rien ne pouvait arrêter ça.

La sorcière avait visé juste. Son trait avait atteint le centre du tatouage censé protéger son ex-petite amie des blessures mortelles. Même si aucun organe vital n'avait été touché, l'hémorragie était telle que la fin était proche.

Oui, les protections fonctionnaient — sauf si on les refermait ou qu'on les effaçait, en les brûlant ou par tout autre moyen sadique. Pour éviter ceci, certains choisissaient un tatouage qui protégeait l'intégrité des autres tatouages. Mais cela restait très dangereux : que se passait-il, en effet, si on vous tatouait un sort que vous n'aviez pas choisi ? Eh oui, cela pouvait arriver. Les créatures surnaturelles étaient naturellement portées sur la cruauté.

Surnaturelles. Naturellement. Le jeu de mot aurait pu le faire rire. S'il n'avait eu une aussi furieuse envie de pleurer. Et pleurer, c'était bon pour les bébés et les filles. Il n'était ni l'un ni l'autre.

Il était simplement un menteur.

Il n'avait pas dit la vérité à Mary Ann. Oui, le soir où il avait poignardé Aden, il s'était enfui pour échapper à l'emprise de Vlad, mais il n'était pas parvenu à éviter une « discussion » avec le vampire, cette ordure qui l'avait menacé de le tatouer lui-même s'il ne lui obéissait pas, s'il ne se « comportait pas comme un homme ». Etrange, comme formulation, de la part d'une créature aussi monstrueuse…

Jusqu'à la veille, pourtant, Tucker n'avait pas suivi les ordres du roi déchu. Il avait aidé Mary Ann au lieu de lui nuire.

Il l'aimait. Il n'aurait pas dû. Cet amour n'était bon ni pour lui ni pour elle. Et pourtant il l'aimait. Pourquoi donc avait-elle laissé le loup se joindre à eux ? Si elle l'avait écouté, s'ils avaient continué à se dissimuler, ou au moins s'ils l'avaient semé en route, Tucker aurait continué à désobéir à Vlad.

Car quand il se trouvait en tête à tête avec elle, il était quelqu'un de bien, un garçon honnête et droit. Un peu obsédé, peut-être, mais comme tout le monde, non ? En revanche, dès que Riley avait pointé son museau… D'un seul coup, tout avait changé. Vlad lui avait parlé de nouveau, et Tucker, cette fois, n'avait pas pu lui résister.

Pauvre Mary Ann. Elle était la victime d'une guerre qui ne la concernait pas vraiment.

Il attendit en silence. Les sorcières qui venaient de tuer celle qu'il aimait s'étaient rassemblées sous un arbre. Les PER, Pétasses En Rouge, voilà comment il les appelait. Pour le moment, elles le regardaient toutes avec un air de reproche. Elles avaient raté leur coup, mais c'était lui qu'elles blâmeraient. Alors qu'il n'avait rien à voir dans leur échec.

— Tu avais dit qu'on pourrait les coincer tant qu'ils étaient dans la maison, commença la blonde qui paraissait être leur chef.

Marie, sans doute. Mignonne, mais méchante comme la gale, et déterminée.

En fouillant dans les affaires de Mary Ann, il avait trouvé une adresse griffonnée sur un bout de papier, qu'elle avait tenté de cacher. Ainsi, il avait su où les retrouver. Et donc, dès que le loup-garou et elle avaient quitté le cybercafé, il lui avait suffi de se dissimuler sous une illusion et de les suivre.

Il reporta son attention sur les sorcières.

— Je vous ai dit que vous les coinceriez, parce que je pensais que vous en aviez les compétences. Pourquoi ne les avez-vous pas poursuivis ?

— Pour qu'elle draine nos énergies ?

— Encore une fois, je pensais que vous étiez de taille…

Elles lui lancèrent quelques jurons.

Il bascula de sa branche et se laissa tomber, en chute libre, avant d'atterrir souplement sur ses pieds. Le don d'illusions n'était pas le seul que lui offrait sa nature démoniaque… Voilà, il y était. En plein centre du cercle des PER. Il fit un demi-tour sur lui-même, poings brandis, les mettant au défi de tenter quoi que ce soit contre lui.

Oh, oui, faites qu'elles tentent quelque chose !

D'accord, il méritait d'être puni pour toutes ses mauvaises actions, et il le savait. Mais elles ? Les sorcières se gargarisaient de la pureté de leurs intentions, de la noblesse de leur cause, et bla-bla-bla… pourtant, au fond, elles ne valaient pas mieux que lui.

Quand Riley avait tatoué Mary Ann, les PER avaient perdu leur trace. Elles n'avaient pas perdu, en revanche, celle de Tucker. Apparemment, elles le surveillaient aussi, et comme Riley avait refusé de le tatouer à son tour… bien fait pour lui, après tout. C'était la faute du loup-garou si elles avaient retrouvé la fille.

Les fées étaient également sur la piste de Mary Ann et Tucker, et elles auraient pris part à la chasse en compagnie des sorcières si celles-ci ne leur avaient… poliment demandé de partir. Ou plutôt carrément renvoyées chez elles.

Tucker avait tenté une nouvelle fois de s'en sortir grâce à ses illusions. Il avait fait croire aux harpies qu'elles voyaient Mary Ann et Riley en train de se disputer, en prenant bien soin de leur faire dire tout et n'importe quoi sur leur destination et leurs objectifs. Si tout s'était passé comme il le souhaitait, ce petit numéro aurait envoyé les PER aux quatre coins du pays, ce qui lui aurait laissé la paix… sauf que Vlad l'avait appelé à ce moment-là.

Tucker… mon Tucker…

Tel quel.

Et tout avait changé en un clin d'œil.

Tucker…

Cette voix étrange, au pouvoir maléfique, avait le don de le faire frissonner. Elle s'introduisait au plus profond de son être et le guidait comme un pantin. Non, c'était vrai, il ne résistait pas beaucoup : les ordres du vampire étaient accueillis avec plaisir par toute une partie de son être — la partie la plus sombre, celle qui aimait les sarcasmes, les coups de poing, la destruction et la violence, celle qui aimait tromper ses petites amies et qui avait ri quand celle qu'il avait mise enceinte avait perdu l'estime de sa famille et de ses proches.

Mais aussi, il existait une autre partie de lui-même qui, dans ces moments, se roulait en boule comme un animal blessé, et qui pleurait sur elle-même tel un enfant. Cet autre moi était ravagé de chagrin à l'idée de tout le mal qu'il avait commis et commettrait encore. Mais Tucker détestait ce côté fragile et sensible autant que l'autre. Au final, il n'y avait rien de lui-même qu'il ne haïsse.

Tucker, mon Tucker, il faut que tu en finisses avec cette histoire.

La voix du souverain déchu était de plus en plus présente, de plus en plus forte. Elle envahissait tout. Bientôt, très bientôt, la guérison du vampire serait achevée. Il redeviendrait le monstre et le guerrier qu'il avait été.

C'était Vlad qui avait ordonné à Tucker d'aller à la rencontre des sorcières, lui qui lui avait indiqué quelles illusions leur montrer, quoi leur dire et comment agir. Et Tucker avait obéi. A la lettre. Il avait changé son apparence, avait rejoint leur groupe, et elles l'avaient cru. Elles avaient suivi toutes les instructions de Vlad sans discuter.

— … m'écoutes, au moins ?

C'était Marie, qui lui posait une question.

— Non, pas du tout.

— Va te faire voir ! Tu as toujours été pénible, mais maintenant, tu es franchement insupportable !

— Tu ne peux pas me reprocher votre échec, répondit-il. Je vous les ai servis sur un plateau !

Quelque part au fond de lui-même, ces mots lui déchiraient le cœur. Oui, il l'avait fait — il avait trahi ses amis, les seuls qui lui aient montré un peu de respect. Ceux qui lui avaient sauvé la vie...

Tucker, tu sais ce que tu dois faire. Tue les sorcières, retrouve le loup et la Draineuse, et achève-les tous les deux.

Tuer les sorcières ? Aucun problème. C'était facile, pour lui. Mais... *Vous vouliez qu'on puisse mettre la mort du garou et de Mary... de la Draineuse sur le dos des « Robes Rouges », non ?* Il le savait : il suffisait qu'il pense les mots pour que Vlad les entende. *Si les sorcières sont mortes, votre plan ne marche plus...*

Tu trouveras quelque chose, j'en suis certain. Et maintenant, fais ce que je t'ai dit.

Lutter contre Vlad ? A quoi bon ? Il ne pouvait que perdre. Tucker jeta un regard circulaire sur la troupe des femmes autour de lui. Quelle bande d'idiotes ! Il haussa les épaules, secoua discrètement les bras. Le geste était à peine perceptible, mais suffisant pour faire glisser au creux de ses mains les deux poignards qu'il portait dissimulés dans ses manches. Il assura sa prise.

— Tu nous les as apportés sur un plateau, hein ? reprit Marie sans se démonter. Eh bien, tu peux le refaire, alors. Retrouve-les pour nous, et cette fois nous nous en occuperons à notre manière.

— Vraiment ? Je ne crois pas.

La sorcière se redressa de toute sa hauteur. Il était clair qu'elle détestait qu'on la contredise.

— Tu ne crois pas que nous nous occuperons d'eux ?

— Non. Là où vous serez, vous n'y penserez même plus.

Et, sans un mot de plus, il frappa.

Riley dissimula Mary Ann près du local à poubelles d'un motel avant de reprendre sa forme humaine. Il était nu, mais peu lui importait. Il se faufila dans le hall et parvint à voler une bouteille de vodka et un passe qui ouvrait les chambres, ainsi qu'une valise qui traînait là. Ensuite, il rejoignit son amie et la porta jusque dans une chambre vide, toujours sans être vu — ce qui constituait déjà un miracle en soi, car il était aussi agité et maladroit qu'un drogué en manque.

Déposant son fardeau sur le lit avec toute la délicatesse possible, il ouvrit le bagage qu'il venait de s'approprier à la recherche de vêtements pour lui-même.

Mary Ann remua un bref instant sur le matelas.

— Ne bouge pas, mon amour. Reste tranquille.

— … va ? gémit-elle de façon indistincte.

— Oui, tout va bien. Tu vas t'en tirer, je te le promets, la rassura-t-il.

Il se détestait de lui mentir ainsi.

En ce qui concernait les vêtements, il n'avait pas eu la main heureuse : la seule chose qu'il parvint à enfiler était un short en satin qui portait l'inscription « princesse » en grosses lettres roses brillantes à l'arrière. Mais ce n'était pas le moment de penser au bon goût (ou plus précisément à l'absence totale de celui-ci), ni au fait que ledit short était si serré que Riley risquait de ne jamais avoir d'enfants. Sans parler de ce qui se passerait si jamais il devait de nouveau partir dans une course effrénée.

Qu'importe ? Il fallait qu'il s'occupe de sa jambe. Il avait reçu une flèche, qui était ensuite tombée quand il s'était cogné à un arbre. Mais il pouvait encore sentir les échardes du bois dans sa chair, fichées dans les muscles, provoquant une hémorragie qui ne voulait pas s'arrêter. Pour guérir, il devait enlever ces résidus de bois, tout de suite. C'était absolument nécessaire pour pouvoir secourir Mary Ann. Ignorant la douleur, il pressa de toutes ses forces autour des bords de la blessure.

Il ne lui fallut que quelques minutes pour s'occuper de sa cuisse. Avec un T-shirt trouvé dans le sac, il confectionna tant bien que mal un pansement, avant de s'agenouiller au chevet de Mary Ann. Celle-ci était pâle comme la mort, les veines bleues ressortant horriblement sur sa peau. Ses lèvres étaient sèches et décolorées, ses yeux marqués. Mais tout cela n'était rien en comparaison de la blessure qu'elle avait à la poitrine. Il y avait tellement de sang qu'on aurait cru que le chemiser qu'elle portait était teint en rouge. Pire encore, la flèche dépassait encore des deux côtés de la plaie — de la poitrine et de son dos.

— G… grave ? demanda-t-elle dans un hoquet.

Elle était allongée sur le côté, effondrée et tremblante, secouée de frissons. Sa tête ne cessait de rouler, comme si elle luttait contre le sommeil. Il ne l'avait jamais vue si faible, si fragile — et cette vision lui était insupportable.

Il savait ce qu'il devait faire. Il le savait, et cela le terrifiait. Mais il n'allait pas se laisser emporter par la peur. Il fallait que quelqu'un reste calme et, mauvaise nouvelle, il n'y avait que lui aux côtés de Mary Ann…

— R… Riley ?

Pourquoi mentir ? Il devait se montrer honnête. C'est-à-dire brutal.

— C'est moche. Très moche.

— Je… savais. Je… je vais mourir ?

— Non !

Il avait crié sa réponse. Il dut faire un effort sur lui-même pour retrouver une voix plus calme :

— Non. Je ne te laisserai pas mourir.

Il posa un doigt à la base du cou de Mary Ann et lui prit le pouls. Rapide, bien trop rapide : près de cent soixante-dix pulsations à la minute. Oh non, non, non ! Un rythme aussi élevé signifiait qu'elle avait perdu beaucoup trop de sang. Si son cœur dépassait les cent quatre-vingts pulsations, il ne pourrait plus la sauver.

Il devait agir vite.

— Je dois te laisser seule un moment, d'accord ? Il faut que j'aille chercher de quoi extraire cette flèche.

Cela aurait pour résultat de la faire saigner encore plus, mais il ne pouvait rien faire tant que le carreau était dans la blessure.

— D… d'accord.

Elle battit des paupières, comme si elle tentait de faire le point sur lui sans y parvenir. Il devait y aller. Maintenant. Mais s'il la lâchait, elle risquait de retomber sur le dos ou sur le ventre, ce qui aurait des effets dévastateurs sur sa blessure.

Avec des précautions extrêmes, en se concentrant sur chacun de ses gestes, il entreprit de rassembler des coussins autour d'elle pour la stabiliser. Ensuite, il lui recouvrit les jambes avec une couverture. Il ne fallait pas qu'elle ait froid. Dans la salle de bains, il nettoya rapidement le sang qui lui maculait les mains et la poitrine avant de se précipiter dehors, muni des quelques billets qu'il avait trouvés dans le sac de voyage volé. De l'autre côté de la rue se trouvait un petit centre commercial, qui abritait une pharmacie où il entra pour acheter des pansements, des désinfectants et tout ce dont il avait besoin. Inutile de préciser que son accoutrement lui valut quelques regards stupéfaits... Quand la vendeuse lui eut donné sa commande, il jeta les billets sur le comptoir et sortit sans un mot.

Il revint dans la chambre. Mary Ann n'avait pas bougé. Ses yeux étaient fermés et elle tremblait de tout son corps. Ça s'annonçait mal. De nouveau, il lui prit le pouls. Cent soixante-treize pulsations à la minute.

Ses propres mains tremblaient quand il déboucha la bouteille de vodka. Forçant la jeune fille à ouvrir la bouche, il y versa ce qui restait de liquide, l'obligeant à en avaler le plus possible.

Elle ne s'étouffa pas, pas plus qu'elle ne protesta. En fait, elle sembla ne rien remarquer. Tant mieux pour elle : ce qui allait suivre serait plus douloureux que tout ce qu'elle avait connu jusqu'ici. Mais c'était également mauvais signe, un très mauvais signe : elle n'avait plus conscience de la douleur.

— Je ne vais pas te laisser mourir, lança-t-il entre ses dents. Tu m'as compris ? Pas question. Je vais te sauver.

Elle ne l'entendait sans doute plus, mais il avait besoin de le dire. Pour se rassurer. Pour y croire encore.

Il versa un peu de désinfectant sur la blessure, puis, malgré les tremblements qui l'agitaient, il saisit l'extrémité du carreau d'arbalète entre ses deux mains. Il prit une inspiration profonde et cassa le bois en deux d'un coup sec.

Ouf. Il laissa tomber la pointe métallique sur le sol. La première partie de l'opération, la plus simple, était terminée. A présent, les choses sérieuses allaient commencer. Saisissant une lampe de chevet, il l'approcha de la blessure. Comme il l'avait déjà vu, la hampe de la flèche dépassait des deux côtés du corps de Mary Ann. Bien. L'essentiel des dégâts était déjà fait. A présent, il lui fallait extirper le carreau sans laisser d'échardes à l'intérieur de la blessure. Il devait donc agir de façon rapide et fluide.

Facile à dire, avec ses mains qui tremblaient comme s'il avait la maladie de Parkinson… Il restait un peu de vodka dans la bouteille. Il l'avala d'un trait. L'alcool lui brûla la gorge et l'estomac avant de se répandre dans ses veines, lui fouettant le sang.

Du calme. Il avait déjà fait ça, non ? Pour lui, pour ses frères, ses amis. Pourquoi craquait-il justement aujourd'hui ?

De nouveau, ses doigts trouvèrent le pouls de Mary Ann. Cent soixante-quinze.

Il laissa échapper une série de jurons, mais l'alcool qu'il venait d'absorber lui permit de retrouver un peu de calme. Il se plaça derrière elle. Dans le miroir de la commode, il pouvait voir son visage. Ses yeux étaient toujours fermés, et elle avait une expression apaisée. Comme une morte ! Il devait agir sur-le-champ. Respirer, profondément. Se calmer. *Tu peux le faire. Ne pense pas. Agis.*

Il tendit la main. La laissa retomber. *Mais vas-y !*

Il aurait voulu prendre la hampe dans ses mains et la retirer d'un coup, mais c'était impossible : le bois, imprégné de sang, était bien trop glissant. Non, la seule solution était de pousser de toutes ses forces sur le carreau pour le faire ressortir de l'autre côté. En d'autres termes, et pour que l'opération ne dure pas, il devait le faire d'un coup de poing.

Donner un coup à Mary Ann… Impossible !

Tu préfères qu'elle meure ? Tu préfères rester là à gémir sans rien faire ?

Avec un grondement, il ferma le poing et frappa de toutes ses forces sur l'extrémité du carreau qu'il venait de briser. Le bois blessa ses phalanges. Il cogna de nouveau, plus fort, pour que la flèche ressorte de l'autre côté. Encore une dernière fois.

Voilà. C'était fait. Elle avait à peine gémi, à peine bougé. Il avait réussi, et le reste allait être facile. Alors pourquoi ses frissons qui le secouaient ? Pourquoi se sentait-il au bord de l'évanouissement ? Ses mains tremblaient pendant qu'il désinfectait et pansait la blessure. Quand il eut terminé, il était de nouveau couvert de sang. De sang frais, ce qui voulait dire que l'hémorragie n'avait pas cessé.

Il lui fallait une transfusion, et très vite. Si Mary Ann était encore vivante, c'était grâce à la sorcière qu'elle avait drainée en fuyant la maison, mais cela ne la maintiendrait pas longtemps en vie. Sa respiration était devenue rauque et sifflante. Elle poussait des râles d'agonie.

Riley passa une main sur son visage. Que faire ? S'il tentait de la transporter dans un hôpital, elle mourrait en route, c'était évident. Dans son état, elle ne devait plus être déplacée. Il aurait fallu une ambulance équipée — à condition qu'elle arrive à la vitesse de la lumière.

Quel cauchemar ! Cette fois, il paniqua. Il se mit à faire les cent pas dans la chambre, jetant des regards en coin sur le téléphone qui trônait sur la table de nuit. La solution la plus sage aurait été d'appeler les urgences. Mais l'hôpital chercherait à contacter le père de Mary Ann. Or, celui-ci était sans doute surveillé par nombre de leurs ennemis. Ceux-ci retrouveraient donc leur piste et s'en prendraient à elle pendant qu'elle était au plus mal.

Mais ne valait-il pas mieux être au plus mal et exposé au danger que simplement mort ?

Il n'avait pas le choix. Il décrocha le téléphone et composa le 112. A la standardiste qui lui répondit, il exposa le cas — jeune fille blessée, hémorragie massive — et donna l'adresse, sans préciser de nom. Puis il raccrocha et se laissa tomber près de Mary Ann.

— Ne leur dis pas comment tu t'appelles, murmura-t-il.

L'entendait-elle ? Sans doute pas, mais il ne devait pas perdre espoir.

— Quoi qu'il arrive, ne leur donne pas ton nom.

Elle ne réagit pas. Pire encore, son aura était à présent dépourvue de toute couleur.

Quelle que soit la rapidité des secours, il fallait qu'elle se nourrisse de nouveau, ou elle ne s'en sortirait pas. Plus le temps de trouver une nouvelle sorcière. En revanche, elle pouvait le drainer, lui.

Il suffisait de ne pas penser à ce qu'il faisait. De ne pas penser aux conséquences possibles. Se positionnant contre elle, il posa les mains sur sa poitrine, juste à côté du cœur qui battait si faiblement. Riley n'avait jamais rien fait de tel, et rien ne disait que cela marcherait, mais il devait le tenter. Il n'avait pas d'autre choix. Vu l'état de choc dans lequel elle se trouvait, son corps allait réagir automatiquement et elle le drainerait. Du moins l'espérait-il.

Fermant les yeux, il se concentra. Au fond, tout au fond, il était un loup. C'était sa nature profonde, sa nature magique, celle avec qui il devait entrer en contact. Il s'efforça de se la représenter comme une couleur tapissant l'intérieur de son corps, ses os, sa moelle épinière elle-même. Voilà. Il percevait les étincelles d'or qui se mêlaient aux flux de son organisme. Il n'avait plus qu'à les pousser, les expulser hors de lui pour qu'elles se déversent dans Mary Ann. Pousser… pousser encore…

Son corps fut parcouru d'un long frisson. Elle s'arqua avant de retomber sur le matelas, inerte. Mais sa respiration était devenue plus régulière — ou bien était-ce seulement ce qu'il voulait croire ? Riley ne relâcha pas ses efforts, envoyant la magie vers elle. Son cœur s'emballa, ses muscles se tendirent à l'extrême, ils se nouèrent au point de lui faire mal. Pour finir, il s'identifia totalement à cette souffrance, il devint simplement un corps, un corps meurtri, torturé, à vif.

Combien de temps s'écoula ainsi ? Il ne le sut jamais. Enfin, il se laissa retomber de tout son poids sur le matelas, sans même la force de regarder l'heure sur le réveil de la table de nuit. Il était épuisé. Plus question de reprendre sa forme de loup malgré l'arrivée des secours qui ne tarderait plus, qui…

Il n'entendit même pas la porte s'ouvrir. Il la vit simplement jaillir de l'encadrement, arrachée de ses gonds. Non, il ne percevait plus rien, plus un son. Il vit trois silhouettes, trois hommes qui s'approchaient du lit. Deux d'entre eux s'occupèrent de Mary Ann, braquant une petite lampe sur ses yeux, puis collant en hâte des capteurs sur sa poitrine. L'autre humain s'adressa à lui. Il le voyait agiter les lèvres, le regarder d'un œil inquiet. Il devait poser des questions, mais lesquelles ? Il ne comprenait pas, n'entendait pas les mots.

Autour de lui, le monde devint trouble, comme envahi de brume. Il sentit qu'on le soulevait, qu'on le plaçait sur une surface froide et compacte. Un brancard ? Il tenta de tourner la tête, pour voir si Mary Ann était à ses côtés, si on la plaçait elle aussi sur une civière, mais la brume était devenue si dense qu'il ne distingua rien. Rien que du blanc, partout.

On lui enfonçait quelque chose de pointu dans le bras. Une douce chaleur envahit ses veines. Douce chaleur ? Pas pour longtemps ! Très vite, cela devint brûlant, atroce, et ça se répandait dans tout son corps ! Ses paupières étaient devenues trop lourdes pour qu'il les soulève. L'obscurité régnait, profonde, omniprésente. Non. Il devait résister. Il devait savoir si Mary Ann allait bien, s'ils étaient toujours ensemble. Encore une piqûre, encore une brûlure — qu'importe ? Il devait résister, résister encore !

Mais les ténèbres avançaient, de plus en plus insistantes, et Riley finit par y céder. Il ne pouvait plus bouger, à peine respirer. Bientôt, il oublia même contre quoi il luttait.

A bord d'une voiture volée, Tucker suivit l'ambulance qui emmenait Mary Ann et le loup-garou. Il les avait observés pendant qu'on les transportait, tous deux inconscients, bardés de fils et de tuyaux, à bord du fourgon. Il avait vu les visages paniqués, la tension évidente dans les mouvements des infirmiers qui tentaient de leur sauver la vie. Ce qui voulait dire… qu'ils n'étaient pas morts. Hallucinant ! Les ambulanciers, eux, semblaient avoir du mal à y croire. Leurs voix exprimaient l'inquiétude. De toute évidence, ils pensaient que leurs nouveaux patients ne tiendraient pas jusqu'à l'hôpital.

Qu'en savaient-ils, au fond ? Riley et Mary Ann n'étaient pas des blessés comme les autres. S'ils avaient survécu jusque-là, ils pouvaient tenir encore…

Et c'était bien là le problème. D'une façon ou d'une autre, il fallait qu'ils meurent. Comme les sorcières.

Les sorcières. *Ne pense pas à ça,* s'exhorta-t-il. Non, ne pas penser. Oublier les hurlements, les sanglots, les gémissements de plus en plus faibles. Oublier, oh oui ! Oublier le terrible silence qui avait suivi. Quelques-unes, néanmoins, s'étaient échappées. Il les avait suivies, traquées dans les bois pendant de longues minutes, le cœur battant, horrifié par les crimes qu'il venait de commettre, et incapable pourtant de s'arrêter. N'empêche, elles lui avaient échappé. Vlad, dans sa tête, lui avait ordonné d'abandonner la chasse. Il avait, martela-t-il, des choses plus importantes à faire : trouver le loup et la Draineuse ! Apparemment, pour lui, éliminer ces deux-là était primordial, bien plus que de régler leurs comptes aux sorcières survivantes. Qui néanmoins chercheraient bientôt à venger leurs sœurs assassinées…

Qu'importe. Tucker avait échoué. La faute retomberait sur lui, et il serait puni. Sans pitié.

A quoi bon y penser maintenant ? Il devait se concentrer sur l'ambulance qu'il suivait. Tiens tiens, elle se dirigeait vers St Mary. St Mary, l'hôpital où Mary Ann était née. Tout comme Aden. Et aussi où la mère de Mary Ann était décédée…

L'ambulance s'engouffra dans le portail des urgences. A voir la vitesse à laquelle elle roulait, et les infirmiers qui se précipitaient vers elle dès qu'elle s'arrêta, Tucker déduisit que les deux étaient encore en vie. Oui, c'était bien le cas : on transporta en hâte les civières dans le bâtiment. Garant sa voiture, il sortit sur le parking et resta un moment seul dans le vent glacial. Personne ne le remarqua — pas même les caméras de surveillance : il avait pris soin de se camoufler au moyen de ses pouvoirs.

— Que voulez-vous que je fasse ? fit-il à haute voix.

Vlad l'entendrait, il en était certain.

Ce fut aussi le cas d'un humain vêtu d'un bleu de travail qui passait le balai sur le parking, et qui s'arrêta, stupéfait. A cause de l'illusion magique, il ne pouvait rien voir d'autre que les voitures qui roulaient au pas et les quelques visiteurs à l'entrée de l'hôpital, bien loin de lui. Dans d'autres circonstances, sa surprise aurait amusé Tucker.

Pourtant, la réponse à sa question lui arrivait déjà.

Ils sont faibles. C'est le moment idéal pour frapper.

L'homme à la salopette murmura quelque chose d'inaudible et se remit au travail.

Vous voulez que je les… Il s'arrêta. Même en pensée, il ne pouvait se résoudre à prononcer le mot. Même après ce qu'il avait fait aux sorcières. Quelque part au fond de lui, tout ce qu'il avait d'humain hurlait. Pas Mary Ann ! Plus jamais !

Je veux que tu les tues. Tous les deux. Et je te préviens, Tucker : cette fois, ne me déçois pas !

— Non, Maître. Je ne vous décevrai pas, murmura-t-il doucement, tandis qu'au plus profond de lui, il pensait *un jour, je vous tuerai, je le jure.*

Oh, et j'allais oublier, Tucker. Tu sais ce qui se produira si tu rates ton coup ? Non ? Un rire démoniaque résonna dans sa tête. *Alors je vais te le dire. Je trouverai ton petit frère, et je m'occuperai de lui. Longtemps. Très longtemps.*

Non. Non, il n'oserait pas... Impossible que...

Nous nous sommes bien compris ?

Son petit frère. La seule personne au monde qu'il aimait vraiment. Et dont la vie était à présent menacée à cause de lui. *Non,* pensa-t-il de nouveau, les dents serrées, la rage au ventre. Pourtant, la seule chose qu'il répondit fut :

— C'est très clair. Je ne vous décevrai pas.

Et il se mit au travail.

19

— Réveille-toi, Aden. Aden ? Il faut te réveiller, maintenant !

Aden s'accrocha à la voix comme à une bouée de sauvetage. Il flottait dans un océan obscur, dans des abysses sans fond et sans forme — ni bruits, ni couleurs, ni sensations. Puis l'océan devint une montagne, et il grimpa, et grimpa encore, pour arriver au bord d'un précipice. Alors, il se laissa tomber, et sa chute l'entraîna dans une rivière glacée qui…

— ADEN ! REVEILLE-TOI !

Il ouvrit les yeux. Au-dessus de lui, les cheveux défaits, Victoria le regardait, les joues empourprées par l'effort.

— Il y a un problème ? croassa-t-il.

Il se redressa, et tout son corps protesta. Chacun de ses muscles lui faisait mal et sa peau semblait avoir rétréci. Il avait la bouche sèche comme un désert. Mais le pire, c'était son estomac qui se contractait et se tordait dans tous les sens, comme s'il avait entrepris de se dévorer lui-même tant il était affamé.

— J'étais inquiète, se justifia Victoria en se rasseyant.

La main dans la poche, elle jouait avec quelque chose qui produisait un bruit de froissement — un emballage de bonbon, probablement.

— J'ai failli te forcer à boire du sang, acheva-t-elle.

Mmh… du sang…

Passant une langue gourmande sur ses lèvres, il tâcha de se rappeler ses derniers souvenirs. Il était entré dans la salle de bal alors que la fête battait son plein. Il avait parcouru la foule du regard puis, d'une façon qu'il ne parvenait pas à comprendre, il avait regardé *à travers* un des murs, derrière lequel il avait vu Victoria. Sans doute un nouveau pouvoir dû à sa transformation en vampire… Combien lui en restait-il à découvrir ?

Après leur discussion avec Sorin et leurs trois amis du ranch D & M, Victoria et Aden avaient quitté la fête ensemble pour regagner sa chambre. Ils y étaient toujours, d'ailleurs. Que s'était-il passé ? Il se souvenait de s'être assis sur le lit puis… plus rien. Il avait dû s'endormir.

Incroyable. Quelle petite nature !

Il avait eu l'intention de lui parler de ce qu'il avait vu : l'apparition qui dansait, la scène où Victoria enfant était fouettée à cause de sa mère… Au fond, le fait qu'il soit tombé comme une masse était peut-être une bénédiction. Comment aurait-elle réagi à ces nouvelles ? Elle semblait très fragile en ce moment, et le récit de ces visions aurait été un stress supplémentaire, un poids qu'elle n'aurait sans doute pas supporté.

— Quelle heure est-il ? demanda-t-il en prenant une profonde inspiration.

Erreur ! Il n'aurait jamais dû respirer. Le parfum de Victoria lui emplit les poumons, balayant au passage toute pensée logique. *Faim !* Il voulait cette odeur — il voulait cette *fille* ! — de tout son corps. Sa bouche se remplit aussitôt de salive, et il constata que, comme souvent ces derniers temps, ses mâchoires lui faisaient mal.

— Tout va bien ? demanda-t-elle.

— Impeccable, répondit-il d'une voix rauque.

— Comme dirait Riley, je vais faire comme si je te croyais. Et pour répondre à ta question, c'est le matin.

Il secoua la tête, pour chasser la poussière et les araignées qui avaient dû s'y installer, mais sans grand résultat.

— Seulement ? Mais on a quitté le bal à la fin de la nuit…

— Nous sommes le matin… du jour d'après.

D'accord. C'était un peu plus logique.

— C'est ce qu'on appelle un sommeil réparateur.

Un sommeil réparateur… Pour les vampires, ce terme avait un sens précis : il désignait une sorte de coma, un état de privation sensorielle totale où le vampire et sa bête se fondaient en un seul être. Le taux de globules rouges dans le sang augmentait de manière astronomique, ce qui accélérait tous les processus de régénération. Cela, Aden n'en avait connaissance que depuis quelques secondes, et pourtant c'était comme s'il l'avait toujours su — exactement comme il connaissait à présent le nom de tous ceux qui fréquentaient la cour.

Sommeil réparateur ou pas, il avait tout de même l'impression de s'être frotté à une centaine de boxeurs professionnels. Et d'avoir perdu tous ses combats. Pourtant, il n'avait pas le temps de gémir sur son sort, ni d'entamer un deuxième round avec son oreiller : il avait du pain sur la planche.

Il posa une jambe sur le sol, et se serait mis debout si Victoria n'avait placé une main ferme et glacée sur son épaule. D'accord, elle n'aurait pu réellement le retenir, car il semblait que ses forces l'aient abandonnée, mais il s'immobilisa tout de même. Et bien lui en prit : son mouvement venait de déclencher une réaction en chaîne. Pied, genou, jambe, bassin, hanche — un élancement lui parcourut tout le corps, comme une véritable explosion de souffrance. Il attendit un instant, inspirant profondément pour calmer la douleur.

— Si je viens de traverser vingt-quatre heures de sommeil réparateur, comment se fait-il que je me sente aussi mal ?

— C'est parce que les tissus cicatriciels sont encore frais. Mais ne t'inquiète pas. Lève-toi, étire-toi un peu, et tu te sentiras mieux.

Le ton de sa voix était confiant, pas de place pour le doute.

— Combien de fois as-tu vécu ce genre de choses ?

Avec un ravissant haussement d'épaule, elle répondit :

— J'ai arrêté de compter il y a bien longtemps.

Il n'aimait pas cette réponse. Pas du tout.

— Tu veux me donner un peu plus de détails, s'il te plaît ?

— Je n'en ai pas très envie.

— Tu sais, je peux faire punir tous ceux qui t'ont fait du mal.

Erreur, de nouveau. Il avait lancé ça comme une blague, pour la dérider, mais elle ne riait pas. Et, au fond, lui-même ne plaisantait pas vraiment. Quiconque ferait du mal à Victoria souffrirait en retour. Voilà ce qu'il se disait.

Bon. Mieux valait changer de sujet avant que cela ne

tourne à l'interrogatoire. Qu'aurait-il à y gagner, sinon la bouleverser inutilement ?

C'était plutôt le moment de lui parler de ce qu'il avait vu. Sa mère, Edina, qui tentait de l'entraîner avec elle dans sa fuite. Son père qui les surprenait, puis qui faisait fouetter Victoria. Néanmoins, la discussion risquait de la mettre mal à l'aise. Après tout, dans la situation inverse — si Victoria l'avait vu en position de faiblesse —, Aden se serait senti gêné.

Minute. C'était un peu le cas maintenant, non ? Il pouvait à peine tenir debout, et il était encore couvert de bleus et de contusions — en tout cas, c'était l'impression qu'il avait : sommeil réparateur ou pas, la douleur était encore omniprésente. Elle le voyait donc au plus bas de sa forme, moralement comme physiquement. Et après tout, ce n'était pas la première fois : elle l'avait vu mourant, puis assoiffé de sang, possédé de pulsions bestiales…

Malgré cela, Aden continuait à détester l'idée de se montrer faible devant Victoria. Ce qui signifiait que l'inverse était probablement vrai, car les vampires étaient mille fois plus orgueilleux que les humains… Donc, tout bien considéré, inutile de lui parler de ses visions. Cela ferait partie des secrets qu'il emporterait dans la tombe, comme on dit. Plus il apprenait à connaître Victoria, mieux il comprenait comment elle fonctionnait, et plus il éprouvait de respect pour elle. Non, décidément, il n'y avait aucune raison de la perturber avec cette histoire d'apparitions surgies du passé.

Ou bien était-ce un simple prétexte de sa part ? Etait-il trop lâche pour se mettre dans une situation embarrassante ? Honnêtement, non. Parfois, le silence était préférable à la franchise. Il ne dirait rien.

Et, comme si sa bouche choisissait de faire le contraire de ce que sa tête avait décidé, il lança :

— Dis donc, ça t'est déjà arrivé d'avoir des visions de mon passé ?

Après tout, si elle lui posait la question, il ne pourrait pas lui mentir…

— Pardon ? Non, pas du tout. On en parlera plus tard, d'accord ? Pour l'instant, j'ai quelque chose à te montrer.

— Qu'est-ce que c'est ?

— Regarde.

Sur la table de chevet, elle saisit une sorte de télécommande noire. Se retournant, elle la pointa en direction de la commode, à l'autre extrémité de la chambre. Un panneau de bois s'ouvrit, révélant un large écran plat qui s'alluma. Victoria se mit à parcourir les canaux jusqu'à trouver une chaîne d'information continue.

— Ecoute ça, dit-elle.

A l'image, une journaliste à l'expression sombre se tenait dans un bois, protégée de la pluie battante par un parapluie.

— … ce que l'on nomme déjà « Le massacre des robes rouges de Tulsa », expliquait-elle. Dix femmes sauvagement assassinées. La police a mobilisé tous les moyens humains et scientifiques pour découvrir l'identité de l'auteur de ce crime abominable, et…

— C'est tragique, intervint Aden, mais en quoi est-ce que ça me regarde ?

Victoria appuya sur la touche « muet » et se laissa retomber sur le matelas à ses côtés.

— Des femmes en robes rouges. A Tulsa. Où se trouve Riley. Et Mary Ann. Aden ? Ça ne peut être que des sorcières, celles qui étaient à leurs trousses. Et elles ont reçu de multiples coups de couteau, ce qui veut dire que ça ne vient ni des fées, ni des vampires, ni des loups-garous.

Il percuta enfin. Comment c'était possible ! Il était vraiment fatigué, intellectuellement.

— Et Mary Ann et Riley ? Ils vont bien ?

Elle hésita avant de répondre.

— Je ne sais pas. Riley ne m'a pas donné signe de vie depuis un moment.

Mais que pouvait-il bien être arrivé à leurs amis ? Pour le savoir, Aden décida de faire appel au médium dans sa tête.

— Elijah ? Tu sais quelque chose ?

Rien du tout, répondit l'âme.

Bien. Cela signifiait au moins qu'il n'avait rien vu de funeste. D'une certaine façon, c'était rassurant. Aden revint à Victoria :

— Comment peux-tu être certaine qu'aucune des races de créatures dont tu parles n'est responsable de ça ?

— Les fées n'auraient pas fait couler le sang. Les vampires si, mais on n'en aurait pas retrouvé une goutte autour des corps. Quant aux loups-garous, ils auraient laissé des marques de crocs et de griffes, pas de coups de couteau.

En parlant de sang… Mmh…

Mais comment une telle pensée pouvait-elle lui venir en un tel moment ? Quelle honte ! Des gens étaient morts, sans doute dans d'atroces souffrances, et il ne pensait qu'à manger ?

— Aden ? le relança Victoria.

Oui. Il devait lui répondre. Ou au pire parler d'autre chose…

— Ça nous laisse qui, comme suspect ?

Attends un peu ! intervint soudain Caleb. *Je viens juste de me réveiller, et je n'ai pas tout entendu. Je rêve ou elle vient de parler d'un groupe de sorcières… assassinées ?*

Victoria lui parlait, mais Aden ne percevait plus ce qu'elle disait : la voix de Caleb était stridente, chargée d'angoisse.

— Oui, répondit-il à l'âme. Je suis désolé, mais c'est la vérité.

Impossible. Non, elle doit se tromper.

— Caleb…

Non ! Elijah, dis-lui qu'elle se trompe. Dis-le-lui !

Je suis désolé, Caleb, répondit celui-ci d'une voix peinée.

Non ! Le cri s'étrangla avant de se transformer en une suite de sanglots à fendre l'âme.

Caleb avait toujours aimé les sorcières. De toute évidence, il avait un lien avec elles, un lien qui datait de sa première existence, celle d'avant Aden.

Aden ? Il faut que tu remontes dans le temps. Il faut que tu leur sauves la vie.

La réponse surgit, immédiate, implacable :

— Non. Impossible. Je ne peux pas faire ça.

Tu veux dire que tu ne veux pas !

— C'est trop dangereux. Tu le sais, ça pourrait mal finir. Encore plus mal, je veux dire.

Telle avait été sa réponse quand Victoria lui avait suggéré la même chose, et il resterait intraitable si, quelle qu'en soit la raison, on lui demandait de revenir dans le passé pour changer le cours des événements.

Dans la balance, les risques pesaient bien plus lourd que les avantages. Ils étaient tout simplement énormes.

Aden, je t'en prie !

— C'est non, désolé.

Elijah et Julian entreprirent de consoler leur ami. Aden releva la tête vers Victoria, qui le regardait d'un œil interrogateur.

— C'est Caleb. La nouvelle l'a… perturbé.

Elle l'a détruite, oui.

— Je suis désolée pour lui.

— Moi aussi.

Et c'était vrai, même si, pour sa part, il n'avait jamais apprécié les sorcières. Comment l'aurait-il pu ? C'étaient elles qui avaient lancé un sortilège de mort sur Riley, Mary Ann et Victoria ; elles qui avaient failli le priver de tous ses amis et de la vie qu'il s'était construite. Néanmoins, il ne supportait pas qu'une des âmes dans sa tête souffre. S'il l'avait pu, il aurait sauvé ces femmes rien que pour éviter cela.

— Le mieux que nous puissions faire, c'est d'apprendre ce qui est arrivé et de tout faire pour que ça ne se reproduise jamais, dit-il.

— Tout à fait d'accord, approuva Victoria. Tu m'as demandé qui pouvait avoir fait ça… Eh bien, vu que les zombies et les gobelins ne seraient pas capables d'actions aussi coordonnées, cela ne laisse que les humains.

Mais tout ce tracas avait réveillé Junior. La bête s'étirait dans la tête d'Aden avec de petits bruits d'enfant. Aïe… Mauvais moment pour une nouvelle bagarre. Quelque chose que lui avait dit Elijah lui revint à la mémoire : sa créature réagissait aux émotions. Donc, s'il parvenait à rester calme, le bébé-monstre ne chercherait pas à l'affronter.

En tout cas, on pouvait l'espérer.

Victoria. Se concentrer. Il lui fallait reprendre la conversation.

— Des humains ? Mais comment des humains auraient-ils pu vaincre une escouade de sorcières ? Nous avons tous les deux été témoins des dégâts qu'elles peuvent infliger, et franchement, je pense qu'on ne peut pas les battre sans pouvoirs magiques. Non, de simples humains n'auraient eu aucune chance !

— Je n'en suis pas sûre.

— Et si une des autres races avait voulu qu'on croie des humains coupables ? Si tout cela était une mise en scène ?

— C'est possible, mais dans quel but ? Pour envoyer quel message, et à qui ?

— Je ne sais pas... Quelque chose comme « on sait qui vous êtes et on est sur vos traces » ?

— Oui... non... peut-être. Franchement, je ne sais pas. C'est la première fois qu'une chose pareille se produit. Nous effaçons nos traces. Toutes les créatures surnaturelles le font. Après un combat, il ne reste en général rien que les humains puissent découvrir. C'est comme ça que nous sommes élevés, parce que c'est comme ça que nous survivons depuis des siècles.

— Les choses changent parfois.

— Oui, acquiesça-t-elle d'un ton neutre. Cela arrive.

Elle avait un ton étrange dans la voix. Y avait-il un double sens dans ses paroles ? Voulait-elle dire qu'il avait changé, lui, et qu'elle ne l'aimait plus ?

Ce fut le moment que choisit Junior pour pousser un cri affamé.

Réprimant un soupir, Aden se laissa retomber sur le lit, un bras sur les yeux.

— Je n'arrive pas à penser. Tu sais quoi ? On parlera de ces meurtres quand on aura mangé, d'accord ?

— D'accord.

Mais l'hésitation dans sa voix était toujours perceptible. Que se passait-il ?

— Tu as déjà mangé ? demanda-t-il.

Et il ajouta l'autre question qui le taraudait :

— Au fait, où as-tu dormi la nuit dernière ?

Il savait qu'il avait pris sa chambre, et qu'elle n'était pas restée. Sans parler du fait qu'il méritait des coups de pied aux fesses pour s'être endormi au moment de son tête-à-tête avec elle. Il l'avait plus ou moins chassée de ses propres appartements. Or, pour avoir passé la plus grande partie de sa vie sans pouvoir profiter du moindre espace personnel, il savait à quel point cela comptait.

Auparavant, Victoria se serait sentie suffisamment en confiance pour s'endormir à ses côtés. Mais il s'était comporté de façon si brutale avec elle ces derniers temps qu'elle n'avait sans doute pas osé le faire, de peur qu'il la rejette.

— J'ai dormi dans la chambre de Riley, répondit-elle, plongeant de nouveau la main dans sa poche pour jouer avec le papier d'emballage ou quoi que ce soit qui s'y trouvait.

Il entendit le râle irrité qui s'élevait de sa propre gorge avant même de comprendre qu'il venait de lui. *Calme-toi. Ne te laisse pas aller à tes émotions.*

Il se souvint de la première fois où il avait vu Victoria en chair et en os, ailleurs que dans les visions d'Elijah. C'était dans la forêt derrière le ranch D & M. Elle l'attendait, flanquée d'un Riley impassible. Aden s'était demandé ce qu'il y avait entre eux — et même si elle lui avait assuré qu'ils étaient simplement amis, le sentiment de jalousie ne l'avait jamais tout à fait quitté depuis.

Amis, peut-être, mais amis proches. Trop à son goût.

— Tu aurais pu dormir ici, lui fit-il remarquer. Avec moi.

— Avec toi ? Toi, mon souverain, le maître de la terre comme des cieux, tu m'aurais proposé de dormir dans le même lit que Sa Majesté ? Est-ce que tu sais que c'est la première fois depuis que nous sommes revenus ici que tu mentionnes le sujet ?

Elle n'avait pas tort, mais…

— Eh bien, je le mentionne maintenant.

Elle se renfrogna. Encore une fois, elle joua nerveusement avec le papier dans sa poche.

— Eh bien, je suis flattée, fit-elle, mais son expression démentait ses paroles. Surtout si je considère que tu me repousses depuis que nous sommes de retour.

Ah, d'accord… C'était donc ça, le cœur du problème.

— Je suis désolé. Vraiment. Mais je m'améliore, non ? Je veux dire, toi aussi tu as changé…

De mieux en mieux : à présent, on aurait dit qu'il lui faisait des reproches, des reproches qu'elle était bien loin de mériter. La mine de Victoria s'assombrit encore. Et de nouveau ce bruit de papier froissé.

— Qu'est-ce que tu veux dire ? Que je suis plus humaine ?

Pardon ? Mais quelle mouche la piquait ?

— Je veux dire… Je ne veux rien dire de mal. Rien qui ressemble à une critique. Mais, c'est vrai, tu te comportes de façon de plus en plus humaine. Et je te répète que ce n'est pas négatif.

— Bien sûr que si. Tu veux dire que tu ne me trouves plus aussi bien qu'avant.

— Absolument pas ! Je n'ai jamais dit ça !

Alors pourquoi ses protestations sonnaient faux ?

— Ecoute, Aden, je sais que tu dois faire des efforts pour gérer ta nouvelle nature. Et c'est très bien.

Ouille. Il redoutait par avance ce qui allait suivre.

— Mais ça n'empêche pas que je t'en veux.

Tout juste : il n'aimait pas du tout cela.

— Tu es sérieuse ?

— Tu sais que je ne suis pas connue pour mon sens de l'humour.

Alors là… Quand elle s'y mettait, elle se comportait vraiment comme une humaine…

— Mais pourquoi est-ce que tu m'en veux ?

— Parce que.

Evidemment… Comment discuter avec ce genre de logique ?

— Super.

— Exactement.

— Mais… j'ai quand même besoin de manger.

Des flammes bleues étincelèrent dans les yeux de Victoria.

— Et alors ? Tu veux que j'aille te chercher un esclave de sang ?

Non. Oui.

— Non.

Il était toujours assoiffé, certes, mais d'un seul sang : celui de Victoria, encore et toujours. Pourtant, il avait bu celui de Sorin récemment. D'ailleurs, comment se faisait-il qu'il ne voie pas le monde à travers les yeux de celui-ci ? C'était en général le cas quand on se nourrissait d'un autre vampire… En espérant que changer de sujet détendrait l'atmosphère, Aden posa la question à Victoria.

— Cet effet ne dure que pendant un certain temps, lui répondit-elle. Et comme tu as dormi pendant plus de vingt-quatre heures, il s'est dissipé sans que tu te rendes compte de la connexion entre Sorin et toi.

Il y eut un silence, un silence pesant. De toute évidence, elle était toujours en colère contre lui. Enfin, elle reprit :

— Alors, peux-tu m'expliquer pourquoi tu refuses que je t'apporte un esclave de sang ?

— Ce n'est pas que je ne veux pas, mentit-il. J'ai simplement besoin de me débarbouiller avant.

Tant pis : il se forcerait à boire le sang de quelqu'un d'autre.

Bruit de papier froissé. Cette fois, c'en était trop.

— Tu peux me dire ce que tu as dans la poche ?

Ses joues virèrent aussitôt à l'écarlate.

— Rien du tout. Va te doucher, alors. Maintenant.

D'accord… Avec des gestes maladroits, il se mit debout et partit d'un pas hésitant vers la salle de bains. Il devait ressembler à un vieillard sans son déambulateur. Et sérieusement, comme il détestait que Victoria le voie comme ça !

Au moment où il allait refermer la porte sur lui, elle lui lança :

— Au fait, Aden, je te remercie de ne pas avoir tué mon frère.

— De rien.

Une fois seul, il se brossa les dents avant de s'accorder une douche rapide. Sur une commode, il découvrit ses affaires propres, impeccablement repassées et pliées, déposées là par Victoria. Ce fut avec un vrai plaisir qu'il enfila son jean, son T-shirt gris et ses bottes.

Dans sa tête, Gobeur poussait des cris de plus en plus pressants. En revanche, les sanglots de Caleb avaient cessé.

Une fois sa toilette terminée, il prit le temps de s'inspecter en détail dans le miroir. Quelle surprise de se revoir avec des cheveux blonds ! Pendant des années, il s'était teint en noir. Et ses yeux sortaient vraiment de l'ordinaire, aussi. La dernière fois qu'il s'était regardé dans une glace, ils étaient dorés. A présent, ils ressemblaient à un véritable kaléidoscope de couleurs.

Mais le plus étonnant restait l'absence totale de plaies, bleus et autres contusions. Il ne restait aucune trace du combat sur son corps — même si, à l'intérieur, la douleur restait très présente malgré la douche brûlante qu'il venait de s'offrir. Disparus les lèvres tuméfiées et les yeux pochés. Même la dent que lui avait cassée Sorin avait repoussé pendant la nuit. Non, vraiment, il n'avait pas à se plaindre.

Aden, pourrais-tu faire taire cette bête, s'il te plaît ? demanda Julian, l'arrachant à ses pensées. *Je n'en peux plus de l'entendre grogner et pleurer. Ça devient vraiment insupportable…*

— Il n'y a qu'une solution pour calmer Junior, répondit-il. Le nourrir.

Et encore, cela ne durerait qu'un temps…

Fais comme l'a suggéré Victoria, prends un esclave de sang. Je t'en prie.

Esclave de sang, esclave de sang… le terme l'agaçait de plus en plus. Dire qu'il avait failli le devenir lui-même ! Soudain, Aden dressa l'oreille. Dans la chambre voisine résonnait un bruit de pas. Intrigué, il ouvrit la porte de la salle de bains à toute volée. En fait, il *sentit* les nouveaux arrivants avant même de les voir. Maxwell et Nathan, les frères de Riley. Debout aux côtés de Victoria, ils semblaient tenter de la rassurer. Leur odeur trahissait qu'ils avaient passé beaucoup de temps dehors. Autre chose, aussi. Ils sentaient la peur.

Nathan avait la peau extrêmement claire. Ses cheveux étaient si blonds qu'ils paraissaient blancs, et ses yeux étaient d'un bleu très pâle. Quant à Maxwell, il arborait des cheveux dorés et une peau hâlée. Pour autant qu'Aden puisse en juger, ils étaient tous deux de très beaux garçons. Malheureusement, ils étaient également frappés d'une malédiction : toutes celles qu'ils désiraient les voyaient comme d'épouvantables laiderons et seules les filles qui ne leur inspiraient aucun sentiment pouvaient voir la beauté de leur vrai visage. Quelle ironie.

Une beauté qu'Aden, en toute logique, percevait — du moins tant qu'ils n'affichaient pas comme maintenant des expressions affligées et soucieuses.

— Que se passe-t-il ? demanda-t-il.

Etait-ce à cause d'eux que sa princesse pleurait ? Si oui, ils allaient le payer, et très cher. Serrant les poings il s'avança d'un air menaçant, mais avant qu'il ait pu ajouter un mot, Victoria lui tendit un gobelet rempli de sang.

— Tiens. Bois ça.

L'odeur douceâtre le frappa de plein fouet avant même qu'il se saisisse du verre. Dans sa tête, Junior poussait des cris de joie sauvage — ou tout simplement des hurlements bestiaux ? — et il se mit à saliver, tandis que ses mâchoires s'agitaient de façon incontrôlable. Car il le savait sans même avoir à le demander : ce sang était celui de Victoria !

Tout se déroula ensuite sans que son cerveau n'intervienne : tendre le bras, saisir le verre, le porter à ses lèvres, en vider le contenu… Il ne se rendit pas compte de ce qu'il faisait avant d'avoir avalé la dernière goutte.

Ainsi, il s'était cru fort après avoir bu le sang de Sorin ? Pauvre naïf ! La vraie force, il la rencontrait maintenant — une sensation délicieuse qui cascadait dans son corps comme une lumière vive. Il ferma les yeux de plaisir.

L'espèce de brouillard qui avait jusque-là atténué ses perceptions se dissipa entièrement. C'était comme si chaque cellule de son corps se transformait en une bulle de champagne. Toutes les douleurs qui lui restaient du combat avec Sorin disparurent sur-le-champ. Son corps se gonfla d'énergie — incroyable, et s'il avait grandi, pour de vrai ?

Junior ronronnait de satisfaction. Comme un nourrisson, il s'endormit à peine la dernière goutte avalée.

Mais Aden, lui, en voulait davantage.

Non, non, non, pas question, lança Julian sur un ton sans appel.

Comment avait-il fait pour se brancher aussitôt sur

ses pensées ? Avait-il prononcé les mots à haute voix ? Fixait-il de façon ostentatoire le cou de Victoria ? Minute. C'était impossible : il avait encore les yeux fermés.

Il les ouvrit… pour découvrir qu'il avait laissé choir le gobelet et qu'il avait saisi le bras de Victoria. Qu'il l'attirait vers lui, de plus en plus fort…

Avec un hoquet de stupéfaction, Aden s'empressa de la relâcher et s'écarta d'elle. Maxwell et Nathan les regardaient tous deux avec gêne et curiosité.

Bien. Dans quelques heures, il se mettrait à voir le monde à travers ses yeux à elle. Cette fois, aucun sommeil réparateur ne l'en empêcherait. Continuerait-il pour autant à vouloir son sang, et rien d'autre ?

Cela n'avait peut-être pas d'importance. D'accord, il risquait de devenir accro, mais le jeu en valait la chandelle. Il voulait être avec elle, vivre à ses côtés et boire son sang, et cela à n'importe quel prix. Rien ne l'arrêterait.

Victoria se tenait devant lui, visiblement mal à l'aise. Se rendant compte qu'il n'avait pas cessé de la dévisager, Aden baissa les yeux.

C'est alors qu'il la vit. Là, sur le poignet de Victoria — elle portait une robe à manches longues, mais l'une d'elles s'était retroussée quand il l'avait saisie par le bras. Une longue estafilade qui s'étendait de part en part de ses veines.

Une estafilade qui ne s'était pas refermée. Elle s'était ouvert le poignet pour laisser couler son sang, mais la blessure n'avait pas cicatrisé. Mais c'était impossible ! C'est vrai que, un peu plus tôt, il lui avait pris la main et il avait remarqué qu'elle était toute froide, il s'en souvenait à présent. Or, c'était bien la première fois qu'il constatait ça chez elle.

— Victoria, est-ce que tout va bien ? demanda-t-il.

— Non, répondit-elle. Regarde ce que je viens de recevoir.

Et elle lui tendit son téléphone portable, où il lut les mots : *Tulsa, St. Mary. Mourants. Vite.*

— C'est un sms de Riley, précisa-t-elle.

Son menton tremblait. De toute évidence, elle avait grand-peine à retenir ses larmes.

Non, ce n'est pas Riley qui a écrit ça, fit Elijah.

— Comment peux-tu le savoir ?

Victoria le regarda avec surprise :

— Mais parce que c'est…

Il leva la main :

— Je te demande pardon. Je ne te parlais pas. On dirait qu'Elijah sait quelque chose.

Victoria se tut, affichant une expression d'espoir et de crainte mélangés.

D'abord, reprit l'âme, *c'est une question de logique. S'il était vraiment mourant, Riley ne taperait pas aussi bien. Tu as remarqué ? Il a même fait l'accord. Peu crédible, n'est-ce pas ? Et je viens d'avoir une vision où Tucker tapait ce texto.*

Une boule tordit le ventre d'Aden. Aussitôt, il répéta aux autres ce qu'il venait d'apprendre avant de reporter son attention sur Elijah.

— Qu'est-ce que tu as vu d'autre ? Montre-le-moi, je t'en prie.

Tu ne vas pas aimer ça.

— Ça m'est égal, fais-le.

Il y eut un silence, particulièrement inquiétant. Puis le médium poussa un long soupir :

Comme tu veux.

Et les images commencèrent, saisissantes, oppressantes. Riley immobile, attaché sur un lit d'hôpital, le teint cadavérique, une blessure béante à la cuisse.

Mary Ann était elle aussi allongée sur une civière que l'on sortait d'une ambulance, où il distingua clairement le nom de St. Mary. Elle était en jean et soutien-gorge, et elle portait en travers de l'épaule un pansement déjà entièrement recouvert de sang. Des infirmiers tentaient de lui appliquer un massage cardiaque, mais apparemment elle ne réagissait pas.

— C'est peut-être Tucker qui a écrit ce texto, mais il ne mentait pas, expliqua Aden d'une voix tremblante. Ils sont blessés, tous les deux. Grièvement.

Si ses amis mouraient... D'ailleurs, peut-être qu'ils étaient déjà morts ?

— Qu'est-il arrivé à Riley ? demanda Maxwell.

Aden expliqua ce qu'il avait vu.

Les deux frères ponctuèrent son récit d'innombrables jurons. Victoria se mordait le poing pour arrêter ses sanglots — en vain.

Dans la tête d'Aden, Caleb lui aussi poussait des jurons, ou plutôt un chapelet d'insultes destinées à Tucker.

— Tu crois que c'est Tucker ? demanda Maxwell à Aden. Je ne comprends pas comment il aurait pu battre Riley.

Le bruit dans sa tête était tel qu'il eut du mal à comprendre la question.

— Je n'en sais rien. Quoi qu'il se soit passé, nous devons nous rendre à St. Mary.

Il ne savait pas grand-chose sur les changeformes,

mais les médecins risquaient de se rendre compte de quelque chose en examinant Riley.

— Victoria, reprit-il, tu peux nous téléporter ?

Oh oui, rugit Caleb. *Qu'elle nous téléporte à Tulsa ! Nous allons enquêter. Et si c'est Tucker qui a fait ça, on va lui régler son compte.*

L'idée de vengeance devait agir sur lui comme un shoot d'adrénaline.

Mais Victoria avait pâli brusquement. Avec un coup d'œil en direction des deux loups-garous, elle avoua d'un seul coup :

— Non. Aden… J'aurais voulu t'en parler avant, mais… Je n'arrive plus à me télétransporter. C'est peut-être à cause de ce que m'a fait mon frère, se hâta-t-elle d'ajouter. En revanche… peut-être que tu peux, toi ?

— Moi ?

Il n'avait jamais essayé, n'avait pas la moindre idée de comment on s'y prenait ni le temps d'apprendre — surtout qu'il n'était même pas certain d'avoir acquis ce pouvoir !

— Non, c'est peut-être possible mais je ne saurais pas comment m'y prendre. Tant pis, nous prendrons une voiture.

Au même moment, on frappa à la porte, et la belle Maddie fit son entrée dans la pièce. Elle avait sur le visage la même expression que le jour où elle lui avait annoncé l'arrivée de Sorin.

— Je ne sais pas pourquoi on m'a de nouveau choisie pour t'apporter la mauvaise nouvelle, Majesté, lança-t-elle d'une voix désolée, mais tes amis humains sont de retour.

— Je n'ai pas le temps de m'occuper d'eux. Dis-leur de retourner au ranch, et je…

Non ! le coupa Elijah. Il y avait de l'urgence dans sa voix. *Tu dois parler avec eux. Maintenant.*

Mais les sorcières…, commença Caleb.

Ce fut au tour d'Aden de l'interrompre, gagné par l'inquiétude du médium.

— Les sorcières attendront. Je te demande pardon, Maddie, reprit-il en se tournant vers elle. Conduis-moi jusqu'à eux.

Elle l'escorta jusqu'au bas des marches, puis au travers d'un dédale de couloirs. Pour finir, ils débouchèrent dans un vestibule où les attendaient Seth, Ryder et Shannon. Tous trois étaient couverts de cendre et de suie, et ils sentaient terriblement la fumée.

— Dites-moi ce qui s'est passé ! lança-t-il, impérieux.

— C'est le ranch, commença Seth avant de s'étouffer dans une quinte de toux.

— Il a b… brûlé, acheva Shannon. Du s… du sol au plafond. Il ne reste r… rien.

Aden se raidit.

— Et Dan ? Et Meg ?

— Ils sont en vie, mais blessés tous les deux, dit Ryder. Ils ne s'en sont sortis que parce que Sofia les a tirés de là.

Sofia était la chienne préférée de Dan. *Ne réagis pas. Pas maintenant.* Les émotions qui l'agitaient étaient trop terribles. En permettre une, juste une, c'était risquer de s'effondrer. Il devait rester fort… mais c'était trop d'un seul coup. Les mauvaises nouvelles s'empilaient comme autant de fardeaux qui menaçaient de l'ensevelir, de le broyer.

Shannon avait l'air à bout de forces. Comment pouvait-il encore tenir debout ? Il se massait la nuque, hagard. Sur ses joues, des larmes avaient tracé des ruisseaux clairs dans la suie.

— Mais S… Sofia y est restée. Et Brian aussi.

C'était un autre garçon pensionnaire du ranch. Aden et lui n'avaient jamais été très proches, mais sa mort, surtout dans ces circonstances, restait un déchirement.

— Terry et RJ vont partir plus tôt que prévu, poursuivit Ryder. Pour ce qui est des autres… l'assistance publique va s'occuper de nous.

Ces mots furent comme la goutte d'eau qui fit déborder le vase : il s'effondra sur lui-même, suffoquant et pleurant comme un enfant.

— On va nous placer dans de nouveaux foyers à travers tout l'Etat, continua-t-il d'une voix entrecoupée de sanglots. Ou même dans des prisons. Parce que les flics vont croire que le coupable est l'un de nous.

— Et ce n'est pas le cas ? demanda Nathan.

Seth se précipita sur lui, et il s'en fallut d'un rien qu'il ne le frappe.

— Tu plaisantes ? Aucun d'entre nous n'aurait fait une chose pareille ! Le ranch était notre seul chez nous. Dan et Meg étaient les seules personnes qui nous aient acceptés tels que nous sommes. Nous ne leur aurions jamais fait de mal, jamais !

Mais alors, qui pouvait être le coupable ? Tucker ? Non. Même un démon ne pouvait se trouver dans deux endroits à la fois.

— Mon père, gémit Victoria d'une voix horrifiée. A travers eux, il commence à s'en prendre à toi. Ce qui veut dire qu'il devient plus fort.

Oui. C'était évident. Vlad y était pour quelque chose, et les garçons n'étaient plus en sécurité aux alentours du ranch. Mais s'ils disparaissaient, on en conclurait qu'ils étaient coupables de l'incendie. De toute façon, l'ex-souverain vampire pourrait les retrouver où qu'ils aillent.

Il n'y avait qu'un seul endroit où ils seraient vraiment à l'abri. Ici, au manoir.

Tous les regards étaient tournés vers lui. Chacun attendait ses ordres ou une réponse à ses questions. Son devoir était de les protéger, tous autant qu'ils étaient, et ce n'était pas une tâche facile. Mais il l'avait acceptée en prenant la couronne, et il devait porter ce fardeau. Il prit sa décision.

— Maddie, dit-il en se tournant vers la jeune vampire, va chercher Sorin et amène-le ici.

Elle obtempéra sans un mot et quitta la pièce, sa robe noire battant sur ses talons. Quelques minutes plus tard, le frère de Victoria faisait son apparition au bout du couloir. Avant même qu'ils les aient rejoints dans le vestibule, Aden se mit à donner des ordres.

— Sorin, c'est toi qui prends le commandement. C'est temporaire, que je sois bien clair. Je dois partir pour un certain temps. Maddie, fais passer le mot à tous les autres. Maxwell, Nathan, vous venez avec Victoria et moi à Tulsa. Mes amis humains restent ici, et personne ne doit toucher à eux.

— J… je viens avec vous, annonça Shannon.

Son visage affichait une expression si déterminée que tous en furent impressionnés. Les loups-garous le regardèrent avec une certaine admiration. Seth et Ryder, de leur côté, se turent.

A quoi bon discuter avec Shannon ? De toute façon, avoir un humain à ses côtés n'était pas pour déplaire à Aden.

Minute. Un *humain* ? C'était comme ça qu'il voyait son ami, à présent ? Incroyable, il pensait vraiment comme un vampire !

— D'accord, Shannon vient avec nous, se reprit-il. D'ailleurs, j'ai changé d'avis. Seth et Ryder viennent aussi.

De cette façon, il n'aurait pas à s'inquiéter de ce qui pouvait leur arriver ici.

— Sorin, informe tout le monde que le duel entre Victoria et Draven attendra mon retour. La raison est que je veux y assister, et que je suis en déplacement pour l'instant. Si quelqu'un ose prétendre qu'il s'agit d'une ruse pour gagner du temps et éviter la défaite de Victoria…

— … ce quelqu'un sera sévèrement puni, compléta Sorin. Oui, je sais comment ça marche.

— Envoie quelques changeformes aux alentours du lycée de Crossroads. Je veux que le bâtiment soit surveillé nuit et jour.

Au cas où Vlad décide de frapper à cet endroit.

— Et dernière chose, je veux un garde qui protège en permanence le père de Mary Ann.

Il ne devait rien laisser au hasard.

Sorin acquiesça. De toute évidence, il aimait le tour que prenaient les événements.

— A tes ordres, Majesté.

Le guerrier vampire était-il vraiment digne de confiance ? Aden n'en était pas certain, mais il n'avait pas le choix. Evidemment, Sorin pouvait être un espion au service de son père, mais si ce n'était pas le cas il constituerait le plus loyal et le plus puissant des alliés à la cause d'Aden.

Elijah semblait n'avoir rien à dire contre Sorin, donc pas d'inquiétude. Pas trop, en tout cas.

— Très bien, conclut-il en se tournant vers ses amis. Et maintenant, allons sauver Riley et Mary Ann.

S'il n'est pas déjà trop tard, compléta Elijah d'un ton lugubre.

— Si tu n'as rien de plus positif à dire, lui lança Aden, il vaut mieux que tu te taises.

Les avertissements du médium, surtout aussi vagues, lui portaient de plus en plus sur les nerfs.

Elijah resta muet pendant tout le trajet vers Tulsa.

20

L'hôpital St. Mary était un imposant complexe de briques rouges et de verre qui s'étendait sur un plan en croix, avec au centre le bâtiment principal, le plus élevé de tous. Les parkings étaient bondés, et de nombreux piétons circulaient dans les allées.

Assis sur le siège avant du grand monospace que Maxwell avait « emprunté » pour les amener ici, Aden surveillait les entrées ainsi que les allées et venues, scrutant tous les visages sans oublier les environs. Tucker pouvait se dissimuler n'importe où grâce à ses illusions. Il était donc à la recherche de toute anomalie, de tout signe étrange qui lui aurait indiqué sa présence. Mais tout semblait en ordre, et personne ne prêtait attention à lui.

En comparaison avec le « Massacre des robes rouges », l'arrivée à l'hôpital de deux adolescents grièvement blessés n'avait sans doute pas retenu l'attention des médias. A moins, bien entendu, que la police n'ait pensé à une possible connexion entre les deux. Quoi qu'il en soit, dès leur réveil, Mary Ann et Riley n'échapperaient pas à un interrogatoire en règle, s'ils n'y avaient pas déjà eu droit. Et il y aurait très certainement des gardes devant la porte de leur chambre.

Allez, au travail ! l'exhortait Caleb, bouillant d'impatience. *On n'est pas venus là pour rester assis, d'accord ? J'ai une mission, moi.* Dans sa voix, le chagrin et la douleur avaient à présent laissé place à la colère — une colère froide et déterminée, animée d'un profond désir de vengeance.

Aden, toutefois, préférait quand ce dernier pleurait les sorcières. Au moins ne tentait-il pas de prendre le contrôle de son corps.

— Pas maintenant, murmura-t-il.

Devant les expressions interrogatives des autres occupants de la voiture, il fut contraint d'ajouter :

— Les âmes, encore…

Les autres eurent des mines déçues. Ils attendaient des ordres, car eux aussi étaient prêts à passer à l'action. Mais Aden refusait de se lancer à l'aveugle. Il voulait assurer ses arrières, et suivre un plan déterminé.

J'ai l'impression d'être déjà venu, dit soudain Julian.

Rien d'étonnant. C'est là qu'Aden était né, et que les âmes étaient mortes — du temps où elles étaient encore des personnes humaines.

A cette pensée, il se sentit envahi d'une étrange émotion. Etait-ce de la tristesse ? Peut-être. Ou de la peur. Si Julian en venait à se rappeler qui il avait été, il le quitterait sans doute. Pour toujours. Aden avait toujours cru que c'était là son plus cher désir (Oh, avoir un peu de paix ! Etre enfin seul avec lui-même !). Jusqu'au jour où Eve était partie.

Moi je ne repère rien de particulier dans cet hôpital, reprit Caleb. *Mais peut-être que c'est parce que nous le voyons de trop loin ? Hein, dis, on n'est pas un peu trop loin, non ? Dis, hein ?*

— Qu'est-ce que tu crois pouvoir trouver à l'intérieur, Caleb ? Les corps des sorcières ?

Oui. Non. Je ne sais pas, d'accord ? Mais quoi qu'il en soit, ça ne nous ferait pas de mal de jeter un coup d'œil du côté de la morgue. Et si la police soupçonne Mary Ann et Riley de quelque chose, peut-être pourrons-nous en savoir un peu plus en espionnant leurs conversations.

La morgue ? reprit Julian d'un ton lugubre. *Je ne veux pas y mettre les pieds, non. Je ne veux pas me battre. J'ai trop peur. Je veux partir.*

Pas faux. Parce qu'à peine Aden aurait-il posé un pied dans la morgue, à peine aurait-il franchi la limite du territoire des morts, que tous les cadavres qui se trouvaient dans la pièce ressusciteraient pour l'attaquer. Et la seule solution pour se défendre était de leur couper la tête. Pas facile à expliquer ensuite… Non, merci, pas de séjour à la morgue.

Elijah n'avait sans doute rien de positif à proposer, car il n'ouvrit pas la bouche.

Aden se massa les tempes. C'était sa faute, aussi : un peu plus tôt, au manoir, il s'était montré trop dur avec le médium, qui après tout ne cherchait qu'à l'aider.

— Vu mes « pouvoirs » en matière de réveiller les morts, je ne peux pas prendre le risque d'entrer dans la morgue, expliqua-t-il à ses compagnons. Maxwell, Nathan, êtes-vous de bons éclaireurs ?

— Les meilleurs qui soient, répondit vivement Max avant de se retourner vers son frère, assis juste derrière lui. Nath, tu as apporté le matériel ?

— Evidemment ! répondit celui-ci en sortant un sac de sport de sous son siège. Comme d'habitude.

Ils échangèrent un début de sourire.

— Nous allons les trouver, sans problème, dit Maxwell

à Aden. Et personne ne se doutera de quoi que ce soit, même si nous nous cognons à un flic.

— Vous pouvez m'expliquer ?

— On peut faire mieux que ça : on peut te montrer. Regarde…

Ouvrant le sac, Nathan en sortit, entre autres choses, une paire de lunettes noires qu'il tendit à Maxwell. Celui-ci les chaussa tandis que son frère, en se contorsionnant, se débarrassait de ses vêtements et se changeait en loup… à la grande stupeur de Seth, Shannon et Ryder qui, paniqués par cette métamorphose, tentèrent de se blottir dans le coffre du monospace.

— Mais comment a-t-il…

— Q… Qu'est-ce que…

— Incroyable !

— Vous connaissiez les vampires, expliqua Aden. Voici les loups-garous.

Cela ne calma pas vraiment l'agitation de ses trois amis humains. Chose étrange, Aden eut l'impression de sentir leur peur et leur surprise comme des parfums ou des goûts dans sa bouche. Il était certain, en revanche, d'entendre leur rythme cardiaque s'accélérer. Junior le remarqua aussi, et il poussa un de ses rugissements habituels.

— Il y en a beaucoup, des comme ça ? demanda Ryder en fixant le loup d'un regard méfiant. Je veux dire, d'autres sortes de créatures ?

— Tout ce que tu peux imaginer, oui.

Un sourire dur aux lèvres, Maxwell descendit du véhicule, suivi de son frère. Il enfila à celui-ci un harnais et une laisse.

Assise juste derrière Aden, Victoria eut un petit rire où se mêlaient amusement et appréhension.

— Un chien d'aveugle ?

Derrière la barrière de ses lunettes noires, Maxwell haussa un sourcil amusé :

— Personne ne demande jamais à un aveugle où il va ou ce qu'il fait.

— Génial, approuva Aden.

— On revient le plus vite possible.

Et sur ces mots, les deux frères se mirent en marche, Nathan guidait d'un pas alerte, tandis que Maxwell le suivait d'une démarche faussement mal assurée.

Alors qu'il les regardait s'éloigner à travers la vitre du monospace, Aden eut soudain la vision d'Edina la danseuse, comme si elle-même se trouvait sur le parking. *Oh non, pas maintenant !* Il ferma les yeux, cherchant à retenir le gémissement qui montait dans sa gorge.

Peut-être sa volonté de ne pas s'occuper immédiatement de ce problème suffit-elle à faire disparaître cette image. En tout cas, quand il ouvrit les yeux, elle avait disparu.

— Je préfère ça, murmura-t-il pour lui-même.

Pourquoi ne cessait-elle de lui apparaître ? Etait-ce quand *Victoria* pensait à elle ? Quand elle évoquait son image pour se réconforter, quand elle aurait eu le plus besoin du soutien de sa mère ?

Qu'est-ce que tu préfères ? demanda Caleb. *Oh, et puis laisse tomber, ça m'est égal. Je n'aime pas attendre.*

Mais ça ne fait même pas deux minutes ! rétorqua Julian. *Si tu te taisais, ça paraîtrait encore moins long.*

Victoria s'installa sur le siège avant à côté d'Aden,

frôlant son épaule au passage. La sensation était électrique, même quand ils étaient habillés.

— Comment tu te sens ? demanda-t-elle simplement.

— Bien.

Et c'était vrai. Comme elle le lui avait annoncé, ses douleurs avaient disparu.

— Et toi, comment tu vas ?

— Bien.

Mais sa voix à elle n'était ni convaincue ni convaincante.

— Tu m'en veux toujours ?

— Non, répondit-elle avec un sourire gêné.

— Tant mieux.

Il accompagna ces mots d'une caresse sur sa joue. Elle ferma les yeux, comme pour mieux sentir ses doigts sur sa peau. Elle poussa un soupir, rouvrit les paupières et se tourna vers lui.

— Une fois que les loups-garous auront retrouvé Mary Ann et Riley, il te faudra peut-être entrer dans l'hôpital toi-même pour utiliser ton pouvoir de commandement par la voix sur les policiers, les médecins, ou tous ceux qui pourront se trouver dans les parages.

Exact. Il avait à présent ce pouvoir de vampire. Il l'avait prouvé pour la première fois quand il avait ordonné à Seth de quitter le manoir : il lui avait suffi de le regarder dans les yeux pour que celui-ci lui obéisse immédiatement et sans la moindre résistance. A l'inverse, les efforts de Victoria étaient restés vains.

Il en était capable… et pas elle ? Mais pourquoi ?

— Toi aussi, tu pourrais utiliser ta Voix Vaudou, non ?

Elle jeta un bref coup d'œil aux garçons à l'arrière, toujours en grande discussion.

— Ecoute, on parlera de ça plus tard. Pour le moment, ce serait bien que tu t'entraînes.

Qu'il s'entraîne… sur les garçons ? Inutile de poser la question à haute voix : la réponse était évidente.

Avec un soupir, il se tourna vers l'arrière de la voiture :

— Aboyez.

Voilà. Comme ça. Simple. Comme leur réaction : Seth leva le majeur dans sa direction, et les deux autres ne prirent même pas la peine d'interrompre leur conversation.

— Eh bien, on peut dire que c'est réussi, remarqua Aden d'une voix sèche en se retournant vers Victoria.

— Il faut que tu le veuilles. Il faut que tu décides qu'ils doivent t'obéir, lui expliqua-t-elle. Et quand tu es décidé, fais-le passer dans ta voix.

S'appuyant sur la console centrale de la banquette, elle se pencha vers lui et posa le doigt sur sa poitrine, juste au-dessus de son cœur.

— Il faut que ça vienne de là, ajouta-t-elle.

Sa main. Sa main était froide, de nouveau. Il la saisit et la retourna pour lui inspecter le poignet. Non, les blessures n'avaient pas guéri ; non, elle ne pouvait plus utiliser sa Voix Vaudou ; non, elle n'avait pas réussi à les télétransporter. Quelque chose se passait, quelque chose qu'il comptait bien éclaircir la prochaine fois qu'ils seraient seul à seule.

Plus tard, donc. Pour le moment, il ferma les yeux et se concentra. *Je veux que mes amis se mettent à aboyer comme des chiens. Oui, je le veux vraiment. Ce sera très drôle.*

— Aboyez, répéta-t-il.

Cette fois, il sentit sa gorge réagir au passage des mots. C'était comme si sa langue devenait plus épaisse, comme si quelque chose sortait de sa tête — de son cœur ?

Immédiatement, les trois autres se mirent à pousser des aboiements.

Nom d'un chien, s'esclaffa Julian, avant d'ajouter : *Sans mauvais jeu de mots, hein ?*

Victoria lui adressa un sourire où le triomphe le disputait à la tristesse.

— Tu vois ?

Allô, la terre ? Ce qui venait de se produire était tout simplement incroyable. Il avait réussi. Vraiment. Aussi vite que ça, et sans le moindre effort. Il reporta son regard sur les trois garçons, leurs yeux étaient perdus dans le vague. Ils étaient sous sa coupe. Il pouvait les manipuler comme un rien.

Non. Ne pas penser ça. Surtout pas. Pourquoi désirer le contrôle, le pouvoir de manipuler ? Il fallait qu'il arrête. Il fallait aussi que les *aboiements* s'arrêtent.

— Du calme, ordonna-t-il.

Un concert de jappements lui répondit.

— Souviens-toi, il faut le vouloir, lui rappela Victoria.

Serrant les poings, Aden se concentra de nouveau, obligeant son esprit à la même gymnastique que précédemment. De toutes ses forces, il pensa *je veux qu'ils se taisent,* avant de formuler l'ordre. De nouveau, les mots semblèrent laisser dans sa bouche un goût étrange.

Les aboiements cessèrent net. Ses trois amis restèrent un instant la bouche ouverte, l'air bête, puis se tournèrent vers Aden en chœur pour le fusiller du regard.

— Comment tu fais ça ? siffla Ryder entre ses dents.

— T… tu n'as pas intérêt à r… à recommencer, bégaya Shannon.

Mais Seth, lui, ne se contenta pas de regards mauvais et de menaces. Il pouvait franchement avoir un sale caractère, parfois. Bondissant par-dessus la banquette, il lança son poing de toutes ses forces en direction d'Aden. Mais ce dernier saisit sa main avant qu'elle ne le touche — c'était si simple, il lui semblait *sentir* instantanément la trajectoire, et la force de l'autre ne pesait rien…

— Ne fais pas le bébé, dit-il calmement. J'essayais juste un truc. Pour voir si je pouvais vraiment venir en aide à Riley et Mary Ann.

Seth, de toute évidence, était stupéfait par la vitesse de réaction d'Aden et retira son poing.

— Je ne veux pas le savoir. Si jamais tu recommences, je te… je vais te… bon, je préfère ne même pas te le dire.

Shannon se rapprocha de lui, mais quand il fit mine de passer un bras autour de ses épaules, Seth le repoussa avec vivacité, le rouge aux joues. Etaient-ils déjà en couple, ou bien n'avaient-ils pas encore atteint ce stade ? se demanda Aden, amusé.

Il en était là de ses pensées quand Julian l'interrompit, parlant d'une voix lointaine, comme s'il était absorbé par quelque chose.

Je crois qu'il y a une entrée dérobée sur la façade est du bâtiment des urgences, dit-il. *Fermée à clé… peut-être. En fait, elle donne sur une pièce que personne n'utilise. C'est ça. Ou plutôt, personne ne l'utilisait. On y entreposait des papiers, des dossiers… Un peu comme des archives. En tout cas, je crois,* conclut-il après une pause.

Super. Et en quoi ça nous aide ? rétorqua Caleb, grinçant.

Aden, mon grand, continua Julian sans lui prêter attention, *j'aimerais bien que tu ailles jeter un œil dans cette pièce. Je t'en prie. Il y a des papiers que je veux voir. S'ils y sont encore. Mais reste quand même loin des bâtiments principaux, d'accord ?*

— Pourquoi ?

— Pardon ? demanda Victoria.

Avec un sourire d'excuse, il pointa sa tête du doigt. Elle comprit, et lui décocha un clin d'œil compréhensif.

Ils pourraient me rappeler qui j'étais.

— Non, je ne comprends pas pourquoi je devrais me tenir loin de l'hôpital. Tant qu'on reste à l'écart de la morgue…

Je ne veux pas courir de risque. J'ai trop peur, tu comprends ?

— Tu as peur que j'entre dans l'hôpital, mais pas dans la pièce secrète, si j'ai bien compris ?

Le problème, c'était qu'il y avait tout de même pas mal de chances pour que l'endroit ait été transformé depuis longtemps en autre chose — il aurait parié sur un laboratoire d'analyses, où il risquait de se retrouver face à une infirmière tenant à la main un échantillon d'une matière malodorante et visqueuse, et qui lui glapirait dessus…

Exactement.

— Tu as parlé d'archives. Tu sais ce qu'elles contiennent ?

Pas vraiment. J'ai juste… l'impression qu'elles sont très importantes.

Importantes ? Cela signifiait-il qu'elles avaient un rapport avec la nuit où les âmes avaient trouvé la mort ? Peut-être bien. Et même si les chances étaient minces, il fallait qu'il tente le coup.

— Victoria, tu restes ici avec Shannon et Ryder. Seth, viens avec moi. Je veux vérifier quelque chose.

Il avait besoin de quelqu'un pour faire le guet, et son ex-colocataire du ranch paraissait avoir très envie d'action. D'ailleurs, il sortit de la voiture à une vitesse record.

— Une seconde, lança Victoria depuis la voiture. Tu me laisses ici ?

Il se tourna vers elle. L'air du dehors était vif, et elle frissonnait. C'était bien la première fois…

— Il vaut mieux que tu restes avec les humains.

Si Tucker était dans le coin — et c'était probablement le cas — ils avaient besoin de protection. Et Vlad n'ordonnerait tout de même pas à son valet de s'en prendre à sa fille. Quoique, songea-t-il avec une grimace de colère, ça ne l'avait pas gêné autrefois de la fouetter. Mais de là à la faire tuer…

Victoria, sur son siège, finit par acquiescer, l'air sombre.

— D'accord. Je reste ici comme une petite fille bien sage.

Comme il détestait la voir si triste ! Elle était faite pour la joie de vivre, et un jour, très bientôt, il la rendrait heureuse…

— Tu es sûre que tout va bien ? Vraiment ? Tu peux me le dire, Victoria.

Il la prit par le menton et se pencha vers elle. Sa peau était si douce, sa bouche si tentante…

— Oui, tout va bien. Tout va bien se passer.

— Exactement.

N'est-ce pas, Elijah ?

Seul le silence lui répondit.

Aden soupira. Il allait falloir qu'il présente ses excuses au médium, mais ce n'était ni le lieu, ni l'endroit. En revanche, et malgré les regards des garçons, il posa sur les lèvres de Victoria un baiser long et doux.

— Je reviens tout de suite. Tu as ton téléphone ?

Elle acquiesça.

— Envoie-moi un sms quand les loups seront de retour. Ou si tu as besoin de quoi que ce soit. Ou si tu as peur. Ou si tu…

— D'accord, d'accord, le coupa-t-elle en riant (ça faisait plaisir à entendre !). Vas-y, maintenant.

Il l'embrassa de nouveau — il ne pouvait pas s'en empêcher, c'était trop délicieux de sentir ces lèvres fraîches et douces — avant de s'éloigner en direction de l'entrée des urgences, entraînant Seth avec lui.

— Qu'est-ce qu'on est censés faire ici ? demanda celui-ci quand ils arrivèrent devant une lourde porte cadenassée.

— Je suppose qu'on ne va pas tarder à le savoir, répondit Aden, envahi d'un sentiment d'appréhension.

21

Du point de vue d'un vampire ou d'un loup-garou, l'idée qu'un humain puisse protéger d'autres humains était absurde, un peu comme si un nourrisson avait été chargé de la responsabilité d'autres bébés. Malheureusement, elle n'avait à présent plus aucun doute : elle était devenue humaine, complètement.

Si, un peu plus tôt, elle avait choisi de s'entailler le poignet et de verser son sang dans un gobelet, c'était pour qu'Aden ne s'en aperçoive pas, et pour ne pas qu'il risque de la transformer elle-même en esclave de sang. Elle n'avait pas eu besoin de *je-la-nune* pour que la lame entaille sa peau, et la blessure semblait ne pas vouloir guérir. Quant à Gobeur, il ne criait plus. Pas même le moindre gémissement.

Ryder, qui semblait s'être enfin remis de la surprise provoquée par la transformation de Nathan, la tira de ses rêveries :

— Est-ce que tu sors avec Aden ?

Se laissant aller sur l'appuie-tête, Victoria le regarda dans le rétroviseur.

— Oui.

En tout cas je crois. Depuis qu'il s'était réveillé de son *sommeil réparateur,* Aden se montrait gentil, tendre, doux et attentionné. Comme avant. Il fallait qu'elle se retienne constamment pour ne pas se jeter dans ses bras et lui confier toutes ses peurs, ses doutes… et son amour. Mais la peur d'être rejetée la retenait comme une malédiction.

— Et ça t'est égal qu'il soit dingue ?

Après tout, c'était peut-être un bien que Gobeur ait disparu. La question de Ryder était si maladroite, elle lui faisait si mal, que la créature n'aurait pas hésité à se jeter sur lui pour lui arracher la langue.

— Aden n'est pas fou.

— Il parle tout seul. Ou plutôt, il parle aux âmes qu'il prétend avoir dans la tête. Je ne suis pas médecin, mais ça ressemble quand même beaucoup à de la démence, non ?

Elle se retourna sur son siège et le fusilla du regard. Ryder n'avait aucune conscience du mal que pouvaient infliger ses paroles. En cela, il lui faisait penser à Draven.

— Je bois du sang, se contenta-t-elle de répondre (même si, vu les circonstances actuelles, elle aurait dû parler au passé). Et mes amis peuvent changer de forme à volonté. Est-ce que ça fait de nous des fous ?

Il releva un coin de sa bouche en un sourire triste.

— Ce n'est pas impossible.

— T… tais-toi, lui intima Shannon. Tout de suite.

— Pardon ? explosa Ryder, ponctuant ses paroles d'un coup de poing sur l'accoudoir. On nage en plein délire, et tout le monde fait semblant de trouver ça normal !

— Si tu n'es pas content, demanda-t-elle, pourquoi es-tu venu avec nous ?

— Parce que je m'ennuyais, voilà tout, rétorqua-t-il avec une expression butée.

Etrange, cette agressivité… Mais que se passait-il ? Shannon s'était d'ailleurs mis à regarder son ami avec une inexplicable expression d'horreur. Victoria jeta un regard en direction des chiffres lumineux du tableau de bord. Les loups-garous étaient partis depuis vingt-trois minutes, Aden depuis dix-neuf. Quand seraient-ils de retour ?

Shannon revint à la charge.

— « J… je m'ennuyais » ? Le t… type qui adore rester s… seul ? Arrête. Je te c… connais. Qu'est-ce que tu as fait, v… vraiment ? demanda-t-il à Ryder. P… pourquoi avais-tu besoin de quitter Crossroads ?

— Je n'ai rien fait, répondit celui-ci, mais son expression trahissait un certain malaise. Et ce n'est pas moi qui ai voulu partir, c'est Aden qui nous y a obligés.

Mais Shannon n'était pas décidé à s'en laisser conter.

— Qu… qu'est-ce que tu as fait ? D… dis-le. Dis-le, même si je le s… sais déjà. Je ne voulais pas le croire, mais j… je t'ai vu sortir de la chambre hier soir, après… après, quoi. Et quand tu es r… revenu, tu empestais l'essence. Tu as dit que tu avais travaillé sur le c… camion, et j'ai v… voulu te croire, mais avoue, m… maintenant.

Sous le feu roulant des questions, Ryder se plia en deux, se massant la poitrine comme s'il avait un problème au cœur. Pourtant, Shannon ne le quitta pas du regard. Il attendait. Très vite, comme si la douleur devenait de plus en plus intense, insupportable, Ryder se mit à pousser des gémissements, avant d'avouer en criant :

— Tu veux vraiment savoir ce qui s'est passé ? Très bien. C'est moi qui ai mis le feu au ranch, d'accord ? C'est à cause de cette voix dans ma tête, cette voix qui me disait de le faire… J'ai voulu résister, mais je n'ai pas réussi. Jusqu'à ce qu'il me dise de vous tuer tous. Je me suis approché de ton lit, et j'allais le faire, mais je me suis mis à trembler si fort que je n'ai pas réussi. A la place, je vous ai sortis du dortoir, tous.

Victoria l'écoutait, de plus en plus horrifiée.

— T… tu as osé…

Shannon s'interrompit, incapable d'ajouter un mot. Il laissa tomber sa tête entre ses mains et se mit à pleurer.

— La voix me dit de suivre Aden, où qu'il aille. Il m'a dit de…

A cet instant, tout le corps de Ryder se mit à trembler, comme s'il était frappé d'une crise d'épilepsie. Ses orbites roulèrent en arrière, découvrant le blanc de ses yeux.

— R… Ryder ! s'écria Shannon, et il se précipita en avant pour retenir la tête de son ami qui s'effondrait sur la banquette.

Il introduisit de force un doigt dans sa bouche pour éviter qu'il n'avale sa langue et s'étouffe. Les frissons qui secouaient le jeune homme s'arrêtèrent aussi soudainement qu'ils avaient commencé.

Au même moment, la portière passager s'ouvrit en coulissant, et l'air glacial du dehors envahit l'habitacle. La voiture s'actionnait toute seule ? — oui, voilà que la portière se refermait !

Un déclic se fit dans la tête de Victoria. Tucker. Ce ne pouvait être que lui.

Et effectivement, celui-ci se matérialisa soudain sur le siège à côté d'elle. Il portait des vêtements déchirés et couverts de sang, tout comme ses cheveux. Dans ses yeux se lisait un désespoir sans fond — comme si pour lui tout était fini.

— Salut, Victoria, dit-il. Je vois que tu as eu mon message.

— Je l'ai eu. Et alors ?

Elle n'allait pas se laisser intimider. Peut-être qu'elle était devenue humaine, mais Riley avait été son maître d'armes, et même si ses forces avaient diminué, elle savait encore se battre. Sans compter les deux poignards qu'elle dissimulait sous ses manches, petit hommage à la méthode Aden Stone…

Au même moment, Ryder se releva d'un seul mouvement fluide et repoussa Shannon loin de lui avec une force surprenante.

— Ne me touche pas avec tes mains impures, humain !

Malgré sa véhémence, il avait parlé d'une voix cultivée, basse, et avec une pointe d'accent roumain.

Cette voix, Victoria la connaissait, elle l'aimait autant qu'elle la redoutait… Non ! Impossible !

— Ryder ? Est-ce que tout va bien ?

Bien que son ami ait avoué être le responsable de l'incendie, Shannon, de toute évidence, tenait toujours énormément à lui.

— Tout va très bien. Et tout va aller encore mieux dans un instant.

Sur ces mots, Ryder plongea en avant, saisit un couteau caché dans ses bottes et poignarda Shannon en plein cœur.

Son geste fut si rapide, si inattendu, que Victoria ne comprit ce qui s'était passé qu'en entendant le cri de Shannon. En voyant le sang qui coulait. Trop tard, bien trop tard. Ryder tournait et retournait la lame, pour être certain d'achever sa victime.

Celui-ci ne parlait déjà plus. Dans ses yeux, on

pouvait lire la question *Pourquoi ? Comment as-tu pu ?* Mais tout ce qui s'échappait de ses lèvres, c'étaient des bulles de sang.

— Non !

Victoria plongea à son tour, s'interposant entre Shannon et Ryder, repoussant celui-ci, faisant un écran de son dos. Bien sûr, en agissant ainsi, elle s'exposait elle-même, mais qu'importe ? Tirant de toutes ses forces sur le manche du couteau, elle le retira de la blessure et tenta de faire pression pour arrêter l'hémorragie. Un flot de sang écarlate se mit à couler entre ses jointures.

Ryder eut un rire bref et satisfait.

— Ça sent bon, non, mon petit Tucker ?

— Oui, répondit celui-ci automatiquement.

Il n'y avait plus rien à faire. Rien qui puisse sauver son ami. Des larmes brûlantes, de haine et de désespoir, se mirent à couler sur les joues de Victoria.

— Shannon, je suis désolée... J'aurais dû... J'aurais pu...

Quoi ? Elle n'en savait rien, en fait, mais elle se sentait coupable.

Il suffoquait à présent, cherchant l'oxygène de toutes ses forces. Un filet de sang coulait de la commissure de ses lèvres. A l'expression de son visage, elle comprenait à quel point il souffrait, et cette pensée était encore plus insupportable que sa mort elle-même.

— Tu vois, mon garçon ? lança Ryder à l'intention de Tucker. Ça, c'est de la belle ouvrage. Si tu avais travaillé comme ça, ma fille n'aurait jamais pu sauver Aden.

Sa fille. C'était donc bien ce qu'elle craignait. Vlad avait pris possession de Ryder.

Et il avait tué Shannon. Comment avait-il pu ? Comment

avait-il osé faire ça ? A travers Shannon, c'était elle, et Aden, et tous les autres que son père atteignait. Dire qu'elle avait un jour pleuré sur sa mort, et qu'il revenait pour accomplir un acte aussi abominable !

Victoria n'avait plus le pouvoir de téléporter Shannon, et pas même assez de force pour le sortir de la voiture. Attendre le retour d'Aden signifierait laisser souffrir inutilement son ami.

De penser à Aden, la nuit où celui-ci s'était trouvé dans la même situation lui revint à la mémoire. Cette souffrance sur son visage… Il lui avait demandé d'y mettre un terme, de l'achever, pour que tout s'arrête enfin. Oui, il l'avait même suppliée de le faire.

Ce jour-là, elle n'avait pas pu s'y résoudre. Aujourd'hui, elle n'avait plus le choix. Même si elle détestait ce qu'elle allait faire.

— Je suis désolée, Shannon, murmura-t-elle.

Et elle plongea ses crocs dans sa jugulaire — des crocs qui n'étaient plus aussi longs, ni aussi aiguisés, mais qu'importe ? Les gémissements de Shannon augmentèrent d'abord d'intensité, puis très vite s'affaiblirent et s'éteignirent. Il ne chercha pas à lutter, s'abandonnant à sa morsure pendant qu'elle se hâtait de pomper tout le sang qui lui restait — un sang que la terreur du jeune homme teintait d'un goût de cuivre. Victoria avait l'impression terrible d'avaler tout son désespoir et sa souffrance… et pas le temps de s'attarder sur cette sensation. Elle continua de boire jusqu'à ce qu'il ne reste plus rien. La tête de Shannon roula sur le côté, inerte.

C'était fini. Un poids terrible lui tomba sur la poitrine. Elle avait été contrainte de faire une chose abominable, qu'elle ne pourrait jamais oublier, jamais se pardonner.

La tête posée sur la poitrine du cadavre de son ami, elle se mit à pleurer.

Soudain, elle prit conscience d'un bruit lointain — les pattes d'un chien, d'un loup... Maxwell et Nathan !

Tremblante, elle se redressa, et regarda autour d'elle malgré les larmes qui lui brouillaient les yeux. Au début, elle ne distingua rien — c'était comme si un voile lui masquait l'extérieur de la voiture. Du revers de la manche, elle s'essuya les yeux, mais l'impression de flou persista. Toutefois, Victoria parvint à distinguer sur le parking les silhouettes de Maxwell et Nathan, qui se cognaient aux véhicules garés là comme s'ils étaient tous les deux aveugles.

— Ils ne retrouveront jamais la voiture, annonça Tucker. Je m'en suis assuré.

— Tes illusions sont la seule chose qui font que tu es encore en vie, lui fit remarquer Ryder. J'espère que tu en as conscience.

Tous deux parlaient d'un ton calme, détaché. Après ce qui venait de se passer, comment était-ce possible ? Des monstres sans cœur, voilà ce qu'ils étaient !

Victoria se retourna vers son père — le mot ne voulait plus rien dire, à présent — et le garçon qui avait transformé sa vie en un champ de ruines.

— *Comment avez-vous osé ?* hurla-t-elle.

— Moi aussi, ça me fait plaisir de te retrouver, mon trésor, rétorqua Vlad/Ryder avec un sourire glacé qui semblait masquer bien des menaces. Ça me fait plaisir, bien que tu m'aies trahi au-delà de ce que je peux te pardonner. Non que j'aie l'intention de te pardonner quoi que ce soit, d'ailleurs.

Une lueur meurtrière illuminait ses yeux comme une étoile maléfique, mais elle ne se laissa pas impressionner.

— Vous ne me faites pas peur, Père. Plus maintenant.

Celui-ci se tapota le menton d'un doigt, faussement songeur.

— Qu'est-ce que je pourrais bien faire pour changer ça ?

Puis, avec un sourire atroce, il ajouta :

— Je vais trouver, rassure-toi.

Comment ai-je pu admirer un personnage aussi vil ?

— Shannon n'avait rien fait pour mériter une telle mort.

Enfin, son père réagit. Toute trace d'amusement disparut de son visage. Plissant les yeux et découvrant ses dents, il afficha une expression de colère et de haine — l'expression d'un prédateur devant sa proie.

— Il a aidé Aden. Voilà ce qu'il a fait pour…

Mais il n'eut pas le temps d'ajouter quoi que ce soit : Victoria bondit sur lui. Vlad possédait le corps de Ryder, certes, mais c'était un corps humain. Ce qui voulait dire vulnérable. Et dans cet espace confiné, il n'avait nulle part où se réfugier.

Elle planta ses crocs dans sa jugulaire.

En tant qu'humaine, elle n'était pas complètement inefficace, après tout.

22

Aden avait des dossiers partout, et c'était vraiment à prendre au sens premier du terme : entre ses bras, d'abord, et la pile en équilibre instable menaçait de s'effondrer, mais aussi fourrés dans son T-shirt et même dans la ceinture de son pantalon. Seth l'avait imité. Tous deux étaient entrés par effraction dans la petite pièce que Julian leur avait indiquée. Comme promis, elle était déserte. Ce devait d'ailleurs être le cas depuis une éternité, à en juger par la poussière qui s'y accumulait. Le cadenas lui-même, rouillé et bloqué, avait été facile à ouvrir, tout comme la porte, malgré les grincements des gonds qui auraient pu alerter tout l'hôpital.

La pièce ne contenait que des dossiers, rangés dans des boîtes en carton. Ils s'étaient mis à en feuilleter quelques-uns, les avaient reposés, en avaient pris d'autres, avant de se regarder. Tous les documents classés ici avaient un rapport avec des événements inexplicables — des morts, des blessures, des guérisons… En hâte, ils avaient fouillé dans ces archives, mais il y avait une telle masse de papiers qu'il était virtuellement impossible de tout examiner en une fois. Alors, ils s'étaient contentés de prendre avec eux tout ce qu'ils pouvaient avant de quitter les lieux. Ils reviendraient plus tard pour le reste. Pour l'instant, Riley et Mary Ann étaient leur priorité.

Au fur et à mesure qu'ils s'approchaient du parking, Aden ne pouvait s'empêcher d'éprouver une étrange nervosité.

— Elijah, murmura-t-il.

Seth lui lança un regard en travers, mais resta silencieux.

Tant pis. Plus le temps d'attendre d'être seul pour présenter ses excuses.

— Je suis désolé, Elijah.

Il n'y eut pas de réponse. Pourtant, le médium n'était en général pas susceptible. Se pouvait-il que, d'une manière ou d'une autre, il soit incapable de parler en ce moment ? Que se passait-il donc ?

— Je suis désolé, répéta Aden d'une voix plus pressante. J'étais inquiet et en colère. Je n'aurais pas dû te parler sur ce ton.

Il y eut un silence, puis un soupir familier se fit entendre.

Je sais, Aden.

Enfin ! Quel soulagement…

— Parle-moi. Dis-moi ce qui t'arrive.

J'ai beaucoup réfléchi. Et si tous tes problèmes venaient de moi ? Des conseils que je te donne ? Si tous tes ennuis avaient justement pour cause mes visions ? Tu sais, un peu comme si le fait d'énoncer ces prophéties entraînait des réactions en chaîne ?

— Euh… non, il n'y a aucune chance. J'ai besoin de toi, aujourd'hui plus que jamais.

Je pense que rien ne se serait produit si je n'avais pas ouvert ma grande bouche.

Pas besoin d'être un médium pour savoir où il voulait en venir.

— Elijah, je t'en prie. Ne me fais pas ce coup-là maintenant.

Certes, au fil des années, il lui était arrivé de demander aux âmes de se taire. De rares fois, elles l'avaient écouté, et plus rarement encore elles y étaient parvenues sans râler. Mais la plupart du temps, elles n'avaient même pas essayé. Parler à Aden et entre elles était leur seule façon d'exister, le seul lien avec un monde qu'elles avaient perdu.

Si, Aden. Il le faut.

— Non, insista ce dernier.

Nous allons essayer le silence. Voir comment ça se passe.

— Je suis sérieux, Elijah. Ne me fais pas ça maintenant.

Je suis vraiment désolé, Aden. Pour ce que j'ai fait. Et pour ce qui peut arriver. Simplement… simplement je pense que c'est la meilleure solution. Voilà. C'est la dernière fois que je te parle avant un certain temps.

— Un certain temps ? Tu peux être plus précis ?

Le soleil brillait sur le parking. Un vent du nord avait chassé les nuages. Il ne faisait pas si chaud que ça pourtant. Etrangement, la peau d'Aden le cuisait et le démangeait.

J'attendrai le temps qu'il faudra. Fais attention à toi. Pense que je t'aime.

— Elijah ?

Silence.

— Elijah !

Le silence, encore.

Seth saisit le bras d'Aden et le força à s'arrêter.

— Mais qu'est-ce qui se passe ? C'est quoi, cette histoire ?

Oublié Elijah et son silence. Quelque chose de

plus urgent venait de se présenter. Le parking, tout à l'heure bondé, était à présent désert — pas seulement de piétons, mais aussi de voitures. La seule présence visible, c'était Maxwell et Nathan, à quelques dizaines de mètres d'eux, qui ne cessaient de se cogner à des obstacles invisibles.

Tucker. Pas de doute, c'était lui le responsable de la situation, avec ses illusions. Aden laissa tomber les dossiers qu'il tenait à la main et se mit à courir. Pas pour longtemps : au bout de quelques mètres, il percuta quelque chose de solide — alors même qu'il ne voyait rien devant lui.

Une voix s'éleva, une voix d'humain :

— Vous pourriez faire attention où vous mettez les pieds, tout de même !

Pas facile de contourner cette personne invisible pour lui. Il ne s'en tira pas trop mal. Plus de protestations en tout cas ! Mais comme il s'élançait en direction de l'endroit où aurait dû se trouver le monospace, il se cogna de nouveau contre un obstacle. Il devait s'agir d'une voiture, cette fois, puisque aucun cri ne s'éleva, mais le choc lui coupa la respiration, et il tomba sur l'asphalte. Les quelques dossiers qu'il avait encore sur lui s'envolèrent dans le vent et partirent se coller sur des voitures qu'il ne pouvait voir.

Ainsi Tucker avait le pouvoir de manipuler son esprit malgré tous les humains présents autour d'eux : c'était tout bonnement incroyable !

Seth se précipita vers lui et le releva en le tirant par le col de sa chemise.

— Toi qui es le spécialiste des trucs tordus, tu peux m'expliquer ce qui se passe, là ?

— Nous sommes en danger, voilà ce qui se passe ! Victoria ! cria-t-il en se remettant à courir. Victoria !

Si elle l'appelait à son tour, il pourrait peut-être se repérer au son.

— Aden ! l'interpella Maxwell, qui était encore à bonne distance. Tu peux me voir ?

— Oui.

— Moi aussi, mais je ne vois rien d'autre.

— C'est que Tucker est dans les parages. Méfiez-vous !

Maxwell acquiesça gravement.

— Nous avons retrouvé Riley, annonça-t-il. Il est en vie. Il y a des gardes devant sa porte. Pour Mary Ann, ça nous a pris un peu plus de temps : nous ne trouvions pas son odeur. Mais là aussi, les vigiles devant sa porte nous ont aidés. Alors, qu'est-ce qui se passe ici ? Je ne comprends rien. Tout ce que je sais, c'est qu'on sent du sang par ici, acheva-t-il en désignant un endroit précis du parking.

Aden renifla l'air autour de lui. Effectivement, il y flottait des effluves de sang, mais pas celui de Victoria, non, celui de… Shannon ?

Junior réagit au quart de tour, et se mit à pousser des rugissements affamés.

— Calme-toi, lui intima Aden. Tu as mangé juste avant de partir.

Mais sa remarque n'eut d'autre effet que de déclencher une nouvelle série de rugissements.

Une bouffée d'angoisse envahit Aden. Ce n'était pas le moment de paniquer. Surtout pas. Agir vite et avancer pas à pas à travers le parking jusqu'à l'endroit indiqué par Maxwell. Parvenu là, il tendit une main et sentit…

Le monospace. Oui, il reconnaissait la forme du capot. Le moteur était encore chaud.

A tâtons, il trouva la poignée de la porte. Au moment où il tirait dessus, il y eut un déclic et la voiture apparut sous ses yeux.

Et à travers la vitre, il le vit. Shannon. L'angle impossible de sa nuque. Le sang, partout. Ses yeux qui ne fixaient plus rien. Shannon, immobile, la gorge tranchée, une plaie horrible au niveau du cœur.

Mort.

Ce n'était pas une illusion. Tucker n'avait pas le pouvoir d'imiter l'odeur du sang. Mais alors…

Ne regarde pas, Aden, je t'en prie, s'étrangla Caleb, dont la voix était à peine audible derrière les rugissements de Junior. *Non, non, ce n'est pas possible, ça ne peut pas être…*

Julian le rejoignit dans ses lamentations, tandis que, devant le liquide vermeil qui recouvrait tout, Junior se déchaînait, griffant et mordant l'intérieur de son crâne pour s'échapper.

Pour Aden, le choc de la mort de Shannon était tel qu'il parvenait à faire abstraction de la douleur causée par le déchaînement de la bête. En revanche, la scène qui se déroulait sous ses yeux lui tordit l'estomac. Victoria était en train d'égorger Ryder de ses dents. Du sang, de la peau et d'autres matières impossibles à identifier volaient dans l'habitacle de la voiture tandis qu'elle secouait la tête comme un requin pris de folie.

Mais comment… pourquoi…

Et pire, pire que tout, Aden sentit sa faim se réveiller. Se nourrir. Maintenant. Une partie de lui — qui n'avait rien à voir avec Junior — désirait boire ce sang, le désirait si fort qu'il aurait pu arracher la portière du monospace rien que pour y goûter au plus vite.

Son regard se posa sur Ryder. Il n'était pas mort, pas pour l'instant. Sa bouche était ouverte en un hurlement silencieux, et il se débattait encore, bien que faiblement.

Aden tendit l'oreille. Quelqu'un approchait. Un hoquet d'horreur. Des coups sur la vitre. Seth.

— T'es folle ! Mais qu'est-ce que tu fais ! Arrête !

Il martelait la voiture de coups de poing. Comme Aden restait planté là, il le bouscula et saisit la poignée à sa place, tirant dessus de toutes ses forces.

Le bruit, enfin, tira Victoria de la folie meurtrière qui s'était emparée d'elle. Elle tourna lentement la tête vers eux, comme si elle redoutait ce qu'elle allait voir. Enfin, il croisa son regard. Elle avait le souffle coupé, le sang dégoulinait le long de son visage. Mais dans ses yeux… non, aucune trace de la lueur folle qu'il s'était attendu à trouver, cette étincelle animale propre aux vampires quand ils buvaient. A la place, il ne lut que de la tristesse, du regret. De la frustration et des larmes.

D'un regard suppliant, Victoria indiqua à Aden l'avant du monospace. Du coin de l'œil, il capta un mouvement, puis plus rien.

Tucker. Ça ne pouvait être que lui, même s'il ne le voyait pas. Il devait se trouver là, à l'avant du véhicule. Ce qui voulait dire que Victoria courait un terrible danger.

Alors, Aden bondit. Saisissant la portière à pleines mains, il la tira vers lui, comme il avait imaginé le faire un instant auparavant. Le métal se plia, s'arracha de ses gonds. L'odeur du sang le frappa de plein fouet, mêlée à celle, âpre, de la mort.

Plongeant dans l'habitacle, Aden prit Victoria à bras-le-corps. Elle tremblait violemment. En une fraction de seconde il l'extirpa du véhicule. Elle enfouit son visage dans le creux de son cou, le serrant de toutes ses forces. Et éclata aussitôt en sanglots.

— Il… mon père… il l'a possédé…

Maxwell et Nathan bondirent à ses côtés. Le premier tenta de voir si Victoria était blessée, mais il n'y parvint pas : la princesse restait étroitement enlacée à Aden et refusait de le lâcher. Toutes griffes dehors, Nathan s'engouffra à l'intérieur de la voiture, le *je-la-nune* dégoulinant au bout de ses crocs effilés.

— Rappelle ton chien ! fit la voix de Tucker, toujours invisible.

— Tue-le, Nathan ! aboya Maxwell. Et dévore tout, qu'on ne laisse pas de trace.

Le loup-garou bondit au moment même où Tucker hurlait :

— Arrête ! Tu veux sauver tes amis, oui ou non ?

Aden fut contraint de saisir le frère de Riley par le bras pour le retenir.

Victoria, qui s'accrochait toujours à lui de toutes ses forces, intervint :

— Il… Il a raison. Ne lui faites pas de mal. Nous avons besoin de lui.

Besoin de lui ? Depuis quand ? Et qu'est-ce qui s'était passé dans cette voiture ?

— Tucker, tu n'as pas intérêt de bouger, ordonna Aden.

Avec un rire satisfait, celui-ci apparut. Il n'avait plus besoin de se dissimuler sous ses illusions. Parfaitement calme et détendu, il était assis sur le siège passager, ses cheveux blonds collés à son crâne par la sueur et son visage couvert de sang.

— Je n'ai pas intérêt, hein ? Comme si tu pouvais m'en empêcher…

Seth secouait la tête machinalement. Il tremblait de tout son corps.

— Victoria, fit Aden le plus doucement qu'il put, je vais te lâcher, maintenant, d'accord ?

Elle redoubla de sanglots.

— Non, je t'en prie !

— Juste pour une minute, insista-t-il en s'écartant un peu et en s'assurant qu'elle pouvait tenir debout avant de la lâcher tout à fait. Il faut que j'aide Ryder, tu le sais.

— Surtout pas !

Victoria essuya ses larmes d'un revers du poignet. Ses mains tremblaient.

— C'est Ryder qui a tué Shannon ! Et c'est lui qui a mis le feu au ranch. Il m'aurait tuée, aussi, mais… c'est Vlad l'Empaleur. Ryder a été possédé par mon père, qui l'a poussé à faire ce qu'il voulait.

— Vlad a possédé Ryder ? Mais c'est impossible, protesta Maxwell d'une voix blanche.

— C'est tout à fait possible, au contraire, confirma Aden.

Grâce à Caleb, il avait lui-même possédé d'autres personnes. C'était facile — il lui suffisait d'entrer dans leur corps et de prendre possession de leur esprit. Ainsi, c'était ce que le roi déchu avait fait ? Vlad, qui devait donc se trouver en ce moment même dans l'esprit de son ami… Question horrible. Tuer l'un suffirait-il à tuer l'autre ?

— Mais pour l'instant, je vais voir ce que je peux faire pour Ryder, acheva-t-il.

— Tu la crois ? Elle te dit ça, et tu la crois ? s'écria Seth, furieux.

Il ponctua ses propos d'un coup de poing sur le toit du monospace, ce qui eut pour effet de détacher un morceau de verre de la vitre brisée.

— Tu as vu ce qu'elle était en train de lui faire, non ? poursuivit-il. Elle était en train de l'égorger avec ses dents, et c'est quand même elle que tu crois ?

— Exactement, rétorqua Aden en montant à bord de la voiture. Ne parle pas de ce que tu ne connais pas.

— Oh, mais je n'ai pas besoin d'en savoir plus, cracha Seth. Elle vient de commettre un meurtre, et tu t'en fiches.

— Victoria n'est pas une criminelle ! gronda Aden depuis l'habitacle.

L'honneur de Victoria, c'était bien un terrain où il ne fallait pas le chercher. Non, elle n'avait pas menti. De toute évidence, ce qui venait de se passer l'avait brisée. Fallait-il vraiment que Seth, avec ses paroles, la blesse encore plus ? Même si lui aussi devait encaisser un choc terrible…

Aden se retourna vers Tucker et, sans que celui-ci ose protester, lui arracha un pan de sa chemise pour en faire un bandage avec lequel il entoura la blessure sur le cou de Ryder. Il accomplissait ses gestes d'une manière mécanique. Surtout, ne pas penser à Shannon, qui gisait là, au-delà de tout secours.

Shannon, le premier garçon du ranch à lui avoir témoigné de la sympathie.

Shannon, dont le corps pouvait à tout instant se ranimer et l'attaquer.

Shannon, qu'il lui faudrait alors tuer *une nouvelle fois.*

Vite. Agir vite.

Pauvre Shannon, gémit Julian.

Encore une mort inutile ! sanglota Caleb.

Dans l'habitacle, l'odeur du sang était insoutenable. L'estomac d'Aden criait famine et ses mâchoires bougeaient d'elles-mêmes. Dans sa tête, Junior poussait des cris de rage et semblait cogner de toutes ses forces contre les parois de son crâne.

— Que quelqu'un surveille Shannon, lança Aden à la cantonade. Prévenez-moi s'il bouge d'un cheveu.

— D'accord, promit Maxwell.

— Et ne vous inquiétez pas, lança Tucker d'une voix badine, personne ne peut nous voir, je m'en suis occupé.

Voilà qu'il se montrait serviable, à présent !

— Tu vas payer pour ça, lui lança Aden. Tu vas le payer très cher, sois-en sûr.

— Mais je n'en doute pas, Aden, répondit-il.

Curieux. Il y avait à présent dans sa voix une insondable tristesse.

Laisse-moi le posséder, gronda Caleb. *Je veux prendre les commandes de son esprit pour qu'il se tue lui-même, à petit feu.*

Non. Tu as entendu ce que lui et Victoria ont dit : nous avons besoin de ses illusions. Julian, la voix de la sagesse, comme toujours.

Cependant, Aden saisit un bras de Ryder, à la recherche d'un pouls. Oui, son cœur battait — très faiblement, mais il était en vie ! Et la bague qu'Aden portait, la bague de Vlad, était pleine de *je-la-nune,* car il avait pris soin de la remplir après son dernier combat.

Aider Ryder. De son mieux. Voilà ce qu'il devait faire. Même si « de son mieux » signifiait s'entailler les veines et le nourrir de son propre sang. Oui, c'était la bonne solution. Du pouce, il déplaça le joyau étincelant qui formait le couvercle de la bague. En dessous, un petit récipient contenait le liquide incolore, d'aspect anodin. Il en fit couler une seule goutte sur son autre main.

La brûlure fut instantanée. Sa peau se mit à grésiller, et il dut serrer les dents pour ne pas crier. Mais le sang coulait, et il amena la blessure au-dessus des lèvres de Ryder.

— Shannon a bougé, annonça Maxwell.

Le cœur d'Aden se mit à battre plus vite. Au fond, tout au fond, l'idée que Shannon ressuscite ne lui déplaisait pas totalement. Sa mort était si injuste, si intolérable !

Ah oui, vraiment ? Mais même dans ce cas, même s'il l'appréciait énormément, ce qui risquait de se produire ne lui rendrait pas son ami. Tout au plus le transformerait-il en zombie enragé — était-ce ce vraiment ce qu'il souhaitait ?

— Retiens-le ! lança-t-il.

Le changeforme bondit en avant et maîtrisa le cadavre de Shannon au moment même où celui-ci ouvrait les yeux — des yeux verts qui avaient à présent perdu toute expression. Ses mains se tendirent automatiquement en direction d'Aden.

Voyant cela, Seth se précipita sur Maxwell pour lui faire lâcher le corps. C'était normal. Il pensait que le loup-garou était en train de faire du mal à son ami. Il ignorait que celui-ci était à présent un mort-vivant, capable seulement de se nourrir de chair humaine, et dont la seule salive aurait suffi à empoisonner Aden et à l'amener à deux doigts de la mort.

— Il est en vie ! hurla Seth. Il est en vie, et il a besoin d'un médecin ! Laissez-moi l'emmener à l'hôpital !

— Tu te trompes, Seth, fit Aden sombrement.

Il aurait pourtant tellement aimé que ce soit vrai... Il s'en voulait d'avoir ressuscité Shannon, mais aussi d'avoir donné de faux espoirs à Seth.

A ce moment, Tucker se mit à battre des mains, comme s'il les applaudissait. Ils se tournèrent vers lui, furieux de cette intervention. Et malgré ça, le demi-démon souriait :

— C'est très bien ! Continuez ! Vous faites exactement ce que Vlad attend de vous ! Vous vous déchirez et vous n'avancez pas !

— Parce que ça te gêne, peut-être ? lança Maxwell d'un ton accusateur.

Il n'avait pas bougé d'un pouce. Entre ses pattes, le corps de Shannon s'agitait désespérément.

— Tu n'as pas la moindre idée de ce que je ressens, loup, rétorqua-t-il. Vlad a menacé de s'en prendre à mon frère, et je ferai tout ce qui est en mon pouvoir pour le sauver. Y compris, si tu te poses la question, de vous tuer tous si nécessaire. Alors aidez-moi un peu à trouver une autre solution.

Vlad avait-il vraiment proféré cette menace ? Aden n'avait aucun moyen de savoir si Tucker disait la vérité, mais le vampire était capable de tout pour arriver à ses fins.

— J'ai quelque chose à vous proposer, continua-t-il. Passons un marché. Si vous m'aidez à sauver mon frère, je vous aiderai à sauver Mary Ann et Riley. Même si vous décidez de me tuer ensuite.

Tucker, venir à leur aide ? Mais bien entendu, voyons ! Et après ils iraient vivre tous ensemble au pays des bisounours.

— Tu crois qu'on va te donner une nouvelle chance de nous trahir ? Tu plaisantes ? lui rétorqua Aden, se contrôlant à grand-peine.

Une expression furieuse se peignit sur le visage de Tucker et il se pencha en avant, défiant Aden les yeux dans les yeux.

— Je déteste Vlad et je déteste ce qu'il m'oblige à faire. J'aime Mary Ann. Tu crois que ça m'a plu de la voir blessée ?

Du coin de l'œil, Aden capta un mouvement. Nathan, toujours sous sa forme de loup, venait de bondir en avant toutes griffes dehors. Maxwell dut tendre le bras pour le retenir de planter ses crocs dans le visage du demi-démon.

— Franchement, Tucker ? Ça ne m'étonnerait pas que tu aies trouvé du plaisir à voir Mary Ann et Riley blessés, répondit-il en le repoussant sur son siège.

— Tu te trompes. Je veux que *Vlad* souffre. Tu comprends ? Je le déteste. Je refuse qu'il me contrôle, martela-t-il, les traits crispés par la rage. Mais je ne peux rien faire contre lui tant que je ne suis pas certain que mon petit frère est en sécurité.

Il paraissait sincère, et bien qu'Aden répugne à l'admettre, le pouvoir d'illusions de Tucker était leur meilleure chance de faire sortir leurs amis de l'hôpital. Néanmoins, il voulut négocier :

— Si tu veux que je fasse quelque chose pour ton

frère, il faut d'abord que tu m'aides à récupérer Mary Ann et Riley.

— D'abord ? Tu plaisantes ? Une fois que tu auras ce que tu veux, tu te débarrasseras de moi sans autre forme de procès. Non, tu commences, et je t'aiderai ensuite.

La négociation n'allait pas être facile… Pour couper court à la conversation, Aden se retourna vers Ryder. L'expression sur son visage n'avait pas changé. Son sang suffirait-il à le ranimer ? Il l'ignorait. Quoi qu'il en soit, il ne pouvait rien faire de plus dans les circonstances actuelles. Il sortit du monospace, et les hurlements de Junior s'atténuèrent instantanément. S'approchant de Victoria, il ouvrit les bras, où elle se jeta, encore tremblante, avec un soupir de soulagement. Mais la conversation avec Tucker n'était pas terminée.

— Je crois qu'il vaut mieux que je te tue tout de suite, lança-t-il dans sa direction. Et pour ton frère, eh bien, qu'il se débrouille, non ?

La dureté dans sa voix était-elle feinte ou réelle ? Et de toute façon, quelle importance ? A sa propre stupéfaction, il découvrait qu'une partie de lui aurait été capable d'une telle cruauté.

Tucker grinça des dents :

— Comment pourrais-je te faire confiance ?

— Je te retourne la question.

De nouveau, Tucker se tut, secouant la tête, visiblement coincé.

— D'accord, tu as gagné. Je t'aide maintenant, et tu m'aideras ensuite.

Comme ça, si vite ? Pas plus de discussion ? Etrange. Tucker avait-il une idée derrière la tête ? Oui, il l'aurait parié. D'ailleurs, que faisait-il d'autre en ce moment que jouer sa vie et celle de ses amis ?

— Ecoute-moi bien, Tucker. Si j'ai l'impression, ne serait-ce qu'une seule seconde, que tu travailles pour Vlad, je...

Que dire ? Aucun mot ne suffisait à traduire ce qu'il lui ferait.

— Je ne travaille pas pour Vlad. Pas en ce moment, précisa-t-il. Il débarque sans prévenir et après il s'en va. Pour le moment, il n'est pas là.

— Tu veux dire qu'il te possède comme il a possédé Ryder ? intervint Victoria, encore sous le choc de ce qu'elle avait vu.

— Pas vraiment. Moi, il... il me guide.

C'était tout ? Pas de quoi en faire un plat !

— Eh bien, résiste-lui.

Tucker porta la main à sa chemise déchirée, comme pour tenter de la refermer.

— Tu ne comprends pas. Je suis incapable de le faire.

— Tu devrais essayer la volonté, mon gars. Ça marche, paraît-il.

Sur ces mots, Aden se tourna de nouveau vers Ryder. La blessure de son cou semblait se refermer lentement, et ses traits affichaient une expression de douleur.

Bien. La douleur, c'est la vie.

— Maxwell, prends la voiture et ramène Shannon et Ryder au manoir, lança Aden.

Voilà ce qu'il devait faire. Donner des ordres, agir, se mettre en mouvement. Victoria lui avait sauvé la vie. De la même manière, il allait sauver celle de ses amis. On pouvait espérer que les conséquences sur eux ne seraient pas aussi dramatiques. On pouvait espérer trouver une solution pour éviter que Shannon — rien que d'y penser ! — que Shannon se *décompose*.

— Fais-les enfermer dans des pièces séparées, et arrange-toi pour que l'on soigne Ryder sans jamais tenir compte de ce qu'il pourrait dire. Il n'est pas impossible que Vlad cherche à le posséder de nouveau. Demande à un vampire, par exemple Stephanie, de leur donner un peu de sang à tous les deux.

Avec un air sceptique, Maxwell se dirigea vers le siège conducteur.

— Pas de problème pour Shannon, vu qu'il est déjà mort, mais je pense que Ryder ne supportera pas le trajet.

— Qu'est-ce que tu en penses ? demanda Aden à l'intention d'Elijah.

Fidèle à sa promesse, celui-ci ne répondit rien.

Le silence était effrayant, certes, mais Aden n'avait pas d'autre choix que de prendre une décision.

— Très bien. On va tenter le coup tout de même. Seth ? Tu vas les accompagner. Tu ne seras pas de trop pour les aider.

Il n'ajouta pas qu'éloigner son ami avait une autre raison : il était humain, et Vlad aurait manifestement le pouvoir de le posséder. Comment il parvenait à faire ça, il l'ignorait : lui-même avait besoin de toucher un corps pour en prendre le contrôle, mais ce n'était visiblement pas le cas du souverain déchu. Quoi qu'il en soit, il valait mieux que Seth soit loin, et sous surveillance. C'était une précaution nécessaire.

Se redressant de toute sa hauteur, son ex-colocataire au ranch se planta sur ses jambes, dans une position de défi. Le rouge lui était monté aux joues.

— Je vais les accompagner, d'accord. Mais si l'un des deux meurt…

Laissant sa phrase en suspens, Seth jeta un regard furieux en direction de Victoria. De toute évidence, il la tenait pour responsable des événements, et n'hésiterait pas à s'en prendre à elle si les choses tournaient mal.

— Victoria n'aura rien à voir avec ça, et tu la laisseras tranquille. Quoi qu'il arrive.

Aden ne tenait pas à ce qu'ils deviennent ennemis. Pourtant, Seth conserva son expression farouche.

S'ils devaient vraiment se battre, c'était un combat gagné d'avance pour Aden. Mais cela attendrait. Le plus longtemps possible.

— Elle reste avec moi, de toute façon.

Il n'aimait pas l'idée de laisser Victoria en présence de Tucker, mais il préférait ne pas la perdre de vue. Vu ce qui venait de se passer pendant les quelques minutes où il l'avait laissée seule, mieux valait ne pas courir le risque…

Sortant les quelques dossiers qui étaient restés coincés dans la ceinture de son jean, Aden les tendit à Nathan, qui les saisit dans sa gueule.

— Lisez tout ce qu'il y a là, et appelez-moi si vous découvrez quelque chose.

Tucker sortit de la voiture et se tint à l'écart pendant que Seth prenait sa place sur le siège passager.

— Peux-tu te débrouiller pour qu'ils restent invisibles sur le trajet du retour ? lui demanda Aden.

— Oui, je peux le faire.

— O.K., d'accord. Mais est-ce que tu le feras vraiment ?

Avec le démon, mieux valait être précis et ne pas jouer sur les mots…

— Oui.

— Très bien, alors je compte sur toi.

Il n'avait pas vraiment le choix…

— Et toi, demanda Maxwell, comment feras-tu pour revenir au manoir ?

Bonne question.

— Je volerai une voiture.

Et ce ne serait pas la première fois.

— D'accord. A bientôt, alors.

Quelques secondes plus tard, le monospace s'éloignait à travers le parking. Aden, Victoria, Tucker et Nathan (qui préférait garder sa forme animale) le regardèrent partir. A eux de jouer, maintenant.

— Je ne peux toujours pas courir le risque d'entrer dans l'hôpital, annonça Aden. Vous l'avez vu, j'ai toujours tendance à réveiller les morts…

— Nathan et moi pouvons y aller, avec Tucker, proposa Victoria. Ensuite, nous te retrouverons ici.

Bien qu'il se soit attendu à ce qu'elle se porte volontaire, Aden ne pouvait s'empêcher de ressentir une certaine appréhension. *Tout ira bien*, se dit-il pour se rassurer. *Elle est forte et elle sait se battre*. D'accord, elle ne pouvait plus se téléporter, mais elle bougeait très vite.

— S'il lui arrive quoi que ce soit…

Tout le monde le comprit : la menace sous-entendue était destinée à Tucker, et à lui seulement.

— Ce ne sera pas ma faute ! rétorqua celui-ci.

— Bien sûr. Je suis sûr que tu dis ça chaque fois que tu fais du mal à quelqu'un.

Le demi-démon grimaça.

— De quoi tu parles ? Il fallait que quelqu'un en finisse

avec ton ami, et je l'ai laissée faire, elle. Je ne vois pas de quoi je devrais m'excuser. C'est quoi, le problème ?

Inutile d'en discuter maintenant. De toute façon, rien de ce qu'ils pourraient dire ne les ferait changer d'avis au sujet l'un de l'autre.

— Riley a commis l'erreur de te faire confiance, et regarde où ça l'a mené. Crois-moi, je sais bien que tu n'es qu'une pourriture. Alors méfie-toi.

— C'est-à-dire ?

— C'est-à-dire que s'il arrive quoi que ce soit à Victoria, je te retrouverai et je m'occuperai de toi personnellement. Très longtemps.

Tucker poussa un reniflement de mépris. Visiblement, il n'était pas du tout impressionné.

— C'est ce que m'a déjà dit Riley. Quand on voit comment ça lui a servi… Pourtant, je l'avais prévenu, mais il ne m'a pas écouté. Ce qui lui arrive est sa faute. Bon, on arrête de baragouiner et on passe à l'action ? Je te ramène tes amis, et tu t'occuperas de mon petit frère, c'est notre accord.

Aden voulut répondre, mais Victoria le devança :

— Tout ira bien, dit-elle en s'interposant entre eux avec un petit sourire à l'intention d'Aden. De toute façon, Nathan nous accompagne. Il ne laissera pas Tucker me faire quoi que ce soit.

Aden ne répondit pas. A quoi bon souligner que le loup-garou n'était pas capable de résister aux illusions magiques ?

Il l'embrassa, un baiser rapide mais profond.

— Fais ce que tu as à faire, mais débrouille-toi pour me revenir en un seul morceau.

Elle ne répondit pas, mais dans ses yeux le bleu fit

place au noir, et Aden comprit : si, pour lui revenir intacte, elle devait égorger quelques personnes, eh bien, elle le ferait sans hésiter.

— Bon alors ? On y va ou quoi ? lança Tucker.

— On y va, répondit Victoria, les yeux toujours fixés sur Aden.

Puis elle fit demi-tour, et le trio s'éloigna en direction des bâtiments de l'hôpital.

Aden resta seul sur le parking, des questions et des inquiétudes plein la tête. Pour autant, ce n'est pas ces hésitations qui l'aideraient à voler une voiture. Alors il allait mettre tout ça entre parenthèses pendant un moment. Il se mit à la recherche d'un véhicule.

23

Ténèbres.

Lumière.

Ténèbres.

Lumière.

Les ténèbres étaient un refuge. La lumière n'offrait que l'angoisse. Evidemment, elle préférait les ténèbres, les ténèbres si douces. Pourtant, cette saleté de lumière ne cessait de la harceler, pénétrant de force dans son esprit.

Comme maintenant. Comme un battement. Boum, boum, boum — elle la frappait, la bousculait, et chaque choc, chaque mouvement était une nouvelle agonie, une nouvelle leçon dans l'art de la souffrance.

— Il va falloir que tu la portes à ma place, Vic, lança une voix basse quelque part au-dessous d'elle.

Un garçon. Elle connaissait cette voix. Trop bien, peut-être. Son cœur se mit à battre plus vite.

— Ne m'appelle pas comme ça. Et pourquoi veux-tu que je la porte ?

Minute. Cette voix... On aurait dit celle de cette fille, la copine d'Aden... Victoria ?

— Maxwell est parti avec mes fringues, et vu que tout ce que j'ai trouvé comme vêtement, c'est ce drap que j'ai pris sur le lit de mon petit frère, je n'arrête pas de m'empêtrer dedans.

Oui, elle connaissait cette voix aussi, mais sans pouvoir dire exactement à qui elle appartenait. Tout ce qu'elle savait, c'était qu'il n'était pas vraiment celui qu'elle attendait.

— Mais si je la laisse tomber, Riley va piquer une crise !

Riley ! Oui, c'était ça — la voix qu'elle aurait voulu entendre, celle qu'elle espérait.

— Arrêtez de vous plaindre, c'est quand même moi qui porte le gros.

Cette voix… Tucker, oui.

— Sérieusement, ce type a besoin de faire un régime.

— Taisez-vous, et avancez, lança Victoria avec dans la voix un accent étrange, presque paniqué.

Victoria, inquiète ? Elle, d'habitude si calme, si maîtresse d'elle-même ?

— Nous sommes presque sortis, poursuivit la vampire. Tucker, tu es certain qu'on ne peut pas nous voir ?

Celui-ci répondit en grommelant à mi-voix quelque chose comme « déjà dit mille fois », avant de confirmer.

— Les gardiens, les infirmières ?

— Ils voient toujours des corps dans les lits. En fait, ils sont certains d'être en train de tout faire pour les sauver. En vain. Snif, snif, les pauvres sont en train de mourir.

— Et ils ne se doutent vraiment de rien ? Ils ne peuvent pas sentir…

— Rien du tout. D'abord, mes illusions sont de plus en plus puissantes. Ensuite, il faut savoir que le cerveau humain a tendance à rajouter ce qui devrait être à ce qu'il voit. Et quand il ne le fait pas, c'est moi qui m'en occupe. Donc, le temps que les médecins se rendent compte qu'ils travaillent sur des illusions, nous serons loin. Mais taisez-vous, tout de même, parce qu'ils peuvent nous entendre.

Ce fut au tour de Victoria de se mettre à grommeler.

— Je croyais que tu ne pouvais pas lancer tes illusions quand Mary Ann était dans les parages.

— Il faut croire que les choses changent.

— C'est ça, oui, soupira-t-elle. Il faut le croire.

Ainsi, pensa Mary Ann, ils devaient être en train de… la secourir, oui. Mais pourquoi ? La dernière chose qu'elle se rappelait, c'était qu'elle était en train d'embrasser Riley. Un baiser doux et sensuel, malgré un environnement qui n'avait rien de glamour. Ils allaient sauter le pas… puis cette douleur insupportable dans son épaule, le sang chaud qui coulait à flots, Riley lui disant de se nourrir de lui, puis… Minute. Riley lui disant quoi ?

Elle avait drainé l'énergie de Riley !

Comment allait-il ? Etait-il près d'elle ? Il fallait qu'elle en ait le cœur net. Elle se mit à s'agiter, à se débattre, mais des bras la retinrent fermement.

— Arrête, Mary Ann. S'il te plaît.

Encore cette voix masculine, à la fois familière et étrangère.

A travers sa gorge tellement sèche, elle parvint à laisser passer un seul mot.

— Riley ?

— Il va bien, rassure-toi. Il est avec nous.

Très bien. Génial. Cessant de lutter, elle se relâcha enfin — tant et si bien que la lumière disparut de nouveau, laissant place aux ténèbres bienfaisantes.

LUMIERE.

Il y eut un hurlement de pneus, suivi d'un fracas de musique rock qui s'éteignit très vite pour laisser place à une discussion animée à voix basse. Mary Ann reprenait peu à peu ses esprits. Elle n'était plus transportée comme un paquet, mais appuyée sur une surface molle — même s'il y avait comme un objet long et dur qui lui rentrait dans les côtes.

Une pensée mal placée lui vint à l'esprit.

Avec un immense effort, elle parvint à ouvrir les yeux. Sans doute étaient-ils recouverts d'un gel quelconque, car elle ne vit rien qu'un épais brouillard. Quelle idée idiote ! Pourquoi lui avait-on fait ça ? Ils allaient l'entendre…

— … me va bien comme ça, je t'assure, fit la voix de Tucker.

— Pas de problème, mais tu comprends que je prenne mes précautions, non ? répondit Aden.

Oui, c'était sa voix. Il était donc là, lui aussi.

— Me mettre un couteau sous la gorge quand ta petite amie est au volant, ce n'est pas une précaution mais un risque majeur. Tu ne veux pas me tuer, quand même ? De toute façon, tu as encore besoin de moi, tu sais. Sans mes illusions, vous pourriez vous faire arrêter par la police en route.

— Nous avons besoin de toi, mais toi, tu as aussi besoin de *moi*. Penses-y.

Pendant le silence qui suivit, Mary Ann parvint à organiser ses pensées. Ses amis étaient venus à leur rescousse. Et Riley, où était-il ? Son cœur se mit à battre plus fort. Que se passait-il ? D'une main tremblante, elle essuya ses yeux. Contrairement à ce qu'elle avait imaginé, ils n'étaient pas recouverts de pommade.

Toutefois, sa vision s'améliora légèrement, et elle put enfin discerner ce qui l'entourait. Elle se trouvait dans un fourgon aménagé, allongée sur une banquette.

D'accord. Ainsi, la protubérance contre son dos était l'attache d'une ceinture de sécurité, et non un garçon qui... Bon, très bien.

Encore mieux : elle distingua la silhouette de Riley sur la banquette en vis-à-vis. Même endormi, il avait dû sentir qu'elle bougeait, car il tourna la tête dans sa direction. Ses yeux étaient fermés, les sourcils froncés en une expression indéchiffrable.

Mais cela valait infiniment mieux que pas d'expression du tout. Il était vivant !

D'une main toujours aussi peu assurée, elle lui saisit le bras et le serra. Aucune réaction de sa part, peut-être, mais qu'importe ? Ils étaient ensemble, à présent, et ils allaient s'en tirer vivants.

Avec un soupir, Mary Ann se laissa de nouveau glisser dans les ténèbres — mais cette fois, elle souriait.

Son estomac grondait quand elle se réveilla de nouveau.

Ouvrant les yeux tant bien que mal, elle tenta de se redresser et de chasser les courbatures douloureuses de son corps — sans grand succès toutefois. Où était-elle ? Il lui fallut un peu de temps pour s'en rendre compte. Elle ne se trouvait plus dans le fourgon, mais dans le lit d'une petite chambre. La pièce avait dû être décorée par quelqu'un qui aimait énormément le marron, car tout y était de cette couleur, de la moquette à la tapisserie en passant par les draps et l'édredon.

Comme elle reprenait peu à peu conscience, elle saisit la fin d'une conversation :

— … tu dois manger, disait Victoria.

— Toi aussi.

— Pour l'instant, je n'en ai pas besoin.

— Et comment serait-ce possible ? Je ne t'ai pas vu te nourrir.

— Ce n'est pas parce que tu ne m'as pas vu que je ne l'ai pas fait.

— Tu as vraiment mangé ?

Qu'ils arrêtent donc de parler de nourriture ! L'estomac de Mary Ann criait famine — au sens littéral du terme, car il produisit un miaulement si strident qu'Aden et Victoria, assis ensemble dans un fauteuil marron de l'autre côté de la pièce, tournèrent leurs regards vers elle. Oh, la honte !

Sa vision revenait peu à peu à la normale. Aden était là, Victoria assise sur ses genoux. Aden. Au cours de leurs précédentes rencontres, elle avait souvent eu l'envie tout à la fois de se jeter dans ses bras et de le fuir aussi vite que possible. Bien sûr, il était l'un de ses meilleurs amis mais, d'un point de vue magique, ils étaient opposés : il accroissait les pouvoirs quand elle les neutralisait. Aussi se sentaient-ils mal à l'aise en présence l'un de l'autre, comme les pôles identiques de deux aimants qui se repoussent. Aujourd'hui, toutefois, elle ne ressentait plus cette gêne, et elle se serait précipitée dans ses bras si elle l'avait pu.

D'où pouvait bien provenir ce changement ? Depuis qu'ils s'étaient vus la dernière fois, tant de choses s'étaient déroulées qu'elle aurait eu bien du mal à le savoir.

— Mary Ann, tu es réveillée ! fit Aden avec un soulagement visible.

Elle acquiesça sans le quitter des yeux. Il avait énormément changé. Disparus les longs cheveux noirs : il était à présent blond, avec une coupe très courte. Son visage s'était fait plus dur, ses épaules plus larges. On aurait même dit que ses jambes s'étaient allongées… Avait-il tellement grandi en deux semaines ? Après tout, ce n'était pas impossible. Elle-même devait avoir beaucoup changé — plus mince, et même maigre. Tatouée, également. Probablement méconnaissable.

— Où est Riley ? demanda-t-elle en revenant à ses préoccupations principales.

— Juste derrière toi, répondit Victoria avec un mouvement de tête en direction du lit.

A la fois surprise et joyeuse, Mary Ann se retourna, faisant gémir au passage les ressorts du matelas. Eh oui, c'était vrai, Riley se trouvait là, allongé sur des oreillers. Il était éveillé, et son visage semblait exprimer une grande souffrance. Sa peau, d'ordinaire si hâlée, avait pris une teinte livide, à l'exception des cernes sombres sous ses yeux éteints.

Mary Ann tendit la main pour le toucher, comme si elle avait pu effacer ses traces inquiétantes avec les doigts, mais lui, au lieu de la laisser faire, écarta la tête d'un mouvement brusque.

Mais… pourquoi ? Il avait évité son contact, il l'avait fuie, et il ne la regardait même pas, ne lui expliquait rien. Les yeux fixés sur Aden et Victoria, il serrait les dents, le visage dur.

Que se passait-il ? Avait-elle dit ou fait quelque chose qui lui déplaisait ? Ou avait-il simplement trop mal pour la laisser le toucher ?

Mary Ann ne pouvait détacher ses yeux de Riley. Il était étendu là, torse nu, apparemment indemne.

Ses jambes, en revanche, étaient dissimulées sous les couvertures. Peut-être était-il blessé à cet endroit ? Peut-être souffrait-il, ce qui aurait expliqué qu'il ait du mal à supporter le moindre contact ? Oh oui, faites que ce soit l'explication !

Ou alors… ou alors il ne l'aimait plus. Après tout, elle l'avait bien cherché, non ?

Son cœur se serra. Mieux valait penser à autre chose.

— J'ai cru entendre Tucker, tout à l'heure, non ? articula-t-elle péniblement en se retournant vers Aden et Victoria.

Celle-ci était toujours installée sur les genoux de son petit ami. Pourquoi aurait-elle bougé ? C'était sans doute le siège le plus confortable de toute la pièce. Cela dit, elle ne se laissait pas aller, comme l'aurait fait n'importe qui dans sa position : malgré les mains d'Aden qui s'y promenaient, son dos restait droit comme un *I*, et elle se tenait assise les mains sur les genoux, comme une jeune fille de bonne famille.

Aden et Victoria… ils avaient tellement l'air d'un *couple* ! Ensemble, synchrones, si proches l'un de l'autre. Riley avait déjà glissé dans la conversation, une fois, que leur relation connaissait des hauts et des bas, mais de toute évidence ils faisaient tout pour que ça marche.

Ils en avaient de la chance ! Parviendrait-elle jamais à une telle harmonie avec Riley ? Le voulait-elle seulement ?

Question idiote. Bien sûr qu'elle le voulait, même si ce désir faisait courir des risques à son cher loup-garou. Elle avait voulu s'éloigner de lui, elle l'avait rejeté, mais il l'avait suivie quand même et retrouvée. Il avait su gagner son cœur — de nouveau. A présent, elle ne le quitterait plus, plus jamais… à condition que lui le veuille également. Car que se passait-il dans son cerveau de garçon ? Pourquoi avait-il évité son contact ? Etait-ce en rapport avec ses pouvoirs de Draineuse ? Pourtant, il avait toujours été certain qu'ils trouveraient un moyen de contourner le problème, et à présent, plus que jamais, elle voulait le croire aussi.

La voix d'Aden l'arracha à ses pensées.

— Tu m'entends, Mary Ann ? Tucker n'est plus là.

Elle fronça les sourcils, les idées pas très au clair, avant de se décider à répondre :

— Où est-il passé ?

— Nous n'en savons rien, répondit Victoria, l'air soucieux. Mais Riley a failli le tuer quand il s'est réveillé, aussi je suppose que c'est un moindre mal.

— Tu aurais dû me laisser l'achever, Majesté, lança Riley à Aden sur un ton de reproche.

Le simple fait d'entendre sa voix rauque la fit frissonner de plaisir. D'inquiétude aussi, c'est vrai. Ainsi, il n'avait pas perdu sa capacité à parler — il refusait simplement de lui adresser la parole. Mais pourquoi ?

— Et l'autre garçon, où est-il ? demanda-t-elle. Celui qui m'a portée, à l'hôpital ?

Victoria la considéra avec un air surpris.

— Tu te souviens de ça ?

— Vaguement.

— Et tu te rappelles aussi… non, laisse tomber. Le garçon dont tu parles, c'était Nathan, le frère de Riley. Mais il ne nous a pas accompagnés. Tucker ne supportait pas sa présence.

Ah bon ? Mais où était le problème ? Depuis quand s'intéressaient-ils à ce que pensait Tucker ? Etonnant.

— Vous allez m'expliquer ce qui se passe, oui ou non ? demanda-t-elle.

Mais au même moment, l'estomac de Mary Ann produisit un nouveau borborygme. Elle piqua un fard.

— Tu as faim ? lui demanda Aden.

— Je… oui.

Pardon ? Mais c'était vrai ! Elle avait faim — faim de vraie nourriture, pour la première fois depuis des semaines ! Depuis le temps qu'elle se nourrissait exclusivement de magie… A présent, elle aurait pu tuer pour un hamburger.

Elle ferma les yeux — l'image d'un hamburger était décidément très tentante. Quand elle les rouvrit, ce fut pour voir trois regards curieux braqués sur elle.

— Tu as faim ? C'est… étrange, commenta Victoria.

Nouvelle protestation de son estomac. Etrange ou pas, elle était réellement affamée.

— Tu trouves ? En tout cas, je veux manger !

— Je m'en occupe, répondit la princesse avec un enthousiasme un peu excessif avant de se lever d'un bond. Je vais te chercher quelque chose.

— Non, fit Aden. Hors de question. Tucker est en liberté, quelque part dehors, et je ne veux pas que tu…

Mais Victoria le coupa :

— Tout ira bien. Et si j'ai le moindre problème, je t'enverrai un texto. Je ne sais pas si tu as remarqué, mais je deviens plutôt douée avec les nouvelles technologies…

Sur ces mots, elle se pencha et planta un baiser sur la joue de son petit ami, avant d'ajouter :

— De toute façon, tu ne peux pas y aller. Tu as beaucoup de choses à expliquer à Mary Ann.

— Tu pourrais le faire, non ?

— Impossible. J'ai déjà oublié la moitié de ce que — selon toi — il fallait qu'elle sache.

— Menteuse, rétorqua-t-il. Riley et toi, vous avez échangé vos souvenirs en vous tenant la main, comme vous le faites chaque fois. Ce qui veut dire que tu en sais plus que quiconque ici.

— Peut-être, concéda Victoria. Du coup, toi aussi tu pourras en profiter pour apprendre de nouveaux éléments !

Et sans attendre sa réponse, elle sortit d'un pas léger. Un flot de lumière se déversa dans la pièce quand elle ouvrit la porte, qu'elle referma aussitôt derrière elle. Chose étrange, ni Riley ni Aden ne tentèrent de la retenir, ce qu'ils auraient fait sans conteste quelques semaines plus tôt. Deviendraient-ils moins machos ?

— Quelle tête de mule, murmura Aden.

— A qui le dis-tu, renchérit Riley. Typiquement féminin.

En paroles, en tout cas, ils ne pouvaient pas s'empêcher de jouer les misogynes.

— Alors, qu'as-tu à me raconter ? demanda Mary Ann.

L'appréhension qu'elle ressentait semblait se mêler à sa faim pour lui nouer l'estomac.

— Accroche-toi bien, la prévint Aden, avant de la mettre au courant de tout ce qui s'était passé.

L'assassinat de tout un groupe de sorcières. L'incendie qui avait ravagé le ranch D & M. Vlad l'Empaleur possédant des humains et les forçant à des actes monstrueux. La menace qui pesait sur le petit frère de Tucker. Le meurtre de Shannon, ressuscité en zombie…

Mary Ann n'en croyait pas ses oreilles. Aden s'efforçait d'énumérer les événements avec clarté, sur un ton neutre, mais à une ou deux reprises, il parut sur le point d'éclater en sanglots. Quand il acheva enfin, elle secoua la tête, dans un état second, horrifiée.

— Tellement de morts ! murmura-t-elle, au bord des larmes.

Pauvre Shannon ! Le gentil Shannon condamné à errer entre la vie et la mort, peut-être pour l'éternité — que pouvait-on faire pour lui, sinon pleurer sur son sort, sur tout ce qu'il avait perdu ? Existait-il un moyen pour lui rendre la vie, pour le faire redevenir celui qu'il avait été ? En ce moment de chagrin terrible, Mary Ann n'avait que deux rêves : pouvoir le tenir dans ses bras de nouveau — et se venger de Vlad, de façon cruelle et brutale.

Un long soupir s'échappa de ses lèvres. Si seulement Riley l'avait prise dans ses bras, l'avait rassurée par la voix, par sa présence. Mais rien, pas le moindre mouvement de sa part. Au contraire, il lui sembla que le silence autour d'elle devenait plus lourd, plus oppressant. Riley, comme Aden, fuyait son regard.

La porte grinça et la lumière entra à flots dans la pièce. Victoria fit son entrée, aussi rapide et légère qu'elle était partie. A la main, elle tenait un sac de papier dont s'échappait l'odeur appétissante d'un burger accompagné de frites bien grasses. L'eau lui vint à la bouche, et Mary Ann se sentit presque coupable de ce réflexe animal. Les terribles nouvelles qu'elle venait d'entendre auraient dû lui couper tout appétit, une bonne fois pour toutes, mais non : elle était toujours aussi affamée.

Aussi, quand Victoria lui tendit le sac maculé de

taches de graisse, Mary Ann ne put se retenir d'y plonger la main et de se jeter sur la nourriture. En quelques minutes, elle en dévora le contenu, ne relevant finalement la tête que pour constater que tous, dans la chambre, la regardaient en silence. Ah, bravo ! Elle devait avoir l'air fin — sans compter qu'elle avait probablement encore des morceaux de salade ou de viande coincés entre les dents...

Elle s'essuya la bouche d'un revers du poignet — pas très élégant non plus.

— Tu te sens bien ? demanda Victoria. Tu n'es pas malade ?

La princesse était de nouveau assise sur les genoux d'Aden. En la regardant mieux, Mary Ann s'aperçut qu'elle avait l'air moins pâle qu'avant, et... n'était-ce pas une tache de ketchup sur sa robe noire ?

— Je ne crois pas, non..., répondit-elle, la voix mal assurée.

Comment cela se pouvait-il ? Quelques jours auparavant le simple fait de penser à de la nourriture suffisait à lui tordre l'estomac. A présent, au contraire, elle se sentait agréablement rassasiée.

— Tu as une explication ? reprit-elle.

Victoria joua un instant avec une de ses boucles d'oreilles, pensive.

— Laisse-moi réfléchir... Tu as reçu une flèche de sorcière dans la poitrine, et tu as perdu beaucoup de sang, d'accord ? Et, à l'hôpital, on t'a fait une transfusion...

— Oui, je suppose, acquiesça Mary Ann.

La princesse se mordilla les lèvres, un signe de réflexion et de nervosité chez elle.

— Alors peut-être... peut-être que le sang que tu

as reçu, du sang humain, t'a retransformée. Que tu es redevenue humaine, au moins pour un certain temps. A moins que ce ne soit la présence de Riley qui perturbe tes pouvoirs de Draineuse ?

— Alors, en ce moment, il me serait impossible de drainer quelqu'un ? Et cela pourrait durer ?

— Si tu parviens à garder ce hamburger dans ton estomac — et on dirait bien que c'est parti pour — il est probable que les pouvoirs et l'énergie magique ne font plus partie de ton menu préféré.

— Ce qui veut dire que tu n'as plus de raisons de fuir..., poursuivit Aden.

— ... tant que je reste dans cet état, conclut-elle.

Elle en aurait sauté de joie ! Oui, il devait exister un moyen de faire durer cette nouvelle transformation.

— J'ai une idée, fit Victoria. Ne pourrions-nous pas lui tatouer un sortilège pour l'empêcher de drainer les autres créatures ? expliqua-t-elle avec un regard interrogateur en direction de Riley.

Puis, se retournant vers Mary Ann :

— Nous avons déjà essayé cette technique sur d'autres Draineurs, mais jamais à un moment où ils n'avaient plus ce pouvoir. A ma connaissance, c'est la première fois qu'une telle chose se produit. Cela dit, tous ceux sur qui nous avons tenté cela sont décédés : une fois le tatouage effectué, ils sont morts de faim, tout simplement.

Existait-il une mort plus atroce ? Sans doute pas, mais cela n'empêcherait pas Mary Ann de courir le risque.

— Ça m'est égal. Je veux essayer. Faites-moi ce tatouage.

Même s'il n'y avait qu'une chance sur un million

que cela fonctionne, elle choisissait de la courir. Pour retrouver son père, pour pouvoir vivre aux côtés de Riley, elle aurait été prête à tout. Elle aurait préféré mourir cent fois que leur faire du mal à l'un ou à l'autre. Risquer sa vie pour les avoir de nouveau auprès d'elle était donc parfaitement logique.

— Est-ce que vous avez l'équipement à disposition ? demanda-t-elle à la cantonade.

Ce fut Victoria qui lui répondit :

— Oui. Nathan a vu que ton dernier tatouage avait été abîmé par ta blessure. Il a pensé que Riley voudrait le refermer quand il se réveillerait, et il a donc mis la main sur un set de tatouage avant de partir.

— Une minute, intervint Aden. Ne devrions-nous pas y réfléchir à deux fois avant de…

Mary Ann ne lui laissa pas le temps de terminer sa phrase.

— Non, dit-elle en secouant énergiquement la tête. Allons-y, maintenant, avant de quitter cet endroit.

Aden et Riley échangèrent un coup d'œil. Visiblement, ils étaient tous les deux si surpris qu'ils ne cherchèrent même pas à argumenter.

— Qu'est-il arrivé à notre Mary Ann si docile ? s'étonna Aden, goguenard.

Elle se tourna vers Riley, qui se contenta de hausser les épaules sans répondre, ce qui l'agaça encore plus que la distance dont il avait fait preuve jusque-là. Sans paraître s'en apercevoir, celui-ci reprit néanmoins :

— Très bien, Aden. Mais puisque tu nous as dit ce que vous avez appris cette semaine, à notre tour d'en faire de même. Nous nous occuperons du tatouage ensuite.

Et, pendant la demi-heure qui suivit, il raconta par le détail tout ce que Mary Ann et lui avaient découvert, en particulier les nouveaux indices sur l'identité des âmes et l'endroit où vivaient les parents d'Aden.

Celui-ci écoutait en silence. Dans ses yeux, les couleurs alternaient à toute vitesse, bleu, doré, vert, noir, violet — un violet intense, presque effrayant. Dans sa tête, les esprits devaient être comme fous.

Enfin, Riley acheva son récit. De nouveau, un silence pesant s'installa dans la pièce. Aden laissa retomber sa tête sur le dossier du fauteuil, massant ses tempes comme pour en chasser une terrible migraine.

— Je ne sais pas comment réagir à tout ça, finit-il par avouer. Je suppose qu'il va me falloir du temps pour m'y habituer. Un an ou deux, par exemple. Mais, ajouta-t-il après un temps, vous savez ce qui m'énerve le plus ? C'est que depuis le début, nous subissons ce qui arrive sans jamais prendre les devants.

— Je ne te comprends pas, avoua Victoria.

— C'est vrai, renchérit Mary Ann. Qu'est-ce que tu veux dire ?

— Je veux dire que nous avons laissé Vlad tirer les ficelles. Il est dans l'ombre, et il téléguide des gens pour s'en prendre à nous. Mais nous ne faisons rien pour l'arrêter, vous êtes bien d'accord avec moi ? Nous attendons qu'il frappe, et nous ne pouvons rien faire d'autre que subir ses attaques et en pâtir, sans jamais frapper en retour. Il n'a pas peur de nous parce que nous n'avons jamais attaqué les premiers, vous comprenez ?

— Tu as une idée en tête, demanda Riley, la voix vibrante de colère et d'espoir, comme un condamné à mort qui n'a plus rien à perdre.

— Je vais aller parler à Tonya Smart. Et rendre visite à mes… parents, poursuivit-il en hésitant sur le mot. Je vais essayer d'en apprendre autant que possible sur moi et sur les âmes. Parce que quand le moment sera venu, il faudra que je sois au mieux de ma forme pour affronter Vlad. Ce qui n'est pas possible si je suis constamment tiré de part et d'autre par des esprits et par mes propres questions.

Aden conclut son discours par un regard pénétrant en direction de ses amis. Comme ceux-ci ne lui répondaient pas, il termina en s'adressant à Mary Ann et Riley :

— Vous deux, vous n'êtes pas encore en état de vous déplacer. D'ailleurs, moi aussi, j'ai besoin de repos. Restons ici. Nous nous mettrons en route à la tombée de la nuit. L'heure de la rébellion a sonné.

24

Agitée d'émotions contradictoires, Mary Ann ne parvint pas à trouver le sommeil. Les médicaments avaient cessé de faire leur effet, et elle n'était plus en état de choc, aussi ses pensées se mirent-elles à tourner et à retourner dans sa tête, inlassablement, comme un tourbillon infernal. Aden et Victoria avaient quitté les lieux très tôt pour s'isoler dans une autre chambre. Riley, lui, était resté à ses côtés, mais il était tellement immobile, tellement silencieux, qu'il aurait aussi bien pu être mort.

Mort. Comme Shannon. Ou non, justement ? Shannon était devenu un zombie, et la seule façon connue de véritablement tuer un zombie était de lui trancher la tête. Cette idée lui était insupportable. Fin de l'histoire. Quoi qu'il arrive, elle ne reverrait plus son ami, ne pourrait plus jamais lui parler ? Epuisée, elle se mit à pleurer, en longs sanglots brûlants. Pendant ce qui lui parut des heures, elle laissa s'écouler son chagrin, jusqu'à ce que ses larmes se tarissent et la laissent immobile, désespérée, secouée de frissons.

Alors, Riley la prit dans ses bras, ses bras puissants et chauds, et la tint serrée contre lui jusqu'à ce que ses tremblements s'apaisent.

Mais son esprit repartit de plus belle : et Tucker ? Il faudrait aussi s'occuper de lui. Elle ne lui avait jamais totalement fait confiance, car elle savait à quoi s'attendre de sa part. Mais comment avait-il pu s'enfuir et les planter là en ce moment crucial ? C'était inexplicable.

— Tu vas mieux ? l'interrogea Riley sur un ton bourru.

Sans attendre sa réponse, il desserra son étreinte.

Elle se retourna pour lui faire face. Il s'était rallongé sur le dos, absorbé dans la contemplation du plafond comme pour y chercher des réponses.

— Si je vais mieux ? Tu veux dire, ai-je envie de vomir tripes et boyaux depuis que j'ai mangé ce hamburger ? Non.

— C'est une bonne nouvelle.

— Tu vas me faire ce tatouage ?

— Oui, si tu le veux toujours. D'abord, je dois reprendre celui que la flèche de la sorcière a endommagé. Ensuite, je te ferai celui qui t'empêchera de te nourrir de l'énergie des autres.

— Merci.

Oui, mais... n'était-il pas un peu trop enthousiaste par rapport à ce projet dangereux ? Peut-être qu'au fond, il lui était égal qu'elle survive...

— Puisque nous ne dormons pas, pourquoi attendre ? proposa Riley.

Sur ces mots, il se redressa et écarta les draps. C'est alors qu'elle vit sa jambe et la blessure sur sa cuisse, la cicatrice profonde, rouge et enflée. Elle devait le faire terriblement souffrir !

Mary Ann tendit la main pour l'arrêter avant qu'il ne se relève :

— Et toi, comment te sens-tu ?

Mais, ignorant l'attention qu'elle lui portait, il lui répondit d'un ton brusque :

— Très bien.

Et il repoussa sa main. Quittant le lit, il se dirigea vers un sac de sport rangé dans un coin de la chambre — sans doute celui laissé par Nathan — et se mit à fouiller à l'intérieur.

Mary Ann le regardait, furieuse de nouveau. Pourquoi la traitait-il avec tant de froideur ? Pour finir, Riley revint vers le lit, son matériel de tatouage à la main, et entreprit de s'installer près d'elle.

— Tourne-toi, lui indiqua-t-il au bout d'un moment.

Elle obéit. Sans un mot, il fit glisser de l'épaule de Mary Ann la blouse d'hôpital qu'elle portait encore, avant de se mettre à travailler sur le tatouage que la flèche de la sorcière avait ouvert. Chaque fois qu'il passait son pistolet sur des tissus cicatriciels, elle retenait un gémissement. La douleur était intense. Quand il eut terminé, elle tremblait de tout son corps.

— Où veux-tu ton nouveau tatouage ? lui demanda-t-il sans paraître remarquer qu'elle transpirait et souffrait.

Très bien. Ne plus penser à ça. Se concentrer sur sa question. Ainsi, il y avait une chance qu'elle redevienne humaine, et qu'elle le reste. Ce qui signifiait qu'elle pourrait, enfin, revoir son père… et que celui-ci bondirait quand il verrait les tatouages sur ses bras. Aucune raison, donc, d'en ajouter un nouveau, à moins de vouloir l'affoler encore plus.

— Sur ma jambe, indiqua-t-elle donc.

Son dos lui cuisait encore, aussi ne préféra-t-elle pas s'allonger sur le lit. Appuyée à un oreiller, elle passa un pied par-dessus les couvertures.

Comme il l'avait fait plus tôt, Riley écarta le pan de

la blouse, puis il s'immobilisa et la fixa un instant, comme hypnotisé. Se pouvait-il qu'il ait… envie d'elle ?

— Riley ? lança-t-elle.

Le son de sa voix sembla l'arracher à ses pensées, quelle qu'ait été leur nature. Avec un grognement, il se remit à l'œuvre.

Quelques dizaines de minutes plus tard, il s'écarta, et Mary Ann put contempler son nouveau tatouage. Comparé au précédent, celui-ci ne lui avait presque pas fait mal. En revanche, il était sacrément grand ! Il s'étendait de son genou à sa cheville en volutes compliquées.

Pendant qu'elle en regardait les détails, Riley éteignit son pistolet de tatoueur et entreprit de ranger ses affaires, avant de lui panser la jambe avec une des serviettes de toilette récupérée dans la salle de bains.

— Je crois… Non, j'en suis sûr… Victoria s'est trompée, tu sais, dit-il enfin. Même si notre plan ne fonctionne pas, tu ne risques pas de mourir de faim. Enfin, ça n'a jamais été tenté avant, d'accord, mais…

— Que veux-tu dire ?

— Que si jamais tu t'affaiblis, ou que tu ne supportes plus la nourriture humaine, il suffirait que je referme ce tatouage pour que tu redeviennes norm… comme avant.

Normale. Il avait failli dire *normale.* Seulement voilà : s'il refermait le motif, annulant ainsi les effets du sortilège, elle serait de nouveau un Draineur. Du point de vue de leur relation, cela signifiait deux choses : d'un côté, il tenait encore à elle puisqu'il envisageait de la sauver quoi qu'il arrive. D'un autre, s'il la laissait de nouveau aspirer l'énergie autour d'elle, tout serait terminé entre eux.

— Hors de question, répondit-elle. Je veux qu'il reste ouvert. Qu'il fonctionne.

— Mais, Mary Ann…

— J'insiste. D'ailleurs, j'en veux un autre.

Riley plissa les yeux d'un air buté mais ne protesta pas. Cependant, elle le connaissait bien. Il n'était pas du genre à abandonner aussi facilement.

— Quel genre de tatouage ?

— Tu le sais très bien. Je veux le même symbole que celui que tu as fait à Aden, celui qui empêche pour toujours qu'on touche à mes autres tatouages.

Avant même qu'elle ait terminé sa phrase, Riley secouait la tête énergiquement en signe de refus catégorique.

— Tu ne peux pas le nier, insista-t-elle : si tu me l'avais fait dès le départ, les sorcières n'auraient pas cherché à me trouer la peau à l'endroit exact où un sortilège me protège des blessures mortelles.

C'était de la simple logique : ces harpies avaient le pouvoir de sentir les tatouages et leur signification. Celle qui l'avait visée au motel avait compris le défaut de la cuirasse, et l'avait mis à profit. Or, on pouvait éviter que cela se reproduise.

— Très malin, concéda Riley, mais que se passera-t-il si on te capture ? Que se passera-t-il si on te tatoue de force ?

— C'est simple : il suffit que tu me dessines aussi le symbole qui empêchera tout nouveau tatouage.

— Tu plaisantes ? Personne de sain d'esprit ne choisirait de se faire tatouer ce sortilège. Tu imagines le nombre de sorts auxquels cela te laisse exposée ?

— Riley !

— Mary Ann ?

— Je veux ce tatouage, Riley. Le premier, celui contre la manipulation des tatouages.

— C'est trop risqué.

— Aden le porte bien, lui.

— Dans son cas, le jeu en vaut la chandelle. Il attire tellement de créatures qui cherchent à l'utiliser, à le manipuler ou à lui nuire…

— Ah oui ? J'ai une nouvelle pour toi : moi aussi, on veut me nuire.

Il n'oserait tout de même pas dire le contraire ? S'ils avaient été au courant des pouvoirs de Draineur de Mary Ann, les propres frères de Riley n'auraient pas hésité à la tuer. Elle ne pouvait oublier la façon dont lui-même, son propre petit-ami, l'avait regardée, ce fameux soir où elle s'était débarrassée des sorcières et des fées — l'expression dans son regard, où se mêlaient horreur, dégoût et fureur. Seul l'amour qu'il lui portait l'avait poussé à la sauver jusqu'à aujourd'hui.

Mais l'aimait-il toujours ?

— Attends un peu, reprit-il avec obstination. Sais-tu ce qui se passera si les sorcières te prennent et découvrent que tu portes un tatouage contre les blessures mortelles qu'elles ne peuvent manipuler ? Parce que je t'assure qu'elles vont chercher à te tuer de nouveau, ne serait-ce que parce qu'elles te tiennent pour responsable du massacre des « Robes Rouges ».

— Mais je…

Il ne la laissa pas terminer.

— Je vais te dire ce qui va se passer. Elles t'enfermeront dans un lieu connu d'elles seules, sans lumière ni nourriture, et elles te tortureront. Oh, elles ne pourront pas te tuer, bien entendu. Mais elles te feront souffrir atrocement tous les jours de ta vie jusqu'à ce que tu meures de mort naturelle.

— Tu veux dire… jusqu'à ce que je meure de vieillesse ? Mais cela prendrait des dizaines d'années. Quelle horreur !

— Exactement.

Ce qui voulait dire que… non, réalisa-t-elle brutalement. Elle était en train de se laisser effrayer.

— Fais-moi ce tatouage, ordonna-t-elle.

Car elle avait pris sa décision : plutôt mourir, y compris dans de terribles souffrances, que de voler de nouveau l'énergie d'un être vivant. Rien de ce que dirait Riley ne la ferait changer d'avis.

— Mais j'ai déjà rangé mon équipement, tenta-t-il néanmoins.

— Et c'est si difficile que ça de le ressortir ?

— Pas vraiment.

— Riley, je ne veux plus être un danger pour toi. Plus jamais.

Son beau visage de mauvais garçon se contracta.

— Tu n'es plus un danger pour moi, Mary Ann.

Première nouvelle. Alors allait-elle enfin savoir pourquoi il se conduisait d'une manière aussi froide envers elle ?

— Ah tiens ? fit-elle avec autant de désinvolture que possible. Et tu peux me dire ce qui a changé ?

Riley se mordit la lèvre, et son regard vert brilla d'une intensité renouvelée — non pas l'intensité du désir, mais bel et bien celui de la colère. C'était la première fois qu'elle lisait cette expression dans ses yeux.

— Je ne peux plus me transformer.

Pardon ? Mais comment…

— Répète un peu ?

— Je ne peux plus me changer en loup. J'ai essayé. Bon sang, je n'ai pas arrêté d'essayer depuis que nous sommes sortis de l'hôpital. Je n'y arrive plus, c'est tout.

— C'est depuis que… depuis que je me suis nourrie de toi ?

— Tu ne l'as pas fait exprès. C'est moi qui t'ai forcée à aspirer mon énergie. Tu as résisté de toutes tes forces.

Dans la voix de Riley, la colère fit place au désespoir.

— Mais cela n'a plus d'importance de toute façon, poursuivit-il. Le résultat est là.

Plus d'importance ? Comment pouvait-il dire ça ? C'était terrible, tout simplement. Oh, il pouvait prétendre l'avoir forcée à se nourrir de son énergie, cela ne changeait rien au fait qu'elle était responsable. Elle lui avait tout pris — jusqu'à sa part animale, sa personnalité profonde, véritable. Elle lui avait enlevé ça, pour toujours. Rien d'étonnant à ce qu'il la haïsse…

— Je suis désolée, Riley, tellement désolée… Je ne voulais pas, je…

Mais quels mots auraient pu traduire son désarroi, son remords et sa tristesse ? Elle n'y pouvait plus rien, à présent.

L'horreur de ce qu'elle avait commis la frappa de plein fouet, et les larmes — qu'elle croyait pourtant avoir asséchées pour toujours — se mirent à ruisseler de nouveau sur son visage.

— Nous savions tous les deux que c'était un risque, affirma Riley, l'air sombre.

— Ainsi, tu es devenu… humain ?

Il eut un rire sans joie.

— C'est à peu près ça, oui.

De pire en pire. Comment pouvait-il supporter une telle infamie, lui qui avait été un changeforme toute sa vie ?

Toute sa longue, très longue vie. Et une existence humaine était si ridiculement courte. Il allait vieillir. Mourir. A cause d'elle, oui.

Tout ça c'était sa faute.

Ses amis, sa famille, étaient des loups-garous. Non seulement son nouvel état l'éloignait d'eux mais, pire encore, il le laissait vulnérable — ce qu'il haïssait par-dessus tout.

Avec un soupir, Riley se releva et s'éloigna en direction de la salle de bains.

— Je vais prendre une douche, lança-t-il sans se retourner. Essaie de te reposer un peu.

Et il referma la porte derrière lui.

Comme s'il avait refermé la porte sur eux, pour toujours.

Mary Ann se roula en boule et se mit à sangloter.

Entre ses dents, Aden poussa un long juron.

— Tu as entendu, Victoria ?

— Les horreurs que tu viens de proférer ? répondit-elle avec légèreté. Plutôt bien, oui. J'ai eu l'impression que tu me les susurrais directement dans l'oreille.

— Je ne te parle pas de ça. Tu as entendu ce que Riley vient de révéler à Mary Ann ?

— Euh, non… pourquoi, tu as entendu quelque chose ?

— Oui.

Elle était étendue à côté de lui, la tête posée sur son

torse. De la main, il caressait ses cheveux doux et soyeux. La chambre était plongée dans l'obscurité, mais Aden parvenait néanmoins à en distinguer tous les détails, comme s'il avait porté des lunettes à infrarouges.

— Comment est-ce possible ? Que tu les entendes, je veux dire ?

— Je ne sais pas. Les murs sont peut-être très fins ?

— Dans ce cas, je les aurais entendus également.

— Ah. Alors, il s'agit peut-être d'un nouveau pouvoir d'origine vampirique…

— Ça paraît un peu plus logique, effectivement.

Il se tut un instant, s'attendant à des commentaires de la part des âmes, mais rien ne vint. Caleb était emmuré dans son deuil depuis la mort des sorcières, Elijah s'en tenait à son vœu de silence, et depuis qu'il avait appris l'existence de Tonya Smart, Julian se préoccupait exclusivement de retrouver ses souvenirs à son sujet, ce qui lui permettrait peut-être de comprendre quel avait pu être son dernier souhait sur terre.

De fait, le seul à exprimer ses sentiments en ce moment était Junior, bien décidé à faire des siennes dans la tête d'Aden. Il avait faim. Depuis des heures, ses rugissements n'avaient cessé de gagner en intensité.

Oui, Elijah avait bien choisi ses mots quand il avait comparé l'apparition de Junior à une naissance. En ce moment, Aden se sentait comme un jeune papa dont la progéniture réclame qu'on change ses couches.

— Aden, reprit Victoria. Qu'a dit Riley ?

C'est vrai qu'ils avaient commencé une conversation…

— Riley ne peut plus se transformer.

Elle se redressa d'un bond, les yeux écarquillés :

— Pardon ? s'écria-t-elle d'un ton incrédule.

— Hé, plaisanta Aden, je ne suis que le messager, ne t'en prends pas à moi. Ecoute, continua-t-il en l'attirant de nouveau contre lui, c'est ce qu'il vient de dire à Mary Ann. D'après ce que j'ai compris, elle a pris son énergie avant qu'ils arrivent à l'hôpital.

De mauvaise grâce, Victoria reposa sa tête sur le torse d'Aden. Il ferma à demi les yeux, ravi de sentir de nouveau son contact.

— Quelle voix avait-il quand il a raconté ça ? poursuivit-elle après un court instant.

— Il avait l'air parfaitement normal. Sous contrôle, je dirais.

— Tu plaisantes ? C'est comme ça qu'il parle quand il est bouleversé. Je vais la tuer ! s'exclama-t-elle en cognant son point sur le torse d'Aden pour ponctuer ses paroles.

Comme elle tentait de se redresser de nouveau, il la retint contre lui.

— Reste là. Riley est sous la douche. De toute façon, je ne crois pas que Mary Ann ait eu l'intention de lui faire du mal.

— Ça m'est complètement égal. C'est exactement pour cela que depuis toujours les créatures surnaturelles ont tué tous les Draineurs qu'ils rencontraient. Il faut à tout prix empêcher que ce genre de choses se produise.

— Il peut guérir. Il peut...

— Elle lui a volé son pouvoir. Il n'y a rien qui puisse guérir de ça. Impossible.

— Impossible, tu dis ? Comme de changer un humain en vampire ?

Elle sembla hésiter. Jusqu'à ce qui était arrivé à Aden,

Victoria avait toujours prétendu qu'une telle transformation ne pouvait se produire. Tout le monde ici en était convaincu, et pourtant…

— Je… je… Ça m'est égal ! Je vais lui lancer un enchantement de sommeil éternel ! Riley m'a montré comment on faisait.

D'accord. Mieux valait laisser tomber pour l'instant, sans quoi elle finirait par se mettre vraiment en colère, ce qui aurait pour effet de réveiller Gobeur. Et si son monstre se mêlait à la partie, Junior le rejoindrait… Quoi qu'il en soit, Aden éprouvait la vague impression qu'il ne tarderait pas à revoir Riley en loup. Peut-être prenait-il ses désirs pour des réalités, mais il avait comme un pressentiment. Et il faisait confiance à son instinct.

N'avait-il pas su à l'avance qu'il allait rencontrer Victoria ? Certes, Elijah en avait eu des visions à l'avance, mais Aden le découvrait un peu plus chaque jour, les pouvoirs des âmes se transmettaient à lui dans une certaine mesure, pouvoirs qu'il conservait même quand ces esprits n'étaient plus avec lui. Non, il n'y avait pas qu'un médium dans sa tête : lui-même avait récemment développé un véritable don de prescience.

Minute. Pouvait-il, *consciemment*, examiner le futur ? Il aurait aimé accorder plus d'importance à cette idée, mais Victoria l'interrompit.

— Laisse-moi partir, maintenant, Aden, fit-elle en secouant la tête.

Au passage, ses cheveux caressèrent délicieusement son torse.

— Attends un peu. Il y a autre chose dont nous devons parler.

— Quoi ? demanda-t-elle non sans une certaine impatience.

— Je sais que tu ne veux plus que je boive ton sang, et je respecte ta décision.

C'était vrai, même si au fond de lui-même, il aurait tout donné pour se nourrir une fois encore de ce délicieux liquide qui portait son odeur. Il en aurait envie, lui semblait-il, jusqu'à la fin de ses jours.

— Mais j'aimerais savoir ce qui la motive, continua-t-il. As-tu peur que je redevienne un monstre assoiffé de sang, comme dans la caverne ?

— Non. Si cela avait dû arriver, ça se serait produit quand tu as bu mon sang dans le gobelet, au manoir.

Il avait déjà tiré cette conclusion lui-même.

— Alors quoi ? Tu crains que je voie le monde à travers tes yeux ?

— Non. Ça ne s'est pas produit récemment, alors pourquoi cela arriverait-il maintenant ? Et quand bien même, ce ne serait pas bien grave. Tu sais déjà tout ce qu'il y a à savoir de moi.

— Alors explique-moi. Dis-moi ce que tu as dans la tête.

Du bout des doigts, Victoria se mit à tracer des dessins compliqués sur son torse. Il savoura la sensation.

— D'accord, mais tu ne vas pas aimer ce que j'ai à te dire.

— Tant pis. Dis-le quand même.

Elle posa un baiser délicat dans son cou, et il frissonna.

— Eh bien… nous le savons, tu te transformes en vampire, n'est-ce pas ?

— Oui, acquiesça-t-il.

Et immédiatement, il comprit où cette conversation

les menait. Une onde glacée lui parcourut l'échine. Il s'en doutait depuis un moment, oui, et il craignait ce qu'il allait entendre.

— De mon côté, je me transforme aussi. En humaine. Evidemment.

— Ma peau est devenue aussi fragile que celle que tu avais avant. Je ne peux plus me téléporter, ni utiliser ma voix pour me faire obéir. Et je mange de la nourriture humaine. Tu sais, le hamburger que j'ai apporté à Mary Ann ? J'avais mangé le même, juste avant. Moi, manger un hamburger ! Et le pire, c'est que j'ai adoré ça.

Ainsi, elle avait énormément changé. Trop ? Pouvait-il encore la comprendre ?

— As-tu toujours besoin de sang ?

— Non. Pour moi, c'est terminé. Gobeur, lui… c'est différent. Il a beaucoup crié, tu sais. Mais c'est fini. Il ne fait presque plus de bruit, maintenant. En fait, j'ai peur qu'il soit… tu me comprends ?

Oui, il la comprenait. Gobeur était peut-être à l'agonie.

Respirer. Se concentrer. Faire le point. Oui, il fallait qu'il se calme. Mais pourquoi n'avait-il pas eu le déclic plus tôt ? Tout se mettait en place, comme les pièces d'un puzzle : sa peau glacée, ses hésitations pour se téléporter ou utiliser sa Voix Vaudou… Soudain, il réalisa à quel point, récemment, il lui avait fait courir des risques. Rien que d'y penser… Il avait mis sa vie en danger sans même le savoir ! Il aurait pu se frapper.

A défaut de ça, il y avait autre chose dont il avait très envie.

— Ecoute, voilà ce qu'on va faire. D'abord, tu vas boire mon sang, et ensuite je ferai la même chose avec le tien. Echangeons nos sangs, comme dans la grotte.

Victoria secoua la tête — encore la délicieuse caresse de ses cheveux !

— Mais nous ne savons pas ce qui va se passer ! Nous ne savons pas comment *elles* vont réagir.

« Elles » désignait les bêtes, bien entendu.

— Exactement. Nous ne le savons pas, mais nous allons le découvrir. Tu te souviens de ce que je t'ai dit ? Fini de subir. A présent, nous agissons. Nous verrons bien ce qui arrive.

Victoria soupira de nouveau.

— D'accord. Tu as raison. Je suis certaine que tu as raison, répéta-t-elle, comme pour se convaincre.

Ainsi, elle acceptait de lui faire confiance. Tant mieux : il avait déjà l'eau à la bouche. Il était accro à son sang, au point qu'il se demandait s'il ne la poussait pas à cet échange en dépit des risques simplement pour pouvoir y goûter de nouveau. Mais au fond, qu'importe ? Il la voulait, tout simplement.

— Tu es prête ?

— Oui.

Se retournant, Aden se colla contre elle, et tout son corps se détendit, s'abandonnant à son étreinte. D'un mouvement de la tête, elle lui offrit son cou et la veine qui battait à sa base. Ses mâchoires bougeaient d'elles-mêmes, mordant le vide comme malgré lui. Passant la langue sur ses lèvres, il se piqua à ses dents. Ses dents ? Minute. Ce n'étaient plus des dents, mais bien des crocs. Pas aussi longs que ceux de Victoria, certes, mais effilés comme des rasoirs.

— Commence, murmura-t-il, car il avait envie qu'elle le morde autant que de la mordre.

Un frisson la parcourut. L'instant d'après, elle enfouissait la tête dans son cou, le léchant, le mordillant, réchauffant son sang avant de planter ses crocs dans sa jugulaire et d'y boire à pleines gorgées. La sensation était douloureuse : devenue presque humaine, Victoria ne produisait plus la substance qui atténuait la sensation de morsure et vous étourdissait délicieusement. Mais quelle importance ? Elle prenait ce qu'il lui offrait, il était là pour elle — comme il en rêvait depuis leur toute première rencontre. Il la laissa faire jusqu'à ce qu'elle ait bu tout son soûl. Alors, et alors seulement, ils renversèrent les rôles.

Quand il la mordit, elle gémit et planta ses ongles dans son cuir chevelu.

— C'est si bon, murmura-t-elle dans un souffle.

Il étouffa un râle à son tour. Dans sa gorge, le liquide se déversait, sucré, délicieux, apaisant les cris de Junior et les emportant tous deux. Mais qu'est-ce qui lui prenait ? Il était en train de se frotter à elle et, loin de s'en offusquer, elle accompagnait chacun de ses mouvements.

Mais bientôt, cela ne leur suffit plus. Aden releva la tête et retira ses crocs de la gorge de Victoria — un véritable crève-cœur, mais il devait prendre garde à ne pas la blesser. Et pourtant, elle poussa un grognement de dépit. Non, il ne pouvait pas rompre leur étreinte.

— Aden, murmura-t-elle, le souffle court.

— Oui ?

— Je te veux encore.

— Tu veux que je te morde encore ?

Elle lui sourit — un sourire doux et tentateur à la fois.

— Je te veux. Tout entier.

Comment résister ? Il l'embrassa jusqu'à en perdre le souffle. Plus fort. Plus longuement.

C'est au cours de ce nouveau baiser que, comme par magie, leurs vêtements disparurent et leurs mains se firent exploratrices. Toutes les pensées d'Aden fondirent en un instant. Douleur et plaisir, peur et envie, tout se mélangeait dans sa tête et son corps, si fort qu'il en avait le vertige. Voilà, il y était — il avait rêvé de ce moment depuis qu'il avait rencontré Victoria, et la réalisation de ses désirs était encore plus belle et intense que dans son imagination.

— Je ne vais pas trop vite ? demanda-t-il dans un souffle. Tu veux que j'arrête ?

— Continue. Plus vite encore.

— A… attends ! souffla-t-il, alarmé. Je n'ai pas de préservatif !

C'était vrai. Et hors de question qu'ils aillent plus loin sans être protégés. Il ne voulait pas risquer de la mettre enceinte, et on l'avait averti depuis longtemps sur les risques de MST. Bon d'accord, Victoria et lui-même en étaient probablement exempts, sans compter que les systèmes immunitaires des humains et des vampires devaient être très différents. Mais ils auraient été stupides de courir ce risque.

— Je… j'en ai un, murmura Victoria. Depuis notre conversation dans la forêt, j'en ai un sur moi. Toujours.

Ainsi, ce bruit de papier froissé dans sa poche qui l'avait tellement agacé l'autre fois, c'était… Evidemment. Si seulement il l'avait su avant !

Se tortillant pour se dégager de son étreinte, Victoria sortit du lit. L'attente était terriblement frustrante, mais bien vite elle revint, et ils reprirent les choses là où ils les avaient laissées.

Il n'y eut pas le moindre commentaire de la part des âmes, pas le moindre rugissement du côté de Junior. Ou bien Aden était-il trop occupé pour s'en apercevoir ? Il n'y avait plus qu'elle et lui, seuls au monde. C'était sa première fois. Leur première fois.

Et c'était grandiose.

25

As-tu vraiment l'intention de me défier, mon jeune ami ?

Les mots de Vlad résonnaient dans l'esprit de Tucker, menaçants et tranchants comme des lames. Un poignard à la main, il faisait les cent pas dans sa chambre d'hôtel minable, le même hôtel que celui où Aden et sa clique avaient fait une halte avant de reprendre la route. Grâce à ses illusions, ils n'avaient jamais soupçonné sa présence, alors qu'il se trouvait au même étage qu'eux. Ce qui l'avait poussé à agir ainsi ? La proximité de Mary Ann, seule source de réconfort pour lui. Malheureusement, cette fois, ça n'avait pas marché. Il avait continué à ressentir, impérieux, tyrannique, l'appel de Vlad.

Et l'Empaleur visait un but bien précis : ce monstre voulait que Tucker assassine sa propre fille ! Et pas seulement elle : tous ceux qui, de près ou de loin, avaient concouru à sa chute — ces cinq adolescents à présent réunis comme les membres d'un même corps : Aden, le moteur, le cœur ; Riley, le bras armé ; Victoria, la bimbo. Non, d'accord, on va dire la cheville ouvrière. Et Mary Ann, le cerveau de la bande.

Pour Vlad, cela ne faisait aucun doute : Tucker aurait déjà dû les éliminer un par un. Par bonheur, le vampire ignorait qu'il avait passé un marché avec le petit groupe, un marché qu'ils seraient bien inspirés d'honorer.

Aden et sa petite copine s'étaient envoyés en l'air dans la chambre d'à côté. Cela, Tucker l'avait entendu, tout comme les conversations idiotes qui avaient suivi. Tu parles d'une guimauve ! Mais, à tout prendre, c'était peut-être préférable à ce qui s'était passé dans l'autre chambre, où Mary Ann et Riley n'avaient pas cesser de hurler. Plus tard, heureusement, les quatre avaient fait leurs bagages et quitté le motel ensemble, pour partir vers Dieu sait quelle destination. Où qu'ils aillent, néanmoins, ils étaient à l'extérieur, bien moins en sécurité que dans leurs chambres. Dehors, ils redevenaient vulnérables, et Tucker pouvait enfin passer à l'attaque. Ce que Vlad l'exhortait à faire.

Tu m'entends, mon jeune ami ? Je n'aime pas qu'on m'ignore. Et ceux qui m'irritent le regrettent en général très vite.

Sans blague ? Tucker ne savait que trop bien ce que l'Empaleur l'avait obligé à faire à Aden, ce qu'il avait obligé Ryder à faire à Shannon. Ces avertissements n'étaient pas vraiment nécessaires…

Son pas résonnait lourdement sur la moquette de la chambre. Comment allait-il se tirer d'un tel guêpier ? S'en tirer sans tuer personne, plutôt… Si Aden mourait, celui-ci ne pourrait pas venir en aide à son petit frère.

Tucker se gratta le crâne avec la pointe du couteau qu'il tenait toujours, comme pour se creuser la cervelle — au sens littéral du terme.

Tu te demandes quoi faire ? Stupide enfant ! Obéis-moi, c'est ta seule chance.

Impossible. Il devait y avoir un moyen d'échapper à l'influence de Vlad.

Si tu me désobéis, je pourrais m'occuper de quelqu'un que tu connais… Tu as oublié ce détail ?

— Comment pourrais-je oublier ça ? rétorqua-t-il. Mais si vous le faites, vous n'aurez plus aucun moyen de pression sur moi.

Etrangement, même si Vlad devenait de plus en plus fort, ce n'était pas le cas de son emprise sur Tucker, qui semblait faiblir d'heure en heure. Raison pour laquelle le souverain déchu faisait peser une menace sur son petit frère — ce garçonnet de six ans qui passait son temps à s'inventer des amis imaginaires parce qu'il était maltraité par son père et tout son entourage — dont Tucker, en premier lieu. Oui, Tucker avait bien souvent pris plaisir à tourmenter son cadet, mais il le regrettait à présent, et aurait tout donné pour qu'il soit heureux. Pour lui sauver la vie.

Misérable larve ! Il existe toujours un moyen pour contrôler les humains.

Il avait raison, mais... Tucker n'était pas entièrement humain, non ?

— Je refuse de faire du mal à qui que ce soit.

Non, il n'assassinerait pas ses amis. Ou devait-il les appeler ses « meilleurs ennemis » ? Car eux, de leur côté, n'hésiteraient pas un instant à le tuer dès qu'ils le verraient — et ils auraient raison, car il ne méritait pas mieux. Mais ils avaient promis de tenter de sauver son petit frère et ils tiendraient parole. Du moins Tucker voulait-il le croire, de toutes ses forces.

Y parviendraient-ils ? Peut-être. Après tout, Aden avait su dompter les bêtes des vampires. Peut-être réussirait-il à retourner celle de Vlad contre lui, qui sait ? La seule chose dont Tucker était certain, c'était qu'il ne pouvait battre à lui seul l'ancien souverain vampire. Il avait besoin d'aide, d'une aide que seul Aden pouvait lui apporter. Le tuer, lui ? Hors de question.

Ce n'est pas à toi de juger ! lança la voix de Vlad dans sa tête. *Fais ce que je te dis ! Tue-le ! Tue-les tous ! Je te l'ordonne !*

Mû par une volonté plus forte que la sienne, Tucker se dirigea vers la porte, le poignard brandi. Non ! Il ne se laisserait pas entraîner de la sorte ! S'ancrant fermement dans le sol, il parvint à ralentir. Quelques jours plus tôt, il aurait été incapable d'une telle prouesse, et aurait suivi l'impulsion sans résister. Il n'avait pas menti à Victoria : comme il avait fini par le comprendre, son pouvoir augmentait à chaque mauvaise action qu'il commettait.

Dans quelques jours à peine, il parviendrait à résister complètement à l'emprise de Vlad. Oui, mais avait-il quelques jours devant lui ? Et son petit frère ?

Sans doute pas.

Il se passa une main sur la nuque. Il fallait qu'il trouve un plan, et très vite. Dans les circonstances actuelles, il n'y avait qu'une façon d'obtenir ce qu'il voulait. Il avait jusque-là ignoré cette possibilité, bien trop dangereuse à son goût. A présent, il n'avait plus le choix.

— Guidez-moi jusqu'à eux, Majesté, fit-il d'une voix dénuée de toute émotion.

Il put sentir, physiquement, la joie mauvaise de Vlad ruisseler sur lui.

Brave garçon !

Essaie encore, dit Julian.

Pour la sixième fois, Aden frappa à la porte de Tonya Smart. Il savait qu'elle se trouvait chez elle (et elle devait bien le regretter en ce moment !), et il n'avait pas l'intention de quitter les lieux avant qu'elle lui ait ouvert. Ou appelé la police pour le chasser, si vraiment ça tournait mal pour eux.

Riley et Mary Ann se trouvaient à quelques kilomètres de là, les yeux fixés sur la maison des Stone. Ils avaient pour mission de s'assurer qu'il s'agissait bien des parents d'Aden. Contre toute attente, celui-ci avait refusé de les accompagner, sous prétexte qu'ils seraient plus efficaces s'ils se séparaient. En réalité, il appréhendait seulement de se retrouver face à face avec les deux personnes qui l'avaient trahi et abandonné.

Il pouvait s'agir, après tout, de gens bien. Peut-être qu'ils ignoraient tout de ses pouvoirs, peut-être qu'ils ne l'avaient pas placé en foyer parce qu'ils avaient peur de lui, mais simplement parce qu'ils n'avaient pas les moyens de faire autrement... Cette pensée le torturait.

Victoria se tenait aux côtés d'Aden, la main dans la sienne. Elle était devenue *humaine*, et à présent qu'il le savait, il refusait de la quitter des yeux, ne serait-ce que pour un instant. Il fallait que quelqu'un la protège, et ce quelqu'un ce serait lui. Pour toujours. Pas seulement à cause du goût enivrant de son sang, dont il ne se lasserait sans doute jamais, mais aussi et surtout parce qu'elle lui avait donné sa confiance et son amour, parce qu'elle tenait à lui et restait à ses côtés malgré tout ce qu'il avait pu lui faire, tous les chagrins qu'il avait pu lui infliger.

La voix de Julian l'arracha à ses pensées.

Frappe encore.

Après le départ d'Eve, la quatrième âme, les autres voix avaient pendant un temps cessé d'exiger d'Aden qu'il recherche leur véritable identité. Elles étaient effrayées à l'idée de le quitter, tout comme lui de les laisser s'en aller, d'ailleurs. Pourtant, à présent que la vérité était juste à portée de main, Julian avait retrouvé son enthousiasme et sa détermination.

— Tu crois que nous devrions revenir un peu plus tard ? demanda Victoria en jetant un coup d'œil alentour.

— Ça ne changerait rien, répliqua-t-il en cognant de nouveau sur la porte. Elle est ici, je le sais. Je peux la… sentir.

C'était vrai. A sa propre stupéfaction, il parvenait même à entendre, malgré la distance, les battements effrénés du cœur de la femme. Et ce bruit mettrait Junior dans tous ses états.

On dit que les battements du cœur d'une mère apaisent les nourrissons et les aident à s'endormir. Dans le cas du bébé monstre, le bruit du sang pompé dans les artères était plutôt un appel au carnage et au festin.

— Si elle a décidé de ne pas nous ouvrir, notre démarche est totalement inutile, poursuivit Victoria.

Sa voix, à présent, semblait plus basse, rauque et sensuelle comme celle d'une créature de rêve. Etrange comme les nouveaux sens d'Aden lui permettaient de remarquer tous ces détails tout en étant entièrement concentré sur ce qui se passait à l'intérieur de la maison…

— D'accord, nous…

Non ! s'écria Julian. *Nous ne partons pas !*

— Très bien. Pas encore, concéda Aden.

Un soupir soulagé lui répondit.

Merci.

Aden choisit de s'adresser à la femme qui se cachait dans la maison.

— Madame Smart ? J'aimerais seulement vous parler, lança-t-il à travers la porte. Je vous en prie. C'est une question de vie ou de mort.

Mais il n'y eut aucune réponse, et plusieurs minutes s'écoulèrent en silence.

— Ça ne marche pas, finit par constater Victoria en se mordillant la lèvre. Il y aurait bien une solution, mais… je n'en suis plus capable.

Elle écarquilla les yeux et ils se mirent à pétiller.

— Attends un peu ! Toi, tu peux le faire ! acheva-t-elle.

— Faire quoi ?

— La contraindre. La forcer à te parler, avec le pouvoir de ta voix.

Bien sûr ! Il avait encore du mal à accepter ses nouvelles capacités, mais c'était tout à fait possible !

Pourtant, quelque chose le retenait encore. Levant la tête, il contempla le ciel au-dessus de lui, le ciel piqueté d'étoiles qui s'étendait à perte de vue. Infini comme son nouveau pouvoir. Ainsi, tout le monde lui obéirait, quoi qu'il ordonne. Lui qui avait passé des années à se soumettre — aux docteurs qui lui prescrivaient des médicaments sans cesse plus nombreux, aux parents adoptifs qui exigeaient son obéissance totale en retour de l'affection qu'ils lui fournissaient « gratuitement » (c'est-à-dire contre un bon chèque) — voilà qu'il pouvait enfin renverser les rôles et imposer sa volonté aux autres. A tous les autres !

Ça paraît une bonne idée, commenta Julian. Il parlait de la proposition de Victoria, car il n'avait pas pu suivre la pensée d'Aden.

— Une bonne idée, oui, répondit-il machinalement. Laisse-moi quelques secondes, s'il te plaît.

Parce que ce pouvoir était dangereux. Oui, si Aden commençait, il se pourrait bien qu'il y prenne goût. Qu'il finisse par imposer systématiquement sa volonté aux autres.

Victoria dut comprendre le sens de son hésitation car, d'une voix douce, elle déclara :

— Tu n'aimes pas contraindre les gens, c'est ça ?

— Exactement.

Aden l'attira près de lui, et ils s'assirent sur la balancelle accrochée sous le porche. Pendant quelques instants, ils se turent, le silence troublé seulement par les craquements du bois.

— Tu es la première personne que je rencontre qui a des remords à utiliser la Voix. Rien que pour ça, Aden, je t'admire.

Le compliment fit fondre sa tristesse. Il eut envie de la prendre dans ses bras, là, tout de suite. Ce qui amena une autre pensée dans sa tête : il voulait de nouveau faire l'amour avec elle.

Euh… Là il devrait peut-être se reconcentrer sur leur mission. Pourtant, ce qui s'était passé la nuit précédente — sa première fois ! — restait gravé dans sa mémoire comme un souvenir merveilleux. Ce n'était pas seulement du sexe, loin de là : c'était un tout. C'était de l'avoir fait avec elle, elle qui le comprenait comme personne, qui le connaissait, qui ne le jugeait pas et l'aimait vraiment.

Soudain, une voix de femme, une voix qu'il connaissait, vint le tirer de sa rêverie.

— Je refuse de te parler de lui. J'en suis incapable.

Génial ! Voilà que ça recommençait… Surgie de nulle part, la mère de Victoria apparut dans son champ de vision, dansant comme à son habitude, sa longue robe noire battant sur ses chevilles. Pendant un instant, il soupçonna une entourloupe de Tucker : et si tout cela n'était qu'une des illusions du démon ? Certes, celui-ci devait ignorer à quoi ressemblait Edina… sauf si Vlad le lui avait appris et le poussait à hanter Aden de ces visions inquiétantes.

Non. Impossible. Cette explication ne tenait pas la route. Tucker ne pouvait pas être au courant. Mais que signifiaient ces apparitions, alors ? Pendant qu'ils se trouvaient à l'hôpital, Aden avait envisagé une autre solution : qu'Edina lui apparaisse lorsque Victoria pensait à elle. Là, encore, c'était peu probable, surtout en ce moment.

Et si… bien sûr ! Le sang de Victoria ! Il l'avait bu à deux reprises sans se retrouver à voir le monde à travers ses yeux, comme il s'y était pourtant attendu. Peut-être ces visions étaient-elles un nouveau résultat de leurs échanges de sang ?

Il se concentra sur la vision. Edina semblait en grande conversation avec un interlocuteur, mais Aden ne voyait et n'entendait qu'elle. *Je refuse de te parler de lui.* De qui donc ne pouvait-elle pas parler ?

— Non. Pas question ! disait-elle. Je l'aime, tu n'as pas besoin d'en savoir davantage. Nous allons nous enfuir. Tu comprends, ma chérie ? Mais je ne peux t'emmener avec moi. Ton père ne l'accepterait pas, tu le sais bien.

Ainsi, c'était à Victoria qu'elle s'adressait ? Et elle s'apprêtait à s'enfuir sans elle ?

— Aden ? lança doucement la vraie Victoria à ses côtés.

— Attends une minute.

Elle dut conclure de sa réponse qu'il écoutait les âmes, et il ne fit rien pour la détromper.

— D'accord. Pas de problème.

Edina parlait de nouveau :

— Je t'écrirai chaque jour, mon trésor. Je te le promets.

Dans la vision, un rayon de soleil vint se poser sur elle, illuminant ses cheveux et les particules en suspension dans l'air. D'un geste de la main, la femme écartait une objection inaudible :

— Ma Vicky adorée… Tu seras très courageuse, tu me le promets ? Allez, maintenant. Si ton père demande à me voir, réponds que je suis dans ma chambre.

Les soupçons d'Aden se confirmaient : c'était bien à Victoria que s'adressait Edina. Un sentiment de compassion et de chagrin lui fit chavirer le cœur. La pauvre. Rien de surprenant à ce qu'elle ait si souvent utilisé sa Voix Vaudou ! Tout, autour d'elle, lui avait échappé. Elle n'avait eu aucun contrôle sur son destin. Forcer des humains à agir selon sa volonté avait constitué la seule échappatoire, le seul moyen d'obtenir ce qu'elle voulait, et encore, dans une toute petite mesure.

Aden ? Que se passe-t-il ? demanda Julian.

— Rien.

Soudain, en un éclair, la vision se transforma. Cette fois, plus de lumière, plus de soleil. Juste les quatre murs sombres d'une vaste pièce, un sol de marbre et un plafond constitué de miroirs.

Au même moment, Aden perdit la connexion avec son corps. Il se mit à voir le monde à travers d'autres yeux que les siens — les yeux de Victoria. Comme il connaissait cette étrange sensation, il parvint à concentrer son attention sur ce qui se passait autour d'elle.

Juste en face, il y avait cet homme, assis sur un trône d'or. Vlad l'Empaleur, de toute évidence. C'était la première fois qu'Aden le voyait en chair et en os — avoir contemplé ses restes calcinés ne comptait pas. Même assis, la silhouette puissante du souverain vampire en imposait, massive et menaçante.

Sous ses cheveux noirs de jais, ses yeux bleu saphir étincelaient d'un feu terrible. Au lieu d'accuser son âge, les fines rides qui ornaient le coin de ses paupières lui conféraient une expression de cruauté et de détermination. Retroussées en une grimace mauvaise, ses lèvres fines comme un trait de poignard étaient tachées de pourpre. Une profonde cicatrice courait de son front à son menton volontaire.

Certaines femmes auraient pu le trouver séduisant... dans le genre serial killer. Torse nu, il étalait sa musculature parfaite et ses larges épaules, dominateur, sûr de lui. Chacun de ses doigts était orné de bagues. Il portait un pantalon moulant beige foncé et des bottes montantes de cavalier.

— Ainsi, tu oses me défier ? lança-t-il.

Bien qu'Aden ignore tout de la langue utilisée par le souverain vampire, il la comprenait parfaitement — puisque cette vision appartenait à Victoria.

— Je relève ton défi, poursuivit Vlad en se levant.

Debout, il était encore plus grand, un véritable colosse, toisant celui à qui il venait de s'adresser.

— Je n'en attendais pas moins de toi, assura celui-ci.

— Tu peux avoir le choix des armes, fit le vampire, magnanime.

La foule en haleine se pressait autour d'eux. Seul Sorin, le frère de Victoria, semblait ne pas partager cette tension. Son visage affichait une expression de résignation alors qu'il se tenait au garde-à-vous sur l'estrade où se dressait le trône, à quelques centimètres seulement d'Aden, enfin, de Victoria.

Lorsque celle-ci leva les yeux sur un miroir accroché contre un mur, Aden put se voir, ou plutôt la voir. Elle devait avoir deux ans de plus que dans la vision où elle était fouettée. Elle soutenait sa mère en pleurs, visiblement terrifiée. Victoria, elle, conservait une expression impassible. Pourtant, sa main serrait si fort celle d'Edina qu'elle en avait perdu toutes ses couleurs. De l'extérieur, elle paraissait imperturbable, mais elle était en réalité bouleversée et terrifiée.

— Je choisis l'épée, décida celui qui avait défié Vlad.

— Très bon choix, approuva celui-ci en descendant les marches de l'estrade. Quel lieu ? Quelle date ?

— Ici, et maintenant.

Le souverain vampire approuva d'un hochement de tête :

— Nous sommes du même avis, alors.

— Seulement sur ce point.

Quelqu'un, dans la foule, lança une épée à chaque combattant. Tendant aussitôt la main, tous deux s'en saisirent avec aisance. Dans le même mouvement, le prétendant qui avait défié Vlad se précipita sur lui, lame en avant.

Jusqu'au dernier instant, le vampire resta immobile, sans réaction. Mais à l'ultime seconde, il esquiva et frappa d'un mouvement incroyablement fluide et rapide. Il y eut un éclair de lames, et le sang jaillit, cascadant sur le sol.

L'autre assaillant tomba à genoux, une main sur la

poitrine, émettant d'étranges gargouillis. Dans ses yeux exorbités se lisaient la surprise, l'incompréhension face à la soudaineté de sa défaite. Sans lui laisser le temps de bouger, Vlad, d'un mouvement parfaitement maîtrisé, leva son épée et frappa de nouveau.

La tête du vampire roula sur le parquet, sous les hoquets horrifiés de la foule.

— A qui le tour ? lança l'Empaleur en essuyant négligemment le revers de sa main sur son pantalon. Si quelqu'un d'autre a envie de me défier, qu'il n'hésite pas. Je suis à sa disposition.

Eclatant en sanglots, Edina se précipita hors de la salle, laissant derrière elle sa petite fille terrifiée. Vlad, alors, se tourna vers celle-ci, et d'une voix pleine de dureté laissa tomber ces mots :

— Pourquoi n'as-tu pas retenu ta mère, petite sotte ? C'est son amant qui gît devant toi. Tu l'aurais appelé *Père*, j'en suis certain. Et tu aurais aimé ça.

— Non ! Je… je…

— Silence ! Tu peux garder tes piètres excuses et tes dénégations. Disparais, poursuivit-il avec un geste de la main. Ramasse cette tête et va la planter sur un pieu. C'est à toi que revient cette tâche, et si tu ne l'accomplis pas, ta propre tête connaîtra le même sort.

Les mains agitées de tremblements incontrôlables, la jeune Victoria se précipita pour obéir à ces ordres et entreprit de mener à bien la monstrueuse corvée que son père lui imposait.

Et dire qu'elle n'était qu'une enfant ! En ce moment précis, Aden ne pensait plus à Vlad — Vlad qu'il allait devoir affronter dans un combat perdu d'avance

— mais seulement à Victoria, pauvre petite fille forcée à l'inimaginable, à l'insoutenable.

Comme il aurait voulu se précipiter à son secours, la prendre dans ses bras et l'emporter loin de cette horreur sans nom ! L'homme qui gisait au sol, décapité, n'était autre que l'amant de sa mère, celui avec qui elle avait tenté de fuir en abandonnant sa propre enfant, et cette fillette, à ce moment-là, s'était retrouvée chargée de ramasser les morceaux de cette catastrophe — dans tous les sens du terme.

Pauvre Victoria ! Et dire que, longtemps, il avait jugé sa propre enfance difficile... Mais, en comparaison de ce qu'elle avait vécu, le cortège de psychiatres, de parents adoptifs et de foyers avait été une partie de plaisir.

Pour finir, sa vision se dissipa, le laissant frissonnant dans le froid de la nuit.

— Aden, murmura Victoria en le secouant par l'épaule, réveille-toi ! Quelqu'un vient.

Le jeune homme dut cligner des yeux à plusieurs reprises pour revenir complètement à la réalité. Près d'eux, la porte d'entrée s'ouvrit en grinçant, et Tonya Smart passa le visage par l'entrebâillement. En les apercevant sur la balancelle, elle parut surprise.

— Que voulez-vous ? lança-t-elle avec véhémence. Il vaut mieux que vous partiez tout de suite.

Aden n'ayant pas utilisé sa Voix Vaudou, Mme Smart n'était sans doute sortie de chez elle que pour s'assurer qu'ils avaient fiché le camp. Mais qu'importe ? Elle était là, c'était l'essentiel. Il se remit sur ses pieds.

— Mes amis sont déjà passés vous rendre visite, expliqua-t-il. Ils vous ont posé des questions au sujet de votre mari, et...

— J'ai dit à la jeune fille de ne pas revenir.

— Et elle n'est pas revenue, comme elle vous l'avait promis. Mais à présent, c'est à mon tour.

Tonya Smart eut un mouvement de recul, comme si elle allait refermer la porte. Alors, Aden bondit en avant. Il n'en pouvait plus de l'attente, des questions sans réponse. Victoria avait perdu pour lui sa Voix Vaudou. Il devait donc l'utiliser à bon escient. Et c'était le moment ou jamais.

— Laissez cette porte ouverte, ordonna-t-il, exprimant sa volonté dans chaque mot.

Les yeux de Tonya prirent une expression absente, et elle s'immobilisa.

— Votre beau-frère est mort sans laisser de famille. Avez-vous gardé ses effets personnels ? Des photos de lui ?

Il n'y eut pas de réponse.

Victoria, qui s'était levée à son tour, prit la main d'Aden et la serra pour l'encourager.

— Ordonne-lui de te répondre, lui conseilla-t-elle.

— Dites-moi ce que je veux savoir, fit-il à l'adresse de Tonya Smart.

Celle-ci, malgré son regard absent, trouva la force de résister à la détermination d'Aden.

— Je ne peux pas.

Victoria secoua la tête, incrédule.

— C'est impossible ! Tu lui as donné un ordre. Elle doit t'obéir. Même moi, quand je t'entends, je me sens poussée à tout te dire.

— Je… je ne peux pas, répéta Tonya.

Aden s'approcha d'elle lentement, en prenant garde de ne pas l'effaroucher. Bien qu'il soit beaucoup plus grand qu'elle, la femme ne bougea pas d'un pouce. Il planta ses yeux dans les siens. Quelque part sous l'expression vide, il vit glisser comme une ombre noire.

Julian la vit aussi, et poussa une exclamation de stupéfaction.

C'était quoi, ça ?

— Je l'ignore, répondit Aden.

Faisant appel à toute sa détermination, il se concentra de nouveau. Elle allait lui répondre, maintenant.

— Tonya Smart, vous allez me dire ce que je veux savoir. Immédiatement.

Dans les yeux de la femme, l'ombre noire parut se figer, avant d'exploser et de disparaître.

— Oui. J'ai des photographies et des effets personnels.

Voilà. Aussi simple que ça. Tout comme la morsure des vampires, le sentiment de contrôle était délicieux, addictif. Il poursuivit.

— Donnez-les-moi.

— Bien, répondit-elle d'une voix neutre avant de disparaître à l'intérieur.

Il lui fallut près d'une demi-heure pour revenir, au point qu'Aden se demanda un instant si elle ne s'était pas affranchie de son contrôle et glissée hors de la maison. Pourtant, elle finit par réapparaître, une boîte en carton à la main. Victoire !

Dans sa tête, Julian exécutait l'équivalent d'une danse de joie. *Je ne peux pas le croire ! Avec un peu de chance, on va trouver une photo de moi !*

Remerciant Tonya Smart, Aden lui prit la boîte des mains avant de s'éloigner de la maison, Victoria à ses côtés.

Direction le motel, à présent, où ils pourraient étudier tout à loisir le contenu du carton. Ils avaient eu de la chance. Il fallait espérer que Mary Ann et Riley en aient eu aussi.

26

D'un seul coup de pied, Riley ouvrit la porte, faisant voler le chambranle en éclats. Aucune alarme ne se fit entendre. Tout danger n'était pas pour autant écarté. D'un autre côté, un excès de précautions ne servirait pas à grand-chose : la dernière fois que Mary Ann et lui avaient fréquenté le quartier, ils s'étaient bien fait avoir quand même.

Ils avaient même failli y rester. Failli seulement ? Une partie de lui, son côté animal, était bel et bien mort !

Les poings serrés, l'ex-loup-garou pénétra dans la maison. Inutile de repenser au passé maintenant — la colère risquerait de l'aveugler.

— Nous n'avons que cinq minutes, lança-t-il à Mary Ann qui était entrée après lui. Ensuite, la police risque de débarquer. Alors faisons ça vite et bien.

— Je sais : on ramasse tout ce qu'on peut.

Cet échange ne servait qu'à tromper leur nervosité : ils avaient déjà mis au point ensemble les détails de leur plan d'action. Puisque Joe et Paula Stone étaient censés vivre dans cette maison, et que Riley et elle disposaient de peu de temps, il leur fallait aller au plus vite et emporter tout ce qui pouvait se révéler intéressant.

Le hall d'entrée donnait sur deux portes. Riley ouvrit la première au hasard. Une chambre. Sans doute celle des Stone, plutôt petite et sommairement meublée : un lit aux draps en bataille, une commode aux tiroirs ouverts, une table de chevet sur laquelle gisait un verre qui s'était renversé sur une pile de linge propre posée à même le sol. La seule fenêtre était recouverte d'une épaisse couche de peinture noire.

De toute évidence, ces lieux étaient déserts depuis un certain temps. Sans doute depuis la nuit que Riley et Mary Ann avaient passée dans la maison d'en face — cette fameuse nuit où ils avaient failli faire l'amour et où tout avait changé pour eux.

Ainsi, Joe et Paula Stone s'étaient enfuis. Ce qui voulait dire qu'ils savaient que quelqu'un était à leur recherche. Mais comment l'avaient-ils appris ? Et surtout, que craignaient-ils ?

Soudain, la voix de Mary Ann résonna dans le couloir.

— Riley, viens voir par ici.

Il la rejoignit dans la deuxième chambre. Mais… La moquette était jonchée de jouets.

— Ils ont un *enfant* ?

— Soit ça, soit Mme Stone est assistante maternelle.

— Je ne crois pas, non. Tu as déjà vu une assistante maternelle qui ne garde que des filles ?

Or, dans la pièce, la décoration était clairement féminine : ni couleur bleue, ni figurines, ni petites voitures, seulement des peluches et des poupées.

— Tu penses que…

Aden aurait-il une petite sœur ? C'était probable. Riley ne se souvenait pas d'avoir vu un siège enfant dans la voiture au moment où ils avaient croisé le couple, mais cela ne signifiait pas grand-chose.

Il regarda autour de lui, à la recherche d'une pendule. Combien de temps leur restait-il ?

— Trouve le salon, lança-t-il à Mary Ann, et fouille dans tous les tiroirs. Essaie de mettre la main sur une facture, quelque chose qui porte un nom.

Elle acquiesça, mais resta immobile, plantée devant lui.

— Riley, je voulais te dire que…

— Je n'ai pas envie de discuter maintenant. Fais ce que je t'ai dit, s'il te plaît.

Sans attendre de réponse, il tourna les talons et retourna dans la première chambre, où il entreprit de chercher quelque chose qui concerne Aden. Comme il s'en doutait, il ne trouva rien. Mais, au moins, cela lui permit pendant un temps d'oublier ses idées noires. Jusqu'à ce que…

— Riley, lança Mary Ann dans son dos d'une voix étranglée.

Entendant sa peur, il se redressa et se retourna prudemment. Et se figea.

— Mary Ann, marche jusqu'à moi. Lentement.

— Je… je ne peux pas.

— Ce n'est pas toi qui donnes les ordres, mon petit gars, fit une voix derrière elle.

Un homme pointait un revolver sur sa tempe.

Il était grand, blond et mince. Les manches de sa chemise de coton étaient retroussés sur une impressionnante série de tatouages. Des protections, mais contre quoi ? Pas facile à savoir, de loin. En revanche, l'homme était de toute évidence furieux : son aura émettait une vive lumière noire. Il n'hésiterait pas un seul instant à tirer et à abandonner leurs cadavres sur place.

Riley jura intérieurement. Pourquoi n'avait-il pas

appris à Mary Ann comment agir dans ce genre de situation ?

— Si vous lui faites du mal, dit-il d'une voix parfaitement posée, je vous tue.

C'était un simple constat. Il avait fait bien pire dans sa vie, et même s'il n'avait recours à la violence qu'en dernier ressort, il n'hésiterait pas. Au contraire.

— Ah oui ? Ça risque d'être un peu difficile, si tu es mort, non ? Mais ne t'inquiète pas : ça ira vite.

Que répondre ? Il ne pouvait même pas se défendre. Avec ses sens de loup, il aurait pu entendre l'homme arriver dans la maison, ou le sentir. Au lieu de ça, il l'avait laissé prendre son ex-petite amie en otage sans rien faire. Bravo…

En dépit de son angoisse et de sa frustration, une partie tout à fait différente de son cerveau ne put s'empêcher de noter qu'il avait pensé à elle comme à son *ex*. C'était la première fois.

Avec le canon de l'arme, l'homme contraignit Mary Ann à avancer.

— Je suis désolée, Riley, lui fit-elle, les larmes aux yeux. Il est arrivé par surprise et…

— Tais-toi, gamine. Tu parles trop.

Quand elle fut assez près, Riley la saisit par le bras et la fit passer derrière lui pour lui servir de bouclier. Elle tremblait, mais il n'avait pas le temps de la consoler maintenant. Il lui lâcha la main.

Puis il fit face à l'homme qui tenait le revolver. Il s'agissait bien d'un humain, qui le regardait avec un air blasé. Tous deux mesuraient à peu près la même taille, soit environ un mètre quatre-vingt-dix.

— Etes-vous Joe Stone ? demanda Riley.

Une lueur de surprise traversa le regard de son interlocuteur, qui répondit par une autre question :

— Et vous, êtes-vous les gamins qui ont pénétré par effraction dans la maison de mon voisin et qui ont laissé des traces de sang partout ?

— Exactement, répondit Riley. Et alors ?

— Alors ? fit l'homme, visiblement désarçonné par tant de franchise. Alors vous allez me dire qui vous êtes, et ce que vous faites dans ma maison.

Qui était vraiment cet homme ? Fallait-il lui mentir ? Certes, il avait les cheveux blonds et la mâchoire carrée comme Aden, mais c'étaient des caractéristiques tellement communes…

L'inconnu avait un visage émacié, avec de nombreuses cicatrices. Son nez était légèrement de travers comme s'il avait déjà été cassé à plusieurs reprises. Rien à voir avec le visage d'ange d'Aden.

— Je t'ai posé une question, mon gars.

— Oui, et je n'y ai pas répondu.

Ne le provoque pas !

C'était un nouveau cas de figure pour Riley. En tant que loup-garou, il était non seulement beaucoup plus vieux, mais aussi plus fort que cet homme. Seulement voilà : il n'était plus un loup-garou. Il n'était plus rien du tout, en fait.

— Nous connaissons votre fils, fit Mary Ann d'une voix calme et posée. Aden. *H*aden, avec un H.

Mais l'autre conserva un visage de marbre. Malgré le poids de l'arme, sa main ne tremblait pas.

— Je ne sais pas de quoi vous parlez.

— Pardon ? s'écria Mary Ann. Mais alors… peut-être que nous nous sommes trompés de maison ? Peut-être que...

— Ce n'est pas le cas, affirma Riley.

Mais elle continua, haussant le ton.

— Vous comprenez, monsieur ? Nous sommes désolés, vraiment, et...

Mary Ann, s'excuser et pleurnicher ? Cela ne lui ressemblait pas ! Etait-ce d'avoir frôlé la mort qui la rendait si fragile, ou bien la menace de l'arme ? Comme il détestait l'homme qui...

Un instant. Elle s'était déplacée de quelques centimètres. Elle passait devant lui. Elle voulait... lui servir de bouclier à son tour ! Fragile, mon œil.

Un mois plus tôt à peine, Riley aurait pu interpréter son geste comme un signe qu'elle l'aimait encore, mais la première idée qui lui vint, c'était qu'elle le voyait maintenant comme faible et incapable de se défendre seul. D'ailleurs, avait-elle vraiment tort ?

Joe Stone — si c'était lui — manifestait à présent des signes d'impatience.

— Mon gars, tu vas te mettre à parler, ou bien dans cinq minutes, je vais repeindre les murs avec ta cervelle.

Il fallait que ce soit Joe Stone. Rien d'autre n'avait de sens. Riley décida de le provoquer un peu.

— Ah oui ? Est-ce que vous pouvez compter à haute voix ? Comme ça, j'attendrai le tout dernier moment, ce sera plus dramatique... Vous savez très bien qui est Aden, enchaîna-t-il sans attendre. Votre fils.

Tout en parlant, il s'interposa de nouveau entre l'homme et Mary Ann, tentant de la repousser en direction de la fenêtre. Peut-être plongerait-elle au sol, lui laissant le champ libre pour se battre sans craindre les conséquences pour elle.

— Je n'ai pas de fils.

— Je ne vous crois pas.

— Ça m'est égal. Qu'est-ce qui vous fait croire que je suis ce Joe ?

— Si vous répondez à toutes les questions par d'autres questions, on ne va pas aller bien loin.

La désinvolture de son ton fit naître de la colère dans les yeux de l'autre.

— Fais un peu attention à ce que tu dis. Je te rappelle que c'est moi qui tiens une arme.

Le faire parler, c'était l'essentiel. Reculer d'un pas, de deux, en direction de la fenêtre, et…

— Je vois très bien ce que tu es en train de faire. Un pas de plus, et je tire, menaça Joe Stone, avant d'avancer sur Riley, le braquant à bout portant. Tu ne sortiras pas de cette pièce avant de m'avoir donné des réponses.

— Vous croyez vraiment me faire peur ? Ce n'est pas la première fois qu'on braque une arme sur moi. Si vous voulez des réponses, laissez partir la fille.

— Hors de question ! lança Mary Ann derrière lui. Je reste ici.

A l'aveuglette, Riley lui saisit la main pour la faire taire.

— Ne l'écoutez pas.

— Trop tard, répondit Joe avec un sourire ironique. C'est dit. Elle reste ici.

Comment allait-il s'en sortir ? Trouver une idée. Vite. Il leva une main apaisante.

— Très bien. Mais vous n'allez peut-être pas apprécier ce que je…

— Ça m'étonnerait.

Mais au moment où Joe Stone prononçait ces mots, Riley rabattit sa main sur le canon de l'arme. Le coup partit, mais la balle alla se ficher dans le sol.

En un éclair Riley l'agrippa fermement et le frappa au visage, une fois, deux fois, avant de lui arracher le revolver — non sans lui casser l'index au passage. A son tour, il braqua le canon sur son assaillant.

— Je vous l'avais dit, que vous n'alliez peut-être pas apprécier.

Pâle de douleur, jurant entre ses dents, Joe Stone leva les mains. Son index faisait un angle bizarre.

— Ne bougez plus, ou je vous descends.

Il était certain que l'homme cachait d'autres armes dans la maison, et il ne lui laisserait pas l'occasion de s'en saisir.

— Mary Ann, appelle Aden.

— Hein ? Mais pourquoi ?

— Il faut qu'il soit là.

Du coin de l'œil, il la vit sortir son téléphone portable et passer un appel. Il ne quittait pas des yeux Joe Stone, qui continuait de gémir et de respirer bruyamment.

— Si vous n'êtes pas Joe Stone, demanda Riley, déterminé à tirer la situation au clair avant l'arrivée d'Aden, qui êtes-vous ?

L'autre avala sa salive péniblement.

— Mettons que je sois Joe Stone, si ça vous fait plaisir. Alors, qu'est-ce que vous me voulez ?

Tout collait. Il était le père d'Aden, sûr et certain. Mais alors, pourquoi s'en défendre ?

— Je veux des excuses, d'abord.

— Des excuses pour avoir défendu ma maison ?

— Non. Pour avoir abandonné votre fils.

Un rictus de rage — ou de culpabilité ? — contracta le visage de Joe Stone.

— Mary Ann ? appela Riley. Tu peux venir ?

Elle le rejoignit.

— Aden arrive aussi vite que possible.

— Très bien. Maintenant, tiens le revolver à ma place, s'il te plaît.

— Pardon ?

— Prends ce revolver. Tu gardes ton doigt sur la détente, et tu appuies s'il bouge.

— D'accord. Pas de problème. O.K. D'accord.

Elle semblait terrifiée, mais elle fit néanmoins ce qu'il lui demandait. L'arme était trop lourde pour qu'elle puisse la tenir longtemps, aussi Riley se hâta-t-il de s'approcher de Joe Stone (tout en prenant garde de ne pas passer dans la ligne de tir de Mary Ann) pour le fouiller. Il récolta trois couteaux différents, une seringue et un pistolet électrique. En revanche, pas de trace d'une pièce d'identité.

Pendant toute la fouille, Joe Stone ne bougea pas. Et ça valait mieux pour lui.

— Riley ? Tu as bientôt fini ? lança Mary Ann, inquiète.

— Oui. Tu t'en sors très bien, continue.

Repoussant Joe sur le lit, Riley lui ordonna de s'y asseoir et de ne plus bouger. Mary Ann garda l'homme en joue jusqu'à ce que Riley lui reprenne l'arme. Alors seulement, elle poussa un soupir de soulagement.

— Va près de la porte et ramasse les couteaux, lui ordonna-t-il ensuite. Si qui que ce soit d'autre qu'Aden ou Victoria essaie d'entrer, sers-t'en.

— Il n'y a personne d'autre que moi, ici, fit Joe. Personne ne viendra à ma rescousse.

Encore ce ton neutre, dénué d'émotion… Ça devait être une habitude chez cet homme. Riley scruta son visage impassible.

— Donc, Paula, votre femme, ne risque pas d'arriver d'un instant à l'autre ?

Cette fois, Joe Stone pâlit.

— Non, elle ne viendra pas. Et ne cherchez pas à la retrouver. Elle est loin d'ici, en sécurité.

Là-dessus, ils se turent tous les trois. Environ une heure plus tard, Aden et Victoria arrivèrent sur les lieux, avec des vêtements froissés et l'air de sortir du lit. Deux petites marques de crocs ornaient le cou de Victoria, et elle avait les joues en feu. Quant à Aden, lui aussi portait des traces de dents, mais imprécises, mal délimitées, comme si elles provenaient de dents humaines.

Les dents de Victoria ? Etrange alors que la cicatrice soit aussi brouillonne. Quoi qu'il en soit, Aden et elle s'étaient mis dans le pétrin : non seulement ils échangeaient leur sang, mais en plus ils couchaient ensemble. Pas besoin d'être un loup-garou pour comprendre ça. Et, Riley pouvait en attester, rien de bon n'arrivait quand on mélangeait l'amour et le travail.

Les risques étaient énormes. Et si la bête d'Aden s'échappait ? Si Victoria se laissait emporter par sa soif de sang ? Aucun des deux n'en réchapperait !

Pour l'instant, toutefois, on n'en était pas là. Malgré la fatigue sur leur visage, ses deux amis semblaient être maîtres d'eux et avaient les idées au clair : ni regard appuyé sur leurs carotides, ni mouvements de dents inquiétants… Tant mieux. Les bêtes étaient en général excitées par la violence et l'agressivité, et on n'en manquait pas dans la pièce. La tension était si dense qu'elle en était presque palpable.

— J'ai vérifié les environs et l'intérieur de la maison, signala Victoria. Tout est calme, personne ne nous épie.

Riley et elle faisaient équipe depuis si longtemps qu'il n'avait pas besoin de se demander ce qu'ils voulaient savoir. Ils se comprenaient tout de suite.

Aden dévisageait Joe Stone. Celui-ci, assis sur le lit, raide et mal à l'aise, faisait tout pour éviter de croiser son regard.

— C'est vraiment lui ? demanda-t-il enfin.

Si son visage affichait une expression indéchiffrable, sa voix, elle, trahissait sa colère.

— Oui, confirma Mary Ann. C'est Joe Stone.

— Je ne suis pas celui que vous croyez, lança celui-ci.

— En tout cas, vous n'êtes pas un bon menteur, fit remarquer Riley. Il y a quelques instants, vous avez admis que vous connaissiez Paula Stone.

— J'ai peut-être fait semblant…

— Mais bien sûr.

Pendant leur conversation, Victoria avait rejoint Mary Ann dans le coin opposé de la pièce. Riley laissa retomber son bras, pointant l'arme vers le sol.

— Oh, et s'il vous venait à l'esprit de tenter de vous emparer d'une de nos camarades, n'hésitez pas : on verra bien qui est le plus rapide, de vous ou d'une balle.

Joe fit la grimace et se tint immobile.

— Ainsi, vous n'êtes pas celui que nous croyons, intervint alors Aden. C'est-à-dire ?

— Ton… père, articula-t-il avec difficultés, comme s'il lui en coûtait de dire le mot.

— Donc, vous n'êtes pas mon père ?

L'autre ne répondit pas tout de suite.

— Pour quelle raison cherches-tu ton père, jeune homme ?

— Je le lui dirai seulement quand je le verrai.

De nouveau, il y eut un long silence, chargé d'une tension palpable. Riley observait la scène, aux aguets. A sa grande surprise, Aden s'avança vers le lit et s'accroupit auprès de Joe, qui recula instinctivement.

— Dites-moi qui vous êtes, ordonna Aden.

Bon sang ! Il venait d'utiliser la Voix Vaudou, comme l'appelait Mary Ann, et avec une telle puissance que même Riley, en général imperméable à ce pouvoir, fut soudain pris de l'envie d'obtempérer.

En revanche, ce ne fut pas le cas de Joe Stone. Le visage décomposé par l'émotion, il fixa Aden droit dans les yeux.

— Je ne te dirai rien, affirma-t-il avec force. Ainsi, tu es l'un d'eux…

— De quoi parlez-vous ?

— Tu es un vampire, évidemment. Ne dis pas le contraire.

Ainsi, il connaissait l'existence des créatures surnaturelles et de l'outremonde ! Sa colère à présent faisait place à la peur.

— Etes-vous mon père ? insista Aden.

— En quoi ça te regarde ?

Aden hésita un instant avant de répondre :

— Il y a trois âmes coincées dans ma tête. J'ai des pouvoirs étranges, très étranges, comme voyager dans mon passé, réveiller les morts, posséder des corps et prédire l'avenir.

— Et alors ?

Aden partit d'un rire amer.

— Alors ? Alors ? Ça ne vous paraît pas évident ? Alors je tente de savoir si quelqu'un de ma famille est ou était comme moi. Je veux comprendre qui je suis. Je veux savoir pourquoi mes parents ont refusé de m'aider.

Joe plissa les yeux — des yeux de la couleur exacte de ceux d'Aden.

— Et tu crois que des réponses t'aideraient à mieux comprendre ?

— Elles ne pourraient pas me faire de mal, en tout cas.

— Tu espères que tes parents te présenteront des excuses ? Qu'ils te diront qu'ils regrettent et t'ouvriront grand les bras ?

Joe Stone eut à son tour un rire amer.

— Je peux t'assurer que tu vas être déçu !

Riley ne pouvait distinguer le visage d'Aden, mais il le savait : son souverain était profondément blessé. Car, oui, au fond de lui-même, sans même oser se l'avouer, il espérait toutes ces choses, et les paroles de Joe Stone constituaient sans doute un rejet aussi blessant qu'insurmontable.

Malgré tout, il parvint à masquer ses sentiments.

— Ces gens m'ont abandonné à mon sort, aux docteurs et aux familles d'accueil. A cause d'eux, j'ai été drogué et battu tellement de fois que je ne pourrais même pas les compter. Vous croyez vraiment que j'ai envie de faire dans le sentimental avec eux ?

— Ça ne devait pas se passer comme…

Joe s'interrompit en hâte, mais il s'était trahi : il venait d'admettre. Il était bel et bien le père d'Aden.

— Ça ne devait pas se passer comme ça, hein ? cracha ce dernier. Je devais mourir, c'est ça ? Ou pensiez-vous vraiment que l'assistance publique allait me sauver de ce que j'étais ?

Les yeux de Joe étincelèrent de colère.

— Exactement. Oui, je suis ton père. Et oui, il y avait quelqu'un comme toi : c'était mon père à moi. A cause de lui, à cause des créatures qu'il attirait, j'ai passé mon enfance ballotté d'un endroit du monde à un autre. Oh, tu me prends pour un monstre ? Tu n'as pas idée de ce qu'est vraiment un monstre ! J'en ai vu, moi, des monstres — des vrais, qui ont tué ma mère et mon frère.

— Et ça constitue une excuse pour la façon dont vous m'avez traité ?

Joe ignora cette attaque.

— Dès que j'ai eu l'âge, j'ai quitté la maison de mon père sans le moindre regret. Je ne l'ai jamais revu, même quand il a tenté de me joindre. Et puis il est mort, sans doute tué par des créatures surnaturelles. Mais ça m'était égal. La seule chose qui me préoccupait, c'était ma propre famille.

— Votre propre famille ? Et moi, alors ? s'écria Aden. Pourquoi avoir choisi de faire des enfants si vous saviez que vous risquiez de transmettre les pouvoirs de votre père ?

— Je l'ignorais. Comment aurais-je pu savoir qu'il s'agissait de pouvoirs héréditaires ? Mon père se les était créé lui-même !

— Mais comment ?

— En se mêlant de choses dangereuses. De science occulte et de magie, répondit Joe avec un soupir las. Et quant à t'abandonner… je n'ai pas pu faire autrement. Tu étais comme lui. Tu avais à peine une semaine quand les premières créatures sont arrivées : d'abord des gobelins errants qui essayaient de passer par les fenêtres, puis plus tard des loups-garous et des sorcières. Je savais que ce n'était qu'une question de temps avant que tu n'attires des groupes entiers… et que nous en mourrions, ta mère et moi.

— Et votre petite fille, alors ? intervint Riley.

— Un accident.

— Est-elle…

— Je refuse de parler d'elle.

Bien qu'il vienne d'apprendre l'existence d'une sœur, Aden ne montrait pas sa surprise. En revanche, il n'avait cessé de réfléchir aux réponses de Joe Stone.

— Il y a quelque chose que je ne comprends pas. Comment se fait-il que je n'aie attiré aucune créature pendant plus de quinze ans ?

— A cause des tatouages, répliqua Joe.

— Mais mon premier tatouage remonte à une semaine ! objecta Aden, les poings serrés.

— Non. Nous t'avons tatoué une protection très tôt.

— Je l'aurais vue !

— Elle est cachée. Dissimulée par tes cheveux.

De l'autre côté de la pièce, Victoria poussa une exclamation de surprise.

— Mais bien sûr ! Aden, tu te souviens, quand tu t'es coupé les cheveux ? J'avais cru voir comme des grains de beauté. C'était donc ça !

— Mais alors, reprit Aden, perplexe, que s'est-il

passé ? Pourquoi me suis-je mis à attirer les créatures ? Et d'ailleurs, si la protection fonctionnait, pourquoi ne pas m'avoir gardé avec vous ?

Les épaules de Joe Stone s'effondrèrent, et il poussa un soupir désespéré.

— Je ne sais pas ce qui s'est passé. Peut-être que l'encre s'est effacée, ou que le sortilège a cessé de fonctionner. Quant à la raison pour laquelle nous t'avons abandonné… Je ne pouvais pas prendre ce risque. Je voulais que ta mère soit en sécurité.

— Ma mère, fit Aden d'une voix où résonnaient tous les espoirs du monde. Où est-elle ?

— Je ne te le dirai pas. Jamais, affirma Joe avec une absolue fermeté. Je refuse que tu la retrouves.

— Alors pourquoi ne pas avoir changé de nom, tout simplement ? intervint Riley, que l'attitude de l'homme agaçait.

— Nous l'avons fait, pendant quelques années, mais… Paula a insisté pour que nous reprenions notre vrai nom.

Surprenant, pensa Riley. Paula Stone avait-elle volontairement laissé une trace pour que son fils puisse les retrouver ? Aden devait être arrivé à la même conclusion que lui, car il se redressa, l'air intrigué.

— Je crois que j'en ai assez entendu, conclut-il néanmoins.

Il ne s'agissait peut-être pas que d'une façon de parler. Riley tendit l'oreille. Face à ce père qui refusait de l'aider, de le reconnaître, Aden était peut-être au bord de la rupture.

— Qu'allons-nous faire de lui ? demanda l'ex-loup-garou en désignant Joe Stone.

— Le laisser ici. Il ne m'intéresse plus.

Sur ces mots, Aden quitta les lieux. D'un geste, Riley indiqua aux filles de le suivre. Quand elles furent sorties, il posa le revolver au sol. Joe Stone allait-il tenter de le récupérer ? Non, il ne bougea pas du lit.

— C'est quelqu'un de bien, vous savez, lança le loup-garou au père d'Aden. Il est même le souverain de ce monde que vous détestez tant, et les monstres dont vous parliez lui obéissent au doigt et à l'œil. Il aurait pu vous protéger mieux que n'importe quel tatouage, mais vous avez préféré le laisser tomber. Une fois de plus.

L'autre le regarda d'un air incrédule.

— Je... je ne comprends pas ce que tu dis.

— Il n'y a qu'une chose à comprendre : vous ne le méritez pas. Et de loin.

Mû par une révolte soudaine, Joe bondit sur ses pieds.

— Mon gars, tu n'as pas la moindre idée de ce que j'ai souffert quand...

— Vos excuses ne changeront rien. Vous n'avez pas été là pour protéger votre propre fils. Vous vous êtes montré égoïste et insensible. Un parfait salaud. Et maintenant, donnez-moi votre chemise.

Devant cet ordre qui n'avait rien à voir avec le reste, Joe Stone ouvrit des yeux ronds.

— Pardon ?

— Vous m'avez entendu. Votre chemise. Ne me faites pas répéter, ou vous le regretterez.

Joe obtempéra, faisant passer sa chemise par-dessus sa tête et la lançant dans sa direction.

— Voilà. Tu es content ?

— Peut-être.

Attrapant le vêtement au vol, Riley considéra le torse

nu de Joe Stone, qui portait une imposante balafre en forme de griffes et de nombreux tatouages. Le plus étendu était une protection de vigilance, qui permettait à celui qui la portait de détecter le danger. Ainsi, voilà qui expliquait la fuite précipitée des Stone quand Mary Ann et Riley étaient arrivés près de chez eux.

Comme par réflexe, l'ex-loup-garou porta le tissu à son nez et le renifla. Bien sûr, il avait perdu ses sens d'animal, mais ses frères, eux, pourraient traquer la piste du père d'Aden.

— Ecoutez-moi bien, Joe Stone. A partir de maintenant, il n'y a nulle part où vous puissiez vous cacher. Je n'oublie jamais une odeur.

Et, sur ces mots, Riley quitta la pièce.

27

Aden passa les vingt-quatre heures suivantes dans une chambre d'hôtel. En compagnie de Victoria, Mary Ann et Riley, il compulsa les photos et les documents que leur avait remis Tonya Smart. C'est à peine s'ils prirent le temps de se dégourdir les jambes ou de manger.

Au menu ? Une pinte de sang de Victoria pour Aden, afin d'apaiser Junior. Pour Victoria, le sang d'Aden, mais aussi un hamburger du fast-food tout proche. Mary Ann, pour sa part, en avala trois, tandis que Riley commandait un menu enfant. Lorsque les autres se moquèrent de lui, il se contenta d'argumenter qu'il aimait les beignets de poulet. De façon générale, il se montra maussade et revêche.

— C'est la mauvaise période du mois, ou quoi ? lui lança Aden à un moment.

Mais personne, sans doute de peur qu'il explose, ne fit référence à la disparition du loup en lui, pas plus qu'on ne parla de Joe Stone, de peur qu'Aden n'éclate à son tour.

Joe. Son père. Il lui avait suffi de le regarder dans les yeux pour le savoir. Il l'avait reconnu, malgré le temps. Son père. Comme ces mots résonnaient étrangement ! L'homme qui l'avait abandonné. Qui ne l'aimait pas assez pour le garder, qui l'avait laissé à la merci des créatures surnaturelles… Et qui n'avait admis la vérité que sous la menace.

Si seulement il avait montré le moindre signe de remords ! Mais non : si Joe Stone avait honte de quelqu'un, c'était d'Aden. Il refusait même que celui-ci voie sa propre mère. Tout ça à encaisser d'un coup, c'était trop. Sans compter le fait que, d'après Riley, Aden avait une petite sœur, que son père devait aimer comme il ne l'avait jamais aimé lui.

Pendant des années, Aden avait rêvé de rencontrer ses parents. Son père viendrait un jour à sa rescousse, le prendrait dans ses bras, s'excusant de l'avoir abandonné. Il lui jurerait qu'il l'aimait… Mais rien de tel ne s'était produit. Au fil du temps, l'espoir s'était éteint, faisant place à l'indifférence, puis au mépris. Pourtant, le simple fait de voir le visage de Joe Stone avait jeté à bas cette carapace, et Aden se retrouvait de nouveau comme un enfant avide de tendresse paternelle. Pour son père, en revanche, il représentait seulement un danger.

J'ai fait quelque chose de ma vie, aurait-il voulu dire. *Je suis devenu le roi des vampires. J'ai gagné ce titre grâce à mon courage, ma ténacité.* Comment son père l'aurait-il regardé, alors ? Sans doute avec horreur…

Cela ne changerait rien. Il était roi, et se comporterait comme tel. Par sms, Sorin et Seth lui donnaient des nouvelles de Shannon et Ryder. Le premier, enfermé dans une cellule au manoir des vampires, restait immobile toute la journée, jusqu'à ce qu'on lui apporte de quoi se nourrir. Alors, il se déchaînait et cherchait à dévorer son gardien. Ryder, lui, se remettait de ses blessures, mais il restait anéanti par ce qu'il avait fait. Il suppliait tous ses interlocuteurs de le tuer. Sorin était enclin à accéder à sa requête et, sachant cela, Seth voulait s'en prendre au frère de Victoria. Aden leur avait ordonné à tous les deux de ne rien faire, de se contenter d'attendre que son ami se rétablisse tout à fait. Et, avait-il ajouté *royalement*, il était hors de question qu'on outrepasse ses ordres.

Je crois que je connais ces visages ! lança soudain Julian, l'arrachant à ses pensées.

Aden sortit de sa rêverie. Il ferait mieux de se concentrer un peu plus. Sur la photo qu'il tenait à la main, deux hommes de taille moyenne se tenaient côte à côte. Tous deux avaient des cheveux noirs, épais pour l'un, clairsemés pour l'autre, qui portait également des lunettes. Aucun des deux ne souriait. L'arrière de la photographie portait la légende *Daniel et Robert*.

Les frères Smart. C'étaient donc eux.

Tu crois que c'est moi ? demanda Julian. *Celui avec des cheveux et sans lunettes, poursuivit-il. Je ne peux pas croire que j'aurais coiffé mes cheveux sur le côté pour cacher ma calvitie…*

Qu'est-ce que tu en sais ? fit Caleb d'un ton vindicatif. *Nous ne connaissons rien de nos anciennes personnalités.*

Même s'il était d'une humeur exécrable, au moins il ne pleurait plus.

— Je suis ravi que tu aies l'impression de les reconnaître, fit Aden à haute voix, mais te souviens-tu d'autre chose ? Un indice sur eux, leur vie, leur personnalité ? Et peux-tu m'expliquer pourquoi ce carton est rempli de livres de sorts ?

Car c'était ce qui constituait l'essentiel de la caisse que leur avait donnée Tonya Smart : des grimoires magiques où s'alignaient les formules — enchantement, magie noire, pour réveiller les morts ou les retrouver... Robert Smart s'était-il consacré à l'occulte ? Mais si c'était le cas, pourquoi Aden, lui, n'avait-il pas besoin de tous ces ouvrages pour déclencher ses pouvoirs ? D'après Joe, tout cela remontait à son grand-père...

Je suis désolé, Aden, mais je ne me souviens de rien, soupira Julian.

Eve elle-même, la première âme à s'être libérée de son esprit, avait eu des difficultés à retrouver ses souvenirs. Néanmoins, Aden en était convaincu à présent, ce n'était plus qu'une question de temps pour que Julian fasse de même.

— Et voilà que Notre Gentil Souverain est reparti au pays des rêves ! lança Riley, railleur.

Aden leva le majeur dans sa direction, mais Victoria lui saisit la main et le contraignit à la reposer sur le matelas. Chacun des deux couples s'était installé sur un lit, mais Mary Ann et Riley se parlaient à peine. Depuis leur retour de la maison des Stone, et même avant, on aurait dit qu'ils faisaient tout pour s'ignorer.

— Julian pense connaître ces deux types, expliqua Aden pour finir. Mais lequel est Daniel, lequel est Robert ?

Etouffant un bâillement, Mary Ann se leva et le rejoignit en quelques enjambées. Il lui suffit d'un coup d'œil pour répondre à la question.

— Robert, c'est celui-ci, dit-elle en indiquant le chauve du doigt. J'ai vu des photos de Daniel sur internet, c'est l'autre.

Je n'y crois pas ! gémit Julian, pendant que Caleb ricanait.

— Il avait la réputation de communiquer avec les morts. Il aurait aidé la police sur plusieurs affaires, expliqua-t-elle. J'ai imprimé les quelques articles que j'ai trouvés à son sujet, poursuivit-elle en ouvrant un sac de voyage pour en retirer une liasse de feuilles. Tiens, les voilà. J'aurais sans doute pu te les donner avant…

— Aucun problème, fit Aden. Je n'avais pas le temps de m'en occuper, de toute façon.

— J'ai beaucoup réfléchi à tout ça, continua Mary Ann. Le fait que tu aies absorbé son âme semble indiquer qu'il est mort à proximité, sinon à l'intérieur même de l'hôpital. Or, son frère y travaillait. Et si Robert lui avait rendu visite ce soir-là ? S'il avait réveillé un mort, qui les avait tués tous les deux ?

— D'après ce que tu m'as dit, fit remarquer Riley, seul Daniel a été retrouvé à l'hôpital, battu à mort.

— C'est vrai, acquiesça-t-elle.

— Alors, on tourne en rond, tonna l'ex-loup-garou. Où est le corps de Robert, s'il est mort en même temps et au même endroit ? A moins… à moins qu'Aden ait absorbé l'âme de Daniel ?

Julian s'accrocha à cette idée comme à une bouée de sauvetage. *J'aime mieux cette théorie ! Je crois que j'étais celui avec les cheveux.*

— Ce n'est pas plus logique, intervint Mary Ann. Daniel travaillait à l'hôpital depuis des années. N'aurait-il pas réveillé des morts avant cette fameuse nuit ?

A la grande surprise d'Aden, Riley lui jeta un regard noir avant de répliquer :

— Tu as déjà entendu parler de pouvoir latent ? Cela arrive, qu'une capacité se révèle après des années…

Mary Ann se raidit et le fusilla du regard. Oui, Riley

faisait allusion à ses pouvoirs de Draineuse, et de toute évidence elle détestait ça.

— Ce n'est pas le moment de vous disputer, intervint Aden. Je crois qu'on peut déjà déduire que Julian était un des frères Smart.

Et sans doute celui qui était beau gosse, commenta l'âme.

Au même moment, Junior poussa un grondement. Il avait faim, de nouveau. Cela arrivait de plus en plus fréquemment, et il se montrait toujours plus difficile à calmer. Mais, pour le moment, Aden choisit de l'ignorer.

— Je vais lire ce que tu as imprimé, promit Aden. Peut-être qu'un détail aidera Julian à retrouver la mémoire…

— Eve a retrouvé ses souvenirs quand tu es remonté dans le temps pour elle, fit remarquer Mary Ann. Et si tu recommençais ? Si tu laissais Julian retourner dans le passé ?

Cela faisait plusieurs fois que ses amis lui suggéraient d'avoir recours au voyage dans le temps. Ils ne réalisaient donc pas quelles pouvaient en être les conséquences ?

— Je vous l'ai déjà dit. On ne peut pas retourner dans le passé sans changer l'avenir. Le risque est trop grand. Qui sait ce que je peux modifier dans le présent ?

— Franchement, Aden, intervint Mary Ann, regarde-nous. Tu crois vraiment qu'il peut nous arriver pire ?

— Oui. Sans le moindre doute.

— Je ne vois pas comment ce serait possible.

Ah non ?

— Et si je n'étais jamais venu à Crossroads ? Si nous ne nous étions jamais rencontrés ?

A sa grande surprise, Aden vit s'allumer dans les yeux de Mary Ann une lueur d'espoir.

— Tu crois vraiment que ce serait une mauvaise chose ?

— Elle a raison, approuva Victoria. Si tu n'étais pas arrivé à Crossroads, nous ne t'aurions pas pourchassé. Mon père ne chercherait pas à te tuer, maintenant.

— Réfléchis à ça, Aden, intervint Riley à son tour.

Ainsi, ils se liguaient contre lui ? Mais non, il devait exister un autre moyen, un moyen plus simple et moins dangereux.

— Elijah, tu as une suggestion ?

Le silence. Ce maudit silence.

— Réponds-moi, je t'en prie, souffla-t-il en enfouissant la tête dans ses mains. Aide-moi au moins à peser le pour et le contre. Ne me laisse pas tomber.

Il y eut un nouveau silence, et, pour finir, un soupir familier.

Je ne vais pas te dire ce que j'ai vu, Aden.

Enfin, une réponse ! Une réponse irritante, insupportable, mais une réponse tout de même !

— Tu veux dire que tu sais ce qui va arriver si je remonte dans le temps, et si je refuse de le faire ? Tu as vu comment tout ça se terminait ?

Si, d'habitude, Aden préférait rester à l'écart pour discuter avec les âmes, il parlait à présent sans se cacher, au beau milieu de la pièce. Et cela n'avait aucune importance : il sentait que, tôt ou tard, il allait les perdre, et voulait profiter de leur présence au maximum.

Elijah poussa un nouveau soupir.

Oui, j'ai vu comment ça se termine.

Le cœur d'Aden se mit à battre à tout rompre.

— Alors ?

De nouveau le silence, comme si, songea Aden avec

amertume, ils avaient remonté le temps de cinq minutes seulement.

— Elijah, je t'en supplie, aide-moi.

Si l'âme refusait, il en serait peut-être réduit à tenter d'avoir une vision par lui-même. Ses pouvoirs grandissaient, mais ça restait une solution aussi hasardeuse que désespérée. Il n'aurait guère d'autre choix, pourtant.

Non, Aden. C'est pour ton bien, je te le promets. Je me suis trompé jusqu'ici. Avec mes prétendues visions, je t'ai guidé dans la mauvaise direction. Je n'ai fait qu'empirer les choses.

— Pas chaque fois !

Même une seule fois aurait été de trop.

Junior poussa un nouveau grognement.

Une odeur suave parvint aux narines d'Aden. Victoria ! Assise à ses côtés, elle lui caressait le bras du bout des doigts. Elle se trouvait si près de lui qu'il pouvait voir battre son pouls à la base de son cou. Il se mit à saliver. Pourvu qu'il ne bave pas !

— Nous reparlerons plus tard de cette histoire de voyage dans le temps, trancha Riley en se levant. En attendant, j'aimerais bien jeter un œil à ton tatouage.

Remettre à plus tard la discussion sur le retour dans le passé ? Et comment ! Le plus tard possible, même. Elijah n'avait rien dit qui puisse les aider, et Aden ne tenterait rien tant qu'il ne serait pas parvenu à avoir lui-même une vision du futur.

Le parfum de Victoria s'éloigna, remplacé par la senteur minérale du loup-garou (ou plutôt de l'ex-loup-garou), qui se mit à fouiller dans les cheveux d'Aden sans ménagement.

— Je comprends ce qui s'est passé, déclara-t-il au bout d'un moment. L'encre s'est effacée, et le tatouage a fini par ne plus remplir son rôle. Mais Joe n'a pas menti : tu as été protégé contre les créatures surnaturelles.

— Jusqu'au moment où j'ai rencontré Mary Ann.

— Oui, approuva celle-ci. Ça a créé comme une explosion d'énergie. Voilà ce qui a mis un terme à l'efficacité des protections.

Riley se laissa tomber sur le lit aux côtés de Victoria, qui posa familièrement la tête sur son épaule.

— Je comprends ce qui s'est passé, souffla-t-elle. Quand vous vous êtes rencontrés, la magie est devenue si forte qu'elle a annulé celle que le père d'Aden, simple humain, avait créée.

— Ne dis pas que c'est mon père, grinça Aden. Son nom est Joe.

Outre la colère contre cet homme incapable de l'aimer, il éprouvait une étrange jalousie. En général, il n'appréciait guère les liens très étroits entre Victoria et Riley, mais aujourd'hui, ce sentiment était encore plus vif.

— Je te demande pardon, Aden. Je ne voulais pas te blesser.

Elle avait pâli, et Aden s'en voulut intérieurement. Comme s'il avait besoin de passer sa colère sur elle !

— C'est moi qui te demande pardon. Je n'ai aucune raison de réagir comme ça.

Mais pendant qu'il parlait, Riley continuait de caresser l'épaule de Victoria, pour la réconforter. Et… ça le mettait hors de lui !

C'est à moi de le faire, pensait-il. Oui, mais voilà : Victoria et Riley se connaissaient depuis des années, voire des décennies. Ils se faisaient confiance, comptaient l'un sur l'autre, et…

Ce n'était pas le moment de penser à ça, mais une

idée lui était revenue, blessante, insidieuse. Une idée qui remontait à quelque temps déjà, et qu'il n'était pas parvenu à oublier.

Pour éviter de perdre sa virginité avec le vampire que son père avait choisi pour elle, Victoria avait un jour décidé de coucher avec un autre. Et qui avait-elle bien pu choisir ? A quel garçon faisait-elle suffisamment confiance pour lui accorder cette faveur ?

Riley, évidemment. Qui d'autre ?

Aden bondit sur ses pieds, les poings serrés, et Junior poussa un rugissement. Ainsi, il ne criait pas seulement quand il avait faim : de toute évidence, la bête réagissait aux émotions de son hôte.

— Aden ! lança Victoria, tes yeux ! Ils sont violet brillant !

— Riley, enlève tes sales pattes de sur cette fille ! lança-t-il sans prendre garde à ce qu'elle disait.

Sa voix normale était comme doublée par un ton caverneux, presque animal.

Riley parut d'abord ne pas réagir, se contentant de plisser les yeux, puis il se leva et laissa tomber les bras le long de son corps.

— A vos ordres, Majesté. Comme vous voudrez, Majesté. Qu'y a-t-il d'autre pour votre service, Majesté ?

— Riley, lui lança Victoria avec urgence sans quitter Aden des yeux, sors d'ici. Tout de suite. Mary Ann, je t'en prie, fais-le sortir.

L'ex-loup-garou ne bougea pas d'un pouce jusqu'à ce que leur amie commune intervienne. Le prenant par la main, elle le conduisit jusqu'à la porte et la referma sur eux.

— Donc, tu es au courant ? dit Victoria d'une voix défaite.

Elle avait compris.

— Oui.

Se pouvait-il qu'autant de colère et de froideur résonne dans sa voix ?

— Je…

— Je ne veux rien entendre.

S'emparant de la caisse qui contenait les livres et les papiers, Aden, furieux, s'enferma dans la salle de bains en claquant la porte. En plus de tout ce qu'il avait à gérer, voilà que sa fiancée avait couché avec un de ses amis ! D'accord, cela remontait à loin, mais penser que Riley et Victoria avaient entretenu davantage que des relations amicales lui paraissait insupportable.

En cet instant précis, il aurait aimé casser la figure à Riley. Toutefois, il se contenta de s'asseoir sur le couvercle des toilettes et de laisser tomber la boîte entre ses pieds.

— Et celle-là, Elijah, tu t'y attendais ?

Pas de réponse. Evidemment.

Tu ne peux pas reprocher à Victoria de…

— Tais-toi, Caleb ! Je ne veux rien entendre de ta part non plus. A partir de maintenant, on s'occupe de cette boîte et de rien d'autre, compris ? Alors taisez-vous tous !

Il y eut un nouveau silence — qu'il accueillit avec soulagement. Au moins, se dit-il, il n'avait eu de visions que concernant Edina, jamais de Riley et Victoria ensemble dans un lit…

Des visions. C'était une idée intéressante, non ? Tenter de se forcer à en avoir une pourrait l'aider à penser à autre chose, à se sentir mieux…

Ou pas du tout, comme il dut l'admettre une demi-heure plus tard. Il était toujours sur les toilettes, le cœur battant, la sueur au front. Les émotions qui l'agitaient étaient bien trop violentes pour qu'il puisse se projeter dans le futur. Tant pis : il essaierait de nouveau plus tard. Pour l'instant, il ne lui restait qu'une chose à faire : continuer à fouiller dans le carton des documents.

Dehors, l'air était glacé, le froid mordant.

— Tu peux me dire ce qui vient de se passer ? demanda Mary Ann à Riley.

— Rien du tout, répondit celui-ci, le visage fermé.

— Arrête de te cacher, Riley. Dis-moi tout. Tu me détestes, hein ? Tu veux que je disparaisse de nouveau ?

Elle avait parlé sans réfléchir. Elle n'aurait jamais dû lui dire une chose pareille. Et s'il répondait par l'affirmative ?

Mais il se contenta de passer une main sur son visage, désemparé.

— Je ne te hais pas.

D'accord, mais pour ce qui était du fait de disparaître ?

— Tu m'en veux, alors ? Tu n'arrives pas à me regarder dans les yeux et tu ne m'adresses pas la parole. Tu consoles Victoria, mais jamais moi !

Il la regarda d'un œil interrogateur :

— Parce que tu as besoin que je te réconforte ?

C'était tout sauf une invitation.

Elle l'avait blessé. Elle avait détruit sa vie, sa nature profonde, et ne pouvait rien faire pour le changer. Cela, elle le savait. Mais pouvait-elle pour autant cesser de l'aimer, de souhaiter de tout son cœur pouvoir l'aider ?

— Non, mentit-elle. Aucun besoin de réconfort.

Juste poser sa tête sur son épaule rassurante, comme Victoria l'avait fait…

— Tu vas changer d'avis dans quelques secondes, fit soudain la voix de Tucker derrière elle.

Riley bondit, mais le demi-démon restait invisible. Soudain, elle sentit des bras qui s'emparaient d'elle, immobilisant son cou et sa taille, et le métal d'un canon de revolver pressé contre sa nuque.

— Riley ! gémit-elle d'une voix étranglée.

Celui-ci lança un regard mauvais derrière elle.

— Laisse-la partir, ordonna-t-il.

— Nous avons à parler, répondit Tucker. J'ai besoin de vous. Vivants, de préférence, mais je reste ouvert aux négociations.

28

Tu as trouvé quelque chose ?

— Non.

Regarde encore.

— Mais ça fait une demi-douzaine de fois que je regarde !

Recommence.

— On va continuer encore longtemps ?

Aussi longtemps qu'il faudra. Regarde encore.

Quelle tête de mule, ce Julian ! Assis à même le sol, les jambes allongées devant lui, Aden laissa retomber sa tête contre la faïence de la baignoire. Depuis près d'une heure, il n'avait pas bougé de la salle de bains. Aucun bruit ne lui parvenait de la pièce d'à côté, à l'exception de ce qui ressemblait à un froissement de tissu, de temps en temps.

Une nouvelle fois, il se mit à parcourir les papiers donnés par Tonya Smart. Pas d'indice. Il saisit alors un livre au hasard. Le titre sur la tranche était clair : *Traité de Magie Noire.*

Pas les livres. Ils me font peur.

Peur ? Une réaction. C'était déjà un début, comme lorsque Julian parlait de l'hôpital…

Montre-moi les photos, plutôt.

Mais on n'a pas arrêté de les regarder ! gémit Caleb.

Elijah, comme il l'avait promis, ne desserrait pas les lèvres — enfin, façon de parler, bien sûr.

Derrière la cloison de la salle de bains, il y eut un nouveau bruit léger, mais Aden n'y prêta pas attention. Il préférait se concentrer sur la série de photos qui représentaient les frères Smart, depuis leur plus jeune âge jusqu'à leur maturité. Au début, on aurait pu les prendre pour des jumeaux, mais plus ils grandissaient plus ils se différenciaient. Robert semblait vieillir plus vite que Daniel. Et plus le temps passait, plus l'expression sur leur visage était triste. Le dernier cliché aurait pu représenter un quadragénaire au visage fermé aux côtés d'un trentenaire tout aussi abattu.

Ainsi, ce dernier était le mari de Tonya Smart ? Un homme qu'elle avait aimé si fort que, dix-sept ans plus tard, elle ne s'en était toujours pas remise ? C'était étrange. Obsessionnel.

Celle-ci, celle-ci ! clama soudain Julian.

Aden s'immobilisa. La photo qu'il tenait entre ses doigts ne représentait pas les frères Smart, mais Tonya elle-même — une Tonya plus jeune et souriante, assise à l'ombre d'un arbre par une belle journée d'été, les yeux dans le vague.

— Cette photo-ci ? Eh bien, qu'a-t-elle de particulier ?

Je ne l'ai pas bien regardée jusqu'ici, parce qu'elle représente une femme. Tonya. Mais en la voyant, je me dis que… j'étais là, ce jour-là. En tout cas je crois.

— C'est peut-être toi qui as pris la photo ?

Ce qui voudrait dire que je suis Daniel, non ? On voit que le photographe est amoureux ! Le beau-frère de Tonya n'aurait pas pris un tel cliché.

Sauf s'il l'aimait lui aussi, intervint Elijah. *Non, pardon, je n'ai rien dit. Faites comme si vous n'aviez pas entendu.*

C'était trop tard : Aden s'était redressé, tous sens en éveil.

Ça ne peut pas être moi ! reprit Julian. *Je ne perdais pas mes cheveux !*

C'est ce que disent tous les chauves, à un moment ou un autre, ricana Caleb.

— Très bien, résuma Aden. Nous revoilà au travail, tous les quatre, comme au bon vieux temps. Continuons comme ça.

Et si nous retournions dans le passé, comme l'a suggéré Mary Ann ? Si nous revenions le jour où cette photo a été prise ? proposa Julian plein d'entrain. *Vous verrez bien que je n'étais pas chauve. Quand Aden ouvrira les yeux, je serai dans la tête de Daniel. Une tête qui, juste histoire de vous le rappeler, sera couverte de cheveux.*

Respirer calmement. Se calmer.

— Avez-vous oublié toutes les fois où nous nous sommes réveillés chez des parents adoptifs pires que ceux que nous avions quittés ? Ou dans des institutions que nous ne connaissions pas ? Ou plus récemment, quand remonter dans le temps nous a forcés à suivre une thérapie avec un psychologue qui n'était pas un humain, mais une fée déguisée qui cherchait à nous tuer ?

Mais…

— Il n'y a pas de mais. J'ai dit non quand Mary Ann et les autres en ont parlé, et je le maintiens.

D'accord, le présent n'était pas parfait, et de loin, mais il refusait de courir le risque de l'aggraver. Combien de fois faudrait-il le leur répéter à tous ?

— Alors n'insistez pas, conclut Aden. A présent, reparlons de cette photo. L'important n'est pas de savoir qui l'a prise.

C'est ce que tu penses…

— Julian, tu es mort en décembre. Or, cette photo a été prise en été. Donc, elle n'a pas grande importance. Nous savons que tu dois seulement te souvenir du jour de ta mort pour retrouver qui tu as été vraiment.

Mais rien ne me vient ! Aucun souvenir ! grogna l'âme, dépitée. *Nous devons tenter quelque chose…*

— Eh bien, retournons voir Tonya, alors. Je la ferai parler, cette fois !

Non. Je ne veux pas. Tu vas l'agresser. Enfin, je veux dire… Je sais bien tu ne lui ferais pas de mal. Mais je veux qu'on la laisse tranquille : elle a assez souffert !

La voix de Julian était précipitée, pleine d'inquiétude. Plutôt étrange… Ses vieux sentiments refaisaient-ils surface ? Avait-il été, comme le soupçonnait Elijah, amoureux de Tonya Smart ?

— Elle a *assez* souffert, tu as dit ? C'est bien le mot que tu as utilisé ? Donc, tu te souviens de quelque chose ?

Je… je ne sais plus.

Peut-être que tu le pousses trop, intervint Caleb. *Peut-être que la meilleure solution, ce serait de se détendre un peu, pour faire venir les idées…*

— Facile à dire ! Je ne vois pas comment…

La voix d'Elijah, précipitée, l'interrompit brutalement.

Aden ? Victoria est en danger !

— Comment ?

Le cœur battant, il bondit sur ses pieds, les yeux rivés sur la mince cloison qui le séparait de la chambre. Si, au manoir, il était parvenu à voir à travers des murs de verre, ce n'était pas le cas pour ceux de bois.

— Que se passe-t-il ?

Je vais rompre mon serment de ne plus te parler, mais la situation est trop grave : Tucker est dans la pièce à côté, avec un couteau dont il a bien l'intention de se servir. Et il tient Mary Ann et Riley.

Tucker, ce sale traître ! Il n'aurait jamais dû le laisser en vie.

— Ils vont bien ?

Pour l'instant, oui.

Pour l'instant... Ces mots étaient chargés de menaces. Ainsi, Aden ne pouvait pas tout simplement se ruer dans la chambre, car qui sait comment réagirait Tucker. Non, il lui fallait un plan d'action, et vite. Peu importe sa dispute avec Victoria, il tenait à elle. A elle et à Riley. Hors de question de les mettre en danger.

Il tendit l'oreille, mais pas moyen d'entendre autre chose que ce froissement de tissus. Que se passait-il ?

— Elijah, es-tu capable de me dire comment ils sont disposés dans la pièce ?

Il y eut un silence, troublé seulement par ce bruit de tissu, encore et toujours. Puis, le médium répondit, d'une voix alarmée :

Riley et Tucker sont en train de se battre. A coups de couteau. Il y a du sang partout ! Non !

Elijah avait hurlé.

Victoria ! Elle a voulu s'interposer, et... Elle ne bouge plus ! Et Mary Ann...

Mais déjà, il n'écoutait plus. Victoria était blessée — rien d'autre ne comptait. Dans un rugissement sauvage, Junior prit les commandes, et Aden bondit dans la chambre sans même prendre la peine d'ouvrir la porte, l'arrachant de ses gonds d'un simple coup d'épaule. Il fit irruption dans la pièce dans un déluge de bois et de fer… et s'immobilisa, incapable d'en croire ses yeux, ou plus précisément ses *oreilles.*

Devant lui, en effet, la chambre était sens dessus dessous. Les tables de chevet avaient volé en éclats, les lampes gisaient au sol, renversées et brisées tout comme le téléphone et tous les petits accessoires. Riley affrontait Tucker comme un lion, bondissant et frappant avec une détermination sauvage. Pourtant, tout cela se déroulait sans le moindre bruit — juste ce froissement de tissu qu'avait entendu Aden depuis la salle de bains.

Ainsi, Tucker avait à présent le pouvoir de contrôler le son… Autre détail intrigant : Aden avait déjà vu le démon se battre, et là il était clair qu'il ne cherchait pas à gagner ce combat. La plupart du temps, il se contentait de parer les attaques de Riley, et ne ripostait que rarement.

Chaude et métallique, l'odeur du sang régnait sur la scène. Junior, surexcité, hurlait de toutes ses forces. C'était comme si la bête déchirait de ses griffes les parois de l'esprit d'Aden, comme s'il allait se frayer un chemin à travers son crâne pour se libérer enfin.

Mary Ann évitait les assaillants tant bien que mal. Elle se plaqua contre le mur et ses yeux affolés balayèrent la pièce, sans doute à la recherche d'une arme utilisable. Victoria, elle, était allongée devant la porte. Elle ne bougeait plus. Du sang coulait de son nez.

Victoria est blessée ! Cette pensée déclencha en Aden un véritable ouragan. La rage s'empara de lui, immense, incontrôlable. Même pendant son combat contre Sorin, il n'avait jamais ressenti une telle fureur.

Que se passe-t-il ? demandait Julian derrière les rugissements de Junior.

Aden se précipita en avant. Il repoussa Riley d'une main, de l'autre, il saisit Tucker par le col de sa chemise et, de toutes ses forces, il le plaqua contre le mur.

Pour Junior, ce fut le signal : s'extirpant de la peau d'Aden, il surgit devant Tucker, crocs en avant. Il ne se matérialisa pas tout de suite, pourtant, et ses morsures restèrent sans effet.

Vaincu, Tucker ne bougeait pas. Ses yeux étaient pochés, il saignait abondamment et il lui manquait une ou deux dents.

Riley voulut mettre cette immobilité à profit et bondit de nouveau sur lui. Mais Junior en avait décidé autrement : d'un claquement de mâchoire, il força l'ex-loup-garou à s'éloigner — non sans le gratifier au passage d'un autre coup de dents, à présent tout à fait réelles.

Tucker, à bout de souffle, leva une main apaisante.

— Souviens-toi... ta promesse... mon petit frère.

Un petit sourire naquit sur ses lèvres, et ce furent ses derniers mots.

Junior, déchaîné, lui ouvrit la carotide d'un seul coup de griffes.

Le démon ne chercha même pas à se défendre. Au bout de quelques secondes, sa tête retomba, inerte, les yeux sans expression.

Aden restait immobile, trop stupéfait pour réagir. La bête s'était déjà précipitée sur sa proie : goulûment, il buvait le sang de Tucker, dévorait sa chair. Très vite, son corps perdit toute apparence humaine.

Avec une explosion, le son revint soudain. Quelqu'un hurlait — une voix d'homme, glacée, terrifiante. Mais de qui s'agissait-il ? Pas de Riley, qui haletait, à genoux, dans un coin de la chambre. Ni de Junior, dont on n'entendait que les bruits de mâchoires. Mary Ann, elle, sanglotait. Quant à Victoria, on ne percevait que sa respiration, saccadée et superficielle.

Aden aurait voulu se précipiter vers elle, mais c'était impossible : Junior était encore en liberté, et s'il lui venait l'envie de s'en prendre à eux…

— Riley, fais sortir les filles, ordonna Aden tout en saisissant sa bête à bras-le-corps.

— On se retrouve quand et où ?

— Je t'appellerai dès que je le saurai. Et maintenant, pars, avant qu'il ne soit trop tard.

Pendant que l'ex-loup-garou et Mary Ann emportaient avec eux le corps inanimé de Victoria, Aden se concentra sur Junior. Il pouvait partager les sensations de sa bête — sa faim, son plaisir de manger, puis, quand il eut terminé, un malaise proche de l'indigestion.

— Que t'est-il arrivé, Junior ? Comment ai-je pu te laisser faire ça ? murmura-t-il tout en le caressant derrière les oreilles.

Tucker voulait en finir, fit Elijah d'une voix débordante de tristesse. *En mourant, il libérait son petit frère de la menace de Vlad.*

— Je le sais, dit Aden. Et nous devions l'arrêter, de toute façon… Mais ça ? Ce qui lui est arrivé est horrible.

Oui, mais nous ne pouvons rien y changer, affirma Caleb. *C'est la vie.* Nulle trace de chagrin ou de remords dans sa voix : simplement de la colère.

C'est la vie, vraiment ? rétorqua Julian. *Personnellement, je n'ai jamais rien vu de tel.*

Aden ne dit rien. Il continuait de serrer Junior dans ses bras. La bête se laissait faire sans la moindre résistance, comme un animal de compagnie. Très vite, il s'endormit, et se dématérialisa pour retourner dans le corps de son maître.

Celui-ci resta immobile un long moment, nageant littéralement dans le sang de Tucker. Junior était dangereux, il l'avait toujours su, mais là c'était pire : la bête pouvait devenir totalement incontrôlable, et cela le paniquait.

Cela ne devait plus jamais se reproduire.

Tu peux te faire tatouer une protection, comme les autres vampires, lui suggéra Elijah d'une voix résignée. *Un sort pour contrôler Junior et le garder à l'intérieur de toi.*

Pourquoi dis-tu cela sur ce ton lugubre ? intervint Julian. *Ce serait une bonne chose, non ?*

Oui… sauf que le tatouage aurait les mêmes effets sur nous.

Pardon ? demanda Julian.

Quoi ? fit Caleb en écho.

Nous serons toujours là, comme Junior, mais nous n'aurons plus de voix. Ne dites rien, ajouta-t-il comme les autres faisaient mine de protester, *je savais que nous en viendrions là. Je voulais m'assurer qu'Aden pouvait vivre sans nous. Et il le peut, je le sais à présent. Il est suffisamment fort et intelligent pour s'en sortir.*

Donc, on va simplement disparaître ? Se fondre dans le décor ? reprit Caleb, entre colère et incrédulité.

C'est injuste ! s'écria Julian.

La vie est injuste.

Ainsi donc, Aden devait choisir entre contrôler sa

bête — qui pouvait à tout moment surgir hors de lui et détruire ceux qu'il aimait — et conserver les âmes près de lui ? Non, ce n'était pas juste.

Se relevant, il lança d'un ton sec :

— Quoi qu'il en soit, nous verrons cela plus tard. Pour l'instant, Junior n'est plus agressif, et je pense même qu'il risque d'avoir une indigestion.

Que veux-tu dire par « nous verrons plus tard » ? demanda Caleb. *Il n'y a rien à décider, c'est tout vu !*

Aden choisit de l'ignorer. Qu'aurait-il pu répondre ?

— Retrouvons les autres et retournons voir Tonya.

Nous n'avons pas de voiture, fit remarquer Julian, à qui la perspective de retrouver sa belle-sœur (ou sa femme ?) semblait faire tout oublier.

Nous n'en avons pas besoin, répondit Elijah. *Plus maintenant.*

29

Quand il reçut le sms d'Aden lui fixant un lieu de rendez-vous, Riley avait déjà trouvé une nouvelle chambre, dans un autre motel. Il s'était douché et avait pansé ses plaies. Victoria avait également repris connaissance et, malgré les contusions qui recouvraient son corps, semblait plutôt en forme. Quant à Mary Ann, elle allait bien — si l'on exceptait son humeur de chien.

Elle était furieuse contre elle-même et contre le monde entier. Tucker était mort — mort dans des circonstances atroces ! — et pourtant, personne ne semblait s'en soucier. A part elle.

A sa propre surprise, elle regrettait son ex-petit ami. Oh, bien sûr, il avait répandu le mal et la souffrance autour de lui, mais il avait lui-même souffert, et elle se souvenait de celui qu'elle avait aimé, ou en tout cas avec qui elle était sortie quelques mois, ce garçon qui l'avait traitée avec respect et gentillesse. Ce garçon qui ne connaîtrait jamais son enfant.

Comment annoncerait-elle la nouvelle à Penny ? Elle devrait l'appeler, évidemment. Mais pour l'instant, elle en était incapable. Pas avant d'avoir pleuré Tucker elle-même.

Mary Ann ne reprochait pas sa mort à Aden. Celui-ci avait réagi comme il pouvait face à la menace. Il n'avait pas eu le choix. Comme souvent avec les démons et les créatures maléfiques, c'était tuer ou être tué. Malheureusement, la solution de l'enfermement pour l'éternité ne semblait pas exister.

Plus encore, la façon dont Riley la traitait ajoutait à sa colère. D'accord, elle avait annihilé l'animal en lui, mais c'était contre sa propre volonté, à un moment où elle n'était pas consciente de ce qu'elle faisait.

Il voulait rompre avec elle ? Qu'il le fasse ! Mais qu'il le fasse vraiment, et non en lui faisant le coup du silence. Surtout lorsque, juste après, il la défendait comme si elle avait encore de l'importance à ses yeux. Car il ne cessait d'alterner entre une distance glacée et des regards langoureux.

Elle avait besoin qu'il lui dise clairement les choses. Et en particulier si tout était fini entre eux.

L'aimait-elle ? Voulait-elle le voir tous les jours ? Oui, mille fois oui. Mais elle méritait le respect, et ne tolérait plus la façon dont il se comportait. Si elle avait rompu avec Tucker, quelques semaines plus tôt, c'était exactement pour les mêmes raisons. Sans doute qu'elle tenait bien plus à Riley, mais cela ne changeait rien : il devait la respecter.

Elle pouvait vivre sans lui. Moins bien, sans doute, et pas sans passer quelques semaines à pleurer sur son sort, mais elle s'en sortirait. De cela, elle était certaine.

Donc, à la première occasion, elle allait mettre les choses au point avec lui.

Pendant qu'elle se faisait ces réflexions, les trois amis étaient arrivés au lieu de rendez-vous, le parking d'un entrepôt désaffecté. La circulation était quasi nulle, ce qui constituait plutôt une bonne chose, et le soleil couchant créait un peu partout des zones d'ombre — un autre bon point pour rester discret.

— Je me demande si Aden…, commença Victoria avant de s'interrompre avec un hoquet de surprise.

Subitement, ce dernier venait de se matérialiser devant eux. Il pouvait se téléporter. Se té-lé-por-ter ! Mais depuis quand ?

Néanmoins, la chose ne semblait pas aisée : courbé en deux, il paraissait lutter pour retrouver son souffle.

— Aden ! s'écria Victoria en s'élançant vers lui.

Toussant et pleurant, il parvint à se redresser et lui ouvrit les bras. Ils s'enlacèrent longuement et avec ardeur — au point que, sans doute à cause de ses blessures récentes, Victoria grimaça.

— Tout va bien, mon amour ? s'inquiéta Aden en s'en apercevant.

Visiblement, sa colère de tout à l'heure dans le motel, dont Mary Ann ignorait la raison, s'était évanouie.

— Oui. J'ai juste une bosse sur la tête à l'endroit où Tucker m'a projetée contre le mur. Et toi, comment vas-tu ?

— Très bien. Je suis désolé de m'être mis en colère. J'aurais dû…

— Non, c'est ma faute. Si je te l'avais dit avant, j'aurais…

— J'étais jaloux, mais j'aurais pu…

Ils ne cessaient de s'interrompre et de parler en même temps. Dans ces conditions, comment comprendre le sujet de leur dispute ?

Pour finir, Victoria saisit le menton d'Aden entre ses mains, et d'une voix douce et passionnée lui lança :

— Tu n'as aucune raison d'être jaloux, je te le jure.

C'était une aventure sans lendemain. Elle ne s'est jamais reproduite et ne se reproduira jamais. En plus, ce n'était même pas très bien.

Mais de quoi parlaient-ils ? Et pourquoi Riley s'était-il assombri ? Il murmura quelque chose qui ressemblait à « pas ma faute », puis à « mieux que bien ».

Alors, les rouages se mirent en place dans la tête de Mary Ann. Une aventure sans lendemain. Jamais reproduite. Pas très bien — mieux que bien.

Ils parlaient de sexe.

Furibarde, elle fit volte-face. Les cheveux battus par le vent, Riley la regardait, impassible, comme si rien de tout cela ne le concernait.

— Tu m'avais dit qu'il ne s'était rien passé entre vous ! siffla-t-elle entre ses dents.

A la décharge de son ex-loup-garou, il ne fit pas mine d'ignorer de quoi elle parlait.

— Nous avons couché ensemble. Une seule fois. Ce n'est pas ce qu'on appelle une relation.

Ah non ?

— Ça irait peut-être plus vite si tu me faisais une liste des filles avec qui tu n'as pas couché ?

Il conserva son expression blasée et, avec un haussement d'épaule :

— Si tu veux. Ça ira vite. Les quelques-unes qui n'ont pas eu cette chance sont celles que je n'ai pas encore rencontrées.

— Oh ! Et tu crois vraiment que c'est le bon moment pour faire de l'ironie ?

— Que veux-tu que je te dise ?

— Quand c'est arrivé, déjà.

— Avant que je te rencontre.

Ah oui ? Et cela excusait tout, peut-être ?

— Avant que tu sortes avec sa sœur, aussi ?

Riley hocha la tête, faisant mine d'ignorer le dégoût dans la voix de Mary Ann.

— Oui, avant ça. Je n'ai jamais trompé personne, ni menti. Et je n'ai pas l'intention de le faire, donc cette conversation n'a aucune raison d'être.

Ah vraiment ?

— Va te faire foutre. Oh, et même pas : ça te ferait trop plaisir.

Ainsi, sa jalousie instinctive envers Victoria, qui semblait si à l'aise en compagnie de Riley, était-elle fondée depuis le début. Il faut dire qu'ils s'étaient vus nus, et qu'ils avaient passé la nuit ensemble, au moins une fois. Une seule ? Une fois qu'on avait goûté au fruit défendu, on avait envie d'y retourner encore. Et encore.

Mary Ann elle-même en était la preuve : combien de fois, en dépit des promesses qu'elle s'était faites, avait-elle flirté avec Riley ?

— Que veux-tu que je te dise ? fit-il d'un ton terriblement dur. C'était un moment plutôt embarrassant, et comme elle l'a dit nous n'avons jamais renouvelé l'expérience.

Vraiment, on aurait cru que cela suffisait à tout expliquer et tout pardonner !

— Eh bien, je crois que je vais coucher avec Aden pour voir si…

Alors, Riley se précipita en avant et la saisit par les épaules.

— *Tu n'as pas intérêt !*

Toute trace de morgue avait disparu de sa voix. Il était furieux.

Tiens, tiens, quelle surprise ! Voilà une réaction à laquelle elle ne s'attendait pas. Ainsi, ce qu'elle faisait — et avec qui — comptait encore pour lui ?

— Et pourquoi, Riley ? Je suis toujours ta petite amie, d'après toi ?

Il y eut un long silence, pendant lequel il parut s'efforcer de retrouver son calme.

— Je ne sais pas, Mary Ann. Nous avons… tout a beaucoup changé, ces dernières semaines. Je ne sais plus où nous en sommes.

De la sincérité, à présent ? Voilà ce qu'elle attendait ! Et elle en voulait davantage.

— Avoue. Dis ce que tu penses, insista-t-elle.

Victoria et Aden ne perdaient pas une miette de leur dispute, mais qu'importe ? Elle n'allait pas le laisser filer maintenant.

— Alors ? J'attends.

Oh, je t'en prie, ne le dis pas. Ne dis pas que nous deux, c'est fini.

Sous les beaux yeux de Riley, un muscle se contractait. C'était un signe de nervosité chez lui, un signe qu'elle connaissait bien.

— Mary Ann, je suis plus ou moins devenu humain. Je ne peux plus te protéger, dorénavant.

C'était donc cela, son argument ? Franchement, cela ne suffirait pas à le débarrasser d'elle.

— Pourtant, au motel, tu t'en es très bien sorti.

— Contre Tucker, peut-être. Mais si une meute de loups décide de te prendre pour déjeuner, que pourrais-je faire pour lutter contre eux ?

— Tu veux dire que si tu avais encore ton pouvoir de

changeforme, tu resterais près de moi chaque minute de ta vie ?

— Bien sûr que non !

— Alors quoi ? Tu m'enfermerais à double tour ?

— Non plus.

— Mais tu ne pourras pas me suivre partout, tu comprends ? Tu ne l'as jamais pu, même quand tu étais un loup, d'accord ? Donc, si quelqu'un veut s'en prendre à moi alors que tu n'es pas là, tes pouvoirs de loup-garou n'y changeront rien. Tu veux que je te dise ? Tu te cherches des excuses, voilà tout. Arrête ton cinéma, et dis-moi ce que tu veux vraiment me dire.

Ne m'écoute pas, s'il te plaît…

Face à elle, Riley, le visage contracté, respirait bruyamment.

— Mary Ann, finit-il par dire, toi et moi, c'est…

— Dis-le !

Non, je t'en prie…

Au même instant, une main s'abattit sur son épaule. Avec un cri de surprise, elle se retourna. Riley poussa un grognement rauque, avant de réaliser qu'il s'agissait d'Aden, son souverain. Il se reprit aussitôt et se mit au garde-à-vous.

— Nous retournons chez Tonya Smart. J'emmène Victoria avec moi. Riley, tu pars avec Mary Ann.

Le visage d'Aden était sévère, décidé. Le rouge monta aux joues de Mary Ann à l'idée qu'elle s'était plus ou moins donnée en spectacle.

— Pourquoi tiens-tu à retourner là-bas ? finit-elle par demander.

— Elle doit avoir des informations sur Julian que les

documents ne nous ont pas données. Donc, retrouvons-nous là-bas dans, disons, une demi-heure.

C'est-à-dire qu'il leur laissait le temps de régler leur problème. Il ne manquait pas de tact.

Riley acquiesça, et Aden s'éloigna, tenant Victoria par la main. Ils avaient vraiment de la chance, tous les deux…

— Allons-y, lança Riley d'un ton revêche avant de s'éloigner en direction du parking.

Mary Ann le suivit. De toute évidence, il n'avait pas l'intention de reprendre la conversation où ils l'avaient laissée. La seule chose qui l'intéressait, c'était de trouver une voiture à voler.

Il en choisit une dont il ouvrit la portière au moyen d'un fil de fer avant de dénuder les fils pour allumer le contact. Pendant ce temps, elle resta à ses côtés sans protester, faisant le guet sur le parking. Quand il eut terminé, elle se glissa sur le siège passager, et ils démarrèrent en trombe. Riley roulait vite, et même un peu trop au goût de Mary Ann — il slalomait carrément entre les voitures sur l'autoroute.

— Ralentis, Riley. D'accord, il n'y a pas grand monde sur la route, mais il suffit d'une seule pour avoir un accident.

— Je sais ce que je fais.

Vraiment ? Pourtant, elle ne l'avait jamais vu conduire aussi brutalement.

— Si je dis ce que tu n'oses pas dire, tu rouleras moins vite ?

Les doigts de Riley se resserrèrent sur le volant, si fort que ses jointures en pâlirent.

— Tu n'as pas besoin de le dire. Je peux le faire tout seul, rétorqua-t-il.

Mary Ann ferma les yeux. Ne pas réagir. Ne pas réagir. Surtout, SURTOUT ne pas réagir !

— J'attends, alors. Dis que tu veux me quitter, lâcha-t-elle dans un seul souffle.

Très bien. Tu vois, ta voix n'a pas tremblé.

— Je… je ne peux pas, bredouilla-t-il. Une partie de moi le voudrait, mais une autre m'en empêche.

Voilà qui expliquait toutes ses contradictions… mais ne la réconfortait guère.

— Pourras-tu jamais me pardonner ce que je t'ai fait ? finit-elle par demander.

Riley ne répondit pas tout de suite, s'absorbant dans la contemplation de la route.

— Il n'y a rien à pardonner, Mary Ann, finit-il par dire. D'abord, c'est moi qui t'ai poussée à drainer mes pouvoirs. Et si tu ne l'avais pas fait, tu serais morte. Je préfère de loin que mon loup ait disparu et que tu sois en vie.

Elle en éprouva un certain soulagement, immédiatement suivi d'une bouffée de honte :

— Je sais ce que je t'ai pris, Riley. Je m'en veux, et j'aimerais pouvoir te le rendre. Mais…

Mais, si elle avait absorbé son énergie de loup, elle l'avait entièrement consumée. Jamais elle n'avait senti en elle le pouvoir de Riley autrement que comme la force qui l'avait maintenue en vie.

— C'est impossible, lui confirma-t-il.

— Je m'en doutais. Mais alors… pourquoi es-tu tellement en colère contre moi ?

— Je te l'ai dit : parce que je ne peux plus te protéger.

— Riley, je ne t'aime pas parce que tu me protèges. Je t'aime parce que tu es trop mignon dans tes jeans moulants.

— C'est malin ! lança-t-il d'un ton qui se voulait furibard — mais il ne put dissimuler un sourire, un de ses sourires ravageurs de mauvais garçon.

— Mais ce n'est pas faux. Je t'aime pour ce que tu es, pas pour tes pouvoirs.

Comme c'était doux de le retrouver enfin, de pouvoir lui dire toutes ces choses ! Très vite, pourtant, il s'assombrit.

— Mon peuple, et les vampires… ils veulent tous te tuer. Ils te craignent, tu sais. Pour eux, tu es un danger à éliminer absolument.

— Même si je ne draine plus les énergies ?

— Oui. Parce qu'il n'est jamais arrivé qu'un Draineur n'utilise plus ses pouvoirs. Ils ne peuvent pas croire que tu es devenue inoffensive.

Pas plus que lui, apparemment.

— Mais, il y a quelques semaines, ils n'auraient pas cru pouvoir obéir à un roi humain, et regarde-les à présent…

Lui jetant un regard oblique, Riley ralentit un peu — à peine ! — et lui lança la question qu'elle attendait et redoutait tout à la fois.

— Veux-tu toujours sortir avec moi ? Parce que depuis quelques jours, j'ai l'impression que tu me repousses.

Ils y étaient. Que lui répondre, sinon la vérité ? Après tout, c'était ce qu'elle exigeait de lui…

— Oui, Riley. Je t'aime et je veux être avec toi.

— Et si tu recommences à drainer, vas-tu t'enfuir de nouveau ?

Cela, elle ne s'y était pas attendue. Et elle n'avait pas de réponse à lui offrir. Si la situation se présentait, elle ignorait totalement comment elle réagirait. Pouvait-elle…

Des lumières clignotantes et le hurlement d'une sirène vinrent la tirer de ses réflexions.

— Je crois qu'on vient de se faire arrêter, remarqua Riley avec calme.

Et il ralentit pour immobiliser le véhicule sur la bande d'arrêt d'urgence.

Une vague de panique s'empara de Mary Ann.

— Tu crois qu'ils savent que c'est une voiture volée ?

— Ça m'étonnerait, sans quoi ils auraient déjà dégainé leurs armes. Reste calme, et ne dis rien.

Rester calme ? Facile à dire : son cœur battait à tout rompre…

Après quelques secondes d'attente, le policier qui les avait arrêtés sortit de sa voiture et se dirigea vers eux à pas lents. Arrivé devant la portière, il se campa sur ses deux jambes et lança d'un ton calme :

— Dis-moi, mon gars, tu sais à quelle vitesse tu roulais ?

— Pas la moindre idée.

Avait-il vraiment besoin de prendre une voix aussi insolente ?

— Cinquante km/h au-dessus de la limite.

— La limite ? Vous voulez dire que les panneaux ne constituent pas une simple suggestion ?

Mary Ann retint un juron. Mais à quoi jouait Riley ?

Le policier secoua la tête, médusé.

— Les papiers du véhicule. Tout de suite.

— Je ne peux pas, répondit Riley. Ce n'est pas ma voiture.

Bon sang de bonsoir ! Il voulait être arrêté, ou quoi ?

— Qu'est-ce que tu racontes, mon gars ?

— Je dis que ce n'est pas ma voiture. Je ne sais pas à qui elle appartient, précisa-t-il avec un sourire en coin. Nous l'avons « empruntée », vous voyez ?

Pour souligner ses propos, il fit même le geste des guillemets avec ses mains.

Alors, le policier dégaina son arme.

Où sont-ils passés ? se demanda Victoria pour la centième fois. La demi-heure était écoulée depuis longtemps, et Riley et Mary Ann n'étaient toujours pas là, pas plus qu'ils ne répondaient aux messages ou aux sms.

— Nous devrions peut-être partir à leur recherche, suggéra-t-elle à Aden. Ensuite, tu pourras nous téléporter où tu voudras.

Il lui avait fallu des années pour maîtriser la télétransportation. Même devenue presque adulte, cela restait pour elle une activité qui demandait beaucoup de concentration. Mais Aden, lui, les avait transportés d'un bout à l'autre de la ville presque sans effort, sans avoir besoin de s'arrêter pour s'orienter ou se reposer. Impressionnant ! Et, il faut le dire, de quoi la rendre jalouse…

Mais non. C'était un sentiment aussi mesquin qu'inutile. Aden avait abandonné beaucoup de lui-même pour être avec elle. Certes, elle avait dit adieu à ses pouvoirs de vampire, mais c'était une perte qu'elle apprendrait à accepter.

— Riley et Mary Ann sont probablement encore en train de se disputer, la rassura-t-il. Ils ont dû perdre la notion du temps. De toute façon, nous n'avons pas besoin d'eux pour ce que nous allons faire.

— Tu as sans doute raison.

C'était la première fois que Riley se trouvait confronté à une fille aussi décidée que Mary Ann. Cela ne pouvait lui faire que du bien. Victoria l'avait observé à la dérobée, et elle l'avait vu plusieurs fois lancer des regards énamourés en direction de sa petite amie. De toute évidence, même s'il s'en cachait, il tenait énormément à Mary Ann. Et il ne fallait pas en vouloir à celle-ci de ce qui était arrivé à ses pouvoirs de loup-garou : ces deux-là s'aimaient, point final.

Aden, pendant ce temps, s'était approché de la porte d'entrée, où il se mit à tambouriner. Il dut entendre la veuve du Dr Smart approcher, car il s'interrompit soudain pour dire :

— Vous allez nous ouvrir, Tonya.

Il avait utilisé le pouvoir de sa voix. La lourde porte s'entrebâilla sur le regard figé de la dame. Aden et Victoria pénétrèrent dans le salon. C'était une vaste pièce au mobilier suranné. La tapisserie à motifs floraux et les canapés étaient un peu passés, les tapis élimés. En fait, tout semblait vieux, y compris… oui, les magazines sur la table basse étaient jaunis et racornis. Victoria y jeta un œil, et tomba sur une date. Le magazine remontait à dix-sept ans !

— Julian est comme fou, l'informa Aden en s'asseyant dans le canapé. J'ai l'impression qu'il reconnaît les lieux. Il a dû souvent venir ici.

— Ça ne m'étonne pas. Tu as vu les magazines ? Je crois que rien n'a changé ici depuis sa mort.

— Intéressant…

Tonya avait pris place en face d'eux, sur un fauteuil. Elle avait le regard fixe de ceux qui étaient soumis à l'influence de la Voix Vaudou. Néanmoins, des ombres noires ondulaient dans ses prunelles, et quand elle parla, ce fut d'une voix tranchante :

— Que voulez-vous ?

— Tout d'abord, je tiens à vous assurer que nous ne vous ferons aucun mal, dit Aden. Vous me comprenez ?

— Je vous comprends, répondit-elle, l'air dur. Je vous comprends, mais je ne vous crois pas.

— Aucun problème. Vous verrez bien.

— Que voulez-vous ? répéta-t-elle, avec un soupçon d'hostilité en moins.

— Je veux des réponses. Je veux savoir la vérité sur votre mari et sur son frère. Dites-moi ce que je veux savoir, et je vous laisserai tranquille.

— Je n'aime pas parler de mon cher Daniel, ni de ce maudit Robert.

Dans sa voix, l'adoration se mêlait à la révulsion. Les ombres dans ses yeux s'étaient mises à danser à toute allure.

— C'est ainsi que je les appelle. Mon cher Daniel. Mon mari. Lui, je l'aimais. Quant à Robert, je le détestais. Quoique…

— Quoique ? la relança Victoria.

— Il n'en a pas toujours été comme ça… Je n'ai pas toujours haï Robert. Et je crois bien que je voulais divorcer de Daniel…

Elle fronça les sourcils comme si elle cherchait à retrouver un souvenir.

— Je ne sais plus. Peut-être que j'ai rêvé tout cela. Oui, j'ai toujours aimé Daniel, et je l'aime encore…

Aden se massa les tempes. Dans son crâne, Julian devait hurler.

— Dites-m'en plus.

— Ils étaient… jumeaux, expliqua-t-elle.

Son débit était haché, comme si elle avait eu trop de choses à dire.

— Daniel travaillait à la morgue de l'hôpital, et Robert n'était rien d'autre qu'un escroc. Un bon à rien. Oui, c'est ça, ajouta-t-elle d'une voix apaisée. Et mon cher Daniel n'était pas jaloux de son frère, ah ça non…

A présent, sa voix était monocorde. On aurait dit qu'elle récitait une leçon apprise depuis longtemps. Ce qui était peut-être le cas ? Les livres de magie… les ombres dans ses yeux… l'aura noire que Riley avait mentionnée…

Soudain, dans l'esprit de Victoria, tout se mit en place. Elle bondit sur ses pieds — exactement en même temps qu'Aden et, simultanément, ils s'écrièrent :

— J'ai compris !

30

Un flot de souvenirs envahissait Aden. Pas les siens. Ceux de Julian. Autant d'images bouleversantes. Car Julian était bel et bien Robert Smart — oui, le jumeau à lunettes, celui qui perdait ses cheveux. Daniel, lui, avait été le plus beau, le plus fort et le plus malin. Pour autant, il n'avait pas vraiment été aimé par ses parents. Férus de sciences occultes, ceux-ci lui préféraient Robert, qui avait montré dès sa naissance des aptitudes étonnantes dans ce domaine. Ainsi, Daniel avait conçu une jalousie maladive à l'égard de son frère et de ses pouvoirs surnaturels.

Par dépit, il s'était lancé dans l'étude de la magie noire et des sciences occultes, creusant et fouillant à la recherche de révélations — révélations qui l'avaient conduit jusqu'au sacrifice humain, celui de Robert.

Un être humain normal n'aurait jamais suivi une telle voie, mais Daniel n'avait rien de normal. Il était l'enfant de parents qui donnaient aveuglément foi à tout ce qui touchait au mystique et au surnaturel, à la magie et aux revenants.

C'était sans doute la raison pour laquelle ils avaient tant aimé Robert — et pour laquelle Daniel avait fini par s'en prendre à lui.

Par une nuit de décembre, dix-sept ans plus tôt, Daniel avait appelé son frère au téléphone et lui avait demandé de le rejoindre à l'hôpital. Robert avait accepté, espérant ramener son jumeau dans le droit chemin. Mais il n'avait pas eu l'occasion de discuter : Daniel l'avait poignardé à de multiples reprises, tout ça pour lui voler ses pouvoirs.

Pour se défendre, Robert, qui contrôlait sa capacité à ressusciter les morts, avait réveillé les cadavres de la morgue. Trop tard, néanmoins. Les zombies avaient fait disparaître son corps en le dévorant, et ils avaient tué Daniel avant d'être abattus par les secours.

C'est à ce moment que l'âme de Robert s'était échappée pour se réfugier dans l'esprit d'Aden. Que de souvenirs affreux !

Et ce n'est pas tout, poursuivit Julian-Robert d'une voix triste. *Daniel avait lancé un sort à Tonya. J'étais amoureux d'elle, depuis toujours, mais c'était lui qu'elle aimait. Jusqu'au moment où elle a compris qu'il était fou à lier. Alors, elle a voulu le quitter, mais il l'en a empêchée par un sortilège d'amour éternel. J'ai voulu la libérer, et j'y serais parvenu… si mon frère ne m'avait pas assassiné avant.*

— Aden ? lança Victoria d'une voix douce.

Il ne l'écouta pas, préférant se concentrer sur ce qui se passait dans sa tête.

— Nous pourrions la débarrasser de ce sort à présent, non ?

En émettant cette suggestion, il fut envahi d'une vague de tristesse. Car, quoi qu'il fasse, Julian ne tarderait plus à le quitter. Julian, toujours de bonne humeur, fin et malin… Il aurait aimé le garder pour toujours, comme une part de lui-même, comme un frère.

— Aden ? l'interpella de nouveau Victoria.

J'ignore comment nous y prendre, expliqua Julian/

Robert. *Je ne connais pas l'envoûtement exact qu'a employé Danny. C'est pour cela que je me suis rendu à l'hôpital, ce soir-là : tenter de l'obliger à me révéler le sortilège par la ruse, afin de l'annuler.*

— Aden, s'il te plaît ?

Et si tu remontais dans le passé de Tonya ? Nous pourrions apprendre quelle était cette fameuse formule.

— Aden !

Attends un peu, intervint Elijah avant qu'Aden ait pu répondre à Victoria. *S'il fait ça, et qu'il entend le sortilège, il risque — nous risquons ! — de tomber à notre tour amoureux de Daniel. Je ne crois pas que ce soit le résultat escompté…*

Peut-être, mais ce n'est pas certain. Le jeu en vaut la chandelle, estima Julian.

Chaque fois qu'une des âmes était directement concernée — et seulement dans ce cas —, elle trouvait que les risques encourus par Aden étaient justifiés.

Il n'est pas remonté dans le passé pour sauver mes sorcières, intervint Caleb, *hors de question qu'il le fasse pour cette femme !*

Il a dit qu'il ferait tout pour nous aider, rétorqua Julian. *Désenvoûter Tonya est peut-être mon dernier souhait, et s'il faut remonter dans le temps pour y parvenir, il le fera.*

— S'il vous plaît, gémit Aden. Il doit exister un autre moyen. Je vous l'ai déjà dit : le voyage dans le temps est trop dangereux.

— Aden !

Cette fois, Victoria avait empoigné son épaule et le secouait. Il revint brutalement à la réalité.

— Victoria, je…

Ses mots s'étranglèrent dans sa gorge. Devant lui se

tenait Joe Stone, son propre père, qui pointait sur lui le canon d'un fusil. Immédiatement, Aden bondit sur ses pieds, s'interposant entre l'arme et Victoria. Dans son crâne, Junior, excité par le pic d'adrénaline, poussa un grondement sourd. Mais pourquoi n'avait-il pas effectué ce fichu tatouage qui lui aurait permis de le contrôler ? Trop tard, de toute façon. Pour retrouver son calme, il s'efforça de respirer profondément. Cette fois, il n'allait pas se laisser emporter par ses émotions.

— Comment m'avez-vous retrouvé ? demanda-t-il.

Joe Stone le regarda avec un air conquérant.

— Tu crois vraiment que je t'aurais tatoué sans ajouter un sortilège pour savoir à tout moment où tu te trouves ?

Ainsi, tout au long de sa vie, son père aurait pu le retrouver, et il ne l'avait pas fait. Jusqu'à aujourd'hui. *Ne réagis pas. C'est ce qu'il cherche.*

— Très bien, petit. A présent, tu peux te rasseoir. Pas la peine de défendre ton amie : si j'avais voulu m'en prendre à elle, je l'aurais fait depuis longtemps. Allez, continua-t-il en tapotant légèrement la détente.

Aden obtempéra, s'asseyant de manière à protéger le plus possible le corps de Victoria. Elle tremblait, terrifiée.

— Je suis désolée, murmura-t-elle dans un souffle.

— Tu n'as pas de raison de l'être.

— Il est entré sans bruit, et…

Aden lui caressa le genou en un geste de réconfort.

— A ta place, je ne bougerais pas trop, l'avertit Joe. Ça me rend nerveux, et j'ai la gâchette facile.

Durant tout cet échange, Tonya était restée parfaitement immobile et silencieuse, comme si elle n'était pas là.

— Je lui ai administré un tranquillisant, expliqua

Joe Stone quand il vit qu'Aden la regardait. Une seule piqûre, et la voilà dans les vapes. Tu sais quoi ? A force d'avoir à sauver sa peau, on finit par connaître quelques petits tours.

Bien. Ainsi, son pseudo-père voulait parler. Le danger immédiat était momentanément écarté.

— Vous avez l'air amer. Même à votre âge, c'est surprenant. Vous n'êtes pas le seul à avoir eu une vie difficile.

Le grondement de Junior se fit plus puissant, couvrant les voix des âmes.

— Tu parles de toi ? commenta Joe Stone avec une expression amusée. Tu penses vraiment avoir eu une vie plus difficile que la mienne ?

Surtout, ne te laisse pas atteindre par ça. Continue à le provoquer.

— Je pense que vous êtes lamentable. Et le dernier qui m'a menacé d'une arme le regrette encore. Enfin, plus vraiment, parce qu'il est mort.

Joe ricana et posa une main sur son cœur, faussement ému.

— Mon fils, un meurtrier... Je suis si fier de toi !

Pour la première fois, Joe Stone admettait leur lien filial — mais noyé dans une ironie cruelle qui blessait Aden plus que n'importe quelle arme.

— Et vous-même, vous n'avez jamais tué pour sauver votre vie, espèce de...

Ne pas se laisser atteindre !

Il respira, longuement, posément, pendant que Victoria, le visage impassible, resserrait son étreinte sur sa main. Elle tremblait de tous ses membres. Junior poussa un nouveau rugissement. Non, il ne fallait pas.

Malgré tout le mépris qu'il éprouvait à présent pour son… pour cet homme (non, plus jamais il ne l'appellerait son père !), il refusait qu'il finisse déchiqueté par les griffes de Junior.

— Au fait, je t'ai entendu parler tout seul. C'est beaucoup plus intéressant aujourd'hui que quand tu avais trois ans, tu sais ? Son premier mot a été *Lijah,* précisa-t-il en s'adressant à Victoria. Ensuite, il y a eu *Juju,* puis *Caeb.* Il n'était pas très fort en prononciation.

J'étais le dernier, alors ? fit Caleb. *Merci beaucoup, Raa-den !*

Mais ce n'était pas le moment de se laisser distraire par une conversation avec les âmes. Il n'y avait pas la moindre trace d'affection dans les paroles de Joe. De toute évidence, il cherchait à blesser Aden au plus profond de lui-même, à l'assassiner de ses sarcasmes.

Le genre de meurtre que la loi ne punissait pas…

Victoria fit claquer sa langue.

— Vous savez, Joe — je peux vous appeler Joe, n'est-ce pas ? —, je suppose que si Aden s'est d'abord adressé aux âmes, c'est parce qu'elles étaient plus proches et plus attentionnées que vous ne l'avez jamais été. Ça donne à réfléchir, non ?

Une expression de colère contracta les mâchoires de Joe, et Aden serra la main de Victoria dans la sienne. Il fallait qu'elle s'arrête, qu'elle cesse de provoquer cet homme. Certes, Aden lui-même avait commencé mais il était moins vulnérable qu'elle. De toute façon, Joe Stone était armé et dangereux, et mieux valait changer de technique.

— Cessez vos enfantillages, et passons aux choses

sérieuses, fit ce dernier, imperturbable. Pourquoi veux-tu retourner dans le passé de cette femme ?

Devait-il lui répondre ? Après tout, pourquoi pas ?

— Je ne veux pas le faire. Mais on lui a jeté un sort, que je veux lever, et j'ai besoin de savoir de quel sort il s'agissait.

— Tu ne le sais pas ?

Joe avait posé la question comme s'il s'adressait à un enfant particulièrement obtus.

— Non. Pourquoi, vous êtes capable de déterminer un sort en regardant la personne qui l'a subi ?

— Attends un peu, mon gars. Tu veux dire que tu as le pouvoir de voyager dans le passé, et que visiblement tu es le roi des vampires et des loups-garous, mais tu ne peux pas lire un sort ? Tu ne peux pas déchiffrer les vibrations magiques ?

Encore une fois, il lui parlait comme à un demeuré.

— Et vous le pouvez ? répéta Aden. Attendez. J'ai compris. Vous avez un tatouage pour ça aussi.

L'homme blond opina.

— Exactement. Mais dis-moi, en quoi cette femme est-elle importante pour toi ?

— Elle ne l'est pas.

Dis donc ! s'écria Julian.

— Alors pourquoi diable…

— En revanche, reprit Aden, elle compte beaucoup pour une des âmes dans ma tête.

D'accord. Je t'excuse.

— Les âmes. Evidemment. Elles ont toujours tellement compté pour toi…

Puis se tournant vers Tonya :

— Apportez-moi du papier et un stylo, ma chère, voulez-vous ?

— Avec joie, répondit-elle comme par automatisme. Feuille, stylo.

Elle se leva et s'éloigna d'un pas hésitant, totalement inconsciente de ce qui se tramait autour d'elle et du danger qu'elle encourait.

Victoria fit mine de se lever à son tour et de la suivre, mais Joe agita son pistolet de manière menaçante et elle se rassit.

— Vous ne pensez pas qu'elle va s'enfuir ?

— Non, répondit-il, laconique. Elle est droguée, elle ne fera que ce qu'on lui dit.

Ce n'était pas forcément malin de l'admettre…

Victoria observa attentivement le visage de Joe Stone avant de lâcher, d'un ton calme :

— Vous savez, je crois que vous êtes encore pire que mon père. Et pourtant, il aimait me fouetter avec un martinet juste pour le plaisir.

— Ah oui ? Et qui est ton père, ma jolie ?

De nouveau, Aden serra le genou de Victoria pour qu'elle se taise. Joe affichait une telle haine envers les créatures surnaturelles qu'il n'hésiterait peut-être pas à s'en prendre à elle, pour la punir de ses origines.

N'obtenant pas de réponse, néanmoins, Joe se désintéressa d'elle pour se retourner vers Aden.

— Ainsi, tu as choisi une fille fragile qui avait des problèmes avec son père. J'ai l'impression que nous sommes plus semblables que je ne le croyais.

Pardon ? Etait-il en train de parler de la mère d'Aden ? Celui-ci ne se retint qu'à grand-peine de poser la question. En dépit de tout, il brûlait toujours d'obtenir de nouvelles informations à son sujet. A quoi ressemblait-elle ? Avait-elle, comme Joe, souhaité qu'il disparaisse, ou ne s'était-elle séparée de lui qu'à contrecœur ? Ces questions le hantaient depuis toujours. Où était Paula Stone en ce moment ? Etait-ce la femme que Riley et Mary Ann avaient vue dans la voiture, aux côtés de Joe ?

— Ne te pose pas trop de questions, fit Joe, qui avait suivi ses pensées. Et ne m'en pose pas, surtout.

En dépit de cette interdiction, Aden faillit ouvrir la bouche, mais Tonya Smart arriva juste à cet instant, tendant un bloc et un stylo à Joe avant de se rasseoir à côté de lui. Sans baisser le canon du revolver, il posa le bloc sur son genou et se mit à écrire de l'autre main. Quand il eut terminé, il déchira la feuille sur laquelle il avait écrit et la posa sur la table basse.

— Maintenant, tu ne pourras plus dire que je ne t'ai jamais aidé, fit-il en lançant à Aden un regard inexpressif.

Ne réagis pas !

Il avait beau tout faire pour rester calme, son cœur se mit à battre la chamade, provoquant un nouvel accès de rage de la part de Junior. Se penchant en avant, il tenta de déchiffrer ce qui était inscrit sur le papier.

— C'est pour Mme Smart, expliqua Joe. Son billet de retour dans le monde réel.

Disait-il la vérité ? Qu'importe. On verrait bien.

— Je suppose que vous attendez des félicitations ?

Ignorant sa remarque sarcastique, Joe se pencha vers Tonya Smart et lui dit d'une voix douce :

— Tonya, il va falloir être une grande fille. Restez tranquille et écoutez ce que va dire Aden. Vous allez lui obéir, d'accord ?

— D'accord. Obéir à Aden.

Ensuite, Joe posa son regard noir sur son fils.

— Comment t'expliquer ça ? Disons que les sorts sont définitifs à moins que celui qui les lance ne se garde une porte de sortie. Dans ma tête, je peux entendre l'envoûtement qu'a proféré ce fameux Daniel, et comme je te l'ai dit, il a laissé un moyen d'y mettre un terme. Sans doute parce qu'il avait peur de cesser de l'aimer, lui, ou qu'il voulait pouvoir la blesser et la faire souffrir... Bref, il avait ses raisons. Si tu prononces les mots inscrits sur le papier, le sort sera brisé.

Non, Aden ne remercierait pas Joe Stone. C'était trop peu. Trop tard.

— Ne cherche pas à me retrouver, Aden. Laisse-nous tranquilles, ta mère et moi. Je suis certain que tes amis t'ont parlé des jouets dans notre maison. Oui, tu as une petite sœur, et non, tu ne peux pas la rencontrer. Elle n'est pas comme toi. Tout ce que tu lui amènerais, ce serait de la souffrance et du danger.

Tout ça, Aden le savait déjà, mais l'entendre de la bouche de Joe, et comprendre qu'il ne pourrait jamais voir sa sœur, la tenir dans ses bras, la protéger contre les garçons... Aden n'avait pas pleuré quand on l'avait poignardé. Pourtant, à cet instant, il avait les larmes aux yeux.

— Je ne suis venu que pour ça, reprit Joe, insensible à la douleur qu'il infligeait à son fils. Pour te dire de rester à l'écart d'elle. De ne pas chercher à nous retrouver. Ça ne pourrait rien amener de bon.

Bang, bang. Junior, dans son crâne, tapait de plus en plus fort.

Couché. Reste tranquille.

— Tu ne m'as pas tué, et je ne t'ai pas tué, conclut Joe. Restons-en là, d'accord ? Et disons-nous adieu. Pour toujours.

— Vous pourriez au moins lui donner une photo de sa sœur ! s'exclama Victoria, qui comprenait la peine d'Aden.

— Hors de question. Croyez-moi, il vaut mieux couper les ponts une bonne fois pour toutes.

Sur ces mots, il se leva et quitta la pièce. Arrivé devant la porte, il parut hésiter, comme s'il avait encore quelque chose à dire. Mais au final, il n'ajouta rien et sortit en claquant la porte.

Comment osait-il faire ça à Aden ? S'enfuir, l'abandonner une nouvelle fois ? Il ne pouvait s'empêcher d'imaginer ce qu'aurait été sa vie si Joe l'avait aimé, s'il l'avait élevé et éduqué comme un vrai père.

Son désarroi devait affecter Junior, car celui-ci poussa un cri à lui crever les tympans.

Calme. Tout va bien.

Entourant Aden de ses bras, Victoria vint s'asseoir sur ses genoux et entreprit de le consoler.

— J'ai si mal pour toi, Aden… Il ne te mérite pas, tu sais ?

C'était sans doute ce qu'elle s'était dit — ou ce que Riley lui avait dit — quand son propre père l'avait rejetée. En tout cas, ces paroles réconfortèrent Aden, et il lui rendit son étreinte, se laissant enivrer de son odeur suave. Très vite, il se mit à saliver, mais il resta sur ses gardes : non, il ne voulait pas de son sang. Dans cet instant à la fois tendre et fort, il ne prendrait que ce qu'elle lui offrait. Peu à peu, ses pulsions s'éteignirent, tout comme les aboiements de Junior.

La voix de Julian lui parvint enfin.

Aden, je t'en prie…

Julian était son ami, et il l'aiderait, quoi qu'il lui en coûte. Avec un dernier baiser sur la tempe de Victoria, Aden se sépara d'elle et saisit sur la table basse le bout de papier sur lequel Joe Stone avait écrit la formule. En la lisant, il ne put réprimer une grimace. *Ça*, c'était censé marcher ?

S'approchant de Tonya, il lui lança :

— Regardez-moi, s'il vous plaît.

La femme obéit sans hésiter.

J'espère que la formule fonctionne, murmura Julian, anxieux.

Aden en doutait : les mots écrits par son père paraissaient trop simples, trop évidents. N'importe qui aurait pu les inventer, et la formule semblait bien trop artificielle. Qu'importe, il n'y avait qu'une façon de le savoir…

— Tonya Smart, ton cœur et ton âme n'appartiennent qu'à toi. L'amour peut se faner, l'amour peut disparaître, mais seule la vérité te rendra ton libre arbitre.

La femme le regarda en battant des paupières.

— Elle est sous tranquillisants, fit remarquer Victoria. C'est peut-être pour ça qu'il n'y a pas encore de réaction.

— Tonya, vous allez lutter pour vous débarrasser de l'effet des drogues, intima Aden.

Comme précédemment, elle lui obéit. Il faut dire qu'Aden était plutôt fort avec sa Voix Vaudou.

De nouveau, la veuve du Dr Smart battit des paupières, et ses yeux perdirent leur étrange fixité. On put alors y distinguer clairement les ombres noires qui s'agitaient à la surface. Son corps se plia en deux d'un seul coup, si violemment qu'elle en tomba du fauteuil. Recroquevillée sur le sol, elle se mit à hurler et à trembler de tous ses membres.

Aden se redressa, alarmé. Comment aider la pauvre femme ?

Oh, je t'en prie, fais que ça s'arrête ! supplia Julian.

— Je ne sais pas quoi faire…

Horrifié, il ne put que regarder ce qui se passait : les ombres noires dans les yeux de Tonya parurent grandir et sortir d'elle par chacun de ses pores, avec des hurlements déchirants — sans doute tous les cris de rage, de dépit et de frustration que la pauvre femme n'avait pu pousser durant les longues années qu'avaient duré sa malédiction.

Pendant d'interminables secondes, les ombres stagnèrent dans la pièce comme un brouillard épais. Lorsque Aden se rapprocha de Victoria, elles s'élevèrent enfin et disparurent par le plafond, comme effrayées, laissant derrière elles un profond silence.

Tonya se redressa et s'appuya contre le canapé. Sa robe était trempée de sueur, son visage était écarlate et elle pleurait en silence, secouée de longs sanglots.

— Oh, seigneur… mais que s'est-il passé ?

Victoria fit mine de s'approcher d'elle pour la réconforter, mais la femme la repoussa d'un geste :

— Ne me touchez pas ! Sortez d'ici ! Quittez ma maison ! Je vous déteste, je vous déteste tous. Et surtout lui. Oh, comme je le hais !

— Julian… Robert, souffla doucement Aden. As-tu quelque chose de spécial à lui dire ?

Il y eut un silence avant que l'esprit ne réponde.

Non. Elle n'est pas en état de m'écouter. De toute façon,

je ne sais pas par quoi commencer. Je l'ai aimée, bien sûr, mais c'était il y a longtemps, et tout a changé. En tout cas, je ne pouvais pas la laisser emprisonnée dans le sortilège de Daniel. Elle est libre, enfin libre, termina Julian, *et c'est tout ce qui compte.*

A mesure qu'il parlait, sa voix s'était faite plus douce, plus lointaine.

Il partait ! Il était en train de disparaître, irrémédiablement ! Aden, soudain, faillit fondre en larmes. A grand-peine, il retint les mots qui lui venaient aux lèvres. *Reste encore. Je ne suis pas prêt.* A quoi auraient-ils servi, sinon à faire de la peine à son ami ?

— C... combien de temps te reste-t-il, à ton avis ? bégaya-t-il.

Peu. Très peu.

Ce n'était plus qu'un murmure ténu.

A ce moment, Victoria le prit par la main.

— Aden ? lança-t-elle, inquiète.

— Allons-nous-en, répondit celui-ci.

Oui, mais comment ? Il était si ému qu'il tremblait de tous ses membres. Dans cet état, tenter de les téléporter pouvait s'avérer dangereux : qui sait où ils risquaient de se matérialiser ? Il entraîna Victoria vers la porte d'entrée.

Dehors, l'air était orageux. De gros nuages gris s'amoncelaient à l'horizon et le vent s'était levé, comme pour mieux souligner la tempête des sentiments qui agitait Aden.

Ils se réfugièrent sous un bosquet d'arbres, dans la rue.

— Julian ? appela Aden en se laissant tomber à genoux.

Je suis toujours là. Je t'aime, Aden. Je tenais à te le dire.

— Je t'aime aussi.

Merci pour tout. Tu as été un hôte formidable. Je ne pourrai jamais t'oublier.

Sa voix devenait de plus en plus ténue, et de nouveau Aden dut se retenir pour ne pas lui crier de rester. C'était si dur, pour lui ! Il venait juste de perdre son père… Joe — en comprenant qu'il ne ferait jamais partie de sa vie — et voilà qu'il devait dire adieu à son compagnon de toujours… Ses yeux brûlaient de larmes refoulées.

— Julian, tu as été un ami merveilleux.

Nous ne t'oublierons jamais, tu sais, fit à son tour Elijah. Sa voix résonnait d'un étrange mélange de tristesse et de joie — joie pour son ami, enfin libéré, et tristesse pour ceux qui restaient.

Tu sais quoi, mon pote ? lança Caleb. *J'ai toujours su que c'était toi, le chauve.*

Julian se mit à rire.

Je vous aime aussi, les gars. Vous avez été de vrais boulets, mais je vous aime.

Caleb rit à son tour.

Des boulets, pour un fantôme, c'est plutôt bien, non ?

— Tu vas me manquer, murmura Aden d'une voix tremblante.

Un câlin, tous ensemble ? proposa Julian. *Ou bien vous trouvez que ça fait trop sentimental ?*

Sentimental ? Ça fait carrément gay, tu veux dire, rétorqua Caleb. *On ne pourrait pas plutôt se taper dans la main, métaphoriquement ?*

Julian rit de nouveau de bon cœur, mais son rire à présent était à peine perceptible.

C'est ce que je disais. Un boulet.

— Et si jamais, là où tu vas, tu vois Eve… dis-lui bonjour de notre part.

Dis-lui qu'elle nous manque, renchérit Caleb. Nulle trace de sarcasme dans sa voix à présent : comme tous les autres, il était bouleversé par cette séparation.

Dire que c'est la fin…, continua Julian de sa voix douce. *J'ai du mal à y croire. Je ne serai plus là pour entendre les blagues salaces de Caleb ni les prophéties déprimantes d'Elijah… Et je ne serai plus là pour te voir, Aden. Je voulais te dire que tu es la personne la plus droite et la plus aimante que j'aie jamais rencontrée. Je suis sûr que tout va bien aller pour toi, mon ami. Je ne suis pas médium, mais je peux te dire que de grandes choses t'attendent, j'en suis certain.*

Cette fois, Aden ne parvient plus à retenir ses larmes. Elles se mirent à couler en cascades, chaudes et douces le long de ses joues.

— Nous nous reverrons, Julian !

En tout cas, il voulait le croire. Sans cet espoir, continuer à se battre lui paraissait impossible.

Je t'aime tant, répéta Julian.

Et ce furent ses derniers mots. A l'intérieur de son corps, soudain, Aden ne sentit plus que son absence. Rien n'aurait pu le préparer à cela. Longtemps, très longtemps, il resta immobile, enlacé à Victoria, tous deux laissant couler librement leurs larmes.

Quand enfin ils se relevèrent, elle lui murmura :

— Partons, maintenant. Allons retrouver Riley et Mary Ann, et puis rentrons chez nous.

— Oh oui. Chez nous, enfin.

31

— Comment as-tu pu t'infliger une chose pareille ?

Après des semaines de séparation — une éternité ! —, ce furent les premiers mots que Mary Ann entendit de la bouche de son père. Et ils n'annonçaient rien de bon.

Elle se trouvait en ce moment sur le siège passager de sa berline. Il avait dû payer sa caution, ou quelque chose comme ça. Elle n'était pas sûre de ce qui s'était passé : on lui avait mis des menottes et on l'avait emmenée dans une pièce exiguë où on l'avait interrogée pendant plusieurs heures. Puis son père était arrivé, et il l'avait emmenée avec lui. Sans desserrer les dents.

Comment l'avait-il retrouvée ? Elle n'avait donné aux policiers ni son nom ni son adresse. La seule explication était que c'était Riley qui les leur avait fournis. Elle ne savait pas trop si elle devait le remercier ou le détester de lui avoir permis de retrouver son père.

Engoncé dans un costume froissé et taché, il faisait peur à voir avec ses yeux cernés et son air épuisé. On ne pouvait pas dire que Penny avait exagéré quand elle lui avait donné de ses nouvelles… Mary Ann avait failli se jeter dans ses bras, mais elle s'était retenue. Et si son nouveau tatouage ne fonctionnait pas et que, dépassée par la puissance de ses émotions, elle ne se mettait à drainer son propre père ?

D'un point de vue rationnel, il était pratiquement

impossible que cela se produise, mais ça ne la rassurait pas pour autant.

— C'est à toi que je parle, Mary Ann ! Tu disparais sans un mot d'explication, et tu ne m'appelles même pas. Tu imagines par quoi je suis passé ? J'ai appelé la police, j'ai mis des avis de recherche partout. Et pendant ce temps, tu te la coulais douce avec ce... ce...

Furieux, il cogna sur le volant avec une violence inattendue. *Dire que tout cela est ma faute !* pensa Mary Ann.

Pourtant, elle ne pouvait se laisser dévorer par la culpabilité. Elle se tourna de nouveau vers son père :

— Papa, on ne peut pas laisser Riley au commissariat. Nous devons retourner le chercher.

C'était peut-être la dixième fois qu'elle lui demandait cela depuis leur départ du poste de police, et comme les fois précédentes il ne répondit pas.

Bien sûr, Riley pouvait se débrouiller seul, mais elle avait l'impression de le trahir en le laissant en prison. Même s'il avait tout fait pour qu'ils s'y retrouvent. Car oui, de toute évidence, se faire arrêter avait été de sa part un acte délibéré. Mais dans quel but ? Il n'avait pas agi sans raison. Pas Riley.

Il faudrait qu'elle le lui demande, la prochaine fois qu'ils se verraient. Son petit ami avait-il vraiment préféré se livrer à la police plutôt que d'endurer une discussion de rupture ? C'était un peu fort tout de même, et puis ce n'était pas son genre de fuir devant un problème.

— Papa, s'il te plaît, insista-t-elle. Nous devons faire demi-tour.

Cette fois, au moins, il ne fit pas mine de l'ignorer :

— Alors écoute-moi bien. Nous ne *devons* rien du

tout. Et surtout pas retourner là-bas chercher ton voyou de petit ami. C'est un délinquant, et rien d'autre, tu comprends ? Quelqu'un qui ne respecte ni les lois ni les gens. Il a volé une voiture, Mary Ann, tu te rends compte ! Et tu étais avec lui ! Sans parler de tes tatouages. J'espère pour toi qu'ils ne sont pas définitifs…

— Je suis désolée, papa, s'excusa-t-elle.

— Désolée ? *Désolée* ? C'est tout ce que tu trouves à me dire ?

— Mais…

— Je ne veux rien entendre. Est-ce que tu prends de la drogue ?

Il fallait savoir : devait-elle se taire, ou bien lui répondre ?

— Non, papa, je ne prends rien.

— Et tu penses que je vais te croire ?

— Oui, répondit-elle, vexée.

— Eh bien, tu te trompes. Je ne te connais plus. Je n'ai plus aucune raison de te faire confiance. Mais ce n'est pas grave : nous allons bien voir si tu me mens.

— Pardon ? Tu veux me faire faire une prise de sang ou quelque chose comme ça ?

Il ne répondit rien, se contentant de fixer la route. Ce n'était pas croyable comme ce silence lui faisait mal ! Néanmoins, Mary Ann décida de se taire elle aussi. Détournant la tête, elle se mit à regarder par la vitre. Les arbres défilaient, et de gros nuages gris recouvraient le ciel. Un panneau indicateur accrocha son regard.

Minute. Ils n'allaient pas vers le sud-est. Pas vers leur maison. Mais où diable son père l'emmenait-il ?

— Papa… où allons-nous ?

— Il est évident que je ne peux pas t'aider. Pas tout seul. Donc, j'ai décidé de t'emmener quelque part où on pourra prendre soin de toi et te remettre sur pieds. Quel que soit le temps que ça prenne.

Le cœur de Mary Ann se glaça d'effroi.

— Mais de quoi parles-tu ?

— Je te parle de bilan psychologique, de thérapie de groupe. De traitement médical, si c'est nécessaire. Je t'emmène quelque part où on va traiter ton problème à la racine. Parce que je veux retrouver ma petite fille.

— Papa…

— Tais-toi ! Je ne veux pas écouter tes explications. Quand tu es partie, j'aurais donné n'importe quoi pour entendre ta voix. Mais pendant des jours, des semaines, je n'ai eu que le silence. Tu imagines le souci que je me suis fait ? Je ne pouvais plus manger, plus dormir. J'avais peur qu'on t'ait enlevée, violée, torturée… Et quand je te retrouve, je me rends compte que tu es juste partie pour t'amuser avec ton petit copain ! Ça ne te ressemble pas, Mary Ann. Ça n'est pas toi. Il t'est arrivé quelque chose, j'en suis certain. Quelque chose dont tu ne veux pas ou ne *peux* pas me parler. Alors, tu le feras avec des spécialistes. Tu y seras obligée.

— Papa, ne fais pas ça. Je t'en prie, ne fais pas ça.

— C'est déjà fait. Comment crois-tu que je t'ai tirée d'affaire ? Je n'avais pas le choix : c'était un centre de soins ou un procès.

Oh non. Non, par pitié !

— Papa… Je suis désolée de t'avoir blessé. Vraiment.

Mais que lui dire ? Elle ne pouvait pas lui révéler que, si elle avait fui la maison, c'était pour son bien à lui : il ne le comprendrait pas. Et elle ne pouvait pas non plus lui promettre de ne jamais recommencer…

— Il faut que tu me fasses confiance, reprit-elle, tentant le tout pour le tout. Il faut que tu…

— Confiance ? Tu oses prononcer ce mot ? Ma pauvre fille ! Comment pourrais-je te faire confiance, après ce que tu as fait ?

Elle ne l'avait jamais vu aussi furieux, ni aussi blessé. Toute communication avec lui était devenue impossible.

— Papa, je ne suis plus une enfant. Tu n'as pas le droit de me faire enfermer et de…

— Légalement, tu es mineure, et j'ai tous les droits. Tu te rends compte que tu es en train de rater ton année scolaire ? Et tout ça à cause de tes fréquentations… Je n'ai qu'une solution : te séparer de tes soi-disants amis.

Elle tenta d'objecter quelque chose, mais son père poursuivit sans lui laisser le temps d'articuler un mot :

— Depuis que tu as rencontré ce Haden Stone, tu as changé. Tu es devenue plus dure, plus lointaine. Je me demande bien pourquoi tu as laissé tomber ton fiancé pour t'amouracher de ce voyou de Riley…

Oh, s'il avait su ! Tucker, qui sous ses airs d'ange avait commis tellement de mal autour de lui. Tucker, qui à présent était mort…

A cette idée, les larmes lui montèrent aux yeux.

— Riley est un gentil garçon, papa. Tu ne peux pas comprendre. Tu ne peux pas le juger.

— Ah, je ne peux pas, vraiment ? Tu crois que c'est toi qui décides de ce que je peux ou ne peux pas faire ? Tu te trompes, ma fille, et tu vas t'en rendre compte très vite.

Elle serra les dents et s'obligea à changer d'angle d'attaque.

— Et puis je ne vais pas rater mon année. J'ai manqué deux semaines, pas plus. Je peux rattraper ça sans problème.

— J'y compte bien. C'est ce que tu feras pendant ta cure de désintoxication.

C'était si incongru qu'elle faillit se mettre à rire.

— Ma cure de… Tu plaisantes ? Papa, je t'ai dit que je ne prenais pas de drogues !

— Et moi, je t'ai dit que nous allons nous en assurer.

Au même moment, l'orage éclata en grosses gouttes sur le pare-brise. Son père alluma les phares et les essuie-glaces, mais ralentit à peine l'allure de la voiture.

— Très bien, je ferai une prise de sang si tu y tiens, reprit Mary Ann, décidée à se montrer coopérative. Et quand tu verras que je ne te mens pas, tu me ramèneras chez nous ?

— Non. Quoi qu'il arrive, tu vas rester là-bas. On n'y fait pas que des cures de désintox. Il y a d'autres jeunes comme toi, des mineurs à problèmes qui ont besoin d'être aidés.

Quand elle comprit enfin ce qui l'attendait, elle pâlit. Une maison de redressement ! Son père voulait la faire enfermer dans un centre ! Un reflux acide lui remonta dans la gorge.

— Mais tu n'as pas le droit de…

— C'est trop tard, Mary Ann. C'est comme ça, répéta-t-il, l'air sombre.

Impossible. Riley viendra me chercher. Même si nous ne sommes plus ensemble, il me sortira de là.

— Combien de temps est-ce que tu comptes me laisser là-bas ?

— Aussi longtemps que ça prendra.

Riley marchait dans les rues de Tulsa, inconscient de la pluie glaciale qui dégoulinait le long de ses cheveux et collait ses vêtements à son corps. A l'exception de quelques voitures qui passaient dans les rues verglacées, il était seul.

Les bons citoyens de la ville s'étaient empressés de regagner la chaleur de leur foyer. Mary Ann elle-même devait en ce moment se trouver en sécurité, roulant vers sa maison. Exactement comme il l'avait prévu.

En dépit des ordres d'Aden, son ami et son souverain, il avait rendu sa petite amie à son père. Pour la première fois de sa vie, lui, le bon petit soldat, le loyal sujet, il avait désobéi.

Et à présent, il le regrettait. Non parce qu'il avait trahi, mais tout simplement parce que Mary Ann, son sourire, sa douceur et sa générosité, tout cela lui manquait. Terriblement.

Pourtant… elle était tombée amoureuse d'un loup, non ? Et il n'était plus ce loup. Elle avait beau faire comme si de rien n'était, elle finirait par se rendre compte qu'il était devenu faible et vulnérable. Et si elle ne s'en rendait pas compte elle-même, les autres changeformes se chargeraient de lui ouvrir les yeux — quand ils le banniraient, lui.

Une vague d'auto-apitoiement le frappa de plein fouet. Il n'était qu'un loser. Il avait échoué. Tout raté, tout gâché. Il était incapable de protéger Mary Ann. Il avait seulement pu la remettre à son père. A présent, il ne lui restait plus qu'une chose à faire.

Se soûler. Tout oublier.

Sortir du commissariat n'avait pas été un problème. A l'époque de son entraînement de garde du corps, Vlad lui avait appris à s'évader en toutes circonstances. Il s'était contenté d'appeler ses frères, pour leur dire de ne pas le chercher, puis s'était glissé hors de sa cellule et du poste de police.

Sous la pluie battante, il emprunta une ruelle dérobée. Il marchait comme une ombre, quasiment invisible. Oui, rester à l'abri des regards était facile — du moins tant qu'il n'avait pas mis à exécution son unique plan : boire jusqu'à tomber, et ne plus penser à rien. Après tout, il était devenu un humain, non ? Et c'était ainsi que les humains réglaient leurs problèmes...

En tant que garde du corps, il ne valait plus rien. Il ne pouvait protéger ni Aden, ni Victoria, ni même Mary Ann, et ne leur serait d'aucune utilité. Alors à quoi bon ? Autant prendre des vacances...

Du regard, il chercha l'enseigne d'un magasin où acheter de l'alcool, mais quelque chose d'autre accrocha son regard. Quelque chose qui ferait tout aussi bien l'affaire.

Un dealer.

Comme malgré lui, il s'arrêta près de l'homme, qui le jaugea des pieds à la tête avant de lui adresser la parole :

— Qu'est-ce que tu veux ?

Après tout, il n'avait rien de mieux à faire, non ?

— Qu'est-ce que tu as ?

32

Les flammes s'élevaient, chaudes et crépitantes. Aden se taisait, absorbé dans leur contemplation. Tucker mort, ceci ne pouvait être une illusion.

Alors quoi ? Un rêve ? Un cauchemar ? Non, ce qu'il avait sous les yeux ne pouvait être réel. Le manoir des vampires n'était pas la proie des flammes. Il n'était pas ravagé par un incendie.

Aden ne l'avait quitté que quelques jours plus tôt, et Seth lui avait indiqué par sms que tout allait bien. Enfin, aussi bien que possible, compte tenu de ce qui était arrivé à Ryder et Shannon. Mais à présent…

— Je… non, c'est impossible, murmura Victoria, elle aussi sous le choc.

Dans la tête d'Aden, les âmes — plus que deux à présent ! — se taisaient, tout comme Junior. Peut-être parce qu'il n'y avait rien à dire. Rien à penser.

En sortant de chez Tonya Smart, ils s'étaient mis tous deux à la recherche de Mary Ann et Riley, mais n'avaient pas pu retrouver leur trace. Décidés à faire appel à d'autres loups-garous, ils avaient téléphoné au manoir. Mais personne ne leur avait répondu.

Profitant de son nouveau — et extraordinaire — pouvoir, Aden s'était donc téléporté en tenant Victoria par la main : il lui avait suffi de penser au manoir pour s'y transporter instantanément.

Il s'attendait à y retrouver Sorin, qui lui aurait fait un rapport sur ce qui s'était passé en son absence, puis il aurait rendu visite à Ryder et à Shannon, pour voir comment ils allaient. Ensuite, il aurait certainement rencontré Maxwell pour faire le point sur les nouvelles avancées. Les documents qu'ils avaient trouvés dans la pièce condamnée de l'hôpital n'auraient plus d'utilité pour Julian, mais qui sait s'ils ne révéleraient pas des éléments intéressants pour les deux autres âmes ?

Voilà ce que comptait faire Aden avant même d'organiser les recherches pour retrouver Mary Ann et Riley. Il faut dire que, selon toute probabilité, ces deux-là étaient encore en train de se disputer… ou de se réconcilier.

Au lieu de ça, il s'était retrouvé face à un incendie. Le feu partout. Au début, il n'avait pas compris de quoi il s'agissait, il avait cru s'être trompé de destination, mais non : c'était bien le manoir qui brûlait sous ses yeux. De la gigantesque bâtisse, il ne restait rien d'intact, sinon les grands cercles de béton dans le jardin.

Un silence épais régnait sur la scène. Pas de cris, pas de rescapés qui s'échappaient du brasier en courant, personne pour lutter contre les flammes. Combien de vampires avaient péri à l'intérieur du manoir ? Combien avaient pu s'échapper et se mettre en lieu sûr ?

Aden était leur roi, et pourtant il n'avait pas été aux côtés de son peuple pour vivre ce cauchemar. Pour les protéger. C'était sa faute.

Victoria secouait la tête, horrifiée. La voix hachée, elle ne put retenir plus longtemps la question qu'il n'osait formuler.

— Mes sœurs, mon frère ? Où sont-ils ? Dis-moi qu'ils vont bien, Aden. Dis-le-moi, je t'en prie.

— Ils sont sains et saufs, Victoria.

En tout cas, il l'espérait. De tout son cœur, malgré le doute qui l'étreignait.

— Mais qui peut avoir fait ça ? demanda-t-elle dans un cri.

Que lui répondre ? *Ton père…* Il préféra se taire. Vlad n'avait pas hésité à incendier le ranch D & M, pourquoi n'aurait-il pas brûlé sa propre demeure ? Son esprit de revanche l'emportait sur tout. Il ne reculerait devant rien, même tuer ses propres enfants, pour se venger d'Aden. C'était bien ce qu'il avait exigé de Tucker, non ?

Comme si ses jambes ne pouvaient plus la porter, Victoria se laissa tomber à genoux. Le sol était sec : malgré les nuages noirs, la pluie ne tombait pas encore.

Qu'il pleuve, par pitié, pensa Aden. *C'est la seule chose qui puisse encore nous aider.*

Au même moment, une goutte frappa son visage, puis une autre. La pluie se mit à tomber, tout doucement d'abord, et soudain, les nuages crevèrent et un véritable déluge s'abattit sur eux, transformant peu à peu l'incendie en une ruine fumante.

Peut-être que je contrôle aussi le temps ? se dit Aden avec amertume.

Et ce n'était pas ça qui allait le consoler. Comment en était-il arrivé là ? Pourquoi les choses étaient-elles allées si loin, et avaient si mal tourné ?

— Qu'allons-nous faire ? demanda Victoria d'une voix tremblante.

C'était une question sans réponse. Rien de ce qu'il

pouvait imaginer ne suffirait à remettre les choses en place. A ramener les morts.

Pris de vertige, Aden s'agenouilla auprès d'elle. Si. Il existait un moyen. Un moyen auquel il ne voulait pas recourir, un moyen qu'il détestait. Ses amis l'avaient pressé d'y avoir recours, encore et encore, mais il avait refusé chaque fois. A présent, il ne pouvait plus reculer.

— Je... je vais arranger ça, dit-il, presque à contrecœur.

Non, Aden, réagit Elijah avec vivacité. *Je sais à quoi tu penses. Ne fais pas ça.*

Le médium avait-il une prémonition ? Qu'importe. Aden était prêt, déterminé. Il refusait de savoir ce qu'Elijah avait vu, tout comme il refusait de chercher à le voir lui-même. A présent qu'il s'était décidé, rien ne le détournerait de sa mission.

— Il n'y a pas d'autre solution.

S'essuyant les yeux, Victoria le regarda d'un œil interrogateur.

— Je vais remonter dans le temps, répondit-il à sa question muette. M'assurer que rien de ceci ne se produise.

— Oui ! C'est une excellente idée ! s'exclama-t-elle, le visage éclairé d'espoir.

Mais elle s'assombrit aussitôt.

— Non. Oublie ce que je viens de dire. Tu m'as expliqué toi-même que si tu faisais ça le pire pouvait arriver.

Et rien ne dit que les vampires soient morts, rappela Elijah. *Peut-être qu'ils se sont enfuis. Dans ce cas, ton retour en arrière ne servirait à rien.*

Certes, certains vampires avaient pu s'en tirer, par exemple en se téléportant, mais ce n'était pas le cas des humains qui vivaient dans le manoir. Ne serait-ce que pour sauver une seule vie, cela valait la peine de revenir dans le passé.

De toute façon, il ne pouvait pas rester là. L'étendue de son échec le frappa de plein fouet : il avait laissé périr son peuple, et même s'il parvenait à rétablir la situation, il n'oublierait jamais ce qu'il vivait en ce moment précis.

Il s'en souviendrait toute sa vie — et il serait le seul. Les autres, tous les autres — Victoria, Mary Ann, Riley — oublieraient. Ils n'auraient même plus conscience de ce qui leur était arrivé.

Si ça fonctionnait, Vlad ne s'attaquerait pas à lui. Il s'en prendrait à Dmitri, qui serait devenu roi. Dmitri, que Victoria serait contrainte alors de prendre pour époux… A cette pensée, les poings d'Aden se serrèrent. Pourtant, il n'allait pas hésiter. Il devait agir, et il n'existait aucune échappatoire.

Du point de vue positif, Riley resterait un loup-garou. Mary Ann ne deviendrait pas un Draineur. Ryder ne mourrait pas — pas plus que Tucker, d'ailleurs. Et Shannon ne deviendrait pas un zombie, le ranch D & M ne brûlerait pas, Brian ne périrait pas dans l'incendie. Victoria resterait une vampire, et ne perdrait pas ses pouvoirs pour se transformer en humaine.

Peut-être même qu'Eve et Julian lui reviendraient ?

— Je n'ai pas le choix, conclut-il. Je ne peux pas laisser les choses dans cet état.

La situation pouvait-elle vraiment empirer, comme l'avait dit Mary Ann ?

Tu veux vraiment essayer de le savoir ? demanda Elijah.

Je devrais t'encourager, ajouta Caleb. *Je t'ai toujours poussé à le faire, mais maintenant… je ne sais pas. J'ai un mauvais pressentiment.*

— C'est toi qui me dis ça ? D'habitude, tu te fais plutôt l'avocat du diable. Ça ne te va pas bien, de changer de rôle.

— Aden ? Ecoute-moi. Réponds-moi.

Victoria se tenait à côté de lui, le secouant par l'épaule.

— Dis-moi, jusqu'à quand comptes-tu remonter ?

— Jusqu'au commencement.

Elle le contempla, stupéfaite, les yeux écarquillés.

— Attends. Nous devons en parler d'abord. Bien réfléchir. Si tu retournes dans le passé, vas-tu retrouver Eve et Julian ? Et que seras-tu, un homme ou un vampire ? Que deviendra ta bête ?

— Je n'en sais rien. Comment veux-tu que… On verra bien.

— Et tes tatouages…

— Je n'en aurai pas, sans doute.

Sans plus écouter ses objections, il se pencha en avant pour poser sur ses lèvres un baiser délicat.

— Je t'aime. Tu le sais, dis ?

Rien ne pouvait plus le retenir. Il avait longtemps hésité, longtemps rejeté la solution que tout le monde lui conseillait. Et pour quels résultats !

Elle le regarda de ses grands yeux bleus, triste et comme déjà vaincue.

— Je sais que tu m'aimes. Et je t'aime aussi. Mais il doit exister un autre moyen…

— Non.

C'était décidé : il allait remonter avant sa rencontre avec Victoria. Pas de rencontre, pas d'histoire d'amour

— et aucune des terribles conséquences qui avaient suivi.

Bien sûr, avoir fait sa connaissance et l'aimer était probablement ce qui lui était arrivé de mieux dans sa vie, mais c'était justement pour cela qu'il décidait de la quitter. Par amour.

Ses parents l'avaient abandonné, et il se préparait à son tour à abandonner Victoria. Pourtant, dans son cas, il s'agissait d'un acte d'amour : elle souffrirait moins si elle ne le rencontrait jamais.

Quant à lui… il porterait toute sa vie le chagrin de penser à elle. Il en mourrait peut-être. Et alors ?

— Aden, laisse-moi juste une chance de…

— C'est le seul moyen. J'en suis certain, à présent.

Il l'embrassa de nouveau — un baiser plus profond, plus ardent, un baiser qui contenait tous ses espoirs, tous ses rêves, tous ses regrets et toutes ses prières. Un baiser de tout son cœur, de toute son âme.

Puis il s'écarta d'elle, tremblant. Elle pleurait. A l'intérieur de sa poitrine, le cœur d'Aden se brisa.

D'une main hésitante, il essuya ses larmes. Puis il se prépara. Fermant les yeux, il pensa très fort au jour où il avait rencontré Mary Ann…

Composé et édité par les

éditions HARLEQUIN

Achevé d'imprimer en Allemagne
par GGP Media GmbH, Pößneck
en novembre 2011

Dépôt légal en décembre 2011